U0130588

滬港春秋

謹以此書獻給我最敬重的人——胡鐘義夫婦：
沒有他們給予我的昨天，
便沒有我的今天和明天。

一九八六年仲夏於香港
作者

目錄

序一

萌芽的種子

——《上海人》創作緣起

我是寫詩的，所以如何將散漫着的感情集中，濃縮成一首詩，詩中的一行，行中的一字，這是我在前幾年文學創作中所追求的目標。這一次的要求正好相反：我必須將若干個已經形成了的詩核溶化開，然後再均勻地稀釋進這一部三十多萬字數的小說中去，讓它的每一段、每一節都盎然着一種不可被捉摸的詩的趣味。

已經適應了前一種思維方式的我，覺得這樣做的難度更高。

我從沒想到，也不可能去聚集起勇氣來嘗試這麼一種任務的，直到有一天。

那是一九八六年三月初的一天中午。我重遊杭州，緩步在「一支楊柳一支桃」季節中的白堤上。堤岸上的遊人十分稀少，左邊是波光粼粼的西湖，右邊也是；四周圍很安靜，道路躺在和煦的陽光中，筆直地向前鋪展開去，由寬到窄地終止在了一座青白石的拱橋間——那便是著名的斷橋。

我的感覺敏銳極了，敏銳得時刻準備淩空起飛。

在我的一邊走着的是我的太太，她叫美美——不是樂美也不是曉冬，她是她倆的集合體，或者說她倆是她的分解存在。

在我的另一邊走着的是雁翼先生，他矮矮的個兒，穿着一件黑厚呢的長大衣。他的手插在大衣袋中，十分健談的他已有很久、很久沒有說話了。對於我，他不只是一位中國著名的作家與詩人，而且更是一個支撐者，激勵者，這個世界上已很少有的，對誰都充滿了善意理解的長者和一個我因此願意，也敢於向他傾吐一切肺腑之言的文學前輩。

「我說，吳正，」他停下腳步來，望着一片正暈目地反射着陽光的西湖水面，湖邊上橫着一條空置着的、墨綠色的長椅，「把你所有的那些生活都寫出來！——用小說或者劇本，而不單是詩。至於書名嘛……書名就用《上海人》！」

「小說？這哪能行？」我與其說是驚訝，不如說是膽怯。

「為什麼不行？」他反問我，「你有相當的寫作基礎，這點別人也可能有；但你有這類感覺和感情的基礎，這卻不是別人會有的。為什麼不行？我們對你都有信心，」他的目光跨過我，投向站在我另一邊的我的妻子，「你自己為什麼反而沒有？」

我回過頭去望美美，她並沒有點頭或者搖頭，但她的眼睛在說：「對的，雁老說的是對的。」

於是，我再望向西湖和那張空椅：在我與她的那段長長的熱戀期中，曾有多少個下午、黃昏和晚上我們就是在白堤或蘇堤上的一張類似的長椅上坐着，而渡過的。

上海人，這三個字，就像是一顆種子在那一刻默默地播入了我的心中。

兩天後的清晨，雁老已去了北京，我的太太也回上海的家中去探親了，只留下我一個人孤孤單單地從杭州搭直通機回香港去。

我最憎恨飛機誤點，但這是一次有價值的誤點。兩小時額外候機，令我能有在寬闊、高天花板的候機廳中來回踱步、思索的機會。大廳中的溫度很低，但我的體內卻熱血湧動，我正感覺到那顆《上海人》的種子萌芽、爆發時的強大生命力！

至於粗大成株，那是九個月後今天的事了，不管這棵樹木材的質地究竟如何，使我感到安慰的是：總算我把它在這片文學之林中樹立了起來。

最後，我要再一次表達的由衷的感激的，仍然是對於雁翼先生：假如沒有他幾年如一日的關懷和不斷地通過書信和長途電話的鞭策以及信心灌輸，不要說是這部小說，就連我所有的文學創作活動也可能一早中斷了。

1986年12月於香港

作者

序二

——《上海人》再版前言

五年前，也是這麼一個汗流夾背的季節，我正沉浸於《上海人》的激情創作中。空調，冷靜不了我沸騰的情緒，常常寫得汗水加淚水地伏案小睡片刻，醒來再繼續筆耕。十個月的光陰從身邊流過，而在眼前流過的卻是成千頁的方格稿；生意，可能少做了好幾佰萬，但終於，「哇！」地分娩出了這部與作者臍帶相聯的，活生生的血肉體——《上海人》！

祇有過做父親感受的我，這一刻的強大喜悅卻是屬於母性的：望着這一截胎髮絲絲未乾的手腳舞動，我顫抖地想像着；往後的日子，文學的大社會，讀者的大社會究竟會如何將之融之？

五年過去了，在關懷他的文學前輩和愛護他的讀者群中，他活潑、健康而又自信地長大了：上海與大連曾兩度為他舉行過專業的研討會；海峽兩岸以及香港都將他一版再版；電台連播，傳媒報導，無數真摯的讀者面訴或函訴着他們久久不能平復的激動，而長篇電視連續劇的改編與籌拍也正處於緊鑼密鼓中——這一切，都不僅使他，感覺到了自己存在的價值，而且還有他的生母。

然而，在完成了《上海人》的創作至今，我卻再沒寫出過幾十萬字數的大部作品，每年保持正常出版頻率的只是若干詩集以及翻著。箇中原因雖是多方面的，但就絕不包括目前出版界所流行的所謂「長篇小說不景氣」的觀點。首先，創作是一種心靈噴瀑的需要，多大的噴瀑容量決定了多大盛器的採用；削足適履非但出不了好作品，而且是一種痛苦的自我貶值。

其實，在剛完成了《上海人》創作衝刺的強大慣性中，我是幾乎馬不停蹄地又起端了第二部長篇的，這是《上海人》的姐妹篇，定名為《昨天》。它旨在卷軸出李正之這一代人的童年以及青年歲月，在那些風起雲湧的年代，在一種制度以及另一種的交接口上。假如說，《上海人》是一條已形成了的奔流着的江河的話，《昨天》則是一種逆流而上的朔源：究竟，這一代人的覆疊性格是出自於哪幾片密林中，哪幾峽幽谷間的哪幾條溪流的匯合？

於是，我便一鼓足氣地又寫出了兩章近四萬字數。這是一起頗為精彩的思路進入，至少，我是這樣相信的。但就在此時，我必須停筆了，這是因為愛妻在美國快臨盆，我隨身帶着原稿趕去了那裡，並順便將妻女接回香港。這是 1988 年夏季的事了，跨出香港機場，萬里碧空，天氣火爐般地烤熱。我們匆匆地鑽進裝有空調的的士，歸心如箭。的士飛也似地啟動，飛也似地停下，我們走出車來，取下行李件，的士便又飛也似地棄我們而去——突然，我的血液凍結了，在這酷暑，在這什麼都能被熔化的酷暑，我竟覺得自己的牙齒都在打顫！我的手提袋呢？我的手提袋呀！那裝着我四萬心血的小小手提袋，它被的士載走了！我將嬰兒交遞給妻子，狂奔到大廈的門口，街上人熙人攘，車來車往，哪兒，還有它的蹤跡？

就這樣，作為父親，我添多了一個孩子，作為母親，我又走失了另一個。這是命運的捉弄呢，還是按排？我不知道，反正它們都發生在那麼一個做夢一般的瞬間。我後悔，我怨恨，我祈禱，我盼待，但始終沒有奇跡出現；我呼天搶地，我捶額頓足，但仍無濟於事，我病倒了，且發燒，我喪魂落魄地渡過了整個八八年的夏季……

秋涼了，當感情的塵埃漸漸沉澱下來時，我又回到了書桌邊，但我已虛弱到不可能再追循原思路作多一次錐心的尋蹤了，我改弦易轍地寫一些感覺相對可以比較獨立的短篇，諸如詩與散文，而讓更多更大的精力投入了商業活動中去。至此，我便交待了為什麼五年來未曾出產大部作品的原因。

然而時間，從來便是心靈傷口最好的醫治劑，五年後的今天，當記憶漸漸淡褪下去的時候，我又感到一股新的長篇創作慾望開始在心頭攪動起來。其實，除了慾望，有的更是一種使命感：這麼多的正之，樂美，曉冬，他們都曾年青過，如今中年着，並終會老去；他們是屬於一個特色歷史時期的特色的一批。像化石，他們的標本應該清晰而又分明地保存在中華歷史岩層的某一截橫斷面中——這也便是為什麼我要堅持將我們這一代人的種種存在形態固化成為文學作品的重要原因之一。

1992 年夏於香港

作者

序三

三版再言

唐代永嘉大師有云：夢裡明明有六趣，覺後空空無大千。這是一種甚深禪定：妙有非有，真空不空；法味耐尋，意理無窮。

小說家在經歷其創作與實體人生的同時，其實，也同樣在感受這種境界，祗需汝心稍得安寧、平靜和清涼，別太把文學創作當作是一種賺取名聞利養或加官進爵的手段，轉而視其為某類禪修功夫的話。

從 1986 年初春到 2018 年深冬，前後共三十四個年頭，占去了我人生三分之一有多的黃金期。時代的劇變也伴隨着作者生命大江大河的浪奔浪濤。如今，回首於自己七十歲的丘崗之上，一切也都隱沒在記憶雲煙的蒼茫中，無從一一辨認了。腦海中遂浮現出了永嘉大師的這首偈子來。

採用「滬港春秋」的卷名，前兩字交代空間，後兩字跨度時段；這一縱一橫兩軸坐標結構出了一個特定時空平面上的一次人生的四季輪回。及此，也該是此小說圈上那個恒久句號之時了。

2018 年 12 月 10 日於上海寓所

作者

序四

再言後再言

2018年12月10日，當我在上海寓所寫下「三版再言」中的那最後一句話「……及此，也該是此小說圈上那個恒久句號之時了。」時，我是決不會想到三年後的此時此刻，自己還不得不在「再言」後再添多幾句「再言」的。可見，這世上從來就不存在「恒久」（Permanency）那回事，有的只是「無常」（Impermanency）。

說起「無常」，全世界的情勢其實也與我個人的不無相似處：那輛本來看似無有止境的全球一體化（Globalization）的，疾駛中的列車，誰知突如其來就降禍下了一場席捲全球的pandemic，遂令整部車列來了個緊急刹車，一時間，搞得人仰馬翻，狼狽不堪。各國政府慌忙轉舵，設卡嚴檢，閉城鎖國。這一切都是發生在近一兩年間的事，而誰，又能料到？

如此城門失火也殃及了我的這條小小的池魚：本來計劃好了的先以簡體版面世，而後再謀以繁體出版的，我的三部最新完成的作品集，頓遭卡殼，一拖就是三年，且還不知將延期至何時？

我是在2020年1月26日，武漢實施封城後的第三天，離滬赴港的。而就在登機的那刹那，我猛然意識到，此次自己隻身回去香港丹拿山寓所居住的時日斷然不會短：至少三年，或者更長。每日「青燈黃卷，晨鐘暮鼓」的，權當是一種閉關修行吧。當然，其中的孤獨、艱辛以及業障顯前的種種乃至種種，決非以三言兩語便可以道明的，故不說也罷。惟料想不到的是：繁體出版的機緣反倒於其間率先成熟了！

讀過《金剛經》的都不會不熟悉那段忍辱仙人（釋迦牟尼佛的前身）遭歌利王割截身體的故事。就當忍辱仙人慘遭「節節肢解」時，他不但不生嗔恚，反倒對施暴者升起了悲憫和感恩心。悲憫是因為對方無知而犯下了地獄重罪；感恩者，則因其能為修行人列出這麼一道艱難的選題來，以測試應考者的忍辱波羅蜜之修煉功夫！忍辱仙人當下便立下誓願，吾若成佛，首度者便是你 —— 歌利王！後來，佛真實踐了他的諾言，在鹿野苑釋迦佛度化的第一批五比丘中憍陳如尊者便是當年的歌利王。而忍辱仙人也在順利地通過試煉，圓滿了忍辱波羅蜜後，便從八地菩薩一躍而登妙覺地，更超越彌勒而成為了賢劫中的第四尊出世佛！

這只發生在久遠靈界的故事，難道不應也成為我們當今世間法中的某種隱晦的借鑒麼？

答案是肯定的。我決心就驢下坡，改換路線：既然簡體版無望，那就先專心繁體書的出版吧。

感謝香港人文出版社及其總編才女李俊：沒有她的賞識、支持和努力，這個出版計畫是絕對無有實現之可能的 —— 也算是種緣分吧，而隨緣，原是人能順利走完其一生路的那條最基本的遵循原則。

2021 年 11 月 12 日於香港寓所

作者

上海人

每一條手絹都有記憶
每一寸沙灘都不會忘記
海水和淚曾是一個味兒……

——題記

第一章

一九七七年的隆冬，在上海，夜已深了，面前是一條深長而蕭條的大街……

大街旁的高壓水銀燈把路面照得一片慘白，路上行人已很稀少。但陸續不斷的自行車仍迎着寒風費力地蹬向前去，這都是些上夜班的工人。街旁還有幾家亮着日光燈的店鋪開着做生意，陽春麵和生煎包誘人的香味從熱氣騰騰的店堂裡飄出來；有的人抵禦不了這種嗅覺和視覺的引誘而下車來，在門口撐起車身的腳架，走進店去。然後再在油膩膩的桌旁坐下來，脫下棉手套和口罩，再把它們合在一起，擺在了桌的一角上。「辣醬面一碗！」或「生煎一客加牛肉湯一碗！」不一會兒，人便埋頭在了熱氣騰騰的享受之中了。但多數的人只是斜眼望着騎過而不下車。不是怕夜班遲到，那是因為錢的問題：對於多數每天只允許三毛錢伙食費的工人來說，這是一種奢侈——至少不是人人在天天都能享受得到的奢侈。

從街的那一端過來了兩個青年人，一男一女。男的約莫有一米七五的身高，推着一輛自行車。他的女友走在他的邊上。自行車的書包架上擱着兩把小提琴的琴盒，車的把手上掛着一隻長拎圈的尼龍質的譜袋，裡面塞滿了脹鼓鼓的內容。

他們是這家點心店的常客，只要是在夜晚，他們又打從這裡經過的話。但今晚上，他們似乎走得特別地緩慢，當來到日光燈的燈光潑濺出來的店門口時，他們還是照例地停下了腳步。明亮的光線照出了那位推車男子的側面：一條令人印象深刻的鬢腳，深濃而且粗寬，直連到他的下顎，這很會使人聯想到某種歐洲的人種和那裡的藝術家。他朝着光亮的店堂裡轉過臉來，使人失望地見到他的那一張並不如想像之中那麼瀟灑的面孔：一副秀朗鏡架，一對深邃、智慧和富於思索能量的眼睛在鏡片後閃閃發光。

「樂美」他向着身邊的女友說，「進去吃點什麼嗎？」

「嗯……」她也向着光明的出源處轉過了面孔：一條長毛的灰色長圍巾在她的脖子上繞過幾圈之後便將她的臉蛋的下半部也裏藏了起來，只露出一對眼睛，這是一對水汪汪的，充滿了柔情的眼睛。烏黑的長髮在靠近發根處被一段橡皮筋緊紮住，垂下了一束類似馬尾的散辮。

「今晚上，正之，我……」

「那……我們就走吧！」其實，正之自己也不太有吃宵夜的情趣。他是個滔滔不絕的健談者，今晚上卻一言不發。

李正之和吳樂美同隨一位老師學提琴，他們相識十多年了，但彼此互吐愛慕之心還是七年前的事，當時正之是二十二，樂美衹有十九。在上海，他們都是屬於「待配」青年。七年前的一場「一片紅」的插隊落戶的運動使他們都險些兒失去了那份在上海生活的權利，但他們都還挺了過來。當然，不管是真是假，他們也同與任何一個能從那場疾風暴雨中倖存下來的「三屆」青年一樣，有着各自應付當局的理由——樂美是「心臟」病；而正之的名堂更是駭人聽聞：間歇性精神分裂症。

他倆的朋友章曉冬卻是少數的例外者之一。除了「就是不去鄉下」的對抗之詞以外，她完全沒有留滬的理由。她是一個堅強的姑娘，愛恨分明，她從沒有，也永不會就範在被迫的壓力之下。這或者是她父親性格的遺傳，不過誰也沒有見過她的父親，他是五七年反右運動的網中之魚，而後就被遣派去安徽工作，每年回家探親一次，每次一個多星期。但有一點是可以肯定的：她的美麗是她母親給予的：白皙的皮膚，希臘式的臉型，一頭光澤的秀髮會令人聯想起外國畫報中的某位明星。她的表情是矜持的，她的眼神是含蓄的，其中總是閃爍着一種不屈的光彩，這正是她的那顆不肯妥協的心靈所推開的兩扇窗戶。她很美麗嗎？是的，她的確很美麗，但這似乎是一種不到正常溫度的冷冷的美麗，令人敬慕有餘，卻缺乏接近的勇氣。

但對於正之和樂美來說，她遠不是如此。她自幼學鋼琴，在十多年前被分別介紹給他倆當伴奏，一直至今。十年了，他們所經歷的這個人世間的苦風淒雨的時間、地點和性質基本上是一致的，共同的命運和感受使他們成了推心置腹的摯友。雖然，在正之與樂美這對戀人前，她是局外者，但他倆從不那樣地來看待她。每星期都有一兩次，他們三個人會聚在曉冬的家裡，傾聽着那些已經沙啞了的七十八轉的粗紋唱片上旋轉出來的不朽的旋律，他們的眼睛會死死地盯住那柄正平穩地向着內圈緩緩移位着的舊式電唱機的機頭，如癡如醉。然後便是自己的嘗試：將鋼琴蓋打開，將提琴弦調好，一個點頭，音樂就剎那間轟響起來。他們盡力地模仿着唱片中的處理，使自己深深地，深深地進入到一個音樂所渲染的境界中去：他們想像着多瑙河的水波，維也納的塔尖，是夕陽，是鴿群，是海天一線的遠方……

他們幾乎已經忘記了窗外的那個畸形、喧囂而又廣漠的世界。什麼人上台了，下台，什麼人又上台，他們不想知道；吉普車的檢閱，高呼「萬歲」的人潮與他們無關，他們是屬於眼前的那方小小的天地的，因為那方天地也屬於他們。

今晚，正之和樂美就是從那方天地出來，再走進了這個冰冷的冬夜的現實裡。一樣的在音樂中的陶醉，一樣的真摯的友情，直到曉冬將他倆送到弄堂口。她突然在那凜冽的北風中向他們宣佈了一項霹雷般的消息：她準備去香港了，而且三天之後就要動身！當曉冬的那對含蓄的眼睛在黑暗中凝視着他倆時，他們不知是驚還是喜，他們不知是夢，還是真。但她的確不是在說笑——她從沒有說笑的習慣。

「真的？曉冬，你……」

她冷靜地點了點頭：「是的，我結婚了，他……他住在香港。」

「結婚？……」一團謎語般的疑問深濃着，膨脹着，變成了摸不着邊際的黑色的雲層，雲層追隨着他們從水銀燈的大街上拐進了一條路燈惺忪的長弄堂裡。

這便是他們自從與曉冬分手後彼此間沒有說過一句話的原因。現在，他們仍然保持着這種沉默的狀態，兩個並肩行走的人影加上一輛自行車，在幽黃色的燈光下拉長了再縮短，縮短後又變長，祇有鞋底敲打在路面上的聲音，卻聽不到人語……

論去香港的應該是正之，他的父母都在香港。二十年了，就這麼一個孩子，但卻留在上海。十六年來，正之的申請一直被拒，不知經過了多少次的反復。他最後的一次申請報告是在三年前遞送上去的，結果就像以往無數次一樣：猶如一塊沉入了大海的石頭。香港，這盞在夢幻中的油燈正慢慢地、慢慢地暗淡下去，幾乎要瀕於熄滅了。突然，它又在他眼前奇跡地閃亮起來，而撥大了燈芯的卻是他從沒有想到的曉冬！

深深的長巷在他們步履的有節奏的「咯咯」聲中漸漸地縮短了。在那條弄堂的盡端站立着一幢新式里弄型的住宅。他倆在那裡收住了腳步，小鐵門被推開了，一座荒蕪了的小花園出現在他們的面前。靠着圍牆，有幾棵佇立着的禿樹的影子，離小鐵門約十步之遙是通向主屋去的台階。一樓的某個窗口中還有黃光透出來。正之抬頭向着二樓的幾個黑洞洞的窗口望去——那兒就是他的家。

除了音樂之外，正之還自修英語。幾年前，正之已將國內大學的英語教程全部自學完成，現在他正閱讀着一本又一本的英語原着。但他最大的嗜好乃是詩：他讀詩，他寫詩，他思索着詩，每時每刻；他愛詩，愛得發狂。每當與人談到詩的構思與創作時，他更會激動得面色蒼白，呼吸急促——別人無疑是會將這當作是「間歇性精神分裂症」的一種症狀，祇有樂美，她徹底地瞭解他，他倆溫柔地深愛着。樂美可以整整一天又一天地傾聽他激動的自白，然後投入他正像火一般燃燒的胸膛上，聽着他「咚咚」的心跳。他們可以幾十分鐘沒有言語，然後她抬起頭來：「我不完全能聽懂——但我愛聽，愛聽極了！不僅你愛詩，正之，我也愛詩——因為我愛你。」他柔柔地吻着她的殷紅的嘴唇，他的眼眶中閃動着淚花……他說：「沒有你，我不會寫詩，美……」

而此刻，他們正站在小花園中依依不捨：寒風嗚咽着，他們各自將圍巾裹住了自己的面孔，他們的臉頰凍得紅彤彤的。四隻眼睛在幽幽的光線中閃閃發亮。

「十六年了，」他說，「我從少年進入了壯年。爸爸的身體每一天都有垮下來的可能，媽媽又不會處理那裡的一切，真不敢想像……」

她說：「假如你在六六年之前的申請就成功的話，現在你早已從美國學成回香港，你爸爸的公司也後繼有人了……」

「但我不想那樣。」

「為什麼呢？」

「在美國，我認識不了你，我不能想像沒有你的日子將會是怎麼樣的，我願在這兒等，等到你在我的生命中出現了，然後被我愛上——」

她笑了，笑得無比地溫柔，他將她的圍巾拉低了一點，那殷紅的嘴唇露浮了出來，在那毛茸茸的圍巾的邊緣上，四片嘴唇膠合在了一起……

夜寧靜着，風聲、禿樹、寒月……他們溫暖在愛的擁抱中。

當騎車的樂美的身影又從那條空無一人的、亮着黃色路燈的弄巷的盡頭消失時，正之才關上了小花園的鐵門。小鐵門已差不多要脫離轉軸倒了下來，正之費勁地提推着它，它「嘰嘰咔咔」地叫着，「砰」地卡進了插銷槽中。鐵門的邊上堆着一堆小丘似的泥土和十多塊七歪八倒的整磚和碎磚——這是「備戰、備荒、為人民」的年月中挖防空洞留下的遺跡。其實，就連鐵門也差點被拆去送進煉鋼爐，這是二十年前的事了，當時正之的父親還在家。但就當拆門運動進行到隔壁時，突然接獲上級的通知而停下了，正之想起了父親曾幾次地撫摸着鐵門，說它「命大」。父親清癯的面龐和消瘦的身影在他眼前似乎又浮現了出來，這是一襲記憶加上想像的形象：二十年了，二十年前，他祇有十歲。他轉過頭去，愣愣地望着鐵門，不知不覺地走了回去，他的手摸上了鐵門，他似乎感覺到鐵門也和他一樣，正懷念着遠在幾千里路外的，在另一片天地上生存着的他的父親。

正之沿着花園裡殘破的水泥小徑向屋門走去。他推開門，走廊裡一片漆黑。走廊間是長年缺燈的。他踏進屋去，在那裡默默地站了一會兒。再用手把身後的屋門向着自己拉過來，外面墨藍的天穹與清明的寒月終於給最後一線掩上的門縫排擠到了屋外。他呆立在黑暗中，周圍沒有一絲聲音。那是他出生的地方，據母親告訴他，三十年前的一個深秋之夜，他就出生在這樓下的一間房間裡。他從未離開過那幢房子，三十年過去了，他長大了，成熟了，屋子卻衰老了，殘舊了。

他躡手躡腳地摸到了扶梯的邊上，踏上了扶梯的梯板上。年久失修的木板發出了「咯啦啦」的響聲。樓下房門中的一扇被打開了，暗淡的黃光從裡面射了出來，一個年老婦人的頭探出來。光線勾劃出她那蓬蓬鬆鬆的頭髮和披着厚棉衣的上半身的輪廓，她用臉朝着正站在扶梯第二級上的他：她的臉對於他來說是一團黑乎乎的圓型，但他卻知道她是誰。

「嚴家姆媽，是我啊，我是正之。」

「你回來了嗎？去哪裡啦，這麼夜才回來？」

嚴家姆媽是一位退休工人。她是文革時，在正之家的部分房業被沒收後，才分配進來的房客。她每天忙於里弄的公眾事務，諸如節日值班，維持交通秩序，宣傳計劃生育等等。忙完了里弄工作還得趕回家來煮飯，為了丈夫和兒子們能在一日辛苦工作回來後能享受一頓熱騰騰的晚飯。她很關心正之，一半是因為同情那個父母都不在身邊的「神經有毛病」的孩子，另一半可能是里弄和派出所方面的意思——至少正之這樣認為。

「朋友生日，完了，還在浦江邊上溜達了一圈才回來。」

「噢……有人找你……是派出所的丁同志；下午兩次，晚上又來過一次，他說，讓你回來後不要再出去了。」

正之全身的血液一下子涼了下去，跌到了冰點。「丁同志？……」他喃喃地說。他的兩腿開始顫抖，面色刷地蒼白了。幸虧是在黑暗中，對方不可能看清他的表情的變化。

關上的房門又將正之棄留在了黑暗之中。他站在原地久久沒有動一步，他的心沉重得可怕，雙腳卻輕飄得失去了立地的感覺。「派出所的丁同志……」他感到耳孔內「嗡嗡」作響，他幾乎失去了自製力。他的第一個思想就是樂美——他要去找她，衹有她才能明白他的恐懼，因此也衹有她才能安慰他。一種強烈的向屋門口重新沖過去的慾望佔有着他。他想像着自己會如何飛快地扭開門把，沖入花園，接着是那扇朽殘的鐵門和那條長長的亮着黃色路燈的弄堂；他要去趕乘那最後一班的二十一路無軌電車，讓它把自己搖搖晃晃地載送到樂美家的窗口下；那兒一定還亮着燈光，她還不會睡，這點他可以肯定；他會在窗口下喊着她的名字，她便會探身出來，一頭散開了的長髮，接着是那半截粉紅色的睡衣；他會叫她立即下樓來；當她的身影在弄堂口困惑地出現時，他將會撲過去，緊緊地抱住她，告訴她說：他不能再回家去了，麻煩已肯定降臨在了他們的頭上……

但這只是一系列的想像；他作出的卻是與此相反的動作：他轉回身去，向着二樓自己的房間走上去。他不能那樣做，在這麼一個冬天的深夜，不顧一切地奔出去，嚴家姆媽會怎樣想？她又會怎樣來向她的「上司」形容他的反常行為呢？——這決不是「精神病」所能解釋的，這只會使他陷入更大的被懷疑和麻煩之中，假如真有麻煩已經形成，並在等待着他的話。

他不知道自己是怎樣地走到二樓，到了自己的房門口，並取出了鑰匙開了房門的。當他稍能清醒地意識到自己的存在時，他已站在了房間的中央，房門已被關上，燈卻仍未打開。他俯下身去，扭開了那座老式的落地燈。

整間房間立即在一片柔和的燈光中出現在了他的眼前。這是他熟悉了幾十年的地方：柚木的床、櫃、桌子和椅子，像那些已失去了青春年華的貴婦人，反射出一種深褐色的微光。褪色的紫紅的厚天鵝絨窗簾還未拉上，它默默地靠在窗框的一邊。從窗外朝房內凝望着的還是那輪蒼白的寒月。窗台上擺着幾盆盆栽和假山的設計；窗的右邊是一張墨綠色的寫字台，一張皮質的，包圓銅釘的寫字椅，一端藏在桌肚裡。寫字台上站着一個戴着湖綠玻璃罩的台燈，一厚疊，一厚疊的書堆砌在桌上，有若高低參差的大廈從台面上的那方玻璃湖面上矗立起來。房間的光線很幽柔，精裝書籍上的燙金的英文字母閃爍着，像一種無言的敘述。窗台的左邊是一條長壁爐架，一塊白色織花的飾巾展鋪在爐架上，一座貝多芬的石膏頭像和幾件紅木和玉瓷的擺設點綴在上面。這些都是他父母留下的東西，他不知道房間是從何時就開始呈現這種面貌的，在他的記憶裡，它從來就是如此。

周圍靜得連一絲兒聲音也沒有，房間裡充溢着一種溫暖、親切的氣味。他是那麼地愛聞到這種氣息：它使他產生過多少詩的衝動，只要聞到它，他就覺得自己在家裡，在他那體貼，安全的巢窩裡。儘管外面的世界是寒冷的，而這裡永遠溫暖。外面的人群可能會很奸詐，而這裡的每一件細小的物品對他都是那麼地忠誠，它們與他在一起分擔過多少歡樂和憂患的日夜啊！

雖然置身在家中，他似乎稍微有了一些安全感，但現在的他並沒有細細去體味這種氣息的心情；樓下那截從房門中探出來的有着蓬鬆頭髮的人影和她說的那句「派出所丁同志找過你」的話始終在他的眼前浮動，在他耳畔迴響。他努力想搞清出現的究竟是一種什麼樣性質的麻煩。是他有女朋友的事實已被察覺了？

是他自學英語被發現了？還是他在精神病院偽裝的病歷卡被揭露了？莫非是他寫的那些詩？想到這裡，他心中一陣發毛，手心上沁出了冷汗。他一個箭步跨到寫字台邊，打開了中抽屜，從抽屜的最內層，他拖出了一隻小小的木箱來，木箱是用一把小銅鎖鎖着的。他的眼睛開始在地板上尋找起什麼來：在兩條木條的縫隙間，他用手指輕輕地挑出一把鋁質的鑰匙。他將鑰匙對準着那把鎖的鎖孔，一個小小的使勁，「嗒」地一聲，銅鎖應聲而開了。他扳開小小的銅搭扣，箱蓋即時被頂了起來：箱內實實地壓擠着各種形狀的稿紙。他停下手，站起身來向着房門走去，他打開房門向外望了望，走廊裡仍是一片漆黑。他又關上門，把內銷插上，再回到原來的位置上。

他打開木箱，就像拆卸一枚定時炸彈一樣地小心翼翼。稿紙——那些他對它們懷着那麼奇異又複雜感情的飄飄如雪花般的稿紙，那些年月來他將自己火熱的愛恨潑濺在了上面的稿紙，那些沒有半絲虛偽地記錄着他的真情的稿紙，那些他用眼淚寫成的，讀來又會使他重新流淚的稿紙，那些在這個世界上衹有他本人和他的樂美才知道它們存在着的稿紙——現在正散攤在他的面前，他想哭，想笑，想撲上去，一下子將它們全部擁抱在懷中，但在他的眼神裡同時閃現着一種恐懼：仿佛這是從一個炸彈裡倒出來的炸藥，隨時會爆炸，隨時可能把他炸得肢體離散。

他再次站起身來，這一次他是向窗口走去的，他隔着玻璃向窗外的那輪月亮呆望了一會兒：這是一片晴朗的夜空，月亮的周圍沒有一絲雲影。在距離月盤很遠的天邊有幾顆星星在眨眼。他的手開始將窗簾拉起來，動作緩慢得像夢遊者一般。

他又回到了寫字台的邊上。扭亮了那盞湖綠色的台燈，台面立即被籠罩在一片光明之中。詩的稿箋展示在他的眼前，恐懼在他內心的一角存放着，他已不能抵制那股再將詩稿重閱一遍的衝動。

他的世界又復活了：理想、憧憬、開花的春天、落葉的秋天，陽光裡的散步，雨簷下的惆悵，色彩與氣息一起向他湧來，他見到了樂美迷人的眼睛，他嗅到她髮辮上的柔香。他向自己命令：不行了，這已是極限！現在不是想像澎湃的時候，現在他正處在認真思考應付策略的當口上。他把稿箋再次塞入木箱，再將它們牢牢地鎖實。他覺得聲音正漸漸地飄遠，色彩在慢慢地褪去，他又回復到柚木傢俱的現實中來。稿紙一張也不少，無論從哪個角度來估計也不可能有誰會來偷看過他的詩稿。他覺得稍稍安心一點：只要不是這件事，其它的都不可能嚴重到「上綱」的地步。

他走到床邊開始鋪床。無論如何，他都必須在明天一清早離屋，而且還必須先處理掉那只木箱。他不會忘記十多年前在這幢房子裡發生的紅衛兵的抄家行動：怎樣深藏的物件都不可能逃避過搜查者的眼睛。其實也很簡單：只要一根火柴，燒了它們，——不！他立即向自己反駁：那裡藏着的是他和樂美的靈魂，即使他願意，樂美也不會同意。他必須帶着它們一同離開。藏到樂美家，曉冬家，還是像幾年前一樣，藏在公園的某一個角落裡，做上記號，待雨過雲散再去取回？現在這還不是他要思考的內容，一切到明天見了樂美之後再說——最重要的是：他要儘快地見到她。

在熄了燈上床前，他先將各類英文書和琴譜整理清楚，然後再去對付那些石膏像，掛畫和其它的工藝品。它們都被堆進了大衣櫃底，完了再在上面壓上了重重的棉被和衣服。他環顧着房間，一切已經完畢，那張曾堆滿知識的台面上現在已空無一物，湖綠色的燈罩下躺着幾份上星期的《解放日報》。

正之躺在床上，木箱就挨着他的枕邊放着。他在黑暗中睜大着眼睛，他一點也沒有睡意。他的眼睛透過窗簾的縫隙向外望去：幾時天邊才能露出白色的曙光？

雖然正之堅持認為自己並未曾入夢，但他還是可能睡着過。因為他分明見到那雙水波樣的眼睛在幽光中閃爍；恍恍忽忽地覺得他整夜地和樂美在一起：一會兒在朦朦朧朧的西子湖畔散步，一會兒他們正從熙熙攘攘的南京路穿過那條行人稀少的茂名路，向着家的方向走去。他們還是推着那輛半新舊的自行車，兩把提琴擱在書包架上，車龍頭上吊着一隻尼龍袋，裡面裝的是各色封面的琴譜。不知怎麼，他的腳步是那樣地沉，他們走了不知多少路，總見不到家。「我們還是先去曉冬家吧，她家離這兒近……」他說。

「為什麼？」她轉過臉來，似乎有一絲慍怒的表情。他不知她是為了何種緣故？而他，只是渴望能坐下來歇一歇，他已感到精疲力竭了。但他仍依依稀稀記得他必須先回家去，那兒有一件急事要等着他去辦。於是他領着樂美穿過了一條又一條他的記憶所能提供給他的弄堂和橫馬路，繞過了那些永遠開着蓋的水泥垃圾箱，又打從無數潭露天小便池的邊上捂鼻而過……終於，他們見到了那條熟悉的，亮着昏黃路燈的長弄，他家小園的鐵門就在它的盡頭。

突然，他佇立在原地不動了：不，不能回去！丁同志！派出所的丁同志！他不正在他的家裡等着他回去嗎？還有那只木箱——木箱呢？木箱在哪裡？他一把抓住了樂美的手！「不要回家去，你聽我的，我們不能回去！……但那只木箱，那只裝着我的全部詩稿的木箱呢？……我們不能沒有了它啊！」她轉過頭來，「什麼？……」可他見到的卻是曉冬：鵝蛋的臉型，白皙得耀眼的膚色，含蓄襲人的眼神，長長的頭髮正輕輕地向後飄拂。「樂美呢？……她分明在我邊上的，她從沒有離開過我……樂美！樂美！……」他向着家的反方向狂奔起來，仿佛要去拾回一件他曾在來路上遺失的東西一樣……

他渾身冷汗地驚醒過來，手正緊緊地抓住了棉被。木箱仍靜靜地躺在他的枕邊，沒有丁同志，也沒有曉冬，也沒有樂美。他從窗簾的縫間向外瞥了一眼：東方已經發白。

他匆匆地起身。向着藏在幽暗中的整潔和單調的房間環顧了一眼，他才開始記起昨夜整理書籍和重閱詩稿的種種細節，他覺得現實正慢慢地在他腦子的底片上顯影出來。他走到窗邊，拉開了窗簾。窗外是一片寒冬的景象。一片灰紅色的里弄平房的屋頂在他的眼底下展開。早起的麻雀在上面跳躍着，「嘰嘰」地歡叫。那坪荒蕪的小花園就在他的窗下，兩三棵深褐色的老樹正把光禿的枝丫探伸到曠靜的空中。花園的地面上七高八低地堆着些泥磚，沿着牆根也確有過幾長條草皮的痕跡，不過現在也都已枯黃。園中央豎着兩三堆細竹竿紮成的三腳架，架與架之間是橫擱着的粗竹竿，只待陽光普照時，上面就會曬滿了各種衣衫、褲襪和尿布；活像聯合國大會召開時的萬國旗。

他的目光從窗外收回到室內。不見了狄更斯的小說和普希金的詩集，不見了貝多芬，就連那幅名畫「夜巡」的臨摹品也被從牆上取下，收理了起來。他第一次感到這間無時無刻不在向他伸出溫暖、安慰、關懷的房間忽然變得那麼地陌生——陌生得可怕。他的目光落在那只木箱上。這十年來的可怖的記憶和見聞一下在腦海中翻滾起來，它們蒸騰成一種更加可怖的想像和推斷。「我必須儘快離開……」他向自己命令，舉目向五斗櫃上的那座「大鵬」台鐘望去，時鐘已偏過了七點。

他離房去到洗澡間，洗刷完畢後又回來。整幢屋子靜悄悄，早班的已出門，夜班的還未到家。弄堂裡傳來了隱隱約約的孩子們的叫喊鬧聲，他們正集隊上學去。正之繞上了圍巾，穿上了大衣，再拎起了小木箱。雖然別人的目光不可能透視過木殼而見到內藏的東西，但總還是多一層遮掩物好一點，他找來一隻手提袋，這是一隻黑色人造革的手提袋，外表已在這嚴寒的氣候下開裂了。他把小木箱塞了進去，然後握到了那兩彎堅硬而刺手的提圈上。這才使他意識到他還未戴上手套。他戴上了手套，向着房間投去了最後告別的一瞥，這時候的時針正指在七點十五分上。

他輕輕地鎖上了房門，沿着扶梯向下走。屋內依舊是靜悄悄的。走廊和扶梯的轉角處掛滿了從花園回屋度夜的衣衫和一些醃雞臘肉的年貨。這是上海人的習慣，他們把吃的，穿的都請到了公用的走廊裡，為了讓私用的領地顯得整潔。正之擔心的是嚴家姆媽，她是整幢屋最晚一個上床又是最早一個起身的人。而且，雖然年齡已越六十，卻還有一對像貓一般機靈的耳朵。正之必須百倍小心地通過她家房門口的那段走廊才可能沿着屋簷下的牆根走去，再從她家的窗台下通過，直插向小鐵門的方向，而鐵門又正對着她家的窗口，從那裡，她可輕易看見正偷偷離去的正之。正之的腳步在扶梯的階級上遲疑了一陣，但又馬上再度地移動了；他沒有什麼好考慮的，時間已無多，派出所是八點整上班。

正之的顧慮是多餘的，縝密的安排也屬徒勞，因為當他的腳還未跨下最後一階梯板，嚴家的房門已「呀」地一聲開了。這次再不需要探出半截身來。嚴家姆媽堂堂正正地步入到走廊中央，迎着正從扶梯上下來的正之。她是一位身材矮胖的年老婦人，一身臃腫的棉襖棉褲，頭髮已經花白，一張慈祥的圓臉，面色略帶有一種高血壓性的紅潤。

「又去哪裡？」

「喔……想出去吃早點。」他覺得她的眼光正集中在他手中的黑色人造革袋上，「一隻保暖壺，想帶點豆漿回來……」

「丁同志叫我告訴你的，如果他再次撲空的話，我不好交代……」

「我知道……這麼冷的天，我不想煮早飯了，吃點熱的……我想……我想出去吃點熱的，」他怕她不放心，又加多了一句，「就在弄堂口的那家豆漿、糍飯攤上。」

「這樣吧，我代你買回來，你不要出去了。一天找你幾次，他必定有重要的事要與你談。」

假如不是經過昨夜一夜的思考而有了某種思想準備的話，他必會在嚴家姆媽的面前表現出一種魂不附身的模樣無疑。一個有精神病傾向的人應該是對不該緊張的事表現出疑慮，而對應該緊張的事顯示出坦然。反之，這便是一個不正常的「精神病人」。

「這樣好嗎？你幹嘛不作聲？」

「好，好，謝謝你！」他須將一種幼稚的無知和精神病人才會有的麻木的樂觀包蓋住他極端恐懼的內心活動。他口雖這麼說，手卻沒有動，腳也沒有移。

「給我錢啊，」嚴家姆媽說，「我是代你去買早點的。」

「噢，對了。」他慌忙去掏錢。

老婦人接過了錢，就伸手去拿他手中的黑包。「把保暖壺也給我。」

「什麼？……噢……我不想喝豆漿了，……給我買一塊糍飯糕，一副大餅油條算了吧。」

「就吃乾的？總會要些什麼濕的潤潤口的。」

「不，喝熱開水，喝熱開水就可以了。」他不敢再留在樓梯上了，他不敢再與嚴家姆媽面面相對，他轉過身，向樓上走回去，他覺得她的目光正從他的背後盯在了那只黑色的人造革手袋上。

他急急退回到房間裡，一屁股坐在床沿上。他大口大口地喘着氣，心「嘭嘭」地拳擊在他的胸壁上。

他聽見屋門開了，然後又關上，接着便是那小鐵門的熟悉的「嘰嘰咔咔」聲，鐵門沒有關上，也不必要關上，點心店就在弄堂口，只要十五分鐘的時間，出門者就可以歸來了。

他真想就趁這段真空的機會奪門而出，但瞬間即被他自己否定了：那條長弄是他家唯一聯繫外界的出路，假如他不在半路上遇見嚴家姆媽，也必定會在弄堂口被她看見。至少，現在還不是不顧一切逃跑的時候，假定他要這樣做的話，他早就在昨晚上就採取了行動。要冷靜，冷靜才能化險為夷，他這樣告訴自己。

他熬過了生命中最長的十五分鐘，他終於聽見布底鞋踩在花園水泥地上的沙沙之聲了。屋門被打開了，又關上，接着是樓梯上的腳步聲；他的房門被推開，進入者並沒有叩門——這是這裡人們的習慣。

嚴家姆媽見到的是坐在餐椅上等待着早餐的他，一杯冒着熱氣的白開水放在他的手邊。他覺得，嚴家姆媽進房時是先向着房間環顧了一周，她在找那只塞得脹鼓鼓的人造革提包嗎？——但也不見得，用眼角的餘光來窺視他人的房間也是這裡的人的習慣之一。

「一副大餅油條，糍飯糕賣完了，今天生意特別好……喏，這是一角三分錢的找頭。」

「謝謝！」他顯出了一副十分真誠的樣子。「坐一會兒嗎？或者也吃點，喝點什麼？」

「嗯……是遲疑不決的猶豫。

當他察覺到他敷衍式的邀請有可能使對方心動時，他忙說：「丁同志如果敲門，我們能聽到嗎？」

真是一語驚醒夢中人！丁同志馬上會駕到，再說萬一讓丁同志知道她在正之的房間裡與他聊天的話，他會怎樣想呢？她好歹也算個平時值值班，作作動員宣傳工作的積極分子，她應該明白界線和立場的含義。

她急忙地站起身來，「不坐了，爐灶上還煮着東西呢……」她腳步很慢，理解恨晚地沖出房門，一路「嗒嗒」地奔下樓去。

正之一秒鐘也沒有耽擱，他也跟在她的身後走到了房門口，臨出門時他又拎上了那只躲藏在屋角的黑色人造革袋。那副大餅夾油條一動也沒動地擱在那杯冒熱氣的白開水杯的頂部，莫名其妙地目睹了這裡所有發生的一切。

嚴家姆媽不可能想到也不會注意到正之正尾隨她下樓來。他在扶梯的轉彎處靠靠躲躲，密切注視着老婦人的動向。她先去自家的房中拿了點什麼，然後果真穿過走廊到廚房去了，正之的機會終於來了！

廚房的門是背離屋子的大門而開的，廚房的窗外是後天井，見不到那扇會「嘰咔」作響的花園鐵門。正之大跨步地向屋門沖去，他輕輕地打開了屋門，再將它掩上，他在花園中了，他已成功了一半！小鐵門是開着的，他側着身通過了第二道防線。一條長長的弄堂躺在他的面前，弄堂的彼端是馬路。集合的小學生們早已出發上學校了，弄堂裡空無一人。有些人家的大門緊閉着，有些半掩着，弄堂地面上的凹窪積水處結成了白茫茫的厚冰，他疾步地通過這段無人地帶，相信不會有人留意到他那一半像趕公務，一半似逃跑的神態。

他終於站在馬路邊上了。人行道上的行人包着厚厚的圍巾，個個都裹在灰、藍、黑的臃腫之中。自行車來來往往。一輛無軌電車向他徐徐駛過來，車頭的那塊小小的路號框中寫着「二十一」，正之心頭一熱：

這正是他要搭的車！

他轉右，向前奔去，在離他所站立之地約二十步之遙就有一處二十一路車的車站，他希望能趕上這班車。

頭頂上的帽檐拉下了，脖頸上的毛圍巾向上翻起，只留出小半截通紅的耳朵在呼呼的北風中。他依稀聽見有人在喊他的名字：「李正之！喂，李正之！……」在這個時候有誰會叫他呢？嚴家姆媽在廚房裡，弄堂裡沒有人見他出來，他已肯定脫離險境了。他漫不經意地邊跑邊掉頭去望了一眼。他奔跑的腳步剎那間釘住了！人卻還有向前沖去的慣性。

「丁……丁同志……」他不由自主地脫口而出。

正是丁同志。派出所是設在那條弄堂的左邊的，而時間是早上八點剛過了五分鐘，正是丁同志去派出所報到後出來找他的時候。

電車從他的邊上駛過，向人行道邊上靠去，售票員從車窗中伸出手去，「嘭嘭」地敲打在車身側邊的鐵皮上，口中喊着：「陝西北路、……南京西路陝西路，下車的趕快下車了！……」車站上的人不多，車停穩後，車的前、中、後門都「噗喇」一聲打開了。車上零零落落地下來了一些人，站上又三三兩兩地上完了幾個乘客。車的前、中門都「噗喇」地閉上了，唯獨留着那扇後車門沒有關。正之就站在那個車門幾步之外，售票員回轉頭來看着他，等他上車，她肯定已見到了剛才正之追車的那一幕情景了。

但正之沒有反應，也不可能有反應。他怔怔地回視着正用眼睛促示他趕快上車的售票員，沒有點頭，也沒有搖頭。他多麼想就一步跨入那節車廂，讓它把自己載送到樂美的窗口底下啊，但他的腳像是釘在了地面上似的，連拔也拔不動了。

那最後一扇開着的希望之門也終於「噗喇」地閉上了。他分明知道它遲早得閉上，他盼望的是哪怕它能延續多零點一秒的時間也是好的，人是不能忍受眼看自己的希望被殘忍地掐毀的。

「你上哪兒去啊？」正之轉過頭來，他見到丁同志已站在他面前。

丁同志也是個胖子，高大的個子，加上一套深藍色的冬季制服，體型更顯得龐大。他五十開外，雖然戴着一頂警察的寬邊帽，但嚴重禿頂的跡象已在他一毛不生的，油光光的前額上反映出來。他的臉色紅潤，而且飽滿，面部除了幾條粗深的皺痕之外見不到細小的紋路。他操着一口濃重的山東音。

「我已向嚴大姐交代好了，叫你在家等我！她沒告訴你嗎？」

「她……我……她告訴過我……但我……我想……」正之的語無倫次已到了不可能控制的地步，他在心中向自己命令要鎮靜些！但他知道他的理智的防禦線正在開始全面崩潰。

「上哪兒去，這麼一大早？」他再加問了一句，眼神自然而然地集中在正之手中所拎着的那只脹鼓鼓的黑色人造革袋上。

「一個朋友……不！……是一位親戚結婚……不，是生日……」正之的手下意識地將那只手提袋轉到了身後。就在周圍零點零幾米的場地上，他還企圖把它從一位已盯牢了它的警察的目光中避離出去。

「送禮去啊？」

「噢……是，送禮。」

一堆詩稿，一箱炸藥，他像是一個軍火走私者，連同贓物一起正好被走私稽查人員截住，他不難想像出結果將會是什麼。

「你跟我去一次派出所，」姓丁的邊說邊回頭用目光丈量着他們所站的位置到派出所的距離，他並沒有太留意到正之那半截從圍巾後露出來的已嚇得流盡了血色的面孔。「不，還是上你家吧，我有事要與你談談。」

他沒等正之作答，已掉過頭向弄堂口走去，正之釘在原地的腳也動了，他不覺得這是他的腿，像是裝在他下體的兩杜正在向前移着的木樁。它們一前一後地向前走着，彼此間只差一步半的距離。沒有人再說過一句話。

弄堂裡還是一樣地清靜。半掩的門後多了幾個用方巾包住了頭的，將通紅的手臂泡在了冷水裡洗衣服的家庭婦女的影子。她們停下了手中的活兒，好奇地探出頭來，看着丁同志怎樣把一個罪犯似的，低着頭的，父母都在香港的青年人帶回家去。

他們來到了鐵門邊上了，丁同志必須將鐵門推開一些才能適合他那寬大的身體通過。到達屋門前，正之默默地取出了鑰匙，打開了門，他們走了進去。正之不知道自己在做些什麼，他的動作完全是機械化的，是一種條件反射式的遵循。

嚴家姆媽立即從房門中走出來，她見到丁同志：「早！丁同志……，」突然，她見到了站在丁同志身後的正之，她嘻嘻的笑臉一下子僵住了，她不知是怎麼回事。她很想問個清楚，但丁同志的臉上並沒有想作任何解釋，甚至寒暄的意思，他徑直向樓梯走去，正之尾隨着他。

而正之呢？他當然明白嚴家姆媽的驚異，不過，現在她的驚異對於他來說已不再重要。

他倆進入了正之的房間，丁同志習慣成自然地朝房間四周掃了一眼，然後拖了一把椅子過來，在寫字台邊上坐下。餐台上的那副大餅油條還是熱的，而半杯熱水由於被大餅的底盤蓋住了出路，使那另外一半的空杯壁上凝結了白茫茫的蒸氣。

「喝杯熱開水，丁同志……」正之終於想出了這麼一句半掩飾半討好的話。

「不必了，你坐下，我有事與你談……」

正之就在他的對面坐下了，他把那袋「炸藥」就放在了自己的腳邊。

「怎麼，近來好嗎？」

「很好……我……哦，不是太好……晚上失眠，每星期去看一次醫生。」正之驀地記起了自己在這個腳本中扮演的角色：這是一個「精神病患者」。

「父母有信來嗎？」

「有……不常有……但也有來。」

「你父親的身體不好，那家公司仍由他親自管理呢？還是請了別人來代管？」

「我不太清楚，他們信上很少談這些。」正之有些覺得奇怪：他的目的究竟何在呢？

「嗯……」他邊沉吟，邊將手伸進他的制服右邊的那只寬大的口袋中，「國家考慮到你家的具體困難，已批准你去香港。」

在這一霎時，正之的感覺是麻木的，他還遠不能適應從那恐懼的深淵中一下將自己沉浸在歡樂陽光之下的奢侈。「什麼？……」

丁同志的手從口袋中退了出來，他的食指與拇指間夾着一份淺綠色的雙摺文件，他將它擺在桌上。首先跳入正之眼簾的是一個天安門的國徽，一行仿宋體的字型「來往港澳通行證」，下面是一排小字，正之看不清楚也不想看清楚；他只見到一幅相片，相片上印着的分明就是他自己，是三年前的他自己。

正之終於使自己確信了在他眼下躺着的不是逮捕證，而是——通行證！那份三年前如大海沉石的申請竟然奇跡般地再從海底冒升了上來。他只聽得丁同志的那些山東口音的，官腔式的陳詞在他的耳畔流動：「這體現了黨和政府對僑胞的關心；祖國形勢一片大好，而且從未像現在這麼好，所以你出去之後……」

他突然感到自己真想一下沖過去，把眼前這位山東祖籍的民警緊實實地擁抱住，他覺得他是那麼地可愛，那麼地神聖，活像一位報佳音的老天使！

「丁同志！」他激情沸騰地說，「我——謝謝您！」

受他感謝的對方似乎有點驚訝，他抬起眼來直視着正之。「謝謝我？不是謝我，應該感謝政府，感謝黨……」

「是的，感謝祖國，感謝黨！」正之重複着，心中蕩漾的是一種他從未體會過的天堂般的極樂的狂喜。忽然，一個潛在的憂慮又從他的心底的某個角落下意識地浮上來，那是關於一個正常的精神病人應有的態度問題。「我……」在他還未找出適當的裝瘋賣傻的辭令的時候，他已向自己說道：「這場演了十多年的戲應該到了落幕的時候了。」

「什麼？你想說什麼？」丁同志中斷了對他那作為報告式的台詞的背誦。

「沒什麼，我只是想說，我，我興奮極了！」

「哦，……是的，一家終於可以團聚了！」他的眼神中也閃過一絲同情和感慨。正之知道：這句才是他作為人，而不是作為工具說出來的話。

一段不太自然的靜默，當他又回到了自己的角色中時，他向正之問道：「你知道出國旅行的手續怎麼辦的嗎？先去華僑飯店的國際旅行社，買一張火車或飛機聯票，再打電報去香港……」

正之根本不需要他來教，他又開始了戲劇化的想像：他覺得自己正從房門中沖出去，然後沿着扶梯「嗒、嗒、嗒……」一陣風般地捲滾而下，當他到達底樓的走廊間時，他一定會遇到嚴家姆媽，他不會再去理會她那猜疑而又驚奇的目光，他想做的只是要衝着她笑——露牙大笑！或者他還會朝她做一個鬼臉，他要讓她知道她的那位「精神病」的鄰居一旦做鬼臉時的模樣會是怎麼樣的……而後再是屋門，七高八低的花園，「嘰嘰咔咔」作響的小鐵門，那條現在應該是比剛才還熱鬧得多的長弄。那些家庭婦女，對了，那些剛才見到他與丁民警一同回屋去的家庭婦女們，他應該向她們表示些什麼呢？只需說一聲：「早！某某阿姨早，某某婆婆早，各位，早晨好！……」

無論如何，他的目標是二十一路電車站，他希望他剛奔到，電車就正好抵站，他一分鐘都不能再在站上多等了！他希望那車上的售票員就恰好是剛才的那一位，因為他將要告訴她關於那場追車而又不上車的劇本的上文和下段，他要與她大聲地談笑着，他要出示給她看那份淺綠色的印着國徽的通行證；他要讓她知道，讓她理解，他要讓車上所有的人都知道、都理解、都羨慕、都能想像出他現在是一個怎樣狂喜得隨時都想騰身起飛的人！……因為他不能讓自己的腦子，自己的嘴巴，自己的手腳有停下的一刻。他要一路說，一路做，一路笑地到達那扇神聖的窗口下……

現在，他終於站在窗口下了，他高呼樂美的名字，那時會是九點鐘——算它九點一刻吧！——她應該是剛起床不久，已洗梳過了，或者還沒有，她將探出頭來，仍會是一頭散開了的長髮和那半截粉紅色的睡衣。「下樓來！美，下樓來！……」「什麼事？」「你別問什麼事，快下樓來，快！越快越好！……」當她出現在弄堂口時，他將一步沖上去將她摟住，是的，周圍有行人，周圍會有反感的目光，但他們大可不必去理會這麼些小事。他要把她抱得緊緊的，緊得讓她呼吸都感困難！他甚至想當眾把他的兩瓣火熱的嘴唇壓在她的上面，然後，他會把她那激動，但是困惑的臉移到一英寸距離之外，他將用熱辣辣的眼睛深深地凝視着她那對水汪汪的眼睛，然後再一個字，一個字地告訴她：「美，這—不—是—夢，這—是—真—的，美，我們，……我們成功啦！」

第二章

曉冬的家是在淮海路的一幢公寓的四樓，這是一座總共衹有四層樓的大廈。堅實的灰色的水泥質的外牆，中間嵌鑲着褐色瓷磚拼成的圖案。一些文革初期留下的紅色標語的痕跡還隱約可辨。在四五十年前的上海，這應該是一座很有身分的建築，如今，它只像一位憔悴的不屈者，仍然一步不移地佔據着那方已屬於了它這麼多年的地盤。

對於在城市的邊緣地區悄悄地豎立起來的色澤鮮明的新工房，它是一位貨真價實的前輩：四層樓的實際高度要超過了那些號稱六樓的。公寓的底層被各式各樣的店鋪佔據着，這都是些門朝着淮海路而開的商店。公寓裡的住客通常是由它的後門進出的，後門開在一條以淮海路的門牌順序而編號的弄堂裡。

在曉冬家的高爽闊大的客廳裡，沒有太多的傢俱，一架遮着白色針鈎網紗的舊式的「斯特勞斯」鋼琴佔據着一個顯眼的位置。其實，長條的柚木打蠟地板已是一大片最令人印象深刻的裝飾了，它被拖得一塵不沾，反光柔和地朝着那扇寬闊明亮的落地長窗延伸過去。窗前正坐着一位苗條、纖細的少女的身影，她正托着腮，向窗外凝視，她就是曉冬。

這是一個星期六的下午，冬日的太陽溫煦地照耀在淮海路上，在蜘蛛網似地交叉的電線下熙熙攘攘着穿着臃腫的行人，自行車的鋼圈和把手在陽光下閃亮着，它們在步行在人行道下面的馬路上的人群間穿梭而過，再蹬向前去。一輛二十六路無軌電車就從公寓對面的橫街上轉出來，售票員的手敲打着車側的鐵皮，看來它就要靠站了。再向前望去是「婦女用品商店」那幢大樓的圓頂，一排巨型標語牌的木架從四樓一直蓋到二樓。曉冬記不起它已在那裡風吹雨打了多少年，只是上面的內容永遠緊跟着形勢而改變着。她不曾注意到它現在正以什麼樣的面貌出現，但從側邊望過去，她能辨得出的字型祇有「粉碎……」這兩個，而其餘的，她不需要看到，也能估到八、九成了。

坐在窗口沉思是曉冬的癖好。除了練琴之外，她可以一連在那裡呆上一兩個小時而不改變坐姿。她在想念着她在安徽工作的父親嗎？還是思索着人生的哲學？或者是音樂的久久不肯散去的餘波令她神往？沒有人知道，她是一個深藏不露的人。

她決不會想到正之和樂美今天還會來。他倆是在昨天深夜剛從這裡離開的。而且，就是昨晚上，在那拱北風慘慘的弄堂口，她向他倆宣佈了她要去香港的消息。她完全能想像出這個爆炸性的宣佈會在她的兩位摯友的心湖中激起怎麼樣的一片浪花。她怎樣經人介紹認識了一位在香港居住的黃金富先生，又怎樣先信後友，由友到婚，以後再去辦理申請去港的手續，這些都是兩年前的事了。每次見到正之和樂美，她都想講，但每次都不知如何啟口。其實，她都能依稀地意識到：這事的產生和發展多少也與他倆有絲絲縷縷的關係，但這是條她不願意追尋地想下去的線索，因此它也就永遠停留在了「依稀感覺」的階段上。無論如何，他們對她產生某種程度的不快的偏見還是有可能的。他們是她十多年來的，無言不談的密友，而她竟將這件結婚和去港的大事向他們遮蓋得嚴嚴實實，直到她即將離去的前三天，她才突然地揭開缸蓋，讓一團火焰「呼」地一聲直沖天庭。他們會怎麼想呢？再說，去港與父母團聚正是正之這麼多年來的，難到比登天還難的夢想。雖然，近來他已很少提到，但在以前，這幾乎是他們每次見面時，他不會不提的事情。

一想到正之，她就會想到樂美，而一想到樂美，她又回到了正之的身上。在她的心境中，他倆總是成對成雙地出現的。一想到他倆，她的心房裡便充滿了一種熱烈、異常的感覺。是真摯的友誼嗎？當然是友誼，她向自己說，除了友誼，還能有什麼呢？

她將目光從陽光充沛的窗外收了回來，她需要幾十秒的時間來適應室內的光度。當房間中的一切形狀開始慢慢地清晰起來時，她發現自己的目光仍是聚焦在那座像新嫁娘一樣披着白色婚紗的鋼琴上。她站起身來，向琴的方向走去，她的腳步是悠緩的，表情若有所思。她來到了琴的面前，用一隻手揭開了婚紗，新娘立即露出了她的真面目：這是一位深褐，斑駁了的老婦人，至少有七十或以上的年歲。

她打開琴蓋，鋼琴露出了一排白中帶黃的牙齒。她的身體一個向左的傾斜，一串光亮明耀的音階便由低到高地升了起來。就像從墨綠的湖水裡拎出來的一串貝珠，還濕漉漉地垂滴下水珠。婦人猶老，但嗓音仍不減當年。

這是她多年來練琴的規律：幾條音階，一首練習曲，然後便是大部的作品。如是在冬天，她會加幾分鐘的手指練習；在沒有火爐和暖氣設備的上海的寒冬，這是一種使手指由僵直回復到柔軟狀態中來的最佳方法。

但在今天，她發覺自己正身處在一種離練琴的情緒十分遙遠的對岸，她預感到自己不會有架起一座橋通過去的可能。在琴旁坐下來，這是她機械化了的習慣動作，而幾段在大小音階上的來回奔波，只是一種隔着岸的，無奈的觀望。

她終於成功了，但她感到悵惘；她已經得到了，但因此將忍受失去。去香港，這意味着要她離開這塊她出生，成長的土地；這條天天夜夜在她眼底下展開的淮海路，這幢灰色水泥的公寓以及這房間中的一切：掛畫、鋼琴以及站立在鋼琴頂蓋上的，每當她在練琴時就向她凝視不語的蕭邦的半身像。結婚，這個本應在像她那種年齡的少女的心裡的最純潔、最神秘、表示着愛之夢的最完美境界的、令人怦然心跳的字眼，卻只會使她覺得膽怯、退縮。她怎麼也不能使自己適應去投身到一個她祇有見過幾次面的男人的懷抱中去的想像。而他，那個遠在千里以外的香港，向她伸開了歡迎的雙臂的他，正是她在那塊陌生土地上唯一能夠依賴的親人！……

她的手指停在鍵盤上，猶如無限的言語死寂在嘴唇上一樣。室內被一種絕對的寧靜籠罩着，陽光從落地鋼窗中斜射進來，淮海路上的週末的喧囂卻被緊閉的窗頁堅拒在了外面。突然，她那似乎已經停止了呼吸的手指，又緩緩地甦醒過來。她的右手的食指觸在了一條長方型的琴鍵上，這是一個ㄖ音。因為指力受到嚴格控制的緣故，使得這個ㄖ音成了一縷嫋嫋上騰的煙柱，當煙柱還未消失時，她的左手也跟了上去，於是，一個色彩均勻，重心平衡的主題開始顯示出來：這是舞曲劇《白毛女》中的《北風吹》。她往下彈奏着，一段飽浸着感情的旋律像溪流，潺潺不斷地從她那鍵盤的源頭上流出來。她把它彈奏得像是一種從遠久的夢中飄來的呼喚，她的眼睛中閃射着淚光。

這首對於多數人來說因為與某些醜惡的人物和某段畸形的歲月聯繫在一起而被誤解了的曲調，對於她卻有一種特殊的魅力。當她因為缺乏教材而不得不將這首主題及其變奏作為練習資料的時候，她正處在十七八歲、心智開始走向成熟的年歲上。她對未來充滿了美好的嚮往，她從未想到這個世界竟會是這個模樣的。那時的她活潑、爛漫，從來也不願把一句要說出來的話擱放過夜。就是這麼一段在記憶中是如此陽光明媚的日子裡，她天天不知要多少遍地練習它，於是，它便深深地在她的心中紮下了根，與那些令她不願失去的記憶牢牢地交織在一起，形成了她音樂生命中的一塊永恆的斑記。即使到了現在，她還喜愛在練習的間隙中，不斷地重新回到這個主題上來，她盡一切可能地運用她的技巧來把它處理得輝煌，別致，她也因此可以把她心中隱藏的情感盡情地灌注在這首她認為是永遠不可能填到飽和程度的曲調之中去。

還有一條使她對這曲《北風吹》懷有特殊感情的原因是：因為就在那個時期，她認識了正之和樂美，這是在十年前的一個冬晚，北風正呼呼地吹着。

當門上傳來「篤篤」的敲門聲時，她剛好將全部的心神都沉浸在了她的那首狂想曲之中。琴聲在那間空蕩蕩的客廳裡狂風似地迴旋着，忽然靜止了下來。幾秒鐘的靜默，她在側頭傾聽。

門上的「篤篤」聲再起，她站起身來，向着那扇高大的雕花柚木門走去。

門打開了，兩位來訪者滿面笑容地立在她面前。

「正之……樂美！……」

「又是《北風吹》……」樂美說。

「你很快就要去到一個北風再也吹不到的地方去啦。」正之笑着踏進門來，一架提琴抱在他的懷中。這也成了他的習慣，凡是來曉冬家，他是很少不帶上一把提琴的。

「我……」曉冬似乎想說什麼。

「嗯？」正之轉過頭來望着她，他朦朧地感覺到在她的眼神中有某些內容，可是她沒有下文。正之是不習慣去凝望一對不屬於樂美的眼睛的，他的目光匆匆地轉向了別處。

「車票什麼的都辦好了嗎？」樂美問。

「什麼？……噢，是的，買好了，後天晚上五十一次去廣州的直快。」

「你爸爸會回來送你嗎？」

「我沒通知他。」

「為什麼？」

「我不願再多見一張依依不捨的、流淚的面孔。」

「這是件喜事，他會高興的。」正之說。

「也許是，但別離總是痛苦……」

「這不是你們送他去安徽的別離，這是去香港。」

「就好比上戰場，去安徽是他將妻女留在家中，自己的開拔；而去香港，是要他放開手，讓我隻身去到一個陌生而遙遠的地方去自立。他不能忍受這一點，我瞭解他。無論如何，總覺得上海才是自己的家，他是這樣想，我也是。從這種意義上來說，安徽與香港沒有兩樣。」

「是的，」正之頗有同感地附和道，「我感到的也是一種要去香港『插隊落戶』的失落感。」

「你感覺到？……」一絲疑問在曉冬淨白的臉上擴散着。她見到正之沉思着的臉慢慢地鬆弛開來，一個神秘的笑容在它的上面形成。她再轉眼望着樂美，她也正笑盈盈地回望着她，並沒有開口說話的意思。

她覺得樂美在觀察着自己的表情，不知怎麼地，一陣莫名的慌亂從她心中升起來，這種慌亂凝聚在了她的面頰上，形成了一片感覺火辣辣的紅暈。

「我早就想告訴你們……但……但……」她思索着一些適當的詞彙來向他們作解釋，但她又預感到，這不會是事情的主因。

「告訴我們什麼？」

「關於我去香港的事……可我卻不知道從何說起，而且我也不知道會不會獲准。正之申請了這麼多年一直是沒能成功，我所以也缺乏信心……」

「但我們成功了啊！」正之驚喜地張大了嘴望着她，等待她那終於會「啊！……」出來的一聲。正之確信驚奇一定會是她的下一個表情，而他已迫不及待地代她先扮演了出來。

「成功了？……」她困惑地望望正之，又看看樂美。

「我是說：我的申請批准了！」正之因為話劇的劇情並不是能像他預料那樣地發展而微微有些失望，不得不追加了一句。

「──真的嗎？」她開始把他倆剛才的表情和語言聯繫在了一起，「這是什麼時候的事？」

「就是今天一早，那個『禿子老丁』親自送來的通行證。昨天晚上當嚴家姆媽通知我說丁同志找我時，可真把我嚇壞了，我還以為又有什麼麻煩事找上門來了呢……」

現在曉冬已確信了事情的真實性，她想撲上去，擁抱住他，向他說一聲由衷的祝賀之詞，但當她的這個舉動進行到一半時，她讓自己偏差了一個小小的角度，其結果是：她擁抱住的是樂美而不是正之。

正之在一邊望着她倆熱烈的擁抱，心中充滿了一種友情的溫暖感。對於他們三個人來說，這是戲劇化的一夜，僅是短短的十多個小時，卻敲碎了這長長十六年的等待的堅冰，人生有多奇妙啊！他意識到一個新的起點已經來到，這是要將舊的日子包紮好存入到記憶的倉庫裡去的時候了。他不知這批存貨的價值將會如何，衹有將來才會作出正確的評估。

西沉的夕陽從樓廈的縫間將一片金色鍍在了路面和屋頂上。千百張窗玻璃反射着夕陽的光輝，使古樸，灰色的城市頓時增加了燦爛的生氣。當夕陽終於沉沒時，在一片暗紅色瓦片屋頂的海洋的盡頭是間隔着幾道色彩的天邊：青白、橙黃和火紅。這是上海在黃昏來臨前的極普通的一幕景象。正之和曉冬卻感到特別留戀，他們不能擺脫的思想是：這是最後的幾天了，現在他們還能生活在這片他們自幼已熟悉了的環境之中，幾天之後，一切只會在記憶中遠去，淡漠、褪色。去香港是他們的願望，但當機會真真實實地擺在他們面前時，他們感到的只是彷徨和遲疑。他們甚至還想在這裡再多待上一段時間。

正之回想起剛才曉冬問他的：「去香港，我們到底能得到些什麼呢？」「至少是自由。」這是他的答覆，這是理智告訴他的結論，但人是情感的動物啊，尤其是他，天生一顆詩的、敏感的心靈的他，無時無刻不在情感的糾糾纏纏之中：情感給他幸福，情感也給他痛苦。

曉冬想到的是同一句話。是的，她向自己肯定：父親和他們這整整一代人的遭遇不正說明了自由的可貴和重要嗎？但在她的心角處仍隱隱地藏着些她沒有、也不想徹底亮相出來給她自己來閱讀的內容：是對那一片她只是在書本報刊上瞭解的世界的茫然、恐懼？當然也有對那個繁華的、五光十色的世界的嚮往和隨之而起的各種對物質的慾望；再稍想深一點，她的思路便又會觸及到正之，他在那裡，她似乎感到一種朦朦朧朧的依靠，她也不知是為何，但這是事實。從正之身上她又聯想到那位她從未真正瞭解的丈夫、他的人品、他的性格，甚至他的職業。她所知道的只是他是個四十開外的中年人，肥胖、微禿，老實得連說話都會口吃。

樂美是處在被欣喜與痛苦的雙方用等同的力量朝兩個反方向拉扯的中心。欣喜是為了正之：他終於能與父母團聚了，他將會有光明的前途。痛苦也因為他：沒有時間限定的分離，不僅是對於她，這是對於任何人都是不可忍受的。

誰也沒有說話，三個人的目光都向窗外凝望，仿佛那是個大舞台，而他們都是觀眾。

臨近傍晚的淮海路上的行人越來越多了，鼎沸的人聲和汽車的喇叭聲不斷地從鋼窗的縫隙中鑽入靜悄悄的室內。高壓水銀燈亮了，短命的黃昏正在逝去，又是一個上海的夜晚。

曉冬站起身來，她向客廳的另一端走去，她的身影模糊地隱沒在了客廳深深的幽暗中。當她重新面朝他倆站着的時候，她的手正從牆壁的那方黑色的開關盤上垂下來，一盞戴着老式乳白玻璃罩的棚頂燈正放射着柔和的光芒。客廳中的一切都站立在它們的原位上，一如它們在白天的日光裡一樣：餐台、椅子、沙發、茶几和那架打開着琴蓋的鋼琴。動作和聲息開始甦醒在這個沉默了整個黃昏的房內。正之也站起身來，他向餐台走去，餐台上放着他的那部提琴。他打開琴盒，取出琴弓，一轉一轉地將弓毛擰緊，接着就將提琴擱在了肩膀上。沒有人發出一句聲音，她倆都默默地看着他，看着那向左上方翹起的琴頭，看着他那條留有長長鬢角的面孔的側面。

他的弓子同時撫摩在兩條弦上。提琴發出了深厚、和諧的呻吟聲，由低變響。他握弓的手臂改變了幾個角度，當他確定提琴的四條弦的音度已絕對標準了以後，他將左手的手腕在提琴的指扳上向上移動，直到達某一種高度時才停下，它沒有動作，仿佛在等待着什麼……

突然，他左手手指一個靈巧的閃動，右手握住的弓則在同一個刹那間向上升去。這是在第三把位上的一個泛音，其效果是一串神奇的、即興式的音符忽然從一潭寂靜的死水中破鏡而出：這是德拉德的《紀念曲》（SOUVENIR）。曉冬的臉上露出了理會的笑意，她回到鋼琴的鍵盤邊，立即，一條流水般的鋼琴伴奏部附和着歌唱的小提琴，膠合着，癡纏着共進共退了。

這首樂曲的中段是廣闊而深沉的展開部：小提琴的三度與六度的不斷的變化造成了一種非語言能表達得出來的氣氛。這便是音樂的好處：它能在言語已不敷運用時而填補人的感情的真空，當樂曲所要敘述的那段懷念的情節向着高峰攀登時，小提琴採用的是長弓的、不斷地來回的大幅度的連奏，每一樂句的前半部都重疊在它的前一樂句的後半部上；這是一種接力式的奮進，而鋼琴則用渾厚的全分音符補砌着攀登的台階，一切為了能達到理想中的頂端。

提琴的在高把位上的一個飄忽的長音表示了全篇作品的極限。驀地，一連串急速滑落的音符接踵而來：像是激流中的捲退，又像是從頂部的沙散石滾的塌崩，理想中的王國在瓦解……小提琴終於跌回到了原來的把位上，一段疲乏的拉奏，最後彌留在了一個顫抖的雙音上……。一個吸氣之後，第一主題又夢幻般地再現了。還是那個用泛音構成的即興式的主題，但卻顯得遙遠而朦朧，像是在回憶，又像是經過了狂暴的生活的海洋後的航帆重返童年出發的港口。一切平靜而親切，但卻蒙上了年代的塵埃，刻上了歲月的皺痕，逝去的已經逝去，只能回味不能挽回。這是那個主題在尾聲中的變奏的原因，它為能見到而摸不到的過去而悵惘，而悲傷……

全曲中止了，大家都留在了靜默中。這首不知多少次聽過而且奏過的作品，他們只覺得第一次那麼深刻地理解了它的意境。本來，大家都覺得似乎有許許多多要說的，但現在，他們只感到一切都已說完，沉默才是最好的過渡方式。

那個晚上，他們仍然分手在那拱北風慘慘的弄堂口。

「你還是將車票退了吧，我們一同先去杭州，然後再與正之一起從那裡搭車經廣州去香港，路上也有個照應麼。」樂美企圖在說服曉冬。

「不了，發了電報出去，更改也不好，再說……」正因為她的心中的那種希望與正之同路的慾望反而促使她採用了相反的做法。她改變了她的話鋒，「正之有沒有打電報通知他的父母呢？」

「還沒有，我不想讓他們先知道，我要自己摸上門去，然後在門上輕輕地敲着，——即使有門鈴，我也不想用，我要盡可能地做得原始一點——」正之在寒風中凍僵的面孔在想像的溫暖中溶化開來，滿臉輻射着興奮的光芒，「開門的或者是我的母親，也可能是我的父親。他們一時認不出我來，二十年來只是照片上的見面是不會產生真正的感性的認知的，這點我知道，我對他們的模樣的概念也一樣。他們會驚異地望着我，問：『你是誰？』而我呢，只是笑，不作答，我要讓他們慢慢地從不可能是現實的夢裡漸漸地回到可能只是夢的現實中來！我要堅持着，絕不讓自己向他們伸出援助之手——」他剛剛開始傾瀉而下的想像突然靜止了，他凝望着樂美那張也被他那段想像出來的情節所感動了的臉，一種鑽入了他的心中的痛苦把興奮的情緒置換了出來。「那一頭是重逢，這一端卻是分離，重逢的代價是分離。人生便是一幕幕悲歡離合的戲啊！……」他說着，跨前了兩步，他的手臂伸出來，把樂美摟在懷裡，緊緊地，他不想失去她。

又一次地成了局外者的曉冬說：「對於我來說，這一端是分離的失去，那一頭未必能算是團聚的補償。」

「是的，我理解，」正之低聲地說，他輕輕地鬆開了擁抱樂美的手，他的兩眼垂了下去。當它們重新抬起來望着曉冬時，他說：「你不用掛慮，首先，我們預祝你會有一個美滿的婚姻；其次，你可以將我的家當作是你的，我將會把你與我們之間的這段兄弟姐妹之情介紹給我的父親聽，你可以先在我父親的公司工作，然後再出國學音樂，我保證……」

「正之，謝謝你。」她只想早一點結束這段談話，她只想早一點打破這個局面，她把外套往身上緊了緊，「就以此作為我們在上海的分手吧，在香港再見！——這裡怪冷的。」

「是的，這兒很冷，但你在香港的地址呢？」樂美問。

「可能要搬家，我去港後，你可以去我家向我媽媽要。——其實也不必，我會去看望正之的。」

「只待正之一離開上海，我就會把申請報告送上去，我倆結婚的手續已在今天早上、正之的戶口註銷前辦妥了。這樣，我就能名正言順地申請……」她注意到曉冬眼中閃過的一個驚異的神情，但她知道：所有知道他們這樣做的人都會為他們那種雷厲風行的舉動而感到驚異。「我在街道裡的關係還算不錯，我希望……」但她覺得，所有這些絕非三言兩語所能敘述清楚的，時間已不早，又在這北風凜冽的弄堂口，她只能將對這個題目的談論留在了這個階段上，「我會與你的媽媽保持聯繫的，願我們早日在香港見面，再見。」

「再見……」

樂美挽着正之的手臂沿着空蕩蕩的被水銀燈照得慘白的淮海路向西走去。而曉冬卻站在弄堂口的幽暗裡，並沒有立即離去，她望着他倆離去的背影，心中有一股說不出的空虛和失落感。突然，一種強烈的要拖住他倆的慾望衝破了一切的束縛，從她心中冒起來升到了嘴邊：「唉，正之！……唉，樂美！……」她為自己的那種呼叫聲所震驚，她應該向他們說什麼呢？

正之和樂美已走出了五、六家的鋪面，他倆幾乎是同時掉過頭來。

「哦，沒什麼，」她裹緊着外套，疾步向他們跑過去，他們也朝着她走回來，當他們又相遇時，她說：「我只是想說一聲抱歉。」

他倆都莫名其妙地看着她。

「不……我的意思是指：直到昨天，我才將要去香港的事告訴你們……你們不會責怪我吧？」

醒悟的表情這才在他倆的面孔上出現，他們都輕鬆地笑了。

「誰還能沒有一些埋在心中的秘密呢？」正之說，「就像我，我也有一些你所從來不知道的……」

曉冬猛地抬起頭來，她的眼睛直視着他那對笑眯眯的眼睛。

「你想知道嗎？……」是的，她真很想知道。她轉過臉去望着樂美，她也正在一旁站着，並也正微笑着：她知道正之想說些什麼嗎？

「我的秘密是——」正之故意停了停，關鍵正是在下一個字上，「是——詩！」

「詩？」

「是的，是詩。我愛詩，我寫詩，十年中我寫了近乎二十萬字的各類詩行。多數的詩是寫給樂美的，也有的詩是因你而發的。這便是我和樂美的秘密——」

「因我而發……？」她的耳朵只從所有的話語中挑辨出了這一句。

「是的，是你給予我們的真摯的情誼，是在你的鋼琴的琴盤上流出來的旋律，是那些與你在一起時形成的美好的音樂的回憶激蕩着我的心，使我獲得了許多許多珍貴的靈感……」

詩，音樂，正之，香港，失落感，惆悵情，還有一種她不知起因的絕望使她一下子感到自己成了這個世界上，最可憐的人。她孤單，她寒冷，她茫然不知所措。她突然多麼想撲向一個人的懷中，去哭，去盡情地痛哭一場啊！但這人在哪裡呢？假如面前沒有這個人的話，世界的任何一個角落也不會再有這麼一個人。

「正之……樂美……」她哽咽住了，她感到淚水已不能制止地從她眼眶的邊緣串掛下來。

正之握住了她那一對冰涼冰涼的手，樂美環抱住了她的肩，他們感到她的全身都在「格格」地震顫。「曉冬，你有事嗎？……」

「沒……沒什麼，我只感到冷……」

「快，扶她回屋去！」正之急急地說，他用兩隻手牽着她的手，將她轉回身去，向着弄堂口的方向走去。

樂美仍摟着她，希望能在這慘冽的北風中以自己的體溫盡可能地來給她以溫暖。

「外面太冷，而且已站了那麼久，一回屋裡就會好的。」樂美邊扶着她向前走，邊這麼說。

正之卻較多地注意到了她那仍在串掛下來的淚珠。「不要太難受了，曉冬。別離是暫時的，適應才是永久。」

「正之……你能答應我嗎？」

「什麼？」

「把那些詩稿給我，我是指那些與我有關的詩的詩稿，我想讀。因為，我也很愛詩……」

這是一個多星期之後的下午，正之正坐在一列由廣州開往深圳去的火車上。他的身邊擺着一隻小小的手提袋，裡面裝着的是幾冊他在滬時用慣了的英語工具書籍，這便是他帶往香港去的全部財產。他穿着一件短袖的襯衫和一條單褲，上海的臃腫的寒冷已被拋在了千里之外。在同車的乘客中，他不知道有沒有與他身分相同的，持有通行證的初次過境者？但至少，在他的周圍，都像是一些現在正由內地回香港去的探親客。在那些留着長髮，架着寬邊眼鏡的，或是搽着口紅，塗着銀色的手指和腳趾甲油的人群中間，他成了一個古怪的突出者：一件天平牌的白襯衫，一條人造纖維的半皺不挺的長褲。最惹人注目的是他的那方襯衣的上口袋，這只本應是插鋼筆的口袋，現在卻被一隻大號的安全別針封住了口，而正之警惕的目光不住地低頭朝那裡望去，手指也會每隔五六分鐘就沿着袋邊一周地巡邏一番，以確定那疊摺得四四方方的硬綳綳的內容仍在裡面。別針封口——這是樂美別出心裁的措施。她並在與正之分手時千叮萬囑要他小心那方口袋，因為裡面裝得正是那份印有國徽的淺綠色的通行證和根據有關規定每個出境者能夠從中國銀行兌換來的二十元的港幣，據說，這已足夠支付從邊境到達香港、九龍的每一個角落所需要的車資了。

所謂「物以稀為貴」，而正之對出的下聯是「人以少為奇」。在這群可能在中國內地的多數城鎮中會被一大堆的大人、小孩尾隨着看熱鬧的「奇裝異服」的人類中間，正之的這身打扮現在倒成了別人好奇眼光的目標。離邊境還有一小時的車程，但正之已隱隱約約地感到了某種壓力和彆扭。直到現在，他還不知道香港會是怎麼一個模樣，不過，他已嗅察到一些正透過國境線漂浮過來的氣氛，他覺得不自在。他的頭不時地從車窗中探出去：家鄉，正一裡一裡地更遠了！

火車的速度漸漸慢下來，前面應是它要停靠的另一個站頭。一個短小猴精的乘務員從上一節車廂走下來。他用廣東話叫嚷着些什麼，但除了一些「嗯……」與「哦……」的鼻音之外，正之什麼也聽不懂。沒有普通話的重複，在這裡，似乎他根本不認為有這種必要。火車喘息着，一個節奏慢似一個節奏地停了下來，簡陋的露天月台上的白色站標從窗外閃過，朝後滑去，正之瞥了一眼，這是個叫「樟木頭」的停靠站。

火車從廣州開出來的沿途盡是些類似于有如「樟木頭」、「石龍」這種古怪名稱的車站，而且這都是些小站。每一處的景象幾乎都是一樣：粗糙的水泥月台，用石灰水刷白了的水泥欄杆，幾棵使人會聯想起「樹公公」形象的長着長長鬍鬚的老樹把小小的車站都遮蓋在了樹蔭裡。光屁股的小孩在月台上奔跑，有的在向列車內的乘客兜售着香蕉和一些亞熱帶地區的不知名的水果。也有些戴着竹笠帽的黃黑乾瘦的農婦坐在路邊向着列車呆呆地望着。這與正之所熟悉的滬杭路上的情景完全兩樣。無論是車窗內的還是車窗外的每一個細節都向正之提醒着一個事實：你已處在陌生之中，你正向着更陌生的深處行進。

每到一站的情形都是相似的，很少有人下車，卻每次都會有幾個提着雞籠，扛着成串成串的青香蕉的搭客上車來。這都是些穿着咖啡或黑色的泡沫涼鞋的、捲起的褲腿上沾着泥巴的農民。後來，當一位乘警逐節車廂核查證件時，正之才知道了他們都是些持有淺粉紅色通行證的邊境居民。看來，他們的目標也是深圳，雞和香蕉是他們運去那兒販售的農副產品。當整個中國內地還處在一種「投機倒把」仍可能隨時被嚴懲的形勢下的同時，這也是一種使人感到新奇的現象。

火車徐徐地滑動了，涼風流進悶熱的車廂裡。使得那些正握住了笠帽當扇子的新來者們的手漸漸地平靜了下來。有了那些滿身汗臭的、捲褲腿的、曬得黑黝黝的同車者，正之的心似乎感到稍稍坦然了一些。至少，他可以龜縮進這一類比他更「土」的人群中，使自己不顯得那麼地突出。——突出，是他最不能忍受的狀態。不錯，這是他的希望，但並不是事實。事實是：這些農民裝扮的乘客和那些燙髮抹口紅的舶來者卻很易熟絡，只消幾句寒暄式的對答後，雙方便很快地操着廣東方言有說有笑了。雖然服式不同，但他們卻有着共同的語言。正之悻悻地望了他們一會，便將眼光轉向了窗外。使正之如坐針氈的是：他非但是個他們之中的陌路人，而且還成了他們談論的題目之一。因為，雖然他的目光正假裝着觀賞着車窗旁源源不斷流過的山水田莊，可他的注意力都集中在他的眼角上。從那裡，他見到有一位四、五十歲的、又油膩又胖黑的「港式太太」正與一位穿着骯髒的闊領花襯衫的青年農民一起向着他的座位的方向指指點點。他只在眼角中見到那件花襯衫向自己靠攏過來。

「先生……朋友……噢，同志」一連幾個不同的稱呼，最後終於落實在了「同志」上，「去香港嗎？」他的普通話中的廣東音濃重得幾乎使正之聽不懂。

「是的，去香港。」

「第一次？」

「第一次。」

「從邊道（哪裡）來啊？」

正之是靠上下文估出他的句子的全意：「從上海來。」

「哦——上海人！」他的音量突然控制不住地響亮起來，他的嘴巴距離正之的耳膜不會有一尺，正之驚異地回過臉去，正好迎上了他的那雙閃閃發光着的、興趣盎然的眼睛。

「上海人，在香港的上海人個個都發達了的！——你知不知道發達是什麼意思嗎？」正之點點頭，但他仍繼續着他的解釋，「就是說賺到了大錢——賺到了好多好多的錢。」

「唔……」正之不知說什麼好，所以他只能一個字也不說。

「邊個在香港？」

「什麼？」

「邊個……」他想重複一遍問題，但他突然意識到什麼可能是那一個阻礙他的被詢問者理解他的意思的字眼。他緊張地做手勢，望着正之的眼睛中流露出一種埋怨之色，好像在說：怎麼連這一點都不明白呢？

「邊個……就是說，說……」

「就是說『什麼人』，『誰』在香港？」他的一位穿着已經染成了灰色的白襯衫的同行者向他提示。

「對了，對了，你的什麼人——在香港？」

「父親。」

「哦，是爸爸……他做什麼生意？」

「我不太清楚，可能是進出口生意吧？」

「喔，那是開洋行，——那是大生意！」

正之沒有接口，他寧願被人指指點點，也不太願意成為這類對話中的一分子。

一段沉默之後，「先生……不，同志，能不能給我們一個位址，下回來找你。」

正之的雙目怔怔地望着他們。

「在香港見了面還望能照應照應我們哪。」

「你們也去香港？」

「還不知道幾時能去成。」

「申請有多久了？」

「不是申請，是——」花襯衫向灰襯衫望了一望，兩人相視而笑了。然後，花襯衫再轉回臉來朝着正之，「是——偷渡。」

「什麼？」

「申請要排隊，十年未必輪到，只能偷渡……」

正之的臉色必定是驟然變白了，因為那兩人的臉也開始呈現出了驚恐而頗有點莫名其妙的神情。在正之的眼前，那些已消失了一個星期的丁同志，嚴家姆媽等等人物的形象又如走馬燈似地晃動起來。他的手指再一次下意識地圍着那方口袋繞了一圈：現在他不僅是不願，而且再也不敢成為這場對話中的一個參與者了。

他沒有勇氣向任何人再多望一眼，他的眼睛又轉向了車窗外。終於，他沒有聽到有任何人向他再多問任何一個問題了。許久許久以後，當他的那顆「嘭嘭」的心稍微安靜了一點時，他再將注意力又集中回了他的眼角處：並不見有花的或灰色的襯衫晃動的跡象，他放大膽子轉過頭去：那兩位捲褲腿的乘客已不知在何時消失了，對排的座位中只留下那位油黑肥胖的「港式太太」，她正望着窗外。正之這才鬆了一口氣。

他向座位的背上靠去，一面向左手腕上的手錶望了一眼：根據火車時刻表上的注明，離深圳應該還有半小時左右的車程。火車的巨輪錘擊在鐵軌上，發出有規律的「咔嚓咔嚓」之聲，正之閉上了眼睛，他想休息一會兒。

但這是不可能的事。一星期以來太多的感觸，不問青紅皂白地朝他的腦中填塞來，他知道他必須要找出一段不受外界干擾的時間，來把那一把亂髮似的存積物挨條逐件地整理清楚。半小時，這當然不會是夠他來完成這樁任務的時間限定，但如果要他在這個時候閉目絕思，那也是萬萬做不到的事。再說，他的一顆心老有一種懸在半空，上不着梁，下不沾地的感覺。他不知道那是為了什麼，太意外了？太興奮了？太激動了？有意外，有興奮，有激動，但使他心悸神渙的可能更有一些其它的因素：與樂美分離和對故鄉的依戀。

那僅是一個多小時前，在廣州火車站的月台上的那段情景又在他的腦幕上反映出來了：火車已經移動了，他與樂美隔着車窗窗框的手仍然牢牢地拉在一起，她先是隨着火車向前走，其後是大踏步的邁進，然後是小跑步，最後是氣喘吁吁的狂奔……他大聲地叫着：「樂美，鬆手吧！危險！……」終於，她的手鬆開了，火車轉動的巨輪把他倆血肉相聯的心魂撕開，一半被車廂載走了，一半卻留在了月台上……正之的十指死實實地抓住了窗框，他的上半身幾乎全部都從窗框中傾側了出去。他只希望能多望樂美一眼。他覺得那兒站着的不僅是樂美，而且還有那與她凝聚於一體的對故鄉的記憶。他見到她那烏黑的頭髮和外套的邊角正在疾駛而過的列車邊上向後飄去。她的那只曾握住了他的手而奔跑的右手現在又提了起來，按到了眼角邊，一個抹淚的動作，兩個抹淚的動作，三個……正之再看不清楚了，因為他自己的視力也被淚水組成的簾布所遮住了。……當他的視力重新恢復清晰時，他見到的只是從車窗邊一晃而過又一晃又至的、沿着鐵路線而築起的殘舊的工房群，再向前望去，那兒是青綠茫茫的原野：火車正在駛出廣州市的市區。

他的思路又轉到了曉冬的身上，因為他記起了那個她問他的問題「去香港，我們到底能得到什麼？」雖然他現在仍堅信自己當時向她作的理智的答覆，但他覺得自己的心中也有一個模模糊糊的聲音在不斷地問自己：「要付出這般痛苦的割捨的代價，我們究竟是為了什麼？為了什麼？為了什麼？……」他認為自己已徹底理解了曉冬在那最後一次與他們分手時的病態性的表現，現在，他也從沒有感到自己曾如此地孤獨過。

他不知道曉冬目前的情況怎樣，自那次分手後，他再也沒見到過她。本來，他們說定在第二天送詩稿去給她的，但當他們去約定的時間上她家時，她卻不在家。他們見到的是在那扇高大的柚木門上用大頭釘釘着一片紙，上面是曉冬的手跡：有急事要外出辦理，請將詩稿放入信箱中。下面沒有簽名，只寫了日期。他們依紙上的指示而行了。第二天下午，他們再次造訪她時，他們見到信箱中的詩稿已被取走，但屋裡仍然沒人應鈴。他們在門口站等了好久，直到鄰居家有人出入時，他們才被告知說，曉冬的母親通常要到晚上七點才下班回來——這是他們所慣知的；今天則可能更晚，因為她要送曉冬，而曉冬則在中午提早離家去車站了——這是他們沒有想到的。

之後，正之和樂美又在杭州待了五天，他們每天沿着西湖漫步，累了就座在湖畔的長凳上望着夕陽怎樣落山，東月怎樣升起，他要在離家前再去那裡拾回他倆這麼多年來流失在那裡的愛的夢痕。

這是距離今天一星期以前的事了。而曉冬早已在香港了，她也因此比正之早一個星期揭開了香港的神秘的面紗。正之很想一到香港就去找她——一個十多年的摯友在一個夢境中的異鄉重逢，其感覺一定是很特別的。可是正之不知道她的地址，他必須等樂美給他的來信。或許，樂美抄來的地址已經是成了多餘的了，他相信曉冬會來看望他，她應該知道他會在這幾天到達香港的。

他還想聽聽她對於他給她的那批詩稿的閱後感。這是一疊寫在方格稿紙內的由三十幾首抒情詩和一組短詩組成的一冊薄薄的小集。正之連夜把它們趕抄了出來，取名為《萌芽的種子》。他覺得很難找出「關於她的詩」，在他的思路中，愛情與友誼的主題往往是錯綜在一起的。

車速又開始慢下來，正之睜開眼，扭頭向窗外望去。現在他所見到的是除了綠黃的田壟之外，還有幾幢最多也不超過兩層的建築物稀稀拉拉地散佈着。鐵軌開始出現了多條平行線路，一個穿着油膩膩的鐵路局深藍制服、工作帽戴得並不太正的工人正橫舉起一隻握着一面綠色的小方旗的手，旗尖指着的正是他們那列火車前行的方向。他的另一隻手是下垂着的，手中握着另一面紅色的小旗。在他們後面約十多米處是一座類似於哨棚或扳道間的單室小屋，屋門口站着幾個佩戴武裝帶，穿着警察制服的人影，人影從窗前晃過，向後流去，車速更慢了。——應該是深圳站了吧？

正之的目光回進了車廂裡：不錯，是深圳了，他見到幾乎所有的乘客都開始動作起來，有的正從行李架上取下箱袋，有的則從手提袋裡翻找證件，那些提雞籠、扛香蕉的人物已一早擠到了車門的邊上。正之也站起身來，他讓自己留在車廂的中間，他害怕再見到那件花的或灰白的襯衫。

車速慢了，更慢了，在一個使人前擁後仰的刹車中，它停下了。他聽見那個猴精的列車員又在用廣東話高叫些什麼，車門開了，梯級開始放下，人從車廂裡流到了月台上。

被人流夾帶着的正之的腳也終於踏到了月台的水泥地上。與「樟木頭」「石龍」相比，這兒無論怎樣還算能顯出一個「大站」的風度。至少在他們的頭頂上還有一蓬支撐在鐵架上遮雨的上蓋。鐵架的支梁上掛着，吊着幾方標有記號的擴音器，擴音器裡正「嘰嘰呱呱」地播講些什麼，喇叭的聲音是沙啞的，正之連它說的究竟是普通話，還是廣東話也沒有能分辨出來。地面上有着更多的痰跡和新鮮的或陳爛的香蕉皮，這也屬於「大站」的特徵之一。

正之沒有那份仔細觀察周圍的情緒，他隨着大家向前走去，並不見有檢票站要通過。當那段水泥的月台路程中止時，正之發覺自己正走進了金亮燦爛的夕陽之中。落山的太陽正掛在西面的天邊，從兩座山峰的中間把餘輝斜潑在了那批旅客的身上。人流自然地分成兩條：那些捲褲腿、拎雞籠的向着一邊四散開來；而那些燙髮、搽口紅、大褲腿、瘦腰身的仍然匯成一條流線向另一邊淌去。正之當然能在第一時間內就確定出自己應該遵循的方向。因為除了其它一切之外，他還見到了一方製成了箭頭形狀的路牌。這是一塊白油漆底的指示牌，三個黑色的大字印在上面「往香港」，下面是一行斜斜歪歪的英文字「TO HONG KONG」。

「往香港！……」好像是一聲大喝，把正之從迷迷糊糊的夢中喚醒過來。我在哪裡呢？我在幹些啥呢？往香港，對了，我正前往香港，而且我已到了中國的邊境線上！他的目光順着箭頭所指的方向抬起頭來：沒有高樓，也沒有霓虹燈。前方只是在夕陽中的蒼茫群山的強健的背脊，幾座碉堡式的瞭望哨所設立在山脊上。

正之隨着三個一團，兩個一堆的拎袋挎包的人流，鬆鬆散散地走進了一拱似乎是為了應付臨時用途而搭起來的鐵架棚廳裡。一位穿着寬大的黃綠制服的邊防人員站在門口。他瘦瘦黃黃的，個子矮小，但一對目光卻從他那深凹在額角後的眼眶中向每一個進入者都銳利地打量着。棚廳的盡頭看來是邊境查證處，因為先達的人們已開始在那兒排起隊來，而這裡所有的人的目標似乎也都是那兒。目標是重要的，當目標一旦出現時，人的競爭的腳步自然而然地會快急起來——大家都希望能早點辦完手續過關閘。

這是正之打從那位凹眼眶的警衛人員面前經過之後，他才聽得身後傳來一聲喝叫，這是一句幾乎完全是廣東話，但被當作普通話來使用的喝叫。正之雖然沒聽清楚，但他知道這是在叫自己。他驀地煞住了腳步，轉過臉去。他見到那套寬大的黃綠制服正甩甩蕩蕩地向他走過來。

「上哪兒去？」這次正之聽清楚了他在說什麼了。

「我……從車站那兒，不……從上海來。」對方問的是去向，他答的卻是來源。正之不知道自己當時的感受是什麼，這是在很短間隙內發生的事，在混亂的思緒之中，應該會有那閃偽裝「間歇性精神分裂症」的靈感的火花瞬刻間的爆發——不過這也是正之在事後的分析，他很難肯定當時真正的思路究竟是怎麼樣的。

對方並沒有說話，他只是攤出一隻手來：「證件。」

正之恨不得一把將證件抓出來放在他的手裡，但襯衣口袋偏偏又是給大號安全別針封住了口的。當他的手在抖抖瑟瑟地解下別針抽出通行證時，他渾身芒刺般地感覺到，對方的那對銳利的眼睛正上下地打量着他。

那份淺綠色的證件從口袋中取出來了，正之把它遞過去，對方的手伸了出來，捏住了紙邊，然後縮回去。那人用一隻手指將那份雙摺的文件剔開來，但這一切動作都不是在他自己的眼睛的監視下完成的，他的雙眼一刻也沒有離開過正之的面孔。正之空曠曠的眼神回視着他，他全部見到的只是那枚釘在他那制服帽上的帽徽，這是一顆金紅的帽徽，與丁同志的那顆沒有一點兩樣。

正之見到那頂帽子傾倒下去了，帽徽只是只成了一片金色的邊緣：正之知道，他正低頭查看那份通行證上的照片中的正之；帽子又持平了，他又見到了金紅色帽徽的正面：他正核對站在他面前的真實的正之：帽檐再次地傾倒下去，又是帽徽的邊緣，當帽徽重新正面朝着正之時，他只聽得對方在說：「去那一邊。」

正之接回了遞過來的通行證。「在那一邊——哪一邊啊？」他慌亂地四周張望，並沒有人回答他的問題，他見到那套黃綠制服的背影，正離開他回到自己的崗位上去。當正之再仔細地尋找時，他見到在他左手邊的約莫十多米處，三三兩兩地站着幾個人，有的背着提包，有的將箱櫃放在地上。他朝着那個方向走去，他見到了另外一塊指示牌「初次出境者通道」。正之覺得像一塊大青石板被從心頭移走了一樣地輕鬆，他打從心眼裡佩服那位凹眼眶警衛人員的職業眼力：他能從那千百顆從他眼前不斷流過的米粒中即時地挑出那星稗穀來。

正之加入到他們中間，他這才發覺到這些才是他的同類：天平或綠葉牌的白襯衫，人造纖維的半皺不挺的長褲，也有人戴着手錶過境去的，但這不是上海牌就是春蕾牌的，正之一瞥就能辨別出來。

每個人的臉上都露出一種歸隊後的寬慰感，看來大家的經歷也不會比正之的相異太遠。普通話又開始流通了：細聲而緊張的互問，雖然每個人知道的都不會比其它人的更多。正之步抵那裡時，當即就有一位四十多歲，高大肥胖的中年人向他走來，他沖着正之笑，仿佛是熟人，接着就用上海話發問：「儂阿是上海人？」正之的點頭是劇烈的，因為他感到激動：這肯定是一張混在上海那一千二百萬張面孔之中的某一張，或許他們曾在人頭湧湧的南京路、淮海路上相遇，相對而視過，只是在當時，誰也沒有，誰也不會注意到對方。一種同鄉的親切感蕩漾在各自的胸中，兩個人都在對方的臉上捕捉着遠在千里以外的上海的蹤影。一個人是孤單的，兩個人至少能提供一個背對背的依靠。

至少有半個小時的等待，直到最後一個返港客提着箱包的身影也從那條長通道的轉彎處消失時，他們才見到另一套黃綠制服的人從幾張驗證櫃台之中的一張後面浮現出來，並向他們走過來。他也是一樣地矮小，瘦黑和有着典型廣東人的臉部特徵。他的普通話卻是正之自今天中午從廣州站離開之後所聽到的最標準的。

「把通行證都拿在手裡，現在收證件。」

大家都依旨行事，雖然那個「收」字聽起來似乎有點彆扭。

他挨次地走過每個人的面前，又一次低帽——平帽——再低帽的核對。最後，當他的手掌中捧壓着一厚疊的攤開了的通行證時，他又向着驗證櫃走回去。十分鐘之後，他又走了回來，證件便在再一次與持證者實體的核對之中發還到了每個人的手中。沒有什麼新添的內容，正之發覺，只是加印了一長方的紅印章，其中一排半模糊半清晰的字樣：深圳邊防驗證處。

海關這一道口閘的通過是因人而異的。有幾個又是擔櫃又是挑箱、扛着五六隻金華火腿的人被耽擱在那裡，遭到了嚴聲厲音的盤問，但幸虧這不是正之的經歷。對於他帶着的那些書，一位白皙清瘦的關員只是這樣詢問「自己讀的嗎？」「是的，用慣了的，去香港謀生可能需要。」正之對自己的這種即興的，卻又是合情合理的回答感到很滿意，他很少能有向着一位穿着制服的，代表當局的人員說一句完全真話的機會。對方一個不經意的揮手，他便通過了。

他沒有立即離去，在他邊上的一位被檢查者吸引了他的注意。這是一位五十開外的男人，一個領着兩個孩子的婦女站在他的身後。他的行李箱打開在櫃面上，除了很多零星散開的物件之外，正之還見到兩厚疊的棉被放在一邊。

「帶這些過去幹嘛？」一個高大威武的關員在問他，手指着那些棉被。

「全家到了香港要睡，我不想再花錢去買，一到那裡便要自己付屋租……錢又有限……」他賠着嘻嘻的笑臉，豆粒大的汗珠從他的額頭上滾下來，他的外套的衣襟敞開着。關員對他的回答似乎不再感興趣，他用手勢阻止他繼續往下說。

「那這些呢？」關員的手又指着從棉被下伸出來的幾隻火腿的蹄爪，正之這才注意到至少有五、六隻火腿被壓在棉被的下面。

「這……這……」那人賠笑着的臉扮得更歡了，淌下的汗珠也更大更多了。

「聽說火腿在那裡的價錢高，我想……想……想賣幾隻出去……」

「蠢蛋！」正之在心裡已經沖着那人罵了起來，「怎麼能這樣說話呢？」

「想做生意？」那位高頭大馬的關員以反譏的口吻說道，「——要做生意到了橋的那邊再說，火腿不能帶！」

「那……那些火腿怎麼辦呢？」

「收購。」

「收購？……」

正之真想一步跨上去，拉住他的袖口，向他說「算了吧，收購就收購唄！……」

突然，他聽得從斜橫的方向上殺過來一句叫聲「還不走？有什麼好看的？！」

正之轉過頭去：那位清瘦的海關人員正望着他，他的臉漲紅了，不再顯得白皙。眉眼的線條朝上，而嘴的方向朝下，形成了一個「火」的大寫。正之急忙說：「是……」

那位汗流浹背者仍在為他的幾隻火腿交涉，正之已顧不得知道結局會是怎樣的了，他轉過身，沿着通道走去。當他抬起頭來時，他見到距離他約十多米的前方正斜橫着一座大鐵橋的側影。正之知道：這便是他想像了十六年的羅湖橋。

正之的第一個印象是：它像「外白渡橋」——像極了！兩拱鐵架的橋身，一樣的灰色之中點綴着褐色的鏽斑。一刻之間，正之恍然見到的是車水馬龍的橋面，人熙人攘的橋塊，但當他定神再看時，他看到的僅是稀稀疏疏的背包提袋的過境者正從橋上步行去對岸。在對岸，正之能見到的是一座白色的水泥建築，一枝旗杆筆筆直直地站立在它的頂上，旗杆上綁着一面似乎每時每刻都想要掙脫它的控制從晚風中嘩啦啦地飄流而去的「米」字旗。

正之已到達了橋身的底下，他開始上橋。

他見到在橋門的兩邊各站立着一個佩手槍的武裝軍警。他們的制服也是黃綠色的，帽的中央釘着一顆金紅色的帽徽。他們看來從不攔人詢問，他們的職責只是視若無睹地望着各式各樣的人從他們的眼皮底下慢吞吞或急匆匆地越過國境。

正之已站在了橋面上，他向着前方的那座飄着米字旗的白色建築的方向走去。他很難說出自己的感受是什麼，他完全麻木了，他覺得自己的腦袋瓜裡裝的只是一圈上緊了的發條，正一寸一寸地鬆開來，而他的兩條腿正是被這種動力驅使着向前走去的。

正之到達兩拱鐵架橋身的交接處了。那兒，就在橋面上，有一條約十釐米寬的不銹鋼長條，攔腰把橋身切斷，這兒就是中國與整個西方世界的分界線了——正之，就像所有曾從這裡跨過的人們一樣，不需要任何提示都能明白這一點。

突然，正之停止了向前的腳步，一個九十度角度的轉身，他向着那兩拱鐵架橋的相銜接的中央走去，那兒有一缺視野不受遮擋的間隙。而那條不銹鋼長條正從其中通過。

正之走到橋邊，他的手扶在了橋欄上。他的眼睛垂下，向地上望去：他發覺自己的兩隻腳正一面一隻地叉立在不銹鋼的兩邊。他小心地將對面的那只腳慢慢地抽回來。現在，他的兩隻腳並緊地站着——他知道：自己仍站在中國的土地上！

一個聲音從身後傳來：「站在這兒幹嘛？」正之回過頭去，他再一次地見到一套黃綠色的制服甩甩蕩蕩地向他走來。

「看一看。」正之的聲音平靜得連他自己都感到吃驚。任何恐懼，任何顧慮突然一下子從他的心中流去了，他真是什麼也不想，他只想看一看。

「看一看，看什麼？這兒是國界，這兒不准停留！——」

「看一看我的故鄉，」正之轉過臉去，他的手指着天的那一邊，「我的故鄉—在那兒。」當他重新轉回臉來望着他的對話者時，他眼眶之中的淚泉已制止不住地撲簌而下了。

那人驚愕而困惑地望着他，足足有半分鐘之久。不論他是怎麼想的，反正他還是轉過了身去，甩甩蕩蕩地朝着橋的那一邊走了回去，讓正之一個人不受干擾地留在那裡。

腳下是靜靜流淌着的深圳河，岸的一邊是莊稼，另一邊是高高的捲拱型的鐵絲電網的屏障。正之抬起頭來，又是一個黃昏正在消逝，夜晚將臨的時刻，遠方的天邊間隔着幾道色彩：清白，橙黃和火紅。他深深地知道自己的心仍留在上海，留在淮海路，留在那些穿着臃腫的灰藍色的人群間，留在樂美的身邊，而他的軀殼卻站立在這兒，這一小步就能跨離祖國的地方……

十分鐘過去了，天色開始暗下來。正之轉過身來，橋的兩邊閃動起點點星星的燈光。正之開始向橋中央走回去，他的表情是曠白的，他的動作像夢遊者。橋樑上的高壓水銀燈已經放射着蒼白的光芒，橋面上空蕩蕩的，最後一個出境者也已經離去。

正之回到了橋中，他的身體轉側過去，將面孔朝着了那座現刻正亮着日光燈的白色的水泥建築。一個細微的停頓，他的眼睛向地上的那條不銹鋼的國界線望去，然後便跨了過去。

他徑直向前走去：前面是一個陌生的、他的父母就在那兒生活的世界，但他們還不知道他的到來；而在他的後面是他深愛着的故土，他能切切實實地感到樂美呆呆的目光正凝視着他那正離去的背影。

他一直再沒有回頭望過一眼。他迫令自己的眼睛死死地盯在那座白色的建築物上。一盞強光的路燈正從那座建築的門廊上方照射下來，幾個人影站在燈光中。這是些穿着筆挺的、黑色制服的人，頭戴着硬邊的大蓋帽，腳蹬着黑漆的皮鞋，不銹鋼的、銅的標徽在他們的肩上、胸前、帽上閃閃發光。他們直直挺挺地站在那兒，沒有表情，也沒有動作地望着那個正從羅湖橋上走下來的最後一個入境者，他們都是港英當局的移民官員。

第三章

李正之的父親是一位年近古稀的老人。清瘦、斯文、中等身材。他的顴骨高聳起，一丘令人印象深刻的大鼻子，一副西德製的「RODENSTOCK」寬邊鏡架擱在他的鼻樑上。兩隻具有穿透力的眼睛總喜歡在那兩片呈青藍色隱光的鏡片後對任何人和任何事物都投上一瞥略帶有一絲不信任的眼光。是的，不輕信是他的性格，也是他在漫長的人生中悟出來的經驗。除了與他朝夕相處的家人之外，很少有人能從他的臉上捕捉到任何喜、怒、哀、樂表情的行跡。他總是這樣的：客人進門時是謙而不恭，熱而不烈的迎接；握手之後便是向訪客伸手示意的請坐動作。然後是傭人的出現，送上茶水。他習慣在這個時候保持沉默——即使客人在向他說些什麼，他也只是用微笑與點頭表示回答——祇有等傭人退下了，沙發前的擺幾上的茶水杯正騰騰地冒着熱氣，而主賓又相對默坐了約有分把鐘之後，他方覺得開口說話的氣氛剛剛成熟。通常先是寒暄式的問侯，再是有關天氣、政治、金融和市場走勢的泛泛之談。當然，說話遲早會觸及到主題——在香港，很少人會有「無事登上三寶殿」來作閒談的工夫，他知道這一點，來訪者也知道他知道這一點——無論是對他有所要求，或對他有所提議，是真誠的或是誘騙的，而最多時是兩者兼有的；說純粹點是對他有利的（這是跑街們最常用的說服人的理由），還是說為了他好，而同時也可以為別人着想的；他都一律照聽不拒，卻不下結論。即使有結論，也只是模棱兩可的。再大的誘惑都不能使他心動，再瑰麗的詞句對他都是耳邊的風聲。在香港，他有他做人的原則，他有他生活與經商的宗旨。他不想去貪不應是他得到的東西。假如，香港是一片狂暴的海洋，他卻只願是一條魚，遊行在墨藍的水面下，避開風尖浪刃。他不想做一隻在水面顛簸搖擺的大船，貌似巨大卻隨時會有被撕成碎片的危險。多數的來客都瞭解他的性格，但他們仍然會在有必要時登門拜訪。這是香港商人必須要磨練出來的一種本領：面皮要厚，嘴巴要油，自尊心要有屈挺的韌性。一席談話通常不會超過半小時，當賓客起身告辭時，他很少會有挽留之詞，但他卻會說些諸如「多謝光臨寒舍」之類的用語。又是那種熱而不烈，謙而不恭的笑容，出現在他的臉上，然後便是步塵其後的送客。無論是對於他心目之中重要、或者是不重要的客人，他送客的最後一條限線都是在電梯口上，他會向電梯箱內的正要離開的來訪者微笑着，二、三次謙遜地微微欠腰，電梯門便關上了。他向自己寓所的門走回去，而到那時，他的臉部通常已恢復了無表情的平靜。

他經營着一家進出口行，與台灣、美國以及其它東南亞地區進行着有限度的，卻是長期正規的貿易業務。他的多數生意的對方都是本家親戚或者是他的老同事、老朋友。這都是些在他青、壯年時代就建立起來的關係，那時是在二十世紀四十年代，他在上海主辦一家會計事務所。當時的他的顧客和拍文件，凡能及時離開中國大陸的，多數都在台灣或海外做着很成功的生意，而也祇有他們，才能彼此間互相信任。他是這批人中最後從大陸出來的一個，那是在一九五七年，反右運動開始之前的事了。他在香港定居了下來，但在這裡生活的二十年間，他再沒有能找到一個推心置腹的朋友，他也不想再找，但令他悲哀的是，他的那些舊朋友都正年漸一年地稀少下去。每當他又收多了一封訃告通知信時，他都會淚汪汪地坐在他的那張寫字台前，手中握着來信，向着牆壁呆望上幾個小時，最後終於會長歎一聲出來說：「老了，到時候了，歲月不饒人哪！」

其實，他本人也患着嚴重的哮喘病，幾級上步的樓梯就能使他氣喘不已，扶杆捂胸足足十來分鐘，他才會從似乎要窒息的邊緣復活過來。這一種於四十年前在上海的寒冬裡開始纏繞上身的疾病，隨着年歲的增加而愈發構成了對他的生命的威脅。由哮喘引起了肺氣腫，再由肺氣腫導致了心臟病。

於是，他才不得不放棄那個多少年來養成的、每天早晨總是在九點差十分鐘的那一時刻踏進他的那方設立在中環一幢大廈裡的寫字間門檻的習慣。然後他便會入坐他的那間經理室，面朝大門，隔着玻璃落地長窗，親眼看着一個接一個職員怎樣進入到他們的工作崗位上。凡是自以為乖巧機靈，見貌辨色的人在他那裡都待不長。他歡喜的是那些忠誠而勤奮的下屬。在香港，很難找到一個聰慧和忠誠的兼有者，他的原則是確保後者，寧捨前者。別人說，這是他的事業不能轟轟烈烈大展拳腳的原因，而他則認定，這正是他的那棵生意的彎松曲柏能紮根在岩石的隙縫間，挺風傲霜這麼多年而不倒的道理。待人員都到齊了，而且大家也開始了在打字機和電話機旁的日常工作後，他才會倒上一杯紅茶，打開那早在台面上等待他的一大疊的中英文報紙，任何政經與市場的消息和動向的細節他都不會忽略，在他起身倒第二杯茶之時，也是他合上報紙準備進行他第二輪工作的時候，通常時間不會超過十點半。一個接一個的電話從他那裡撥打出去，有打去股票市場的，有打去銀行的，有打去船務公司的，也有直接撥往美國或台灣的長途。除非有特殊的應酬，連午飯他也不願離開他的那間經理室。男女職員們都一哄而散地去茶樓或餐廳享受中午的一小時鬆弛，他卻留在那裡孤獨地吃着那份由包飯公司給他送上來的午餐。當午餐的茶碟被收去之後，他便會抽出那部永遠陪伴他左右的《論語》線裝本來，摘下眼鏡，讀讀想想，圈圈點點，直到牆上的時鐘敲打了兩下，陸續回來的職員們已在自己的座位上坐定，重新開始了工作。有待處理的大堆的中英信件和電傳文本，來自于銀行、會計師、律師和政府部門的多類文件很快地把那留在下午的三個工作小時消耗完。當時鐘的指標對準在「五」字與

「十二」字上時，在他台面上的那方「IN」（進入）的文件架上仍會留着大疊的紙稿未被觸動，他深深地感到自己老了，日漸衰弱下去的體況，愈來愈不能集中的精神，使他的工作效率每況愈下。

終於，到了一年多前的某一日，他決定咬牙切斷那不切斷已不再可能延續的、保持了近二十年的生活和工作規律。他將一位姓林的助手叫進了經理室，這是他經過多少年暗中觀察而物色好了的人選。林先生是一位高高大大的中年人，四十開外，剃着一款發腳剪得乾乾淨淨的，吹着頭路的中年人的髮型。鬍鬚刮得清清楚楚，雪白的襯衫，深灰的西裝，一條設計莊重的領帶，所有這些構成了一副李老先生所欣賞的標準型商務人員的外觀。

「請坐。」仍是那類熱而不烈的笑容在他老闆的面孔上展現出來，林先生已很熟悉這個表情，他甚至知道對方的下一步便應該是伸手示意讓他坐下的動作了。

「謝謝，叫我有事嗎？李先生。」生硬的上海話從他那寬厚的嘴唇中嘟嘟囔囔地吐出來。他是廣東人，但在李老先生手下工作的十年間已使他能應付各種以上海方言而作的交談了。

「嗯……是的，有點小事想找你談談，」李先生仍以上海話回答他。他與多數來港經商的，與他同輩的上海人一樣，習慣用滬語來向他們的雇員作吩咐。而事實上，他們的廣東話也都是停留在能聽懂，但說不好的階段上。

林先生坐下來，他不聲不響地望着他的上司，他那對忠忠厚厚的大眼睛閃眨着，隨時準備聆聽清即將頒佈下來的指示之中的每一個字。

「太太好嗎?還有孩子們……」仍是寒暄之詞，但忽然間，坐在大班椅中，正搓着手準備入話題的李老闆好像記起了什麼似的，「聽說你將老母親從東莞的鄉下接到香港來住了，是嗎?」

「是的，來了個把月，她……」

「要好好侍候她老人家，讓她過得開心一點，這是你做兒子應盡的責任……這麼多年了，就一個人孤零零地留在鄉下，總算盼到能有這一天……」

「是的，李先生，是的。」

一段對於李先生似乎從不感到尷尬，但對於他的對話者多少有些彆扭的靜默。

「你覺得公司最近的情況怎樣?」李老闆突然改變了話鋒，提出了這麼一個使人摸不着邊際的題目。

「最近……很好，很好啊……只是因為歐美方面經濟不太景氣……」

「在人事方面呢?」問題向核心縮小了一圈。

「大家都算融洽，工作效率也都還可以，我想……」

「你覺得自己能穩得住這個局面嗎?」再一圈向核心的緊縮。

「穩住這個局面?……」焦急的神色從林先生那對忠厚的眼睛中顯露出來，他不敢埋怨老闆思路的推進速度，他只能埋怨自己缺乏善解人意的本領。「我……李先生，對不起，我實在不明白您的意思。」他終於說道。一種歉意的微笑在他的面孔上出現，他期待着對方的一個不滿的皺眉。

「我想讓你當經理，代我掌管這裡的日常事務。」

「我？……」他只說了一個字就停下了，他以為自己聽錯了，但在李老闆臉上的某種表情告訴他，這是真的。他的臉漲紅起來，屁股局促不安地向前移去，直到了沙發坐墊的邊緣上才安靜下來。

「怎麼，意外嗎？」老闆的那對具有透視力的眼睛從隱呈着青光的鏡片後向他凝望。

「不……噢，是有些意外，我怕擔當不起。」這是他的心裡話。

而這也正是他的老闆所希望聽的一句話，他絕不會委派一個自稱有能力來勝任這個職位的人去擔任這項工作。在這個人人都因渴望而會不擇手段向上爬的社會裡，能面臨升職機會而推讓的不正是一個難得的人才嗎？

「大事仍由我把舵，你不必存有太多的顧慮。你的工作是代我看管，然後作記錄。每日一份日報表，每星期一份周報表，每月一次月報表，至於每年一次的年報表，你已做過多年，現在祇不過是加了些內容進去罷了。——」他低下頭去，拉開抽屜，就從沿面上取出了幾份設計好了的表格來，「拿去看一看，有什麼不明白的就提出來。」

林先生接過紙來，他的眼光一格接一格，一條注解連一條注解地移動過去。除了銀行，現金，支票，信用證額這些必要的行欄外，連職員的缺席、遲到、早退、每日收到及打出的電話數目等詳細內容都列成了專欄。林先生理解到：老闆的眼睛正透過表格紙望着他，而他的眼睛望着公司。他抬起頭來，準備說話，但這並不是關於表格的，而是有關其它的。

「你兒子的申請有希望嗎？假如他能來主持公司的話，我會全力協助他……」

李老先生的眼神黯淡了下去，這是在他心中最隱痛的一個部位。每當別人提起這件事的時候，他不知道自己該是怨恨對方刺痛了他呢？還是應該感激對方不忘關心他？二十年，他和他的那位與他同齡的太太盼了整整二十年，現在他只覺得那股曾是熱切切的希望正在像他的暮年的光線一樣一日比一日地更暗淡下去。他不知道自己是否還能有活着見到正之——他那個唯一的孩子——的一天，他甚至沒有什麼要求，他只希望能見到三十歲的正之究竟已成了怎麼一個模樣，因為在他的夢中，正之始終是一個十歲的孩子——再多的相片和想像也改變不了這個觀念。

「這麼多年了，唉，不敢再奢望下去……不過，我仍要謝謝你的好意。」他抬起頭來，這是很少幾個能抓得到他動了真情的眼神的機會，但是這僅是短促的幾分鐘，那種在他幾乎是變成了濕潤潤的眼眶之中包含的感慨和激動之情，很快就又被那種冷靜、實務的成分所代替，他已習慣于面對現實，而現實是一塊巨大、堅硬的實心體，從青年時代留下的點點想像與幻覺的氣泡，即使是有的話，也已被它擠排得剩不下任何影蹤了。「算了，別再提這件事了……你認為表格怎麼樣？」

「很好……」

「那就這樣吧，明天開始實行。」他從大班椅上站起來，這是送客的表示，林先生很理解這一點，他也隨着站起身來，「如果沒有什麼其它的事，我出去了。」

「好吧。」

林先生拉開了那扇印有「經理室」三個直行黑字的玻璃長門，跨了出去。到了那間外室的辦公大房裡。在那兒，其它同事們正在各自的辦公桌前忙碌地計算、抄寫、打字和聽電話。他的手剛準備鬆開那扇裝有自動回彈簧的門頁時，他聽見內室又傳來了老闆乾咳般的喊聲。

「林先生……」

「有事嗎？」他轉過身去，手上還提着那扇想放開但還未放開的經理室的門，他看着他的老闆，他要根據他臉上的表情來決定該進去呢，還是立在原地。

「從明天起，你加薪五佰元。」

「謝謝，」林先生輕輕地鬆開他的手，門向着反方向彈回去，又彈回來，經過幾個來回的振動後，終於在平衡的位置上停住了。隔着玻璃，他見到李老先生的頭又低下去，他摘去眼鏡，從架上取過來一疊文件開始閱讀。

林先生轉身離去，在他的臉上，陰鬱的表情多於明歡的，因為在他的心裡擔慮的成分超過了興奮，而且除了那所有的種種以外，還有一縷隱隱的同情在他的心間迴旋。

就從那席談話之後的第二天開始，李老闆想要緊握每一絲細節的手終於鬆開了。他重新安排過自己的生活規律：每星期去公司二次——星期二和星期五。其餘的日子，他便留在家中，利用電話和每日夜晚送來的日報表，來控制着這條商業的航船在這片隨時會有風暴掀起惡浪的大海之中向前航行。

每天，在他打出的不會少於二十次的電話中，有十多次是直接撥去公司找林先生接聽的。這十次電話中又有三次是固定了時間的：上午九時零五分，一日工作開始後的五分鐘；中午一時，半日工作結束之時以及下午四點五十五分，全天工作完成前的五分鐘。其餘的電話都是不定時的，他隨時會打電話去問任何一個可能突然來到了他的腦圖之中的小題目。有時甚至無題可問。他的全部目的只是要想知道林先生是否正全力以赴於他的工作上。他不會停止這類「突然襲擊」式的電話檢查，直到他已能徹底信任了一個人為止。只是這類信任很難在他的心中成形，然後沉澱為一尊不再動搖的岩石的。即使像這麼一位忠厚可靠的林先生，也未必能在他的老闆的有生之年得到這樣的一個機會。

除了打電話和讀報表以外，他的多數時間都是在他的書房裡度過的。書房是完全依照了他保留在自己的腦子中的那間他在上海寓所中的書房的模式來佈置的：一排桃木的玻璃書櫥，其中高高低低豎立着各種中英文的書籍。邊上是一張用曲尺和拱形間隔成的放線裝古籍書的高大的擺幾，擺幾上面放着一盤古松柏的盆景。一隻古色古香的方口瓷缸立在房角，中間插滿了字畫卷軸。窗台的邊上是一張長方形的，裝有銅把手的紅木寫字台，一張藤質的圈椅放在桌前，他老愛半躺半坐在這張圈椅中，把軟墊靠塞在脖頸後面，讀着《論語》或《史記》。累了，他會起身走到露台上，極目遠眺海灣的景色，呼吸一下半山區的清新的空氣；然後再走回屋去，走到那座立在客廳一角的金魚缸前，凝視着金魚在水中擺游的悠然之態。有時，他也會與老伴面面相對地坐在客廳的沙發上閒到來聊半個小時，不過，這不是常有的事，他不太喜歡談天，他喜歡一個人孤獨地靜思。

他告訴自己說：這便是他為自己安排的退休後的生活內容。他願意就如此地生活下去，直到他的呼吸停止的一刻嗎？他從不願向別人講，但他確是一直在盼望着的。他自己也不知道這個盼望的細節是什麼，因為他沒有想像的習慣。他只朦朦朧朧地盼望着有一天他會收到一份從上海發來的電報，從此，他的生活便完全地改觀了。

但，那一天始終沒有到來。

那是在一九七七年十二月初的一個晚上，在上海，這已是北風凜冽的寒冬了，但香港仍然處在溫暖濕潤、樹茂草盛的季節裡，氣溫平均保持在二十度上下。

客廳的落地鋁門敞開着，水晶吊燈明亮的光輝從那裡流出來，透過露台，照射在窗外婆娑晃動的樹影上。室內是全套深紅色的花梨木傢俱的陳設，高高的紅木花幾上，翠綠的葵樹盆景張開着傘頁似的葉片，在另一張矮一點的擺幾上是一盤垂葉類的植物，它的柔軟的莖葉幾乎要吊垂到地面上，在它們的中間橫臥着一張雕刻着「壽」字型的紅木酒櫃，各式各款白玉的、彩瓷的、青銅的古玩擺件點綴在櫃面上。鑲着紅木或金屬框架的中式字畫勻稱而有品位地掛在客廳正面和側面的牆壁上，牆壁油漆成了淺湖藍色，整個房間呈現出一種古雅、脫俗而又舒適的氣氛。落地的電視機是與落地窗成四十五度角而立的，彩色畫面在寬大尺寸的螢光屏上變幻着，淺淺的聲浪也從落地門中時有時無地飄出來，而山林間涼爽的清風徐徐地從那座敞開的窗頁間灌進屋內，令白紗的窗簾激動地飛舞了一陣又平靜地垂下。

這是在港島北角半山區的一處幽靜的住宅區，站立在那突出的露台上能俯瞰到整個九龍半島上的紅磡和觀塘區。在晚間那種景色是神奇而迷人的：從那片樓廈森林之中的千萬隻窗孔中，放射出來無數如同針眼般大小的光點，像一廣片鑲在黑天鵝絲絨布上的鑽石，在墨藍的天空之下無休止地、從黃昏開始一直眨到第二天的黎明。燈光通明的船艇在海面上駛過去，恰如一座座緩緩移動着的水晶宮殿，而船首或拖在船尾的被白沫犁開的浪花，慢慢地在燈光的餘輝中合攏起來，回復成原來的墨黑一片。燈紅酒綠，車水馬龍的港島街道的夜景也能見到一角——這是靠近銅鑼灣的那一段：香煙、洋酒、日產電器、瑞士手錶、中國國貨的霓虹燈的廣告在建築物的頂部變幻着，各出奇謀，爭奪人目的注意。然而，這種熱氣騰騰的喧囂只是一種能被看見的和被感覺到的現象——再大的噪音也不可能傳上來，留在這裡的只是一片與世隔絕的寧靜。在山坡上紮根的樹木的枝椏幾乎攀到窗前和露台邊上，把一種綠色植物的清香送給了這裡的住客，晚逝的秋蟲還在泥山石縫的某處「唧唧」地唱着求伴的情歌。

李老先生坐在一張三人沙發的一角，他的眼睛望着電視機的螢光屏，他的一隻青筋漲暴的蒼白的手擱放在沙發紅木的扶手把上，手指輕輕地彈動着。他穿着一件呢絨的、灰色的晨褸，梳得光滑平潤的頭髮在明亮的燈光中反射着白銀絲般的光芒。假如將目光再移近一點來觀察，你會覺得他有一副梳理得一絲不苟的外表，露出在晨褸敞開的對襟間的是兩片「ARROW」襯衫雪白的硬領，一隻斜紋領帶的三角結夾在其中。即使是在家裡，他還是穿着筆挺的，有兩條像刀刃般鋒利摺痕的西裝褲，他的腿是一隻擱在另一隻上的，一隻質地優良的軟皮拖鞋的鞋跟從他那只擱起的腳上垂下來。

每天晚上從九點半到十點是他鐵定的看電視節目的時間，因為詳盡的國際和經濟新聞報告就安排在這半個小時之中。

現在，經濟新聞正接近尾聲，一位神態穩重的報告員的手中正拿着一頁稿紙，他在讀出恒生指數及各類國際和本地股票當日的收市價。又是股市急瀉的一日。李先生平靜地站起身來，若有所思地走到電視機面前，一按鈕鍵，光屏上的畫面一個大弧度地晃動，便收縮進了中央的一個明亮的光點之中，光點慢慢地淺淡下去，便消失了。李先生注視着螢光屏上這一切的變化，沒有立即離去，他並不覺得驚惶，但總有些懊喪的情緒在心中徘徊：他的手頭常保持着幾百萬港幣的股票，這都是些英資的實力股，是作為分散投資和對付紙幣貶值的一種手段和措施。他從不買空賣空，也不從事短線炒買活動。其實股市的升落與他是無關的，狂升和慘跌只是為他帳面上的指數箭頭增多了一次高峰與低谷的曲線波動，在任何情勢下，他都不會也不必將他的股票沽出去。在這二十年間他經歷了香港投機市場蓬勃和崩潰的日子，見得太多了，但這個狂風驟雨的商業外界有時也會難免在他已磨練得淡靜的心裡牽起一絲興奮或懊喪的波紋。

他轉回身來，朝着臥房的方向走去。通常，他上床的時間不超過十點，第二天他會在八點之前就起身，梳洗、剃刮完畢後就由那位已跟隨了他十多年的傭人秀姑侍候他吃飯泡粥搭配醬瓜、腐乳的滬式早餐。早餐之後是穿衣。不論去不去，他都會像上中環寫字間一樣地穿得整整齊齊，打上領帶，換上皮鞋，進到書房之中去。每分鐘都是精確安排好了的，當他坐入圈椅中時，牆上的那方「星辰」的音樂掛鐘，應該正好報唱出九點這一個時刻。而五分鐘之後他正拔出每天的第一隻電話，——那是打去給林先生的。

「阿秀——」他用上海話叫道。

「唉，李先生。」秀姑答應着從工人房中走出來。她是一位年約五十多歲的老婦人，一張忠厚的面龐。

「鋪床吧，我先去浴室。」

「是，李先生。」當她轉過身去的時候，一條粗大而花白的長辮子從她的背後甩蕩出來，她是一位「梳起」的女人。根據廣東的習俗，這表示終身不嫁而當傭人的決心。辮子從她立下決心的那一天開始梳結，那應該是在她二十歲左右的事了，經過了三十多年的積留，辮子已垂過了留辮人的臀部。不管別人的看法怎樣，她很珍惜這條長辮，這是她堅守決心的證據。

李先生走進臥室，秀姑已將床罩掀起，鋪摺好的被子向着內床翻開了一角，露出了雪白的床單，抽濕機在房間內寧靜地工作着，把從山林中流入的濕霧氣抽去，使室內的空氣呼吸上去覺得帶着一種暖洋洋的舒服感。房中的陳設簡樸卻舒適：兩張三尺半的單人床平行而立，床位的中間是一條長方的床頭櫃，床頭櫃上立着兩把仿古的青銅台燈，一疊英文版的《時代週刊》和幾本線裝古籍書冊交錯地平放在靠近李先生睡的那張床的台燈下。床頭櫃的對面是兩張單人沙發，李老太太已佔有了其中的一張。她用目光迎接着正踏入房間來的李先生，他們的習慣是在上床熄燈前坐在沙發上，喝上一杯紅茶或咖啡之類的，悠悠地談上半個小時的話。

秀姑已不引人注目地從房間中退了出去。她很清楚地瞭解主人的脾氣和習慣，他的職責是怎樣更有效地配合他們。李先生開始解開和除下晨褸，戴上了那頂絨線質的壓髮夜帽。他的領帶和「ARROW」白襯衫已在浴室中脫去，並留在了那裡，他將一套藍白色相間的睡衣褲套在了他的英國質料的MORLEY羊毛內衣褲的外面。然後，他搓着兩隻手，往沙發上坐下去，他的老伴和一杯熱氣騰騰的咖啡正靜靜地等着他。

「正之怎麼還沒有信呢？——奇怪！」他的太太似乎知道他要說什麼，而替他先說了出來，她的眼睛望着他。這一個多星期來，他倆的這段睡前談話幾乎都是以這同一句話開端和結束的。

「這些年紀輕的人……」他除去了假牙的嘴唇內癟着，語言含糊不清，「嘶嘶」地發出漏風聲。正當他想發表某種議論之際，他突然記起了一件事，「對了，我們給他的生活費是幾時匯出的？」

「也快一個月了。」

「收到了錢也不寫封回信，大陸上胡鬧了那麼些年，教育出來的一代青年人不但不學無術，甚至連做人該是怎麼一回事也不懂。今天漢鈞兄來信說到他的兩個侄子申請去了美國，就在他兒子開的那家中國餐廳工作。做菜不會，洗碟又不肯，中午竟還要睡午覺！據說這是上面做工作的規矩——真是荒唐！更豈有此理的是：最近竟與漢鈞一家理論，說別人在剝削他們，顧家的洋房汽車就是靠『剝削他人』而賺來的！你想想，漢鈞夫婦辛苦了一輩子，就是他們的兒女在美的創業也是何等不易。人老了，心中總放心不下那二個侄子。把他們不遠萬里地接到美國，竟是為了受這份氣！」老頭子的背離開了沙發的靠背，直挺挺坐在那裡，他的兩眼瞠視着坐在他對面的老太太，他的呼吸因為激動而又有些急促起來。「我只是擔心正之，就算他能出來，但萬一他也像那個樣的話……」

「出來？只要出來就好了！也別管他像什麼個樣。」

這倒是真的，李老先生覺得沒話可說了，他只說了個「這……」就收住了口。

兩老在沙發上靜坐着，足足有一個時辰沒有出聲，一種冷卻了的期望又複燃起來，它空燒了一陣，再次地熄滅下去。這種心情只是無數次重複之中的又一次，兩人都習慣了這類被絕望所折磨，但卻又不得不繼續抱有希望地生活下去的日子。

「假如他能出來的話……」李老太開始發揮她的自慰性的想像力。

「不要提這種沒有可能的假如！」

「是的，但……但我是說假如，假如他……萬一他，真在今天晚上就突然來敲門的話……」她見到他欲言打斷她話頭的姿態，「是的，我懂你的意思，算是我說着玩的……假如他今夜上就來到的話，你會……？」

「我會明天就送他去美國！」她見到他的眼中也閃露出興奮的光彩來，那種阻擋她想像力飛翔的企圖已在一刹那之間消失。他的答覆乾脆而堅決。

「讀書？」

「不讀書能行嗎？」

「讀什麼課程呢？」

「當然是商業管理，還有電腦。……不過，也要讓他進修英語，對了，要先在香港學英文……不，還是讓他去美國，去美國學英文更好……」他的語氣中出現了猶豫，這是一種想像力在選擇之間的徘徊。但他忽然意識到自己正在說些什麼，他的眼望着他的太太，他那只蒼白暴筋的手伸出來舉到半空中，他想儘快了結這種無價值的聯想。

「正之不是來信說他正在自修英語嗎？」她知道李老先生的用意，但她仍在盡力地堅持着這段美麗想像的連貫性。

「自修英語？你說行嗎？大陸的學校還培養不出一塊能用之材呢！」

「上海的情形或許不同……」

「上海又怎麼樣，十年文革，白的都染成黑的，好人都學會了奸詐。漢鈞的那兩位寶貝侄子不都是從上海去的嗎？而且都與正之的年齡相仿。」

「但……」

「不要再說下去了！」他的手從半空中斷然地划下，他已決心不在他太太的誘惑下繼續這種無謂的討論。停了一刻，他歎了一口氣，說道：「睡覺吧，時間不早了。」

他站起身來，向着他那張床走去。他在床沿上坐了一會兒，才將雙腳從軟皮拖鞋中慢慢地退出來，兩條腿抖抖顫顫地橫過床沿塞進了掀開了的被窩裡。他躺了下去，再用一隻手吃力地將被褥拉上來沒過肩頭。當一切搞停當後，他的動作開始安靜下來了，他平躺着，喘着氣，他的兩眼朝天凝視着天花板，雙手從左右兩個方向塞在頭的下面。

李老太也已上了床，她伸出來一隻手，向台燈開關的按鈕摸過去，它在那裡停住了。她想了想，但還是那句話「為什麼正之總不寫信來呢？真是的，叫人掛心。」她看着正怔怔地向房頂凝望的丈夫，他並沒有作答的意思。李老太的手指按下了燈鈕，一切便留在了黑暗中。她知道，他的兩隻眼睛仍在漆黑之中睜開着，而且還有很長一段時間不會合上。

是的，他仍醒着，他想到過去，也想到將來，但他的習慣是回到現在，回到他生活在其中的現實裡。他輕輕地合上眼睛，一絲悲哀和恐懼的思緒在他心頭徐徐降落下去。他終會在將來的某一刻也是那樣地合上眼，從此再不睜開了。他似乎不甘心地重新張開了眼睛，他要看看周圍的一片是否如同他閉眼之前一個模樣。他命令自己不要再胡思亂想了。於是，他再一次地合上眼，側過身去，靜靜地等待着夢之神的來臨。

「嘭！嘭！嘭！——」他聽見一種類似拳頭打擊在厚板上的聲音，他不知道自己是否在夢中，他猛地掀開眼瞼，仍然是黑乎乎的四周，他記起了那個最後離開他腦子的思想，一種毛骨悚然的感覺向他襲來。一段定神的張望，被褥仍蓋在他的身上，青銅質的燈座在黑暗中放出一種幽光，他確信了自己仍生活在現實之中。

「嘭！嘭！嘭！」沉悶的打擊聲再起，他艱難地從床上撐坐起來，他的一對眼睛在黑暗中警惕地發光，現在他辨出了聲的出源處。「翠英，你聽見了嗎？」他在黑暗中向他的太太叫道，「有誰在敲大門——怎麼不按鈴呢？」

「唔，」李太太含含糊糊地反應着，她已經睡着了。李先生聽見工人房中秀姑起身的聲音，她正從床上起來，打開了工人房的房門。「嘭！嘭！」公寓套間的大門上又傳來了拳頭打擊在十公分厚度的實心的門板上的聲音。「邊個啊？——」秀姑邊用廣東話的拖長音問着話，邊向大門走去，李先生聽見「劈劈啪啪」地一陣響，客廳和飯廳裡的燈全都被打開了。

李老太也徹底地清醒過來了，她坐起身來，正想出聲，只見在幽暗中她丈夫的一個阻止她說話的手勢，他只想聽個究竟。

兩分鐘的靜默，李老先生能夠想像到秀姑已到了門邊上，她正透過那個二百度的放大窺望鏡識別那位站在走廊路燈之光中的來訪者的真面目。但秀姑並沒有開門，也沒有與屋外的人對話，當她的腳步聲再起時，這是朝着他們房間走來的。

「嘭！嘭！——嘭！嘭！嘭！」站在門口等待的人必然已聽到了屋內的動靜，也見到了從門底縫裡透漏出來的燈光，但應該是來開門的腳步現在卻在朝着相反的方向退回去，他着急了——這是他的拳頭為何再次捶打在門板上的原因。

在一陣急似一陣的捶門聲中，秀姑開始是行走，後來成了奔跑的腳步聲到達了他們的房門前。「李先生，你醒着嗎？」

「是的，是誰敲門？」

「不認識的，好像是個大男孩，穿的古古怪怪的，滿頭汗塵，一邊敲門一邊還在四處張望。」

「男孩？——怎麼不按鈴呢？」李先生的心間曾晃過一道閃光，但他是一個不習慣想像的人，他不能看清在這閃光的瞬間出現了些什麼。

「不知道，我看不太對勁。」

「你先去門口看住，我這就起身。」

「噢……」

當秀姑的腳步聲剛向門口移動時，他又覺得不妥當。

「千萬不要開門。立即打電話報警。」——但說到報警，他便想到查詢、錄口供、宣誓、簽字，這一系列的例行公事式的麻煩，他立即又修改了原先意思，「不，還是打電話去樓下管理處，叫他們立即派一位管理員上來。你知道管理處的電話嗎？」

「知道。」秀姑的答應聲隨着她的腳步聲一起「噔噔」地直奔客廳中去了。

李太太已披上了外套，她扭亮了台燈。燈光在黑暗間突然的開放，使李先生的眼睛眩暈地睜不開來，他用一隻手遮在眼額的上方，向着他太太，也等於是向着他自己發問：「這到底是誰啊？」

站在門口捶門的是正之，而這裡是他踏上香港領土之後的第一程冒險長征的終點。

假如說要先打個電話來通知一聲的話，他一早就可以這樣來做了。在樓下的大廈入口大廳裡，雖然管理人員並沒有注意到他的進入，他卻見到了有一架免費電話機可供人使用；在紅磡的火車終點站，雖然要塞入五毫硬幣，但在那裡還是有多架的公眾電話能提供這種服務，正之能讀懂說明牌上的英文解釋，而那二十元外匯除去了火車票的五元以外，仍有餘額在他的褲袋中「叮噹」作響；或者更早些，在羅湖的移民邊檢站，在深圳，在廣州，甚至在上海，當他剛拿到了通行證的時候，他已能用電話或電報通知他的父母了。

但他都沒有這樣做。再困難他都要堅持下去，直到他奇跡般地在他的父母面前出現，使他們在他緊緊的擁抱之中清醒過來，確信了他正真真切切地站在他們面前這一個現實，這會是多麼激動人心的一幕啊！在一生之中未必個個人都會遇上這樣的機會，這是珍貴的一瞬，這是無價的一瞬，為了能盡可能地使全段故事富於戲劇性的高潮，他寧願忍受一切的不便，克服所有的困難。他堅信：在他連串想像中的那極輝煌的頂點一定會像預料的那樣爆發出來。

他是在六點四十五分離開羅湖的邊境檢查站的。當時天已全黑了，最後一班火車會於七點零五分從那裡開出。踏入香港的第一個印象是清潔而正規，戴着紅帽子的搬運工站在通道的兩旁恭敬地上前招呼，希望能為旅客效勞。當然這是要錢的，正之既沒有行李也沒有錢，他儘量地避開他們，到實在避不開時，他就斯文而有禮貌地向着對方用廣東話的詢問回笑着，他聽不懂別人問他些什麼，但他相信，笑容，這是全世界統一受歡迎的答覆。

羅湖的邊檢站是裝有空調設備的，入境者一旦通過檢查室門口的那座垂直風簾牆時，就能立即吸到一股使人精神為之一振的清醒的空氣。沒有鐵架棚的暫時檢查站，也沒有着黃綠制服的甩甩蕩蕩的邊防人員，這裡的工作一切都在一種寧靜的氣氛中緊張地進行。一份份的證件遞上去，再送到另一邊，一個個地走上去，再前往指定的地點接受問話。穿着裁剪得很貼身的緊身黑制服的移民局人員坐在一張張的檢查櫃台後面，他們的臉就像室內的冷氣一樣淡漠得沒有一絲表情。他們正例行公事，而解釋公事上的須知，並不是他們的義務。這裡的法定語言有兩種：廣東話和英語，至於不能應付這兩種語言的外省來客則要依靠自己的領悟本事來解決自己身處的困境。查問者的公務只是面孔毫無表情地作出一次又一次的重複，讓你去猜估——或經邊上的人提醒——然後在表格上填入應該填入的內容。

正之感到奇怪，他不知道那些在他前面的外地人是怎樣一個個地通過這道關卡的？反正，人各有其適應能力，而正之自己的本領則在於他能說上幾句洋文，比比劃劃地也總算對付了過去。他竟然還在表格的專欄之中填入英文，這使得那位查問和核對他的官員抬起頭來向他多望了一眼，在他那副撲克牌式的面孔上，正之好像見到了一絲驚異的表情。

在檢查室的那一端出口，正之取回了他的那份淺綠色的印有國徽的通行證。他像見到了親人一樣地高興，在一切都是陌生和漠情的此時此地，它仿佛染着一絲那來自於家鄉的濃濃的氣息，這是一種說不清的感情。他前後反復地查看着它，一長片由他自己填寫的家庭情況表格用釘書機釘在了上面，表格被橫章打上了一條中英文相同的規範化的批註，「獲准延期至三月三十一日」——其中「三」與「三十一」則是用圓珠筆填寫上去的。正之也顧不得去思索這條批語的含意，他只知道自己已通過了查核，至少可以暫時鬆一口氣。

檢查室的出口是開在火車月台上的。當正之提着他那只小小的裝有字典與英文書的旅行袋走上月台時，他發現屋外是一個晴朗燦爛的晚上，幾顆星星在遠遠的山巒之上的天邊眨眼。在他的右手邊，鐵軌從羅湖橋上通過來，在他左手邊，路軌無限地延長出去，消失在蒼茫茫的夜色之中。正之的頭是轉向右的——那個他從那裡過來的地方。橋中央的鐵閘已經關閉，在空曠的橋身上，幾個身影在水銀燈光下來回地走動着，這便是中港交界的邊境線。

「儂到阿裡去？」一句上海話在正之的耳邊響起，正之回過頭來，那位在深圳邊境遇到過的高大肥壯的上海人正笑眯眯望着他。正之一時之中還沒有從沉思之中醒過來，他回望着他，「——我是說，你的家在九龍呢還是香港？」

「香港。怎麼，你還沒有離開？」

「我是第一個沖過羅湖橋的，我想早點踏上香港的土地。誰知道第一個與最後一個並沒有什麼兩樣，都得在那兒等，等到這最後一班車，才讓我們離開——不知道這算是什麼規矩！」

「英國規矩。」正之說着，臉上露出了笑意；他便是那人所說的最後一個。

「儂買了票哦？」

對了，還沒有買票呢，「請問，在哪裡買？」

「喏，」那人側過頭去，他的手指着邊檢站房門口的一個小小的窗洞，窗洞裡亮着日光燈的燈光。

正之走到窗口前，橫過頭來，向窗中張望進去。窗口中仍舊坐着一張制服、大蓋帽、佩章和沒有表情的面孔。他視若無睹地望着正之，就像沒有看見人一樣。正之抬起手來取下了襯衫袋口上的大別針，用手指夾出了那兩張湖綠色的面鈔，這是他從羅湖橋的彼岸帶來這裡的全副身價。他不清楚火車票會是多少錢一張，而這二十塊港幣又究竟代表着一種怎樣的價值概念。最簡單的方法就是將它們一起遞進窗洞中去。其結果是：它們中的一張被退了出來，而另一張則換成一方火車硬票和幾塊叮叮噹當作響的硬幣。這是正之抵達香港後完成的第一筆交易，這也是一段衹有動作，而不需要語言的默劇。

這是香港人互相溝通的方式嗎？正之問自己。

七點整，一列火車轟隆着，從與去深圳方向相反的黑暗深處駛過來，它雪亮車頭燈把羅湖橋上的一切設施照得如同在白晝的陽光裡一樣。它喘着氣，一個節奏拖長另一個地緩慢下來，巨大的車頭在離關卡鐵閘不到十米之處停下了。

所有的乘客，有提包的，有拖小車的，也有抱着領着小孩的，都朝後退去，待車一停穩時再一齊朝前湧去。車上的座位很快被占滿了，車廂內嚶嚶着一片吵鬧聲。正之占到了一隻靠窗的位子，窗外一片漆黑，遠處山崗上的幾座哨所和近處農田邊上的幾幢磚房裡有燈光在閃動。而車廂裡一片明亮，各種各樣廣告畫和商業標語幾乎佔據了除了旅客座位以外的所有部位。一幅巨大的，印着一位性感露大腿女郎的廣告相片正好懸掛在正之的頭上方。女郎側身斜坐着，纖長的兩指間夾着一枝點燃着的香煙，一位男士陪伴在她的身旁，他的手掌按摸在她的大腿的內側，下面是一行中文繁體字：「雲斯頓」香煙的魅力不可抵擋。正之仰起頭來，他的目光停留在這幅畫上有幾秒鐘，他不理解「雲斯頓」的魅力到底有多大，因為他從未吸過煙。但他覺得新奇。突然，他意識到了自己的動作，他覺得臉上有些微微發燙，他四周張望着：並沒有人注意到他，人們有的還在安排行李，有的正寬衣扇涼，也有人正開始閒談，他注意到兩邊的在水銀燈光中的月台正向後退去，火車已經移動了。

但高樓大廈和霓虹燈繁華的出現是在四十分鐘以後的事了。起先，是在前方的天邊出現一片紅暈，但很快的，幾幢巨廈的頂部便冒升了出來，這是些至少有三十層高的大樓，在夜的黑色背景上就像是一座座巨大的、內部被雕空了的長方體，燈光從千百隻窗口中閃射出來。不消幾分鐘，一片使人頭暈目眩的色與光的汪洋已一望無際地躺臥在前面了，火車轟隆隆地直向它的懷中奔駛過去。

車廂中安靜了已有半小時的氣氛，又像一桶被攪動的水，出現了旋攏的不平靜。問答的嚶嚶聲再起，也有人開始從架上取下行李。正之並不太留意他聽到了些什麼，但偶然間，他聽到竟也有人在用普通話向一位問詢者說：「是的，到了，這就是九龍。」

正之轉回臉去，他的眼睛從椅背上望過去，他見到那位他們曾在深圳和羅湖都有過談話緣分的上海人正坐在離他那排座位約二三排的左後方，他的邊上坐着一位留長髮的青年人。一個正向着車窗外指指點點地解說，另一個則伸長着脖子向着窗外觀望。他的目光隨着一座一閃而過的瑰麗明亮的建築物同步地向後移去，但又突然怕失去什麼似地猛地跳回到前方，再盯咬住另一個目標，開始了另一次同步的移位。他的神色是貪婪而激動的。他應該正恨不得再長多幾對眼睛，把那些目不暇接的景象盡可能地攝入自己的腦版上去，正之這樣想，他的臉上露出了輕鬆的笑容。

正之站起身來，再側過身去，從坐在外端的旅客的腿膝前面通過，進入了走道之中，他向那位上海同鄉走過去。這一次是正之，而不是他，去盡完他們的第三次的緣分。

「你好。」正之站在他身邊，笑眯眯地俯望着他。

那人的頭轉過來，他臉上帶有一種似乎剛從一場神奇的夢裡回到現實之中來的表情。

「噢……是你啊……你好！你好！請坐。」他發現自己的邊上根本沒有再能供一個人坐下的餘地，他站起來，要把自己的位子讓給正之。

「不，不用客氣！」正之重新將他按坐了下去，「我也有座位，就在前面，」他順手向前指了指那只空出來的位子「請問貴姓啊？」

「姓楊——木易楊，」他「嘿嘿」地笑着，乾巴巴的面皮上攏起了幾條很粗的皺紋。「噢，對了，你姓什麼——你貴姓啊？」

「姓李，名正之。」

「李同志……不，小李……應該稱李先生才對。」他不好意思地笑着，「我們到香港了，香港興叫先生，再沒有什麼小李，老李的了，」他為自己解圍。

「我替你介紹，這位也是楊先生，」他的手伸過去挽住了那位坐在他旁邊的青年人的大臂，一把將他從座位上提拔起來，「我的侄子，專程來羅湖接我的。」那青年人因為受到這突如其來的提拔向後踉蹌了幾步才穩住腳跟。他約二十多歲，削瘦蒼白的臉色，只剩下筋、皮與骨的鼻樑上騎着一副金絲邊的鏡架。兩瓣花襯衫的闊領敞開着，露出了脖頸上圍着的一圈金鏈，金鏈的中央重垂着一塊白玉的裝飾。

叔叔的眼睛望着侄子，他的左手朝着正之所站的方向伸出來，十隻手指從他的手掌上屈張開來，形成了一個介紹人的姿勢，他用上海化的國語說道：「這位是我的……我的老朋友，李正之先生。」

蒼白的青年人伸出手來，正之的手握了上去：這是一隻冷冰冰、汗津津的手，正之不敢久留於其中，匆匆地縮了回來。他向着對方說：「我們也算不得是什麼老朋友，我們在深圳才相識。」但他補充了一句，「不過我們是同鄉，都是上海人。」

那位木易楊似乎有些尷尬：「所謂一回生，二回熟，三回老，我們這是第三次見面了啊！」他為自己解圍的能力真高！

火車的速度正飛快地減下來，車窗兩邊的撩人眼花的霓虹燈光於一剎那之間消失，火車隆隆地駛進了車站高大的停車大廳中。

「有人來接你嗎？」那位青年人用國語問正之。

「沒有。」

「沒有？你來香港是找誰的？」

「父母。」

「沒通知他們嗎？」木易楊插話上來，一種困惑的表情印在了他的臉上。

「我……我不想驚動他們。」

「這怎麼叫驚動呢？……不過……那你有沒有他們的位址、電話呢？」

「有。」

「你可以問我的侄子，整個香港九龍，還有……還有新什麼界的地區，他都瞭若指掌，他是在這裡出生的。」他的臉上露出了一種自豪感，雖然他說的是他的侄子，但至少他也能借到一份狐假虎威的光彩。不過，他倒挺熱情的，正之不能否認這一點。

正之的手伸進了褲袋裡，他摸出了一片紙條，他想遞給那位青年人，但木易楊卻一把搶了過去。他一隻手把紙片拉直，兩腿在搖晃的車廂中叉開而立。他一個字，一個字地讀了出來：「香—港—北—角—雲—景—道—豐—景—台—十一字一樓—A—座—電—話……」

瘦青年的頭忙湊了上去，他往紙片上看了一眼，似乎為了證實他的叔叔並沒有念錯。木易楊繼續往下讀着：「……電話五一六〇二八三五。」

「這是你家的位址嗎？」叔叔的話音剛一落地，侄子就接上來問，他的臉上露出一種敬畏之色。

「是的。」

「喔，你家的生意一定做得很大，那兒都住着些有錢人……」

「有錢人。」三個字似乎像一道銀針，刺進了木易楊的穴道裡，他猛地轉過臉來，眼睛睜得彪圓：「你說什麼？」

「那是在北角半山的高尚住宅區，環境很清靜……」

身為叔叔的臉慢慢地沉靜了下來，他換上了一副得意洋洋的長輩式臉容：「怎麼，不錯吧？我都同你說了，凡是上海人的生意做得一定不會小！」這次他的立場是站在正之一邊的，為的是能借到另一隻虎的虎威。他轉回臉來朝着正之，「儂個老頭子是開廠啦，還是開店？到了香港還望儂——『拉兄弟一把啦』！」他說的是純粹的上海方言，直到那最後一句用京劇腔扮唱出來的「拉兄弟一把」才使得那位瘦猴般侄子的臉上露出了會意的微笑。這是一條使正之啼笑皆非的要求，他無心去回答對方的話，他關心的完全是另外一回事。

「我該怎麼個走法呢？——我是說回雲景道的家裡。」他用手比劃着，眼睛望着那位侄子。

「這麼晚了，可能已沒有車上半山，那兒的人通常開私家車……」那人面有難色地朝車窗外望去，車已停下了，人們都擠在車門口準備下車。

「那我該……？」

「還是由我們送他回去吧！」叔叔拉住了侄子的手臂，這樣地催促。

「不，謝謝，我還是一個人走，不過需要你們指點一下路線。」正之怎麼會讓這兩位不速伴客來破壞他心目中的戲劇的高潮呢？

「先搭船，到北角，再換小巴上山……噢，對了，搭的士，就是計程車，它會直送你到家門口的。」

車廂裡的人流已經開始流動，三人默默地跟着走，不一會兒就到了月台上。月台上有兩條自動扶梯通往候車大廳，人流開始向那兩條自動扶梯的梯腳處移動過去，他們也都夾在大家的中間。

「搭計程車要很多錢嗎？」正之轉過頭來問那青年人。

「很多錢？……噢，那很簡單，只要到了目的地，讓你的家人下樓來付車資便行了。的士司機是不會怕住在那一帶的人拒付車錢的。」

「哪……我……」

「你放心好了，我們送你過海，為你叫定的士，並將你的情形告訴司機。這不就萬無一失了嗎？」

正之的心仍牢牢地粘在了他的那出戲的高潮上，喚一輛的士，讓家人下樓來付車資，都不會是他採用的方法。當然，他不用，也無法向他們解釋清楚他實際的困難。

三人隨着自動扶梯線前後地到達了明亮寬暢的候車大廳中，周圍都是耀眼的光線，從廳頂上掛下來的巨型吊燈，大廳四邊的小食鋪和各種其它商店門口亮着的招牌燈，甚至是廳門以外街道上的路燈，霓虹廣告燈，來來回回駛過的的士和巴士的車頭燈及尾燈閃眨着，恒亮着，在正之的心中製造了一種無所適從的感覺。他應該感到驚異，但他並不太強烈地感到這一點，他反復地向自己提醒，會是這樣的，因為你現在已身處在香港了。另一個強烈印象便是人，匆匆忙忙的人，沒有人去注意到他人，也沒有被他人注意到的人，大家你穿我梭，每個人都有每個人的方向。

楊侄子也是這許多人中的一個，他也誰都不去理會地只顧一個人往前走。他的右手中提着一隻大皮箱，而人向左邊傾側。楊叔叔緊跟其後，他提着一口小一號尺碼的帆布箱。這時候的木易楊連回頭看一下正之是否跟了上來的動作也沒有，因為，他必須全神貫注着他侄子的航向。首先，他不能在這片茫茫的人海之中迷航，至於「拉兄弟一把」那屬後話了。

正之尾隨着他倆下了一道樓梯，轉了一個彎，接着又上了一道樓梯，再轉了一個彎，出了一個門口再進入另一個，正之覺得自己的腦子一直處在一種醉矇矇的狀態之中，等到他稍稍有些清醒過來時，他發現他們三個正魚貫地行走在一條戶外走廊間。夜的涼風吹拂着正之發燙的臉蛋，他向走廊的兩邊望出去，那是一片燈紅酒綠的港九夜景。他第一次意識到自己完全沒有欣賞這片神奇迷人景色的興致，他也依稀地理解到為什麼生活在這裡的人們的感覺也不會與他的相差太遠？繁華就由這麼一批並沒有心思與閒情來享受繁華的人們所創造；否則繁華就不會存在——這是正之日久後愈來愈深刻的認識，然而就在他踏上香港的這第一晚，他已受到了啟蒙。

「喂！……喂！……」他向着前面高聲招呼，他猛地省悟到自己正跟着二個祇有一面之交的陌生人盲目地前進，他甚至不知道他們是回去自己的家呢？還是帶他回家？

在他前面一前一後的兩個人影都立定了腳步，先是侄子，後是叔叔，在離車後第一次回轉頭來看着正之。

「什麼事？」站在頭裡的那位青年問。

「你們去哪裡啊？我……」

「送你過海啊，不是說好了嗎？喏，下面就是碼頭，渡海去北角……」他的手朝右前方一指，正之見到一片漆黑黑的海面，約在二千多米遠的彼岸，香港島上的晶晶閃光的高層的建築物如同童話中的迷茫、依稀的山峰，半隱半現地矗立在海岸線上。

「噢，謝謝……」正之這才鬆了一口氣。先是侄子，後是叔叔的頭轉回了過去，先是侄子，後是叔叔的腿又開始移動了，兩個提着沉重包袱的身影在他前面左一側右一側地向前，正之仍跟隨其後。

原先空蕩蕩的渡船碼頭開始熱鬧起來，從羅湖方向開來的最後的一班火車為它輸送來了新的顧客，這是每天在這個時候都會發生的現象。

正之等三人走進了碼頭的候船廳裡。當來到轉盤收票機的閘口前，正之停了下來。

「每人一毫錢，只要塞入機孔中便可以了……」侄子說。

「不，就送到我這裡吧，十分謝謝你們，我……」正之感動地伸出兩隻手來，一隻手握住了木易楊，另一隻手握住他的侄子，正之已沒有了冷冰冰、汗膩膩的感覺，他們的手都因為太久地握提重物而有些微微顫抖，他感到這是兩隻熱情好客的手，他完全理解，這是為了送他，才使他們提着重物白走了這麼一大段程路。

「這……」侄子為難地望着他的叔叔。

「還是讓我們送你吧，去到你家裡，大家也可以認識認識……」

「不，」正之的口氣很堅決，他不得不這樣，「後會有期，假如送我的話，你們不方便，我也不方便。」木易楊兩隻瞪大了的眼睛向正之望了幾秒鐘，不管是因為什麼原因，總之他知道正之的堅決性是不容改變的，他的目光和表情都軟化了下來，他轉過臉去看着他的侄子，「那……那就算了吧，我們就送李先生到這裡……」

侄子也鬆了一口氣。他順手為正之往閘門機孔中塞入了一枚硬幣，機器亮起一盞綠燈。「從這裡進去，直到那有箭頭指示的地方朝左轉，再走過一道浮橋板就可以進入船艙了……」一陣鈴聲驟然響起，「快，要關閘了，……快！下一班船要等多二十分鐘……快！……」

正之的身體朝着閘口機轉動橫竿沖過去，眼睛卻回望着站在機邊上的叔侄倆，「謝謝！……再見，真謝謝你們了，……謝謝！再見！……」

正之提着旅行袋根據印象中的指示奔跑起來。當他踏上浮橋板時，身後的鐵閘「當」地一聲關上了；

當他跨入吊橋，進入船艙時，船已在「突突」地發動。船頭是向着珠光閃耀的香港島的方向前進的，但進入船艙後的正之卻是朝着相反的方向奔去，他顧不得去環視周圍，他的目的地是圍繞船尾的憑欄柵。

當他奔抵那裡時，船已開離了碼頭，他見到兩個一胖一瘦的人影正站在岸口上的鐵欄邊，兩隻箱櫃放在他們的腳邊，他們正望着離去的船隻。正之舉起手，他們也都舉起手來，正之的手揮動了，他們也揮動了。正之猛然記起匆忙中忘記了問他們的住址和電話——不知道他們還能記住他的嗎？

「楊先生！喂，楊先生！……」正之焦急而大聲地喊了起來，「你記得我的地址嗎？……不，只要電話就行了！……楊先生！……」曠漠的海風吹過來，將他的聲音吹散了，他見到的只是兩個仍在不斷揮手的人影。水面泛起了白沫，在船尾部開叉的浪紋向兩邊排推而去，愈變愈寬，正之知道再大聲的叫喊也是徒勞的，船離開碼頭愈來愈遠，那兩個短小的人影卻還在揮手。

正之垂下手來，悻悻地轉回臉來，在船艙中找位坐下。船艙衹有頂蓋，沒有邊窗，海風從船頭湧進來，再從船尾流出去，正之坐在海風中。就性格與愛好而言，假如他與楊先生真在上海相遇的話，他們絕不可能成為朋友，但在這異鄉，大家一旦見面，就感到有一種強烈的需要互相親近的傾向，正之不能精確地品味出這是一類什麼樣的感情和需要，但它是確確實實地存在着。

對岸的碼頭周圍是一片魚市場。當正之踏上岸時，他見到沿碼頭的路邊擺滿了鉛桶和塑膠盆之類的盛水器，壓得低低的汽油燈下是在淺水中活蹦亂跳的海鮮和魚販子被強烈的燈光照得慘白的臉。滿地濕漉漉的，一股腥味彌漫在空氣中。有匆匆向碼頭趕去的，也有從剛抵岸的船上傾散出來的，有站在路邊看熱鬧的，也有正與魚販講價論斤兩的；賣魚的將一條條尾部扭曲彎側的魚拎出水面，湊近燈光的下面，讓買魚的左一面右一面地看個清楚。周圍一片嘈雜之聲。正之從人群中穿過，他把那只旅行包緊緊地抱在懷中，沒有人注意到他，甚至也沒有一個人向他望過一眼，他曲曲折折地走出了魚市場，到了大馬路的邊上。

所謂「大馬路」，其實也是很窄的街道，兩旁一幢接一幢的幾十層高的大廈不留一線空隙地密排着，路中央的轎車和雙層的巴士風馳電掣般地在他身邊「呼呼」地擦過。路中的，路邊的，車前的，車尾的，紅的，綠的，黃的，紫的以及其它顏色的燈光，星火在他的眼前晃動，他只覺得頭很暈，他想嘔吐。時間已過了九點，路上卻仍舊熙攘擁擠，有人朝這個方向趕來，也有人朝反方向趕去，而正之正處立在這個漩渦的中心，他完全茫然不知所措了。他知道了，他理解了，原來繁華和人群是可怕的，當你還沒有學會泳術，而沉沒在潮水中時，你將會溺斃。他靠着牆根朝着一個他也不知道會通往何處去的方向慢慢地向前走着——他總不能老站在一個地點不動啊！他的腦子反復地映出了一位無名詩人寫的一句無名的詩句：我孤獨地投入人海，人海投我以孤獨。

下一步該怎麼走呢？他見到路邊上立着一座公用電話亭，但他對它的興趣只是朝它看多一眼，他是個決心堅定的人，他已堅持到了現在，他絕不會半途而廢的。乘計程車吧，那將會很簡單，路邊上處處都停着在車頂上亮着一盞燈的的士，他早就聽說過這是隨時準備載客的標誌。他只要走上去，坐進去，出示一張寫着地址的紙條給司機看，然後向他閃示一個禮貌的笑容便什麼都解決了，不需要任何語言的交談。但錢，他不知道自己口袋中的十多元錢是否夠付車資？總之，他決不能到了「豐景台」的跟前再打電話上去，求他們送錢下來。那麼就步行吧！他決不怕步行，在上海，他與樂美兩個能徒步地從提籃橋走到徐家匯，從下午一直走到深夜也不打緊……但這裡不是上海，而樂美又不在他的身邊，他是孤獨無依的，而且他根本不知道香港的街道線路是怎樣轉彎曲折的，他甚至連問路的基本的語言技術還沒有掌握。或者，他是錯了，他不應電報也不發一份地獨個兒地闖來香港，以致到了晚上還一個人流落在街頭。在他的一生之中，他還從沒有感到如同現在一般地悲慘過，但他的習慣是向困難搏鬥而不是向它屈服，他向自己說：凡是有人生存的地方，我也能生存！

他見到迎面走來一位香港警員，緊身的呢制服，硬蓋帽和佩章，烏亮的武裝帶，斜挎過胸前，他的右腰間佩着一枝手槍。正之一步跨了上去——他不知道是在一種什麼樣的衝動下跨步上前的，反正，他只聽見自己正用英語向那位「長官」開了腔。

「EXCUSE ME, SIR（對不起，先生）」

警員轉過頭來，他驚奇地上下打量着正之，他的嘴唇喃喃地蠕動着：「WELL, WHAT CAN I HELP YOU?（我能有效勞之處嗎？）」

正之很不習慣廣東式的英語發音，但他還勉強能聽得懂。「I……I WOULD WANT TO ASK

WAY——ASKING WAY（我……我想問路——問路）」他在「問路」這個英語片語上加了着重音，這是他希望對方能明白的最根本的一點。

那警員凝視着他，正之急急地在褲袋裡掏摸那條寫着位址的紙片，只要見到紙條上寫的內容，他便會明白一切了。

「ARE YOU JAPANESE？（你是日本人嗎？）」對方突然地冒出了這麼一句話。

正之困惑地抬起頭來——喔，他明白了他的意思：「NO, CHINESE（不，是中國人）.」

「CHINESE?……（中……）？」

「SHANGHAI, CHINA（中國，上海）。」

對方似乎明白了過來，至少正之是這樣地認為，因為他展開了理會的笑容。正之將那條紙片遞上去，在明亮的街燈下，看清紙條上寫的內容是輕而易舉的事。

「YOU MAY TAKE A TAXI（你可以搭的士）。」當他的頭從紙面上抬起重新望着正之時，他這樣說。

「MAYBE,BUT I HAVE'T GOT ENOUGH MONEY（或許是的，但我沒有足夠的錢）。」正之用手按了按自己的口袋，他用動作來加強自己的語言表達力。

「OH! SO YOU COULD TAKE THE BUS NO. TWENTY FIVE——TWENTY FIVE. JUST OVER THERE（喔，是這樣，那你可以搭乘二十五號巴士——記住：二十五號，就在前面搭）。」他用手

指作了一個「二」字，又作了一個「五」字，然後伸出手臂來指向過了一個街口的前方。

「THE BUS, TWENTY FIVE……THANK YOU! THANKS!（巴士？……二十五號……謝謝你，謝謝！）」正之完全聽明白了，他的眼光順着對方手指的方向望去，他見到有一竿圓型的汽車站牌，幾個人站在站竿旁，正之拔腿便想朝那方向奔去，他聽得身後傳來了那位警察的喊聲。

「BE CAREFUL, THE TRAFFIC LIGHS!（注意交通燈！）」

「什麼？……正之回過頭去，他已忘了用英語來作答。

「THE TRAFFIC LIGHTS!（交通燈！）」

「喔……」正之再掉回頭來，他見到交通燈正一眨一閃，人們都站定在路邊。正之也加入到其中，待表示行人的綠燈再次亮起後才混在人群之中一同穿過了馬路。接着，他又奔跑起來，向着那竿汽車的停車站牌。

當他奔抵時，正好有輛雙層車駛過來，正之清楚地見到在它的車頂的中央鑲着一方亮着燈光的標牌，標牌上寫着「二十五」（這與上海的一樣！），車門打開了，正之隨着大家一同上了車。車上沒有售票員，正之見到每個人都朝門邊的一隻方匣裡「叮叮噹噹」地扔硬幣，正之也摸了一枚出來，他根本也不知道這是代表什麼價值的，只是胡亂地扔了進去，虧得司機是從來不朝方匣裡看一眼的，似乎他只是用以耳代目的方式來辨別上車的人數。

正之就在車門邊上的一個位子中坐了下來，他邊喘氣，邊尋思着，戲該接近尾聲了吧？車顛簸向前了，正之緊張地向窗外窺望。他對路線毫無概念，看不看對他來說其實是一樣的，但正之的胸中自有他的打算。

炫目的霓虹燈漸漸地稀少下去，窗外的景色似乎變得蕭條起來，汽車的發動機「哼哼」地叫着，他知道車正在開始爬坡。車在一個站口停下了，車門打開了，幾個人跳下車去，就在這當口上，正之「忽」地立起身來，從車門之中奪路而出，當他的腳剛在人行道上站穩，車門就在身後「砰」地關上了，車便又搖搖擺擺地向前開去。

現在的正之是被棄留在了一條冷清的街路上，幾個從車上下來的搭客咳嗽着，前前後後地走散了，唯有正之一個站在那裡。街路上，桔紅色的街燈從上方照射下來，前方幾幢大廈像巨人似地從斜坡上矗立起來，遠遠地透過大廈外牆上突出的露台和落地窗望進去，正之見到有人影在房內晃動，華麗的水晶吊燈正放射出燦爛的光芒。但在正之的周圍卻沒有一個行人，也沒有一家店鋪，風冷颼颼地吹上來，一些在坡邊的高高的草本植物瑟瑟作響。他在哪裡呢？還有哪裡——當然是在半山，離開成功，他還只差一步了。

他開始識別方向：這是一條上山的陡路，整個香港和九龍在它約幾十米之下廣闊地鋪展開來，燃燒着，像一片正燎原着的烽火。他抬頭向車站牌望去，他失望了，完全不同上海有標明站名和路線表的，這只是千遍一律的鑄出來的生鐵牌子，上面幾個凹凸的英文字母「BUS STOP（巴士站）」。走吧，向前走，因為他沒有後退的習慣。他的眼左右前後地尋找着什麼，忽然，他如同發現新大陸一樣向前奔跑起來，在離他二十米的前方站立着一塊路牌，他跑到它的面前，手握住牌杆將上身和頭部轉到它的正面，他見到上面寫着的除着英文字母之外，還有幾個繁體字「天后廟道」。不是！但幾乎是在同時，他立刻意識到，他要找的路必然是與這條路相交的。他尋找的目光再次地抬起來，一條橫街就在他所站位置的斜對面向山上蜿蜒地通上去。他想立即奔過去，但他遏制住了自己，他前後地觀望着馬路，並沒有太多的車，幾輛扁身的轎車迎面開來，眨眼間就到了他跟前，再「嗖」地一聲從他身邊輕盈得如點水之燕一般地過去了。他瞅準了機會，一個衝刺，便越過了馬路，他覺得自己真像一隻過街的耗子，既要防備車輛又要躲避警員。但這不是他來思索這些事情的時候，他沿着道旁的山壁邊走邊尋找。一塊白瓷黑字的路牌釘實在山岩壁上。離它還有十多步的距離，正之的心已激動地跳蕩了起來，因為在柔和的路燈的燈光中，他已分分明明地見到了「雲景道」三個中文字。第一次，他覺得繁體中文也不見得那麼地不順眼，一口長氣從他的胸膛深處吁出來，他知道他已拉到了那條藤，當然是瞎子摸瓜，但瓜一定就在這條藤的某個部位。

他頓時覺得腳步輕鬆，三百米的山道在他的腳下如履平地般地流過了。他開始見到一幢幢白色，深咖啡色的二十多層高的巨廈在他前面浮現出來。這是些與他在下車的車站邊見的相類似的建築：露台、落地窗、紗簾、水晶吊燈和晃動的人影。他的心「怦怦」地狂跳起來，預感告訴他就在這些亮着或已熄了燈光的窗口裡，住着他的父親和母親，而那最具刺激的高潮是：當他們還不知道這一切的一切時，他正一步一步地向他們逼近過去！他的想像力再一次不可壓制地澎湃起來，他想像着父母親的面龐和身影，父親的背應已駝了吧？與許還支着拐杖；母親那張可能出現的，夢境般的，驚奇所扭曲了臉，在他面前擴大着。他甚至見到淚怎麼從她面孔上的皺褶間流下來……

但這不是讓想像之馬脫韁的時候，他極力地使自己的腦子對一切思想關閉起來：他要向前，他還要去完成那段最後的衝刺！

「豐景台」是一幢深咖啡色的大廈，兩盞英國古典式的壁燈在它的大廈入口處的左右邊伸出來，發出了黃色、柔和的光芒，中間是一長方塊擦得如同黃金般反光的銅牌。幾個花體英文字母和三個中文楷書體「豐景台」，就用一種特殊的腐蝕工藝，深刻而粗獷地凹嵌在銅質的牌面中。

現在正之就站在它面前。他喘着氣，他的眼中什麼都不存在，祇有那條用大理石鋪成的走廊，一盞巨型的吊燈從天花板上垂掛下來。他一頭沖入大廈裡，飛快地穿過長廊，來到大廳裡。他只覺得那裡的光線明亮得使他的眼球也有些微微發痛，一架電話機在牆角的一方擺台上躺着，對於它，正之投去的只是徹底成功者的一瞥。一個管理員正背靠走廊地坐着，他正攤開了一大幅報紙在看，絲毫沒有見到進入大廈的人之中還有一個像正之這副模樣的。正之轉了一個彎，他停住了腳步：三部電梯在他的面前出現，梯門都合攏着。站在電梯門前的還有幾個人影。正之站到了一位西裝筆挺，戴着一副金絲框邊鏡架、頭髮梳得溜光的中年男人和一個渾身散發着一種夜來香幽香的、裙衫飄忽的女人之間，他決定不向他們瞥視一眼。但他也絕對能想像出別人向他上下打量着的無比驚異的目光，但現在，他只能將這一切都視若無物，而他，才是這個無人之境界中的唯一的一個能活動的物體。

電梯門裂開了，電梯裡並沒有開梯的人，他覺得他邊上的人都正朝梯內走去，他卻駐腳不移，當梯門正再次合攏時，他才一個側身地擠了進去。他將眼光全部集中在梯門的那條裂縫上，以此來忘記就在他一尺見方周圍的存在。他一直沒有作出過任何一個動作，電梯門曾有二、三次地開裂過，他覺得有人從他的身邊擠過，走了出去。直到感覺告訴他：這電梯之中只剩下了他一人的時候，他才抬起頭來，轉過臉去，他的感覺是正確的，他發覺電梯又正向下沉去。他抬頭向那橫排閃亮地跳變着的數位系列望去，「十六、十五、十四……」他的目光「嚓」地掃射到那方塊不銹鋼的按鈕板上，「十三、十二、十一……」他的手指猛地刺壓到刻有「十」字的鈕鍵上。燈光一亮，電梯突然間剎住車，梯門重新悠緩緩地打開了：一條光潔的走廊橫在他的面前，對準梯門的牆壁上釘着一塊乳白色的塑牌，上面刻着：十樓——10FLOOR。

正之步出電梯，他立即見到了那個帶着箭頭的A和B座的橫巷口，他奔過去，轉彎，他的腳步一下慢似一下地向前移動，最後終於停住了，停住在一扇深色柚木雕花的大門前。

一切都已過去了，這裡便是他這段漫長征途的終點。

他見到一方金屬的門鐘的鐘扣，下面一小方塊銅牌，刻有一排英文字體：

LEE』S RESIDENCE

PLEASE RING THE DOOR-BELL

（李宅——請按門鈴）

風塵僕僕，汗水淋淋的他笑了，他向自己而笑。他沒有去理會銅牌上的指示，他的手舉了起來，十指攢成了一個有力的拳頭，有過一秒鐘的猶豫，但立即消失了，他的拳端向着那扇足足有三十公分厚度的實心雕花門上捶去！

第四章

這是與往常不同的一晚，李宅客廳裡的水晶吊燈直到過了十一點還沒有關熄。李老先生和他的太太坐在紅木的長沙發上，正之一個人坐在一張單人沙發中，那只旅行袋就放在他的腳邊，還沒有打開。這是處在一段靜默之中的某一刻：正之的兩眼望向地板，他雙親的四隻眼睛卻凝望着他。

正之煞費苦心地營造了這齣戲劇的一切必備的氣氛，但高潮卻遠不是如他預料那樣地來到。

當他不肯甘休的拳頭在大門上捶擊時，一位穿着制服的大廈護衛員在他的身後出現，他一把抓住捶門者的肩膀。正之驚恐地轉過臉去，雖然不能聽懂他的語言，但他的那副兇狠狠的模樣使正之第一次體會到了盜賊一旦在擒，被扭送警局之前一刻的感受是什麼。到了這個時候，正之已不得不再次地鬆開了那只大號的安全別針而取出了那份唯一能證明自己身份的、淺綠色的文件。他懊喪地感到：那股箭在弦上，一觸即發的氣氛立刻鬆弛了一半。但正之還未發現那孔二百度的窺視鏡的秘密，因此他惑然不知為什麼竟會那麼碰巧，因為就在這當口上，雕花大門裂開了一線縫隙，一條類似鋼鏈的聯繫物橫過隙縫，仍把大門牢牢地拉在門框上，似乎有兩隻眼睛正從門縫之中向外觀望。那位護衛員立即換上了一副笑吟吟的面孔，向着門縫之中的那對不知所屬者的眼睛又是點頭又是哈腰，他將正之給他查看的那份淺綠色文件從縫隙間塞了進去，門縫立刻合上了。正之的心一下沉了下去，算完了！高潮的衝動力已從內部被瓦解了，就像一個被預先讀過了謎底的謎語，縱然有喜也不會再有驚。

正之聽見屋內傳來了「嘭嘭」地向裡奔跑的腳步聲，伴着一些隱隱約約的喊聲：「李先生……是少爺，少爺來了，……」正之不知道這是誰在說話，這是一個女人的聲音，但她說的上海話就如深圳的邊防警說的普通話一樣的生硬。

不用說，正之想像出來的下一幕情景當然會是敞開了的大門和雙雙出現在門口的父母的笑臉。是的，雖然高潮遠不會像他期待的那樣激奮，但他至少也已在準備一頭沖入他們懷中緊緊地擁抱他們。

他聽見腳步正朝着大門走回來，門打開了，但不是敞開，仍然是扣着鋼鏈的一線縫隙。那個生硬的上海話音從門縫中傳出來，不過這要比他隔着大門聽到的清晰得多：「請問你要找誰？」

「李聖清先生……」

「你是……？」

「我從上海來，我叫李正之。」

門關上了，正之聽見保險門鏈被除下來的「咔嚓」之聲。但立即門又重新打開了，明亮的光線從敞開的大門中湧出來，兩位老年婦人站在門框間，她們的背景是一間有相當景深度的寬大的客廳。正之的那種向前衝動的慾望已在一次又一次的反復的盤問下，被消耗了一大半。但他還是奔向前去，用雙手握住了兩位女人之中的一位的手臂，虧得他還沒有擁抱對方時，他已熱情地喚了出：「媽媽，我是正之啊……，」他只聽見對方說「大少，我是秀姑，你媽媽……」正之這才看見了被他抓住了手臂的人是一位五十多歲的，留着一條花白大辮子的「老姑娘」。他的眼光轉向另一邊，對了，這才是他分開了二十年的母親啊！她就如照片上那個模樣，在刻着皺紋的臉上，一雙似乎到現在仍不敢相信這會是真實的眼睛驚異地瞪大着。她望着他，雙手半伸半縮在空中，她不知該如何做才好。正之猛地撲過去，他緊緊地摟着母親，他覺得她的雙手在他的背後合攏上來：這是一雙顫抖不已的手。

「正之，真是你啊？……為什麼也不通知我們一聲？……今晚剛和你爸爸說起你，你應該來一份電報，至少也要有一封信……香港壞人太多，詐騙的事情天天有，叫我們怎麼敢相信啊！……」

「就是為了讓你們能有一個意外的驚喜……」正之的嘴唇埋在老婦人懷中的睡袍間，他的話聲模糊而朦朧，他感到快活，這是他所刻意追求的這幕動人場面中的部分細節，他的希望又復活了。

他抬起頭來，他見到那位拖着長辮子的秀姑正把一張紅色面的鈔票塞到那位護衛員的手中，他微笑着，連連點頭折腰地向後退去。

「我們進屋去吧！」正之的母親說。

正之向前踏了幾步，門在他的身後關上了，正之回頭看去，他見到秀姑又將防盜鏈重新掛上，然後再朝那孔窺視鏡中望瞭望，轉回頭來。

正之也隨着她轉回頭去，他見到在客廳光亮的吊燈之下站着一位銀髮絲絲的老人，他並沒有駝背，更沒有拄拐杖，他筆挺挺地站在那裡，目睹了剛才在門被打開的前後所發生的一切，正之知道，這便是他的父親。

第一個抓牢正之的衝動是撲過去，像擁抱住母親一樣地擁抱住他，但他覺得自己的腳像膠住在地板上一樣地拔不起來，從那位老人眼中流露出來的某種表情告訴他：這並不會是一種合適的舉動。

「爸爸嗎？……」連他自己也感到奇怪，這竟會是他向那個分別了二十載的父親說出的第一句話。

「是的，你比照片看來更孩子氣，正之。」

「噢，是嗎……？」正之覺得對於他父親向他說出的第一句話不作出些回答是不對的，但他真不知道該如何回答才好。

他見到父親向他走過來，腳步堅定而緩慢。他的手向正之伸出來，正之這才意識到這是他與父親發生接觸的時刻了，不過這只是手與手的接觸，而不是身體與身體的擁抱。正之的兩隻手都伸了過去，他把父親的那只蒼白的手握在其中，這是一隻瘦骨嶙嶙的手，冰冷而且在微微地顫抖。

「坐下再說吧，」他的那只從正之的手中抽出來的手向沙發的方向揮動了一下，作出了一個示意就坐的動作。

秀姑端出了茶水來。現在，正之正處在那段尷尬沉默期中的某一刻，雖然以後他會瞭解，但至少在目下，正之還不知道這是他父親處人接物的習慣。他的兩眼望向地板和他腳邊躺着的那只旅行袋，而他的父母正坐在他的對面，凝望着他。

「怎麼不先發一份電報來呢？」父親那乾咳般的語聲中帶着一種氣促的「嘶嘶」音。

「想讓你們能出乎意料地高興，」正之抬起頭來，他見到父親正望着他，等待着他的下文，而母親的眼眶中紅潤潤地，她目光中的那種溺愛的神態把在正之心中已經沉熄下去的熱情又重新煽動出火苗來，他感到他應該將他埋在心中的話一下子都傾倒出來。

「這是一場夢，一場做了二十年突然驚醒的夢！……不，這更像是一場戲，連我自己拿到通行證的過程也是富有戲劇性的！就在四天之前，我還不知道我能在今晚坐在這間客廳裡，面對着你們；我……總之，我只是想將那種我已經經歷了一次的，突然來到的高潮般的欣喜，原封不動地帶給你們！……人，而且未必是個個人，都能在他的一生中得到這種戲劇性的機會的……」他停住了口，他覺得父親的身體在座位中挪動，他或者想說話。

「你有很豐富的想像力，正之，但生活不是夢，更不是戲劇，是現實！」

一句話，連同那最後兩個着重字，就如一把高舉過頭頂的鍾子，從緩慢到急速地落下來，擊中在正之的心坎上，他的心一下子沉了下去！即使他想這樣做，但他也不可能再說出話來，他的頭再次地垂下去，他寧願讓眼睛重新去凝望地板上那些沒有表情的木紋。他覺得一種熱辣辣的氣體從喉管裡冒升起來，膨脹着，湧向他的鼻孔、眼睛和腦子。

「時間不早了，又趕了一天路。今晚早點睡，明天再談，好嗎？」

「嗯……」正之點點頭，他知道父親在對自己說話。但他並不願，也不敢把眼睛抬起來。他感覺到父親正站起身來，向着房間的方向走去。

「阿秀——」

「唉——」正之聽見秀姑打開工人房門的聲音。

「把書房理一理，讓正之今晚先睡在那裡，明天再作安排。」

「好嘞！……」

正之抬起頭來，透過那一片以淚水組成的屏簾，他見到明亮的燈光成了無數顆閃耀不定的星星，所有那些擱在紅木酒櫃上的古玩和擺件都在他的眼中朦朧地晃動。父親正打從他的面前過去，正之的眼睛隨着他那副消瘦而堅挺的身影緩緩地移動着，光線從他那頭銀髮上模糊地反射出來。正之的眼睛終於合閉了下來，他感覺到兩大粒溫暖的淚珠從他的兩頰上癢癢地滾下去，他轉回臉來，坐在三人沙發中的母親仍在凝望着他。

「正之，你怎麼啦？為什麼哭了……」

正之強扮出一個笑臉來：「不，媽媽，我不是哭，我……我只是高興。」

這是港島中環區的一個與往常沒有一點兩樣的工作日的上午。各種形狀和色彩的摩天大廈高低參錯地排列着，向西區延伸過去，誰都不知道哪兒才是它們的盡頭。巴士、電車、的士和各式各類的私家轎車組成的車列在它們高矗起的陰影中緩緩地向前移動，這裡是港九最嚴重的塞車地區之一。路中車輛的數量勝過了街上的行人，難怪走路的速度也遠遠地超過了開車。但一旦車輛終於滾過了那幾段被堵塞得水泄不通的馬路上的最後一盞交通燈後，視野就頓然在司機的擋風玻璃前開闊了。這是與那幾條窄街相接連的海傍高速公路，寬闊、筆直、平滑的柏油路面，沒有一塊石片或紙屑。藍白的交通和選道的標牌高懸在醒目的位置上，上面寫着或畫着的各種數位和符號形象地注明了道路的通向和最高最低的時速要求。司機的腳只需輕輕地一觸上油門閥，車子就會像憋足了中氣的賽跑手，驀地沖上了征途，向着港島的東區或西區輕輕地奔跑起來。在司機那面流過的是無窮延伸的樓群，而在他的另一面則是晶藍晶藍的海面，在隔開二千米的對岸，九龍半島上的群廈叢樓像一片淺藍色的霧層，朦朦朧朧地向着天邊展開去。人類的高度文明與大自然原始的樣貌在這裡匯合，這是世界上很少能見到的壯麗的奇景之一，但對於日夜在這裡來來回回的司機和乘客們來說，這已成了一種熟視無睹的，理所當然的存在，他們目不斜視，有的看着前方，有的低頭沉思，每人注視着的都是那個不為他人所知曉的，只是藏在自己心中的目標。

正之的身影在皇后大道中的路口上出現了。他來到香港已有一個星期了，他的外貌也已與初來的那一夜有了明顯的改變：頭髮已留長了一些、一件 ARROW 白恤衫，一條闊領帶，一套斜條西裝，一雙黑漆的瑞士 BALLY 廠出品的皮鞋——這些全是他父親在七十年代初期度身定做的衣物，也是他父親吩咐秀姑從立衣櫃中取出來，傳給正之的第一批財富。雖然，這都是些質高工優的產品，但由於穿着者的年齡、身材的不同以及時代品味與審美觀的改變，生搬硬套在正之的身上，顯露出來的卻是一種不倫不類的滑稽。虧得有一副能趕上時尚的眼鏡，這是正之在三天前專程由秀姑陪同着去銅鑼灣的那家「茂昌行」定配來換下他的那副從上海帶出來的秀郎架的。正之的父親也有幾副備有的眼鏡，但別的都能代用，唯有眼鏡不行。

那時候的正之還絲毫不理解，所謂「時尚」的概念是什麼。他為自己至少能在外貌上部分地「港化」而感到慶倖。正之的特性是喜歡隱蔽，他願意在一個最不為人注意的角落裡思索，存在，讓他只屬於他自己和他最愛的人們。所以，任何一種「鶴立雞群」的感覺都會使他覺得難堪，不可忍受。他左顧右盼着：車、人和樓廈在他反應極為敏銳的腦膜上印上了點點彩斑，他不知道自己對香港的印象到底是什麼。繁榮？

發達？五彩繽紛？眼花繚亂？都不是！如真要他作一個結論的話，他覺得這像一片荒場，野風正從茂密、瘋長着的荒草叢中「噓噓」地吹過。他自己都感到驚奇，為什麼香港在他的眼裡竟是這個樣？但，這是他不能拒絕的事實。

街道兩邊盡是些珠寶鋪，金銀鐘錶店和銀行，偶然也有幾家高級的時裝和皮鞋店。這在價值連城的黃金地段，除了那些能獲取厚利的生意外，普通的行業是極少敢來這裡問津的。正之有時也會在一家表行的櫥窗前站定下來，他向櫥窗內望去，前景是金光閃閃的陳列品，後景則是影影綽綽的人流和一個正站在窗前張望的他自己，他對着櫥窗玻璃把自己有點斜了的領帶結撥了撥正，又繼續向前走去。

那片豎着一座銅像的「皇后廣場」早已拋在他的身後了，——這是他認路的第一站標記；第二站父親告訴他說，他將會經過「先施百貨公司」。而現在，他正見到了那座高高地豎立在一幢建築物頂樓的廣告牌，上面寫着「SINCERE」。正之知道這便是「先施」兩個字的英文原名。過了「先施公司」幾家門面，就會見到一幢叫作「李寶椿大廈」的，這是一幢半新舊的商業大廈，不算太高，也不注目，李老先生的寫字間就設在它的十二樓上。

當電梯的梯門張開時，正之和其他人一同若無其事地走進了梯廂裡。搭梯者們的手都伸出來，沒有人向另外一個人說過一句話，各人按亮了自己所需要到達的層數的按鈕。十二字的按鈕也被按亮了，這是正之所做的。他甚至有點沾沾自喜起來，他覺得自己與梯廂內的人至少在這一刻間是完全平等的。他向自己說：

這一片陌生得可怕的世界就是他要紮根的地方，他必須讓自己從從容容地適應這裡一切的生活細節。

他按照指示牌摸到了那扇粘着「懋林行」三個咖啡膠片字體的落地玻璃大門前。三盞射燈的強光從天花板上射下來，把這入口之處照得一片光亮。玻璃門在裡邊的那一面上掛着白紗的簾布，正之不能見到室內的情形。正之的手指的關節正想朝玻璃上叩去時，他想到了些什麼，突然將那節彎曲了的手指僵在了半空中，開始左左右右地尋找起來。果然，他見到就在柚木的門框邊的牆上有一小方盒電鈴的按鈕。他把準備敲玻璃門的手指移位到了電鈴鈕上。幾乎在他聽見室內的鈴鐘發出聲響的同時，門鎖位上便傳來了「咯嗒」一聲回答，玻璃門淺淺地裂開了一條縫，卻不見有開門的人。有過一分鐘的遲疑，正之立即決定了推門而入。

雖然入口並不寬大，但「柳暗花明又一村」，室內的面積足足有五十平方米，十多個男女職員正埋頭在各自的寫字台上。進口處的左側是一張一曲尺的櫃台，一方塊「RECEPTION」（接待處）的長牌斜立在櫃面上。對正着進口大門的是一長列寬大的玻璃窗門：天空、浮雲、海面、船隻以及與港島遙遙相對的九龍半島上的蒼蒼茫茫的遠景，突然間出現在正之的眼前。他只覺得室內的光線充沛、明麗和燦爛。眩暈之間，他見到那曲櫃台後有一位女職員先立起身來，接着，幾乎全場的人員都抬起頭來驚愕地望着他，有幾個人甚至情不自禁地站了起來。當他們臉上的表情由驚愕轉成笑容時，正之的表情卻正由困惑轉為驚愕，他確定自己是走錯了門口，還來不及仔細地想什麼，他的腳跟已不由自主地向後退去。他恨不得一把推開那扇掛着白紗的玻璃長門，逃入那條通往電梯的走廊中去。

「這是李正之先生嗎？」一句生硬的上海話令正之驀地轉過臉去。他見到一位高大的 穿着一套深色西裝、戴着一條深色領帶的中年男人已從他右側的一間用茶色玻璃間隔出來的內室中走了出來，他的一隻手扶住了一扇豎印着「經理室」三個字的玻璃長門，長門在他的身後半開着，似乎他還不打算讓它全部地關閉上，以方便在一旦證實他的設想並不正確時，隨時能退回去。

「對……我是……我……」

「我叫林嵩，」他這才鬆開了手，玻璃長門在他的身後彈蕩着，平衡在了一個位置上。

「你爸爸打過幾次電話來，你怎麼才到？」他滿面笑容地向正之走來，離開十步之遙已熱情地伸出了手來。

「噢，是林先生，」正之也伸出手來趨向前去。

他倆的手握在一起。「真像你的爸爸，不但外貌像，而且還從頭到腳地換上了他的裝束。乍一看還以為是李老先生回寫字間來了呢。」

正之這才理解到了他剛才遇見的那一段表情的默劇。他回過頭去，他見到男女同事都正向他微笑，靠近的幾個則朝他禮貌地點着頭。就在他身邊的一位先生站起身來，上身一個謙恭的彎曲：「小姓方。」他的上海話比林先生說的更蹩腳，但正之至少還能聽懂。再說，正之對廣東語言的認識已不像第一步踏上香港領地時那樣地一片空白了。一星期來從師秀姑的學練，已使他至少能學會幾個詞，諸如「多謝」，「邊個」，「我哋」，「你哋」，「請問……」，「XX 先生」，「XX 小姐」，之類的常用語。在單獨上街時，這會令得他壯膽不少。

而現在，又正是他「學以致用」的好機會：「多謝——你，」他的廣東話一個字一個字地咬出來，雖然表達得不太妥當，但那人還是抬起頭來，他的臉上充滿了一種驚奇和感激的神情。這是一位五十開外的中年男人，紫紅色的羊毛背心裡露出半截印着星點花紋的領帶，清楚的頭路將他那一頭搽梳得光溜溜的發層分成了三分之二和三分之一的兩個部分。即使隔在五、六步距離之外，一股強烈的煙草味仍從他的身上飄騰過來，正之低頭望去，他見到那人的右手的食指與中指已被染成了深黃色。

「我們進內室去說吧，別妨礙了同事們的工作。」林先生將手一指，作出了一個請進的姿勢。

「多謝——你。」又是那一句。

「立刻給你父親去一個電話，告訴他你剛到，免得他掛心。」林先生邊在前引路，邊回轉頭去向正之說道。

但電話就在他們還沒有來得及能拎起它的話筒時已搶先地響了起來。他倆剛踏進「經理室」，林先生一個箭步地跨上去，提起了聽筒：「懋林行——」

正之則在觀察着那間對於一個大陸初來者來說仍是十分現代化，但以香港的眼光來看，已遠遠跟不上時代設計標準的、他父親在那裡辦了十多年公、而它也就在這十多年中沒有作出過一絲外貌上改變的「經理室」：一張寬大的柚木寫字台，一座黑皮的大班椅，一排鋼質的文件立櫃和一條站在四隻羊角腳上的三人客用沙發。

他只聽得林先生正對着話筒在熱情地說話，雖然除了正之並無人能見到他臉上的表情，但他仍是一面孔誠懇的笑容，正之知道那是對着電話線另一端的聽話者所發出的「……是李先生嗎？……是、是，他來了，剛來……剛踏進經理室……不知道，是的，是的，我還沒有同他說……不會，不會，我知道的，你放心好了……你要與他通話嗎？」他轉過頭來，向着坐在三人沙發一角上的正之用眼神作出了示意，電話筒仍抓在他的手中，他的臉朝着看不見通話的彼方扮着笑容，「是的，……好，好，請您等一等。」

他向正之遞過了話筒，正之站起身來，接了過去。

「爸爸，是我。」他見到林先生搓着手，向大班椅的方向走回去。「……沒有什麼，只是在中環走走看看，慢了一點……我知道了，回家後再說吧。」他掛斷了電話。

林先生笑眯眯地望着他：「李老先生都向你說了吧？」

「說了？……噢……也不太詳細，怎麼樣？」正之邊說邊在他對面的沙發上坐了下來。

「嗯……」林先生沉吟着，似乎不知從何啟口，「你是知道的，這家公司遲早將由你來接手，我在這兒工作了十五年，對一切都比較熟手，所以暫由我代理，而……而……」他又停下了，眼睛望着正之，雙手不斷地搓着，「但，但現在……，喏，就是講，」他重新端正了一下坐姿，似乎找到了應該從何入門的語言，「為了能使你把工作做得更好，你應該先從頭學起，你這樣聰明，我擔保你最多在一年之中就能掌握全套業務的操作，而我一定會全力地協助你，這點你大可放心……」

「我明白，你不妨將你的打算直言出來。」

「不是我的打算，這是你爸爸的，他吩咐我要教管一下……不，是帶領一下……，其實，只能算是照看一下你吧。你是知道他的性格的，他要我管得嚴格一點，而我……」

「我理解。」

「他一天要打一、二十只電話來公司，所以我們必須每日都有所長進，才能向他老人家交代。」

「那麼你看我應該從何着手呢？」

「先去會計部，跟方先生學做帳。帳目很重要，既是一家公司的生命線，又是它的全部的機密所在……」

「我知道了，」正之站起身來，「現在就去嗎？」

「好，那更好，今天就開始。」

當他們重新來到那位方先生面前時，正之發覺他正戴着一副花框的眼鏡在查帳，他連忙站起身來，脫去花邊鏡，讓兩窪深深的夾鼻凹痕留在了鼻樑上。

「請坐，請坐……」他將自己坐的那張有靠背的轉椅從身後拖出來，向正之身邊推去，自己則準備向一張硬面凳上坐上去。

「不，方先生，」正之一步跨上去，阻止住了他正要坐下的動作，「你還是坐在原位上吧，我坐這裡。」

「……那？」

「不必客氣了，阿方，」林先生用廣東話向他說，隨即又轉成了生硬的上海話，因為他希望正之也能聽懂。「這位是李先生的公子，李正之先生，剛從上海來香港。」

方先生再次站起身來：「我知道，我知道，……歡迎！歡迎！……」

「他要在這裡跟你學做帳，你把帳簿都拿出來，讓他過目一下。」

「好，好。」他的手背從桌面上掃過去，將一把用銅皮包角的算盤，一方袖珍計算器，一隻盛着紅濃濃熱茶的茶杯，一隻煙灰盅和一包躺在灰盅上的「雲絲頓」香煙一同朝着一個方向擠推了過去。正之認得那包「魅力不可擋」的「雲絲頓」，但至少在現在，正之的感覺與煙商在廣告上的詞句所表達的意思正好相反。方先生從櫃箱裡捧出來了一大堆的硬封皮的帳簿，一本疊一本地疊起在那方被騰空出來的桌面上，其形狀使正之回想起那些令他頭眩目暈的摩天大廈。

「這是總分類帳，」他打開一本，帳頁上記着紅的，綠的，黑的，藍的，鋼筆的，原子筆的，鉛筆的記號，就活像那些街路上的教正之心智混亂的招牌，燈號，人面，車流。

「這本是進貨簿，銀行帳，庫存帳……庫存帳很重要，每一項貨品都必須專列一份明細類帳戶來控制，而且每天都在進出，很容易出差錯……」方先生還在滔滔不絕地介紹，正之卻什麼都聽不進，他覺得腦門上的一根粗血管正「噗噗」地跳動，腦腔中一片「嗡嗡」的迴響。他抬起頭來，他見到林先生正兩手交叉站在一邊，微笑地看着「師徒倆」，他的臉上泛露出一片滿意的表情。

「林先生。」

「嗯……」對方抬起頭來望着正之。

「我想走了。」

「走？……就在現在？你打算明天才開始上班嗎？」

「明天的事，明天再說。」正之的意思是堅決的，他的性格是：一旦當決心下定時，是不可動搖的。

正之的腿已在向着大門口的方向邁動，戴着花邊眼鏡的方先生和兩手再不交叉的林先生卻吃驚地看着他，「那，……你爸爸那裡……？」

「回家後，我會向他交代的。」正之頭也不回地向門口走去，他不願意再回頭去面對那位正跟隨在他後面的人的困惑而尷尬的面孔。雖然祇有短短半小時的接觸，但正之已瞭解了他的處境和為人。

正之到達了長玻璃門的邊上，門是鎖着的，但卻不見有鎖，他正納悶，那「咯嗒」的一響又從門框上及閘扇的接觸處傳來，門自動地裂開了一條縫。正之這才記起了他進屋來的那段經歷，只是現在遠不是他搞清這種自動防盜門結構的時候，他轉回身去，林先生正不知所措地站在他的身後。他臉部的表情像在央求一個確定的回答。正之一陣猶豫，他很想滿足他，他最怕別人在他的面前露出尷尬的神色，而他的活躍的想像能力很容易使他會設身到他人的位置上來作出推斷，但他實在連自己也不知道這種回答的內容應該是什麼。

「……就這樣吧，下次再見。」

林先生的表情完全地失望了，正之匆匆地轉回頭去，但他又轉回了過來。

「我想問一問……」

「什麼？」林先生寬厚的嘴唇抖動着，眼神又重新流露出希望的光彩來。

「嗯……沒什麼。」這一次正之是堅定地轉過了臉去，他不敢，也不願再回頭去看林先生，他很快地拉開門走進了走廊，再從走廊走入了電梯廂，電梯直達到大廈底層的大廳裡。

其實，並不是「沒什麼」，他真有事要問人。當他從電梯裡走出來時，他從口袋中摸出了一片紙條，這是從《星島日報》上剪下來的一方「求職」的廣告，他徑直向大廳入口處的那方「管理處」的櫃台走去。

「請問——」他從自己極有限的廣東話的語彙中找出了這兩個字，他將那片紙條遞上櫃台，紙片上的位址與電話一欄是用紅筆勾劃出來的。「這個……那個……」再加多兩個廣東音的斷語，以及他那對懇切的眼睛和向着那條廣告紙片的指指點點，比比劃劃的手勢就算是完成了一次問詢的全部過程了。

櫃台內的一位六十多歲的穿制服的老人抬起頭來，他先讀完了正之臉部的表情後，再轉向那條紙片。他的回答一樣是廣東話的斷語加上眼神和手勢來完成的。

「向前……」他的手臂伸長出來指着某一個方向，「……碼頭……渡海……尖沙咀……」

正之已會意了其中的三、四成，他興奮極了：「多謝！多謝！……」他想拔腿就朝外跑！這意味着什麼呢？他也說不上來，他只覺得自己在這個世界上的、在甩掉了依賴的拐杖後的生存的腳步正一寸寸地向前移動。他對自己更有了信心，更有了勇氣。

他站到路邊上，先辨明瞭海的方向，然後再跟隨着人流一同從自動扶梯上升到了行人天橋上。天橋將他帶到了海傍，從那裡他更容易辨認碼頭所在的位置。

半個小時之後，他已站在了九龍最繁華的區域——尖沙咀的街上。更多的車和人，更密的招牌的森林。這是世界最著名的紅燈區之一，舞廳，夜總會是最常見的行業，它們三步一哨五步一崗地排列在大街的兩面。但現在是早上十一點多鐘，正是這些夜行當的停業時間。鐵閘被拉上了，門口的強光燈已熄去，但舞女們的裸體和半裸體的豔照仍高高地掛立在門口，在光天化日之下扮着淫蕩的笑臉。正之從她們的邊上走過，偶然朝着兩邊投去匆匆的一瞥。對於正之來說，眩暈的感覺已大大地減低了，他已能在震耳的噪音中繼續自己思索的路線，他也開始學會如何在花花綠綠的街景中辨明應該遵循的方向。

又經過一兩次手勢加上斷語式的問路，他終於使自己能面對着一幢座落在「金巴利道」上的商業大廈，他核對過這座大廈的中英文名後，便走進了大廈的廳裡。在一塊亮着日光燈的「本大廈商戶索引」的牌版上，正之找到了那行他要找的名稱：「廣智圖書發行有限公司」。

正之回到家時，已是晚飯時分了。

是秀姑來應的門鐘，正之踏入屋內，他見到的是擺在大餐台上飯、筷、碗、碟以及坐在餐椅中的父親和母親都在等着他。

「爸爸……」，父親「嗯」了一聲就將頭低下去，接着又抬起頭來：「阿秀，開飯了……」

正之又將眼光轉向母親，「媽……」她似乎想說點什麼，但她的嘴唇只是牽動了一下又靜止了。一會兒她才歎出了一口氣，「吃飯吧，吃了飯再說……」

這是一頓沒有言語的晚餐。碗碟「叮噹」地作響，熱氣從那口大湯碗中靜靜地向着水晶燈蒸騰上去。李老先生吃得很少，又很快，當他喝完了最後一匙湯站起身來的時候，正之還沒有完成他的第一碗飯。

他覺得父親是朝客廳走去的，他在一張沙發上坐了下來，接着便一切歸於無聲無息了。這種狀態一直延伸到正之也吃完了晚飯，站起身來，他聽見父親在他的身後說：「吃完了嗎？」

正之回轉身去，「嗯……？」他見到父親的臉色凝重，一對眼睛正透過那副呈青色的鏡片向他望着。

「吃完了嗎？」他重複了一遍問題。

「吃完了……」

「過來，坐在這裡，」他的手指向他前面的那張單人沙發，彷彿那是張犯人受審的席位。

正之從餐椅後轉出身來，朝着沙發走去，氣氛是嚴肅的，正之能隱約地感到麻煩模糊的邊緣，但他並沒有去觸摸其核心的企圖：他不想知道核心在哪裡，也不要知道核心究竟是什麼。他只知一步步地走過去，然後在那規定的席位中坐下來。

又是一段不自然的靜默在他與他的父親之間存在，但正之覺得衹有這樣才能使自己更自然一點。

「去了哪裡？這麼晚才到家。」

「尖沙咀。」

父親的臉一下子抬了起來，一絲警覺的陰影從他的眼睛中投射出來。「去那裡幹嗎？」

「我……」正之突然在一刻之間改變了他想要說的話，他也不知道是為了什麼，「只是想去找找……」

「找？找什麼？找的時間應該是在晚上，夜總會從十一點起才開始營業。」

「不！」正之的語氣中帶有一種抗議的成分，「我是工作到這麼晚才回家的。」

「工作到這麼晚？」李老先生「呼」地從沙發上立起身來，他有些氣喘，「你是幾點鐘離開『李寶椿』大廈的？你才到這裡一個多星期，你瞭解香港是個什麼樣的地方嗎？……」

正之仰視着父親的臉，一小片憤怒的紅暈飄進了他蒼白缺血的面孔上，他仍撐在沙發紅木的扶把上的手微微地顫抖着。

「但我確是在工作啊！爸爸，我……我不是在『李寶椿』大廈工作，而是在尖沙咀。」

「尖沙咀？尖沙咀什麼地方？」

「廣智圖書發行有限公司，金巴利道二十六號，永利商業大廈……」

「誰介紹的？」父親打斷了他的話頭。

「自己找的。」

「從哪裡找來的？」

「報上。」

「什麼報？」

「《星島日報》」

正之見到他父親的腰部開始彎曲，他又坐回了原位上，他已不得不相信了這一段他不願相信的事實中的大部分。他望着正之的眼睛轉望去了別處，當它們重新望着正之時，他再一次地開腔了：「做什麼工作？」

「英文書信。」

一種驚異的神情在他父親的臉上波散開來，「他們考過你嗎？」

「有，翻譯了一篇《南華早報》上的文章和試寫了一封英文回信。」

不相信也不可能，正之答覆的全部細節都合乎香港的情理。「工資多少？」

「試用期內每月六百元。」

「像是低了一點，但……」是的，低是低了一些，但這正是正之這麼一個剛從大陸來港的人的吸引力所在。他願不計較報酬地承擔這麼一份平時在香港用雙倍的代價也未必能找到人來擔任的職位。李聖清完全能理解雇主雇用正之的原因。無論是從他自己的願望出發，還是根據正之的行為來作判斷，他都沒有提出反對的理由，報酬的多少更不應該是追求的目標，關於這一點他比正之的心中更明白。

「那你……？」他想問正之的是「為什麼你不在自己的公司工作呢？」這才是他心底的那股遠遠不肯平息的怨氣的癥結所在，但他只說出了兩個字便將餘言吞咽了下去——對於李聖清先生來說，這類情形絕少發生，然而面對着他那個他必須保持父親尊嚴形象的兒子，這又偏偏是其中的一次。

近深夜了，正之臥房的窗口中依然閃動着燈光。仍然亮着的是正之寫字台上的一盞台燈，正之正伏在它的那片垂目的光明裡，書寫着什麼。房間的其餘部分都留在半明半暗的幽光中：一張已鋪好了睡被的床，一口防火膠皮貼面的玻璃櫃，高高低低的中英文書籍站立在它的擱板上，而正之從上海帶來的那些書也已加入了這些書群的行列之中。立櫃邊上是一對沙發和一方茶几。寫字台、椅、睡床都是屬於同一類型的，這是一套日本產的組合家俬，淺淡的色彩和流線型的設計，襯托在淺湖藍的牆紙上，使整個房間顯現出一種和悅的時代氣息。比起正之在滬的那間臥房來，它的面積還沒有三分之一那麼大，但在香港，一個人能單獨地擁有這麼一方睡室已屬是一種相當奢侈的事，尤其是在地價比金貴的半山區。

以前這是一間客房，平時沒人住，衹有在美國和台灣有親友來港時才啟用。正之抵港後，它才按照七十年代香港的眼光和現代青年人的口味加以裝修和佈置。當然，這都是根據李老先生的意思，正之並無加入意見的餘地。事實上，他連香港的時尚應該是什麼也毫無概念。但對於入住者的他來說，他還是懷念着上海的那個家，那種棕褐的深色和笨重的傢俱令他感到親切和有保障，而生活在這類淺色的環境中，他感覺到的只是一種病態的不安定。他老覺得自己是來這裡作客的，他將在某一天回去，回到他在上海的真正的家中去。

最令他感到痛苦和暴怒的是：詩的靈感似乎一下子地與他絕了緣，現實生活之中的種種有如不斷壓上身來的一條接連一條的棉毯，令他的心跳和呼吸都感到艱難。他想大聲地呼救，他想手腳並用地踢出去，掀去那些令他窒息的壓迫物，但他知道，這是不可能的。他的領悟力告訴他，他必須忍耐，必須先適應在這重壓之下的生活，然後再慢慢地設法擺脫它們。而詩的靈感，這一縷來去無蹤的飄忽的煙霧，這一種在深濃氣氛中的，無比親切的感受瞬刻的爆發，怎麼會對現時現地現一刻的他來進行造訪呢？他覺得自己已完全地失去了自由，不是身體，而是思想與靈魂。他像一顆被遺棄在北極雪原冰地上的種子，而詩之氣候仍在千里之外的南方的陽光下、棕櫚樹蔭間存在着——它們相隔得是那麼地遙遠啊！

這些正是他寫信告訴樂美的內容：這是他抵港後第一封寫回去的信，而樂美給他的第一封信現在也正攤開在那盞台燈座的邊上。熟悉的字體在他的眼前跳躍，猶如笑意在樂美的那排貝晶的齒唇間閃動。

樂美的興趣仍然是那樣地廣泛，她幾乎想知道一切。家裡的大廈式樣，環境，爸爸那家公司的規模，職工的人數，生意的內容；香港究竟是什麼樣？像上海的某條街道嗎？她說她想像不出來；她希望能讀到恰如其分的比喻和描寫——而她相信正之能輕易地做到這一點；她毫無懷疑地相信，正之一定會一口氣看完了很多部世界名片：《復活》、《安娜．卡列尼娜》、《飄》、《簡．愛》，還有那些她根本不能知道名字的最新美國、法國或義大利的影片，精采嗎？當然精采得不得了！她渴望能聽到正之對於它們的形容，她要獲得正之的感受，他的感受便會是她自己的。信已到了結尾，她還忽然地記起了另外一串想問的題目：爸爸是怎麼一副相貌？慈祥中帶嚴厲？我想他應該是那樣的。媽媽與相片上像嗎？對了，還有那位叫秀姑的傭人，她真沒結過婚嗎？她是廣東人呢，還是上海人？

正之能理解她在信上所寫的種種，這些正是他與她在上海的那些渴望的日日夜夜中所談不斷的題目。在她的想像中，正之是一個已經見到了謎底的人。但她不能，也不會理解他的現在，他覺得自己已跨出了一個世紀，而她仍留在時間長廊的原地。

要靠信來寫明，這是不可能的，這是一部長篇小說的容量——是的，或者在某一天，他真會那麼來做：寫一部長篇小說，但至少不會是在現在，現在他必須面對香港，這個以前是在夢幻裡的香港，如今是存在于現實中的香港。

即使現在他就能見到樂美，他也未必能使樂美徹底領會一切，儘管他倆的心神曾是像屬於同一個人般地相通，正之模糊感覺到這個「一個人」的整體，似乎正在朝着兩個個體原形的回復中移動。但，他向自己說，他與她只分手了一個多星期啊！為什麼變化竟會是如此地驚人？

但無論如何，語言是不可能表達得清楚的。唯一、根本的途徑是身歷其境的感受。所以正之選擇的只能是回避開信上所問的一切，而採用了一個俯瞰的角度來概括出自己的感覺。他告訴她說，就在今天白天，他找到了一份職業，但這不是在他父親的公司，而是在一家他一個人也不相識的圖書公司，他不是去做老闆，也不是去管人，而是去當職員，一個最起碼的小職員，去受人管理。他的工資祇有六百元，但這並不重要，他會慢慢地升職上去。不論樂美讀了信後的感覺會是什麼，但這是事實，他要讓她知道事實是怎樣的。

信已經寫完了，並不長。正之轉過臉去，默默地環視過一件又一件站立在寂靜中的傢俱。他的臉緩緩地轉動着，最後停留在那方鋁質框架的窗玻璃上。窗簾是一條橫向的百葉條的編織物，為了與室內的色調相配合，所以也是漆成了白色的。現在它還沒有被放垂下，正高高地懸捲在窗框的上方。正之的目光從玻璃中透視出去，他能見到綽綽然晃動的樹影和那輪正巧處於樹枝縫隙間的蒼白的滿月。

突然，正之像被一種尖銳的感覺刺了一錐，全身泛起了一個微微的震動。他的右手猛然向台燈撲去，一聲低弱的「咔嗒」響，台燈霎時間熄滅了。但正之的頭仍保持着仰視的姿勢，他仰視着那輪明月，然後他的頭部才開始慢慢地彎曲。他的頭低了下來，讓他的眼光去對準地下的那一片如霜一般的慘白。他向椅背上靠去，很久很久地，他用一個不變的坐姿使自己停留在這個意境之中，淚水從他的眼眶中湧出來，再一顆，一顆地滴向地板上的那片月光所畫出的對故鄉的思念上。

正之隱隱約約地聽見客廳裡的那座「星辰」掛鐘唱報出了十二下，他站起身來，打開房門走進了黑漆的客廳裡。通向露台的落地門的簾布沒有拉上，樹影在牆上的那一片由月光塗出的銀霜色的幕布上舞動，給予了這一廣間絕對靜止的室內以動的生命和幻想。正之筆直地向落地門走去，在那裡，他拖開那扇巨大的鋁趟門，走到了露台上。

山中濕潤的水涼般的空氣一下子從他的鼻孔深入到他的肺尖上，他猛地意識到了自己的存在。他真真實實地存在着呢，存在在這方南國的島上，這處異鄉他地，這片林木蔥蔥的山中的一座豪華大廈裡的某一個露台上，他覺得自己的思路在刹那間刺破了重重毛毯的窒息物，回到了自由的層面上。

這是一位詩人的詩句：「我站露台上，突出在地球的一點……」

就從這一點望出去，他的眼前是一片黑影幢幢的樹枝，樹枝的前面是山谷，山谷的盡處是無聲的，像出爐的沸鋼水般流動着的港島的街景，然後是墨黑的海面，彩光不熄的九龍尖沙咀區就在這一大片深奧不可測的墨黑的彼岸。六個小時之前正之剛從那裡回來，現在正之的思路又回到了那裡，並正沿着那些曲曲折折的街道，打從那些紅燈綠珠的夜總會門口經過，向着更深縱的地區進發。縱然看不到，但他知道，與九龍接壤的是新界區，而新界的最後一站便是羅湖。那兒有一座鐵橋，一座被高壓水銀燈照得慘白的鐵橋，一座閘門已關閉了的鐵橋，那兒沒有人影，除了幾個挎着武裝帶的邊境人員以外。但那兒正是他視野之中的目光所能夠到達的最終點。

無論他如何地試圖嘗試，他都覺得自己不可能跨越過去。

他的嘴唇喃喃地蠕動着，雖然連他自己都不能聽見他在說什麼，但他的心中十分地明白，他正在呼喚着樂美的名字，他多麼渴望樂美就在此一刻來到他的身邊啊，來到這地球上的一點上與他相偎依！但，這是不可能的，在他們之間相隔着的是那一層不可逾越的，穿着甩甩蕩蕩黃綠軍服的和穿着筆挺黑呢制服的，持有一張有撲克式面孔的阻擋者，他們需要等待，需要有耐心，但他們還要等待多久呢？他覺得自己的耐性已消耗殆盡，他甚至不知道在明天他怎樣再多忍受一個沒有樂美在身邊的日子！

就在這個時候，他想到了曉冬。

曉冬，曉冬她在哪裡呢？她就在他的附近，就在他能見到的港九無數座如山峰般崛起的大廈群的某一個窗洞中。至少，他能肯定，她就在他想像力和腳步都隨時都到達的一處存在着——是的，她就在那裡。

他第一次感到曉冬對於他有多麼地重要，他渴望能見到她，在他意識到見到樂美的渴望只是一種暫時不可能實現的夢想後。

但曉冬，她究竟在哪兒呢？

曉冬正醒躺在床上，周圍一片漆黑。一種渾厚的鼾聲在房內高峰低谷般地迴旋着。而樓下的，街邊夜市大排文件的生意正進行得熱火朝天：鐵鍋被鋁質的炒匙敲得「噹噹」地直響，喊聲、笑聲和高呼「餛飩面一碗」的堂倌的喝腔不斷地升上來，再從拴不緊縫的鋼窗中傳入室內。她毫無睡意，睜得大大的眼睛，透過黑暗望上去。她能見到的是粉刷成了白色的棚頂和一隻從黑暗中浮現出來的大衣櫥的頂部。她覺得耳朵和面部都熱烘烘地充血，心的「嘭嘭」的跳動聲也能清楚地感到。渾身開始滲出汗來，頭部和腰椎的肌肉後一分鐘比前一分鐘更感到酸疼起來。這是一種失眠中很常有的感覺，但她連翻身調劑一下的動作都不想有，因為她的丈夫就睡在她的身邊。而那種洪雷似的鼾聲就是從他那肥厚的胸腔間共鳴出來的。他那兩片發音的嘴唇就貼靠在曉冬雪白的裸臂上，滲透出一大片口水。她用頸脖作出了一個輕微得幾乎不能被察覺的動作，她的臉在枕頭上轉了過去，她的眼睛企圖在黑暗之中搜索那個鼾聲的音源，但她見到只是搭拉在她的右肩膀上方的、一個半禿的頭頂，在幽暗中閃發着微光。她的臉又慢慢地轉了回來，繼續向天花板凝視。

來到香港已有二十天了，她像作了二十天的長而沉的夢，還不知道醒來會在何時？

他是一位四十歲左右的「香港王老五」，在太古糖廠當了二十年的鏟糖工之後終於從上海娶回了一個貌似天仙的嬌妻。朋友們都羨慕他，他也感到無比地滿足。雖然沒有金屋，但他傾出了全部的積蓄，退掉了那個已租了十多年的床位，在北角的爪哇道租下了一間靠馬路的單室，買了一套包括大櫥、床、沙發、雪櫃、電視機的傢俱和電器，他自己雖然捱得艱苦，但他總要讓他的愛妻有一個像像樣樣的，舒適的巢窩。

他向自己說：這是作為一個丈夫應盡的職責，錢是賺回來的，花掉後還可以再賺。

每天早晨上班之前，他都先去菜市場把生菜、生肉買回來；他危言聳聽地告誡她不要隨便上街，因為香港的壞人太多，而她的美貌會使她成了歹徒的目標。而她呢？她不會，也不能出去。既不懂廣東話，又不認識街道，除了去樓下那家小型超級市場買上兩瓶鮮奶、汽水之類的，絕大多數時間她都是呆坐在那間斗室裡，面朝着那些從「華豐國貨公司」購回來的雕花的，廟黃顏色的傢俱。偶然，她也會打開電視機，使自己面對着那些不知所云的節目。

她又覺得自己像一個囚犯，一個不知道放監將會在何時的囚犯。

她多麼懷念那台披着白紗的古舊的鋼琴啊，她一直在幻覺自己右手的食指怎樣向着鍵盤中央的那個E音上按下去，然後是左手跟隨上來的動作。她想把自己更深沉、更豐富的感情都注入那曲《北風吹》之中去。假如，現在在她的面前就立着一台鋼琴的話，她相信，她一定能彈奏出一首使世界最偉大的鋼琴家都會為之喝彩的《北風吹》的變奏曲來。

她將她希望能有一架鋼琴的想法向丈夫說了，他慷然同意：他會同意她的一切要求，只要她開口，而他也力所能及的話。鋼琴在香港並不算貴，貴的是那塊放鋼琴的地方。但曉冬表示：她寧願摺起那張飯桌和把那張雙人床換成了三尺半和二尺半的疊鋪，她也要一架鋼琴。當然沒有問題啦，不過根據他的財務預算案，這個目標要下個月才能完成。於是，她便日夜盼待着那一日，至少這是她漫漫不知終點的囚獄生活中的一塊能夠見到的，並且正一天更比一天在擴大着的希望的光斑。

他的下班時間是下午五時半，而通常，他到家的時間都不會超過六點。太古糖廠離家很近，只要花二毛錢的車資，搖上二十分鐘的電車就到了。以前，每星期至少有二、㈢晚他會去那些小舞廳和藍領階級常光顧的「一樓一鳳」的色情場所去發洩一下男人的生理慾望。但現在，他的心中衹有曉冬，衹有那頭在他的眼裡已算是相當寬綽的家室。他一分鐘也不想在外面多留，他只想早點回去，早點見到她。他甚至想親自為她煮晚餐，然後服侍她吃了晚飯再一同親親熱熱地上床去。他不想她去工作，也不要她去賺錢，他只要她能安安穩穩地待在家中，他覺得滿足，他覺得驕傲，他為自己能有這份養活嬌妻的能力而感到自豪。他的那些尋花問柳的工友們在約他一起出去「享受一下人生」而遭拒絕後都笑着向他說：「老婆抵娶，金富，至少在這一頭，你都可以慳番不少的錢哩！」而他會扮出一副一本正經的面孔，口吃吃地說，「我……我……我哋系講愛……愛情的！」

是的，他的確十分地愛她，尤其當幾盅「馬爹利」下肚後，曉冬在他那充布着血絲的眼中簡直成了一個下凡的天仙。他會變得瘋狂，緊緊地擁抱她，當他將濕膩膩的嘴唇從她那白玉似的頭頸向上移吻到達她的兩瓣櫻紅的唇片時，才開始肆無忌憚地狂舐大嚼起來，直搞到曉冬滿口滿腮都沾滿了帶有酒味的口水。但這僅是一部交響樂的前奏曲。正題的部分更使曉冬不能忍受，可能是小舞廳和「樓鳳」這類場所對他的影響，或者是他鏟糖手臂的慣性的動作使然，每當造愛高峰場面來到時，曉冬簡直成了一隻蜷縮在食肉類動物暴力的爪蹄下的羔羊。她緊閉着眼睛忍受着，再忍受着，直到他那光禿的頭終於精疲力盡地伏倒在她雪白得沒有一絲斑疵的胸前「哧呼哧呼」地喘氣，而她卻癡呆呆地攤手張腿地躺在那裡，一動也不動，任憑胸乳上的和大腿間的一種被扭曲後的火辣辣的痛感在慢慢地延伸着。幾乎每次，在這個時候她都想猛地躍起身來，把他的頭推開，飛快地穿上衣衫，奔下樓，奔出街外去，哭着，喊着，奔到很遠很遠的地方去，從此不再回來。但她不能那樣做，她理解他的心情，她也明白自己的處境，她不願使他太傷心，也不願意與自己為難，既然這是一條她自己選擇的道路，她只能無所怨言地走下去，決無回首的餘地。

每當她處在那種瘋狂的糾纏和完全無能為力的被擺佈的境況中時，在她的腦際中都自然而然地會浮現出一襲模糊的人像。這是一個男性，是一張帶着一副眼鏡的，留着兩條寬闊鬢腳的面孔。她應該知道這是誰，但她說服自己說，她並不知道這是誰。這只是一飄幻影，其實並不存在。她極力地將自己思路的視力就停留在這個「模糊」的階段上，她不願也不敢將它澄清起來，因為她明白假如這個形象清晰起來的話，另一張面孔也就會隨着出現。這是一個有着一對水汪汪的眼睛，留着一束馬尾辮的女性的形象。

這種幻想令她心中充滿着犯罪感，因為她知道無論這個人是誰，都絕不會是那個正與她糾纏成一團的她的禿頂的丈夫。但她並不絕對地克制那種幻覺，因為沒有了它，她幾乎一次也不能忍受這種暴力式的造愛過程。

現在，正當她在漆黑的房間中睜圓着眼睛凝望時，那襲面龐又在白灰水泥天花板上浮現了出來。她似乎覺得雷動般的鼾聲正漸漸地飄遠去。第一次，她試圖着將這種幻覺向前推進，她見清楚他了，他的那對在鏡片後閃閃發亮的富有思索能量的眼睛，他的大鼻子，他的兩條連腮鬢腳，當這一切不斷地接近、放大而變得愈來愈模糊時，那兩片火一樣燃燒的嘴唇正離她愈來愈近，近到她幾乎能實實在在地感到了它們逼人的熱力。她不願讓這兩片嘴唇擁有者的姓名在她的腦屏上跳出來，她不要讓自己知道他究竟是誰，她也不願看清在這具形象的周圍到底還存在些什麼人。其實，除了那兩瓣火唇，她什麼也不想知道，什麼也不想感到。

她感到自己全身泛起了一陣從未經歷過的驚栗的快感，她明白自己的想像正從愛的階段進入性的，但她絕無意思來截斷自己的思路，她賭氣地向自己說，經過了這麼多日子來的折磨，她有權來享受這麼一刻的奢侈。

她感到一條手臂擱上了她起伏不息的胸乳上，她的全身一陣震盪，她的手不由自主地摸過去，她摸到了一條粗短多毛的手臂，她纖細的手指再沿着那毛茸茸的表面上向前移動，她摸到那五根短壯的手指，在中央的那一根上圍着一圈玉質的戒指。她突然意識到了這是誰的，而那雷鳴般的鼾聲也在那一剎那之間回到了她耳邊，她的夢一下子醒了，當她自己還沒有弄清楚是怎麼一回事時，她已整個人從床上彈跳起來，她大聲地驚呼着：「哦，不！……不！不！不！……」

「啊，什麼？……」她的枕旁人也醒了，他用力揉着自己朦朧惺忪的眼睛，他發覺他的嬌妻正直挺挺地坐在他的邊上，她正在抽泣。他扭開了床邊的台燈。

台燈是覆蓋着絲質燈罩的，整間房間立刻沉浸在了一片柔和的光海裡。房間約莫有一百英尺見方，一口衣櫥，一口組合櫃，一張三人沙發，一隻鋼腳的摺台和兩把加着軟墊的膠椅，而對着台椅的是那副疊床和擺着台燈的床頭櫃，疊床的上層堆着箱櫃和雜物，他倆是同睡在那比上層稍寬出一狹條的下層的。

「什……什麼事，發……發惡夢嗎？」他也坐起了身，一件已經開始發黃的白色汗背心掛在他的身上。一撮胸毛從背心中央的凹彎處探露出來。他的肩頭很肥厚，他的頸脖短而粗，像芝麻似的黑色的鬍鬚樁點綴滿了他的整個下巴和頸部。

「沒，沒什麼……」她開始鎮定下來，或者她真是發了一個夢，但這是個美妙的夢。

她穿着一件薄薄的人造絲質的無袖睡衣，她的長發散披着，發縷的縫隙間露出了她的因為充血而猶如粉桃一般嫩紅的面孔，她的兩隻白嫩，勻稱的手臂向前伸去，在被褥中抱住了自己的雙膝蓋。她一動也不動，眼睛出神地呆視着前方，她在回味，她需要時間從迷途的夢境中尋路回到現實中來。

望着她如同塑像般的側面和兩條性感的臂膀的他一下子又被衝動所佔有了。他撲過去，兩條粗短的手臂緊緊地箍住了她的腰肢，他的嘴唇又壓在了她的玉唇上，他的舌頭開始舐了出來：「……讓，……讓我抱住你睡，」他那被壓着的嘴唇發出含糊不清的聲音，「你……你會覺得安……安全些……」

「不，金富，不！……」她又嗅到了那股強烈的油脂味，這是從他的背心和胸毛之間散發出來的，「求求你，金富，求求你，放過了我這一次！……」她將全身力氣都聚集在了她的一對手掌上，向着對方那滾圓的肚腩上推去。

他被她那突如其來的爆發驚呆了，她的語言，加上她的動作，構成這一套完全的反應。他不明白這意味着什麼，反正他從未見到過她曾如此強烈地反應過。他的手臂鬆垂下來，他驚愕地望着她，一排口水的唇痕留在她的頸脖上。

直到這一刻，曉冬才醒悟到自己說了和做了些什麼，她覺得抱歉和後悔：「對不起，金富……」

「沒，沒關係……你，你覺得不舒服嗎？」

「我只是受不住你的鼾聲，」她覺得無論如何都應該找出一點理由來。

「噢，是這樣……」他疑懼的臉部開始解凍。

「讓我睡到沙發上去吧，這樣會好些。」她乘機推進了一步。

「那的嚒得睹？……我，我坐系呢頭，唔瞓，到……到你瞓着了先瞓……我……我……你……」他索性語無倫次地說起廣東話來，他的思想頓時間喪失了將這番話譯成生硬的普通話的能力。

曉冬回轉頭去望着他，她的眼中閃着晶瑩的淚花。她用一根白嫩的纖指觸在了他那肥圓的肩頭上：「你明天一早要上班，讓我睡過去吧，金富，這樣對大家都好。」

他講不出話來，她用了那種最令他心醉的姿態提出了那條最令他不能接受的要求。

她瞅準了機會下床來，抱起了一條床褥向三人沙發的方向走去，他望着她的兩截從睡衣連衫裙的下端露出來的雪白的腿踝一隱一現地向前走去，心中「怦怦」地直跳。他用他的右手抓住了他的左手，再用左手按住了他的兩條腿，把自己牢牢地釘在了床上。他對自己命令是：凡是她開口要求的，而他又是力所能及的話，他都必須要做到。

她睡上了沙發，燈熄滅了。黑暗中，她見到他仍直挺挺地坐在床上，並不睡下去。

「你怎麼不睡啊？」她問。

「等……等你睡着了，我再，再睡……」

話是這麼說，但還不滿五分鐘，那鼻鼾的風箱又開始由小幅度到大規模地拉響起來，曉冬轉過頭去看他，他仍坐在床上，但腦袋已經搭拉了下來。風箱在拉奏的高峰上迴旋了幾次，突然間地刹住了。曉冬見到他的頭重新昂起來，整個身體從被窩中向上拔了一節，重振旗鼓地坐直了腰脊。但在下一個五分鐘之中，他的身影又開始向下沉去，腦袋朝一邊斜過去，風箱的葉片重新震動起來。十分鐘過去了，他的鼾聲又回升到了正常響度的標準線上，而且再也沒有中斷過。曉冬掀開了被褥下地去，她走到他身邊，輕輕地托起了他頭頸和背部，把他送回了被窩裡。他僅哼哼呀呀地轉了一個身。呼聲便又重新高翔起來。

曉冬回到了自己的被窩裡，她感到如釋重負。現在，她可以開始幻想，盡情地幻想，再強大的鼾聲對於她都是微不足道的。

第五章

時間已剛進入六月，香港已呈現出一派盛夏的景象。還是在早晨呢，但火盤似的驕陽已在碧藍得沒有一絲雲影的天空中炫目地照耀。白色的摩天大廈，不銹鋼和玻璃幕牆的建築強烈地反射着陽光，清潔的街道躺臥在熱烈的陽光中，道旁和路中央迴旋處的花臺中，綠葉繁花正茂盛簇擁。街的兩旁點綴着幾輛撐着彩色太陽傘的雪糕車，幾個行人向着它們走去，又離開，手中分別都握着一捲霜冰淇淋圓筒，當腦袋向前俯去時，唇舌便舐在圓筒上端的白色的冷冰冰的雪糕上了。

正之邊吃着雪糕，邊從斑馬線中橫過馬路，他的目的地是天星碼頭。他每天從那裡渡海去尖沙咀，再經過約莫二十分鐘的在招牌樹林之間曲曲折折的步行才到達他工作的那間圖書發行公司。

他已遠遠地望見了天星碼頭，那是一片在聳天高廈之林中的空曠地，從海面上望過來，就如在一沿鋸齒不齊的海岸線上留出的一個大缺口。在這片空地上，鐘樓和幾棵硬葉的棕櫚樹才是高高聳立着的統治者，它們日夜俯瞰着永不停息地從碼頭上進進出出的人流。

當那面刻着羅馬字體的巨鐘蕩出了九下悠揚的歌聲時，正之正好到達鐘樓底下，他抬頭望去，一面象徵殖民者的米字旗和一面代表「天星渡輪公司」的藍底白星的旗幟正在鐘樓的上方嘩啦啦地飄揚。它們的背景是透藍透藍的天幕。正之低下頭去，走進了碼頭。

九點半還差幾分鐘，正之到達了辦公的地點，打過了工作卡之後，他便在自己的位子上坐了下來。這是一間約有二百來英尺的辦公大間，男女同事也正陸續地來到，他們都互相親熱地招呼着，然後坐在打字椅中，或半立半依在桌邊，開始興致勃勃地交流起對昨晚上長篇電視連續劇新播內容的觀感來。

「周潤發的那對眼睛最勾人心魂！」一位女職員說。永遠的周潤發，正之的眼向桌面上搜索過去，他想把今天待完成的工作先整理在一起。

「你有唔見到『發仔』與『嘟嘟』的那段KISS，閉目張口，如膠似漆啊！——」一位英文名叫菲力浦的男同事笑着說，「愛爾玲，」正之知道，所謂「愛爾玲」就是那位被周潤發眼神迷倒的女孩子，「不如讓我來與你演一場KISS的對手戲吧，我的演技絕不會差過發仔！什麼戲我都不會演，除了KISS，還有就是那床上的……嗯！——」他可能做出了某種誇張的動作，正之沒有見到，他聽到的只是一陣男女混聲的大笑哄然而起。

開工的鈴聲在九點半準時響起，驅散了夥合成了一圍的人群，各人都回到了自己的座位上。不一會兒，打字機和電話談話聲就在室內此起彼伏起來。從星期一到星期五，每一個工作日都是遵循着這樣一套公式開始，延伸，然後結束，正之已逐步地適應了這裡的一切。

父親的那些老古董的西服，斜紋領帶和 BALLY 皮鞋已從正之的身上和腳上除去，他穿的是一件短袖的淺色的網眼汗恤，一條淺色的西褲，一雙輕便皮鞋，長髮留至他的耳畔，兩條深濃的鬢腳仍是從他的發腳處延伸出來直通向腮齶的交匯處。他已開始散發出一種香港青年人的氣息，至少他已意識到了某種古怪的彆扭，並漸漸地在改變它，這是他來到香港半年中的一大進步。

另一大進步是他的廣東話，除了已能自若地應付之外，他甚至還可以用這種方言來表達一些較為複雜的意思。他不能忘記剛來這裡辦公的第二天，當他不得不面對着一隻以廣東話為交談語言的電話時，他所陷入的窘迫的境況。壞就壞在他不能見到電話線彼端的那位發問者的表情與動作，他的想像與貫連能力絲毫也派不上用場。他在自己的腦櫃裡搜索盡了每一個他知道發音的廣東辭彙，斷斷續續地向着電話筒吐出去，但毫無效用！對方似乎仍在問着一個同樣的問題。他不知道這個問題的內容是什麼，但他知道對方很迫切。只能用英語了，可是對方根本不能聽懂整段的英語句子。怎麼辦呢？國語、上海話，除了那些他在中學堂裡學過了六年的俄語以外，（這裡的人什麼語言都有會說的可能，但至少不包括俄語，這一點正之還能理智地明白到）都給他嘗試過了。他的額頭滾下汗珠，手心滲出汗水，同事們先是吃吃地笑着，到了後來，索性是當正之朝着電話筒說完了一串莫名其妙的語言之後都爆發出一陣高聲的狂笑。

「愛爾玲！」正之聽到那位胖經理的喊聲，「你去聽一聽電話！」

那位女同事向正之走過來，她向正之瞟了一眼，笑意仍留在唇邊地接過了電話筒。一輪朝對着話筒的低聲柔語的對話，接着她將話筒輕輕地擱上了機座上。

「這是只該由你來回答的電話，」她用台灣腔的國語向着正之說道，「是關於你寫出去的信件上的某些細節，不過我已代你打發過去了。」

正之臉紅耳赤地低着頭：「多謝——」，還是那兩個字的廣東話。

另一次留在了他記憶中的交談發生在某一天中午的間息時。

那位就坐在正之旁邊一張桌子的、身材矮小卻很豐滿的愛爾玲探過頭來。「HI（哈唉）！」正之側轉頭去，他見到她正神神秘秘地望着他，「你真是從上邊下來的嗎？」她的手朝前上方一指，正之明白她的意思，她說的「上邊」是指大陸。

「嗯，從上海來。」

「上海啊？那可不得了——那不是周潤發演的那出《上海灘》的地方嗎？哦，他不知有多靚仔！有多威風啊！」

「是……」

「上海很大嗎？大過香港？對了，還有中國，中國大呢，還是上海大，還是香港大？」

正之驚異地望着她，他不敢接嘴，他生怕自己聽錯了。

「你都懵的！」坐在他們附近的聽到了他們談話的菲力浦接上來說，「中國是一個國家，當然最大啦！」

「那香港呢？香港算不算一個國家？還有發仔演的《大上海》，上海不大，能在前面加上一個『大』字嗎？」

「那……那……」菲力浦答不上來，顯然他發覺自己知識的長廊已走到了盡頭。

正之幾乎笑出聲來，但他還是忍住了。無論如何，談話到了這個階段，雙方都已無話可對，而正之也為自己終於可以擺脫這一席談話而感到輕鬆。當他正開始把注意力集中回他的工作上時，他聽見愛爾玲那腔柔膩膩的聲音又在耳邊響了起來：「上海有殺人的事發生嗎？」

「殺人？」正之不得不使自己重新振奮起來應付她的問題。

「噢，我是指前幾年，」她從正之的表情中讀懂了幾分驚奇的含意，她的左右手互相配合地比劃着，「那次叫什麼『文化大革命』的期間，每天都有幾條五花大綁的腐屍從珠江口那頭飄浮來香港，有時屍體的手腳叫鯊魚給噬掉了——哦，真得人驚！」

「噢，是這樣，這是在很多年之前的事了，那時『武鬥』不斷……」

「武鬥？——武鬥是什麼？香港報紙說是給『紅衛兵』活活地推下水去的，這叫『水葬』，是嗎？」她滔滔不絕起來，眉宇間流露出來的表情告訴正之：她正為自己的淵博的見識而感到洋洋得意，「紅衛兵真是那麼地青面獠牙嗎？」突然，她臉部肌肉一個急速的收縮動作，她的手指向正之，「你——？」

「我？我怎麼啦？」

「你當過紅衛兵？」

「不，我沒有……」

「凡是你這般年齡的人都應該是紅衛兵，上邊不是『全民皆兵』嗎？」又是一劈怪招，正之所能做的只是怔怔地望着她。關於一大套「黑五類」、「狗崽子」之類的故事之中的故事，理論以外的理論，他又怎麼來向這麼一個連中國，上海、香港之間的地理關係也鬧不清的人來解釋呢？

「就是紅衛兵都唔更要——我並不怕你，倒覺得你很可愛。我只想知道紅衛兵究竟是一種什麼樣的人？像蛇，冷血的？像獅虎，兇殘的？還是像……像……」她「像」不出一個下文來，「……總之，他們是什麼樣的？我想你一定是與眾不同，你很叻①啊！唉，對了，紅衛兵中會寫英文信的人不多吧？」

這是正之生平第一次體味到了所謂「啼笑皆非」是什麼個意境，他能說些什麼呢？除了：「是的，是不多……」以外。

但使得全公司的職員都對正之刮目相看還是在前不久的事了。

那天上午，正之被喚去了老闆的辦公室，他被破格地一下子調高了八百元的薪金，上升到二千元港幣，這是全公司除了經理之外最高的工資了。在這批鬧哄哄的二十歲上下的男女職員的眼中，這幾乎是一條只是屬於夢想之中的標準線。當正之從老闆的辦公室中走出來時，他發覺全公司的人都從寫字台上抬起頭來，用一種異樣的目光望着他——他們知道這項消息的時間並不比正之本人遲多少。

到了那天午飯後的休息時間，愛爾玲又來與正之搭訕了。

「傑美，能問你一個私人問題嗎？」

「私人問題？——沒關係，你問吧。」同事們遣字造句的能力正之多少也有所領教，所以對於她的那種奇特的表達法也不感到太意外。

「你家確是住在半山？」

「嗯，……是的，在雲景道。」

「嘩！那……那你的老豆②是做什麼生意的？」

「這個麼……」正之沉吟着，他考慮着應該怎樣來向這麼一位格調的詢問者作比較合適的答覆。

「開洋行的，OFFICE在中環，好大間哩！」愛管閒事的菲力浦插嘴上來。正之和愛爾玲一齊轉頭望向他，

「噢，」他有些窘促，「我也是剛剛從肥佬經理處聽說的。」

「是嗎？……」愛爾玲轉回頭來，「……那你為什麼不去你老豆的公司當『太子爺』呢？」

「……」正之低下頭去，他不願見到愛爾玲的表情現在會是怎樣的，他一言不發，這是他能作出的唯一適當的反應。

一段短短的靜默，他聽見愛爾玲又發問了。

「星期天來你家玩，歡迎嗎？」

「不，」這一次正之是不得不抬起頭來作答了，「星期天我要出去。」

「拍拖③啊？」

「不是，去教琴……」

「教琴？……呵！呵！你還是個音樂家啊？」「音樂家」三個字在正之的胸中攪起了一種反胃的感覺，況且他還將「音樂」的「樂」字發音成了「快樂」的「樂」字。

「教什麼樣的琴？」正之見到的是她，以及其他幾位感到意外的男女同事都正頗有興趣地望着他，他覺得不回答是不行的了。「小提琴……」

「噢，就是那種『殺雞啊，殺狗啊』的凡華靈？」她居然還將「殺雞啊，殺狗啊」譜上了音調，她的頭歪向一邊，左右手笨拙地配合着，作出了一種可笑的拉奏姿勢。忽然她將兩隻手放了下來，用眼睛望着正之說，「你識不識跳——芭蕾舞？」她邊說邊又將手臂平翔開來，手腕的關節柔軟地上下擺動着，作出了小鳥撲翅的動作。

正之的那種反胃感覺已發酵成了一種憤慨，他的臉色不能控制地沉了下去，他冷冷地說，「對不起，我不會跳芭蕾舞，也不會殺雞，也不會殺狗！」

①「叻」是廣東話，意為「能幹」。②「老豆」是廣東話，意為父親。③「拍拖」是廣東話，意為「與女朋友逛街，玩耍」。

氣氛頓時尷尬地凍結了，愛爾玲不知所措地望着正之，在場的幾個男女同事都不自然地轉過臉去，當作根本沒有注意到有過這麼一回事。沒有人再說多一句話，正之俯下臉去，把一份信稿從厚厚的文件之中抽了出來，開始在打字機上把它繕謄清楚。

正之一路吃雪糕筒來到公司上班的那一天的上午又在緊張的工作中不知不覺地過去了，直到他聽見有人在喊「LUNCH TIME！（午飯時間！）」時，才眼花花地從繚亂的英文字母間抬起頭來。這是一個星期五，再經過半天的工作之後就有兩天的假期了。正之在計畫着如何安排這兩天的時間：他要去幾家琴行和音樂學校兼教提琴和英文樂理，他又在一家商業學校讀夜書，除了上課之外，他還需完成一大堆的家庭作業，他打算在一年的時間內以同等學歷的資格去考到英聯邦政府認可的商業文憑。除此之外，他還有十多個私人學生需要上門授課，而他們又都分散在港九、新界不同的區域。所以時間對於正之來說是異常地短缺，他需要一天十六小時的工作和學習來應付所有的這一切。但他覺得高興和充實：他感到自己正一天更比一天地適應在這只高速飛旋的社會輪盤的慣性之中生活。

唯一使正之感到納悶的是：他到現在還沒法與曉冬接上關係。不僅是正之，就連樂美也感到奇怪，她已多次地去過曉冬家，曉冬確確實實地已不在那裡了，偌大的一套公寓中只剩下了曉冬母親一人。但當樂美問及曉冬在港的住址時，她所得到的都是一些推三托四的搪塞，始終都沒有一個確實的答覆，因此她也無法向正之交代。

正之卻一直不願放棄希望，幾乎每封寫回上海去的信，他都催促樂美能再多作一次嘗試。他告訴樂美說：他渴望能見回曉冬，他相信當經歷了這麼一段生活之後的他們一旦在港重見的情景一定是十分富有戲劇味的。但樂美的回信是一封更比一封地悲觀，她認定曉冬是由於某種原因而在故意回避着他們，因為最近連與章母的見面也變得不再可能。每次約定的時間她都不在家，不是在門鎖上插上一片紙，就是讓鄰居轉告一聲說她有急事出去了，故很為抱歉云云。

他們在哪裡得罪了她嗎？他努力回想着他們最後一次見面時的每一個細節，他的結論是否定的。香港真是這麼一潭可怕的「忘川湖」嗎？一旦飲用其水之後就會忘記了昔日一切的情誼？他自己也是一個過來者，只能說香港這一方無情的模具，會將不適應者痛苦地改造，再脫胎換骨地重新做人，他堅信曉冬的感受也不會離此太遠。既然都不是這些，那又是什麼原因呢？他不知道，但原因是一定會有的——這一點他也不懷疑。

當正之從沉思中醒過來時，包飯公司已將飯菜擺擺在餐桌上，熱騰騰地正冒着蒸氣。同事們都已各就各位，只留有一席空位等待着正之。不知這是故意為正之留着的呢，還是一個巧合，那席空位偏又在愛爾玲的旁邊。

自從幾星期前的那次不愉快的沉默之後，他們還沒有對答過一句話，正之甚至躲避着一切與她直面相對的機會，雖然，他明顯地感覺到，她正尋找一切可能來與自己接近。也不是正之如何憎恨她，老實說，他甚至覺得上次自己不給他人留情面的做法不免有些過分，他也想與她以及和一切同事都保持一種正常的關係。但不知怎麼地，既然已經到了這種地步，也就讓它維持這種現狀，每次在改善關係的機會來臨時，他都向自己說，這次就算了吧，下次再說。

六菜一湯的包餐例行公事般地結束了。當正之從盥洗間出來時，離下午開工時間還有半個多小時。正之向自己的座位走去，他想抓緊時間打一個盹，傍晚收工後，他還得趕去新界教琴。

愛爾玲站在寫字桌的邊上，她笑嘻嘻地望着他。正之還沒有能來得及避開她的眼神時，她的話已說出口來了：「哈唉，傑美！請坐。」她把傑美自己的那張座椅從桌肚裡拖了出來。

算了吧，就在這一次，正之向自己吩咐道，他順水推舟地坐了下去。「又有什麼私人問題要問嗎？」正之略帶開玩笑的口吻說，他回望着她，努力將自己的神情扮得和悅自然。

「有。」

「有？……」

「我只是想知道你今晚會不會邀我跳舞？」

「今晚上，跳舞？……」為什麼凡是與她的對話總會有些招架不住的題目拋擲過來呢？

「今晚上大家都去 DISCO 跳舞，公司請客——你不知道嗎？」

「噢，是這樣……但我今晚上要去教……」「琴」字還未出口，正之猛地省悟到那次不愉快發生的導因，他刹住了口。

「今晚還要出去做事？明天是WEEKEND（週末），不要這樣勤力啦——家裡又不是沒有錢……」或者她還想說點什麼，但她也忽然停住了，正之覺得她將那半句沒有說出來的話化作了一口口水咽下了肚。

「再說，我也不會跳DISCO。」

「那沒問題！我教你——」糟了！她眉飛色舞起來，話匣子開始打開，她把她那兩條本來是站着的大腿的其中一條斜擱在了台角上，半個屁股坐在桌上。「你知道嗎？」她一本正經地說，「其實，我也很鍾愛音樂的，我最崇拜的歌星是羅文、甄妮和鄧麗君；還有那支《夢中的橄欖樹》真迷人極了！……」正之不敢再望她，他真擔心她會哼起來，他一生最怕的就是那些令人汗毛直豎的音調和舉動。他的目光垂了下去，但他見到的是那一段從高開叉裙中露出來的、被半個身體的重量壓坐在上面的、赤裸、白嫩的大腿，就在離他眼睛不足一英尺的距離外的桌面處平拱起來。正之突然覺得心臟不可制止地快跳起來，一種熱辣辣的感覺直從他的頸脖朝着他的整個面部擴散開來。他一時失去了主意，他不知道自己的目光應該是下垂呢，還是重新抬起來。

兩個女同事從他們的身邊嘻嘻地笑着經過，「愛爾玲，在釣『金龜婿』①啊？……」他聽到她們在向她說。

他突然決定抬起眼來：「今晚我不去跳舞了，因為我已結了婚……」連他自己都不明白為什麼他會愚蠢到向着愛爾玲說出這麼一句話來。或者他是向他自己，向愛爾玲以及向一切與他有接觸的人提醒這麼一個事實，警告這麼一個事實。但他不願也不能深入地想下去，他的思想被他自己的這麼一句不合上下文的傻話而攪亂了。

愛爾玲的臉上似乎出現過一個發呆的表情，但隨即消失了，她大聲地笑着：「結婚？結婚有什麼關係？結過婚的人要吃飯，結過婚的人要跳舞，結過婚的人也可以再愛第二個麼！」

第一次，他感到可笑的是自己，而不是愛爾玲。

正之見到那位胖經理向他們走過來，「喂，傑美！今晚公司請客去 DISCO 玩，十點整，『華都夜總會』門口，你知道了嗎？」

「我不想去，今晚我有事……」

胖經理已走到了他的面前，他把一條手臂搭在他的肩膀上，「去吧，去吧，一塊去！別那麼不合群，別那麼掃興麼！」

「那……」或者他是應該去的，正之有些猶豫了。

①「金龜婿」是廣東俗語，意為「有錢的丈夫」。

「別那，那，那的，一言為定——去！」胖經理的特點是做事果斷，果斷到常為別人作出決定——這正是他能當上經理的本領。

「那好吧……」正之說。

下午的開工鈴聲響了，胖經理離開了正之，從寫字台之間的走道中向前走去，他左右環顧着正開始回到各自席位上去的同事們，「啪啪」地拍着手掌，口中大聲地喊着：「TIME』S UP！TIME』S UP！（夠鐘了！夠鐘了！）」

華都夜總會是尖沙咀地區眾多的這類場所之一，它座落在一幢二十層大廈的頂層。這算是一間較正規的夜生活場所，光顧那兒的大多數是成雙成對的有正職的青年男女。

幾十張僅點着一支燭光的桌子沿着落地長窗圍擺着，從寬闊的窗玻璃望出去能飽覽海對面的星星點點的港島夜景。全場都籠罩在一片幽暗之中，閃爍的燭光時明時暗地映出了醉浸於愛之中的情侶們的面部表情。

正之獨個地坐在一長排桌子的最末一個座位上，他的頭靠在落地長窗的玻璃上，儘量使自己的面孔和身體都遠離那盞在桌面上忽閃忽閃的蠟燭，因此就勾劃出了一具襯托在閃着星光的墨藍天空背景上的黑色形象，孤獨而又神秘。

這是他來港後，也是他生平第一次進入到這樣的環境之中，他的一雙在幽暗中閃晃的眼睛正努力地觀察着周圍的一切，然後再將所獲得的印象反射到他那活躍着獨特思索方式的大腦皮層上。他是一位十足的詩人，即使是從最枯燥平淡的客觀存在中，他也能悟出一些最新鮮動人的內容來，但在眼下的這片如此刺激感官的環境中，他倒反而連什麼也感受不到。他只覺得自己像一個徹底的局外者：愛情，色彩，甚至幽暗的燭光都離他很遠，很遠。

距離他十碼以外是一潭舞池的邊緣，他的目光投往那裡，他的同事們正在舉手扭腰地狂舞。舞台的底盤是由一整塊的厚玻璃構成，玻璃的上面是踢躂躍動的腳跟，玻璃的下層是以每秒鐘多少頻次的速率變幻着彩色的燈光。舞台上方的正中央掛下來一隻巨大的玻璃球體，球體面是用無數塊的碎鏡片構成的，玻璃球在不斷地轉動，從各個方向投過來的彩光被不定時，不定點地反射出來，製造了一種奇異無比的氣氛。舞池對岸的樂座中是一个小小的菲律賓樂手入們組成的樂隊，一律是白西裝，綢領結，大鬍子，深棕色的皮膚。有高高翹起着小喇叭的，有斜挎狂撥着電吉他的，爵士鼓、電子琴，正之的心臟被強大的音浪衝激着，他感到呼吸都困難。他明白樂隊的目的不是為了演奏音樂，而是要不間斷地鞭策那些舞者狂轉不息，讓他們沒有能去體會筋疲力盡的時間和餘地，直至最後的癱瘓。

一位着白紗裙，低袒胸衫的女招待的婀娜的身影從閃動着燭光的桌縫間向正之遊動過來，她彎下腰來向正之說了些什麼。但在這淹沒一切的音浪中，正之什麼也聽不見。

「對不起——」正之舉着右手，作出了一個抱歉的動作。

她將身體俯得更低了，正之見到的是一條深凹的胸溝向着紗衫的內部深入進去：「需要找一個舞伴嗎？先生？」

「不，不，」正之覺得呼吸急促起來，他渴望那彎腰的身影能快點直起背來，快點離去，他最怕惹人注目，尤其是被這麼一副打扮，又說着些這麼樣的話的異性。「我的同事們都在那裡跳舞，我——我想坐一會……」他結結巴巴地解說着，生怕對方誤會，他已顧不上記起對方的目的只是為了要多做點生意而已。

「噢，是這樣……對不起啊，先生。」她直起腰來，轉過去，向着幽暗的深處，再像一尾白色鱗魚般地遊去，正之這才鬆了一口氣。

他試圖將注意力再次回到音樂與色彩都仿佛是錯亂了的現實之中來，他把兩眼盯住了那一大團在光海中掙扎沉浮的舞者們，但他似乎什麼也看不見，什麼也聽不到。

突然間，在他眼前的燈光驀地熄滅了，樂聲也驟然刹住，正之本能地跳起身來，他一下子清醒了過來，他要知道發生了什麼事。他見到的只是從最虛弱的一條線上開始復蘇的彩燈。它們正慢慢、慢慢地睜開眼睛來，等光度達到足夠時，正之才見到舞池上正一雙雙緊緊擁抱着的男女舞伴似乎全部像塑像一樣地僵立在原地，這是一對對手臂、胸脯、面孔與嘴唇都膠合在了一起的黑影。玻璃池底下的燈光也醒了，舞池上方的那圓碎鏡球開始滾動，舞者們仍沒動息，誰都盼願那醉人的一刻能永遠地延伸下去。

人們不動的另一個原因是樂曲之聲始終還沒有出現。

這一刻終於來到了，正之聽得一個飄忽的從鋼琴鍵盤上發出來的長音像一口由胸井的深處吐出來的歎息，由地面向半空中升騰上去，並顫顫地停留在了那裡。正之知道衹有經過長期專業訓練的手指才可能彈得出這樣的效果。一種類似於哆嗦的感覺從他的頭部產生，通過頸椎和身軀向他的四肢波散出去：多麼熟悉啊！這使他記起了一個人以及一段既接近又遙遠的歲月。這是一個A音，正之能背得出這個音的高度，因為這是小提琴第二弦的基準空音。和那個他認為應該是E音的音差了幾度，除了此點不同之外，他幾乎真以為自己先是從現實進入了夢境中，再又從夢中走出來，回到了另一個現實裡。

動作開始在塑像一般佇立着的舞者的臂腿間產生，因為左手的伴奏部也開始出現了，形成了一個重心平穩的圓舞曲的三拍子主題。舞池中的人群飄動起來，這是與上半場的瘋狂的節奏形成明顯對比的抒情舞曲，好讓經過了一番搏鬥之後的舞者們能有一段如癡如醉的沉迷。正之是站立着的，透過一對對互相環抱着的情人們的間隙，他能見到在樂池的後面有一架烏黑閃亮的三角鋼琴，鋼琴的面蓋是撐起的，他見不到彈奏者的臉。

「傑美……」正之聽見有人在喚他，他側轉過臉去，矮小豐滿的愛爾玲站在他的邊上，她穿着性感，兩條雪白的大臂從無袖的晚裝中露出來。她應該是微笑地望着正之的，但那紅色，綠色，青紫色，慘白的燈光在她的臉上製造了一幕又一幕的幻象，使正之認不清她的真實表情是什麼。

「哦，是你啊……」正之坐了下來，但他的臉又轉了回去，仍向着舞池對面的樂座後張望。

「怎麼不去跳舞？」

「想與你一同去跳。」愛爾玲的聲音低而柔。

「我都說過我唔識跳舞囉！……」他記起了她表示能夠教他跳舞的應諾，「而且我也沒有學跳舞的興趣。」

「那……那我們坐一陣吧。」她的身子往正之邊上的位子中坐了進去。

「你可以上場去找菲力浦，他不是老希望能與你在一起跳嗎？」

「我已拒絕了他，因為我想，想……總之，與他那種人在一起是最沒有情調的了。」

「是嗎？」

「是……」一陣靜默。鋼琴聲在室內迴旋着，一顆顆清澈得透明的音符像一串準確地系結在節奏線索上的珍珠，閃閃發亮。雖然被彈奏的是一首正之所不熟悉的切分節奏很強的現代舞曲，但正之的心弦已被那精湛的琴藝和具有古典風味的處理所緊緊地扣住了。

他的臉仍在朝着琴聲的出源地張望，他以往的習慣是能靠立在琴蓋的邊上，親眼看着演奏者的手指怎樣在鍵盤上舞蹈般地跳移，他喜歡用這種視覺來配合從鋼琴上流出來的旋律的聽覺，也祇有這樣，他才會覺得音樂有了可以被觸摸到的實體感。以前在上海，在曉冬的家中，他就是這樣來欣賞鋼琴樂曲的，現在，他也想這樣做，雖然他知道這是不太可能的事。

「琴聲好靚，是嗎？」他聽見愛爾玲在他的邊上說。

「嗯……」

「……你會彈鋼琴嗎？其實，你能上場拉一曲小提琴也一定會很動人的……」

「什麼？」正之回過頭來。

「不，不，」她有一些慌亂，「我是說，說……」她「說」不出個下文來，其實她說的就是那一句話，而不是任何其他。她只是怕自己在談及關於音樂的這一行時又說錯了些什麼，她想修正，但一時又找不出適當的轉彎口。

正之的心中湧出一陣歉意，他是個善解人意的人，他完全明白愛爾玲的心情。「你沒有說錯，愛爾玲，我確實很想能有與鋼琴伴奏一曲的機會。」他沒有說謊，這正是他轉過頭來問一句「什麼？」時的想法。

即使愛爾玲的臉上正放射出興奮的光彩，正之也不能辨別得出來，彩光乃以幾秒鐘一次的頻率變幻着，鋼琴聲仍然在流動，小樂隊中的絃樂器也在飄飄然然的高音部上加入進來。他只聽見愛爾玲在一邊說：「我們真是想到一塊兒去了……假如羅文或甄妮能上場來唱幾首，最好是鄧麗君那首《夢中的橄欖樹》，再配合上這種情調，那更是一流了！……你說呢，傑美？……」

正之根本沒心思在聽她說話，他在想着一些其他的事。突然，他一個驚跳起來的動作。

「幾點鐘了？」他邊說，邊捋袖去看自己的腕表。

「什麼？你說什麼？」

「糟糕！快十二點了，我還沒有打過電話回去呢！他們一定急壞了……」

「要打電話回家？入口處有電話，你可以去那裡打……」

「不行了！他們都已睡覺。」

「那……那就算了，到明天再向你父母解釋吧，今晚是週末，你又是這麼大個仔①了，出來玩一下都好應該啊！……」她企圖安慰他，並為他尋找着那些衹有他自己才知道根本不可能用得上的理由。

「你是不知道的，我的父親是個很……很……很……」他尋思着一個適當的詞眼來形容他的父親，但他意識到向愛爾玲說這麼一些話是毫無意義的。他站起身來，匆匆地說：「我得走了，去趕搭那最後一班過海的船，麻煩你向大家打一聲招呼……」不再等愛爾玲有下文，他便掉過頭，向門口的方向走去。

等到盼望正之說下去的愛爾玲弄清是怎麼回事時，她見到的是正之正背離她向門口走去的背影，她也站起身來，跟了上去。

就是在這匆匆忙忙的一刻，正之都沒有忘記繞過舞池半周去到那架三角琴的背後看一看。他見到的是一位着一套紗衣裙的女性正坐在一張烏光閃閃的琴凳上。他的第一個感覺是雙腳幾乎像被釘在了地上一樣，他太熟悉那一種彈琴的姿態了——身體向低音鍵盤方向的一個傾側，然後便是一溜串馬蹄擊石般的音階式的上升音程。他的第二個感覺是想要走近那裡去看個究竟。

「傑美……」他掉轉頭去，見到的還是站在他背後的愛爾玲。

「有事嗎？」

「嗯……我想問問你對我的印象是怎樣的？」對於愛爾玲這一招，正之並不感到太意外。

「你像是為羅文，周潤發，鄧麗君他們而活着的，不是為你自己，你應該為你自己而活着。」

「是的。不過，我還為一個人而活着。」她學的應該是六十年代台灣文藝片中的對白，她期待着的是對方的一聲「誰？」的問話。

但正之急忙將眼神轉開去，他怕令大家都陷入尷尬的境地。在一秒鐘之內有好多解釋性的語句濾經他的大腦，他想告訴她，他們根本沒有共同的語言和興趣，他們是不適合成為某種超越同事式友誼關係的朋友的；而且這類感情絕不能勉強，也絕不是同情與諒解所能夠替代的。但所有這些話是在它們在他的腦子中產生的同一刻而被否決了。在他面前站着的是一個女孩子，一個雖然與自己思想相距甚遠，甚遠，卻深深地仰慕着那類所謂「純情」的女孩子，她有着一顆沒有被生活冷酷無情的經驗教訓過的，熱切切地渴盼着的心，正之絕不忍心來傷害它——哪怕有一絲一毫。正之最能理解一顆被傷害的心會是怎麼樣的，他也最害怕自己經歷或見到別人經歷這麼一種場合，所以他的思想只能又回到了這句話上來：「我已是結了婚的……」

他說：「我……，」但不知怎麼地，他的語鋒作了一個轉彎，「……我得走了，明天再談吧。」

他頭也不回地走向門口，來到了走廊裡，一部電梯的門正開着，兩個穿着織錦緞的中式旗袍和銀色高跟鞋的夜總會女帶位站在梯門的兩邊，招呼進出的客人。正之一步跨進電梯裡，他只聽得有人在背後細聲柔氣地說着：「多謝老細②幫襯，下次請再光臨……」電梯門便在他的背後「咔」的一聲合上了。

正之從有中央空調的大樓裡出來，踏上了熱烘烘的，仍然是燈紅酒綠的、人往車梭的尖沙咀街路上，他的心還在「嘭嘭」地直跳，從海面上吹過來的深夜的風拂過他發燙的臉頰，他在人行道的中央停住了腳步。他需要定一定神，然後再在這五光十色之中確定前進的方向。終於，他的腳步又重新開始移動了，他越過馬路，進入一條橫巷中，再邁開了匆匆的大步，這條橫巷是通往尖沙咀碼頭的，在那裡，最後一班渡海小輪將會在十分鐘之內開出。

那天夜裡，正之睡桌上的那盞垂目的台燈始終不曾閉熄過。

正之躺在床上，他穿着一套條子府綢的睡衣，碌碌轉動的兩眼望着白色的天花板出神。他幾次坐起身來，跪在床上去檢驗那架窗口的冷氣機，他發覺冷氣機已被調到了最大功率的一文件上，且在正常地工作，寧靜地將清涼的空氣輸入室內。但不知因為什麼，他覺得悶熱無比，汗珠不斷地從背上滲出來，耳根發燒，「突突」的心跳不停地通過枕頭轉遞到他的耳膜上。

①仔，廣東語，意為「孩子」。②「老細」，廣東語，意即「老闆」。

是為着愛爾玲嗎？他自己知道不是。一直不能從他想像視野中排除出去的是那個坐在高撐起的琴蓋背後的，烏亮亮的琴凳上的，穿着紗衫裙的彈奏者，他反復地問着自己：難道真會是她？

但有時他也會想到愛爾玲，失眠的思路是漫無目標的。他為什麼會在話到口邊的一剎那而即興地修改了那句「我已是結了婚的……」呢？這是因為他在內心的深處也認同了愛爾玲的觀點：就像結了婚的人要吃飯，結了婚的人都可以再愛第二個。但是這第二個不會是愛爾玲，肯定不會是，也永遠不可能是；假如真會有的話，她會是誰？

半山的清晨來得特別早，當窗外的山谷間傳來鳥雀「嘰嘰喳喳」互相道早安的歡叫聲時，他已能從窗簾的縫隙間望到了沒有建築物遮蓋的東方發白的天際。再過了一會兒，他聽到了全家第一個起身的秀姑在盥洗室開水，然後在客廳裡清潔抹掃的聲音。是他正視現實的時候了，正之知道他正面對着受父親質問的嚴峻的一關。

半年的共同生活，在他對於父親的那種純一的摯深的感情中，摻入了某種不屬於這類感情的內容。他仍是深深地愛戴和尊敬着自己的父親，他堅信這種經過二十年來苦苦思念的溫床所培育出來的感情的基調是永遠也不可能有絲毫改變的。或者，他的父親也是值得他的兒女們崇拜：他有學識，有品格，有毅力，有一般人不可能具有的鐵一樣的理智；他已被社會證明是成功了的，他受到幾乎所有與他有接觸，有瞭解的人們的尊重和欽佩。可正之沒有崇拜人的習慣，他喜歡獨立思考，喜歡批判地看待和評論任何人和事物。

他不願意隨聲應附，更不願意輕意地放棄自己心中的目標。他寫過一句短詩，這正是他在這方面性格的總括：尊重才能互相，崇拜往往盲目。

但有誰的父親不想得到子女的尊敬進而崇拜的呢？尤其像李聖清這樣一個性格的人。他很主觀，主觀的人又往往察覺不到自己的缺點，他只希望別人要不問理由地服從他。

雖然根本是睡不着的，但正之仍然讓自己留在床上，腦子像一架一旦被開動而剎不住車的機器，他的思路從這一個的身上轉到了那一個。

他渴望能見到樂美，他渴望擁抱她、吻她——有多久了，幾乎是長長的一個世紀——他沒能嗅到從她的唇鼻間發出來的那種醉人的氣息！他的想像目光從她的黑溜溜的長髮一直審視到她的裹在透明的白色的卡普龍絲襪中的白嫩細巧的腳趾，他覺得自己渴求能結結實實地摟住她，而且他的手指是不能忍受隔着厚厚的衣衫的屏障來撫摸的。它們會向着更深的層次不斷地探索進去。他又聯想到海涅關於描寫女性胸乳的詩句，這都是些透出熱力和肉香的詞句，它們喚起的是一種野性的衝動，在他密不通風的體內亂碰亂撞。

他力圖使自己從這種思想中擺脫出來。「我在想些什麼啊？」他向自己質問，「這是因為她不是別人而只是樂美，是自己深愛了，依賴了十多年的情人而如此這般地思念她嗎？還是……這是只因為她是一個，」他讓自己的思想就停頓在這線限上，他羞於想下去，他缺乏勇氣想下去，但他還是為自己找出了最後那兩個實質性的字眼：「她是一個——女人！」

不！決不單是那些口唇，胸脯和腳趾之類的，一定還有一些其他內容，令他如此地需要她——有的，一定有的！他向自己爭辯着。是有的，於是，他想起那些在上海深秋的憂憂切切的黃昏，灰朦朦的細雨的下午；還有，雖然祇有幾次，但也曾有過的，當他們偷偷地在床上造過愛後，她把她的頭依貼在他赤裸的胸膛上，而他則用手指慢慢地，慢慢地梳理着她的絲絲縷縷的頭髮。那時候的他們似乎與肉欲這種東西距離得很遠，緊緊相貼的是他們的兩顆有一呼必有一應的心。他向她訴說他的抱負，他的理想，他的五彩繽紛的想像以及他對她的發自于心井深處的，醇酒一樣的愛情，一切的一切都是用詩一般的語言結構着的，即興的，如同珠粒滴到玉盤上的連貫性敘述出來的。他會愈說愈激動，他會從被褥中「忽」地坐起身來，那顆悸搏的心臟則會隔着肌膚「突突」地跳動。……而她永遠是那麼地文靜和順從，——正之不能擺脫那對水汪汪的大眼睛喲！——那時的它們就是那樣深情地望着他的那雙幾乎要濺出火星子來的眼睛。

有時的他也會心灰意冷，他會恐懼，會絕望，會為了那些世界上存在着的無恥與黑暗而覺得悲觀不堪！他也會因為人類的不義與低劣而對生命充滿了疑慮，對前途失去信心。

那時的他便更需要她。

她是他的支柱，是他的導路人，是他的守護女神。唯有向着她，他才能把懋積在心中的苦悶全部地、甚至是加油添醋地傾倒出來，她會耐心地把一切頭緒都替他理清楚，然後告訴他正是他所渴望能聽到的評論：一切都會過去的，前途充滿了希望。是的，社會是不公平的，現實有時很悲慘，但人生自有它美好的一面，就如他倆的愛情，就如他們與曉冬的友誼，就像音樂，就像詩，這些都是與卑醜和無恥同時存在的兩個不同的切面。對啊，於是他就感到心安理得了，他有所得到，他必然也會有所失去。

現在，在經過了形影不離的十年後，又被殘酷地分隔開了漫長的半年，也就是六個月，二十八個星期，一百八十個晝夜的現在，他想見到樂美的渴望怎麼會不強烈得如同被壓在鐵盒中的炸藥，隨時準備在一根火柴的導引下而爆炸呢？

也許他自己也不清楚，也可能他是故意要回避，但這是不容否認的，這是事實：在他的需求中，既有精神的成分，也有肉欲的因素；他渴望她，這是因為衹有她給他以安慰，衹有她才是這個世界上唯一真正瞭解他的人。

對性的渴望會有的。在這片缺乏最起碼溫存的環境中，在這個緊張，熱烈到人的一切高尚的致趣都已蒸騰完，留下的只是原始生理需要的社會裡，性的需要和精神的苦悶就如一對孿生的怪胎，畸形地瘋長起來了。

天色漸漸變得大亮了，朝陽的曙光照在淺色的窗簾上，室內沉浸在一片柔和無比的光湖中，書桌上的那盞一夜沒合眼的台燈的目光變得愈來愈淺淡起來，即使正之還不是那樣，但它似乎已經支持不住，它想合眼休息了。正之撐起身來，將那只自動的光暗掣向着右邊的方向轉過去，燈光愈變愈暗，終於熄滅了。正之讓自己保持着這個半側身的姿勢：左手撐在床上，右手仍摸在燈掣上，足足有幾分鐘沒有動作；桌上的台鐘向他呆呆地望着，鐘面上的指標作出了一個七點十分的角度。起身吧？不過他還是決定仍然躺下去。——坐到客廳的沙發中去等待，還不如躺在這張柔軟舒適的單人床上眼望着天花板發愣的好。

當隔壁的房間中傳來父親的咳嗽聲時，台鐘的時分針的角度已轉換成了七點四十五。正之知道在下一個十五分鐘內，父親就會來到客廳中；今天雖然是週末，中環的寫字樓並不辦公，而父親仍會洗梳清刮得乾乾淨淨，在掛鐘報唱出九點的那一刻踏入書房，開始了他一天生活的正文部分。他不會停止這樣做，不管這是一個什麼日子；而這是一種生命的慣性，以他的年齡和健康而言，這個慣性動作哪一天終止，那一天便是末日。李先生是這樣來理解的，而他的家人也理解他是怎樣來理解的。

正之起床了，他的第一個在銅鑼灣的學生是在九點三十分上課，所以他離家的時間必須在八點三十五分之前。從八點到八點三刻雖然有四十五分鐘的時間，但根據父親的習慣，他通常不會在早餐桌上與人交談的。因此正之能預料得到，那段避不可免的父子間的對話發生的時間一定是介於八點半到八點四十五分的這一刻鐘之內。

正之並不打算去尋找某種藉口來掩飾事情的真相。他沒有說假話的習慣，而父親也不會有信假話的可能。問題是在於即使正之照實告知，他也未必會信。

穿上了牛仔褲和恤衫的正之從房間中開門出來，他聽見父親在主人房的套用盥洗間中沖廁的聲音。母親坐在客廳中，秀姑正在餐台上擺出早餐的碗碟和筷子。一盤黃澄澄的油條高高地堆在餐台明淨淨的玻璃台面上，還有誘人的「油煎臭豆腐乾」的香味不斷地飄過來，這兩樣都是李老先生最鍾意的早餐佐品，也是秀姑一早搭車去北角買上來的。

正之跨入了那間位於走廊中的盥洗間中。他開始放水洗臉、刷牙。但他的耳朵卻在細辨着父親房中的動靜：他聽到他走了出來，向着客廳的方向走去，他聽見他在飯廳遠端的帶有一種回音的咳嗽聲；他設想着，父親現在一定是坐上了那把他慣坐的餐椅上了。

只要他將毛巾掛上毛巾架，轉過身去時，他就會面臨一片已能嗅到火藥味的戰場了，而他的對手就是他的那位性格獨特而又固執的父親。但他並不感到畏怯，他只感到痛心，為什麼他對他的那份深深的感情必須要在這短兵相接的交手中壓制、隱藏？他也愛正之，他把他的全部的期望都負載在了正之的身上，他要改造他，改造一個從大陸出來的，一無所知的，自由散漫慣了的，不知天有多高地有多厚的兒子，一個從紅衛兵的無法無天的年代裡長成起來的比文盲好不了多少的兒子，他覺得這是他的職責，否則，他即使死了也合不上雙眼。他要把他待人接物的那副模具套在正之的身上，然後削削補補，他期望當他將模具揭開時，在他面前站着的是一個突然年輕了幾十歲的李聖清。接着，他便會讓這個他的化身走進那間坐落在李寶椿大廈的寫字樓中，再走進那間印着「經理室」三個字的單室中，穩穩妥妥地坐入那張大班椅裡——他便放心了，他便能瞑目地告辭這個世界而去！但爸爸，你知道嗎？這是不可能的！我不會，也不願成為那種你所盼望我成為的人；雖然我們有着最親的血緣，我們有着共同的對對方的愛，但我們是屬於完全不同類型的人，不同的時代，不同的性格，不同的理想，不同的觀念；我決不會放棄自我，就如你決不願絲毫更改你的生活與工作規律一樣。爸爸，請您原諒我，我不願與您對抗，但我沒有其他的選擇……

正之轉過臉，向着客廳走去。

客廳中空無一人，所有的人都在飯廳的餐桌邊上坐着，正之朝着他的座位走去，他覺得父母的眼光都正集中在他的身上，他沒有去正視他們之中任何一個的眼神，只是把眼睛望着台面上的碗筷。他拉開餐椅，坐了下去，他聽見的是母親的聲音。

「你昨夜去了哪裡啦，正之？我們等你等到……」

「翠英，」是父親命令般的制止。

「嗯……」

一切又歸於靜默，於是碗碟叮噹地響着，早餐在無言地進行。

這次是正之第一個吃完，他回到了客廳的沙發上，撿起了一份晨報裝作閱讀。但他將眼神的注意力都從斜橫方向上凝聚在了父親的身上。他見到他放下碗筷了，站起身來，他那筆挺挺的身影在他的面前緩慢地經過，再在面對着他的一張單人沙發中坐了下來。正之抬起了頭。

「爸爸……」他這才記起了今晨起身還未與他的父親打過招呼，「早！」

「早。」

「昨夜的事我想向你解釋一下，」父親不動聲色地望着兒子，既沒有語言的反應也沒有表情。正之只能按照自己的計畫進行下去，「我昨夜去過一家夜總會。」

正之見到正從那一端走過來的母親和正在收拾桌面的秀姑都驀地停止了腳上和手上的動作，她們都緊張而驚異地望着正面面相對的父子倆。

「我已經知道了。」他平靜地說。

「知道了？……」

「是的。應該說是猜到了——這麼晚不回家，還有哪裡能去？再說，尖沙咀區又是一個近水樓台先得月的地方。」

「是公司請客。我又在匆忙之中忘了打電話回家……」

「首先，公司請客與你自己出錢並不重要，也無不同；而你忘了打電話回家，其後果最多也不過是白白累你的父母擔心到你躡手躡腳開門進屋來的那一刻。」他自自然然地靠在沙發的背上，經過良好結構的語言是用一種慢條斯理的口吻說出來的，「這些我都不感興趣。假如你願意告訴我的話，我只想知道：你的這個夜總會之晚的收穫如何？」從那呈青藍色的鏡片後，他那對深不可測的目光銳利地刺向正之。

「收穫？……」雖然正之能明明白白地感到父親語氣之中的挖苦的成分，但說到「收穫」，他倒真是有一些，「我……我可能找到了一位已半年多失去了聯絡的朋友。」

「朋友？夜總會裡找到朋友？男的還是女的？」

「女的。」

「總不至於會是樂美吧？」

「當然不是啦，但她……」

「噢，是的，夜總會裡找『朋友』的女人很多。那不叫朋友，那是叫『顧客』。她們自會找上門來的，哪還需要你煩心去找她們？」

「你誤解了，爸爸！」

「誤解？我很少誤解人，而一個人不瞭解自己的事倒是常會有的。」

「……」

不知是什麼時間，母親已坐到了正之的身旁來。到了這個時候，她用兩隻手一齊抓住了正之的臂膀，她的眼睛中充滿了惶恐：「這可不得了啊！你還不懂，你剛來香港不久……那類人哪是我們這種人家可以碰得了的啊？她們受黑社會保護，又被黑社會控制，她們之中的很多人患有髒病……你要老老實實告訴你爸爸，正之，昨晚上你究竟有沒有與那個女人出去開過房，你有沒有告訴她我們家的地址？你有沒有……？」

到了這種境地，正之還能說什麼呢？他低頭望着他自己的那雙還穿着拖鞋的腳，他默不作聲。

「你倒說話啊，你到底有沒有……？」

「沒有！什麼也沒有！」他猛然抬起頭來，嗓門提高了一倍，一種無從解釋的委屈突然迅速地膨脹成了不得不發洩出來的憤怒。還正要嘮叨下去的母親剎住了口，她作手勢的手還僵停在半空中，不知下一刻該如何。

一段似乎是凍結了一般的寂靜，祇有晨風吹着落地窗外的樹葉「沙沙」地作響。

「怎麼？」當父親的略帶顫抖，卻強壓成平靜的聲音升起時，已經有十多秒鐘的時間過去了，「在學校裡鬥完了老師，現在打算來家裡鬥父母了嗎？」

正之又回復到原先低頭的姿勢，他知道自己做錯了，他只覺得心痛。但他並不清楚他是為誰和為了什麼而感到心痛。

沒有人再說一句話，牆上的掛鐘蕩唱出一段電子音樂，時間已經是八點四十五分了。正之抬頭，他見到母親不知何時離開了他的身邊回房間去了，父親正向着落地門和露台的方向望出去，坐在他的那個方位上能看到躺在早晨陽光中的蒼蒼茫茫的九龍尖沙咀區。正之充滿歉意的目光望着父親發頂上那輪在逆光中的銀絲的暈圈。

「我要去教琴了，爸爸，對不起，剛才我……」正之見到他紋風不動地坐在那兒，並沒有轉過頭來作一聲甚至只是敷衍性的答覆。正之轉過身向着大門口邊上的那方衣帽間走去，在那裡，他將一對皮鞋從鞋架上取下來，再把那雙換下來的拖鞋放到架上。他又一次地轉過頭去，「爸爸，我出去了。」

仍然沒有回音，仍然是一具雕像般的側影。正之的腳步向門口邁過去，他放下防盜鋼鏈，將大門拉了開來。

「正之！」正之回過臉去，他見到母親站在主人房門口的走廊裡，「今晚你幾點鐘回來？」

一陣的遲疑，「今晚仍早不了。」

「為什麼？難道又要去夜總會？」

「媽，我……」

「正之，你……？」

「翠英！」這是父親帶有一種哮喘「嗡嗡」的聲音，「你能不能不要再問他了啊？夜總會，女人，這與白粉、毒品一個樣，上癮容易戒癮難！」

話是這麼說，但他還是盼望自己是說過了分的。半年來的朝夕相處，他怎麼會一點也不瞭解正之呢？他深深地知道正之不是屬於漢鈞兄侄子的那類人。他聰明、誠實、奮發、有性格，這些都令身為父親的李聖清感到安慰。但他絕對不好對付，很難駕馭。他的不服從和叛逆性是李老先生覺得最不能忍受的，父親總有父親的尊嚴，更不用說他是一個當慣了老闆和管慣了人的人。他把這一切都歸罪於大陸上那動亂的十年和缺乏教育的結果。在他的心中，他將自己的兒子比作是一塊剛從地底下發掘出來的，品優質耀的璞玉，需要經過嚴格細緻的砌磨和雕琢始能成材。所以，對於正之剛才在第一時間上的反應他都進行着冷眼的旁觀和仔細的分析，他還是相信他的，他之所以要用如此強烈的比喻來譏諷正之，主要是為了反激他的情緒，以能進一步地探其虛實；其次，也是對於正之常常有損于他的父威的一種下意識的報復。但他並不認為正之已經做出了或正在作出某種令他和他的家庭丟格的行為來。

不過這次他只是「老道失算」：今晚正之打算去的又是夜總會，而且就是昨晚他去過的那一家，找的正是一個女人，恰是昨晚那個他沒有機會能接上頭的女人。

第六章

在曉冬的感覺中，那個坐在落地鋼窗的邊上俯視着人熙人攘的淮海路而進行着無盡期冥想的時代仿佛是隔了一世人的過去。倒並不是遙遠，而是隔着一層透明的阻擋物，能看見，能看得很清楚，就是摸不着。時間和空間都已經推移過去了，她很難相信，這個環境和這批人們竟然還在這方世界的某一處角落中確確實實地存在着，而且正與她每時每刻平行地通過着時間的長廊。

她依稀地記起了在上海時，她在一冊古舊破黃的書上讀到過的那則闡述關於某種抽象的西方哲學理論的小故事：一位教士在教堂的庭園裡散步，他的腳踢到了一塊小石頭，然後便走過去了。他向自己說：小石頭在他的腳接觸到它的前一刻並不存在，在他走離過去後又不復存在了。當時她並不理解，有人告誡她說：這是反動的唯心主義哲學觀。在那個年代中，「反動」這個字眼所引起的是一種心驚肉跳的本能性的自衛反應，它使人聯想到那些被揪着頭髮遊街，然後拖上刑場，或者是剃光着頭穿着黑色囚服押送去西北勞改農場的人的形象。於是，她把那本書如同一件不祥的巫物般地拋棄了。現在她一直記起它來，她渴望能得回它，她想在時隔了近十年，她的心智與人生觀都已完全成型了後的今天再能讀一讀在那段小小的情節之後，書中還講述了些什麼？她老覺得就在這麼一節上下文都消失在空白裡的敘述文中包含了一種強烈地震撼着她心靈的能量，她說不上來這是一種什麼樣性質的能量，但它是無可否認地存在着的。在她周圍發生着的，在她回憶中存在着的很多細節都會點到這個主題上去。於是，她反復地問着自己：「這究竟是什麼？是什麼？是什麼？」在突然的一刻間，一個響亮的聲音在她的腦腔中轟鳴起：「這是——詩！」

這個聲音是屬於記憶中的，那拱有回聲的北風慘慘的弄堂口的，正之的炯炯的眼神在黑暗中閃閃發亮。他向她出乎意料地宣佈了那個他說他一直向她保密着的字：「它是——詩！」

她連忙翻出了那本《萌芽的種子》的手抄本。這是正之和樂美在那一天塞入她家信箱的，而且就從那一天起，她便開始回避見到他倆。她分明知道正之就在香港，而且就住在她住的那條渣華道向上的半山區，她有他的地址和有他的電話，但她不會在這個時候與他接上聯繫的。直覺告訴她，在樂美來到正之身旁之前，她與正之單獨相處只會導致一個她不想，正之也不想，樂美更不想的後果來。她不知道這種古怪的預感從何而來，有何根據，但她寧願像從前一樣，讓正之和樂美永遠在她的心境中，成雙成對地出現，而使自己保持着那位看鏡人的地位，她絕不容許自己去做出任何有損於三個人感情的事情來。

儘管是這樣，她仍是將那冊《萌芽的種子》隨身帶到了香港。這是一件最親切的回憶物，每當見到它，見到紙上用藍黑墨水抄寫的大小不一的字跡，她就會想起正之——然後便是樂美。至少，她這樣對自己說，只要是單個兒地，無論她怎樣地握着書冊作回憶、假設、想像都不會存在任何風險的。

至於詩集中的內容，她注意得並不多。這是一冊共有一百來首由一行到四、五行的短詩所組合成的集子，每一首詩所表達的都是一段獨立的情緒，一個上下文都湮沒在蒼茫之中的瞬刻間的鮮明，正如那則教士踢石頭的故事一樣。她也曾嘗試着讀過幾首，但她有一種摸不着邊際的感覺，她喜歡去找幾首明顯在寫愛情的詩句來玩味，她希望能在其中找到屬於自己的影子來。但她說不上自己是滿足了呢，還是失望了。她朦朧地感到詩中似乎有旋律在流動，但畢竟它們不是五線譜上的豆芽苗，而是明明白白的文字，哪有文字能譜出旋律的？她能讀懂和演繹出來的只是那種有着固定高度和精確節奏的音樂，而不是這一類文字式的。

但這一次的情況完全不同了，當她翻開詩集，那起端的兩首就立刻抓住了她的心：

「太陽以它淡淡的目光注視着世界，

世界沉默。」

以及

「茫茫的夜幕裡站着一盞孤燈，
光明有核心，
黑暗沒有。」

那不是活生生的上海嗎？上海的多雲的中午，上海的寂靜的深夜。那種情調，那種氣息，那些穿着臃腫的人們，那段醒着黃色路燈的幽深的巷弄在突然的一刻間衝破那道阻擋物來到她的面前，成了一件件能被觸摸到的實體。她繼續往下讀去：

「讓以往的臉龐奔至，
然後過去
——把喊聲在你的心中壓得低低的。……」；
「在雨聲瀝瀝的夜
獨個見地
坐着坐着
想着
無言地

忍受着

一切的

一切吧！」

她讀不下去了，她的心房顫動着，她的眼中包含着淚水，她什麼也不想，只想緊緊地擁抱着正之，她要向他說：「正之，你真了不起！你……」

自從那一次開始，《萌芽的種子》便為她開啟了一個新的天地，她坐在窗前冥想的習慣又重新復活了。不過，這不是向開啟着的窗外凝望，而是緊關着窗扇，把樓下大排文件的喧囂推拒在窗外的靜坐。不是將雙手平放在膝頭，而是手中握着那卷稿紙的沉思。這是她平時除了練琴以外，打發無聊孤單時光的最佳方式。

一台國產的「幸福牌」85鍵矮背鋼琴，（這是她丈夫在幾個月前替她買回來的——凡是答應她的事，他從不食言）和一冊詩集，這是在她茫茫不知去向的生活原野上刻畫出來的兩條可以供她遵循的車轍。

另一件改變她生活的大事就是她找到了一份職業。這是一份夜間的職業，而且與音樂有關。不論她是滿意還是厭惡這份工作，至少這使得她能與她的丈夫白天與夜晚互相錯開地生活，減少與他見面的機會，更重要的是能避開通常是在晚上發生的那類粗暴的近乎於野蠻的性生活。這個職業另一大吸引人的地方就是它能提供的那份甚至豐厚過她丈夫的月收入。

改善目前的生活居住和物質條件也是她盼望能早日辦到的事。那種日夜不斷的大排文件和麻雀開台的聲浪，那些歪扭的，說不上一股味來的芳鄰們以及那類從叼着煙捲的，嘴唇呈紫色的肥婆和穿着短褲，上身打赤膊的「三行工」①（她住的那幢樓的住客多數都是這種人）的眼中向她射出來的邪吟吟的目光令她感到自己像一隻生活在虎狼蛇蠍的山林之中的迷途羔羊，她只想能搬去一個高尚、清靜一點的地段居住。房間也能寬暢一點，並不需要太多的傢俱，除了必須件之外，她只希望能有一架品質好一些的鋼琴與她結伴。

經過一段時間對生存環境的熟悉後，她已瞭解到自己丈夫的工作能力和社會地位以及在收入上的局限性。除了她也出去工作外，這個目標永遠無法達到。於是，她便開始在丈夫返工後上街去溜達，她知道老待在斗室中守住那台鋼琴和那冊詩頁總不是個辦法。幻想的有機物質慢慢地從她的骨髓中消失，現實的無機鈣質漸漸地替代了進來。上街的結果反而使她感到香港社會遠不像金富描寫得那樣可怕。陽光、棕櫚、海面、風帆令她的壓抑的心境變得開闊起來；摩天大廈、車流、人潮使她堅信：她也能像別人一樣地找到一份理想工作，像別人一樣地沒有拘束地生活。為什麼不能呢？她年輕、她漂亮，她能彈一手精湛的鋼琴，她有哪一樣比別人更差？

對生活的信心漸漸地回到了她的胸中。她有好多次在工業大廈門口的招請電子女工的巨大招牌前駐腳，但她還是沒有進去。她見到過那些在鬧街上放着微弱光芒的小商牌，這是些關於教授鋼琴、提琴之類的招生廣告，有私人的也有琴行附設的音樂班的。那個藏在她心中的希望是：她想找一份多少能與音樂有關的職業。

有一次，她在英皇道上隔着大玻璃朝着一家琴行裡張望。她能隱隱約約地看到在垂掛着尼龍白紗簾的琴房裡一位與她年齡相仿的，留着齊腰長頭髮的女教師正在教一個祇有七、八歲大的小女孩彈琴。她的手上捏着一枝鉛筆，筆尖不斷地，有節奏地敲打在那份豎立在琴架上的琴譜上。曉冬見不到她的臉，她是背玻璃而坐的，曉冬見到的只是那個學生望着她的老師的天真可愛的小臉，她正嘻開了缺少兩顆門牙的小嘴笑着。雖然聽不到聲音，但單憑着那位女教師的動作，曉冬已能猜出她大概會在向她的小學生灌輸些什麼了。

在曉冬背後，大街上的雙層巴士、電車和的士旋風般地駛過，同時捲起了一陣陣的聲浪和氣浪。她的頭髮被吹散到了她的白淨淨的額門前，一個後掠的動作之後，她抬起頭來，她希望能在琴行的大門口見到一張招聘鋼琴教師的廣告。但沒有，她遲疑了一刻，終於推開玻璃長門走了進去。

店堂裡是開着空調的，而回彈過去的玻璃門又立刻將大街上那種不可忍受的喧鬧一下子推擋在了戶外。曉冬只覺得室內是一片舒適與寧靜。十多架全新的或半新舊的鋼琴背靠背地排列着，一個搽着口紅，畫着眼影膏，穿着一雙棕色長筒皮靴的女人坐在櫃台邊上，手中握着一本《金電視》雜誌，封面上是一幅微笑着的汪明荃的頭像。

①「三行工」指泥水工、木工和油漆工。

見有人推門進來，她隨即放下書，笑眯眯地站起身來，「想買琴嗎？小姐——還是學琴？」

「我……」曉冬定了定神，開始將已經經過反復練習的廣東話一個字咬住另一個地吐出來，「想—來—教—琴。」

「教琴？」女人臉部的笑容立即收斂了，她上下地向曉冬打量了一個來回：曉冬穿的是一套從北角馬寶道街邊買回來的款式過了時的人造毛料的連衫裙。那個女人沒有言語，她轉過身向着櫃台走回去，當她到達那裡時，又重新拿起了那本擱在了櫃面上的《金電視》和微笑着的汪明荃。

曉冬緊張而懷有希望地站在原地，她期望對方可能正在考慮一下她的請求。

半晌過去了，對方始終沒有出聲。店堂間裡空無一人，除了一個站在鋼琴邊上的不知所措的曉冬，而那位將一隻皮靴的大腿蹺在另一隻上的，埋頭于《金電視》中的女店主似乎已經忘了還有一個人站在她的對面。曉冬不得不向她走了過去：「對不起，太太，我想……」

「想教琴？」她抬起頭來，「我們缺少的不是琴教師，而是學生。」

商人是最現實的，尤其是香港商人。這是他們的可惡之點，也是他們的可愛之處，在有關錢的進與出的問題上，他們最直率，因為他們根本也沒有彎道繞圈的工夫。這是香港人普遍瞭解的常識，但曉冬卻不然，她怔怔回望着那個女人，先是感到失望，後又覺得被刺傷了。但她該怎麼樣來報復對方呢？首先她沒有這方面的準備，其次她的語言能力也不夠，再說那個女人也沒有說錯啊！他們少的是學生，不是教師，所以他們張貼出來的只是招生而不是招師的廣告。曉冬無可奈何地轉過身去，向門口走去，她回到了喧囂不堪的英皇道上。

她向家的方向走去，算了吧，不管怎麼說，她也算是得到了一次經驗，至少毛遂自薦式的找工方式是行不通的。她沿着斑馬線穿過英皇道，在一幢大廈轉角處的報攤上她彎下腰去，用一枚五毛錢的銅幣買了一份晚報，她打算先在報紙的招聘欄裡找到了合適的機會，再進行第二步的爭取。

五毛錢是花得值得，晚報沒有辜負她的期望。

報紙攤開在他們家的那張花塑面的摺台上，房間中已開始亮起了燈光，金富還沒有回家。曉冬的眼睛在聘工版上自上而下，自左而右地搜索過去，忽然「鋼琴手」三個黑體字像三顆閃光的鑽石在她的眼前奇跡般地出現。這是在一方加粗線黑框欄中的內容的一部分，左邊還有二行豎排的小字：薪金優厚，下午三時後親臨尖沙咀，麼地道華都夜總會，MR.HANDISON 洽。

「夜總會」三個字在她心中引起過一陣退縮的念頭，但「薪金優厚」四個字在她心中產生的反應卻正好是相反。金富會有什麼意見嗎？但這僅是在她腦中一閃而過的思想，連作停留的工夫也沒有。這是一種下意識的感覺，她將自己當作一個人，而黃金富——她的丈夫——卻完全是另外一個人。一旦目標決定之後，她是一個善於作出決定的人，當時申請來香港就是這樣，而現在，她的計畫是：先去一試，至於做不做，當場看了情形再說。無論如何，這都算是一個難逢的好機會，她對自己說，現在的問題不是你做不做，而是別人要不要你。

第二天下午不到一點，她就準備從家中出來了。她換下了那套人造質料的連衫裙，穿上一件蘋果綠長條的外套和一條配着鍍金扣皮帶的呢裙子，一雙黑色的高跟鞋，這是她最貴的一套行頭。是她抵港的第二天，黃金富陪她去對面新都城百貨公司買的。她還記得他當時指着鞋肚中和衫裙內裡上印着的「MADE IN JAPAN」的字樣說話時的神氣：「正宗日本貨，高文件的！」她還抹上了一些胭脂和口紅之類的化妝品，對於這些玩意兒的牌子和品質她更是毫無概念。它們是金富陪着她于新都城周年大減價時在處理貨品的櫃上檢回來的。「不過，」他還告訴她說，「這都是名牌的美國『蜜絲佛陀』。」日本的時裝和美國的化妝品的功效的確不同凡響，當她站在那面立衣櫃的櫃鏡前時，連她自己也為鏡中人所輻射出來的豔麗而感到驚訝了。

二點整，她鎖了房門下樓去，走到了街上。她所要走的路線正是正之每天所必經的：先從北角搭車去中環，再從那裡擺渡到尖沙咀。當正之正在打字機上「的的嗒嗒」地謄清英文信件時，她正從陽光燦爛的街道上穿過，向着北角的電車總站走去。她選了一個上層的靠窗位坐下，從那裡，當電車打從炮台山道口經過時，她便能清清楚楚地見到那幢豎立在半山區的巧克力色的建築，遠遠望上去它像是一座壘起的積木，落地鋁門和寬大的玻璃窗在陽光的直接照射下閃閃發光。她知道它的名字，它叫「豐景台」，正之就住在這幢大廈的十樓A座。

這是一項深藏在她心中的秘密：在一個多月前的下午，她竟獨自在街口截了一輛的士，她告訴司機說：

「我—想—去—雲—景—道。」

「雲景道邊處？」

「嗯……」

司機將車停住了，他回過頭來：「雲景道有一長段，你究竟要去邊一幢大樓啊？」

曉冬遞過一張紙去。「喔！豐景台，得了——」他一揮手，的士又繼續向前行駛了。

車沿着炮台山道輕捷地盤繞上山，車窗是開着的，她覺得半山的空氣滋潤而清新，噪音都沉到山下去了，留在這裡的是陽光、海景、樹木和鳥啼。豪華的住宅大廈在山坡的兩邊豎向天空，窄窄的人行道很少見到過路人，各種顏色和款式的私家車輛從豪廈的圍牆內進進出出。

「喺唔喺前邊咯一幢啊？」她聽到司機頭也不轉地向她說話。

「噢……，」其實她也不知道是不是，她的頭從搖下的車窗內探出去向前望，她見到一幢巧克力色的、猶如火柴盒般豎立着的大廈在他們前面浮現出來。的士一下子就來到了它的跟前，曉冬有過一瞥的印象，抹得金光閃亮的銅牌上刻着三個筆力蒼勁的楷書：「豐景台」。但當她還未來得及出一句聲，司機已將車作出了一個圓滑弧度的轉彎，拐入了圍牆的內部，它正準備在大廈的入口處前停下來。

「不，不！不要停車！」她慌忙地說。

「啱啦，裡疊樓嘅就喺豐景台啦——」

「不，我不去那裡。」

「咖麼，你要去邊處啊？」

「我……返回原地吧！」

「麼也話？！」司機「嘎」地一聲將車剎住，他回過頭來驚異地望着她。

「還是回去吧，我……我，把東西忘丟在家裡了。」

司機掉回頭去，他邊用廣東話嘰哩咕嚕着，邊把的士向圍牆外倒出去。

還是那輛的士，在華豐國貨公司的門口停住了，曉冬從車廂中鑽出來，重新投入了喧鬧之中。這樣的一次的士旅行花去了她拾塊錢港幣。當她向家的方向走回去時，她不知道自己是若有所失呢，還是若有所得。她不認為這筆錢是花得冤枉的，最低限度，那幢以前她只知其名不知其樣的「豐景台」在她的腦螢幕上清晰起來，使她每次在抬頭向半山區望上去時，只需要用一瞥便能將它從高高矮矮的樓廈群中撿別出來。除此之外，她還有一個狂妄的想法：她希望自己有一日也能搬去半山區住，從那裡俯瞰着海景，彈奏一首又一首令她醉迷的曲調——這才是她夢中的生活啊。但她該怎麼個去法呢？與金富一同去還是撇下他一個人去？她沒有一個固定的想法，不管怎麼說，眼前的這個機會可能就是將她從深淵中拖上來的救命繩索呢，她要好好把握它。

電車載着她一搖一晃地從五光十色的銅鑼灣和灣仔區中穿過，乘客們下了又上，上了又下，她卻一直坐在那裡，直到滙豐銀行和中國銀行那兩座灰色花崗岩大廈的形象在電車路軌的那一端出現時，她才抓牢着吊扶手從那道彎曲的窄梯上擠下車去。

她站在停車島上四面張望，樓廈森林中的那凹缺口，缺口中的那座鐘樓，那座鐘樓上的兩面米字和藍底白星的旗幟使她獲得了方向，她穿過馬路，向着天星碼頭前進。

十分鐘的渡船，二十分鐘的在錯綜複雜的尖沙咀的豎街横巷間的尋找，當她到達那幢亮着「華都夜總會，請按電梯 20 字」的燈光招牌的大廈門口時，已經是下午三點半了。

電梯將她載到了 20 層樓上。她從電梯間中踏上了鋪着紫紅色厚地毯的樓面。周圍的光線暗暗的；對於這片到深夜才醒來的場所來說，現在正是它酣睡的時候。透過落地的玻璃屏障，曉冬見到遠遠地亮着幾盞射燈和一片雪白的天空光層。她向着那個方向走去。一位濃妝的，波浪髮型的女人正把頭靠在一張沙發椅上打瞌睡，她的兩條裸白的大腿蹺擱在另一張椅子上，兩隻高跟鞋一倒一歪地躺在椅底下。

「對不起，小姐……」

那位被曉冬喚作「小姐」的女人愛睜不愛睜地眯着眼睛：「麼也事啊？」

「我是來見工的。」

「見工？」

「是的，」曉冬將手中報紙一揚：「找密斯特——漢迪生。」

「噢，搵經理去。」她的手不經意地朝後一揚，曉冬這才注意到那片耀眼的天空光層原來自於一扇拉開了厚天鵝絨窗簾的落地窗，從那裡望出是壯麗的海景和港島上的那片在陽光下呈青紫色的參差不齊的樓廈的森林。而其他落地窗前的簾布都沒有拉開，讓廣闊的大廳都留在了一片幽暗之中。

曉冬向那光明的方向走過去，在那扇窗的窗台邊上的一張桌子旁，一位着黑西服的男人正在閱讀着文件。

「我想找漢迪生先生，」她輕聲細氣地說。

那人抬起頭來，曉冬手中的報紙和要找的人的名字已使他明白了八、九分：「請坐一坐，漢迪生先生一陣間就到。」

「好……」

「喔——」曉冬的背後傳來一聲拖長了的音調，她轉頭望去，那個蹺腿的女人已穿上了鞋子，向他們走過來。她的長髮蓬亂着，雖然是化了妝的，但也似看得出眼泡有些浮腫。「為什麼不當陪酒女郎呢，就是女招待的收入也高過彈琴的啊。憑你的身段麼……」她隨手在身邊酒台上的煙包裡抽出一枝煙來，點着了，叼在嘴裡，她斜睨的眼睛上下地打量着曉冬，像一位老練的商品估價人。

曉冬只能賠笑，「我是學鋼琴專業的，所以我還是想彈琴……」

在曉冬左手邊的一扇邊門打開了，一位留着絡腮鬍鬚的男人邊打呵欠邊從裡面走出來，白色的西裝披在他的肩上。「這位是樂隊總監MR.HADISON。」曉冬聽見那位黑西裝的男子向她介紹。

「HELLO, YOU PLAY PIANO ?」

「對不起，我不懂英文。」曉冬尷尬地笑着，她的臉從漢迪生轉向了那位黑西服的經理。經理將她的意思向漢迪生轉譯了。

「OH! ……」絡腮鬍子遺憾地聳聳肩膀，「OH……YOU MAY TRY……TRY THE PIANO……」他的手臂配合着十隻彈動的手指，作出了一個由低音部向高音部移彈的姿勢，然後再伸臂指向前去。在幽暗深處的舞池邊上站着一架通身發黑光的三角琴。

不需要有翻譯了，曉冬已明白了他的意思。她向琴走過去，在琴凳上坐了下來。她打開琴蓋，在手指落上去之前，她習慣向白齒般的鍵盤凝目了一陣。第一個闖進她思想的還是那只豎起的右手的中指向着E音按下去的動作，但她克制住了自己，她明白眼下實際的環境。她的兩隻手都移到了低音部的上方，突然它們同時地落在了鍵盤上，三角琴發出了一聲震動大廳的怒吼，在吼的回聲還未消失時，一連串的清脆的音粒就從高音部上彈跳出來，顆顆晶瑩圓潤：這是蕭邦的一首著名的練習曲。

「STOP!」突然，她聽得身後傳來一聲叫喊，她停下了手上的動作，漢迪生先生在琴聲震盪的餘波中向她走來，他將一份手抄譜擱在了琴的譜架上，「TRY THIS, TRY THIS.」他用手比劃着。

曉冬把譜頁粗粗地翻閱了一遍便開始視奏。這是一首現代舞曲，強烈的切分音節奏被彈奏者表現得十分精確，嫺熟的琴藝更使曲調中不由自主地滲入了一種古典式的情緒，曉冬一口氣將譜彈完，連一個輕微的停頓也沒有發生過。當她罷手抬起頭時，她見漢迪生先生正用肘靠在琴蓋上望着她。「GOOD……VERY GOOD……」他邊說，邊用手向黑西裝作了一個示意，「PLEASE……」

「你被錄用了，先試用三個月，每晚八時返工，午晚二時收工。試用期間月薪兩千元，試用期內公司隨時有權解除合約。……」

曉冬興奮地立起身來：「幾時可以上班？」

「今晚就可以。不過還是下星期一開始吧，你還得準備一套白紗的晚禮服，這是公司的規定。但服裝費須由穿着者自理。……」

「謝謝！謝謝！」曉冬只知道接連疊聲地表示感謝。她想：機會終於來到了！

那天晚上，當她近七點到家時，黃金富見到她的模樣吃了一驚。

「你……你到哪……哪裡去了？」

「我找到了工作了，金富！」

「找到工作？在……在哪裡？」

她避開了這個問題。她的回答是：「月薪二千元，今後還會再加。」

「兩……兩千元薪金？究竟……究竟是什麼樣的工作？」

「彈琴，」她將手提包扔在了床上，開始在床底下找尋起來，她打算脫了高跟鞋。

「彈琴？在哪裡……彈……彈啊？白天呢，還是晚……晚上？」問題問在了關節上，看來再避也不可能，再說，她還要讓他為她買一套白紗的夜禮服呢，她望着黃金富開始漲紅的臉，低下頭去，她知道他的反應會是什麼，但她不得不說出來，「在一家夜總會，……」

「夜……夜總會，舞……舞廳？你……」血液一下子從他的臉上流失，漲紅的臉變得蒼白了，他的嘴唇顫抖着，口吃的現象變得更嚴重：「我……我們是一……一個家庭……，我……我們還要個……啤啤①，……讓……讓……我一個人來養……養活大家，再……再艱苦，我……我都捱……捱得住。」

「你捱得住，我捱不住！」曉冬衝口而出，她見到黃金富呆如木雞似地望着她，他不知道應該向他的嬌妻說些什麼才好。

一股歉意感湧上曉冬的心頭。她一點都不否認金富愛她，但他愈是愛她，她愈受不了。因為無論她怎樣努力，她都無法使自己愛他，所以她反而希望他是一個暴虐的丈夫，打她，罵她，以令她能有充足的理由向自己交代而離開他。但他遠不是這樣，他的行為往往與她的希望相反。

「金富，要改善我們目前的生活處境衹有讓我出去工作，」她將自己的聲音儘量地潤飾得柔和，「即使我們都願意捱，也捱得住，但人總希望向高處走的。就算是我們真有了孩子，」這是她最不願意點觸到的主題，她頓了一頓，但她還是決心說下去，這是一種與自己的願望相反的動力，為的是能抵消那股湧上她心頭的歉意，「我們也至少要讓他生活得比我們好啊。」

縱然黃金富心頭有再大的反對的冰塊，也不得不被這些溫暖的話語所溶化了。他是一個粗人，而他那楚楚動人的妻子是一個讀過書的人，一個藝術家，哪有她的眼光不比自己看得遠的呢？他只應該為自己能娶到這樣一位竟然一應徵就能獲得兩千元月薪的太太而感到滿足，感到幸運，感到自豪，他是絕不應該為她製造煩惱，令她難受的。

他甚至都記不起究竟他反對她外出工作的根本隱慮何在，他只覺得自己要順從她的意思，她不會有錯，錯的應該是他。血色又回到他的面頰上，他和聲悅色地說：「由……由你決定吧，曉冬，我……我只是不想讓你辛苦……」

曉冬望着他，她覺得第一次有一種對他的感情從她胸中升上來，不過這不是愛，而是憐憫。她問自己：是我做錯了嗎？不，她堅持認為自己沒有做錯，她應該為自己的前途作爭取。

「金富，我要去訂做一套白紗的晚禮服，這是公司的規定。」

「要……要多少錢？……」

「我也不知道，不過可能不會便宜。星期日，不，明天放工後你陪我出去打打價錢，好嗎？」

①即孩子。

「好……好吧！……」黃金富無可奈何地歎了一口氣。曉冬趨向前去，她真有些感動了，她抱住了她丈夫的圓乎乎的肩膀，「謝謝你，金富，謝謝你！……」

黃金富卻站在那裡，一動也不動，有如一根樹樁。

夜總會的琴師並不好當，那二千元月薪也不好拿。曉冬實際要忍受的，要對付的，比她想像中的要多得多。

首先是來自于那些舞姐們的嫉妒和捉弄。上班後沒幾天，她就領悟出了隱藏在這類娛樂場所幕後的黑暗勾當。好就好在她的那個職位可以與其他人斷絕一切不必要的往來，她每夜八時到、凌晨二時離，從不遲到或早退一分鐘。對於一切在她身旁發生的事情她都充聾作啞。但壞也就壞在這一點上：於是，她便成了與這一大片對立着的一單個。況且，她是一個女性，又長有這麼一副動人的美貌。金富的擔心是有道理的：這如同一潭黑水的深淵，她必須每夜在它長滿青苔的窄小的邊緣上小心翼翼地來回移步，其險惡性由想可知。有一次，可能是誰在她的茶杯裡下了某種藥粉，當她喝了茶上場時，竟覺得頭重腳輕，渾身發燒流汗，所有的彩燈和人面都在她的眼前旋轉，她發覺自己的手指都不聽使喚了。漢迪生幾次三番地向她投來不滿的目光，她用理智強壓着自己，一直堅持把樂曲彈完。當她走進更衣室時，好幾個只吊着一副胸罩和穿着一條三角內褲的落場的舞姐們立即爆發出一陣哄然的笑聲。有一、兩個故意在她面前扭腰搔首地走過，將長長的煙霧圈朝她面上噴吐出來。她覺得自己受淩辱的心靈像一頭被囚困在鐵籠中的野獸，她真想抓起台面上茶杯盤向她們摔過去，但她按捺住了自己，一切的一切都看在那兩千元的面上。

要改善這種處境的道路衹有一條，那就是把自己投身到那一大片中去。但就是這一條，她永遠也不可能做到，她寧願丟棄了這份職業，她寧願再在渣華道住所裡捱下去，她也不會將自己的人格變賣成鈔票。

其次的威脅來自於那些醉酒的客人。其實鋼琴獨奏已使她突出在一個非常顯眼的地位上，加上她的琴藝，彩燈迷幻的環境，一套公主般的紗禮服，白玉似的頭頸，披肩的長髮，就已足夠令不醉的人也會有了醉意。但無論醺醺醉意的客人前來作出些怎麼樣反常的舉動，說出怎麼樣污穢的語言，她都必須忍受，這是公司不僅對於她，而且是對於所有雇員的規定。這是一件說來簡單，但做到卻不易的事。她不知咽下了多少淚水，吞進多少羞辱。她一天又一天地向前摸進着，每天上場不知這一天是否能順順當當地度過。是的，她必須忍受，但她只是心中毫無概念：到底須忍受多久，她才能積夠達到她理想中的目標的錢。——為了爬出一隻黑洞，她進入的是另一隻。

對於那些提着酒杯上前來勸灌的客人，公司的原則也是要儘量地應付。而所有在那裡任職的人員多少都有些對於酒精的忍耐力，除了曉冬以外。她是個喝下一口啤酒都會頭暈的人。因此，在那一回，當一位大鬍子的洋人上前來硬要親眼看着她喝下半盅「馬爹利」時，其結果只能是中斷彈琴，奔入廁所，俯在水盤邊上傾胃地大口嘔吐。而且，酒精在她體內的反應持續了足足兩天，她頭腦暈糊糊地，周身發出了一塊塊的紅斑，又癢又痛。

最後是那類瘋狂的樂鼓聲，天昏地旋的燈光，晝夜顛倒的生活規律，更在她本已嚴重抑制着的神經系統上百上添斤。她很快地消瘦下去，本來粉桃般的臉色變得蒼白起來，她總覺得無緣無故地想哭，她開始對什麼也不感興趣了，包括音樂。以前那種一聽到，一彈奏到，一談及，甚至一想起「巴赫」，「莫札特」，「貝多芬」的作品時就會有衝動的敏感性慢慢地在消失，她覺得自己是拖着兩腿向前走着，走着，不為了什麼，只是為着將那個在她眼前的日子拉過來，再撒手向身後扔去。為了在每月的十五和三十的那一夜去會計部領回一封打着她的英文名的白皮信殼，為了從信殼中抽出那長條印着兩千元的銀行支票，然後向着它漠然地凝視上一陣。

正如一句西洋諺語所說的：那最後一根壓斷駱駝脊樑的稻草卻是那位永遠忍受她的丈夫黃金富。

那是六月上旬的一個週末，距離她轉成正式琴師的日子還差一天。對於三個月之前的那一個下午的她來說，今天這一日正是她所盼望能順順利利到達的成功起端前的最後一站。因為從下一個工作日開始，她將每月增多五百元的薪金，這是一個可觀的數目，這把她向那個在半山區租上一間半室，俯瞰着海景彈琴的理想，又着着實實地推近了一大步，使它成了一個既可望，又是憋一憋氣，跳一跳而可及的目標。但現在，她一點都不覺得興奮，她想的是另一回事：到底她應不應該在漢迪生先生通知她簽三年正式雇傭合約時，落筆寫下她自己的那個有着千鈞重量的姓名呢？她開始懷疑起那段關於在半山區觀海彈琴的夢想的可行性，她朦朧地意識到，在香港，有這份閒情雅致的人可能絕無僅有。

她通常是在六點半離家。她搞了一碗快熟面的晚餐向她的腸胃作了交代，然後穿上那件白紗的晚服，再在紗服外套上了一件便裝，她希望能在人流湧動的街道上不受人注目地通過。一切都已準備就緒，但時間還有二十分鐘的餘地。她打算坐下來喝一杯果汁，將紛亂的思緒理一理，而黃金富就在這個時候，推門進屋來了。

他的模樣令她嚇了一跳：右眼角下一大塊青紫紅的瘀腫，左手臂上紮着繃帶。

「金富！——你怎麼啦？」

金富沒有反應，他在一張拉開的塑膠摺椅上直挺挺地坐下來，動作像一個機械人。她在他的對面坐下來，將手中的凍果汁杯遞給他：「你倒說話啊——你到底怎麼啦？」

他將他的雙眼直勾勾地望着她，並沒有說話。曉冬突然感到一陣恐慌，她分不清在這目光中包含的是懇求呢，還是仇恨。

「曉，曉冬，算……算我求你，你……你別再去那兒吧！」他的聲音一失常態，像是借着另一個人的嗓喉說出來的。

「嗯……」曉冬當然知道他指的是哪兒。

一段事實上祇有二分鐘，但在感覺上似乎有二個鐘點的靜默。

「我，我，我……」他一連說了三個「我」字，曉冬抬起頭來望着他：兩顆豆粒大的明晃晃的淚珠從他那可能還不知道哭是怎麼一回事的，四十多歲男人的眼眶中流下來。曉冬感到震驚了，她生平第一次面對這麼一種劇情的高潮。「已……已經有好……好久了，有……有人在那一帶……見到你，後來傳開了去，他……他們一直在背後笑……笑我，講我；我……我裝作聽不見。但今天，他……他們竟……竟在當面向……向我說：『阿……阿富，讓……讓你老婆出去當雞啊？如果生……生意清淡的話，讓……讓我們來幫襯你啦，你的老婆這麼漂亮！』說完了，還……還哈哈地哄堂大……大笑！我實……實在忍不住了，於是，我……我便動……動了手……」

曉冬無言地望着他，等他口吃吃地說到這裡停頓下來。她的面孔冷漠到流失了一切的表情。

「我……我不能讓他們這……這樣來污辱你，來污……污辱我們……」

曉冬仍以同樣一種的空白凝望着他，他感到有些驚愕了。

「從今……今晚起，你……你就別再去了吧，曉……曉冬，我……我可以，我……我一定能養活你，我……會在晚上出……出去做小販……」

「不！」曉冬從摺椅上站起身來，黃昏的幽暗已開始偷偷地溜滑進了這間還沒有亮燈的斗室中，五斗櫃上台鐘的指針正對着六點四十五分。「時間已經過了，我要走了。」

她頭也不回地向房門口走去，推開門，走出去，然後將門在自己的身後「砰」地帶上了。她沒有再回頭望過一眼，這是因為她不願將黃金富的那副僵化在暮黃中的表情存入自己的記憶中去。

正之在華都夜總會對門的那間速食店裡已等候了二個小時。

他親眼看着夕陽金色的餘暉怎樣從速食店大玻璃窗外的街道上漸漸地縮短，然後消失，星星點點的霓虹燈的彩斑開始在遠景中晃動、近景間閃耀。在這裡，是沒有白天與黑夜間連接的那個暮靄期的，當你意識到億萬道彩光已正在你的周圍燃織成一片燈紅酒綠的海洋時，你可以抬頭向天空望一望：天空已不知在何時呈現出一版深黑的單一之色了。

窗外那段狹窄的馬路被各種類式的、高高矮矮、長長短短的私家車、的士、小巴和巴士塞滿了。喇叭高鳴着，暈目的車頭燈再為那一片燈光的織網加多了一道又一道的線頭。正之是臨窗而坐的，他愛把他的頭斜靠在那道將他與戶外的那片喧囂和炎熱絕緣開來的厚玻璃上，但他的目光卻一刻也不肯休息地射向那方亮着「華都夜總會，電梯按20字」的燈光招牌的大廈入口處，他望眼欲穿地盼望能見到一位穿着白色紗衣裙的女性的身影會在那裡出現。

他不想看，但也會湧進他眼窩中來的那番繁華的都市夜景會在他的心湖中激起一些什麼樣的波浪呢？正之深深地感到自己已遠遠地不同於來港初期的他了，他已漸漸地學會了如何在混濁翻騰，刺激感官的外界中保持一個冷靜的，無動於衷的自我。並不是他真正地消失了那種善於捕捉感覺的敏銳性，而是雖然他還能感覺到那股在心底深處湧動的情緒的岩漿，但它們只是已不可能輕易地衝破那層已在冷酷的現實之中凝固了厚厚的理性的地殼。

在他與那片堵塞了的車輛之間是一長條人行道，人溪比車河更快地向前方流去。口紅胭脂，露背裝的麗人剛從他的頭顱邊掠過，白領西服，拎牛皮公事包的俊男便立刻填進了那個空白的位置裡。不知道有多少人流過去了，每張臉都不同于另一張，每張臉又都似乎是一樣的。但他始終見不到那個人和那張他渴望能見的，與眾不同的臉。留在紙杯中的幾口咖啡早已冷卻了，盛「公司三文治」的膠盤中只留下幾枝牙籤。正之的眼睛瞅準了機會飛快地朝手腕上丟去了一瞥，又立即回到了那扇門框間：八點了，他等的那個人看來不會再出現了。正之站起身來，從人群間擠出去走向店門口。

正之站在人行道上了，悶熱的空氣攪拌着喧鬧聲一下子地將他裹在了其中，他覺得粘糊糊地渾身不舒服。他已記不起了，去年的現在，他還在上海，上海沒有冷氣的三十個暑天的日子，他是怎麼過來的。儘管腳步已在向前移動，但他的眼光仍不願意離開那方燈光招牌下的大廈門口，那兒有着他二個小時眼都不敢眨一眨的苦候的成果，他不願讓它棄於一旦。

沒有什麼其他理由，除了兩個之外：要麼，他沒有能看清在人縫與車隙之間的每一個進入大廈的人；要麼，他根本就是認錯了人。他的眼光移開了去，他還是早點回家的好，至少也可以免去一場解釋不清的誤會。

但就在這個時刻，他見到一個青年婦人正從對面馬路的一個街角處匆匆地轉出身來，她的目標似乎就是那個被正之的視線瞄準了二個小時的大門口，她並不是穿着一套白紗的連衫裙，一件咖啡色的便裝套在她的身上。但只需要憑幾次在人潮中沉浮的側面，正之就能認出她是誰了——而且絕不會錯！

「曉……！」他情不自禁的高呼立即被車輛與人群的嘈雜之聲吞沒了，所引起的效果只是幾位貼近正之身邊的路人轉過臉來，奇怪地望着他。他停止了叫喊，擠到了人行道的邊上，他左右地張望，任憑車輛蝸牛似地從他的身邊爬過去。當務之急是要找一處紅綠燈的過街口，他必須先到達馬路的對岸，才能使得上勁地急起直追。

交通燈口在反方向的二十多步之遙，他從車流與人流之間的人行道邊緣上奔過，像一個走鋼索的雜技演員，作出了一個又一個的保持平衡的驚險動作。但當他到達那裡時，交通燈剛剛轉成了「行人止步」的紅色，他只得氣喘吁吁地站在街口等候。直到交通燈終於改變了初衷，他才能連奔帶跑地沖過街去。接着又是一段沿着石井邊級的疾步行走。當他抵達「華都夜總會」的那塊招牌下時，那個披咖啡外套的女郎早已不見了蹤影。大廈的廳堂裡空蕩蕩的，一位穿着高開叉的旗袍裙的夜總會女接待員趨向前來：「要上夜總會玩嗎？老細，請上二十樓，『的士高』十點整開始。」

「唔……」正之猶豫地退出身來，到了這個時候，他倒反而需要考慮一下他應該不應該上去找她。

他在尖沙咀的大街小巷上拖着腿地走，慢吞吞地繞圈，他一遍遍地打從那方燈光招牌下走過，但他又突然裝成了一個若無其事的過路人，他不知道這個靈感來自於何處，反正他覺得這樣做才自然些。祇有當他從那個門口走過時，他才認真地考慮起這一次他該選擇哪一條道以便最終再能繞到這裡來。他不是苦候了兩個鐘點嗎？他不是在見她的那一剎那間衝口喊出她的名字嗎？為什麼現在他竟會怯步了呢？浮在表面上的原因是：既然她已避了他足足半年，她會樂意在現在見到他嗎？但沉澱在心底裡的理由是：樂美不在他的身邊，以前他總是和樂美一同去找她的，這才順理推章，因此他也從來沒有想到過，假如要他單獨去面對她時，到底會不會有某種性質的風險？尤其在現在。他又坐進了對面馬路的速食店裡去，還是將眼睛盯着那方門框，他不想在他作出決定之前，讓她先離開了。因為，雖在進行着假惺惺的思想鬥爭，但他早就知道結論會是什麼，也不得不是什麼。

腕表指示着十點還差一刻鐘，他再次地站起身來：他已作出了上樓去找她的決定。他從紅綠燈的路口穿了過去，開始在對馬路上行走。他跨入樓廈的大廳裡。「上夜總會嗎？」「是……」他步入電梯中，電梯把他送到了二十樓，他從電梯中踏了出來，「多謝光臨！」「唔……」一位身材窈窕的帶位女郎將他引導到一扇大玻璃落地窗邊上的座位中，桌面閃晃着一盞幽暗的燭光，一切都和他昨夜見到的沒有兩樣。他老練地坐下來，稍稍地寬了一點領帶。「飲點什麼嗎？先生？」「A CUP OF ORANGE JUICE.」他竟然說起英語來。「THANK YOU SIR!」女招待客氣地朝後退去。轉眼工夫，橙汁已送了上來，他長長地呷了一口，開始向椅背上靠去，他終於完成了第一步。

白西裝，黑領結的菲律賓樂手開始演奏，碎玻璃球轉動起來，跳舞者們三三兩兩地上場來，氣氛愈趨熱烈。

正之單獨坐在那個角落裡，他的目光透過深濃的幽暗，到達了那架豎起了背蓋的三角琴的後面，他相信一定會有一襲着白紗裙的人影出現在那裡。只要將頭側過一個小小的角度就能享受到的香港神奇的夜景無時無刻不在引誘着每個人，但正之對此毫無興趣。打一個電話回家去的念頭幾次三番地在他腦中浮現出來，但他將它否定了，他寧願到明天早上再付出一次舌戰的代價，他也懶得在現在就去思慮這一項麻煩。他只想將他的注意力都集中在那架琴背的後面，而讓大腦留在一片空白之中。

一尾白鱗魚似的女招待又正向他游來，她將上身稍稍地彎側下一個弧度，正之已知道了她要說些什麼，他抬起一隻手來，在她的嘴唇還沒有開始喃動時，先出聲了：「對不起，小姐，我想換個座位。」

「換位？……換往哪裡？」

「我想坐到那兒去，」正之的手指向那站立在幽暗深處的三角琴。

「那兒？那兒見不到海景，而且……」

「我喜歡看着人彈琴。」

「噢，是的，」在慘白抖動的燈光中，正之似乎見到一抹淡淡的笑意在女郎的嘴角邊掠過，「彈琴的那位小姐很漂亮，只是她不陪客人，而且她……她……，不如由我給老細找一位溫柔一點的陪酒小姐……」

「不，我不跳舞，也不喝酒，我愛聽鋼琴。」正之已站起身來，他的意思是堅決的。

「那好吧……」她隨手從桌上拿起一份硬卡來寫了些什麼，「請這邊……」便帶路從閃動着燭光的台桌間穿過，在她的幾步之後，尾隨着正之。

正之的新座位距離三角琴的琴凳衹有二英尺之遙。琴蓋還沒有打開，琴凳藏在琴肚下。從那裡，即使是在這樣的光線條件下，他都能看得清彈奏者手指的飛舞動作和她臉部表情的變化。他已繞到了舞場和樂隊的背後去了，現在他所能見到的只是樂手們的一面面穿着白西裝的背影。這裡衹有幾張零星的桌子，而且桌面的蠟燭也沒有被點亮。除了正之以外，這裡沒有其他客人。這是正之犧牲了海景的視野所換來的，他感到滿意。飲剩的那半杯橙汁也被轉送了過來，他又多喚了一杯。現在，他可以安安心心地坐在這裡等待了，他已完成了計畫的第二步。

十二點還差一刻鐘，正之左前方的一扇門打開了，曉冬從裡面走了出來。她穿着一套白紗質的夜禮服，她眼不旁視地朝着琴凳的方向走過去，因此她也沒有見到那個靠在她附近的唯一的一位客人正抬頭望着她。她走到琴邊上，一隻手撐在琴沿蓋上，另一隻手把琴凳從琴肚下拖了出來，所有的這一切動作就如正之所見慣了的，她在淮海路的那層公寓中所表演出來的一模一樣。她坐了下去，然後掀開琴蓋，她凝望着那排雪白鍵盤的眸子在幽暗中閃閃爍爍地發光，像是含飽了晶瑩的淚珠。足足有十多秒鐘，她才昂起頭來，瘋狂變幻的彩燈勾畫出了她塑像般的希臘式面孔的側面，她的眼睛直勾勾看着樂手們搖擺動盪的背影，連眼都不眨一眨。

正之笑眯眯地望着她，這是一種胸有成竹的笑意，他期望的是她最終會側過頭來一瞥，而後發現了他。但幾分鐘過去了，直感告訴正之：這不再是可能的事。一對流失了一切表情的眼睛反射出來的是一顆怎樣的心靈，正之理應有所感覺，但於現在這個時刻，他的心房中充脹着一種重逢的興奮感，一類失落後複得的安慰情，他的思想已沒有了考慮其他一切的餘地。一千種力量，一萬種力量在將他拉向曉冬所坐的琴凳邊上，他要證實當那一塊確確實實是屬於她的臉一旦轉過來對正着他時，人類對於接受驚異的寬容度究竟有多大？尤其在這一派夢境般的氣氛中，他更渴望能給她以一個夢境似的意外。

正之站起身來，開始一步步地向她半身塑像般的身影走過去。但使正之感到驚訝的是：甚至是她眼角的餘光都沒能察覺到有人正向她步步接近，因為直到正之在距離她不到半英尺以外站定為止，連任何一絲表情或動作的變化都不曾在她的身體、臉部甚至眉宇間產生。

「曉冬，」正之喚出了第一聲，但她並沒有反應。音樂正朝着瘋狂的高潮攀登：小喇叭、電吉他、玻璃轉球、探照燈光、舞蹈者的裙邊、領帶、鑽石戒子、鍍金腕表都漩渦進了一股龍捲風的風眼之中，向着天庭的最高層直沖上去。每個人都知道，正之也知道，燈光與聲音的能源準備在那高潮到達的一刻間突然切斷供應，令風渦的旋力頓時消失，而將一切的感情再從最高層上拋墜下來。

「曉冬！」正之喚出了第二聲，這是近似乎於叫喊的一呼。石膏女神像轉過頭來，她表情一片漂白地望着正之，就像望着一個陌生人。慘白強烈的探照燈在她的臉上飛快地划過來又划過去，一種經光線效果扭曲而產生了的幻覺使正之自己都感到懷疑：在你面前坐着的真是曉冬嗎？

但他馬上向自己肯定，這是曉冬，音樂正急奔狂捲地向前，時間已經無多，正之向她伸出兩隻手去：

「曉冬，曉冬！我是正之啊……」

一掠如夢初醒的電光在她的臉部閃過，「正之，……」她的嘴微微地張開，坐在琴凳的身體向後仰去，似乎想從更遠一點的距離之外觀察眼前的這個人。「你……你怎麼會來這裡的？」

「這正是我要問你的問題——你怎麼會到這裡來彈琴的？」

「我……我……」除了「我」之外，她再沒有說出第二個字來，在探照燈光中，正之見到兩顆像水晶一樣透明的淚珠從她的臉頰上掛下來。

正之想說點什麼，但他覺得沒有一句話在這個時刻上說出來會是合適的。雖然他並不知道曉冬這半年來的經歷，但直覺告訴他，這不會是平坦的一段路程。

假如樂美在場的話，這應該是她的任務，但現在只能由正之來完成：他伸出一隻手去握住了曉冬的手，他想給她些許安慰。但這是一隻冰涼得可怕的手，冰涼到幾乎要將正之手掌間的暖量全部地汲取過去。

「噢，有情郎找上門啦？……」一陣尖銳的笑聲和話語甚至在這狂暴的樂器的噪聲中都能辨聽清楚。正之轉頭望去，幾位披着冷氣毛衫的舞娘嘻嘻地笑着，從他們身邊走過，修得尖尖細細的指甲上塗着血紅血紅的油彩。

正之的臉轉了回來，在一刻間，他的確有過將手抽出來的意圖，但他沒有這樣做，他知道那只冰涼的手需要他的那只溫暖的。

樂聲終於大發作了，正之大聲地說着：「你為什麼不來找我呢，曉冬？我找了你半年，又不知道你的住址……」

「終於見到你了！終於……！」正之感到她的音調中有一種近乎狂笑的趨勢，但還等不及她將話說完，燈光與樂聲已在同一刻上被截斷了。在這一段時間與空間相對凝固了的間隙內，正之覺得自己像被遺棄在遠離人類的外太空中，他什麼也看不見，什麼也聽不到，什麼也摸不着——除了一隻冰涼冰涼的手。他感到有一股內容正從那只手上侵入到他的體內來，這是某種暗示嗎？還是一股不可制止的感情的電流，正擊穿了那片理智的絕緣板使兩顆相吸的心互通起來了呢？

他將心智全部地集中到了與那只冷冰冰的手相接觸的自己手上的那個部位上，他感到她的另一隻手也正觸摸上來。她將她的手掌抵在了他的手背上。現在在她兩隻冷如冰霜的手掌中夾壓着他的一隻熱呼呼的手！

燈光開始複燃，碎玻璃球疲乏地緩轉起來，所有天花板上的射燈也都從一段昏迷中回醒過來。正之已能看清她的臉了，她正望着他，她的兩隻手拉住了他的一隻手，她毫無轉身過去面對鋼琴鍵盤的意思。

一秒、二秒、三秒……燈光更亮了，舞池中黑簇簇的人影靜止着，樂壇上白西服的樂手僵化着，一切，一切都等待着那一個從鋼琴共鳴箱中飄出來的長音信號。

不能再猶豫了，正之猛地將手抽回來：「彈琴！」他低沉、堅決得幾乎是咬牙切齒地向她發出命令。他的嘴巴、鼻子、眼神和眉毛也都在同一刻向着似乎是驚呆了的曉冬作出了強烈的表情的提示。

「彈琴？……」對了，該是她按下那只音鍵的時刻了，她喃喃地說着，緩緩地轉過身去，前排樂池中的幾面絡腮鬍鬚已在回轉頭來張望：規定的時間已經超過。

對着白齒般鍵盤有過一刻的凝視，正之知道這是她在落手前哪怕再短促，也要保持的習慣。她的右手終於提起來了，中指突了出來，她按上去了，長白方塊的鍵面在手指的力度下沉下去，一縷響度受到嚴格的專業化控制的長音飄騰上來。但正之臉部和嘴唇立刻轉成了蒼白！這不是A音而是E音，正之明白了一切，但一切都已遲了，已遲得不能再挽救！

樂池中有更多張的面孔回轉過來，正之見到有一套白西裝正從某樂座上站起身來，向着鋼琴的方向跑過來。

長音沉息下去了，左手的伴奏部跟隨上來：一個重心平衡的主題開始出現，這是舞劇《白毛女》中的《北風吹》。

「MISS ZHANG, WHAT ON EARTH ARE YOU DOING THERE? MISS ZHANG!……（你在搞什麼名堂，章小姐！章小姐！……）」

但是章小姐幾乎像聾了一般地繼續着她的音樂，祇有正之知道，此一刻的曉冬是對全世界都關閉了她的耳眼的，她的心中祇有她的幻想曲。

「STOP!」白西裝的菲律賓人已跑到了撐起了背蓋的三角琴邊上，他用拳頭敲打着琴蓋「STOP! STOP!」但音樂並沒有停下，而是愈來愈洪亮起來。一連串音階式的脆爆音符在的士高舞廳中迴響着。創造出一種自從這座大廳蓋建以來從未聽見過的神奇的效果。現在已不獨是樂台上的白西裝們，而是舞池中所有的舞者，台面燭光之間穿行的、白鱗魚般的女招待們都僵持下了一切的動作，朝着三角琴的方向望過來。

「STOP!——」突然，三角琴的最低音部上轟然而出了一聲巨響，正之見到那位黝黑面孔，大鬍子的菲律賓人正用拳頭猛地打擊在了鋼琴的低音鍵盤上。仿佛像一輛撞在了山壁上的跑車，音樂「嘎」地一聲刹住了。

幾秒鐘的寂靜後，場子中出現了一片「噓」鬧聲。但幾乎是立即，樂隊便奏起了音樂，他們奏的就是應該由曉冬來彈奏的那首現代舞曲。舞伴們又擁抱在一起，燈光旋轉着，女招待們繼續着他們的服務，一場風波的危機總算被老練地掩飾過去了。

曉冬木然地坐在原位上，正之望着她，他不知道說什麼才好。

「HELLO, MY NAME IS HADISON, THE SUPERVISOR OF THE BAND（我的名字叫漢迪生，

樂隊總監），」正之轉過臉去，他見到那位用拳捶鍵盤的菲律賓大鬍子正朝着自己說話，「ARE YOU HER HUSBAND?（你是她的丈夫嗎？）」

「NO, JUST A FRIEND.（不，只是她的一個朋友。）」

「OK, I NEEDN』T SAY ANYTHING MORE, SHE IS……DISMISSED.（我不再需要作其他解釋，她已被……解雇了。）」

這不是正之所能代曉冬作出回答的，他望望大鬍子，又望望曉冬，他也不想擔任這句話的翻譯者。但他見到曉冬平靜地站起身來向着那扇她從裡面走出來的邊門走回去。不一會兒她又出來了，身上披着那件淡咖啡色的外套，手中拎着一隻人造皮質的手袋，這一次她的方向是夜總會的大門口。

「TO GET YOUR MONEY AT THE CASHIERS COUNTER（你的人工在出納部拿）。」

漢迪生先生在曉冬的背後高聲地說着，但曉冬連頭也不回。

正之也跳起身來，追上去：「曉冬，停一停，你的薪金……」

曉冬這才回過頭來，使她回轉頭來的是正之說話的聲音。

「去出納部拿人工。」正之重複了一遍。她望着他，熱切而盼待地，但她的眼神告訴正之：她並不在意正之說了些什麼話。突然，她轉回臉去，她像下定了一個決心似地，徑直向門口走去，步履中沒有一絲猶豫。

「曉冬，你不要錢了嗎？曉冬……」但這一次，她再也不掉轉頭來了。

正之慌急急地仰起頭來四周張望，他見到一塊豎着「CASHIER」字樣的黃色燈光牌在幽暗的深處閃亮，他向那裡奔跑過去。

「對不起，章曉冬的人工……」他向着櫃台裡面說。一張搽口紅，畫眉毛的女人的面孔仰了起來：「你是她的什麼人？」

「她的先生。」祇有這樣一種選擇。

一片白色的紙條遞了上來，正之在「HUSBAND」的一欄中簽了字，換回了一片薄得幾乎像空的信封。他一把抓起信封，不顧一切地向大門口沖去。

因思慮而失眠，對於被生活的砂輪磨平了一切棱角的李聖清來說，已是很少有的現象了，連握在手中的幾百萬價值的股票的大起大落對於他來說都像是俯視着一潭清水一樣地淡靜，連他最親密的摯友去世的消息對於他來說都像是一幕戲的落場一樣地平常，但就在這個將人生的把戲已經識穿，把世界的偽裝已經剝去的年歲上，他又開始失眠了，他又重經了在思慮折磨下的渾身冒汗的失眠的長夜。

使他失眠的是他的兒子——正之。

不僅是他的突然來港使他感到意外，他的倔強和主觀更使他感到吃驚。他承認，他對兒子的瞭解遠遠不夠，因為他無法瞭解那段二十年的兒子的心智發展到定型時期的生活背景和社會環境。這是一個特殊的時代，歷史上很少有這麼一段時期能與它相比較的。艱難與高壓的煉鋼爐能產生出兩類人，純鋼質和渣滓型的。他已開始朦朧地意識到了這一點。

應該說，他是讚美正之的那種不依賴他和他的事業基礎的獨立型的性格，這使他記起了青年時代的他自己來。股票、摯友他都能視作為身外物，他都能成功地用理智來駕馭住自己的感情，但他還遠不能將自己修煉成把兒子——那個唯一能繼承他的事業的兒子——也當作一件與自己的情感毫無牽連的被觀察物。再說，他現在畢竟已不是在羅湖大鐵閘以北的封閉的大陸上了，他就在他的身邊，在他能天天見到，摸着的身邊。然而，他卻像一個陌路人一樣地早出夜歸，絲毫不理會他的思慮，絲毫不對他那方花了二十年心血開闢出來的事業天地表示興趣。

雖然他還年輕，還有很多年華供他擲花，但他明白嗎？在這片生存競爭日趨白熾的世界中，一個人也未必能用他的一生的時間和精力建立起一塊真正屬於自己的領地來。他可能很自信，他也很聰明，但身為父親的他，是不得不提醒一切他應該向兒子提醒的話的。世界上決不可能有一個真正的袖手旁觀的父親，更何況在他的內心，他是那麼深深地愛護着正之的呢？有時候，面若冷霜者心中埋藏着的愛的岩漿比常人更熾烈。他是決不情願在見到正之如同自己心目中那般地在這片世界中站穩腳跟之前而撒手人寰的。

這是問題的第一個層面。

問題的第二層是有關他私人的感情的，他不能忍受兒子對他的忽視——至少，他認為這是一種忽視。因為他素來是被人尊崇的（從他年輕時代開始，他已不知道任人在他面前神態泰然走過而不向他投上理會之一瞥的滋味是怎樣的）。因為在他的心井的深處是埋藏着一種對正之深深的愛護和希望的，又因為他已到了這麼一種年紀，而老年人是最怕寂寞，最怕被人忽視的，所以他們往往會在這一方面顯示出一種特別的敏感性來。但他的審視的目光並不願在這一層面上停留太久、太長。他覺得這不應該是像他這麼一個有着高深修養的長者應有的想法。只要有機會，便在一切生活、工作和觀察事物的細節上挖苦、譏諷正之，強烈地刺傷他，他明白自己的這種做法；不過他向自己的解釋是：他要使正之懂得天有多高，地有多厚，挫低他的傲氣。這只是為了他好，為了他能在將來更成功地做人。

問題的第三層是最近才開始崛起的困慮。

老實說，這倒是他從沒擔心過的事。連他自己都不相信正之真會迷戀上夜總會這種場所，迷戀上那裡的女人。不錯，正之正處在一個情欲容易衝動的年歲上；也不錯，這一類人生的錯誤往往會發生在像正之這一種年齡的人的身上。但他是與眾不同的，至少與那些人不同，他的領悟力使他不用別人解釋都能瞭解到這類事件會對個人的聲譽，事業和前途帶來毀滅性的後果——況且，他是那麼地深愛着他在上海的太太樂美。這種天地不容的絕情事，決不應是正之他所可能做出來的。

這是他與正之相處半年的經驗所提供給他的結論，但這並不是事實。事實是：正之已親口告訴他說，他是去夜總會找一位朋友。事實是：近一星期來他幾乎夜夜深更才歸。他的神態恍惚，心不在焉。對生活的閱歷和這麼多年來在香港的見聞告訴他：正之在和夜總會的女「朋友」來往，而他們相交的結果必然是陷入到不可自拔的情欲的漩渦之中去。

他感到自己蓋在被窩中的手腳開始變冷：這是一種強烈的憤怒感作用在人體上的結果；而對於李老先生來說，它更引起了一陣陣急促的呼吸。他，李聖清，一生廉潔、高尚地做人。一個受人尊敬的家庭，這是他用這麼多年不可能掩蓋的做人實踐換回來的成果，如今可能毀在他那位到港祇有半年的兒子手中！除了憤怒之外，他更感到憂心忡忡：凡是被這一類女人涉足進來的家庭，幾乎沒有一個不是被鬧得雞犬不寧的。而他們的家庭，一個正規、富裕、又有一定的社會面子的家庭，哪來與這類人物迴旋打交道的經驗呢？

他的呼吸已急促到使他再不可能平躺下去，他顫顫巍巍地撐起身來，他將一件外套披在肩上，靠到床板上去，就這樣靜坐在不開燈的黑暗中。

當氣喘慢慢地平靜下去時，他的混亂的思想也開始清晰起來。祇有一個人，雖然他從沒有見到過她，但他相信她才能最有效地幫到他的手，她便是樂美。

令他想到樂美的另一個原因是：就在今天下午，他收到了那位他從未見過面的媳婦寄給他的一封信，這也構成了他對自己的兒子進一步瞭解和認識的第四個層面。

這是一封只是讓他充當了收信人，而不是閱信人的信件。信封中的內容除了有樂美寫給正之的一封簡短的信件之外還附上了十多頁的詩稿。這都是些正之幾年前在上海寫的詩，而樂美正用抄寫、剪貼和原稿附寄的方式將它們轉移到香港來。看來這是他倆預先商量好了的做法。至於為什麼會用李聖清的名字作為收件人，他不得而知。不過，這至少令他有機會能欣賞到了他兒子的「大作」，從而使他對他的性格有了進一步的探摸。

他絕不否認正之的文才和藝質，從詩句中流出來的濃郁撲鼻的氣息令他記起自己在六十年前闊別後，再也不曾回去過的故鄉。這是一個江南的小鎮，在那裡，他度過了自己的童年。他也深愛着那塊土地，就像正之深愛着上海一樣。讀正之的詩，他聞到的是那股在細雨霏霏的時節裡，從鎮南端那家酒鋪曲尺櫃台後飄出來的醉人的紹興酒的芳香；讀正之的詩，他體驗到的是在紅楓枯葉相映的後庭院中的「半床落葉半床月」的風雅意境。他的童年和青年時代有別於正之，但人對於這段生命最美好時期的記憶的鮮明性卻是一致的。

但他萬萬不能因此而稱讚正之。他認為，這只能使他更目空一切。

詩的幻想和生活的實體是兩種格格不入的思維方式。現代社會，尤其是現代的香港社會，則是後一類方式的最成功的實踐。最好能讓正之讀到那一段關於描寫「詩人」這一類高等思維動物的小品文。李老先生曾在前幾天的報上讀到過，他想再去將那份報紙找出來。

「……假如，在香港，有那麼一位自稱是『詩人』的人的話，大家都一定會趨向前去，站在離他不到一英尺的距離外，把他從頭到腳，從腳到頭地打量三遍，然後罵上一聲：『黐線！』①……」

李老先生也最厭惡那類頭髮鬍鬚一大把的自稱為「詩人」或者「藝術家」的人。連房租也付不起，當傢俱連同鍋罐都被「包租婆」扔到街上去的時候，他們卻還在海邊踱步，捕捉「靈感」！港人瞧不起這類人，譏笑他們，這是因為在香港生活着世界最講究現實的人類。而在這個勢利社會中折騰了幾十年的李老先生，不管他對自己的內心世界探討有多深，也都義不容辭地加入了討伐、消滅這類「詩人」、「藝術家」的行列之中去。

他靠在床板上，一隻枕頭墊在他的腦後，他的兩隻眼睛在黑暗中閃着光。太太的輕輕的鼾聲從靠鄰的床位上傳來。他的一隻手伸出去，從床頭櫃上取過來一隻茶杯，他想喝茶，但杯中的水在擱了近半夜之後已完全涼了。無論如何，口渴的感覺仍然是強烈的，他往肚裡吞下了一口冰涼的濃茶，一個決心在他的心中形成。

①「黐線」是廣東俗語，意為「神經病」。

第七章

當李老先生因氣喘而披衣坐起身來的時候，沿着北角的海傍有一男一女兩個人影正緩步向西面的方向走去。

這一帶是熱戀情侶的天地，尤其在晚上。雖然時間已近半夜，但面對着海面的石凳上，仍然坐滿了相擁着的對對雙雙，無數對嘴唇膠粘着，無數雙眼神對峙着，唯獨聽不到人語。因為在此一刻，語言已顯得多餘了。最令人陶醉的是斜堤上的剪紙般的人影：在男性的強壯的臂彎間鑲着女性的白玉似的頸脖，而從海面上吹來的風正陣緊陣鬆地撩起夢幻一般散垂下的頭髮。其實，將雙腳蕩垂往海面地坐在斜堤上是一個十足驚險的舉動，但正因為這種帶有危險的刺激性，才更製造出一派浪漫的情調。當女的嬌滴滴地說一聲「啊喲，我怕——」時，男的才有機會說：「別怕，有我在呢！」於是一段投入懷中的醉人的時光便順理成章地來到了。

只是那兩個緩步西行的人影，他們並不像情侶，卻偏偏選擇了這個地方。在他們的右手邊是一秒鐘也不停地拍打着堤岸的海濤；而在他們的左邊，是北角新村的高層建築，萬千隻亮着白色和黃色燈光的窗戶正俯視着他們向前慢慢移動的身影。他們非但沒有摟腰依肩，而且還在彼此之間保持着半英尺的距離。女的穿着一套無袖的連衣裙，裙邊在夜風中舞起，為她那窈窕得令人心跳的身材更增加了一份撲朔迷離的飄忽感。她的頭低俯着，目光審視着那一步一步地在她腳下流經的道路。男的身材瘦長而勻稱，他穿着一件短袖的汗恤，褐色寬邊的眼鏡架，留蓄着的長髮向後揚去。戴着白色塑罩的路燈每隔幾十米便照亮了他的兩條闊粗的須腳，然後便再讓它們隱入在濃黑的夜霧之中，他的頭是仰着的，目光舉向那鑲綴着點點繁星的天空。

他們便是曉冬和正之。

已有很長一段沉默期了：彼此都有千百個要說的話頭，但彼此都覺得沒有一縷話頭說出來會是合適的。或者，他倆翻騰着的正是同一個矛盾的思想，交織着的也正是同一種矛盾的心態。而且，正因為他們互相能有幾分地透視出對方的內心活動，所以便更促成和延長了這段越陷越尷尬的無言和無目標的行進。

無論如何，沉默總需要有一個人首先來打破的，正之開腔了：「嗯……嗯……」他覺得自己已有十來分鐘沒有被發聲的氣流衝擊過的聲帶似乎處在一種被粘結住了的狀態之中，「……總之，分居不是一個辦法。」

「我知道。」曉冬轉過頭來望着他，她的兩隻烏亮的眸子在幽暗之中眨閃，有如在她頭頂上窺視着人類的星群中又增多了兩顆。「但與這一條相比，其他的途徑便更不能算是辦法了，人是要活下去的，在沒有辦法之中也得找出一個辦法來。」

「我理解你的心情，我也瞭解你的處境，但是……」

「分手是遲早的問題，」她沒讓他說完已很快地接上口來，「我已反復地思考過。假如這是早晚要發生的事，現在是最合適的時刻。」

他轉過臉來望着她，他欲言而止的表情顯示着，他不願意以一個「為什麼」的提問來將他們之間的對話引上一個令雙方都可能會窘迫的方向上去。

但她還是解釋了她的觀點，「我失去了工作，因此衹有現在，我方有機會在不依賴他的前提之下，證明自己的自立能力。」

「你將會很艱難。」

「我正渴望這一種艱難，這是對自己的一種有力的報復，忍受越多艱難，才能從自己的心靈上卸下越多的負擔。這便是我當機立斷就在現在離開他的原因。我要讓自己知道，輕率是要付出代價的。」

「但……」他猶豫了一刻，他仍然覺得應該將他所想的說出來，「但你永遠也改變不了他將你申請來到香港這個事實，你不能否認他將付出很痛苦的代價來面對這個現實。你會覺得……我們都會覺得……不，你會覺得……內疚的。」

「並不會。」她的口吻的平靜令正之感到吃驚，「我用我同樣痛苦與艱難的代價去換取他的。」

正之覺得這裡是他們辯論長廊的終點了。夜風「颼颼」地吹拂着他倆，長椅上的情侶偎依着，斜堤上的愛伴相擁着，北角傍海的道路已走到盡頭，他倆需要繞出去，外面是即使到了半夜仍然是五光十色的英皇道。

「但，他是真誠誠愛你的，就憑這一點……」正之將腳步停下來，他用眼睛望着她，他將說話的重音落在了那個「愛」字上。他想憑藉着對這個字的強調來使她回心轉意呢，還是探索着一些其他的內容，他連自己也摸不清自己。

她把朝向地面的頭抬起來看着他，她的腳步也不由自主凝住了。然後它們再慢慢地垂下去，兩條腿又繼續向前邁動，正之也跟了上去。她並沒有立即作出回答，是的，這是一句擊中了她心坎的話，也是令她把這一條計畫在心中盤算了足足半年才終於作出決定的唯一理由。

「但愛，尤其是男女之間的愛，必須是互相的，而且還要得到各種外界條件的配合。人，有時不得不相信有『緣分』這麼一回事啊，」她的音調突然變得幽幽然地，好似從一個夢中人的口裡發出的喃語，「即使有兩個人，他們都愛對方……甚至他們都肯定對方也愛自己，……即使有兩個人，他們都可以不考慮自己，但他們都必須要考慮對方，考慮到對方以外的再一個對方。……世界對一個人公平了，便會對另一個不公平……」

正之的心臟「怦怦」地跳着，他將仰視着星空的目光收回來去望她。就在這一刻，他的眼神中充滿了感慨和激情，他不能知道，假如她也將頭轉過來望着他，並讓兩線淚珠從那兩窪蓄足了水源的眼眶邊緣滿溢出來的話，他會作出些什麼樣的舉動來。

但這事永沒發生，因為她的頭保持着低垂的姿勢，祇有那一寸寸從她腳下流過的道路才知道她用眼睛向它們訴說了些什麼。

正之將插在鎖洞中的鑰匙稍稍向上提高了一點，再輕輕地轉動，他希望以此來將開門鎖的聲音減到最低點。他的另一隻手的手掌抵在門上，把那扇有三十公分厚度的雕花柚木門推開了一條容他一個人擠進去的縫，當他躡手躡足地跨入客廳時，牆上的那方星辰鐘正好「噹」地發出了一句歡迎之聲。正之緊張的眼光慌忙轉過去望向牆上：時間是午夜一點。

他脫了皮鞋，手中拎着拖鞋。他穿着襪子的腳從寬闊的客廳中無聲地踩過，一直進入了自己的房間裡。讓汗水裏泡了一日的身體和被汗塵、油膩堵塞了毛孔的臉極需要去浸到那口放滿了水的潔淨的浴缸中去，好好地作一番清洗的享受。但就是這一個慾望也被他克制住了。他以最小的噪音關鎖上了房門，然後旋亮了台燈和開啟了冷氣機。冷氣機「噗噗」地向房內輸送着清涼的空氣，他脫下長褲，敞開了襯衣在床沿上坐下來，一段時間之後，他才感到，汗塵、油膩、昏沉和緊張才漸漸地離他遠去了。

雖然他自以為做得神不知鬼不覺，但他動作的一切細節都沒有逃過他那正坐靠在床板上的父親傾聽着的耳朵。他坐着、醒着，就為了等正之回來，現在他才抖抖索索地撐起身來，滑身躺下去。

一個肥矮、禿頂，說話帶有嚴重口吃的人的形象又在正之的腦幕上清晰起來，他是黃金富。不知怎麼地，這一星期來，他老擺脫不了這團影子對他的纏繞，只要當他靜坐下來，大腦中紛亂的思緒稍稍地沉澱出一個可以容納這具形象存在的空間來的時候。他罵自己是傻瓜：黃金富關你什麼事呢？不錯，他是曉冬的丈夫，而曉冬是他和樂美的摯友，就是這麼一層關係而已，那也值得你為他而感到困擾，為他在思想的視野中出現而心驚肉跳嗎？他向自己說：自己完全是他家的一位堂堂正正的，願意為他們助一臂之力的真誠朋友，他又不是——，他不是什麼呢？正之想不出下文應該用一個什麼樣的名詞填充上去才合適。小偷嗎？當然不對，敵人嗎，更荒謬！但他老像是一個做了虧心事的人，在遇見當事人之時，不論對方知曉否，他都不能使自己鎮定下來。但他做了什麼虧心事呢？他並沒有哇！

他問曉冬假如離開黃金富，她會不會感到「自責」？他是在問曉冬，也像在問自己，似乎他只要知道曉冬的答覆，才能摸清自己的答案。

他要將黃金富真誠愛她的實質向曉冬點穿的原因又何在呢？可能在當時，曾有一個疑問在他的心中下意識地升起：他迫切地想知道曉冬對待一種真誠的愛，哪怕這是一種根本不適合她的，然而卻是真誠的愛的態度到底是怎樣的？

現在他的結論是：她也珍視這類愛，但她不能接受它。但，這個結論對於正之來說又有什麼價值呢？

坐在床沿上的正之感到火熱的表面體溫正開始下降，一種爽滑的舒服感又回到了他的皮膚上。悶熱的夏天已被冷氣機驅逐到戶外去了，留在室內的涼爽使正之回想起了上海的草席上蓋被子的初秋的滋味。這，正是他詩潮澎湃的季節呢，然而這是在香港，現實的地毯在他面前鋪展開來，祇有他和她，才是從那千里以外的故鄉一同來到這一群都是陌生演員的環境中，演出一場全新的人生話劇。他躺到床上去，他的兩條長滿了黑乎乎汗毛的大腿叉開大字地睡在床的中央，他的兩隻手墊在頭底下，眼睛凝望天花板出神。

他怎麼也不能在想像的視野中將那一次與黃金富見面的情景驅趕出去。這是在「華都夜總會」重見曉冬後的第二天的黃昏，窗外的天色已經暗下來，他與曉冬面對面地坐在幽暗中。這是一種當黃昏來到時，最早光臨那些深陷在摩天大廈森林中的低層單位裡的幽暗。他倆都默不作聲。其實，當他下班後五點鐘來到曉冬家之後的一個小時內，他倆間有過幾句對話幾乎都可以數得出來。多數的光陰都是在默坐中度過的。他倆中的這個或那個也都設法找出一些可以引導談話的題目來，但這都是一些一抽即斷的線頭，沒有幾句的對白就又陷入了沉默的黑暗中。這是因為大家都模模糊糊的感覺到有一個大家都渴望涉及卻不敢涉及的核心存在，而在這顆核心的四周存在着一片真空的禁區。每一頭話題，無論它們從哪一個方向逼近這個核心，都必然會在禁區線的邊緣上止步不前了。這是一種令人難以忍受的氣氛，但他們都寧願在這團尷尬之中堅持下去，也不願從它中間逃脫出來。

六點還差五分鐘，正之聽見房門的鎖孔中傳來了鑰匙轉動的聲息，一個短壯、禿頂的人影在房門推開的光亮中出現了，他隨手扭開了室內的電燈。

一個陌生男人在幽暗中與自己的太太面面相對的現狀令黃金富大吃一驚，他緊張到幾乎倒退了一步，然後吃吃地問：「你……你是誰？」

正之站起身來，他已準備着會有這麼一刻的到來，但他沒有預料到情勢竟會是如此的緊張。

在還沒有能開口作自我介紹之前，他已聽到了曉冬平靜的說話聲音，她還是坐在椅子中，並沒有站立起來的企圖。

「這是我的朋友李正之先生。」她沒有向正之介紹對方的那一位是誰，但正之知道他的身分。

「你……你們是朋友？」

「是的，」正之微笑着，伸出一隻手來：「你好。」

「你們幾……幾時相識的？」

「我們是老朋友了，」管他臉部的肌肉是不是僵硬，正之扮都要扮出一副輕鬆的笑容來，「在上海時，我和我的太太……」

「你……你有太太？就……就是說你是結……結了婚的？」

「是啊，我早結婚啦，」正之喘過一口氣來，他在無意中找到了一條能逃避的出路。為了加強語氣，他重讀了那個「早」字，雖然「早」與「遲」其實並無分別。

黃金富臉部的表情開始軟化下來，刺人的目光變得柔和，「噢，是這樣……，請……請坐。」他慌忙伸出手來與正之的那只正打算垂下去的手相握了。

正之坐回原來的位子上去，他卻仍站着。

「請問，你在哪……哪裡做事？」

「尖沙咀的一家圖書發行公司。」

「那……那好。你……你的太太呢？」

「她在上海，還沒有申請出來……」

似乎又有一朵陰雲飄進了黃金富的神情中，他的口吃立時又變得更嚴重了：「這……這就是說，你……你在香港只……衹有一個人……人住？」

「與父母同住，」正之的手向斜上方一指，「就住在從這兒上去的半山。」不知道是一種什麼思想促使正之加上後半句話，但總之這不會是他的意圖：他令黃金富更加倉促不安了。

「住半山區……」他望着正之的眼神轉開了去，半晌才轉回來，但現在，他望着的是始終沒有說過一句話，也沒有一個表情的曉冬。「今晚你不……不去返工嗎？」

「我已經辭職不做了。」曉冬說出的每一個字的分量均勻得就像一疋拉直了的絲帛。

「是……是嗎？！」一團興奮的光彩在他臉上爆發出來，「曉冬，你……你真好！生……生活你不用擔心，我……我……！」

「是啊！」正之突然產生了一種附和黃金富說法的衝動。不知怎麼地，他希望能見到黃金富高興。「我也是這樣認為，她不應該去那種地方工作。」

「對了，對……對了！」他的禿腦殼轉過來向着正之，「正如你這……這位先生所說的……對了，你貴姓啊？」

「姓李。」

「哦，李……李先生，謝……謝謝你的關心！」

「不必客氣，我是曉冬的朋友，所以也是你家的朋友……」從眼角的餘光中，正之見到曉冬緩緩地舉起一隻手來，這是她想說話的表示。

「金富，我想搬出去住。——」

一句平靜如鏡面的語言「砰」地墜地，繼而炸成無數的碎片飛散開來。她的兩位聽眾是一樣地意外和驚異。正之預感到了一場即將來臨的風暴，但他並不知道是害怕它呢，還是渴望在其中尋找一種短暫的卻可能是亡命的歡樂。黃金富意識到那件他每日每夜都在擔心的可怕事終於發生了！現在，並不是在夢間，而是在現實裡，它從一團在遙遠之中的模糊的影像一下子地脫穎而出，變成了一個不可能再改變的結論——因為，在他的經驗裡，凡是曉冬說要做的，從沒有過可以更改的餘地。他覺得血液全部湧向他的腳底，然後流走；那幾條貫穿在他腿肚裡的筋絡像被抽去了，兩條腿軟綿綿地，他再也站立不住了，他猛地向一張空椅中沉淪下去。

「曉……曉冬，難道你，你真是這……這個意思嗎？」這是一個快要溺斃的人還企圖抓到一根救命草的反問句。

「是的，是這個意思。」

死一般的靜默，足足有幾分鐘。祇有樓下傳上來的大排文件堂倌的脆爆式的，帶有熟練滑音的喚菜譜的喊聲。的士和小巴的引擎聲從街路的遠端傳來，近了，更近，在窗下「呼呼」地通過，然後再遠去。

突然，黃金富用十指掩住了面孔，他的含含糊糊的，類似哭泣一般的聲音從指縫間傳出來：「我……我……究竟做錯了些什……什麼？我……我……我要受到如此的報應？……」

「金富，」這是曉冬的聲音。黃金富的雙手仍掩住面孔，但他立刻停止了說話，不管怎麼樣，他仍渴望可以聽到曉冬會說些什麼，「做錯事的是我，你做錯的事祇有一件：就是娶了我。你是個好人，金富，我瞭解你，你一定可以找到一個比我好一百倍，一千倍的妻子，你一定能的！而且她會完全適合你。……」

正之聽見一種震顫在說話者的音喉間發出來，這是一種強烈的，卻被壓迫着的震顫。正之的目光轉向曉冬，他見到淚珠正「噠噠」地從她眼眶的邊緣掛下來。她的兩肩劇烈地震動，這使正之記起了那夜在淮海路弄堂口與她分手時的情景。正之還不太清楚這意味着什麼，但在曉冬，這肯定是當一種十分痛苦的矛盾在她心中攪拌時才會有的反應。曉冬站了起來，她向黃金富走過去，然後再在他面前跪下來，她用兩隻手去握住了他的兩隻掩住面孔的手。「聽我說，金富，在我倆結合的頭一天起就註定要分手，因為我們彼此根本不投合。……總會有這麼痛苦的一天，就讓它咬咬牙過去吧！痛苦之後便是適應……」

黃金富捂在手掌後的嘴連一個字也說不出來。

他能說些什麼呢？他隻身孤獨了幾十年，終於在他四十多歲的年頭上從上海娶回了一個貌似天仙的嬌妻。他欣喜若狂，他有了一個家，他還想有一個「啤啤」，他已盡了自己一切的能力來待她，來滿足她。假如今天黃金富是一個百萬富翁的話，他一定不惜一切地去半山區，或淺水灣買一幢花園別墅給她享用，但他不是哇！他只是一個太古糖廠的鑊糖工人！人說香港是一個分分鐘都有機會發達的地方，但日復一日，年復一年，他卻不知道自己的這種機會何時才能來到？他甚至懷疑在自己的一生里程中是不是真的埋有一個財富的礦藏？所有他的那些工友們，有比他年輕的，有比他年長的，他們辛苦地做了一世，直到退休，至少在他接觸的人中間，他還沒有見到一個能在一朝間發達的實例，他自己能有那麼幸運嗎？但這都是些關於錢的問題，在香港，幾乎人人都信「有錢能使鬼推磨」這句諺語的，所以一遇到麻煩，很少有人不會不聯想到「錢」字上去。但曉冬說的是另一回事，她說他們彼此不合，也許是的。最近幾個月來，他也已隱隱約約地感到了在他與她之間存在着一層可能並非是錢和遷就就能消除的隔閡。這是一種什麼性質的隔閡，他不清楚，但曉冬已明明白白地告訴他：在他們結合的第一天起就註定要分手的，是這樣嗎？難道就沒有其他的辦法了嗎？苦就苦在他從沒有懷疑曉冬下的結論是否是正確的習慣！現在，曉冬就在他面前，她跪在他的面前，握住了他的雙手，他知道她在央求他，但他……他怎麼能讓一個「好」字從他的嘴唇間滑脫出來呢？他只能靜默着，讓時間一秒一分地過去而沒有下文。①

他的心臟像要爆裂開來——他能說些什麼？他該說些什麼啊？

正之在一旁，目睹着這一場在一對夫妻間的最痛苦的默劇的伸延。他雖然第一次見到黃金富，但他覺得自己好似已瞭解了他多少年一樣地瞭解他。他深深地同情他，但卻幫助不了他，他相信曉冬的感受是和他一樣的。因為他明白這是什麼樣性質的事，同情能夠勉強一時，卻不能維持一世。或者，好多句多少有些安慰功用的話曾湧到過他的嘴邊，但都被他一一地咽下肚去。沒有一句會是合適的，尤其是從他那麼一個旁觀者的嘴中說出來。他遇到的難題正與黃金富一樣——他能說些什麼，他該說些什麼啊？

於是，唯一的選擇便成了做一位靜靜看戲的痛苦的觀眾。

但這正是正之所最不能忍受的。一旦當他意識到這一點時，他便如坐針氈了。他的腿不由自主地站直起來，他的眼望着這方默劇的舞台，身體卻向着他估計是房門口的方向退去，他想溜出去，他希望誰都沒有注意到他的行動。

但，突然，他見到黃金富掩面的雙手從曉冬的手中掙脫出來，他「忽」地跳起身來：「曉……曉冬！你……你告訴我，是不是為了他，是不是為……為……為了他！」他的一隻手臂伸直了，手指正瞄準着企圖逃跑的正之，他的眼中閃耀着衹有在跌入了陷阱的野獸的眼中才能找到的，因為絕望而完全瘋狂了的光芒。

正之正向後慢慢移動的腳步一下子加速成了一種連奔帶跌式的後退，他向門口跑去，他害怕黃金富真會追上來。

「不，」當他的手正握上門把時，他聽見曉冬平靜的說話聲，正之轉過頭去，他見曉冬站起身來，她面對着黃金富：「這是我們兩人間的事，不與任何第三者有關。我們是不可能生活在一起的，金富，你明白嗎？即使你想，我也想，但仍然是不可能的！——」

黃金富轉過頭去，呆呆地望着她，他挺直的手臂慢慢地垂落下來，他像是從一場夢中醒來，但又立刻滑入了另一場夢中去。

正之轉回頭，他已決心要離開了，他是從來也不忍心看完一場悲劇的。

「正之，」他聽見曉冬在他背後的說話聲，「我送你去電梯口。」

「這……？」他腳步猶豫地在門口停住了。

「你是我家的客人，又是第一次來我家，我應該送你的。」

正之沒有再堅持，他拉開門走到了屬於包租婆的客廳裡，他向房內投去了最後一瞥：兩條叉開的腿，兩隻擱在膝蓋上的胳膊，搭拉下的腦袋，一面亮光光的，占去了幾乎三分之一的畫面的禿頂，這是黃金富留給他的最後一個形象。這個形象一直保留到他重新見到他，——那是在七年之後的事了。

在充滿着霉濕味的狹窄的走廊間，正之和曉冬並肩地走過一扇又一扇的鐵閘門，他倆停步在了電梯的梯門前，但誰也沒有向誰說過一句話，他們甚至沒有互相望過一眼。正之按亮了電鈕，電梯正從十多層上開始下來。數字一個個地跳亮着，終於燈光在「3」字上停住了，梯門裂開來，梯廂裡還有幾個搭客。這是最後的時刻了，黃金富的雙手捂面的姿勢，黃金富絕望可怕的目光，同時在正之的腦空中閃過，但他還是說出了那句話來：「明天，我們……」

正之已跨入了電梯廂中，他轉過臉來，他見到的只是仍站在走廊間曉冬那面蒼白的臉上的兩瓣失血的嘴唇在振動，但電梯門正向中央移動過去：「不要上我家來了，明天下午五時在新都城門口……」

梯門「嘭」地關上了，正之感到電梯正開始下沉。

當正之從霉濕的走廊和電梯的回憶中回入到現實裡來的時候，他發現他正躺在自己的床上。還是那個姿勢：兩腿叉開，雙手墊在腦後，眼睛凝望天花板。冷氣機仍一刻也不偷懶地「突突」地將冷風輸入室內，桌上的台燈還亮着。「噹！噹！」而客廳裡的星辰鐘正好報出了午夜二點。

他覺得手臂已有些微微發麻，他將手從腦後抽出來，轉換了一個躺睡的姿勢。後來，後來怎麼樣了呢？他盼望能按照原先思路繼續延伸下去，但除了這一段完整的情節以外，他的思想所能收集到的只是一些零星的回憶斑點。第二天上午，他請了一個小時的事假，並提前一刻鐘到達了新都城百貨公司門口。他見到她了，而且從那一天開始他天天與她見面，直至今晚。她告訴他說，她找到了一份工作，那是在北角一座工業大廈中的一家製衣廠當車衣工，月薪八百五十，每天工作九小時，一星期工作六天。她還告訴他，她已在馬寶道找到了一間單人臥室，月租三百元。她很高興，因為她已能自給自足，而幾天之後，她就能搬出來獨住了。雖然經過衹有一、兩次，但正之對馬寶道的環境也算有所記憶：那是一片街市和小商小販的集聚地。每天一清早，居住在這個區域內的屬於城市貧民階級的妻女們都會湧來這裡選購廉價的食品和衣物，人聲嘈雜，滿地被踩爛了的菜皮和水果發出一種腐臭味。因為曉冬告訴了他住址，他也曾有一日提早收工，去馬寶道轉了一圈：那是一幢灰白色的水泥大廈，在掛滿了「萬國旗幟」的無數「白鴿籠式」的居住窗口之中，他想像着有一隻天仙般的鳳凰也歇在其中。但他衹有「想像」的資格，他不能也不敢朝大廈那方黑漆漆的進口跨近一步。他一直有一個預感：那不該是他去的地方。至於為什麼，儘管他不願問自己，但問答還是一個接一個地跳進他的腦子裡來。以前在上海，他常去她的淮海路的那個家，他從來感到既自然又輕鬆，那是因為他有樂美陪着，而她也有一個母親與她同住。就算是渣華道吧，那兒也至少有黃金富在場。但現在……現在怎麼啦？現在她是獨居的……獨居又怎麼樣呢？他不是她的摯友嗎？樂美和她母親是不能來香港，而她與黃金富分居了，她一定很痛苦，她需要人安慰她，鼓勵她，幫助她度過這段人生的難關，而在這個時候正之是唯一一個能夠伸出手來相助到她的人，他可以回避嗎？他應該回避嗎？……他答不上來了。而且，他隱隱約約地意識到，她的那間單人臥室正是他那一切回憶斑點的背景，沒有了這麼一塊背景，它們將永遠地編織不到一起來，編織不出一幅有着連貫情節的，供他回憶的圖畫來。

他覺得周身又在冒汗了，他撐身坐起來。冷氣機還在吹送着涼風，他的已經有了幾分睏意的眼睛向着台燈凝望了一陣，那是一團正輻射出無數條五彩繽紛彩線狀來的光源。他翻身下床來，走到寫字台的抽屜邊上。他拉開了抽屜，取出了一本紅色硬封面的「滙豐銀行」的存摺。他翻開摺冊，結數表示着他在該銀行存有一萬多元港幣的存款。這是幾乎他走上工作崗位後的全部收入的總和。家裡從不要他一分一毫，除了一些零用和車費之外，他將自己每月的薪金都存進了這本存摺中。

他把摺簿合上，壓放在台燈的燈座下。明天他將去銀行把這些錢都取出來。他已經知道他應該如何將把這筆錢去用到它們應該用的地方去。

一切都已告一段落，應該上床去休息了，明天大堆的工作正在圖書發行公司的桌面上等着他，但他還坐在那裡：他必須要寫一封信給樂美，告訴她最近所發生的一切。樂美已有兩封信給他，並提到最近會有一批詩稿附寄來。她在計畫一個更「合適」的方式郵寄這批稿件，她要他一旦收到稿件後立即回信，並告知她到底是否再有需要一次次地去曉冬家解決這項不可能解決的麻煩——她已去厭了，她也失去了信心，她不想再去。

但他從何開始以及怎樣來敘述最近在這裡發生的一切呢？告訴她曉冬曾在夜總會任職之後又失業？告訴她曉冬已與丈夫分居了？甚至告訴她他與曉冬日日有見面，而且……而且也就像他倆以前在上海的時候一樣，每晚在街路上逛啊逛地，不到深更半夜還不願說一聲「再見」？當然不能！不管樂美會怎麼想，他都不能向樂美說這些，他們畢竟遠離千里，而且又在兩個不是自己能隨心所欲互相往來的地區。雖然樂美是那麼地信任他，但猜疑有時不得不會產生。再說，這僅僅能算是猜疑嗎？他自己也答不上來。

至於說假話，那不是他的習慣，尤其對樂美。留在他面前的選擇於是只剩下了一條：那就是避談這件事。而避談此事的最佳途徑是拖長寫信的週期。就這樣決定了，他熄燈上床去。窗框上方的捲簾並沒有放下，他也懶得去放。午夜的斑斑星點透穿過玻璃向他窺視：他的兩隻眼睛仍在幽暗之中眨閃，他感到彆扭不安。這是他第一次對樂美採用了某種手法，為的正是他倆共同的摯友：曉冬。

正之已記不起了，那一夜他是否曾作夢。他知道的只是：一陣清脆有節奏的敲門聲刺入了他深沉沉的睡眠中。誰會在這個時候來敲他的房門呢？他醒來了，他記起了昨夜，昨夜他很晚、很晚才睡。

「唔……唔，是誰啊？」

「我。」是父親的聲音！正之一骨碌跳坐起身來，書桌上的小台鐘指着的時間是七點半鐘。

「噢，我這就穿衣……有事嗎？」正之坐在床上，向着緊閉的房門說話。

「想和你談點事，我在書房等你。」門外傳來父親的回答。

正之坐在那裡，他聽得腳步聲離開房門而去。轉進了書房裡，然後是書房門被輕輕關上的聲音。父親要找他一談，這並不奇怪，他是準備着了的，他知道他遲早會找他。但他竟會破格地打亂了他自己日常生活的規律，這麼早地來敲他的房門，這是正之沒有想到的。正之的心中當然是有所感覺的，但他對這個社會，對這裡生活着的人們，以及他自己的家庭和父親的瞭解已經不少，他不願去設想對方可能會問些什麼，而他又應該如何對答。所謂「船到橋頭自然直」，他只需要機械化地下床來，洗臉、刷牙，去飯廳中喝一杯鮮奶——假如秀姑已經準備好的話，然後再扭開門把手踏進書房去——謎底就在那兒等着他。

他就照這樣地做了，當他跨入書房時，父親正坐在那張藤圈椅上望着走進來的人，他的背景是那矗高高的紅木的擺幾，一盤剛由秀姑淋過了水的鮮綠欲滴的盆栽擺在它頂部，長長的莖葉垂捲下來。

「早，爸爸。」

「早。」雖然正之的眼光已避過了對方的，但他覺得那股銳利的目光一直追蹤着他，就如探照燈追蹤着飛機，直到他在那口斜插着字畫長軸的龍缸邊上找了一個位子坐下來。

接着便是那段尷尬的沉默期，正之靜候着，估計這段時間也不會超過三分來鐘。

「喏，」聽見父親開始發音時，正之才抬起頭來，他見到父親正向自己遞過來一封塞得脹鼓鼓的信殼，「樂美讓我轉給你的。」

「樂美讓您轉給我？……」不知怎麼地正之感到一陣心臟的狂跳，當他的手伸過去接信件時，他明顯地覺得一種熱辣辣的紅暈在臉頰上出現，哪怕他知道父親觀察的目光連一個一閃而過的細節也不會放過，但他仍控制不了自己會有這樣的反應。

從信封中抽出來的是一疊詩稿和樂美的一紙附條：「正之，收妥後望即來信。以便今後能按同樣方式郵寄。」應該說，正之立刻明白了一切。但那一頁又一頁的曾被藏壓在那方手提木箱中的詩稿，對他的吸引力實在是太大了。他翻閱着它們，他甚至能嗅到一股從稿紙上騰升上來的濕霉的氣息；他知道，那是從上海，從他家的那層「新式里弄房子」的二樓帶出來的氣息，他感到親切得有一種昏暈暈的感覺，他真想捧上稿紙來，壓在嘴鼻上親吻個夠。忽然，又有一片紙從信封間掉出來，飄飛到地上。他俯身去拾了起來，這是一角從香港某份報紙上剪下來的專欄文章，就連報角邊的日期還保留着：那是昨天的。

「這是……？」他困惑不解地抬起頭來望着父親。

「這是我剪下來的，給你作參考。」

這是每天會在香港的五花八門的報刊出現的無數篇小品雜文中的一篇，題目是《關於詩人》。只需要讀下幾行來，正之就理解了父親的用意。他只感到有一股強烈的羞辱和憤怒的潛泉自胸井中湧上來，但他壓制住自己，他只是用平淡的眼光看着父親，沒有語言，也沒有表情。

其實，凡是一個真正的詩人最怕聽到的就是被別人喚作「詩人」——正之對自己的稱呼是「因為愛詩所以才寫詩的人」。他的願望是能在不被人們注意到的一隅幸福地冥想，幸福地陶醉，幸福地寫詩，而不是被高高地抬捧在「詩人」的高凳上，由大家像觀看動物園中的動物一樣地觀看他。而那些文人，卑俗而又可惡的文人，可以為着富豪們的一個噴嚏，明星們的一條內褲而掀一場風潮的文人竟會發掘出如此惡毒的語句來污辱藝術和真正愛好藝術的人！這是正之義憤填膺的原因。他已在心中靜靜地準備好了應該說的話，假如父親就從這個題目上着手開始他倆間的談話的話。

但不是。

「你準備去美國讀書嗎？」這是父親的第一個問題。

「讀書？」正之感到突然，「暫時不想去。」

「為什麼？」

「……」正之想答，卻不知該說什麼好。

「是香港有什麼或者誰值得你留戀不捨的嗎？」

或者這是開始點題的一步，但正之避開了話鋒：「我已經三十出頭，我想，我更適合在實踐中邊學邊做，社會也是個大學。」

「不錯。但你為什麼拒絕去『懋林行』呢？外文信可以去那裡寫，做帳，進出口商務，銀行，金融市場，那裡能提供給你一切實踐的機會。而且那是一間遲早將屬於你的公司，我想你也明白這一點，但你為何偏偏避開它——難道因為是公司的寫字間不在尖沙咀這個區域的緣故嗎？」李聖清很少有一口氣說這麼一長段話的，但這是在他心中憋了半年多的話源，一旦開閘，他不得不讓它流完。現在，他至少可以舒出一口氣來了。

「我並沒有故意回避的意思，我的想法是：如果我去別人的公司工作，或者要比在自己那裡更能學得到東西；再說，去多幾處地方求職和任職，可以拓廣自己的經驗面，為自己提供在不同職業領域內發展的機會。」

這是太得體的回答了。假如這是一場口舌辯論戰，對方是很難從這塊豆腐中找到骨頭的。而假如這是一段以理服人的解說詞的話，向真理讓步的應該是父親，而非兒子。

「那半年過去啦，你覺得自己在工作經驗上的長進有多大？是否已在某一個職業領域內找到可供你發展的機會了呢。」

「有……」正之遲疑了一陣，他凝視着父親的眼睛，他在考慮該不該說出來。「首先，希望您不要生氣，爸爸。我忍受不住那類枯燥刻板的寫字間生活。所以……所以去『懋林行』工作不太可能會是我今後的選擇。我打算創立一個屬於我自己的事業，這是一個商業與自己的性格、志趣相結合的事業……」

「寫詩？——」

「不，開一家琴行，兼教授音樂。」

一絲淡淡的冷笑在李老先生的臉上劃過：「你認為辦一個事業有這麼簡單嗎？」

「不簡單，但我覺得自己有成功的可能。」

「有可能是一回事，真正會成功又是另一回事，這兩者間的可轉換率是很低的，尤其是在香港。但我並無意阻擋你，你有權為自己的前途作抉擇，而我……可惜我已經太老了！」他尖銳的目光於剎那間變鈍了，變得黯淡下去：「至於『懋林行』麼……」

「爸爸！」正之覺得自己被一種強烈的歉意感所攫取了，在這一刻間，他只想將自己全部的熱情都傾注出來，傾注入這位坐在自己面前的老邁而失望了的自己最親的親人的胸中，他要讓希望之火在那裡重燃起來。「林先生是位好人，先把『懋林行』交給他來管理，這點你完全可以放心。……而我也一定會……」

「放心？這根本不是放心與不放心的問題。我想要告訴你的是：我有辦法創造起一家『懋林行』，我也同樣有辦法來完成其善後的工作。所以，我倒要請你放心。」他的目光又銳利起來，表情又沉入原先的冷峻之中。

正之低下頭去，他不想再說話。

「她是誰？」突然，在一段靜默之後，正之聽到了這麼一句簡短的發問。他抬起頭來，父親望着他，他也回望着父親，在四道目光十多秒的交鋒之中，一切便已清楚。正之已回避不了，而事實上，他也不太想再繼續回避：遲早他都得面對這麼一個現實。

「她姓章，叫章曉冬。」

「是夜總會的那一個嗎？」

「嗯……不過她已不在那裡做了，她已搬出來獨住，因為，她……她已與她的丈夫分居了……」正之自己也不知道為什麼說話竟會口吃起來，是黃金富對他的潛在影響嗎？他迫令自己鎮定下來。

「她已經是結了婚的？」

「是的，她的丈夫在太古糖廠工作。」

「那麼現在由誰供養她？你嗎？」

「不！」正之的語氣堅決，眼中閃出一種抗議的光芒，「她……」

「你夠能力養活她，為什麼不把自己自從工作以來的積蓄先給她用呢？」正之望着父親的頭低了下去，父親的話正點中在他的心坎上，他不夠膽再望着他。「一個夜總會的女郎，害了一個男人不夠，再害第二個……」

「爸爸！」正之一下子從坐椅上站起來：「請您不要這樣來講她，她是個好人，她很可憐！」

「可憐的應該是她的丈夫——那個靠汗水去艱難掙錢的人，而不是靠皮肉去容易騙錢的人。」

「爸爸！……」他決不容許任何人污衊曉冬，儘管她聽不見，但他一時又想不出反擊的語言。

「樂美知道嗎？」

正之沒有立即回答，他需要幾秒鐘的時間來使自己激憤的心情平靜下去，然後才會有思想的空間來將那個問題重新迴旋一番，他覺得這是個他應該回答的問題。

「我們在上海就認識，她是我和樂美共同的朋友，她也是在半年前剛來香港的，她……」

「我是說，樂美是否知道你倆目前的關係？」

「什麼關係？」

「你說呢？」

「我說……」正之答不上來。

「二十年前，我們這一代來香港是為了能生存下去，所以必然會奮鬥。二十年以後，輪到了你們這一代，你們來香港目的是什麼呢？為了發達，為了享受，為了能追求國內所追求不到的生活方式？於是分歧的斷層就一定會在彼此間產生。」他停頓了一刻，像是為了集中思路，也像是為了捉摸正之對他的話的反應。接着，他拉開抽屜從其中抽出了一條窄長的紙片來放在寫字台的台面上。他的眼睛並不望着正站立着的正之，但他的聲音卻又開始在書房裡響了起來，這是一種平靜的語調，沒有一絲誇張也沒有一點縮小的成分包含在其中：「這裡有三十萬元港幣，本來就是為你出國留學而準備的費用，現在仍交給你，讓你自由支配，你可以用它們去開一家琴行。」

一種莫名的羞辱感湧進了正之的心中——他不知道究竟這種羞辱感來源於何處：是為着父親在這前面所說過的一切呢，還是為了他最後一段表白？「爸爸，你誤解了，即使要辦琴行，我也要用自己積蓄起來的錢，我並沒有向您要錢的意思。」正之開始轉身，他準備離去，「這筆錢您還是收起來吧，我不想要它。」他開始背向着父親，向書房的門口走去。但是他並沒有計算過：以他每年積餘二萬元的速度，他將多少年才能籌足這筆三十萬元的資金。

「正之！」身後傳來一聲雷鳴般的喝叫聲。正之驀然刹住了腳步，他從來沒有聽見父親這樣高聲地說過話。他轉回頭去，他見到父親已從座位上站立起來，兩隻撐在椅把上的手正劇烈地震顫着，他的面色蒼白得可怕。「回來——拿去！」他將那條紙片從桌面上撿起來再向正之遞出去，但他的眼光卻一刻也沒有離開過正之的面孔。正之一步步向回走去，他感到自己悲慘得像一隻向着張開了的蛇口一步步跳回去的青蛙。他從他的手上取到了那條紙片，這是一張滙豐銀行的本票，受益人的一欄中寫着的是李正之的名字，而金額一欄之中印着的是三十萬這個數目。

「謝謝您，爸爸……」他聽見到自己正用低於蚊鳴的音量向着交給他支票的父親說出了這句話。

李聖清一直望着兒子從門口走出去，關上了門，然後才坐下來。他攤開了一疊印着「李聖清信箋」紅色抬頭的信紙，然後提起了一支「派克」蘸水筆。在第一欄的豎行間，他用有着毛筆字深厚功力的筆勁，抖抖顫顫地寫道：「樂美賢媳……」

客廳的「星辰鐘」正在此刻「噹噹」地打出了九下，這是他向「李寶椿」大廈的寫字間打出第一隻電話的時候，但今天他沒有這樣做。

就在同一天的傍晚，還不到五點半鐘，正之從英皇道拐進了通往馬寶道的一條橫路上。在他的口袋中裝着那本滙豐銀行的存摺簿，十張金黃色的一千元港幣的面鈔夾在其中。他的一隻手塞在褲袋裡，緊緊地捏住那本存摺和那疊鈔票，他不希望它們在被交在它們應該被交到的人手中之前已被別人搶去或扒走了。

其實，香港的治安也並非是那麼地可怕，主要是正之還從未在自己的口袋中藏有過如此大筆的現款。而且，這還是他用半年的苦幹換來的報酬，他親身體驗到了：在香港，錢的每一點滴都來自於不易。

黃昏前夕的太陽仍然像火盤一樣地烤人，英皇道，連同那參錯不齊的新舊各異的樓廈群赤裸裸地曝光在這盤太陽之下。它們必須一年十個月，一日十個小時之久地忍受這種亞熱帶的驕陽的焙烤。曾是傲視同群的白色的巨廈漸漸地變黃了，新一代的高層建築，巧克力色的，烏晶黑亮的玻璃牆的，純不銹鋼的，如黃金一般燦耀着的，又在本來是不被人注目的角落裡矗立起來，悄悄地代替了它們的前輩，而成了這片繁華世界的標誌。香港便是像這般地淘汰、更新着。

正是下班的時間：路軌上的電車，擠滿了人的雙層巴士，的士，小巴，私家車以及在兩旁人行道上的人流，像鼓脹在英皇道這條港島主動脈中的血液，奔流着，再從各邊街橫巷的毛細血管中滲透到香港這具龐大軀體的每一朵細胞中，將生存的能量輸送去那裡，再把排泄出來的廢料帶出來。

正之就是它們之中的一顆紅血球，他正從「琴行街」轉入到「馬寶道」上。他要把攜帶着的一萬元港幣的生存養料輸送到一幢舊樓的一個住宅單位的一間斗室之中去。對於他來說，那間不為任何他人所知曉的斗室中正存在有一團強烈的磁場，他是一枚小鐵釘，不管他在哪裡，不管他在幹些什麼，也不論他企圖如何地掙扎，他都不能擺脫這片磁場對他的強大吸力。今天，他就被從海對岸的尖沙咀一直吸到了港島的北角，而且現在正一條街更近一條街地，一個門牌更近一個門牌地接近這片磁場的中心，他只覺得那個磁場的核心是一片光暈，他不能見到那裡存在着什麼，他也不知道自己一旦進入到那裡之後將會如何。

他記憶不清自己是怎樣地踏進那方窄深的大廈入口處，然後搭上那架「嘰嘰咔咔」作響的拉鐵閘門的電梯的。當他頭腦稍微清醒一些的時候，他理會到自己是站在一條散發着比渣華道的那座老樓更霉濕味的大樓的走廊裡，在他的面前是一扇關閉着的老式大門鐵閘，門口地邊上供着一方小小的土地神位，一支一寸寸燃短下去的香炷正把騰騰煙霧輸送進霉濕的空氣中。

他正面臨着一個決定的時刻：按下門鐘，還是不那樣做。

曾經有一段時間中，那個轉身離去，重新回到馬寶道的街市場上去的思想占了上風，但他好不容易說服了自己：他是給曉冬送錢來了，他又不是為其他什麼事。她急需錢，而在這個時候幫助她，這是他義不容辭的責任。最重要的是：他的心底裡也很明白，今天他遲早都得按鐘進去，不管他會有多少次地退出去再進來，進來了，再退出去的偽裝。

所以他決心按門鐘進去。

鐵閘裡面一扇大門開了，鐵閘並沒有打開。一個頭髮蓬亂的，穿睡衣的肥胖女人出現在鐵閘柵欄的後面。在正之看來，她就像是被關在鐵窗中的囚犯；雖然她看正之的感覺可能和正之看她的一樣。

「搵①邊個？」她沒有好聲氣的問話令正之想像到可能是門鐘把她從夢中喚醒的。

「對唔住，阿嬸，我想搵一位叫章，文章的章；曉，拂曉的曉；冬，冬天的冬——章曉冬女士。」經過半年多的鍛煉，正之説的廣東話已臻於標準。

「邊個？章曉冬？那個剛搬來住的女人？」

「我不知道這裡有多少位房客，不過我想可能是的——」

「重沒返來！②」一聲「砰」響，大木門在鐵閘後被使勁地推上了，引起了走廊中一陣空蕩蕩的回聲。

曉冬不在，但正之感到的並不是失望，他反而覺得鬆了一口氣，他不知道為什麼自己會有這種反常的感覺。他感到輕鬆的原因是：至少他還可以有一段在街上閒蕩的時間，他可以邊走邊思考，他需要整理一下自己紛亂的思緒。

一條狹窄的馬寶道，兩旁擠塞着各類小販的攤文件。衣裙，褲子，甚至女人的胸圍、三角褲、絲襪都被高高地叉起，掛在竿棒上。一條長形的紙片從褲襠中吊下來，上面是歪歪扭扭的字體「公司跳樓貨③——每條十蚊④」或者是「唔要走雞——唔信睇嚇！」穿着短褲，拖着拖鞋，赤裸着兩條又白又粗大腿的女人；只掛着一件汗背心，通身油光烏亮的男人；骨柴嶙嶙、彎腰曲背的廣東阿婆；拉着母親褲腿的，或被兜在胸前，馱在背上的孩子們從一個攤文件移向另一個。人頭湧湧，從路的這一岸一直延向路的那一岸，使馬路失去了人行道與車行道的界線。一輛拐彎繞進北角總站的有軌電車「叮叮噹噹」的鳴叫着，從路的一端駛進馬寶道上來。它緩緩地，一寸一寸地向前爬行，將人潮慢慢地推迫向兩岸，頓時間叫喊着、咒罵聲四起，行人與顧客向兩邊靠去，擠壓在小販的攤文件上。但一旦當電車駛過，人潮便立即會攏上來，恢復成了原先的常態。

正之就在這批人群間擠推向前，呼吸着被汗臭、果皮和陰溝積水污染了的空氣。他本想梳理一下自己的思想，但他發覺這是不可能的。

而且，他還必須照管好褲袋中的那一萬元現金：在這裡，這是一筆足夠能將幾攤小販文件上的衣物雜品包購下來的「鉅款」。

忽然，他聽到幾個小販，推着擱在小車上的攤文件迎面擠過來，口中不停地叫喊着：「對唔住！借一借路，借一借——」走在頭裡的是一位高大的，賣電子錶的小販，鍍黃的和塑膠的電子錶殼掛在他的文件攤豎起的橫杆上，叮鈴噹啷地左右直搖晃。他神色有些緊張，一瞥之間，正之覺得有些眼熟，但在他還來不及思索之下，那人以及他的那車混飯吃的貨物都在正之的身邊急急地擦過而去。在他後面幾個賣衣服和水果的文件販似乎並不像他那般慌張，他們還算悠然地推車過來，他們甚至略帶有絲絲笑容的臉還不斷地朝後張望。在他們經過後的幾分鐘，正之才見到幾位戴大蓋帽、穿制服，佩胸徽的市政工商雇員從人群中擠露出面來。他們手中和腋下夾着幾冊厚本本，東顧顧西盼盼，腳步悠慢，神色富於暗示性。小販們遠遠地躲避着他們，望着他們走過，沖着他們扮出一段持續不衰的討好的笑容。而他們呢？他們大模大樣地走過，正之沒見他們去查問或核對過任何一個人。只需等到他們的臉蛋側面一閃過，能見到的只是幾套穿制服的背景的時候，小販們便立即行動起來，撐起了掛着褲衫，胸罩的橫竿，價錢的標籤從褲襠中蕩吊下來，他們又開始高喊起來：「平囉！平囉！公司跳樓貨啊——十蚊一件！……」

在香港，至少在香港的馬寶道，老鼠與貓便是以這種方式和平共處的。

正之開始向前走去，但他聽見那幾句叫聲又在他的背後響起來：「對唔住，借一借路，借一借——」

正之轉回頭去，他見到那個避難趕在頭裡，回歸仍是擠在第一位的高大的電子錶販，正推車回來，只是在他的臉上，一種焦慮的神情代替了原先那類慌張的。正之踮起腳朝後望去，他見到那幾個穿制服的人的背影正巧在馬寶道彎上琴行街的拐角處上消失。

而那位高大的表販已在就近找到了一個空隙將他的車攤契插了進去。他正把蓋貨的大幅油布一面一撇地揭開來，再熟練地將各類貨版展攤出來。正之的嘴角處露出了一絲笑意：他已記起那人是誰。

他向電子錶攤擠過去，站到了那竿叮鈴噹啷地掛着鍍黃錶殼的橫杆下面。他故意不去看攤主，他的手從橫杆上摘下了一隻金閃閃的女表來，捏在手中前後左右地看：這是一隻在表面上印着 SWISS MADE 字樣的流行款式的手錶，但那粗糙的手工和劣等的電鍍工藝明白地披露出了這是一隻台灣或者港制的冒牌貨。

「正宗瑞士貨，大公司跳樓，平賣！平賣！原價八百元，現價十八蚊！……」他說的根本就是上海話，幾個廣東字音就如夾生米飯中的硬粒，一口咬下去，散成了酥酥的粉狀。正之真想笑出聲來；但他竟能在這塊地方競爭維生，正之又打從心眼裡佩服他。

①「揾」，廣東話「找」的意思。②廣東話「重沒返來」等於「還沒有回來」。③「跳樓貨」意即「便宜貨」。④十蚊：即十元。

「我想買一塊表，楊老闆。」正之說的標準的上海話，他抬起頭來望着對方，微笑的眼睛幾乎眯成了一條縫。

「嗯？」那人嘰嘰呱呱着的兩瓣嘴唇突然凝住了，兩隻划動的手僵在半空中，「……是你啊，李……李……」他用右手的五隻合併起來的手指敲打着自己的後腦勺，「是……李先生啊！」木易楊還是老樣子，無論在哪種尷尬的境地中，他都有轉寰的餘地。其實，除了「木易楊」之外，正之也並不知道他的大名是什麼。

「我叫李正之，正確的正，之乎者也的之，你呢？楊——」正之拖長了音調等待他的回答。

「楊重友，器重的重，友情的友。對了，你不是住雲景道嗎？」他翹起了大拇指朝身背後的半山區的方向一揮，「怎麼跑到這兒來了呢？」

正之還不願讓喜悅的笑容從臉上平淡下去，在這個時候重逢了這麼一位「老」朋友，這是他意外的收穫。

「到這兒來？來買表啊，買你的瑞士表——大公司的跳樓貨。」

「買表，你還用買嗎？我送你兩個！」他慷慨地從表堆裡拎起兩塊表來就往正之的手中塞。

「不，我是說着玩的，」正之推擋着他。到了這個時候，他的臉才從嬉笑中脫離出來：「你倒真行，居然會做起這類生意來……你家不是住九龍那頭嗎？」

「那是我伯伯家，住官塘牛頭角。手掌那麼大塊地方，像沙丁魚罐頭似地擠壓着六、七個人。後來又加多了我一個，直鬧到：『小吵天天有，大吵三、六、九，』你說我還能住得下去嗎？所以便搬出來獨個住。」他的目光中充斥着一種感慨，「想不到在香港生活這麼地艱難！……總算天無絕人之路，當個無牌小販，一個月也至少能有千把、兩千的收入。人是辛苦些，還得時刻提防着『走鬼』①……」他說着，又向着琴行街的方向張望起來。正之這才注意到他確實蒼老消瘦了很多，除了那幾條加深了的粗皺紋外，更添出不少細紋的支流。焦慮，這是最強烈的催老劑。

「其實差人②很少抓無牌小販的，而小販們似乎也並不太怕他們。」

「一般的情形是這樣，但我不比其他人。我的全副身價都在車上堆着呢，」他一手一隻地抓起兩方表盒來互相地敲打着，「萬一，那些差大人今天心情不佳，將臉色一沉，說一句『全盤沒收』，那就完啦！……」

「喔，……那倒也是……」

「就是再苦，哪怕熬上八年、十年，退休回上海時，談不上衣錦歸鄉麼，也得對老婆、孩子、祖宗有個交代，不給人笑話。家裡人在上海瞪大着眼睛，伸長着脖子，看着我，盼着我呢，盼我楊老大在香港這塊拾金之地上大展拳腳，他們哪知道：黃金真有那麼地好拾咩！……」

他的目光中閃過了一縷又像是嘲人又像是自嘲的神采，這縷神采又具體化為幾紋苦笑在他的嘴角邊上展開來。

① 廣東俗語，即「逃避警察」。② 「差人」即「警察」。

「噢……」正之不知說什麼好，他同意對方說話之中的一部分，但對另一部分卻又毫無體驗。

「你能給我一個位址嗎？或者電話，」終於正之找到了一個轉題的叉道，他記起了半年前他們在九龍碼頭上倉促的分手。

「行，行，」他從表盒堆中抽出一本記事簿來，一支「斑馬」牌原子筆吊在簿夾上。他一邊寫一邊頭也不抬地問：「你在你父親的公司做事吧？那一定是間大公司，那兒還有空缺嗎？……暫不說當經理，讓我當個跑街什麼的還是可以的，」位址已經寫完，他的頭抬起來，「說到口才麼，你老兄對我也應有所瞭解……專跑上海人的生意。對了！就在上海人的堆裡跑生意，憑我這張嘴保證『一帖藥搞定』——你看如何？」他看着正之的眼神是認真的，而且充滿了希望。

正之回答他的只能是尷尬的，半真不假的一笑：「要我拉兄弟一把？」

「唉，對啦——虧你還記得。」

「可惜我自己也不在那裡工作，我……」

「為什麼？」

「說來話長。」

「噢，是的——香港是個六親不認的地方。」

「倒也不是這樣……」

突然，他撇下了與正之的話題，抬起頭來。在這一片鬧哄哄的嘈雜聲中，他已憑着一種特有的聽覺力捕捉到了一些異常的動向。「不好，又來了！——還沒有做到過一隻表的生意呢。」

正之順他的目光望去，他見到那三位灰制服慢悠悠緩步而來的身影又在馬寶道、琴行街口上出現了。

「你就靠邊避一避吧，未必一定要奔逃。」

「不行！」他的語氣很堅決，他的動作更俐落，轉眼之間他已將大油布左右回復地遮蓋好了他的「全副身價」，準備起步了。正之這才記起，他還沒有將自己的位址、電話告訴對方。「唉，慢一慢，把我的地址也寫一份給你——」

「不用了！不用了！你來找我就是了——別忘了來找我啊！上午十二點之前我都在家睡覺的……」他將一份紙條塞在正之的手中，頭也不回地擠入人潮中，人潮又在他的背後複合上了。

在他的後面還是追隨着那幾個小販，有賣衣衫的，也有賣水果的，他們邊叫嚷着「對唔住，借一借路，借一借——」從正之身旁通過，邊又轉過頭去張望，他們並不太慌張，一種似有似無的笑意流露於他們的臉上。

當正之再次站立在那扇在地角的一邊供着土地神位的鐵閘門前時，已經是晚上七點鐘了。來開門的還是那個胖女人。在她見到在鐵閘柵外面站着的是正之時，她便一言不發地轉頭向客廳中走回去，讓大門闊闊地敞開着。她拖的硬塑膠的高跟拖鞋敲打在磨石的地面上「咚咚」地響。

「章——小——姐，」當走回到客廳中央時，她開始用一種古怪的拖長的音調叫喊起來，「有客搵你，」她故意將正之稱作為「客」。

但正之的心中還是很高興的：至少她是在家裡。其實，正之是算准了時間的，他與她約定了七點半在新都城門口會面，現在應該是她吃過了晚飯，換好了衣服準備出門的時候。

離大門口最遠端的一扇房門打開了，曉冬走了出來。她徑直地向大門口走過來，她應該已經看清了在鐵閘柵欄外站着的是誰，但她的臉上並沒有驚奇的表情，她只是穩穩當當地走過來，就像要上某一個地點去取某一件東西一樣。

「你今天怎麼會上這兒來的？不是說好了在新都城門口等嗎？」當她走到鐵閘邊上時，她向着閘柵外的正之這樣說。但她的眼神告訴正之的是另一回事：她知道他遲早有一日會站在這扇鐵閘外按鐘進來的，衹不過她不知道他會選擇今天罷了。這是一對深沉、含蓄的眼睛，一如它們一貫的形態，但今天更浸潤着一種難言的柔情，當正之凝視着它們時，他感到心跳，繼而產生的是一種口渴感，他想喝水，想把一大碗冰凍的水倒下肚去，將心裡那股正開始躥升起來的火苗撲滅下去。

他沒有勇氣再看她，他低下頭去。因為第六感覺告訴他：眼睛是直接通往漆黑心底的窗扉。

「開鐵閘吧，」仿佛是在夢幻中，正之只聽見她柔柔的吩咐聲在柵欄的對面響起來，「門外裝有插鎖。」正之這才注意到：這是一扇與眾不同的鐵閘，為了方便晚歸的房客，鐵閘是內外兩邊都能開關的。正之拉開插銷，推開鐵門走進房去。再不是被柵欄隔成了一條條的面孔了，曉冬整個人都呈露在他面前。她穿的是一件絲質的半透明夏日套裙，在潑墨風格的設計圖案後面隱隱約約着她白色的肩膊，一對對稱、細窄的乳罩的帶子跨越肩膀而過。兩隻雪白、潤圓的手臂從寬蕩蕩的，鑲花邊的袖口中伸出來，垂直下去。正之不敢細看，他把目光向下移去，但下半身的情形更令他不安。這是一截短裙，裙邊終止在膝蓋的上方。兩條白皙的裸腿裝置在一雙黑色的細高跟的皮鞋中，輻射出逼人的誘惑力。正之的眼睛又匆匆地向上移去，他見到她已轉過身去，向自己的房間走回去。

正之跟隨着曉冬。肥胖的女房東就站在客廳的中央望着他們，他倆從她的身旁經過，但通過正之的眼角的餘光反映到他大腦中來的她，只是一團影影綽綽存在在一邊的形象。

曉冬選擇在床沿上坐下，因而留下給正之的選擇就剩下了放在桌邊的唯一的一張摺椅。這是一間四十英尺（約四平方米）見方的房間，而一床、一桌、一椅是為了這出人生話劇的這一幕準備的全部道具。斗室也有一扇小窗，正之的手就靠在窗台上，但窗玻璃是打不開的，因為窗外是漆黑、暗濕的樓宇通天。多少年得不到清理的垃圾、碎布正在那裡腐爛、發臭。但在室內，雖然十分窄小、簡陋，卻充溢着女性閨房溫馨、柔情的氣息：雪白的床單拉得沒有一絲皺痕；一塊疊得方方正正的粉紅色的羊毛氈擺在床的一角；一隻套着淺藍色枕套的枕頭，上面繡着一個大眼睛的小女孩，一排英文字是「GOOD MORNING」。枕邊躺着一厚疊的書冊，有幾本寬大、黃封面的，正之辨得出這是琴譜，而其他幾本則是深深地埋在她的枕面下的，正之看不清楚。房間中蕩漾着一股香味：這是多類女性化妝品和從居住者身上散發出來的體味的混合味。

「嗯……」正之想說第一句話。

「嗯……」幾乎在同一時間，曉冬也發出了想說話的信號。

「你先說吧，」正之說。

「不，還是你先說。」

「我已考慮了很久，我決心今晚來你家裡，因為我……」

「我也考慮了很久，所以我……」

「嗯？……你說吧！」

「不，你說下去，……」

在她的要求下，正之停了一刻，像是要追循回原先的思路，「……我覺得我一定要這樣做，曉冬。我希望你不會拒絕我……」

「我不會拒絕你，正之，我……」曉冬吞吐地停住了。

「你說下去，」正之再一次地希望成為一個聽眾。

曉冬想了幾秒鐘，但她還是那句話：「不，你先說。」

正之因此不得不又從聽眾轉成了演說者。「好吧，……我不能忍受見到你再這樣地生活下去，你應該生活得更好一點。更舒服一點。更……更……」

「更隨心所欲。」

「隨心所欲？」正之為她這奇特的用詞而抬起眼來，這時她才覺察到他所想的與自己所想的可能是有出入的。

「你聽我說，」這一回她的語氣轉成了堅決，「你聽我先說，……半年多前，在淮海路的一條弄堂口，你對我說，你有一個秘密要告訴我，這個秘密的全部內容就是一個字。……現在你的心中仍埋藏着一個秘密，」聽到這裡，正之的嘴已張開來，他要插上去，但她用一個手勢制止了他，她不願被人打斷，她要繼續說下去。「……我知道，你還有一個秘密，這個秘密的全部也應該只是一個字。但假如，這是除了那一個字以外的任何字，請你就別說出來給我聽，我不能再經受多一次了！」

應該說，正之是給她說糊塗了，但在這一片茫霧中，他仍有一條清醒路線可以遵循。假如他願意深入地想一想的話，他應該知道她在說些什麼。但在那一刻，他袋中的那一萬元現鈔佔據了他的全部思想，他盼望能將它們順理成章地交到曉冬的手中。

他的秘密又是一個字？是的，這一次，這個字是「錢」而不是「詩」。他見到曉冬坐在床沿上的身體向後仰去，她的一隻手把枕旁的琴譜推開，另一隻伸到了枕面之下。

她從那裡抽出一本薄薄的冊頁來，正之的心臟立刻劇烈地跳蕩起來，他見到了那幾個在扉頁上的龍飛鳳舞的草書《萌芽的種子》，這是他自己的手跡，而這本正是他和樂美在半年前塞進曉冬家信箱的那份詩集。

「我將它隨身帶到了香港，它一直沒有離開過我。就是在夜裡，它也睡在我枕頭之下，」曉冬望着書冊說話，仿佛在聽她說話的是這本書，而不是正之。「半年多了，我沒有見到你，要不是那次偶然的相遇，我們可能一年，五年，十年甚至一世不再見面。但我卻覺得每時每刻能聽到你的心聲，因為它每時每刻都陪伴着我。」她抬起頭，她充滿了勇氣的火辣辣的雙眼望着正之，「你明白我說些什麼嗎？」

身為寫詩之人的正之覺得自己竟成了一個幼稚無知的小學生，有時精采詩句的創造者，並不是詩人，而是為真情所激動了的普通人。

「你的詩句充滿了愛——愛地，愛物，更愛人，而讓別人也因為讀了你的詩而愛你，所以『愛』才應該是藏在你的心中的那個秘密的字眼。你知道嗎？」

但正之知道的是：此刻埋藏在他心中的那個字不是「詩」也不是「愛」，而是「錢」！他慚愧極了，他深深感慨半年多港式生活火烙在他心靈上的痕跡。但那十張一千元的面鈔似乎像一團火球似地在他的口袋之中燃燒，熱力透過了褲料灼痛在他的肉體上。他要讓自己面對現實，他也必須使得曉冬面對現實，現在不是他倆雙雙沉入夢幻的時候；這裡也不應該是她生活的環境，他應該幫助她生活得像樣一點，這是他到這個地方來的目的，而在做人的另一個層面上，他又是個為着某一個強烈的目的，追求不懈的人。

「曉冬……」他從自己的口袋中掏出了那本中間夾着一疊鈔票的「滙豐銀行」的存摺，把它放在桌上，「我……」他低着頭，他知道曉冬正審視着他的每一個舉動，但他的眼既不敢望那本存摺，更不敢望曉冬。他感到自己像一個罪犯，正在檢察官的面前呈交上自己的罪證。

靜默，沒有動作，也沒有語言，正之屏息地辨別着，曉冬的手有否伸過來，將那副存摺打開看一看，但沒有！

終於，「你收起來，你回去吧，」曉冬的聲音平靜得像在表達一件與自己絕無關聯的事件一樣，「難道你認為我需要的是這些嗎？」

正之站起身來，他不知道自己是怎麼站起來的。他把存摺以及夾在存摺中的鈔票塞進了自己的口袋中，然後便朝門口走去。他推開房門進入客廳中，那位胖房東從沙發上跳起來望着像機械人一般在她面前走過的正之。正之通過了客廳、走廊、電梯、大堂。當他站在人頭湧湧，一片嘈雜聲的馬寶道上時，他立定了。

他所作出的一切都是下意識的，他只知道依照曉冬的指示去辦事：收回存摺，然後回家。但每遠離那片磁場中心一步，都是一舉搏鬥。終於，他精疲力盡了，他再也不能朝前邁進一步了。

夜幕已降臨在馬寶道上，兩旁矗直着的大廈峭壁只留給了它一窄條墨藍的天空。小販們的攤篷上都挑起了夜燈，這都是些沒有燈罩的強光燈，引來無數蛾蟲的飛圍。燈光之下簇擁着各式各樣的頭顱和五光十色的商品。馬寶道上更喧鬧了，正之只覺得無數隻嘴都是朝他張開着，無數個聲音匯合成了一個：「回去！！回去！！回去！！」

正之感覺到自己的身體轉過去了，兩腿開始從地面上彈動。突然，他不顧一切地狂奔起來，方向是那面閃亮着日光燈的大樓的入口處。

正之又回到了那扇在地面的一角上供着神位的鐵閘的面前，當他伸手按門鐘時，他已從外面將鐵閘的插銷拉開了。胖女人來應鐘開門了，但在她還沒有搞清楚是怎麼一回事時，正之已從她身旁閃過，朝着客廳遠端的那扇房門奔過去。

他扭開房把手推進房去，他見到曉冬仍坐在床沿的那個位置上，琴譜在枕邊散開着，《萌芽的種子》仍留在桌上。一切的細節都恰似正之離開時一樣，他的走出去，又奔來，像是一個作了幾年的長夢，但又短到又好似根本從未發生過，他只是在房門口折回了身而已。

曉冬站立起來，正之趨向前去，任何語言都是多餘了，那四條交鋒在一起的火熱的目光將一切顧慮和虛偽的道德概念都溶化了。

他擁抱住了她：「曉冬，我離不開你，我不得不回來……」

「我知道……」

他的頭伏在她雪白的裸肩上，一股強烈的體香從蟬翼一般飄薄的絲衫裙中透出來，他的手指順着她的背部滑下去，隔着那層稀薄如無物的遮擋物，他能感到那具裹在其中的熱烈而柔軟的實體。在愛與欲狂潮的衝激之下，正之知道自己的理智的「馬其諾防線」正在徹底的崩潰之中。

正之從那横裸肩上抬起頭來，他呼吸急促地要去尋找一處能獲取更大滿足的氣息的出源地，那是兩瓣鮮嫩的紅唇，現在只離他自己的嘴唇半寸之遙。他實實地按壓了上去，像按壓到兩片玫瑰花瓣上，他要將花蕊中的蜜汁都啜吸出來。

他感到一隻手正從他的腰部滑入他的褲袋中，它的目的是要將那本綳硬而又冷冰的存摺挖出來，然後朝後甩去。正之見到存摺被拋在了床上，而夾在其中的十張一千元的面鈔卻都飄飛了出來，散得一床，散得一地。

第八章

正之從永利大廈入口大堂的黑暗中走出來，走上了那條躺臥在燦爛陽光之中的金巴利道。他從擁擠的馬路上一直向前，他的方向是尖沙咀碼頭。今天是平安夜，整個尖沙咀都沉浸在一片瘋狂的節日氣氛中。瘋狂，顧客們消費的瘋狂，店主們賺錢的瘋狂。所謂「白色的聖誕」對於香港是永不適合的，但具有諷刺意味的是：在溫暖明亮的陽光裡，幾乎每一家商店的門面和櫥窗中都佈置出了效果逼真的白皚皚的場面，而聖誕老人的鹿車就在這片永不會融化的雪原上奔馳而過。

正之是第二次在香港度聖誕了，他對於第一次的印象淡漠到幾乎等於零，那時的他到港衹有一個多星期，這個萬眾歡騰的節日便在一種昏夢般的狀態中悄悄地滑過了。他甚至追憶不出他曾遇到過些什麼人，見着了些什麼景色，塞滿了他整個腦腔的都是那類對於上海的記憶：灰色的街道，藍色的人群。

今年，他似乎剛從一場昏夢中甦醒過來，那些像是屬於上世人生的塵埃開始慢慢地從他的腦空中沉澱下去：他的現實是眼前所見到的一切。這裡的聖誕節就像上海的春節，但就為了這一點，正之感到悲哀。在上海，物質哪怕再短缺，形勢不論再高壓，人們決不願放棄春節這個一刹那間的歡樂和放鬆，大家將一年的辛苦積蓄都揮霍在幾天之中。交叉重疊的互訪與宴請，使寒冬裡充漾着溫暖的親情。但在這裡，正之是孑然一身。每天雪片似的聖誕卡從美國、加拿大、澳洲、台灣和新加坡飛進他家的信箱中，那些正之從未見過面的，只會說洋文的表兄堂弟，那些父親的同輩人；有用蘸水筆簽着英文名的，也有毛筆字落着正楷款的；有的只是在賀卡面上釘着一份名片，也有的在賀卡的內頁上添上幾句附言；——呵，好不熱鬧！所有這一大疊砌齊在父親的書桌上而令他忙於回復的聖誕卡使正之聯想到的是「人情薄如紙」這句話來。因為，所有這些人的存在僅是在紙上的一行簽名，在正之生活中所真真實實存在着的人衹有他的雙親，除了雙親之外，就只剩下了曉冬一個！

一想到曉冬，他的心就感到一陣隱約的痛楚。她的名字和她的形象就如一瓶含有濃烈腐蝕成分的揮發性液體，一旦瓶塞拔開就會一秒鐘更甚於一秒地侵蝕他的心坎，而令他不得不慌慌忙忙地去將瓶塞按回。他的思想向曉冬關閉起來，他迫令自己轉向一些其他的主題上去。

正之繼續向前走去。兩旁街鋪的櫥窗裡陳列着使人眼花繚亂的商品，它們用盡了一切動聽的語言，扮出了一切誘惑的姿態，它們像是隔着玻璃伸出來的千百隻手，企圖把在大街上行路的過客強拉進屬於自己的這一方大門裡來。

從來是目不斜視的正之今天也左顧右盼起來，「生意經」在他的人生計畫表上已暫時上升到了頭條位置。今天是他最後一次上圖書公司來，他已向老闆請辭，因為他已決定去開辦一間琴行。地點都已選定了：這是在太古城，那片港島東區新興起來的香港中產階級的住宅區。

構想之中的琴行是徹底按照他自己的設計來規劃的，完全不同于現存在社會上的那一類。首先，他將那種傳統開設在繁華大街上的琴行業務移到了屋村的內部。這意味着，他的生意對象將從幾百萬日夜在門口的流動客轉向了幾萬個只在該區定居的住客。他堅信：幾萬人口已能提供使他生意的這株樹木長大成材的足夠的土壤。人不在乎多，可貴的在於你自己的信譽和人們對你的信心。而店鋪一旦開設，他是準備在那裡長年遠久地辦下去的，十年、二十年、甚至更長。起初，他或者要忍受一段堅守的時期，然後，當商譽慢慢地建立起來時，他才會逐漸地豐厚起那筆對於他規劃中生意最基礎的資本。

為了應付這種特定的形勢，他將琴行內部的業務分配也作出了相應的調整。他把生意的重心通常是大批量地進口、做廣告和出售鋼琴轉移成大規模地教授、訓練學生。他根本不打算做售琴的廣告，他認為充足的學生數量已能確保他售琴的指標；而從一個將具有五萬人口的太古城中招取幾百個音樂學生，這是完全能做到的。

採取這種生意策略的另一大好處是資金的調度與運用。他將不會把大量的資金壓死在鋼琴的存貨上，使他有更靈活的周轉餘地。在那個年代，三十萬元完全能助他在大街上闢地立店了，但他不想，他只希望能動用其中的一部分，而讓自己留有足夠的後備糧草，他必須要為可能來到的荒年作好打算。

就這樣，他懷着滿腦子獨特的設計以及純粹是他個人對於生意的觀點和思索，信步踏上了商場的擂台，準備與早在那裡霸佔了多年地盤的對手決一高低。

他是充滿了自信的，他從沒想到過失敗會有可能是屬於自己的。這是他的性格，也可能是他缺乏經驗的表示。但在當時，那種如入無人之境的自信反而有力地激勵了他，推助他邁出了決定性的一步：太多的經驗與世故有時反而有害。

他甚至還沒有將他計畫的細節向他的父親說過。父親也從不問他。正之害怕的是：假如他真是興致勃勃地將自己的全盤計畫形容給父親聽的話，換來的可能只是一絲淡淡的笑容以及一句「初生之犢不怕虎哪！」正之決不想讓自己的信心受到哪怕是絲毫的挫傷。直覺告訴他，在這孤獨無援的世界上，信心是他唯一可以依靠的支柱。再說，父親就是這麼一個人，言多反而有失。能使他軟化的祇有一樣，那就是成果。

現在他需要的是全力以赴的努力，一往無前的搏鬥，去創造出成功的果實來。即使他失敗了，他也要有一個光彩的失敗。

他走進了尖沙咀碼頭的候船廳裡，坐到長凳上，他仍深深地陷於沉思之中。一個身影在他的旁邊坐下來：「傑美，打擾你嗎？」正之聽見一個柔柔的女人的聲音在耳畔響起來，他轉過頭去，見到的是節日盛裝打扮的愛爾玲。

「喔……你好，愛爾玲！過海去參加聖誕PARTY（舞會）嗎？」

「我已隨你走了一段，見你若有所思，也不敢打擾你。聽說你辭職不做了，是真的嗎？」

「是的，我決定嘗試一條自己的道路。」

「你會成功的，傑美……我知道你會成功的。可惜的是：我們一場同事的緣分也到此中止了。」

「但你可以來我家……最好還是等我的琴行開張後到我的店裡來玩，我最真誠地歡迎你們都來作客。」

「作客？……是的，也只能算是作客。除了作客，還能稱作什麼呢？」她的音調和目光都愈來愈柔和，黯然下去，就像一盞燈芯快接近燃完的燈。正之的眼光移向了別處。

「我明白，這是不可能的……」她的音量又恢復了原先的響度，「……我之所以想與你見多一次面的目的除了希望能單獨地向你說一聲『再見』以外，還想讓你能瞭解：雖然我沒有錢，也沒有藝術的質素，但如果能讓我選擇一樣的話，我盼望能得到的是後者，並不是前者。我總感到——可能這是一種直感——你是一位藝術家，你的一切都離不開藝術，這就是我希望能接近你的原因。」

正之轉過臉來望着她，在她的目光中閃爍着一種真摯，這令他感動。

「還有，這是擺在我心頭的一句話，我想還是說出來的好，因為這可能是我倆間最後的一次見面：除了你太太以外，任何一個能與你在一起的女人都是最幸福的。」

她又突然地掀開了那樽濃酸液的瓶蓋，但正之並不急急地去將它按回，他寧願咬着下唇，忍受着心坎被強酸氣味腐蝕的痛苦。

「不，你錯了，愛爾玲。她，連同我自己都是痛苦的——十分地痛苦！」

曉冬搬家，那是在二個月前的事了。

她已不住在馬寶道上，她也不再在那家製衣廠當車衣工了，她現在的職業是私家鋼琴教師。她還是堅持要實現自己的願望：寧願忍受每月千元的貴租，也要在雲景道上租一間面海背山的房間。在她搬家的那天，那位一向滿臉嫉雲的女房東忽然笑嘻嘻地來問她了：「就是那個後生仔——他住在雲景道嗎？」曉冬毫無表情地回望着她，不表示肯定，也不表示否定——這是她的最擅長的答覆，於是，一切都沒有了下文。

曉冬的房間簡樸得很，房中的大件除了一張單人床外，就只剩下了一架黑色高背的YAMAHA（雅馬哈）鋼琴，臨窗而立。白天她在那裡授課，黃昏她通常是不安排學生上課的，她需要把這段金色夕陽的時光留給她自己和自己的《〈北風吹〉狂想曲》。祇有一個人才能與她分享這段神話般的時光，他便是正之，正之通常是在那段時間去她那裡的。深夜，她還是坐在那架琴的邊上，為製衣廠的半成品恤衫鎖鈕扣洞。這是計件的外包活兒，她每隔二、三天去廠裡換一批貨來趕。收入雖然微薄，但也能有效地補貼學費收入的不足。她的手指勤快極了，那十隻在鍵盤上如飛燕點水般的手指抓牢着鈕洞在縫鈕機盤上靈巧地轉來又轉去，一晚上的工夫就能完成幾十件。累了，抬起頭來，向着窗外就在她眼底下鋪展開來的奢侈到幾乎使人難以確信這會是人間景色的港九晚景飽覽上一番：這種天堂般的享受便是對於她那類地獄般苦幹的報酬了。但曉冬覺得滿意，也覺得合理。

今天是一九七八年的平安夜，她將應該在那一天上課的學生全部都換了時間，而把全天的時間都空預出來，因為她相信不需要等到夕陽把海面鍍成了金鱗閃閃的黃昏時，她便能見到正之了。每次分手，他們都回避約定下一次的見面時間，他倆的感覺是一樣的：似乎這是一沿不能容忍的惡習，他們必須下決心在某一次將它切斷。但是下一次，就在她盼定的時間內，他真的又來到了！仿佛他們的兩顆心靈是相通的，他們就是憑着這種超常的預感來互訂約會的。

可是這類第六感覺的通訊有時也會錯亂，甚至中斷。一旦當曉冬的心接受不到從正之那一端發播過來的腦電波時，她就會變得慌亂不堪起來。她會覺得自己的心像懸在黑不見底的深淵的半空中蕩啊蕩地，她一定要設法去攀到點什麼——哪怕只是一條枯藤——來穩住自己恍忽得可怕的情緒。

那是一個星期六的傍晚，正之已有一星期沒有與她來會面了，而就是當天——這個她向自己規定說是最後的一日中——也有好多個直覺告訴她說正之必定會來到的時刻也都悄悄地過去了。她憋氣靜聽着，但客廳的大門上連一下鈴聲也沒有傳來過。她終於忍不住了，她一把提起電話筒，猶豫了幾分鐘，撥出了一個電話，這是通向正之家中的號碼。

「喂，」電話線的彼端傳來的是一個乾巴巴的老年男人的聲音。「喂」字之後，曉冬甚至還能聽到說話者朝着電話筒發出的「咝咝」的哮喘音。她立即明白了對方是誰，她想立即掛斷電話，但她的嘴卻在吞吞吐吐地說着：「嗯……嗯……請問李正之先生在家嗎？」

「他不在，請問你是哪一位？」

「我……我，」她的思想和她的嘴再一次地不協調起來，「我是他的一位朋友……不，是他的同事。」

「你貴姓啊？有什麼事可以讓我轉告他嗎？」

「沒什麼，沒什麼，既然他不在，就不打擾了……」

「那留下你的電話號碼吧，」對方很快地接上來，這使她將話筒擱上電話機座上去的決心又開始動搖了：

「電話號碼……電話號碼……」她躊躇着。

「是的，只要留下電話號碼就行了，等他一回家就回電給你，我想他很快就會到家的。」

是那一縷老不肯熄滅的希望，還是她的那份對於正之的愛現在也化成了對他父親的敬重？她並不清楚。

總之，她覺得自己沒有那份拒絕對方要求的勇氣，哪怕是在彼此見不到面的電話筒裡。

「香港電話七一一八一八，」她飛快地說着，不等對方有反應就把話筒扔回了機座上，仿佛那是一團燒紅了的鐵塊一樣。她的心「怦怦」地跳着，她理解自己伸腳邁出了一步，但她並不知道這是正確的一步呢，還是錯誤的？

就在這個時候，房門上傳來「篤篤」的叩門聲，但她沒有聽見。門的把手扭動了，房門從外面被打開了，當她醒覺過來時，她見到正之就站在門框間。

「正之，是你啊！……」她身不由主地從椅子上彈跳起來，向他撲過去：驚喜和懊悔在她心中攪拌。他抱住了她，輕聲地說着：「對不起，曉冬……我忙了整整一個星期，我將開辦一樁屬於自己的事業，我在籌備辦一間琴行……」他覺得她對此並無興趣，她的頭埋在他的胸前，他能清晰地感到她急促的呼吸和「咚咚」的心跳。

「曉冬，你怎麼啦？」

「沒，沒啥。」她仰起臉來望着他，她已決定不把那件事告訴他。

曉冬坐在窗前，琴蓋打開着，她的手在鍵盤上不假思索地滑過，一曲《少女的祈禱》像一條澄清得一眼見底的小溪，汩汩地流出來。但她的眼卻望着隔着廣闊海面的，裹在中午淺藍色日光中的茫茫蒼蒼的尖沙咀區。她似乎能見到正之正從那些曲巷橫街上穿過，他正行色匆匆，他的目標是尖沙咀碼頭。一條渡船靠泊上了碼頭，她又似乎見到正之搭上了船，船開始橫越海面。當渡船慢慢地駛出了她的視野範圍時，她才停止了想像，但她確信，不出一小時，他就會站在她的房門前了。

這一次她又是只想像對了一半。

當正之搭乘的巴士在北角停站時，正之下了車，走上了琴行街，再從那裡拐到了馬寶道上，那是他足足二個月沒有到過的地方：他突然修改了自己的行程。

從船上開始，他已感覺到心臟「嘭嘭」的打擊聲，他的手不能制止地緊握着拳頭，汗從他的手心中滲出來。那種被痛苦齧啃心坎的感覺非但不消失反而愈來愈強烈，無論怎樣地努力，他都蓋不上那只被愛爾玲在無意之中掀開的瓶塞。理智在向他說話，開始是細小的聲音，後來音量愈來愈大，直到他的滿腦腔都回蕩着同一句喊叫：「決心！是下決心的時候了！——」

他懷着同樣強烈痛苦的心情踏上了巴士，怎麼辦呢？巴士在一站更近一站地接近雲景道：他知道只要他在那幢大樓的門口跳下車的話，他等於徹底讓自己置於那片巨磁場的吸力範圍之內，他再也沒有其他的選擇，除了上樓去，去到她的面前。就是在這個時刻上，他想到了楊重友，他也要去看看他，他也應該去看他！他必須去看他！他給了他地址已有半年，但他竟然連一隻電話也不曾打去過！他咬着牙從巴士的座位上站起來，巴士在顛簸向前，他抓住座椅柄，一隻手一把地向門口攀去，形同醉漢。

楊重友住的大廈與曉冬以前住的那一幢只差幾個門牌號碼，但它們卻有着幾乎是完全相同的外觀：白灰水泥外牆，鏽而滴水的花架棚，萬國旗幟，亮着日光燈的狹窄的大堂，「嘰嘰咔咔」作響的電梯，霉濕味的走廊，封着鐵閘的門口以及立在門口邊上的，正冒升出一縷嫋嫋檀香煙柱的神位。正之按了鈴，門開了，鐵閘鏽紅色的柵欄後出現了一張女人的面孔。這是一張前額的發腳梳得溜光，畫着兩條月彎形眉線的面孔。塗着厚厚粉底的臉顯出了一種誇張的白皙，更可怕的那一片再厚的粉底也遮蓋不住的粗細皺紋的佈局——她的年歲少說也超過半百了。

「搵邊個？」她說得不錯的廣東話中多少也帶有一種異腔。

「請問楊重友先生是住在這裡的嗎？」

她的粉底上閃過一線驚奇的表情，「楊重友？他，搬走了！——」

「搬走了？」正之頓了一刻，「那，打擾你了，」他轉身想走。

「唉，儂是伊啥人啊？」對方突然說起上海話來，這是一種與現代滬語有差別的，屬於四、五十年代的上海方言，而衹有對這種方言有着深刻認識的人才能辨別得出這種細微的差別。正之轉回頭來，「儂貴姓？」

「姓李……」正之遲疑不動了。

女人打開鐵閘，「進來坐坐，喫一杯茶再走……」

正之朝門的方向走去了，一種同鄉的親切感使他不便推辭。再說，在他的心角處還隱藏着一種需求，是什麼呢？對了，他還想找一所逃避那片磁場的防空洞。

客廳內陳設簡單，卻收拾得乾乾淨淨。屋中擺着幾件屬於五十年代後，六十年代初的柚木色、羊角腳傢俱，一張黑色人造革的長沙發，沙發的靠背與扶手處蓋着一塊塊白紗的網眼布。客廳的一角放着一張摺疊式的單人床，床邊上是五斗櫃，櫃上放着一盤茶杯，一把冷水壺幾隻茶杯和一筒有如摩天大廈般矗立起來的熱水瓶，那女人就是從那裡為正之倒來了一杯冒熱氣的紅茶。

「謝謝，」正之欠身地站起來，「請問，應該如何稱呼您？」

「我姓陸，大陸的陸，大家都叫我陸姑娘。」

「噢，陸小姐，」正之面露少許尷尬之色地再次坐下去，他用「小姐」代用了「姑娘」，無論如何，這或許更妥當些。其實，他想知道的是她丈夫的姓氏，這樣，她便能被稱作「某某太太」，不管是「姑娘」還是「小姐」，對於眼前的這塊面孔總是不適合的。

「唉，儂……儂曉勿曉得現在啥地方才可以找到楊重友？」她也坐下來，並將位子向正之坐的方向挪了挪，她的神色不知道是屬於「神秘」呢還是屬於「知己」。

「我不知道啊，我只認為他還住這裡，他……他怎麼啦？」

「啊唷！」她兩手一拍大腿，在她臉上，一種失望的神情替代了上來，「這個沒有道德的貨色！這個『殺千刀』！這個不要臉的『殺千刀』！騙了我足足六百塊……這個不得好死的『赤佬』！」

正之呆呆地望着她：楊重友也真是的，怎麼可以做出這種事來呢，他的眼睛向那女人流露出了一種同情的意思來。

「我就是靠這來維生的，嗯……嗯……李先生哪，……我向大房東用伍百塊錢租下來這塊地方，再分租給兩個房客，各收四百塊，自己困客廳……，什麼人的錢都可以騙，怎麼可以騙我的呢？……這個『殺千刀』！這個不要臉的『殺千刀』啊！」

「那，他究竟一共欠你多少錢？」

「什麼？」她望着正之的眼睛中開始放射出一種希望和驚奇混合的光芒：「六百……不，七百，」她的眼睛緊緊盯咬住了正之：「還是讓我算真一點，是……是八百。」

「算了吧，」正之從西服的內袋中抽出一本長型的支票簿和一支鋼殼的原子筆來：「我代他付了。」

正之低頭打開支票簿，他只聽見陸姑娘的那把抑壓不住興奮的聲音在說着：「噢，對了！對了！……我差點忘記了，楊重友講過，他的帳會由他的一位朋友來代他付清的……另外，他還欠我兩個月的飯費，每月一百元，一共二百元，還有……」

正之抬起頭來，在他的目光中，厭惡的成分置換出了同情：「我是他的朋友，但並不是那個替他來付帳的朋友。既然遲早會有人來代他付帳囉，那你還是再等多一段時間，等到那人來的比較好，我走先了！」

正之站起身來。

「噢，不！不！不！」那女人慌忙站起來，又是擺手，又是堆笑，「李先生，儂勿要動氣啊！我……我可能也記錯了，那個『殺千刀』，……不，不，就是那位楊先生，當時也不曉得伊是哪能講個……總之，儂能代伊付銅鈿，我真是萬分的感謝——謝謝！」她把兩隻手掌合在胸前，一前一後地向正之做出了作揖拜佛的動作，「我還要代楊先生謝謝儂，謝謝！謝謝！謝謝！」

正之還能說什麼呢？他只能再次地坐下去，把支票簿翻到空白的一頁上，他抬頭向着她說：「不過，我最多只能付八百塊，如果你同意的話……」

「同意！同意！」那女人搶白上來，「就算儂代伊付一半，我代伊擔一半就是了麼！」她嘴在那麼說，眼卻死死地盯住那本支票簿，她盼望正之的筆能早些落墨點上去，她是如此地迫切，她蒼白得可怕的臉上竟然也升了點紅暈上來。

當支票終於順順當當地交到她手中時，她那緊張的臉部肌肉才鬆弛了下來：「李先生，儂真是個好人！……對了，留了咯噠①吃中飯，一言為定！」她站起來身，手指着正之，「今朝咯噠吃中飯！」

正之有些感動了，——他是很易被別人真誠的熱情所感動的。「不，不，算我領情，我還有事要去辦，所以……」說到這裡正之停了一停，什麼事呢？他問自己，當然是上雲景道她的家去，他知道，無論如何，他都是逃脫不了那片磁場的引力的。今天，就在今天，他遲早都得被他的兩條腿帶去，他稍稍拉上了西服的袖口，往腕表望了一眼，「……再坐多十分鐘吧！」他說。

「其實，儂也勿要客氣啦，」她正要朝廚房方向傾斜過去的身體又轉直回來，「我去燒兩隻拿手的上海小菜出來，今朝又是平安夜……。儂勿要看我現在的樣子，三十年前在上海，我也是『交關海威咯』……」②

「你來香港很久了吧？」正之想轉換一個談話的題目。

「一九五〇年來這裡，那時正打韓戰……。誰會想到三十年後自己竟然潦倒到如此地步，咳！……」她歎了口氣，好像滿腹的話語不知該如何傾倒，「你是哪年份出來的？」

「去年。」

「喔，那還不長，住哪裡？」

「雲景道。」

「雲景道？雲景道的哪裡？」

「豐景台。」

「啊唷！」她又是雙手齊拍大腿地高嚷起來，正之一驚：總不見得還要向他多討八百塊吧？「就是『殺千刀』住的那幢樓！……」

① 咯噠，上海話，「這裡」的意思。② 交關海威咯，即滬語「很威風」之意。

「什麼？『殺千刀』？——楊重友住那兒嗎？」

「不，不是楊先生，是我那『殺千刀』的老公！」

「噢，是這樣……」正之鬆弛了下來，「你先生是……」

「不要再說那個忘恩負義的畜生了！不要再提那個『殺千刀』！」她停頓了一刻，從胸口往上吸足了一口長氣，從她臉上的表情來作判斷，正之知道她非但想說，想提，而且想大說，大提。

「他從百樂門舞廳把我騙來香港的，三十年前在上海的百樂門，啥人勿曉得我陸小姐是豔壓群芳的美人？他是有家有室的人，但他把老婆兒女棄在上海不理，他說他戀我，愛我，迷我，戀得我顛，愛到我狂，迷到我癡，沒有了我，他就要死！因此，他就帶着我私奔。他的一張嘴就像塗了蜜糖似的，——咳，鬼叫我相信了他啊！」她瀑布似的敘述突然中斷了，是為作短暫的換氣還是為了集中紛亂的思路？總之，她眼神中的某種內容告訴正之，她是絕不容許別人在這個時候插嘴上去的。正之保持沉默。

「……他帶來了一百多條大條子，還有美鈔，還有港幣，就太平點啦——但他偏要去炒金！你估這是在上海咩？這裡是廣東幫的天下！人家可以從新加坡，從南洋源源不斷調兵遣將來香港，你呢？已經斷了上海那盤大本營的後路啦！再說，那時在這裡的上海人多數是獨自為政的，更易被人各個擊破。你以為一百條，二百條大條子就不得了了？給人家一吞就完了，還不知攞到肚皮的哪個角落裡去呢！結果呢？——結果祇有傾家蕩產，變賣房子，抵押傢俱，手錶，皮草大衣。在那悲慘的時期有誰陪他？有誰安慰他？祇有我，祇有我陸姑娘！」又是一次換氣和集中思路的停頓，但她眼神中的那類內容並沒有改變，她還不希望別人插嘴上來。

「……就這樣熬過了幾年，吸！咯噠房子就是咯個辰光包租下來個，再分租給三房客，以此來維生。他試做了各種生意，搖過毛衫啦，做過錶帶啦；六十年代中期塑膠業興起時，他又去鑽那一行，而我也傾出了我的一切私房錢，賣了我所有的首飾來支持他，他說他總有一日會成功的，我也信他，我一直是信他的——咳！鬼叫我那麼信他啊！……後來，假髮業在香港開始吃香了，他又轉做那一行。儂曉勿曉得『假頭髮』？現在不興了，那時——讓我算算看，那是在七一、七二年間，歐美市場假頭髮銷路奇暢，香港每月開設的大小假髮廠都不少於幾十家，上海人做這一行的最多，你聽說過嗎？」

「唔……」正之含糊地答應着，他倒是真的聽說過，在他父親泛泛之交的友人群中據說不少是當年「假髮」業的老前輩，只是正之不知道，其中是否包括陸姑娘的那位「殺千刀」。

「……這次真給他找到了機會，半年之內一下子發了起來。講起來也是我的來頭：那個法國的大客戶也是個上海人，共產黨到上海的那年他跑去了巴黎，他是我在百樂門的老相好，老金——就是我那『殺千刀』老公——就是通過我介紹才認識對方的。也是看了我的面子，對方才在一年之內向他落了幾百萬美金的柯達①（ORDER）你說他會不發？不發都好難哪！這個沒有良心的畜生，這個『殺千刀』！他的良心給狗吃掉了！」她又停了一停，嘴角邊上滲出了激動的白沫沫。

「……好了，這下可威風了，他在觀塘買下了上萬英尺的廠房，雇了百十個工人，寫字樓設在中環。又用了十幾個年輕的小姐打單，寫信，接客之類的。你不要看那老鬼，年紀有了一把，但慾望卻高漲不衰，整晚在床上纏人不清；見了年輕女人，更是眼睛眯成了一條縫，『嘻、嘻、嘻』地滿肚皮騷主意！我一早就知不妙，每晚深更半夜回來，還時常偷偷地溜去台灣，說是接生意。——果然不出所料，他在雲景道偷偷地買下了屋。豐景台那時剛建起來，簇新簇新的，每個單位要賣好幾十萬，不少發了達的上海人都搬進去住。他是買來給那只狐狸精的，那只死一百次也不會罪過②咯狐狸精！以前我看到過伊咳，勿要講我沒有眼光啊，我第一眼看到伊就曉得伊勿是只好貨色！屁股一扭一扭，胸脯一抖一抖個；聽說也是六幾年方從上海申請出來，老公、小囡丟了上海不要，專門來香港勾引有銅鈿的上海老甲魚，結果就一口咬牢了我的那個老頭子，當伊個『女秘書』，女秘書？嘿！中英文都狗屁不通，當啥個女秘書？唯一個用場就是夜裡給老金摸屁股！……」

她又停下了，但她眼光中不容人插嘴上來的意志依舊是絲毫地堅定不移。正之已差不多不能再忍受聽下去了，時間在一分一秒地過去，他已開始如坐針氈。再說，他是聽不慣那類話的，對方說話的語調和所說的內容不僅使他反胃，而且令他更有一種莫名其妙的心驚肉跳的感覺。他要去與曉冬幽會，難道那僅是一個巧合？「殺千刀」「老甲魚」這類污辱性的字眼在他的腦際中迴響着，他，李正之，竟也感到自己被深深地刺傷了！

「……銅鈿，銅鈿是最壞個嚒事！沒有銅鈿個辰光還能在一起過下去——有了銅鈿反而都一切泡湯！雲景道，豐景台，那些有錢佬沒有一個是好貨，住得到那裡的人也不會有一個是好東西！……」

正之「忽」地站起來：「我要走了！」

「嗯？……」老女人這方從歇斯底里的咒罵中清醒過來，「噢……噢……儂勿要誤會，李先生！我勿是講儂，像儂這樣一位純潔無邪的青年……」

「算了，不要再講！我約了人，時間已經到了。」連正之自己都感到吃驚，他不知道為什麼自己的語調會變得如此不可制止地冷若冰霜。

「其實，咯噠吃了中飯再走麼，」老女人舊調重彈，「我去燒幾隻拿手小菜出來……」

正之連敷衍她一句話的興趣也沒有了，他一語不發地朝門口走去。

「哪……哪……，真留勿牢儂啦？個嚒只好講一聲再會了，」她自找落台的梯階，正之卻已經打開了屋門，

「噢……對了，你寫一隻電話給我，今後也好聯繫。」

正之已踏進了散發着霉濕味的走廊裡，並開始向電梯門的方向走去。「不用了，我會打電話來的，我有你那裡的電話，楊重友給我的。」正之連腳步也沒有停一停。

①達即「定單」。②「罪過」兩字為上海話譯音，意即「可憐」。

「那好吧，你一定要打電話來個啊……」他聽見老女人在他背後高聲地說着。

當他跨進兩半裂開了的電梯門時，他從眼角中瞥見到那張搽着厚粉底的蒼白的面孔還在鐵閘門的邊上向他揮手，他似乎見到她的手中抓着一片紙條，而他竟認定這就是那張八百元的支票無疑！

又是一個金輝閃閃的黃昏。

一九七八年十二月二十四日，在香港，這是個意味特殊的黃昏，與它相連的將是一個狂歡達旦的通宵。所有的公司和商店都早已停工打烊，人們先從那裡散往港九各個角落裡的萬千幢大廈的無數孔窗洞的無數方住宅單位之中，現在，經過了節日濃妝扮置後的他（她）們又正從那兒出來，彙集向餐廳，夜總會，或者是友人家中舉辦的聖誕舞會上去。大廈的外牆上，天橋的橫樑上，政府公園的巨大聖誕樹上，住宅的露台和窗框間，所有的聖誕燈飾都提早放光。雖然在夕陽耀眼的餘輝中，它們的光芒是微不足道的，但它們都願意堅持下去，因為它們堅信，待到殘陽沉沒，夜的黑幕漸漸降落時，那一片彩斑熀燦的世界將遲早屬於它們。在中環、在尖沙咀，很多主要馬路上都實行了交通管制；幾乎所有的餐廳都被訂滿了座；通往市區的高速公路上，海底隧道兩端的出口處擠滿了各種類式和色彩的車輛，幾個碧眼金髮的歐陸青年在馬路上狂奔而過，揮動着雙臂高叫着：「MERRY CHRISTMAS（聖誕快樂）！MERRY CHRISTMAS TO EVERYBODY——」

興奮與激動正從香港的每個毛孔中滲透出來。

在一千多英里以外的上海，黃昏也在同一個時間來到。或者那是一個陰沉的，正下着小而硬的雪粒的黃昏；或者也像香港，夕暉正把黃浦江，蘇州河的水面塗成了金色，兩岸老貴族式的建築肅立在夕陽中，而江海關的大鐘正蕩漾出悠悠然的歌聲。在香港，沒有人知道此刻的上海會是怎麼樣；在香港，除了極少極少幾個人之外，甚至不會有人去作那樣的想像。

但正之和曉冬就是這些極少極少數的人之中的兩個。

暫不要說別的，有一點是肯定的，上海絕不會像香港那樣地溫暖。在嚴寒中，別說今天，就是明天人們都要正常地上下班，在大陸，聖誕並不是假期。黃昏，這是下班的時間。每當這段時間，南京路、淮海路、四川北路上都塞滿着藍灰色的，穿着臃腫的人群，今天也是與往常無異的一日：人們匆匆地趕回去煮飯，吃飯，然後上床睡覺，那裡人們的每一天都是這麼度過的。他們之中的絕大多數都不會想到香港的今晚將會是如何地熱烈，正如在香港，人們不會想到他們一樣。在世界的各個角落，生活的時空，就是這般平行地鋪展出去的，永不會相交。

曉冬房間的那扇窗是開了一條縫的，窗簾沒有拉上。夕陽的金暉斜鍍在窗玻璃上，再奢侈地反射出來。透過那片暈目的反射光線能隱隱約約地見到那台背窗而立的高背 YAMAHA，但並沒有一個嬌美的形象坐在琴的面前，側身演奏着那首《〈北風吹〉狂想曲》。

現在的她正坐在鋼琴對面的那張寬大單人床的床沿上，正之緊貼她而坐。她的身體微微地傾側過去，她靠在他胸懷中的頭顱正從那裡向上仰起，而他的面孔俯下，四片饑渴的嘴唇正牢牢地粘合在一起。她穿着半截呢質的短裙，兩條白裸的腿從裙的末端伸出來，斜蕩在半空中；她的雙腳也已騰地而起，一雙細巧的高跟鞋適如其分地套在她的腳上，光溜烏黑的皮質與她白嫩的腳背形成了鮮明的，令人心醉的對比。

她蕩在半空中的腿和腳並不是沒有依託的，正之的一條手臂正托着它們。這是一條分佈着鼓脹靜脈血管的，由於激動而使皮膚充血成了紅色的手臂。一隻顫抖着手和它們的五根手指正沿着小腿蜿蜒的曲線向下輕輕地滑去，指尖與腿面的接觸是存在於一種浮泛的，時有時無的狀態之中，這是因為它們渴望能最大限度地享受到在這片嫩潤的膚質上滑行的奢侈感。

那只手滑下去，再滑下去，它觸到了高跟鞋鞋碗的邊緣。但它仍繼續地搜摸而下，直到完全地握住了兩面的鞋綁。輕輕地，高跟鞋便從她的腳上脫下來，拋扔在地板上。發出了兩聲「咚咚」之響。現在，正之的一條臂從她合併着雙腿的膝蓋下部操伸過去，另一條則托住了她的頸脖，一個使勁，他將她的整個身體橫抱了起來。直到這一刻為止，他們的四瓣嘴唇還不曾有過零點一秒的分離，他俯下身去，把她移位到床的中央，然後慢慢地將她平放下去。但她的兩條手臂卻展伸出來，緊緊地抱住了他的頭頸，她不想他的嘴唇與她自己的相脫離，因為她已預感到這會是分開的時候了。

然而他還是抬起了頭來，他把她的手臂左一邊，右一邊地平攤在床上，他的噴火的目光落點在她的兩條裸白的腿上：他喘着氣，像一隻在沙漠中困了幾個星期而突然見到了綠盈盈水源的野獸，撲上去將他的嘴唇堅實實地壓在了上面。從呈粉紅色的腳趾到白嫩的腳背，再沿着小腿一寸寸地向上吻去，他決不肯錯漏過在他眼底下展現出來的屬於她的每一寸肌膚。

而她呢，她一點也不想更改正之替她擺佈好的那局姿勢：兩隻手臂仍左一邊右一邊地攤平着。她長而飄忽的秀髮，散開了半床，在這一片柔順烏黑的青絲中，她微微隆拱起的玉頸，像半截石膏的雕塑，左右兩側不停地轉動着。她的眼睛半睜着，一種極之柔和的光芒從那兩顆瞳仁之中散射出來。正之的兩片向上吻去的嘴唇已到達了她的套裙的邊緣，它們在她那細嫩得能清清楚楚地見到皮下絲絲紫紅色毛細血管的大腿內側來回地搓動着，而他的一隻手卻伸過去，摸在了半截裙側邊的一排鈕扣上。

夕暉靜靜地照耀在玻璃上。屋外是一片寧靜的半山的環境，聖誕的瘋狂只是遠遠地沉澱在離這裡幾百英尺的山腳之下；屋內是兩個在愛與欲的浪滔間沉浮的人影：沒有人語，衹有沉重的呼吸聲，離幸福的溺斃他們只差一線……

正之的解開了裙鈕的手繼續向上遊動，而他的頭卻已撇開了裙的兩邊向大腿更深層的部位親吻過去。當他的手終於觸及到那軟綿綿的酥胸時，他明顯地感到曉冬全身不由自主的震顫，他抬起頭來企圖用他那火辣辣的目光去凝聚她那渙散的目光，但他發覺他的努力完全是徒勞的。她的雙手伸過來，捧住了他的面孔，並將它拉低下來，她要他吻她。

又是一段不是能用時間來度衡的長長的接吻。當正之重新抬起頭來時，他開始去解開她呢質外套的鈕扣，外套的裡層是一件薄質的羊毛對襟衫，羊毛衫的內層是襯衫，當正之顫顫巍巍的手指將襯衫的一顆顆小白鈕扣解開時，一片雪白得令人驚訝的胸脯便立即暴露在他的眼底下。正之明白：那最後的一道防線是那兩半球型的鑲着花邊的乳罩，一條深凹的胸溝在其間通過。但就在這個關鍵時刻上，他突然地猶豫起來了，那股在他體內有如火山岩漿般沸動的慾望開始冷卻，並朝着他的四肢流散開去。他驚惶不已地俯視着那片在劇烈的呼吸中起伏的胸脯，他聯想到地震，聯想到海嘯，他驚奇自己是怎麼會在這個平安夜的黃昏，在這間房中的這張床上去俯視着這具雪肌之軀的！

而且，令到事態變得更壞的是：那面搽着厚粉底，畫着細眉毛的老女人的形象竟然在這個千鈞一髮的當勢口上在他的腦幕上浮現出來了，他努力要將她排除出去，但他做不到。他見到的只是她的那兩片誇張了的嘴唇隆起又收縮，收縮後又隆起；他知道她在謾罵，謾罵她的那個拋棄了她的老公！「殺千刀！」「老甲魚！」「老色鬼！」「不要臉的貨色！」「忘恩負義個嚒事！」……他的耳內一片嗡嗡的迴響，他眼前的那片雪白的丘原變得模糊起來，他不能控制地顫抖着。

雖然衹有幾秒的間隔，但那些似乎會在一世中發生的全部內容都被灌壓了進去。他曾聽說人在臨終前的一刹那是能將一生的全部往事都回憶起來的，只是他和所有還能活在這個世界上的人們一樣，都無法驗證這條理論的真假，但現一刻，現一刻意味着什麼呢？他不能解答。

幾秒鐘切斷能源的靜止令曉冬的那對散射的目光重新集束起來，她見到的是正之的那顆對準了她胸脯的喉節正一上一下地滾動，豆粒大的汗珠從他的面孔和頸脖上淌下來。的確，她很想問一句「正之，你怎麼啦？……」但她並沒有問，因為她知道這是為了什麼。她伸出臂去從枕頭上抽了一條枕巾過來，然後再舉起手來，輕輕地、輕輕地為他抹去那些正淌下來的汗珠。他卻兩手撐在床上，俯瞰着她，他的眼神中交織着驚恐和悔恨。他不明白自己身處何地，是從一個美麗的現實裡跌進了一場惡夢中呢，還是從一場美柔的夢中突然驚醒去面對一個不容他否認的嚴酷的現實？他覺得自己的血肉之軀完全變成了一具不容移位一絲一毫的石屎體，除了保持原來的姿勢外，他什麼也做不到。

她用兩條臂抱住了他的腰，再將他翻躺在身旁的床上，自己卻坐起身來，拉直衣裙和扣回已被解開了的鈕扣。他直挺挺地躺在那裡，兩眼望着天花板，他的面色蒼白，呼吸急促，恰似一個從差丁點兒溺斃的深淵中被拖上來的餘生者一樣。「曉冬，對不起……」他的聲音微弱得在謐靜的室內都難以聽辨清楚。

曉冬轉回頭來，在她微微蓬亂的長髮間，那面有着希臘式輪廓的白皙臉龐猶若一尊畫院寫生班用的石膏頭像：假如它包含着一千種類的感情的話，那它們也都是在模具鑄澆成的一刻所永遠地固定在了上面的。「不要這麼說，正之……」她說話的音量決不會大過正之的。

正之撐坐起身來：「曉冬，我無法控制，我……」他猛地記起了那個傍晚，他狂奔進馬寶道的一座舊樓的某一個單位的一間靠天井的偏房裡，他第一次與她真正地肆無忌憚地擁抱在一起，他第一次能夠舒舒暢暢地伏在她的裸肩上呼吸着她的體香；他……他也曾向她說過一句什麼，他已記不清當時那句話中詞彙的排列到底是怎麼樣的，但，這決不可能是兩句相差得太遠的話。

「我理解，正之，我……」曉冬想到的是同一個時刻和她所曾作出過的一句類似的對答。

地點變了，現在他們身處在雲景道的一幢高尚大廈的一間臨海的房間中：環境幽靜，景色神奇，這裡曾經是她嚮往搬去住的地方；這裡也是他希望她能搬去住的地方，但就是在這裡，那條聯繫着他倆的緣分的臍帶，正面臨着痛苦地崩斷的一刻！

他倆面對面地望着對方，淚珠幾乎於同時在四圈眼眶中溢流出來。

「正之！……」

「曉冬！……」

他倆猛地撲向前去，緊緊地摟抱在一起。在這一刻的他倆之間，慾的成分已完全地分解了，留下的全部是愛的固體。他們不願分離啊！他們忍受不住那種撕斷臍帶的劇痛！但在命運的安排之下，這一刻的腳步聲已經響起，並從時間的長廊中「篤！篤！篤！」地逼近了……於是，他倆便緊緊地投抱在一起，就像兩個死活都要被互相拖開的永世不能相見的戀人一樣，他們是求那一刻能慈仁一點，能站在門口等一等，就是再短，也要讓他們再做完一個能擁抱在一起的夢。

……無法計算出來多少個分、秒在他倆的擁抱之中流過了，什麼都有可能，唯有時間是留不住的，再長的擁抱也都要有相分離的一刻。當正之的頭顱從曉冬的肩上重新抬起的時候，金暉的鍍層已不知在何時從窗玻璃上退去，窗外的天空，大海和蒼茫的九龍半島都留了一片貧血的青白之中。他告訴自己：算了吧，希望本來就是如此，凡是幻影的，絕不會維持長久。正之的心空虛得就像被掏去了一樣，他飄飄然地站起身來，拉着曉冬的手向窗口走去，他想與她雙雙地站到那裡去。

豪華的景色在他們的眼中已成為無物，他倆的願望是一致的：他們希望見到的是淮海路上的灰褐色的街景，如同蜘蛛網般的跨空電線，以及在電線網下，永恆湧動着的藍色的人潮；二十六路無軌電車正從對面的橫馬路上轉彎出來，賣票員敲打着車廂的鐵皮板不停地叫喊。他們的要求不高，他們只想再一見天邊的那幕最普通的落日的景象：青白、橙黃、火紅，在一片逆光中的黑影的屋頂群上展開去。他們見到了嗎？或者他們真是見着了，因為他倆都癡癡呆呆地望着窗外，沒有一句言語甚至也沒有一聲歎息。

天色漸漸地暗下來，遠遠的九龍半島上閃動着的星星點點的聖誕燈火開始愈來愈明亮起來。正之轉過頭，望着沉浸在暮靄中的她的面部側影，「我要走了，」他說。

「嗯……」她甚至連頭也沒有轉一轉。

就以此作為分手的最後記憶吧。他不能再強迫她做點，或說點什麼，那是殘忍的。正之咬了咬牙，步伐堅定地向門口過去。

「你等一等……」正之回轉臉去，他見到的是她從窗口邊轉身回來的黑影。

她走到床邊將手伸進枕頭下面。從那裡，她抽出一冊書頁，正之的心臟再次狂跳起來；不用她說，他已知道那是什麼。

「你拿回去，我再不能讀它。」她說着，將那冊寫有「萌芽的種子」的首頁翻了過去，昏暗的光線中，正之見到在隔頁的空白上端端正正地鑲着一幅她自己的像片，這是她不知在何時加添上去的。正之接過詩冊：「曉冬……？」

「不錯，這是你曾經送給我的；但現在，它是作為我的最寶貴的財富送還給你。因為它包含着我的相片和你的心！所以祇有它，才真正、永遠地屬於我倆，誰，就連上帝也改變不了這個事實！」

一股酸熱的氣流從正之的喉管中湧上來，他拉住曉冬的手，他用力將她向自己拉攏過來，他想再次地擁抱她，吻她。即使她要流淚，他也要與她的淚流在一起。

但她堅定不移得像一座銅鑄的塑像。「你走吧！」她先是用一種平靜中帶有顫抖的語音說道，但幾乎在沒有間隙的第二刻，她突然像一頭發了怒的母獅般地吼叫起來，聲音尖銳而瘋狂：「你——走——！！」

正之望着她在幽暗中死死地瞪着他的彪圓的眼睛，這是一對用愛與恨的原料合制而成的水晶球體。正之的握住了她的手慢慢地鬆開了，他不是害怕，他只是懂得，他只是明白，他只是理解：現在，確確實實地該是他走的時候了。

曉冬以同一個姿態望着正之轉身離去，拉開房門，然後關上，直到客廳中的大門的那一聲含含糊糊的關門之聲傳到了她的耳膜上，而後再由她的耳膜通過聽覺神經索傳遞到她的大腦皮層的時候，她才清醒過來。她仰起頭來，在她原來的位置上轉了一個三百六十度的弧度，她要環視一下這間的的確確只留下了她一個人的房間。其後，筆直地，像一株由根部被鋸斷開的樹幹一樣，她倒下去——合撲在床上。她將面孔深深地埋在兩隻木棉芯的枕頭之中，開始全身劇烈抽搐，無聲地大哭起來。

就在這個全世界的聖誕燈飾都正大放異彩之際，無數個聖誕舞會正張鑼着開場，全世界億萬人口正歡騰到忘乎所以的時刻，除了那兩隻木棉枕頭之外，還有誰會想到在這裡棄留着一顆孤獨、悲慘、破裂的心啊！

知道有這麼一顆心存在的人還有一個，他便是正之。

他當然是知道的，他自己的那一顆本來就是她那顆的一部分，它們是被一種無形的力量活生生地撕開的。現在，他就載着那血淋淋的半顆行走在這片湧動着彩色和人潮的街路上。

他何嘗不想流淚呢？他何嘗不想放開聲音嚎啕大哭一場？這才是麻醉心靈上的那處疼痛的最好方法。但他行走在路上，他沒有兩隻木棉芯的枕頭。他只能將不斷冒升上來的淚水和疼痛感一次又一次地吞咽下去。他緊咬着下唇，他的臉色蒼白得像一個每一刻都有可能暈倒在路上的重病人。但他偏偏要去尋找那些行人最擁擠的道路，而且他還想逆着人潮流動的大方向拼命而上，他覺得這是除了嚎啕大哭以外的唯一的發洩方法。他傾低着頭，只管向前橫衝直撞，一會兒是他的右肘碰到了這個，一會兒是他的左腳踩中了那個，但他滿不在乎，他想報復，他想向一切人報復！哪怕是在最小的動作上占一個便宜也是好的！

連最不願管人閒事的香港人也都開始注意起這個行動與神態似乎有些失常的逆行者來，他們回避着他，有的人甚至停下腳步來看着他踉蹌而過。但他感到高興，至少他已引起了人們對他的注意，這證明他向人類的報復是有效的！

「先生，你喝醉了嗎？」他覺得自己的一條臂被一隻手握住，這使他不得不止步而抬起頭來，他見到一位軍裝佩槍的警員站在他的面前。他的思想突然躍過了一年的時空回到了他第一次踏上香港領土的那一晚，因為從那以後，他就從未與一個警員面面相對過。

「……」正之看着對方沒有回答。

「你從哪裡來的？」

對了，這才是他能作答的問題：「從中國，從上海。」

對方一個不滿的皺眉：「我是問香港的家住在哪裡？你香港有家嗎？——」

「有，雲景道，豐景台。」

警員沒有說什麼，他的一隻手抓住了正之的臂膀，另一隻手高舉起來。一輛的士立即從後面駛上來，在行人道石井欄下的恰如其分的方位上停了下來，車門自動地打開了。

警員朝着車頭窗位的方向彎下腰去，靠司機的座位的那扇玻璃也在同一時候搖了下來。「把裡個醉佬送返屋企——雲景道，豐景台，車資由佢①自己被！」

還沒來得及等正之跨入車廂的思想具體化為行動之前，他已感覺到自己被人推了進去，車門在他後面關上了。一個用前臂支撐着椅面，面孔朝下，身體騰空橫臥在車後座上的動作驀地令正之感到自己又回到了那個致命的時刻：但沒有了她雪白的軀體和醉人的體香，他面對着的只是黑沉沉的人造革的車座面和太多的搭客在這裡留下的一種混合的，類似於小飯店裡抹桌布的氣味。

他掙扎着從座位上撐起身來坐穩，他的動作生硬而古怪，因為他必須與他那又開始在石屎化的肌肉作搏鬥。不要說是那位從反光鏡中窺視着他的的士司機，就是連他本人都感到自己像一個十足的醉漢。

天已完全地黑了，平安之夜已真正地開始了。光斑，無窮無盡的光斑，模糊的，清晰的，在他的兩邊閃滑過，向後流去。他們追隨着別人車輛放着紅光的尾燈，而別人又追隨着他們的；有時迎面而來的炫目的車頭燈使正之不得不將眼睛眯成了一條縫。一盞紅燈，所有的車輛都剎住在了停車黃線的後面；而當綠燈的一聲令下，所有的它們又都像被射出的箭，「嗖嗖」地離弦而去。正之只覺得自己一會兒向左傾，一會兒往右側，的士正奪道而行。在這片由億萬條光柱織成的巨網之中，他們的車像一尾已被擒住了的，但仍在東撞西碰，尋找出路的魚兒。

①「佢」即「他」。

正之將臉貼近在窗玻璃上，他努力想分辨出自己正處身在哪一條街道的哪一段？但一時之間，他幾乎完全認不出來。節日的裝飾已使往日的街景大改：彩燈排列成的巨大的聖誕樹和鹿拉的雪橇幾乎覆蓋了整幅建築物的外牆；而用金色、銀色的閃光片織錦成的「聖誕快樂並祝新年」的賀詞橫幅從幾十層大廈的頂部懸掛下來；每家商店門口都鑲着一串串閃爍變幻的聖誕燈飾；紅色的、綠色的、紫色的、橙色的各種瑰麗的光彩使得夜夜都站崗在道旁的水銀強光燈頓時顯得蒼白、無力和毫不引人注目起來。

還是遠遠的那一窄條擠在眾中彩燈中的霓虹燈招牌「新都城國際百貨有限公司」給了正之以提示：他們正行駛在英皇道的中段上。他怎麼會在這裡的呢？他不是在傍晚時分從曉冬住的那幢大廈走出來的嗎？那幢大廈就在雲景道上，距離豐景台只差幾個門牌號碼嗎？噢，對了，他走的是相反方向，他沿着天后廟道徒步到了銅鑼灣，現在的士又將他從銅鑼灣送回雲景道上去——是的，祗有這麼一個解釋了，那段過程對於正之來說，朦朧得就像一場夢。

的士轉彎了，並開始爬山坡，現在正之有了方向感：這是通往雲景道的炮台山道。他將身體往座椅背上靠去並把手伸進褲袋中，是他準備好付車資的零錢的時候了。

豐景台也像任何一座大廈一樣，沉浸在節日的光海裡。聖誕燈珠一直從那方草楷勁書的銅牌牽拉到大堂的入口處。而當正之站在大堂門口時，首先映入他眼簾的是一顆巨型的五針松，聖誕燈披掛滿了它的全身。各種形狀和包裝的禮品盒像小丘一樣地堆放在它的根部。一個穿制服的大廈護衛員（可能還是那一個）

背對入口處而坐，他正攤開報紙在看。正之穿過大堂，一轉彎，三部閉着門的電梯在眼前出現了。有幾個等梯上樓的人，正之選擇站立的位置又是在一位西裝筆挺的紳士和幽香飄逸的女士之間——他們可能正上樓去某一家人家參加聖誕「派對」吧？正之如此地設想。電梯門裂開了，正之踏進去；當電梯門重新裂開時，正之又踏了出來；一塊塑板標誌着這裡是十樓。他在走廊中轉一個彎，向着AB座的方向走去。現在，他正面對着一扇這一年來他晚晚都要面對一次的柚木雕花大門，大門上的那片銅牌還在：LEE』S RESIDENCE PLEASE RING THE DOOR—BELL。當正之的鎖匙準備插入鎖孔之前一刻，他停頓了一下：警員、街道、大廈、電梯、甚至他家的大門，為什麼一切的細節都會點觸到那個他永世不會忘記的晚上？那個他第一次踏上香港領土的晚上？第一個他想到的人便是曉冬，他最後一個肯定下來的人還是曉冬，除了她，還有誰呢？但處在這種境況之中的人，是必定會充斥着各種奇形怪狀的預感的，這並不稀奇。他把鑰匙匙尖塞進了鎖孔中，開始扭動。

正之推進門去，他的第一個直覺是：家裡的客廳裡坐着的人數比平時多了，一種隆重其事的氣氛彌漫在屋內。雖然是一刻之間，但連串的思想仍在他的腦際中飛閃而過：難道是慶祝平安夜？不可能，素來就是重中輕洋的父親連在客廳裡佈置一棵聖誕樹的興趣也沒有。而且，就是陰曆新年，家中也從不請客，因為他也從不赴他人之宴，他喜歡恪守着一種平靜如淌水的日子。一定是有哪個重要的外國客人光臨？正之的眼光自然而然地落在他父親的身上。其實答案就在父親的邊上，但這一年來，根據父親的神色來對事態作判斷已成了正之的習慣。

父親坐在那張三人沙發遠端的邊位上，沙發是背門而立的。他半側過臉來，從眼角中打量着踏入門來的正之。「爸爸⋯⋯」正之照例地喚他，但他只「嗯」了一聲，沒有起身的打算，也沒有進一步作答的意圖。這是一個絕對中性的神態，正之的目光只能移向長沙發對面的那張單人沙發椅上去，那兒坐着他的母親。

「媽⋯⋯」

「怎麼又是這麼晚才回來？」雖然是一個問句，但母親眼中的神態告訴正之，她並不要他作答，她只盼望他趕快轉過臉去面對坐在另一張單人沙發上的客人——看！是誰來了？

正之將身體轉動一個四十五度的角度，現在他面對着的才是這段出戲的主角，這方客廳中的一切散射光線的聚焦點：她是一個女性，長而柔順的頭髮紮着一條馬尾辮，一對水汪汪的大眼睛，一件米色的西服領外套。正之一下子頓住了，他明顯地感覺到自己的思路的車軸卡死在某個方位上，它轉不過彎來。她是誰呢，直覺從朦朦朧朧的遠處提醒正之：她確實是從香港以外的某個地方來，她是與正之的無數柔美的回憶，焦慮和渴望相連系的一個形象。她曾是在正之記憶的相簿中單獨地擺在第一頁上的那個人，但現在，他似乎已有一段長時間沒有再見到那幅像片而使她變成了陌生的那個人。瞬刻之間，雖然正之還未能點亮「她是誰」的閃光，但他已可以向自己擔保說：她有些變了，總之，她不是瘦了，就是胖了些；以前，她的皮膚是白嫩而且是泛着紅潤之色的，但從在香港已住上了一年後的正之的眼睛看出來，她黑了不少，也黃了很多。

她，她是誰啊？正之見到她兩隻手撐在沙發紅木的扶手把上，整個身體已從座椅中騰空起來，正之知道她的下一個動作將是撲過來擁抱住他。但，她到底是誰啊？她是——

「樂美！——」

「正之！——」

兩人的喊聲幾乎在同一個時刻上發出，一個從沙發旁奔過來的她，一個從大門邊跑過去的他，終於在他倆距離的中點上相擁，相抱，互相融化在一起了！

正之的夢想在他沒有想到它會實現的一刻上實現了，但他的心中充滿着的並不完全是興奮，而是一種莫名的感觸：他不知道上帝正在懲罰他呢，還是報答他？

都是在同一天中，他抱別了那個，原來是為了來抱迎這一個！

還是那種溫柔無比的氣息。在上海的十二月裡寒冬，那股必須要撥開幾圈羊毛的長圍巾才能呼吸到的，現在卻在樂美的衣領和發縷之間自自然然溢流出來的氣息。她從幾千里路以外的家鄉將它帶來，從古樸的淮海路，從灰藍色的人群間，從正之最美好的記憶的底層。但那股曾令正之如此懷念的氣息並不能使他沉醉於其中，他覺得恍然，他覺得自己心不在焉，他甚至覺得有一種不可言達的憤慨，在他心房的一隅擱着，他正在被命運捉弄！

他已鬆開手來，但他感到樂美還緊緊地擁抱着他，他想對樂美說點什麼——提個問題吧？或作出某類評論，他該說些什麼好呢？

「來香港怎麼不通知我一聲呢？你不要我來車站接你嗎？」他說。

樂美的臉從他的肩頭上抬起來，她仍然笑吟吟地，但她沒有作答，卻回轉頭去望了李老先生一眼。正之的心一下子沉了下去：他立即理解到了這一幕戲的導演是誰。

「還不是向你學的？」這是父親的話音。但正之連臉也沒有轉過去，他緊緊地咬着下唇，努力保持自己鎮定。

「其實也是因為時間的關係，」樂美插嘴上來打圓場，「本來這一批還不會輪到我，因為爸爸幾次三番地去信中央和上海的僑辦，而耶誕節之前又正好有一大批名額；所以，所以就……」樂美說不下去了，因為她也意識到，她所說的理由與問題的本身根本無直接的因果關係。

正之抬起眼來望着她，她的表情中包含着一種尷尬的成分，這使正之充滿了內疚和歉意。他沒有理由去讓剛踏入家門的樂美去承擔那種壓力的。「你坐下啊，我真有好多問題要問你呢，上海的親友們都好嗎？——」他努力將自己的聲音裝得平靜和若無其事。

這是個有效的轉題口，樂美立刻滔滔不絕起來：老錢、小徐、老林、小張、一大堆陌生而又熟悉的名字像洪潮一般地湧到。從旅行袋裂開了的拉鍊口中，樂美掏出了一件又一包。「這是老錢帶給你的吉林人參，他轉言要你注意休息，不要太搏命……，這是小張捎給你的一套工藝品，他說：『人不在，物在』；……

小徐夫婦一直送我到北站，看着我離開，他送我倆一幅《西湖風景》的杭繡圖，他說他知道你對西湖的景致最傾迷的了……還有一幅《浦江夕照》的油畫，這是我在中百公司四樓買下，帶來香港的……：真要命，不知塞到哪裡去了？……東西又多，又亂，……對了，應該就是這一卷，你拉住這一頭，打開看一看，包教你愛不釋手！一派上海的風情！……是吧，不錯吧？……還有，陳左送你一套畫冊，是他的創意作品，內容是根據魯迅的《阿Q正傳》構思的連環畫……這是他的得意傑作，普通人他連給他看一眼都不肯，這次他將原本送了給你，他還在首頁上題了字：為了生活在我們一群之中的阿Q而作——怪有趣的吧？……」

她連篇地獨白着，將禮品散堆了一地，並且還繼續在她那百寶袋中掏個不停。情勢已明顯地緩和了，母親站起身來去廚房幫助秀姑安排晚餐。客廳中除了他倆之外，只剩下父親一個人。

「……還有你的那幾冊老古董的英文書，就是狄更斯的《塊肉餘生》、《雙城記》、《霧都孤兒》之類的，我也替你拎了過來。重得就像幾塊鐵餅，直提得我的手像脫臼般地疼痛！……」

「其實這些書香港都有賣，你又何必……？」

「唉！那又怎麼會相同呢？我還不瞭解你？像白蟻啃大樑似的，你整整啃了它們十年，書角上都沾滿了你手指上的油脂。重見它們一定會使你情如泉湧，激發你不少寫詩的靈感呢！……」

「樂美……」

她連頭也沒有抬一抬，扒開了拉鍊口直往旅行袋中張望，「對了，在這兒了……反正就這麼一張通行證，是人的，跟不了我一齊過橋來；是書的，總不會也不行吧！」她笑眯眯地抬起頭來，望着正之，她用一隻手按住了袋布，另一條手臂從拉鍊的裂口中深深地浸入到袋洞之中，握住了些什麼，開始向外拔。看來，那幾厚冊書是緊緊地排列在袋底下的，連取出來也得費一番工夫。

忽然，她的身體一個後仰動作，一厚疊的物件被從袋底上拖了上來。正之留意着它們：它們並不像是狄更斯的作品集；寬寬大大地紮在一起，紅紅綠綠的封面，這是琴譜。一條牛皮紙封住了它們，上面還寫着一排字。樂美也看清了她從旅行袋中拿出來的究竟是什麼，「咦，……怎麼搞的？……怎麼會……？」她似乎有些慌張，急急忙忙地想把琴譜塞回袋中去。

但正之已伸手將它們接了過來，「誰的琴譜？怪熟眼的——」話只說了半句，他的目光已讀完了那行字：煩交章曉冬小姐。章母拜託。正之抬起頭來，他用困惑而慌亂的眼睛望着樂美，他完全不知道該說些什麼才好。

「噢……噢……」她吞吞吐吐地解說着，「我在離滬時去過她家，章伯母要我帶幾冊曉冬最喜愛的琴譜給她，我……我想來香港向你要了地址再送去……」

這是不合邏輯的，正之心中明白，因為他從來也沒有向樂美透露過他已與曉冬恢復了往來。雖然，他倆誰也沒有再向邊上多望一眼，但他們誰都感到：在離他們不到幾英尺的地方，就有一對銳利的眼睛正在兩片呈青藍色的鏡片後一絲不漏地觀察着他倆。

「為什麼不先打個電話給她呢？」這是那個旁觀者的發言，但他倆誰也沒有作答，誰也甚至沒有掉過頭去望他一眼。

正之雙手捧着那疊琴譜，他不知道該放下它們的好呢，還是繼續那樣地捧下去。樂美呆傻傻地坐在那裡，她無法決定該去將那疊琴譜從正之手中接過來好呢，還是堅持着這種坐姿直到未知的下一步。

下一步在隔了靜默的幾秒鐘後仍由李老先生邁了出來：「正之，把章曉冬的電話號碼告訴樂美，樂美到香港的消息也極應該通知她一聲。正之——你聽見我說些什麼了嗎？」

「我……我……」正之發出了一種聲音，這是一種由一個剛被強大的呼喚聲所驚醒的沉睡者的口中所發出來的聲音。曉冬？留在還沒有着燈的，絕望的黑房之中的曉冬？心的傷口還正淌着血的曉冬？他不能！他絕不能在這個時刻再在她淌血的傷口上殘酷地撒上一把鹽！他轉過頭去望着他的父親，他的牙關緊緊地咬了下去，他已下了決心。「不，我不知道她的電話號碼。」

「你不知道？」一句反問。

「是的，或者我曾經是知道的，但現在，現在我已經忘了。」

「那好吧，也許我還可以幫得到你。樂美，你試一下這只電話號碼，七一一八一八，就說找章曉冬小姐……」

正之的心一下子跌進了冰水之中，他已不再能聽清父親在說些什麼了。他只覺得樂美望望他，再又望望他的父親，望望他的父親，又望望他……他感覺到樂美的身影正從他的眼前離去，移到了他的背後，她正朝電話機的方向走去。正之低着頭，他聽見電話機座發出了「叮」的一聲響，這是話筒被從座架上提起來的信號。有手指在開始撥號了，一個號碼……二個號碼……三個號碼……正之猛地抬起頭來，四個號碼……正之轉過身去，五個號碼……怎麼辦呢？猶豫已沒有時間！六個號碼……

正之幾個箭步竄到電話機邊上，他的一隻手掌「叭」地按在了機架上，電話線上的另一端還沒有人來應話時已被切斷了。

「不要——不要再去傷害她！不能再去傷害她！我求求你們，不要！不要！不要！」他歇斯底里地喊叫着，他的另一隻手從空中斬釘截鐵地划下去，「我已與她斷絕了一切關係，從今以後我再也不會見她——再也不會！」他的臉突然地轉向了他的父親，他的聲音已接近一種哽咽的泣音，「爸爸，您就放過了她，也放了我吧！——」正之的臉垂下去，他用雙手掩蓋住了自己的面孔。

始終不動聲色地觀察着兒子這一番表演的父親驀地從三人沙發那方邊位上立起身來，他步履緩慢地朝屋內的方向走去。

「爸爸！爸爸！」樂美只得撇下了正之，轉向他的父親，「您去哪兒？」

李老先生停下腳步，轉回頭來，「我回書房去，——他不是要我放過他嗎？」

他走進書房，將房間門隨手帶上。他在那張藤質的圈椅中沉坐下去，扭亮了寫字台上的台燈。台燈斜射下來的光縷照亮了他一半的臉龐，這是一半粗細皺痕交錯重疊而過的老年人的臉龐，但他的那對眼睛（即使是那一隻藏在黑色陰影中的）仍然一樣地炯炯生輝。現在它們正從那兩塊呈現着青藍色光的 RODEN-STOCK 鏡片後面向着台面上斜橫交疊砌堆起來的線裝版的儒家書籍凝視着，終於他長長地舒吐着一口氣來。

客廳中，樂美正將她的一隻手輕輕地按在了正之的兩隻掩面的手上，她企圖把他的手拉下來，她希望能與他面面相對。

「樂美，你聽我說，曉冬，她……我……」

樂美伸出一隻手來，她將四條手指合併在一起，柔柔封住了正之的口，「別說了，正之，別再說，我什麼都不想聽……讓過去的過去吧，我只知道我愛你，不管發生了什麼，我都一樣地愛你，而且永遠地愛你。我想聽的話衹有一句，告訴我吧，正之！」她把那封口的四條手指移去，「告訴我，你沒有改變，你仍像在上海家裡時一樣地愛我。」

淚的波紋在她的兩隻大眼睛中蕩漾，蕩漾，正之一言不發地凝視着它們。一切愛的記憶已完全地在他的心中甦醒了，他熟悉，他理解，這一對眸子所慣於訴說的無聲的語言。現在它們說的衹有一個字，這便是：真。

「樂美！……」他撲過去，一把抱住了她，將她擁入懷中。她的頭伏在他的肩上，他只感到有兩顆溫熱的水珠「嗒嗒」地掉在他的頸脖上，並開始癢癢地從衣領間淌下去。

面對着正之的是一派落地長窗外的，墨黑天空下的燈斑璀璨的聖誕夜景。就在這時，一個思想，一個猶若一條冰冷的溪水注入他熱騰騰的胸中的思想：曉冬，就在現一刻的曉冬，她正何為呢？他感到自己的那顆脆弱的心靈又開始抽搐，疼痛起來了。

第九章

三月末四月初的香港仍然處在亞熱帶地區的雨季之中。天空經常陰沉沉的，連綿不斷的細霏間常常會爆發出一陣疾雨，如注般傾潑的雨水伴隨着行雷，使人聯想到一個不斷飲泣着的悲哀者，當她默默的回憶接觸到一幕特別悲慘的情景時的嚎啕發作。但即使在這個季節中，也會有陽光短暫的露面。於是，這便成了一段最寶貴、最迷人的間隙：樹枝上碧翠欲滴的嫩葉，草叢間不知名的春花都會感激地抬起頭來，朝向明麗炫目的太陽仰望；被洗刷得乾乾淨淨的街道和大廈的外牆，柔和地反射着陽光。千千萬萬扇窗戶打開了，人們希望抓緊機會用室內混濁霉濕的空氣去換取戶外那清醒、滋潤的氣息。

在太古城，在這片近年來於港島東區矗立起來的著名住宅區，這種景象更顯得突出。六十幾幢新型美觀的住宅巨廈整齊、別致地排列在海岸線上，遙望着在它們對面的九龍半島。這些都是白色和巧克力色相間的三十層高的建築，筆直、挺拔就像被一柄鋒利無比的斧頭於刀起手落的瞬間所劈切出來的一塊塊長方體。寬廣、整潔，遍植樹木的花園平台將所有這些樓廈和諧、優雅地連成一個整體。大自然綠色的靜與人類的彩色的動在這裡有機地結合了。井字型設計的道路系統像脈絡，把住客的車輛暢通、快捷地輸送到每一幢大廈的門前。任何一位從嘈雜的鰂魚涌或西灣河區踏入太古城的來訪者，都會情不自禁地聯想到陶淵明《桃花源記》中「柳暗花明又一村」的境界。

這類設計合理、管理完善、自給自足式的商住混合屋村正是香港七、八十年代的樓宇建築的特色，而太古城又是它們之中的姣姣者。依附着這項幾乎是香港近代地產發展史上最巨額的投資活動一同成長起來的，還有很多很多的中小型的商業機構。這都是一些眼光獨到的商人在該投資項目發展的初期已經作出了的商業轉移：他們逐步地有計劃地關閉以前是開設在大街旺段上的店鋪，而在太古城這棵巨株的庇蔭下尋求一席紮根之地。雖然這裡並非人頭湧湧，但這裡卻有着任何商業機構所賴以生存的基本的消費市場；雖然任何商人都不可能從這裡賺得滿盆滿缽，但他們也因此可以棲身在這裡，逃避開那種普遍存在於香港社會上的白熾化的惡性競爭。而在香港，除了少數勃勃雄心者以外，絕大多數的務商者還能祈求些什麼呢？也無非是一個穩定的生意環境，一沿日出夜歸的生活和工作規律而已。一夜發達，這只是那些根本不瞭解香港社會的人們所設想出來的神話。

所以，這類向着集聚屋村的商業轉移逐漸地形成了一種趨勢，而處在這個潮流前端的先行者也往往是利益的既得者，當年他們承擔了支持新生事物的風險，現在，該是他們收穫的季節了。

可能是眼光，也可能是運氣，所有上述那些市場規律正與七年之前正之憑空的假設不謀而合，那時的他只是一位從未涉足商界的新手。

維也納音樂中心在太古城有兩間分行，分佈在兩座不同的平台上，但卻統一在完全一致的裝修與外觀的風格中。一人一舉手高的巨型落地厚玻璃鑲在古銅色的鋁框間，將琴行圍隔起來，令整間鋪位具有了豐富的透視感。日夜閃着光亮的燈光招牌，顏色和圖案都清雅脫俗的拼花地板，充足的光源和空調——這些都令琴行充滿了現代化的氣息。但那種古典的情調並不在此消失，它們非但存在，而且還能和現代化的氣息水乳般的交融在一起，使琴行被賦於了商業機構和藝術園地的兩重性格。《巴赫》、《莫札特》、《貝多芬》、《柴可夫斯基》、《李斯特》……幾乎所有那些曾使正之迷倒的音樂家們的油畫像都可以在這裡的牆上找到。

這裡凝聚着的是正之和樂美這麼多年來的心血——這些都不是錢所能計算得清楚的。就是時至今日，琴行也並不能提供豐厚的利潤，再說正之的一家也不會靠它來養活；但它卻帶給正之一種充實感，一種喜悅，一種錢所買不到的滿足感，在這個人人都說沒有可能的世界上，他竟然也開闢出了一地商務和自己的文藝興趣，這兩個誓不兩立的冤家對頭能共同棲身的領地。

不單是正之和樂美，正之的全家，包括那位拖長辮的秀姑在內都分享着他們的那份成功的喜悅感。不錯，正之是從大陸來的，他「生在紅旗下，長在紅旗下」，當他剛踏上這塊殖民者的領地時，他是一個對此間的生存方式目不識丁的文盲，但事隔多少年後的今日，他至少可以向他自己，向他的父輩們，也向社會證明了：香港人能做到的他也能做到；香港人做不到的，他也未必不能做到。除了生意上的進展之外，他還順利地通過當地的公開考試，以優秀的成績獲得英聯邦政府認可的學術文憑。從這麼多年的經歷中，他愈來愈覺悟到那條真理：人，靠的是自己！

這些都是他的家人和親友們所知曉的，但他和樂美還有着一項秘密的行動計畫，這仍然是有關那個字的，它是——詩！

正之又偷偷地潛回了他這麼些年來每一刻都不曾忘記過的故屋的後庭園裡，在那兒長滿了青苔的牆腳處，在那棵每年初夏都會盛放出朵朵通紅似火花朵的石榴樹的根部，在那一潭擺動着扇尾的金魚缸的邊上，以及在那些破磚碎瓦的蟋蟀的故鄉，都埋藏着無數顆冬眠的種子。它們靜靜地留待在泥土中，等着正之總有一天會回去，將感情的雨露再度淋潤到它們的身上，讓它們爆芽，然後破土而出，它們終將會長成一叢叢奇異的花卉！正之不知道它們的拉丁文學名叫什麼，但他知道它們的英文名稱，這叫「POETRY」，而在中文裡，它們被喚作「詩」！

正之的身影在平台的那一端出現了，他每天通常在十點到達公司。他的穿着輕鬆、寫意，一件素色大格的「V」字領羊毛套衫佔據去了他全身一半的畫面，兩隻筆直的淺色西服長褲的瘦褲筒和一雙軟底的便鞋。令他的形象與幾年前的他相迥異的主要特徵是：他的剪成了椿短的髮型和那一副深灰色的「PLAY—

BOY」的眼鏡架，這種趕得上時代的裝扮使他遠遠地看上去似乎比以前更年輕了。

但從近距離的觀察中，情形並不是這樣了。幾條粗皺紋已開始在他的臉上犂出壕溝來，一種只能稱作為更「老成」的神態從他的動作和表情中透露出來。他愈長愈像他的父親，高顴骨，大鼻泡，就連那兩隻在鏡片後眨閃的，富有思索能量的眼睛也變得銳利起來。而那兩條，不要說他父親沒有，就連整個亞洲人種中都很少會有人有的鬢腳，仍是一樣地粗黑、深濃，它們從他那頭髮的邊緣沿流下來，直到腮齶的交匯之處，然後再向面頰的中央微微地翹伸出去。在他還是一樣強烈的藝術形態中，似有似無地滲入了一種「商」的氣息。香港，是不可能不在任何一個要在它的地頭上生存的人的性格上刻上它的標記的。

琴行具有豐富的透視和層次感的整體，開始漸漸地被包含進了他的視線之內。在他到達它的門口之前，他是習慣先圍着它繞一個圈地轉一周，讓那一台台在強光燈的照射下閃耀着誘人光華的鋼琴陳列品在他的眼前像走馬燈一樣地流過一趟，然後他才推門進去。

琴行中迴旋着各式旋律的鋼琴練習聲，職員和教師們從這個角度那個角度地向他打招呼。

「早安！李先生……」

「早安！早安！……」

「早晨好！正之……」

「早晨好……」

「早，李老闆！……」

「早！早！……」

他左一個點頭，右一個點頭地回應着，讓一種禮貌的微笑持續地浮在臉上。但他的腳步不停，他的目標是屬於他私人使用的那間小小的辦公室。

他推開趟門走進去，打開電燈和冷氣。每天，他第一件事就是走到他的那張「L」型寫字台的跟前翻過一頁台曆。

又是新的一天，而且，今天更是新的一個星期的第一天，新的一個月的第一天：日曆上的日期是一九八五年四月一日，星期一。

台曆頁上記錄着很多條要辦的事項，這都是他在上一天，或上一個星期，甚至上一個月就記在了那裡的，這些1、2、3、4……點的文字提醒着他，截至今日為止，他必須要完成些什麼。

但現在，這不是他去考慮那些備忘錄的時候，凡必遇到這樣的一種日期，他都喜歡將回憶的目光向自己的身後投望而去：一年前的今天，我正幹些什麼？五年前的今天我正幹些什麼？八年前的今天呢？——那是一九七七年的四月一日，他還沒有離開上海。

他走到了那座書架邊上，從它的頂層取下了一架小提琴來，這是樂美來香港時專為他從上海帶出來的。他的眼睛又在高低參差的書排上搜索着，他的手指點上去，抽出了一本薄薄的詩集來。並不是原版，這是一冊影印件。他翻過了封面，一幅也是靠影印機拷貝出來的像片端端正正地對稱在第一版的空白頁上。像片上是一個少女，她祇有十八、九歲，一張年青、絕美的，五官精緻的鵝蛋臉，襯着一頭烏黑的短髮。背景就是那架披着白縐紗的老式 STRAUSS 鋼琴。

這是不可能的，要他精確地回憶出那一天的那一刻他正在做些什麼。不過，他告訴自己說，很有可能他正與樂美一起走在淮海路上，他推着一輛自行車，樂美走在他邊上，車龍頭上吊着一長方脹鼓鼓的譜袋，書包架上正躺着一把形同金華火腿的提琴盒，他們的目標是婦女用品商店斜對面的那條弄堂裡的一幢公寓的四樓，那兒除了那兩扇通往露台去的落地鋼窗，一片被拖得一塵不沾的長條柚木地板和一座鋼琴之外，還有她，她是曉冬。

但有一點是肯定的：八年前的那一天的那一刻他絕不會想像到，八年後的現在他會坐在香港太古城的某一座平台花園的某一號鋪位的一間小小的辦公室裡，他的前面是一座「L」型的寫字台，而他的身體正埋靠在一張黑皮的大班轉椅之中。

以往可供追憶，前程卻永遠是變幻不定的——這便是上帝安排的人生。他意識到，詩的霧層就在這方小小的空間裡開始凝聚，而他感覺的觸角就在這片雲霧層中遊動着，尋找那會爆出火花來的一點。

他飄飄然地站起身來，像個夢遊者。他要將趟門推上了，然後再將窗簾都遮起來。他要把這方天地與外界隔絕，然後使雲層中的電離子的密度增加。至於那些1條2條3條的備忘錄，就是要拖上一萬年，對於現一刻的他來說都是無關緊要的，他全部的精神、視力都集中在了那只飄浮在空中的無形的目標上——他把它叫着「詩核」。

在此一刻，他的心中到底裝盛着什麼呢？他自己也答不上來，或者說什麼都有，或者說什麼都沒有；在感覺上，他感到自己已攀到了一條繩索，向着雲霧深處摸索進去，他只知道自己一定會有所發現的。這是一種絕對朦朧的感覺，他只能說出這類感覺是悲憂的，是飄忽的，甚至是帶上了一點兒玄學味的，但它們是絕美的，美到能使人一接觸就驚愕地呆住了的。

假如用顏色和畫面來表達呢？他嘗試着從一個完全不同的角度來對這種感覺作觀察。這是冷色的，但這是溫柔的冷色，而絕不是像外太空的那種恐怖的青光冷——對了，絕不是！它們有點似江南水鄉蕭條的冬天：灰朦朦的天底下，橫着幾個蕭索的荒村：這是魯迅筆下的《故鄉》；但並不精確，好像缺乏了點什麼，對了，太乾了，缺乏的是水分。它們應該更像朱自清描寫的《滬杭道中》：

……還有深黑待種的水田，

和青的黃的間着，

好一張彩色的花毯啊！

……那邊田裡一個農夫，披了蓑，戴了笠

慢慢地跟着一隻牛將地犁着

牛兒走走歇歇，往前看着
遠遠天和地密密地接了
蒼茫裡有影子
大概是叢村和屋宇罷？
卻都給雨霧罩着了。
我們在這煙霧裡，花毯上過着
雨兒還在一絲、一絲地下着……

正之這才鬆出了一口氣來，至少他已找到了一個比較精確的對應點。落筆吧？不行，經驗告訴他：詩的池塘還未完全砌成，假如現在就將感情之水貿然放流進去的話，它們很快就會流失。再說，落筆？怎麼個落法？給他抓到的只是一種抽象的情緒，而不是一樁可以由頭至尾地敘述一遍的事，是一類包含着水分的灰色，但這用畫筆蘸和着水彩能表達得出來的內容怎樣可以精確地轉化為一座以文字為磚瓦的建築物呢？這非但是一種技巧，而更重要的是：這是一種水到渠成的流暢，不能有一絲一毫的彆扭。這是一個真正有天賦的詩人，在不需任何人指點的前提下而能下意識領悟到的原理。——因為這座建築一旦成形，它便會是一篇精彩的詩作。

這時候的正之是最痛苦也是最幸福的，他面色蒼白，手腳都發冷，像一個等待臨盆的產婦。一種強烈的慾積感在他的心中迅速地膨脹，但他卻死死地按住了那片閘門，他要讓那水壓強大到爆炸的前一刻才突然地抽開閘門。他已有過無數次的這一類經驗，他能最成功地把握好那一個時刻。

斷不成章的文字開始跳上他的腦螢幕上，有表達一個完整概念的全條句構，也有只是描繪一個瞬刻意境的字眼；有單單一個字的，甚至只是一點符號的。但對於他目前的那種飽含水分的灰色情緒來說，它們都是些閃光的詩句，準確地填卡進了他那首還未成形的詩的軀體的每一處關節之中。於是，一個朦朧的整體形象在他的心中形成，他已按到了那一個還未「呱呱」墜地的新生命的脈搏。

那種喜悅之情並非筆墨所能形容出來的。他胡亂地從桌面上搶過一張紙來，管它是什麼紙，只要能提供一小塊空白面來的就行。他橫一條，豎一行地用潦草的字跡在上面飛快地寫過，然後停下來；但他的頭並沒有抬起來，他連直起頸來換一口氣的中斷也不敢有。他的兩眼從很近的距離上死死地盯實着那些祇有他自己才能看得明，讀得懂的內容，一遍又一遍。而與此同時，在他的心圖上，他正將那觀察的顯微鏡慢慢地調低下去，他要仔細地辨別所有的那些他所記下的文字對他心圖紋痕表達的精確度是否真正到達了一個完美的標準。不行，他仍覺得不滿意，於是，他便動手校正。修修補補，挖挖填填，直到那小塊空白的紙面塗滿了藍和紅的文字和標記。

「叮鈴鈴！……」就在他右手邊的電話機發出一串清脆的叫喚聲，他猛地掀起面孔來，吃驚地望着它，仿彿這是從另一個星球上傳遞來的信號。

「叮鈴鈴！……」電話再一次地催促他，但他並沒有立即去提話筒。電話？是的，是電話。找誰的？當然是找我的。他這才意識到自己現在是坐在辦公室裡，今天是一九八五年四月一日的上午，他的正務是要處理那一大堆急待他去處理的商務文件。而且，這必定一隻必須由他自己來接聽的電話，因為坐在外間辦公室中的那位叫愛麗絲的秘書小姐是明白垂下窗簾關上趟門的意思的，這是正之希望不被人打擾的標誌。但她仍然將這只電話接了進來。

「叮鈴鈴！……」當電話鈴第三度響起時，他才一把抓起了聽筒：「喂！……」他的語音中帶着一種氣喘聲，就像一個剛從遠距離外奔來接電話的人。

「正之……」從電話線那端傳來的是一個十分清脆而又溫柔的女人聲音。

「樂美，是你啊！……」樂美是從他們公司在太古城的另一間分行中打來的，她負責打理那一頭的工作，除了看管好店鋪以外，有時還要親自教學生。

「是在構思吧？我知道你在構思。我打過三次電話來，愛麗絲說你整個上午都垂着窗簾沒有出來過，本來不想打破你的氣氛，只是沒有時間了，已經快到中午了，你知道嗎？——今天一上午的成績怎麼樣？」

「還算滿意，感覺基本上釘牢在紙上了，只是一把亂頭髮，需要時間去整理。……你說沒有時間了，什麼事啊？」

「你忘了十二點要去醫院探望爸爸了嗎？媽媽、秀姑和林先生都在那裡等我們……我們先去幼稚園接天眉，然後一同去……這一邊的事我已作了安排……喂！喂！」她忽然察覺到電話線彼端的正之似乎像啞了一般，連一句「嗯！」「哦！」的答應也沒有了，「正之，你怎麼啦？……你是否還想寫下去啊？」

「……不，不寫了，我一點也不想寫了。」他真是一點也不想再寫了。「爸爸在醫院裡」這一個思想從他心底噴冒上來，就像一團烏雲，瞬刻間窒息了他的一切情緒。以前是健康一年不如一年，漸漸地成了一個月差過一個月，後來則是每一個星期都不如上一個星期，目前更是一日糟過一日的父親現在正躺在養和醫院的頭等房的病床上，依靠氧氣和葡萄糖維持着他生命最後的日子。正之知道——不單是醫生這樣告訴他，就是憑自己的直感和常識，他也理解到——父親還能睜着兩眼，哪怕一個字也吐不出來地望着他們的時日也已經短得可以數得出來了，他感到自己的心像被刀剜着一樣地痛。

「喂！喂！……」當他重新聽覺到電話筒中有話聲時，幾秒的時間已經過去了，他不知道樂美還又說了些什麼，但他聽見她現在在說：「正之，你怎麼啦？你怎麼不說話啊？」

「沒什麼，我只是心中難受……」

「哦，我明白。……」

又是一段雙方握着電話筒的靜默。

「只能你先去了，」正之終於說道，「這裡一大堆公務我連碰還沒有碰一下呢。不過最重要的是能早點帶天眉去，讓爺爺能多看她幾眼。我理解爸爸的心思，人到了這種地步還能企望些什麼呢？」

「是的，是的，我知道……，但你也要早些來，還有吃午飯，午飯你打算去……」

「我會去『麥當奴』吃的，兩隻漢堡包，一大杯可樂就對付過去了。最遲兩點半，你告訴他們，我會在兩點半前趕到醫院。」

「那好吧，再見。」

「再見。」

正之放下了話筒，他摘下眼鏡，用兩隻手掌在面頰和眼眶四周作了一陣按摩，然後擺放下來。他目光遲鈍鈍地望着台面上一大堆文件和那方塊躺在一個顯眼位置上充當備忘錄用的台曆。除了坐在那裡發呆以外，他什麼也不想做。父親要永遠地離開他們，這個殘酷的現實無論他有勇氣接受，還是沒有，都遲早會降落到他的頭上。他少不了他，他們全家都少不了他！正之幾乎不能想像一個沒有了父親的兒子的日子將會是怎麼樣的！一天更比一天地，他明白了，原來他是如此地深愛着他的父親。父子之間的那種血緣聯繫，原來是佈滿了這麼許多血管和神經的，當埋在日常關係的深層時，沒有人會太明顯地意識到它存在的重要性，但一旦當永別的傷口逐漸地擴大與深入時，一種難以抵擋的疼痛感就會愈來愈強烈起來，直到它最終會超越出人類忍受的極限。同時，一天更近一天地，他絕望地意識到，他們的包括他那衹有四歲的小女兒在內的全家都拼死命地拖住的那根繩索的纖維正一根根地加速崩裂，現在靠的只是幾絲餘下的線股吊住了他的父親生命的全部重量；他們是無能為力的，總會在某一刻，這幾股線絲會突然斷開，他們的親人將向着那無底的死亡深淵飛墜下去，而把他們那些還活着的人留在懸崖之巔，任憑他們向着漠然的蒼天徒然地狂呼，嚎啕！

這便是生命，不公平的生命！人以一世的時間紡織着愛的紗線，一旦當死的鍘刀落下時，全都被無情地切斷了，上帝便是在這樣地浪費着愛的！

難道不是嗎？從他的父親，他又聯想到他那也已年邁了的母親，與他朝夕相對的樂美，他的如同天使一般可愛的小女兒，甚至那位拖長辮的忠厚的秀姑，還有誰？——還有他不怕去想到是她——曉冬！不管是屬於哪一類性質的，在正之的生命之中，無可否認的，就存在着這麼許多愛的線索，而他作為一個人的單位，就是橫與豎地交織在所有這些愛的拉力線的中央，沒有了它們，他便沒有了寄託，他便會飄浮到半空中去，他也就不能再生存下去。七年前，為了某種人為的原因，他切斷了一條，那是與曉冬的。七年後的今天，他又將失去另一條，這卻是上帝的意志！他相信自己將失去平衡，至少在一段相當長的時間之內。

他記起了泰戈爾的一首短詩：

我們的生命恰似渡過大海

我們都相聚在一個狹小的舟中

死時，我們便到了岸，各行各的路了。

他覺得悲哀，無限地悲哀。

感情，無論是愛還是恨，都是無辜的，它們從人的心靈深處自然地產生，從不知道遮掩和壓制有什麼必要。但社會和人際間的習慣勢力就偏說它犯了法，要將它提交上道德的法庭，要給它定罪！它有什麼辦法呢？除了逐步地學會虛偽，麻木和冷酷以外。正之很想走上法庭去慷慨陳詞地為它激辯一番，於是，他又想到了詩，想到了寫作，他感到靈感的螢火又在他漆黑的腦空中閃閃爍爍起來。

但，現在，他的目光向桌面上掃去，躺在那裡橫七豎八的文件似乎都在向他叫喊：「現在是處理我們的時候了！」他歎了一口氣，勉強的伸出一隻手來，把那方記事台曆拖到自己的眼底下，開始審閱。

「懋林行」已在一年多前結束了它在中環的寫字樓，但它的主要業務並沒有中斷——正之已接受過來，並與他的琴行生意通盤地處理。人員方面，除了林先生、方先生等那些主要的老職工過來幫他手之外，其他的都已遣散。正之根本不需要這麼多人手，管人的本身就是一件麻煩事。再說正之的主旨並不在於發展生意，他只希望能在自己小小的生意王國中擺下一張平靜的書桌，他不想要得到別人的恩賜，他也不希望別人來過問他，別人看得慣也好，看不慣也無所謂，反正這裡是他向社會爭取得來的一席自由之地，這裡是他將自己頭腦中翻騰着的想像盡情地潑濺到稿紙上去的地方。

其實，「懋林行」維持了二十多年的生意關係的本身就是正之的父親遺留給他的最大一筆財富。不需要他去刻意尋求，或滿臉堆笑地到處遊說，老客戶們都會主動地找上門來。他們相信的是他父親建造起來的，而現在又是傳給了兒子的商譽。正之只需要將每天送來的電傳和函件分門別類，繼而發出定單。在規定的時間內收集齊貨源，裝箱，拖櫃，交入進船務公司的貨倉裡去。然後再將各類要求的文件送去銀行，委託銀行收回貨款。這是一段說起來簡單，辦起來也有相當複雜程度的過程。整整一個小時，正之頭都不抬地核對着，摘要着，然後在打字機上打出應辦事件的要點。他將應發出去的中英文函件和電傳的底稿擬定，然後分類，理成一疊疊的，準備拿出去讓打字小姐完成其謄清的工作。

事情已經完成得七七八八了，他看了看手腕上的表，還有二十分鐘的時間給他午餐。但當他向那備忘錄的台曆上瞥上最後一眼時，他皺了皺眉頭。他在電話機座的鍵盤上揀了一顆中央的按鈕按了下去，這是公司的內線電話。

「喂！」他拎起電話筒。

「喂！」話筒裡傳來一個乾脆俐落的女性的聲音。

「愛麗絲……」

「是的，李先生，有事要辦嗎？」

「鋼琴明天到貨櫃，提單取回來了沒有？」

「已經取來，我放在了你的台上。待你簽字後交運輸公司出貨。」

「我的台上？」他的眼中掠過一個驚奇的表情，「你等一等啊！——」他一隻手捂住了話筒，另一隻手又在他疊齊了的文件中重新翻理過一遍，「不見哪，肯定是送進來了嗎？」

「就在今天早上你來公司之前送進去的，放在了你坐的那張大班椅正面的台上。」對方的語氣確實，她是個一流的秘書，頭腦清楚，辦事很有條理，正之沒有理由懷疑她會記錯。

「那真是怪了，……文件我都理好了，但……」他自言自語着，卻仍不肯擱下手中的電話筒，他還希望會從話筒中得到一個意外的收穫。但這個希望始終也沒有成為事實，對方只是靜默地拿着話筒，等待着正之進一步的吩咐。

「那……那算了吧，我再找一找……」正當他不得不遲遲疑疑地要將話筒從嘴邊移開時，他的眉毛突然向上揚去：「噢，對了！對了！……」

「怎麼個對法？」

「我找到了！……」

「噢，那好。」

假如正之不是那麼心情沉重的話，他可能已經朝着話筒笑出聲來了。提單的正本就在他的眼鼻底下。就在銀行背書的圖章和簽字的附近，細細密密地，紅紅綠綠地，中英文並舉地「釘」滿了他捕捉來的感覺。

「對不起，愛麗絲，沒事了，你忙吧！……」

然而，就在他把電話聽筒擱放回機座架上去的前一刻，他又突然以一個抽筋般的動作將話筒急提回嘴邊：「喂！喂！愛麗絲，喂！……」

「還有事嗎？李先生？」對方平靜的語調從話筒中不慌不忙地傳來，她的習慣是確定電話中確實沒有了下文之聲時才慢慢地將它擱回原處去，尤其是當她在與她的上司李正之先生通話之時，她更注意保持這個習慣。

「必須要拿副本，去銀行一次，先請他們背完書再交運輸公司。同時，打一個電話通知船務公司，說提單的正本不能用了，只能改用副本。」

「不能用了？——為什麼？」愛麗絲很少這樣發問，但這一次是例外。她擔心，不要是她出了差錯？

「因為我……我把它當成了草稿紙……」正之的語調低下去了，中間伴和着一些微微的歉意的笑聲。

「噢，是這樣。」正之想像着她的臉上一定會掠過一瞥驚異的表情，但在她的語調中卻絲毫沒有透露，她像一本正經地接受一件公務似地回答道，「我會去安排的，還有什麼事嗎？」

「擬定的函件和電傳稿都留在我的桌上，交給打字員發出去。」

「是，我知道了。還有呢？」

「還有？就沒有了。」

「那我收線了。」

「收線？……是的，你收線吧！」

這次是當正之聽清了話筒中終於傳來了「咔嗒」一聲斷線音時，才慢吞吞地把聽筒擱放回去。他讓自己的眼睛朝着對面牆上的幾幅鑲在金屬相架中的對比鮮明的抽象畫凝望了幾分鐘。他並不知道自己看到了些什麼，反正他很少有這樣的機會，但這是其中的一次，他給了自己的大腦一種徹底空白的間隙。然後他站起身來，使勁地展出兩臂來，伸了一個懶腰，他開始拉開辦公室的窗簾。

雖然，今天是繁忙星期天過後的第一個工作日，但太古城中心的購物商場中的熱鬧程度並不差過於昨天。人們踮起腳來期待的是一連四天的復活節假期，而將那幾個夾於中間的工作日當作是多餘的阻隔，很少會有人還能在這幾天中將精神集中于工作上的。

但正之並非如此，他若有所思地從一條自動扶梯上滑行下去——他常常若有所思地，他的手中握着一大杯沒喝完的，印有「麥當奴」標記的可口可樂的紙筒。各式各類鋪位的紅紅綠綠的招牌和廣告燈在他的眼前閃過，裝飾工人正從十層高的商場大廳的頂部將幾疋「復活節大減價」的巨幅吊掛下來，讓它們在室內真雪溜冰場上的千百個滑行者的頭上浩浩蕩蕩地飄擺。時間正值午間的餐息期，人潮湧進茶樓去，又流出來，流上了自動扶梯上，將正之擠慦在當中。這都是些嘰嘰喳喳的男女人們，多數是講廣東話，也有少數夾雜些英語的。大家都正興奮地談論着有關假期的安排，話語聲在正之耳朵旁此起彼伏着，但正之連頭也沒有轉一下，因為那都是些他不想聽也要鑽進他耳朵中去的話，而至於說話者面孔是長還是短，正之毫無知曉的必要。

「……麗莎，菲島四天遊是與菲力浦一同去嗎？……對了，那些男人還是跟得緊一點的好，尤其是去菲律賓，泰國。」

「你以為台灣又是什麼好地方，台灣女人可騷啦！」

「你也可以學得更騷一點的，」這是一個男人的聲音，「騷勁壓過台灣妹，那時不要說菲力浦了，就我這有了老婆的人麼，也都會……哈！」

「去你的！……」

「哎！哎！哎！女人要吸引男人只能比功夫，講究真——材——實——料！做『跟得夫人』總不是個辦法！……」

一截自動扶梯已流到盡端，正之踏足上了下面的一層樓面上，他轉了一個彎，向着另一截自動梯的梯口走去，他還要下多幾層才能到達中心底層的出入口處，而那一群只聞其聲，不知其貌的「真材實料」的男女們的笑語之聲仍在正之耳旁延續下去，看來，至少在那幾截自動扶梯的旅程中，他們都會是正之的同路人。

「湯姆士……」這是一位年長一點的女人聲音。

「嗯？……」對這個名字的喚叫產生回應的就是那位認為女人必須競賽「騷勁」的男士的聲音。

「你的復活節假期又打算如何來歎番吓①啊？」

「歎番嚇？我可沒有什麼節目可以歎囉！我想去澳門搏殺一番，整日系屋企對住老婆好悶咖！——」

「去賭錢？好危險的，小心輸得精光，游水返來香港啊！」

「睇嚇我的運氣啦，人梗系要撞撞運氣的，工字不出頭咩！話不定贏個幾十萬返來，買返層新樓，就像我哋個老細一樣，來個金屋藏嬌！到時我可要揾你咖，麗莎，你勿要拒絕我啊！……」

「去你的，你這好色之徒！……」估計那位叫麗莎的正舉起粉拳，佯裝向對方捶打過去。

湯姆士嘻嘻地笑着向一旁靠避過來，在擠擁的梯級上，他的身體撞到了正之。

「哦，SORRY! SORRY!」

正之一言不發地向下跨了一格。好在那截自動梯又已到了盡頭，地域頓時變得寬闊了。正之一個轉彎向前緊跑了兩步，但那成班的男女仍跟在他的身後，大家一前一後地又踏上了另一條通往更下層的自動扶梯上。

「你呢？愛倫……」

「我？有邊道去得？梗系屋企打麻雀啦！……清明那天要去拜山……六號晚上又撲到了兩張『甄妮演唱會』的菲②，在利舞台……老公話，他最愛聽她的那首『LOVE IS OVER……』。」

「唉，對了，最近你有冇③聽到關於甄妮的傳聞？……」

「她那種人麼，當然……」

「據說……」

「不，人家說是……」

正之已被輸送到了這一截自動梯的中段，在他身後的二、三格梯階之上的那類對話在他的耳朵中愈來愈演變成一種嘈雜的嚶嚶之聲，他的思想又開始習慣地滑入了介乎于詩和父親病情兩者之間的想像與探索之中去了。

突然，他的耳朵本能地從這片紛紛紜紜的噪音之中撿別出一句話來，這是一句標準的滬語，高聲而且響亮，它是從隔近的那條自動扶梯上傳來的，那是一條向上梯，與正之搭乘的那條正好交叉而過。

「阿拉先到三層樓廊看一看，再回下去參觀平台花園——今朝包教大家大開眼界啦！」

正之猛地轉頭望去，但他見到只是一個高大男人的背影，筆挺窄腰的隱條西裝，梳得溜光的長髮，手中提着一隻全黑型的「大使」牌公文皮喼。正之似乎覺得聲音有點耳熟，但，他想，可能這是因為對方是說滬語的關係吧？在廣東話中浮沉了八年之久的正之，任何一句滬語的突然出現都可能會在他的心中激蕩起一種親切而又陌生，熟悉卻又遙遠的感覺。

①「歎番吓」，廣東話，意為「享受一下」。②「撲菲」，廣東話，意為「買難買的戲票」。③「有冇」，廣東話，意為「有沒有」。

「當然！當然！董事長是老香港啦，跟牢儂跑總歸勿會有錯！……」

「阿拉已經跑得眼花繚亂了，東南西北也分不清……老早聽人家講『鄉下人到上海』，現在是『上海人到香港』啊！……」

「哈！哈！哈！……」

正之意想不到的是一連串純粹的上海土語，居然像連珠炮似地散放出來，除了親切感以外，對於正之來說，它們更產生了一種就如他在觀看一幕以上海方言演出的滑稽劇一樣的效果。自動梯已向下流去，但正之的頭卻愈偏愈斜地向上望去。那位男人背影愈升愈高了，他注意到在他後面的級梯階上站立着至少六、七個裝束統一的追隨者：男的全部是闊領白襯衫外加花領帶，淺灰寬袖西裝外套，不太合身地掛在身上，還有兩三個女性，穿的差不多也都是胸前飄着兩條綢帶的人造絲質的套衫，居然還有一個抹着點兒唇膏、胭脂之類的，這令正之模糊地記起了北朝鮮電影中的那些「摘蘋果獻慈父」的女郎們。在香港，無論是什麼年齡，何種階層的婦女，都極少會有這類打扮的。

應該說，正之是知道他們來自何方的了，他們對他有一種特殊的吸引力，正之一直目送着他們差不多要到達了自動上升梯的頂端，他似乎要從他們的身上品味出他那闊別了八年之久的故鄉目前的風貌來，直到正之腳跟上的感覺告訴他，他自己乘搭的那條自動梯線正開始流平，他也已到了商場的第二層上。他向前跨了一步，準備轉彎。從他眼角間掃出去的最後一瞥告訴他，那位身影高大的「董事長」正像一位導遊一樣地站在三層樓的自動扶梯口上，他的一條臂橫向地伸出來，好像正把從梯間流上來的人們一個接一個地拖上岸去一樣。

「嘩！大隊嘅『表叔』，」正之聽見正從自動梯上流下來的湯姆士的那款聲音在說着話。

「咳，點解會把那些從大陸來的幹部稱作為『表叔』嘅？——報上也好似常睇到這麼個名詞。」這是麗莎的聲音。

「哪！……你系有所不知了！好像這類事，你就得向我請教。」

「算了吧，別賣老了，你知道的又有幾多啊？」

「我麼也唔知啊？嘿！以前上邊有出京劇叫《紅燈記》，戲中有個女仔，叫……叫……總之叫麼也名我唔記得了，佢有一句唱腔，」他停了下來，用兩聲乾咳清了清嗓門，然後竟用生硬滑稽的廣式國語唱起來：「『我家的表叔數不清……』——於是『表叔』的雅號便由此而來了！」

「倒睇你不出來啊，湯姆士，」這是那位年長一點的愛倫在說話，「還識幾招國語添！」

「離一九九七年還有多久？十二、三年罷了！到時我重沒有老呢！唔學識點也，的麼得啊？嘿！嘿！嘿！……」正之聽見他得意洋洋地笑着。

正之向左轉去，這裡是他與那批男女分道揚鑣的地方了，他要再下多一層，而他們，應筆直而行，正之估計是屬於與商場毗鄰的一座商業大廈之中的某家商行的職員們，時間是下午二點，正是他們開始下半個工作日的時刻。

「嘩！幾大嘅雨啊！……」正之聽見那個麗莎在說。

正之收住了腳步，他的眼光從商場巨型的玻璃櫃架中望出去，外面一片迷茫陰沉，暴雨傾潑在落地大玻璃上，像急流一般地注淌下來。——又是一段綿綿細雨中的嚎啕的發作，正之折回身去，他覺得應該回公司去取一把傘備在手頭為妙。

十分鐘之後，當他急急忙忙地重新出現在二層商場時，他的眼光老遠地已被那一大堆人馬所吸引住了。還是那一群寬西裝，飄胸帶的上海來客，而那位窄腰身的隱條西裝者正鶴立雞群在他們的中間。他的一隻手提着那只傾角式的黑色公文喼，另一隻手正揮舉着，他仍背對着正之走過來的方向，他似乎正在向他的「旅遊團員」們介紹着附近的店鋪。他們已從上一層樓上下了來，現在正在二層的商場上參觀巡視。正之向他們走近過去。

「……咯嗟開設的全部是一流的店家，而能住到太古城來的人身價至少過千萬！就像我。……」他的聽眾們一個個神態逼真地望着他，有幾個還直點頭，他們的眼中流露出敬畏之色。

「老楊，不，楊董事長，——」他邊上的一位青年人向他發問。

「嗯？……」高大的董事長的臉轉側過來了一個小小的角度。但已足夠了，他的姓氏，他的蹺起大拇指向後揮動的習慣動作，他的身材以及他的臉部側面的輪廓已告訴了正之他是誰。正之一陣興奮的衝動，他想不到在斷別了七年之後的這裡竟會再遇見他。他真想立即奔上前去，一把握住他的雙臂：「喂！楊重友！你看我是誰啊？」但他並沒有這樣做，他的習慣是要將強烈的衝動儘量地壓制，直到高潮不得不迸爆出來的一刻——他是那樣寫詩的，在現實生活中的他也喜歡那樣的場面。

「我能不能冒昧地問一句，」那位青年繼續着他的問題，「在太古城是不是住着全香港最有錢的人？」

「這個麼……」楊董事長沉吟了一下，「也可以個嚒講，那當然不包括那些巨富啦，比如說是包玉剛……」

「包玉剛？那不是世界最大的船王嗎？伊還是上海人，個嚒伊住了哪裡呢？」

「伊勿住了太古城，伊住了……伊住了……」董事長搔了搔頭皮，其實他根本也不知道包玉剛「伊」真的住在何處？「伊住在島啷向個山裡向。」

「島上？山裡？——個嚒伊天天哪能出來上班呢？」

「噢，咄個簡單！伊拉私人又有遊艇，又有直升飛機，先乘遊艇出來，再搭直升機，『呼——』的這麼一轉，就到了中環……」

董事長的語音突然地中斷了，表情也凍結在他瞪珠張嘴的臉上。因為當他在說這一句話時，他的一條手臂伸長了出來，模擬直升機的翔姿由低到高地劃出了一個半圓形的弧度，而他的身體也轉出了一個一百八十度的角度，其意境可能是表示直升機由「島啷向」起飛直達中環的航線。

但當他轉過身來，他突然發現到自己的面孔正與幾英尺距離以外的另一張正輻射出興奮笑容的面孔相對着。

「你是……？」

「老楊，你勿認得我啦？我是正之，我是李正之啊！」

「啊唷，李正之，是你啊？我的好朋友！——」他也真是激動了，沸騰起來的血液頓時湧向他那粗細紋路相交叉，但現在已是明顯發胖的面龐上，令它顯得紅光四射。他撲上前來，他的兩隻大手緊緊地捏牢了正之的兩隻手，而那條「大使」牌公文喼的硬塑拎柄正好夾抵在正之手背的骨節上，使他感到疼痛非常。

「你鑽到哪裡去了，怎麼到現在才鑽出來？」

「我鑽出來？這應該是我來問你的問題！你這個傢伙！反而倒過來問我？那一年，我上你馬寶道的住所去過一次，但你已搬走，遇上那個叫……叫……對了，叫陸姑娘的老女人，也是個上海人——不錯吧？是有這個人吧？——結果搞了一大堆麻煩事出來……」正之已注意到了，一種尷尬的表情開始在他的臉部蔓延開來，雖然他已被明顯地推回到了那個年代的記憶中去，但現在，決不會是他希望有人再將那段往事重提的時候，正之也意識到了這一點，他的話音由響變輕，終於消失在了啞然之中。

「來！來！來！讓我來替儂介紹——」楊重友突然話峰一轉，他一拉，將他自己連同正之一塊從窘境中脫險了出來，「大家才是上海人！大家才是同鄉！」

站在楊重友邊上的一位梳理着分頭路，發腳發跟都剃刮得鐵青的，面色卻很紅潤的，約莫五十開外的寬袖筒首先向正之伸出手來：「我姓張。」

「這是上海外貿進出口公司的張經理……」楊重友開端了他的介紹活動。

「儂好！儂好！……」

「�王位是王副處長……」

「儂好！儂好！……」

「哋位是劉科長……」

「久仰！久仰！……」

「哋位是周主任……」

「請教指！請教指！……」

「還有，哋一位是陳……陳……」現在楊重友的手臂正搭在剛才向他詢問關於「包玉剛乘直升機」故事的那位青年人的肩膀上，他想把他介紹給正之。但不知何故，楊重友哽住了，他「陳、陳、陳」地「陳」不出個名堂來，「咳，儂擔任的到底是個啥官職呢？」

「我是業務員，」青年人的聲音輕如蚊鳴，他面紅耳赤起來。正之想，老楊這人也真是的，誰處在那個地位上也都會被他搞到狼狽不堪啊！

「……噢，是阿拉個小——陳——同——志！」楊重友的話音突然大聲起來，「業務員啊，業務員是頂有權個了——」他的手在半空中作出了一個飛快的書寫動作，「簽約大權全部掌握在伊拉個手裡。小陳同志……嘿！嘿！嘿！……阿拉個小——陳——同——志！」他大力地拍打在對方的肩膀上，彷彿他與小陳同志是幾十年的老世交，又彷彿，他是長輩，正在嘉許一位老朋友的兒子一般。

他的介紹活動向着那幾位飄胸帶的女性轉移過去，但正之的思想已開始混亂，他壓根兒也沒有能辨清楚老楊所介紹的「某小姐」和「某夫人」；或者是「某科長」和「某同志」間的面部特徵的區別何在，他的全部記憶只是：有幾張白嫩而光滑的面孔在他眼前流過，而他也曾握到過幾雙屬於女性的，柔柔軟軟的，多肉型的手。

他只覺得難堪，在人頭湧湧的商場裡，在川流不息的人流間，於眾目睽睽之下，在一位陪譯員的介紹聲中，他正一步步地跨過去，逐個逐個地與一排列的「貴賓們」握手寒暄，這令他想起了那類於六、七十年代在大陸流行的「黨和國家領導人在人民大會堂的迎客松前接見外國友人」的新聞影片來，他對自己目前所扮演的角色敏感起來，他覺得十分地局促不安。

終於，正之忍受到了這段介紹節目的尾聲，當他剛想鬆口氣來時，他聽得那位排在列首的發光色潤的張經理開口了：「你還沒有向我們介紹過你的朋友啊，楊董事長？」他說的是一種滬語和國語的混合語，在上海，這種被稱為「上海官話」的語腔是喜歡被幹部們在作大報告時使用的。

「噢，對了！對了！……」他一把拉住正之，又將他從排尾拖回了排首，「張經理是國家的大幹部……」

「哪裡！哪裡！……」

「……他也是這個代表團的帶隊……」

「也談不上！也談不上！出來看看，出來學習，學習麼！……」

「……我的這位朋友姓李——李老闆，李大老闆！」楊重友終於在自己的話頭幾次被打斷之後完成了他整句話的意思的表達。

「噢，原來你也是老闆？你也是做生意的啊？做生意好哇！做生意能賺錢哪！」張經理用一對放射出強烈興趣光彩的眼睛望着正之。

不知怎麼地，正之感到的遠不是開心，而是羞愧，他恨不得有一個洞鑽進去溜掉了完事。「不要稱什麼老不老闆的，我……也不是工作為了吃飯，吃飯為了工作？」

「不，李先生真是做大生意的，他專與外國做，美國啊，日本啊，賺大錢啊！……」

「重友！別這麼說了，我根本也沒有……」

「咳——！」張經理的一隻大手拍在了正之的肩上，「不要害怕說賺錢麼！賺錢是好事，是大好事！香港的資產階級是我們國家的統戰，團結的對象！……」正之低下頭去，他好像覺得自己缺乏一些面對着那位首長級幹部的勇氣，他只聽見張經理還在繼續着他的演說詞，「……我們目前的首要任務就是要學會做生意，學會賺錢，學會富起來！不錯，咱們的國家以前的面貌確實是一窮二白，但是窮則思變，要幹，要革命！——」

不知是哪一類意識的掣動閥的打開，使他的語篇突然刹車在了那最後的一個驚嘆號上，而正之只是覺得這段話很耳熟，他低頭尋思着。他記起了這是屬於「最高指示」中的某一段，在那些紅海洋的年代中，他和他的同學們曾無數遍地背誦過。

「……現在國家的形勢不同了，」一個小小的停頓，他的語路有了明顯的轉變，原先那種情不自禁地高漲起來的激烈的成分退縮下去，一類溫和的調兒流進了他的話語中，「回來走走，看看麼，和楊董事長一起回來！——他每個月都要回上海幾次……假如你來的話，預先發個電報給我，我一定派人開車來機場接你——嗯，好嗎？」

「謝謝！謝謝！有機會一定，有機會一定！……」正之抬起臉來望着對方，他希望能早點離開。

「我能不能再冒昧個問一句？……」

「嗯？」李、楊、張的頭一齊轉過來，要想問問題的還是那位青年業務員——小陳同志。

「李先生是不是也住嘞太古城？」

「勿是，勿是，」楊重友急急地搶白上來，「伊是住嘞山……」

「山裡向？」

「勿是！」

「個噱是島啷向？」

「更加勿是啦！李先生是住嘞半山！」

「半山？個噱到底是半山個房子好呢？還是太古城個好呢？」

「啪個啊？……啪個麼……」這是一個連一向能隨機應變的楊重友也感到有些難堪的問題，「啪個麼也很難講……」

「就比如講？」青年仍很迫切想知道這個問題的答案。

「比如講，哪能個比如講法？」

「就比如上海哪個區同哪個區，哪條路同哪條路呢？」

「噢，儂是啪個意思啊！就好比……好比靜安區同徐匯區啦，至於哪條路麼……儂讓我想一想……就像淮海路與衡山路……對了，淮海路與衡山路，差不多是這樣……」

「個噱講來，半山個房子也是老老漂亮啦？」

「當然啦！落地窗、大露台，滿目海景，一覽無遺！」

「喔唷！香港的好房子真多，有銅鈿個人也真多呐！……」

「老楊！」正之終於下定了決心，「我要走了。」

「走了？大家再白相多一息麼！」

「不，我要去探望我父親，他住在醫院裡。」

「哪能？老太爺龍體欠佳？」這倒是正之沒有想到會是楊重友說出來的一句表達法。從「哪老頭子」到「老太爺」，八年來，楊重友在文化修養上的磨練也可見一斑；至於「龍體」那可能像「呂四娘」一類的長篇武俠連續片中「皇上龍體無恙」台詞兒的翻版。

「肺氣腫加上肺心病，拖了這麼多年，年齡又大了，唉！實在是令人束手無策啊！」

「哪家醫院？」

「養和。」

「幾號病房，幾號床位？」

「你問這幹嗎？」

「說給我聽麼！」

「二六二號房，沒有床位號，那是頭等房。」正之只想早點脫身，除了窘堪之外，時間確也是十分緊迫了。

「那好吧，我會……」

「再會，」正之迫不及待地說着，然後向着那一大隊人馬高舉起一隻手來：「這麼多位，恕我失陪了，再會！——」這是正之預先設計好了的一了百了的告別方式。他見到「這麼多位」都同時舉起了手來「再會！」

「再會！」「再會！」……男的、女的，經理、科長的，業務員的「再會」之聲粗細混合，此起彼伏，正之直向着那條通往太古城中心底層大廳的自動扶梯奔跑過去。

當他從商場的自動玻璃門中走出來時，當他在中心大門口的車輛迴旋處截停了一輛的士時，當他拉開車門把手，俯身鑽入車內時，正之一直在回想着剛才那幕會面的情景。無可否認地，他是被觸動了，深深地觸動了，畢竟他們都是他的家鄉人哪！他們剛剛從上海來，從他八年來除了在夢裡，再沒有能見過一面的上海來；帶來了連篇的、純純粹粹的、新鮮出爐的上海方言；帶來了淮海路，衡山路，徐匯區，靜安區這些熟悉的名詞。這便是上海的雲月，上海的景物的化身，他感到自己思鄉的湖面，開始掀動起波紋來。他真是渴望能有再回去「走一走、看一看」的機會，他沒有一個明確的藍圖，但他有一個朦朦朧朧的印象，大陸變了，中國變了，上海變了。

「去邊度啊？」

「麼吔？」

「去邊度，老細，你搭的士究竟去邊度？——」

正之這才發覺到自己正坐在車內，車門已關上，但車仍未發動。的士司機帶着露指黑皮駕駛手套的手正握在方向盤上，他兩眼正視着前方的道路，等待着搭客的吩咐。

「噢，對唔住！對唔住！……去跑馬地，去養和醫院。」

司機一言不發，車卻像一陣旋風地發動了，它繞了一個圈，駛上了通往東區走廊的架空天橋上。

正之的思路又從上海被拉回到了香港來。他要去見到他的父親了，但他害怕去見到他，見到他那骨瘦如柴的模樣，見到他那痛苦忍受的表情，他覺得自己的那條脆弱的心弦緊繃得差不多要斷裂了！「爸爸啊，爸爸啊！我們怎麼樣才能幫到你，我們怎麼樣才能救得到你啊！……」他情不自禁地向自己說起話來，他的手不自覺地握成了兩隻拳頭，淚水從他的心田深處向他的眼潭中湧上來。

養和是香港最著名的私家醫院之一，已有七、八十年的歷史，坐落在港島跑馬地的半山坡上，俯瞰着整個馬場的綠草如茵的全景。

一位穿着洗燙得十分挺潔的藍白制服、頭戴着一頂雪白的嬷嬷帽、身材嬌小玲瓏的女護士在二樓的走廊裡出現了，她的手中端着一張白搪瓷的託盤，棉花、膠手套、靜脈注射筒和其他晶光閃亮的不銹鋼的醫療器具擺在託盤上，她正向着大樓的東翼走過去。

她推開了一扇鋁質的玻璃門，這是一道將走廊攔腰切斷的落地玻璃門，一塊長方形的白底，藍字體的告示牌端端正正地粘貼在明淨的玻璃上：頭等病房區段，閒人免進，下面是一行英文字母。

玻璃門另一端的走廊裡，除了那位剛踏進來的護士之外不見一個人影。抽濕機和空調機在那裡寂靜無聲地工作着，使這裡空氣的濕度和溫度都保持在最宜人的水準上，一種令人神智清醒的消毒水和藥物的混合氣味能在空中被隱隱約約地嗅聞得到。病房的門都漆成了白色，牆壁是淺藍色的，那位護士的軟底鞋在純白的大方塊瓷磚上毫無聲息地踩過，她在一扇病房關閉的門前收住了腳步。

這是二六二號房，護士的目光朝着門框上的那方鑲插着病人名卡的金屬架框上投去，那裡寫着的名字是「李聖清先生」，然後，當她在將這個名字與她自己那份擱在託盤中的記錄頁上的名字作完了一次核對後，她便開始輕輕地叩門。

白色的房門划開了一道寬闊的縫隙，端着搪瓷盤護士的身影閃了進去，門重新閉上，使走廊又回復到了寂無一人的狀態之中去。

在二六二號病房內，剛入門的女護士立即被二個老年婦人，一個攙着小女孩的青年婦人和一個高大的中年男人所包圍住了。

「姑娘！……」一位拖着齊臀花白長辮的老女人一把拉住了護士的手。

「小姐……」而那位長着一對寬厚的嘴唇的男人正用一對迫切的眼睛望着護士的臉。

「看護小姐……」另一位身材矮胖的老太太拉住了護士的另一條臂。雖然她把聲音壓得很低，但一種不可制止的緊張與恐懼使她的話音都變得震顫起來，「李……李老先生，他……他，到底有沒有危險？」

「你不能那麼緊張，李太太。再說，你自己的年紀也都那麼大了，」護士的臉轉朝着那位胖老太太，「李老先生的病拖得已很久。至於他目前的情況，你們最好問醫生，我也不太清楚……醫生一陣間就會來查房。」

她邊說邊端着盤子向病床走過去，她的身後跟隨着那一大群曾包圍着她的詢問者。她向着床頭彎下腰來，「老伯，現在先替你抽痰，然後再注射一針靜脈針劑——好嗎？」她和聲細氣地向着那顆深深地沉埋在兩疊雪白的大枕頭中的，已瘦成了皮包骨的頭顱說着話。

那顆頭顱是屬於李老先生的，沒有人再認得出這便是幾年前的他來。他的面孔蠟色一般地黃，兩珠本來是炯炯閃光的眼睛已深陷進了眶骨後面，沒有了一點兒的神采。他的本來就不很魁梧的身材現在更是縮成了窄短的一截，高低不平地掩蓋在被漿燙得筆挺雪白的床單下面，使任何人看見了都會產生一種不祥的預感。幾條半透明的細膠管從床邊或牆上的醫療儀器中通入他的體內，就是依靠了它們，才使得他的生命能日復一日地循環下去。

即使在這樣的體力條件下，他還要保持他那已保持了一世的習慣：他在自己蠟黃的臉上強擠出了一絲禮貌的笑容來：「好的，小姐，謝謝你。」他的音量低微得只能說比「無聲」高出了一小格。

女護士戴上膠手套，先從盤中取出了醫療械具來，攤開在床沿和床頭櫃上，然後她捏着一把不銹鋼鉗子開始用一種靈巧俐落的動作，將包疊在李老先生喉部的方塊白紗布一層層地取走。浸滿了痰和血的紗布的深層顯露了出來。李老先生的喉管已被切開了一條二英寸長的口子，一條連接着氧氣出源口的細膠管就從那裡深入到他的肺葉之中去。鉗子夾上了膠管：「不怕……老伯……不要怕，現在開始抽氧氣管……有點痛，但要忍着……老伯，要忍着……」粘滿了血痰塊的膠管徐徐地從胸腔中拔出來，李老先生的身體開始蜷縮起來，一種痛苦的表情在他的臉上編織出來，不一會兒就將他的鼻、眼、口都強行地扭曲進了這一片的織網中去。

膠管終於抽了出來。鉗子又從盤中鉗出來了另一條乾淨的，它的一端被套在了安裝於牆上的真空抽氣泵的出源口上，另一端再從那條二英寸長的刀口中插回去。護士的頭抬了起來，她向李老太太望了一眼，眼光中作了某種暗示。李老太走近床來，在她臉上寫着的「痛苦」並不輕于李老先生的，所不同的是這是一種由精神而不是肉體上的折磨所引起的。

她的顫顫抖抖的手隔着白色的床單握住了藏在床單下的她的老伴的手，「沒有關係的，聖清，抽完了痰才會好過些……」她使出力氣來，將他的手按壓在床上，以防它們在痛苦中可能會作出的妨礙療程的震動。

李老先生抬起眼來，望着他太太，他似乎微微地點了一下頭，從他已是精疲力竭的眼神中流露出來的是感謝和理解。他怎麼會不理解呢，一天幾次的抽痰，他已清楚地知道這種療理過程的每一步細節。

膠管一點點地深入下去，而李老先生的身體卻愈來愈蜷縮成一團了。一類強大的氣流在他的胸腔中「呼囉囉」地產生，並向上湧來，他蠟黃的面孔居然因為猛力地使勁而漲成了紫醬紅色。在平時，這一定會引起一場劇烈的咳嗽。但現在，他什麼也做不到，氣流從他喉頭的切開處沖出來將大塊大塊浸染着血的，黃而濃的分泌物帶上來，噴濺在白色的床單上。

「這就快搞定了……老伯，再忍一忍。就是這些膿水、痰和血充滿在你的肺葉中……非要將它們抽出來……將它們抽出來……」護士邊說邊扭開了真空泵的開關，一陣「嗞嗞」地噓嘯聲從泵管的接駁處尖銳地發出來，透明的膠管瞬刻之間變成了深紅色。污穢的流動物被從李老先生病源的深處吸出來，噴入了一隻劃着刻度的空瓶中。僅僅在幾分鐘之內瓶內已積存起了一、二百CC的血痰。「嗞嗞」之聲開始低下去，膠管之內出現了大團大團的血紅色氣泡，護士將抽痰管拔出來，再將輸氧管換了進去。

李老先生的手、腿的肌肉開始鬆弛開來，他慢慢地將縮蜷的身體放直，人也躺平了。而李老太抓握住了他的手也鬆開了，她站直起身來。

「痰抽完了，老伯，這樣舒服些吧？……」但李老先生雙眼合閉着，面色蒼白得可怕，他完全聽清護士在說些什麼，他也很想能作出一些謝意的表示，但，別說是在臉上再聚出一絲笑容來，他發覺在自己的體內連睜開眼來望一望人的那一點能量也找不到。

女護士把乾淨的紗布墊回他的喉部的傷口處，又替他換上了一床乾淨的被單，然後再將他的一條冰冷的手臂移出來，擱在白色床單的上面。手臂上佈滿了密密麻麻的針眼，但她還必須在這中間尋找一個新的刺針點，為他進行再一次的靜脈注射。

「讓他好好地休息吧！」當女護士提着一支空針筒站起身來時，她這樣說，「不要站在他的周圍。他已經是十分虛弱了……」一言不發的圍觀者們的手腿開始移動，他們逐個逐個地向着與那間和病室相套連在一起的會客廳散去。那兒擺排着一套人造皮的沙發，一張咖啡台和一櫃小型的冰箱。一張鋼絲的摺床靠在牆角，這是給陪夜者睡的。

忽然，病房的大門推開了，神色緊張的正之一步跨了進來，他差點與正打算拉門出去的護士撞了個滿懷。

「李先生，你好！」

「你好，你好，」正之感覺到自己臉部的肌肉硬化到連露出一個招呼式微笑的餘地也沒有。

護士端着盤子從他身後還沒閉上的門中走了出去，再輕輕地從外面將門推上了。她理解正之的心情，她也理解這一家人的心情。這麼多天了，她一日幾次地走進這間房中來，她見到的差不多都是這同一種陰慘慘的表情。

正之的目光飛快地掃過每一個人的面孔——這是一種下意識地希望從那裡獲取到某類情報的舉動——然後它們落在那張床上。在床上一動不動地平躺着一個面色灰白合閉着雙眼的人。一刻之間，他似乎覺得這是一個他從不相識的陌生人，但理智告訴他，這不是別人，正是他的父親！他的心「怦怦」地狂跳起來。

他將驚恐的目光收回來，他感到自己的目光是漫散開的，他不知道該朝向誰，他只聽得自己在問：「爸爸……爸爸他怎麼啦？」

「噓！——」他見到他母親伸出一隻手指來豎直在她嘴唇的中央，「護士說讓他睡覺，小聲一點。」

「爸爸是睡着了嗎?」正之覺得自己狂跳的心稍微平靜了一些,但他仍要得到對於這個問題的確信的回答。

「可能是的……」

「爸爸他好一點了嗎?」

「好一點?唉!不惡化下去已是一天之喜了!」

其實,正之比誰都知道這個問題的答案,但他不知道為什麼自己偏偏還要多問這樣的一句。他默然了,但他仍站在原地,他不想去客廳的沙發上坐下來,他總覺得仍有什麼要去做的,但他還沒有做過。

「正之……」

他轉過臉去,他遇到的是林先生的那對忠厚的眼睛。「噢,林先生,你好!……對不起,我匆匆忙忙地,也忘了與你打招呼……」

「勿要緊,我理解,我曉得……」他的上海話與八年前比較仍不見進步多少,「是不是讓我先回公司去?」

「對了,我們都不在,你先回去看住……今天出兩隻貨櫃,叫人立即去船公司換提單,明天一早送銀行……」

「我曉得,我曉得。這類事你不要再操心了,我走了。」他拉開門走了出去,然後再將門幾乎無聲無息地掩上了。正之又轉回臉來，房內一派肅靜，沒有人從原位上移動過一步。

忽然，他聽見一個細小稚嫩的聲音在喚他：「爹哋、爹哋——」

他低下頭去，他見到了他的小女兒。她的一隻手被牽拉在她母親的手裡。她長得多像樂美啊！兩隻水汪汪的大眼睛，兩瓣殷紅紅的小櫻桃嘴，最可愛的是她那一頭剪成了日本式的童花髮型，光滑而柔順，一面蘋果般的圓臉蛋鑲在烏髮之中。

正之蹲下身去，一把抱住了她，抱得那麼地緊，抱得那麼地實，就像抱住了生命的本身，愛的本身，像抱住了一個會給人搶走的希望實體的本身。

「囡囡，你聽爹哋話，爹哋鐘意你，爹哋唔知有多鐘意你喲！——」他用廣東話向孩子說着，他將自己的臉貼靠在小女兒燙呼呼的臉上，他周身顫抖起來，兩顆黃豆大的淚珠從他的面頰上無聲無息地滾了下來。

第十章

李老先生是清醒着的，雖然他連睜一睜眼皮的精力都沒有，但他完完全全地清醒着，他仍試圖用耳朵來觀察着在他身邊發生的一切。

除了在被注射強烈的安眠藥物後的幾個小時之內，他從未有過理智昏沉、模糊的時候。他清楚地意識到自己身處的境況：生命的油燈正瀕於熄滅，他正在艱難地通過那段他曾多少次親眼見到他的先人被折磨得死去又活來的生命在被消滅之前的最後掙扎期。

人求生不易，但有時求死更難。

哪怕體內只剩了一點可供消耗的能量，他都要將它輸送到大腦的那條神經索上去。他要想，他要不停地想下去——直到那一刻。他仍然不知道那一刻將會是怎麼樣的，但他相信：那一刻已離他不遠了。

不管他自己願不願意承認這一點，但這是事實，他那一世精明的大腦活動能力，他那永不肯停頓一刻的思維習慣，現在正成了他痛苦的最大根源。清醒，令他對痛苦（包括精神和肉體上的）的感受強大了一千倍。假如他能像有些人那樣該多好啊！在迷迷糊糊之間經過了這段生與死之間的無人地區。但他不是，他偏偏要細辨着每一步他跨出的距離，他盡可能精確地度量着他離死究竟還有多遠？更痛苦的是：他還要踮腳朝後回望，回望他的過去，回望那些在無人地帶禁區線對面的正萬分悲傷地望着他一步一步離去的朝夕相對的親人們！

在那個時刻，他或者會體會到做一個糊塗人的好處；但清醒者求糊塗，就如糊塗蟲求清醒一樣地困難啊！

於是，他便開始考慮如何能早日結束他的那一小段痛苦生命的方法。他知道這並不複雜，只要向醫生護士坦明他自己的意願，在征得他家人的同意之下，將氧氣和輸血管抽拔掉，用不了一個小時，他便什麼也不知覺了——他不知道這時候算不算死亡，但這是一件不需要他去顧問的事，即使是昏迷，這也將是一段直接與死亡相連接的昏迷。

他仍然靜躺在床上，沒有人知道他究竟是睡着了呢，還是醒着。他在等待着巡房醫生的來到，此時他需要時間，來將這個他此生最大的決心慢慢地在心中醞釀成熟。他倒不是為自己，像這樣的一段遍體鱗傷的，痛苦非常的餘生對他來說還有何戀惜的呢？他想到的是他的親人們，雖然他沒有睜開眼睛，但他能想像出每一個圍在他身邊的人們的臉部表情，他也曾那樣送走了他自己的母親——她是他一生中最愛戴的人——當時他的心情是怎麼樣的呢？他怎麼能捨得讓她撒手而去啊！哪怕還有一絲希望，他還要吊着死不肯放手。而現在，這正是他的太太，是正之，是樂美，甚至也是他那最寵愛的，整天吵嚷着「爺爺怎麼還不回家去？」的小孫女的心情啊！

下這個決心決非易事，激烈的思想鬥爭在他紋風不動的體內進行着。……

他聽見巡房的醫生推門進來，他聽見內客廳中坐待着人們蜂擁而出的嘈雜的腳步聲，他聽見緊張而壓低的談話聲。他感到醫生在掀起他的床單了，他感到冰冷的聽療筒接觸到了他胸脯上，在幾個部位上移過之後，他感到聽筒離開了，床單又覆蓋到他的身上。他肢體各部分的感覺差極了，但他腦部思維活動仍一樣地活躍。其實，他只能籠統地獲得一種冷或暖的印象，所謂床單的掀起又蓋上，聽療筒的接觸又提去都是他那不肯休息的思路在那種印象基礎上的拓廣與深化而已。

並不是他真是虛弱得連張開眼來望一望醫生和他家人的精力都沒有，抽乾淨了肺中的血痰和獲得了新鮮氧氣供應的他現在的感覺已比剛才好了不少，只是他還在艱難地培育着那個決心。他一世人都是那樣的，現在仍然是那樣，決心不輕易下，一旦下了便不會改變。

其實也很簡單，他只需要在一個適當的時隙中，睜開眼來，向醫生笑一笑，然後微微地點點頭，當醫生彎下腰來，問他：「老伯，現在好過點嗎？……」時，他便可以向他說出自己的意思來。

但就是在這個時候，他聽到了正之說話的聲音，說話者應該就站在他的床頭邊，他聽得很清楚。

「我父親是睡着了嗎？醫生？」

「我也不太清楚，不過，他必定是十分之虛弱的，連睜開眼來說一句話對他都可能是不勝負擔的，所以最好讓他靜靜地休息……」

「醫生……嗯……我父親他有生命危險嗎？」

沒有立即有回答，但當醫生的回答之聲響起時，李老先生似乎覺得聲音遠了一點，醫生的腳步可能正向門口走去：「病人的情形我一早已有向你們說明過，他現在的生命全靠那一條氧氣管在維持着……你們最好有所準備……你們……他……」

「不！醫生！不！」他突然聽見正之那嗓門制止不住提高了的歇斯底里的聲音，「您要救救他啊！醫生，我求求您！……」

「我們會盡人事的，我們……」

「不！不！不！醫生，不是盡人事，而是真要救活他！只要能讓他活下去，我們什麼代價都肯付，醫生！我們少不了他，我們全家都不能少了他啊！……」正之的音調已近乎於哽咽。

「這不是代價的問題，李先生，你不要太激動……生老病死是人之常情；再說，你父親年歲這麼大了，又病了那麼久……我完全理解你的心情，但激動無補於事，而且……」李老先生聽不清說話者的下文，估計醫生已走近門邊上了，他聽清的只是最後那兩句話：「……總之我們會盡力的，你放心好了。」

「咔嗒」地一聲房門被輕輕地關上了，留在室內的是一片絕對的寂靜。李老先生不知道在他的病床周圍站着幾個人，而每個人所站的位置的分佈又是怎麼樣的。

忽然，他辨出了一絲粗厚的男人的抽泣聲從無到有地低低地迴旋起來，他覺得自己虛弱的心臟一陣痙攣，他知道這是從正之的喉頭發出來的。

「正之，別這樣，正之，別……」這是樂美的聲音。

「到內室去，正之，別這樣了……讓爸爸聽見了不好，正之！……」這是他太太的聲音。

假如他夠體力的話，他一定會撐起身來，高叫一聲：「正之！——」但這已是他這一世人中再也不可能實現的夢想了，他只感到虛弱得好像身體已完全不屬於他自己了似的。他唯一能做到的只是仍保持着同樣的睡姿。他能睜開眼來，但他不想，他感到自己眼眶的四周圍熱辣辣地，這是淚水正注入眶潭中來的感覺，而他的決心也就在這一刻上形成了：這不是去死，而是要生存下去！直到上帝限定他留在這個世界上的最後一刻為止。他要生存下去，多生存一天、一小時、哪怕只是一分鐘也是好的！他要讓正之多一天、一小時、一分鐘地還有一個仍是存活着的父親！為了這麼個精神上的結果，就是付出再大的肉體上痛苦的代價，他都覺得是值得的。因為他明白這是正之現一刻最大的願望，而除了他本人之外，沒有人能做得到這一點。

就在他生命到達盡端的前夕，就在他已虛弱得不再可能將他內心的想法流暢地表達出來的現在，他感到自己對於正之的理解豁然開朗了。正之與生俱來的詩人的氣質，正之堅持不衰的奮鬥精神，而最重要的是正之對他的感情，這是一類由於對他那種冷靜、嚴肅的性格的遷就和畏懼而不得不壓制、演變成了某種深藏不露的秘密。其實，他不動聲色的觀察和他深邃的思索力已開始在穿透那種藏在正之心中的秘密了，但真相大白的來到卻偏偏在現在這個時候，怎麼叫他不會有淚水充湧眼眶的感覺呢？

那是一年多前的一個下午，他的身體已經是很衰弱了，他不再能堅持每天去書房「辦公」的習慣，而只得整日躺在自己房間的床上，偶爾依靠在床頭板上讀兩段《論語》，一份報紙什麼的。

他的太太將一份晚報替他送入房來，又出去了，這是下午四點多。他坐起身來開始閱報紙，一杯龍井茶在床頭櫃上陪伴着他，冒着熱氣。

他的眼睛掃視着國際新聞版：蘇美核武談判；黎巴嫩炸彈爆炸；兩伊又展開激戰——世界沒有一天太平

過，但世界也就這麼過來了，而且還要過下去。他翻過了幾版，下一個目標是經濟新聞版，這也是他每天所必讀的：關於海外信託銀行倒閉的一些內部資料；又有傳聞說某家本地銀行遭遇危機以致引起股市敏感性地拋售；美金再攀新高峰，而政府重申港元與美金的聯繫匯率不會改變——商場上永不止休的你爭我奪的拉鋸戰，今天這批崛起，明天再敗下去，把位置讓給了另外一批。

李老先生開始覺得疲乏了，一是體力的原因，二是信念的問題。幾十年來，在天天似乎是有異，又天天似乎是相類似的消息中琢磨，他開始感到自己銳利的思想變得遲鈍、麻木起來。由於他的年紀和日漸衰退的健康，使他自然而然地對另一類主題更感興趣了，那是關於人生的種種，而不是蘇聯、美國、中共或者是海外信託銀行。

他的手指向報紙的最後幾頁上捏翻過去，那兒有一頁文藝版。不少的三、四十年代的文化人，或是鑽研古文的學究們常利用那角版幅發表一些關於《紅樓夢》研究的高見或是刊登一些古代名詩人漏網佚事，他覺得這些內容對他說來或者更有點意思。

但今天，他在那版報頁的一塊顯眼的位置上發現的是一篇名曰《人生》的組詩。這是一組新詩，共由十首短詩所組成。他的眼光首先抓住了《人生》「之一」，一口氣讀了下來：

我們送走了先人，
再讓後輩來送我們。

我們都是誕生在最卑污的一刻，
卻要偽裝一生的磊落。
光明是夢，
我們從黑暗中來
又回到黑暗中去。
存在是空，
我們從虛無中凝聚成
又散落在虛無之中。
祗有愛——
愛是一顆永恆的星，
照亮了我們的來道和我們的去路。

他感到自己的心湖上有一片顫慄般的漣漪掠過，他不由自主地從被窩中向上拔坐高了一節，他的一隻手從床頭櫃的青銅台燈座邊上取過了那杯半溫熱的龍井茶，一口喝下了一半。

他順着次序一首首地讀過去；完了，回過頭來再讀一遍。作者是誰呢？他這才想起了將目光舉向首行的那兩個粗線體的「人生」的題目下邊，在作者名的一行中印着「正之」兩個字。正之？他再仔細地辨看了一下，沒錯，確是正之。

對於這個作者名的解釋有三種：一是一個人的筆名；二是有個姓「正」名「之」的單名人；三是作者略去了他的姓氏，而「正之」只是他的名字。他從報頁上抬起眼來，他的目光向青銅座台燈的邊上投去，那兒立着一座鏡架，鏡架中鑲着一幅三人的相片：中年的他和他的太太，他們的中間站着幼年的正之。

他掀開被窩，顫顫抖抖地撐起身來，他將一件秋冬的晨褸披在了身上，他開了房門走出去。在客廳中坐着的他的太太見到了他。

「去哪裡啊？聖清，你去哪裡啊？」

「去書房。」

他的太太向他跑過來：「去書房幹嗎？要拿東西你可以叫我麼！」

「不，我去打一隻電話，你管做你的事吧，我打一隻電話就回房去。」

他走進書房去，「砰」地一聲將書房門在他的身後關上了。

他坐在圈椅中撥了一隻電話，這是打去那家報社的。

「喂，」一個女人的聲音。

「喂，請問是報社嗎？」

「是的，搵邊一位？」

「我是貴報的讀者……我……我想問一問你們今天的晚報的文藝版上的那位詩作者——」

「噢，我替你轉給陳先生，他是文藝版的編輯……」

「好的，好的，謝謝你！」

話筒裡傳來了「咯咯」的轉線聲，一段沉靜之後，電話線的那端換成了一個男人的聲音「喂！」

「喂，是陳先生嗎？打攪！打攪！是這麼樣的，敝人姓張——」他從不說謊，這次不知是為了逃避什麼，他竟連自己的姓氏也改了，「敝人對今天貴報上發表的那組新詩很感興趣……對了！對了！就是那首名曰《人生》的。敝人想知道作者的住址，以便與他聯繫。不知是否妥當？……順便問一聲：正之是作者的真名嗎？」

「作者姓李，叫李正之，至於地址麼，……」對方遲疑了一會，「不如給你一個電話號碼吧！你們可以直接通電話……」

「好，好，也一樣。」

「……你稍等一等啊！讓我查一查……嗯……你可以打香港電話六—〇—二—八—三—五，搵李正之先生……喂！喂！你抄下了沒有？喂——」

他憑什麼要抄呢？這就是他家的那只用了近二十年的電話號碼！但他仍對着話筒說：「我抄下了，真勞煩於你了，陳先生，真勞煩於你了！」

「沒關係，拜拜！」

「拜拜！」

他擱回了電話筒，這是他回睡房去的時候了。他搖搖晃晃地站起身來：一切都已經很明白。他能怪正之與他疏遠到什麼都不同他講的程度嗎？他不能，他知道正之避談這類事的原因。他應該責怪自己曾傷害了正之的自尊心嗎？他也不想，他是為他好啊，他是為他可以更適應環境地生存在這個世界上，所謂「適者生存」麼，他有什麼錯的呢？——這是他為自己的辯解。

自從那天之後，他便更留意正之在這方面的發展。他的健康狀況愈來愈差，漸漸地，閱報也開始超出了他體力的負擔。但其他的消息版他都可以不看，唯獨那幅文藝版，這是當報紙送到他手上時，他一分鐘也不肯停留地想要翻尋的一頁。他也曾有幾次發現過正之發表的新作，它們幾乎都是些新詩，雖然他必須承認這都是些能強烈撥動人心弦的詩品，但對於他來說，《人生》始終是最能令他產生感慨的一組作品。他甚至朦朦朧朧地意識到：寫這組詩的衝動多少與他有些關聯，可能就是他，而不是別人，成爲了正之感情境界的投射屏幕。

他坐在床上的被窩中，一隻手握着一把剪刀，他的手哆嗦個不停地把那方《人生》從報上剪了下來，再從自己的枕頭底下抽出了一本黑色的筆記本來。他把那塊剪下的《人生》夾在了它的最後一頁中。這本筆記本是一家日本的大洋行在二十多年之前送給他的，那時，他剛從上海來到香港後不久。筆記本的對面除了幾個英文的燙金凹字 1958DIARY（一九五八年日記冊）之外，還有一排贈送者和被贈送者的英文名字，只是這麼多年來翻開、合上、再翻開的摩擦已使鑲於凹槽內的金粉蕩剩無幾，留下的只是幾條曲曲歪歪的黑色的壕溝。但這本筆記本卻是李聖清最重要的財產之一，白天它形影不離地留在他西服的內插袋中，夜裡它平平穩穩地壓躺在他的枕頭下。它愈生長愈壯厚了，因為來自於《史記》的，四書五經的，唐詩宋詞的，『TIME和NEW』S WEEK的以及各種本地報刊上的剪貼不斷地豐富着它的內容，而每一篇剪貼又都紅紅綠綠地圈點着李聖清的批註。唯有那篇《人生》卻不然，他只在剪頁上用紅筆標了個日期，以及「摘自××晚報」幾個字樣。他之所以將它夾在黑筆記簿的最後一頁，這意味着：它將是他在香港結束他那一世人的最後一篇有價值的內容。而在他心中的那股潛在的希望是：在他離開這個世界後的某一日，正之一定會發現了它，於是，便讓它充當他向正之的一句無聲的道歉吧！

做完了這件事之後，他感覺到自己的心情安寧了不少。但在幾日之後，他又在那份晚報上讀到了一篇文章，這是一篇佔據了全幅版面幾乎一半的，題為《〈鷹翅行動〉譯者前言》的文章。文章的作者仍然是正之。雖然不是新詩，但從它的語言特色和構思方式來判斷，不難肯定這一次的正之與以前的那個是屬同一人。他理解到：在承擔繁重的商務和堅持新詩寫作的同時，正之還正從事着龐大的翻譯工作，這令他感到驚異，他很希望能獲得一套那冊所謂《鷹翅行動》的原版和譯本，假如它真已問世了的話。在稍作思考之後，他將秀姑喚了進來。

「阿秀，最近是否有什麼郵件一類的東西寄給少爺？」

「郵件一類的東西？……」

「我是指近似於書刊一類的郵包。」

「書刊？……有哇！今天就有一大包，是掛號的，我代他取了回來，正擺在他的房台上呢。」

「去拿來給我看看。」

「是。」

當秀姑將那包郵件捧來交到他的面前時，他已經知道這正是他要想找的東西。牛皮紙的封皮上除了收件人的姓名地址之外，還有一行下面唰唰地畫着兩條橫線的醒目的黑粗字體：「鷹翅行動書冊樣本」，下面是寄出郵件的那家出版社的名稱和地址。

秀姑正待轉身，他又將她喚住了：「拿回去吧。」

「拿回去？」

「是的，拿回去，仍舊放在他們的房台上。」

「好。」秀姑還是那個習慣：她從不會多問一句不應該是屬於她問的話。

一個多星期後，他便如願以償地獲得了那本書的原版和譯本。

不管體力是如何地不允許，他還是靠坐在床上對照地讀完了該書的第一章。一種說不清的滋味在他心中徘徊：有歡喜，也有愧意；有驕傲，又有感慨；有驚奇，更有悟覺。這是不可能偽裝的，字一個一個地擺在他面前，句一行一行在他眼下流過，他是一個過來人，他完全理解在中、英文字上的磨練工夫需要消耗一個人多大的精力，耐力與時間。這是人的一生一世的堅持，而決非是一朝一夕的衝動所能完成的事業。或許他會比其他人更覺得驚異，因為他更瞭解正之。在中學裡正之是學俄文的，當學校停課後他才開始自學英語。當正之來信要他寄一套「ESSENTIAL ENGLISH（基礎英語）」回上海時，那是在一九六六年的冬天，文革剛開始後幾個月。他從沒相信正之真能學得好英語，只要他不去參與那類打打殺殺的鬥爭，烏煙瘴氣的「革命」，做出些有損于人格、家風和道德的壞事來已是足能使他感到慶倖的了。事實上，自從他一九五七年離開大陸之後，那裡便運動連綿，而文革更是所有運動的極峰，他從不認為那種惡劣的政治環境會有人材培養出來。所以凡是近年從大陸申請來港的人，他連問都懶得問一聲，他的結論是一早定下了的：不學無術，好吃懶做。

但他感到，現在是他修正他那種觀點的時候了。

所謂「獨木不成林」，他開始隱隱約約地覺察到在貌似混亂的社會表層下，那一片育林的土壤可能仍然存在，至少在上海。他瞭解三十、四十以至五十年代初期的上海，他知道從那只社會熔爐中燒煉出來的各種尺寸的人材正在香港、台灣、美國以及更邊遠的華人社會中負擔着多個層面上的支撐經濟、企業、學術和文藝的棟樑作用。這真是一個作為上海人應該感到驕傲的事。為了工作，他到過全世界不少的地方，而到處，他都能聽到親切的上海話。一杯龍井茶，一壺紹興酒，幾味上海小菜，然後便是一位上海人滔滔不絕地敘述他如何赤手空拳到異鄉，然後再一磚一瓦地建立起一盤興隆事業的故事。他本以為自己就是那最後一批人之中的最後一個，自從他離滬後，在他印象之中的那一類上海人便不會再在上海存在了，但現在，他想向自己說的是：不對！他想錯了。

上海人機智、靈活、聰明和奮鬥不倦的本性是很難被消滅的，這是因為存在於上海的那一片特質的土壤很難被徹底地剷除的緣故。上海決不是一塊通過簡單的邏輯推理就能明瞭的地方，上海人也決不是一群普通的人類——昨天不是，今天不是，將來也不會是。而正之這一代人——對了，像正之的一代上海人到底是怎麼樣的呢？他明確地提出這個問題來反問他自己。他的結論是：當然不是全部，他們之中的一部分會成材的，會成好材，會成大材，甚至會成以前多少代上海人所無法成的材。會的，這是真會的。因為他們就在那裡經歷了中國歷史上最醜惡的十年，生活從另一個方面磨練了他們，使他們能獲得了他們的父輩所無法獲得的經驗，使他們能見識到和認清楚他們的父輩甚至連想像也不可能想像出來的局勢和人物。而這類經驗，只要利用、發揮得當，將會成為他們那一代人的智慧寶庫中的一塊價值巨大的金磚。當然，他們也有所失去，但他們獲得的可能比他們失去的更大。因此，對他們所有的人籠統地存在偏見是不合理的。

他很想能有與正之坐下來細談一次的機會，他想把他所想到的一切都告訴正之。因為他明白，要正之主動與他來相談的可能性永遠不會再有了，他會把他的一切向他保密，他的愛恨，他的事業，他對前途的安排與打算，他會把自己的真情都壓制下去，而對着他套上一副冷靜、世故、理智的假面具。這真是正之聰明之處，他決不會向一個對他的真情起反感的人去道出他的真情來。

而現在，衹有他自己知道，他要聽的正是埋在他兒子心中的真情啊！他要想聽一番那狂風湧浪一般的詩的激情，他想知道他的兒子愛他究竟有多深！——他可以肯定他的孩子是深愛他的，就如他深愛他的孩子一樣。但他渴望的是：正之能用兩隻眼睛真摯地凝視着他的眼睛的一篇激情的傾訴，他還能有這樣的機會嗎？

就當他在醞釀着一次與正之的長談的時候，他的健康狀況進一步惡化了，他被送進了醫院。鹽水管、葡萄糖管、輸血管、氧氣管，管道一條多似一條地插入他的體內，他不想明白也都得明白，況且他具有那麼一副清醒的頭腦：生命的大限正一日近似一日地向他逼近。無論是在他醒躺在床上的回憶中，還是於他睡着了的夢裡，童年的鄉鎮和他在那裡度過了青、壯、中年的上海的景物就像止不住的走馬燈反復、重疊地在他的腦幕上出現。奇怪的是，它們之中的許多細節都是早已湮沒在了遙遠的年代裡的了，但它們竟然會在他壓根兒也不會想到它們會再現的一刻上再現。他感到既陌生又親切。記憶就在這個當口上出現了一次奇跡般的高峰，這是他前所未料及的，他沒有別的需求，除了想痛痛快快地流淚一場。他彷佛覺得自己正尋路返回故土，偶爾他也會停下來向後望一望，他見到繁華斑斕的香港已留在了遠遠的煙霧之中了，而那些他在近十幾年中的經歷，什麼公司呀，股票呀，樓呀，車的都模糊得連辨認也辨認不清了。

他迷惘了，他不知道自己正走向死亡呢，還是正回到童年——或者這兩者根本就是一回事，他解答不出來。

疾病的折磨和痛苦是一樣地存在的，而且仍然很強大。但只要在病痛稍一緩和的間隙中，他就會去繼續他的那種緬懷式的沉思。這是對於他痛苦的最大撫慰，他想到《人生》組詩，想到了那一紮他只瞥掠過一眼的《萌芽的種子》的手稿——這都是正之，他親生的兒子親筆所寫出來的！這是一件沒有深刻入骨的思索所不可能辦得到的事。其實，在任何人的骨髓中都存在着詩和產生詩激動的能源，只是在健康順境的時日裡，在被庸俗的思念所包圍了的環境中，人，大多都缺乏那種刺穿骨髓提取真情的勇氣。這是一件痛苦的事兒，誰願意在歡歡樂樂的日子中沒苦找苦來吃呢？沒有詩，香港不一樣地繁榮，一樣地燈紅酒綠？地球不一樣地轉？科技不一樣地日新月異？世界的財富不是一天更比一天地豐積起來？但不是的，真正的詩是人性一切基素的歸宿處，只要人一天不能改變他是「人」，這一種有思維，有感情的動物的事實，詩便一天不會改變它們的地位。或者科技有一天真能創造出可以任意裝配也可以任意拆卸的機械人類來，但它們永遠也不會成為有血有肉的人，因科技製造不出感情，也製造不出詩。

當李聖清尋路回歸原始時，他愈來愈認清了自己，從而他也愈來愈瞭解正之。

他還堅持着同一個睡姿，平躺在病床上。他那幾乎已沒有了感覺的肢體被覆蓋在雪白的床單下，而那顆骷髏一般的腦袋沉陷在鬆軟的枕芯中，像一隻襯埋在白綢裡子中的蠟制模具。但這些都不是他本人所能見到的景象，他只感到他的周圍靜悄悄的，他的設想是：人都已進到了內套的客廳中去了，從那裡，雖然沒有人說話，但也時常有倒水、茶杯底碰撞玻璃台面以及長長的歎氣聲傳出來。

他睜開眼來，雖然室內的光線已十分柔和，但他仍感到很刺眼，病房裡的傢俱，物件在他眼前的一片光暈之中晃動。慢慢地，目標在他瞳仁中開始辨認出來了，先是白色的天花板，再是那只從天花板上吊掛下來的電視機，它的調整好了角度的光屏對正着床上躺着的病人。電視機的下方橫着一條長櫃，櫃上大大小小地擺着一排祝他早日康復的花籃，幾束康乃馨插在花瓶中，這是他太太每天替他帶來更換的，康乃馨是他最喜愛的花。

離開長櫃幾步之遠的緊靠他的床邊放着一張醫院的白色膠椅，一個搭拉着腦袋的人影坐在那裡，這是這間房中除了他以外的唯一的一個人。他的一條手臂支撐在額上，另一條平擱放在白色的床單上面。他的目光向人影聚焦過去。他看清了他是誰。

「正之……」呼喚聲在他包裹着白紗布的喉管切開處被阻隔住了，化作了幾聲低微的「嘶嘶」音，人影一動也不動地保持那個姿勢，他根本沒有聽到。「正之！……」老人聚集起了全部的力量再喚了一聲。

正之轉過頭來，他見到他父親正睜開眼望着他。

「爸爸！——」他無法控制地從膠椅上彈跳起來，兩膝在床頭邊的地板上跪了下去，「爸爸，爸爸！您究竟怎樣了？！」他的雙手緊握成拳頭，不住地震顫，仿佛他面對的不是他深愛的父親，而是一個不共戴天的仇人！

「我好……好點了。」

「什麼？」正之把耳貼在父親的嘴邊。

「好過一點了，睡了一場覺……」

「啊！好了！——」他下意識地將「好一點」誇大成「好了」。他的兩手從床邊撐離開，滿臉驚喜地望着那面深埋在枕芯中的蠟色臉。

一陣雜亂的腳步聲從內客廳中傳出來，李老太，秀姑，樂美從門中擠出來，樂美的手中還拖拉着小天眉。

「什麼事？」「怎麼啦？」「爸爸他……？」

「爸爸說他好了！……爸爸說他好一點了！」正之還是把他誇大了的語氣修正了回去。

「是嗎？」

「真的？……」

很快地，他床邊上圍滿了人。「去告訴醫生！」「去通知護士！……」

「不，」李老先生發了微弱的阻擋語，他的頭顱吃力地搖晃着，他的一隻手從白床單中伸了出來，「正之……」

正之的頭再一次地湊上去，他用兩隻手握住了他的一隻：這是一隻冷若寒霜的手。「爸爸，我在呢！你想說什麼嗎？」

「是的，我想和你談一談……」他的話在這裡斷裂了，他用兩隻眼凝望着正之，這是一種正之從未見到過的從他嚴父的眼中流露出來的目光，他不知道這意味着什麼。「要孝順母親，要將天眉撫養成材，要照顧好秀姑，更要待好樂美，她是一位好太太，……」

「我會的，因為我愛她……」

「愛，尤其是對於妻子的愛包括兩種成分，一是感情，感情可能會對除了妻子以外的第二個人產生；二是責任，責任卻只能向一個人負……」他的音量低極，低極了，咬字卻很清楚，在寂靜無聲的房中，正之聽得很明白。

他知道父親指的是什麼，他的頭低了下去：「您放心，爸爸，我理解……我理解……」

「正之！……」父親再一次的叫喚令他的頭重新抬了起來，他見到了兩顆晶瑩的淚珠從父親深陷的眼室中滾出來。

「爸爸！……」正之趨身向前，他的心疼痛得像是要碎裂。

父親的手虛飃飃地抬了起來，它來回地擺了兩擺。「我還想要與你談……談……談……談關於你……你……我……之間的……」他停止了說話，一陣「呼囉囉」的痰喘聲又從他的胸腔中發出來，直向上竄，他的身體側過去，蜷縮了起來，喉管的傷口處發出了「嗞嗞」的哨子聲，殷紅的血跡從內層紗布直向外層滲透。

全場的人都緊張起來，「爸爸你怎麼啦？我去喚醫生，我……」但正之見到的是，他父親拼命搖動的頭，

「沒……沒關係，會好的……會……」

果然，一陣高潮之後，胸腔中的氣流開始平穩下來，而父親的臉色也迅速地從醬紅色回復成了蠟黃。他的仍在顫抖的嘴唇又開始喃喃地作語起來，這一次正之是什麼也聽不清了，他聽到的只是那股胸腔中的氣流又在興風作浪的呼囉之聲。

「快別說了，爸爸！別再說話！您會好的，您一定會好的，待您康復之後，我們再作詳細的長談，爸爸，您別再說話，現在，您就不要再說話了！」

父親望着兒子，他的目光是模糊的，他疲乏地點點頭。眼睛慢慢地閉上了。正之將他那只冷汗淋淋的手輕輕地抬起來，放回了白床單裡去。

房間，又重新陷入了寂靜中，圍在床邊的人慢吞吞地散開去，回到內客廳中去。

「嘟嘟！」病房的門上傳來了輕輕的敲門聲，正之站起身來去開門：這應該又是護士來換藥時候了。但門口站着的並不是護士，而是一個捧着花籃的後生。

「請問，李老先生是住在這兒嗎？」

「是的。」

「有人送花籃來，請簽收。」

正之胡亂地在單上畫了個簽名，取過了花籃，關上了門。當他正要在長櫃上找一個空缺，把新到的花籃擠進去時，他回頭望瞭望父親。他見他又睜開眼來了，他的目光表示着：他要知道是誰送來的花籃。正之捧着花籃向他走過去，這是他父親的性格，即使到了這步田地，他都不會忽略每一筆人情世故的細帳的。

可以說，這是送到了這間病房中來的眾多的花籃之中最蹩腳的一個，制工粗糙的籃底上稀稀拉拉地插着幾朵白菊、黃菊和某類不知名的廉價花。兩條織錦的綢帶倒挺漂亮，大紅色的，下端剪開了魚尾狀的缺口，就像在婚宴上伴郎、伴娘佩帶的那一類。飄帶的上聯寫着「李老先生身體健康」，飄帶的下聯是「李老先生萬壽無疆」。下面還有一行小字「世侄楊重友敬祝」。

「他是誰？」父親的眼睛望着兒子。

「我的一位朋友。」

「大陸剛來的吧？」一絲不能稱為笑容的笑容在父親蠟黃的臉上褶皺出來，這是一瞥令人見了更心酸的笑容，因為這只能算是一個皮、肉、骨三脫離的表情動作。

「也不是……」

「他有心，代……代我謝他……謝他……」他艱難地表達完成他的意思，又閉上了眼睛。

正之將花籃擺回了長櫃上，隨手把籃邊上插豎着的一片小紙拔出來，這是一份表示送花者身分的名片。它的紙質和印刷都很講究，而且是雙疊式的。正之翻開名片，不下七、八個讀起來不太順口的頭銜，使正之眼花繚亂，除了××集團董事長、××公司總經理、××總裁、××主席以外還有一條頗令正之印象深刻的職務：美、英、法、日、意聯合投資公司駐港總代表。

但所有這些並不是正之感興趣的內容，他將名片翻到背面去，在那裡他才發現楊重友的辦公地址，那是太古城的一個住宅單位，下面是電掛、電傳和電話號碼。

正之對照着卡片上的數位，一個號碼，一個號碼地撥了一隻電話出去。

「HELLO!——」聽筒中傳來的是一個女人聲音。但她說的竟是英語！正之的腦子一下子轉不過彎來，他不知道該用什麼語言來回答對方？而更重要的是，他認為自己可能是打錯了電話。

在混亂中，正之本能地向着話筒說着：「EXCUSE ME,……（對不起，……）」

但立即，聽話筒中的語言就改變了：「喂！喂！喂！你搵邊一位啊？」幾乎完全是上海音的廣東話，正之向自己扮出了一個微笑，至少，他知道他沒有打錯電話。

「請問楊先生，楊重友先生，在不在？」正之用純粹的滬語來對抗她。

「搵楊董事長，有何貴幹啊？」但對方堅持着蹩腳透頂的廣東話。

「我是伊個朋友，我叫李正之。」

「李正之？」對方沉吟了片刻，「請問是啊裡一位『李正之』？」或者對方的意思是要暗示：在他們社會關係的名錄中至少有一打以上的李正之，但令正之感到如釋重負的是：至少她已開始說起上海話來。

半生不熟，令人豎汗毛的廣東話，使正之有一種踩鋼絲的提心吊膽感。

「啊裡一位『李正之』？我勿曉得儂要我如何來解釋。——楊重友到底在不在啊？」

「吔能啊……個嚒請儂等一等啦，讓我替儂把電話接進董事長辦公室去……」

電話筒中並不能聽到轉分機的聲音，隔了足足有分把鐘，一個音色渾厚的男人的聲音才從電話線的彼端傳來，這是老楊拖長了音調的說話：「喂——」

「老楊嗎？我是正之，李正之啊！」

「噢，是正之啊？儂好！儂好！——對了，花籃收到了哦？」

「就是為花籃專門打電話來謝謝你的。」

「哪能？靈光哦？老太爺歡喜哦？」

「我父親的病很重，連睜眼看東西都困難，所以暫時無法欣賞你的禮品。」正之只能這樣說。

「噢……」是一種洩氣性質的語調。只是正之並不知道他是為花籃的事而感到失望呢，還是為李正之父親的病情難過？

正之覺得最好轉一個話題：「剛剛是啥人接的電話？又問長又問短地——你的女秘書嗎？」

「噢，對勿起！對勿起！勿曉得是儂麼，伊以為又是那班上海外貿考察團個人呢！……其實還不是啥個女秘書，伊是我老婆咳！」

「啊！原來是尊夫人啊，失禮！失禮！她來香港有多久了？」

「我也忘記多久了，總之已很長。再過個把月就可以拿到回鄉證了。伊真是身手不凡，現在是阿拉公司個公關主任。樣樣事體獨當一面，照香港人個閒話來講，𠲎個是叫女強人了，嘿！嘿！女強人……」

正之沒有心思，也沒有心情再聽下去，他說：「我還有很多事要去辦，你若有空，請到我這裡來坐坐，我的公司就在你住的那幢樓對面平台上，有一家叫『維也納琴行』的……」

「我曉得！我曉得！原來那家琴行就是你的啊？我真有眼不識泰山啦……我要來個，我一定來，儂勿叫我來，我也要來，因為我還有好幾筆大生意要與你談呢：廣州造酒店，上海合資辦汽車廠，哪能？儂有興趣哦？合同包𠯿我身上！……」

「等見了面再說吧，老楊，實在不好意思，我趕着去辦事……再會！」

「再會。」

正之擱下話筒，他向病床望了一眼，父親仍然保持着那個直挺挺的睡姿。天色已經黑下來，幽暗在不知不覺中溜進了病房裡，正之看不清父親的臉。一種強烈的悲戚感猛烈地襲到他的心頭上。他走進內客廳中，那兒默然然地正坐着與他朝夕相處的親人們，母親和秀姑都將頭歪靠在沙發背墊上；樂美無言地望着他，小天眉已伏在她母親的肩上睡着了，一雙小小的臂膀還緊緊地摟着樂美的脖子。正之走到一長排玻璃窗前，他拉動繩環，看着兩半巨幅的窗簾如何慢慢地向中間靠攏過來。然後，他扭亮了吊燈，戴着白乳罩的篷頂燈立即使整個面積都沉浸到一片柔和的光亮中。他又走回到外病室中，一動也不動地站定在那兒，凝視着父親的那面在黃色的燈光下顯得更加可怕，蠟色化了的臉，他覺得自己心中膨脹着一種愛，一種高濃度，高溫度下發酸、發酵着的愛。

「樂美，」他向着客廳裡輕輕地喚叫着，「我們得走了，還得去店裡再看一看……」

「爸爸他……」樂美抱着孩子走出來。

「讓他睡吧，睡一會兒或者又會好一些。」應該說，這是一句編出來騙自己的話，但他的心需要被騙。

當電話鈴像警鐘似地驟然響起來時，抱着小孩的他倆正準備開門離去。兩顆在沉鬱中晃蕩不定的心驀地收縮起來，四隻眼睛下意識地朝病床上的父親掃過去，他仍閉眼躺在那裡，直挺挺的，沒有絲毫反應。即使有電話，又與父親有什麼關係呢？於是四隻眼睛再一同向着開始響起第二輪喚人鈴聲的電話機望去。正之一步跨了過去，提起聽筒。

「喂……！」不知怎麼地，他的嘴唇緊張得止不住地顫抖。

「喂，」是一個女人的聲音：成熟，而且豐美。

誰？——這是誰的聲音？從他心田深處噴湧上來的是一具形象，一具曾令他心醉又令他心碎的形象；是一個名字，一個曾令他渴望而又卻步的名字。他的臉不由得漲紅起來，握話筒的手開始震顫，他向站在門邊的樂美望了一眼，她正望着他。

「喂！喂！」話筒中的聲音變得急躁起來，「我要找李正之先生，他在這裡嗎？」

「我是……」

「噢，你是正之啊……」一段無聲的停頓，對方並沒有介紹自己。「我去電話你公司，你的秘書給了我這只電話，這是哪兒啊？」

「醫院。」

「醫院？」

「我爸爸病了，他……病了。」

「哦！……」並沒有沿着這個題目進一步追問，「有點事，我想與你單獨談一次，行嗎？」

「行……行……」他的目光向門口斜橫去，樂美仍站在那裡，「我會打電話給你的。」

「那好吧。」

「再見。」

「再見……你好嗎，正之？還有樂美，她也好嗎？」

「我們都很好。你呢？你也好吧？」

「好……再見。」

「再見。」

正之輕輕地擱下了話筒，他微低着頭向樂美站着的地點走回去。

「誰的電話？」樂美用眼睛望着他。

「一個……一個朋友。」

樂美開始拉開門來，在他踏入走廊之前一刻，他仍朝病床上直挺挺的父親投去了最後一眼。但他的心裡卻有一隻強大的擴音器在一浪高似一浪地吼叫着：曉冬！曉冬！她是——曉冬！！

曉冬仍住在雲景道的那幢大廈的那個面海的單位中。

還是一架黑體高背的 YAMAHA 鋼琴臨窗而立。

仍然是在金暉夕照時分的那曲《〈北風吹〉狂想曲》。

所不同的是：她租的已不是一個單間，業主去美國移民了，而她將全層單位包租了下來。所不同的是：《北風吹》的旋律奏得更加深沉憂鬱，更加富有思索性，色彩更加豐滿，技巧更加輝煌。

所不同的是：她不再是孤居獨住了，她的母親已從上海申請了出來，至少，在一天教琴工作完成後的晚上，母女倆能坐在寬闊的窗台前，沏上一壺茶或者煮上一杯濃濃的咖啡，遙望着對岸璀璨神奇的九龍半島，敘敘家常，談談感受。

只是有一條界線之後的地帶是絕對的禁區，這是有關她的婚姻，無論章母企圖從哪一個方向去突破，都不曾成功過。

除了那一點之外，曉冬家的一切可以說已完全改觀了。

曉冬早已不在那家製衣廠中拿外包活計來家幹了，——連那部她曾靠着它鎖鈕孔補貼家用的衣車也被她在一次的大清理中抬到了大廈的垃圾房中去了，在寸金地的香港，人們從沒有長期保留一件不使用的物品的習慣。從星期一到星期六，她的教程表中，學生的姓名填得密密麻麻，而且還不斷地有新學生被介紹上門來。在精力和時間不再能允許的前提下，她寧願婉言謝絕，也不會粗製濫造地教一個學生。自己是怎麼學過來的，現在她也力求怎麼去要求別人。

凡是她教出來的學生，皇家音樂考試的合格率幾乎高達百分之百，而且成績都極為優異，這是她從教學這一件工作中獲得的滿足感。但無論如何，她不得不承認：教學生是一樁十分枯燥、沉悶的事，只覺得面孔一張被另一張地置換去了，而她卻老坐在那個位置上，聽着那幾首快讓耳朵聽出老繭來的曲調，看着那些手指在鍵盤上生硬地擺動和觸按。

可能是一種偏見，但也可能是事實，她總覺得香港的學生遠不能與上海的相比。在這裡，一個學生能將節奏與音符準確地捏合在一塊已經是一個很能令人滿意的結果了；而在上海，對有才華的學生的要求是先將旋律吞咽進肚裡，溶進感情的溶液中，然後再奔流出來。或者，這與教師的觀念多少也有些關係：這裡的音樂教師看都看在那張「紅衫魚」（即一百元錢幣的紅面鈔）的份上，而在他們那個時代的上海，雖然大家都沒有什麼錢，但幾乎所有的教師都會拒收那些他們認為是「朽木不可雕」的門生。

別的倒沒有啥，她最擔心的是：長年纍月地去辨別那些沒有樂感的音符的正誤，會令自己失去那種對於樂曲理解和演繹的微妙的敏鋭性，和一氣呵成的連貫性。於是除了每天那段《北風吹》的黃昏以外，她還鐵定了從星期六下午到星期天的晚上是教學的真空區間，她需要在這段時間內練琴。她擔任了一家芭蕾舞學校的鋼琴伴奏老師，在每星期六的下午，她都要搭巴士，然後換小巴繞到港島南面的淺水灣去。但她很樂意那樣做，當小巴在山坡公路上輕快地盤旋時，她總喜歡將頭微微地探出窗外，海風吹拂着她長長的秀髮，她愛在這詩一般的柔風中梳理自己的思想。

有時候音樂界熟悉她的朋友會推薦她去擔任某位單身來港演出的歌唱家或者提琴家的鋼琴伴奏員。通常，這都是在星期六或者星期日晚上，而這也是她最願意去承擔的差使。不僅是因為這使她能有機會與音樂界的行家們合作，重新去接近、探索真正的音樂，更重要的是：這令她能回憶起上海，在那間長條柚木地板，高大雕花門的公寓套間中的那台披着白婚紗的 STRAUSS 鋼琴的邊上，她與架着提琴的正之和樂美度過的那些當時是真真實實，而現在卻只像夢煙一般的時光，一種沉甸甸的憂傷感充斥在她的心房中，她覺得自己的心正在悄悄地淌淚。但她認定這是一種幸福，一種缺少了提琴那一層與她對答似的聲部便不可能享受得到的幸福。所以即使在舞台上，在強烈的射燈光下，她都能極之投入。因為在她的意識中，她早已把那個與她合作的音樂家換成了另外一個人。

有一次，在香港大會堂的演奏廳中，她與一位從美國來的小提琴家合作。當節目單上的曲目已經演奏完畢，而台下的鼓掌聲仍不肯甘休時，他倆又一前一後地從幕後走到了台前。但糟糕的是：曉冬竟沒有能來得及問清應該怎麼辦，她見到獨奏者已將提琴夾托上了肩膀，曉冬只得在琴凳上坐了下來。譜架上豎着一厚疊譜，她緊張地望着提琴手，她不知道他會拉哪一首曲調。假如他要拉的是節目單以外的任何一首小品的話，所依靠的只能是他倆的舞台經驗和高度的默契能力。

曉冬見到他將琴頭向着左前方高高地翹起來，他的左手移到了差不多是第三把的位置上，不知怎麼地，一種預感的震盪力使曉冬的心「怦怦」地亂跳起來。提琴家的手指在弦板上的一個蜻蜓點水般的滑行動作，一串由泛音組成的，效果奇特的音符便立即破鏡而出。就像一束電流通過曉冬的脊樑，她整個人都不由自主地從琴凳上彈跳起來。不是別的，正是德拉德的《紀念曲》——在那個深如刀痕般地刻入她記憶中的黃昏，在上海，在那方連氣息都可以背誦得出來的公寓客廳中，這正是她與他合作的最後一首作品。她懷着無限情絲的手撫摸上了像貝齒一樣純潔的鍵盤上，伴奏部開始湧流出來，無隙無縫地依託着小提琴的泛舟浮帆。她並沒有伴奏譜，但她也並不需要譜，連她自己都鬧不清楚，為什麼音符會一個個地從她黑洞洞的記憶深處準確及時地跳出來。愛，深深的愛，有時還夾雜着一種不可被捉摸的怨恨溶進了她的琴聲中。她彈奏得自然，流暢，成熟極了，甚至她還會在樂曲的過門處插入一段小小的，全世界任何譜版上都不曾出現過的花奏，這是一種完全屬於她個人風格的，即興式的創作。這也是祇有當她完全投入了音樂的意境中時才會出現的現象，她的《北風吹》就是如此，一年更比一年地宏豐，完美起來的。

她的深情也策動了提琴手的情緒，他利用一切機會向她投去驚異的目光，他的琴聲在高把位抖動人心地震顫着，開始向下崩潰。當樂曲終於在晚鐘似的撥弦聲中漸漸地溶化入無聲的意境中時，全場頓時爆發出一片掌聲來。曉冬見到那位絡腮須的洋人向她奔來，他的一隻手抓住了琴頸和弓杆，另一隻手將她從琴凳上扶起來。這是不符合音樂會禮節慣例的，但他那樣做了。而曉冬呢，她完全地忘了自己正身處在何種場合中，在她的眼中，扶她起身的就是他，就是有着兩條寬闊鬢腳的他，就是在兩片玻璃後閃動着一對富有思索能量的眼睛的他，而且還是一九七七年冬天的他！她的頭輕輕地靠到了洋人的手臂上，她的臉在幸福的表情中燃燒着，而兩行淚珠卻在強光的照射下，閃閃爍爍地掛下來……

這是怎樣一幅景象啊！穿着露臂低袒胸的黑天鵝絨晚禮服的她，身材修長而勻稱，豐滿中帶窈窕，性感裡含高貴；兩隻雪白得耀眼的裸臂猶若天鵝柔曲的長頸，烏黑齊肩的秀髮絲絲縷縷，一彎月牙型的人造碎鑽的飾物在燈光中閃亮着，與她的淚珠互相輝映。不要說握提琴的洋人醉了，就是台下所有的觀眾也都醉了！

第二天，很多報紙的娛樂版上都報導了這段富有詩意的情節，而她卻收到了一束精緻地包裝在一隻全透明的塑盒中的玫瑰花，這是那位洋人送來的。還有一封信附在盒中，上面寫道：「I LOVE YOU MADLY, DEAR MISS, YOU ARE SO BEAUTIFUL, CHARMING AND AS NOBLE AS A QUEEN! I

THINK I DID SEE A KIND OF DEEP LOVE WRITTEN ON YOUR FACE LAST NIGHT, WHEN WE WERE TOGETHER ON THE STAGE.PLEASE LET ME KNOW THAT I DIDN'T MISUNDERSTAND IT.（親愛的小姐，我瘋狂地愛你，你那麼地美麗，迷人，像皇后一般地高貴！在昨晚的舞台上，我確信你曾用你的表情告訴了我某種深深的愛，請讓我知道，我並沒有誤解。）」下面是一行旅館的地址和房間號。

曉冬的英文並不好，她借助詞典將信意讀明瞭，再結構出了簡短，乾脆的回答：NO, BECAUSE MY HEART IS BELONGING TO SOMEBODY ELSE.（不，因為我的心早已屬於了他人。）

教學、練琴、芭蕾舞和音樂會的伴奏構成了曉冬全部的生活和工作的內容，她很安於命運對她的安排，讓日子在富有節奏感的敲擊聲中一天一天地過去。從上海到渣華道，從渣華道到馬寶道，再從馬寶道到這裡，或許她覺得現在應該是最能令她滿足的生活時期了。雖然她也聽說，而且她也完全有可能做得到，但她從不去羨慕和打聽那些奔走於香港與上海或者大陸其他地區之間的「港商」們的發財訣竅。他們多數也是些與她同時或甚至更遲才申請出來的新移民，本來也一無所有，然而只要找到門路，靠一樁半擔的「設備和技術引進」成功，就能賺上幾十萬乃至幾百萬，一夜之間就上升成了香港社會的新貴。但對於她來說，一個月萬多元港幣的收入，除了房租和日常生活開銷之外，還能有幾千元的積餘，幾年內已使她有了近十餘萬的積蓄，她感到生活從沒有像現在這般地安定。

年過三十的她，只是變得更加豐滿、嫵媚和流溢出成熟的女人味。她已成了一個走在街上哪怕是再拘謹和道貌岸然的男士都忍不住要偷偷地向她投上一瞥的女人。但她卻是那麼地孤獨，白天她忙於工作，到了熄了燈的黑夜裡，她都會睜大着眼平躺在床上，向着白茫茫的天花板呆呆地凝望上一段時間，然後才慢慢地進入夢鄉。她從不把孤獨流露在面孔上，就是迎面正向她走來一對摟腰接吻的熱戀中的男女，她都會若無表情地與他們擦肩而過，連一個斜視的動作也沒有。母親會在實在憋不住氣的時候，嘮叨幾句，自怨一通，但她也總當作聽不見，對任何刺激性的言辭她都不會接一個語言或者表情的下文。她瞭解母親的心情，但她更瞭解她自己。然而，只要母親將正之和樂美的例子提出來作比較時，不論她正在做着什麼事，她都會停下手來。她不說話，只是用眼睛望着母親。章母始終讀不懂這是一束什麼樣內涵的目光：有痛苦，懊恨，也不能排斥有一絲妒嫉的成分。但有一點是很明顯的：她在央求，她要她不要再說下去。於是章母便急急忙忙地止住了口，不管是為什麼原因，她總不忍心真正地刺傷她愛女的心靈的。

七、八年了，日子就這般一天一天地流淌過去，第二個，第三個七、八年也就會這樣地過去，但她似乎從不去想將來。她是這麼一個章曉冬地來到這世間，她也就那麼一個章曉冬地離去。假如一定要她來總結一下這七年來的經歷的話，她發現自己的命運總是和男人這一類異性動物相碰撞的。正之、黃金富，但奇怪的是，就是她的父親也堅持不住與她共同生活下去的日子。

父母親是一九八二年獲准單程來港定居的。右派的定案早已在那次全國普查運動中被推翻了；非但如此，凡戴過「右派」黑帽的人現在都成了個人經歷中的光榮一頁。真所謂「六十年風水輪流轉」，曉冬的父親章福佑被調回了上海，而且仍回到那間研究所工作，並理所當然地擔任了該所的總工程師兼技術所長。這是一段全家最歡天喜地的日子。父親的第一個反應是寫信叫曉冬回來，而且再也不要回香港去了。讓她回到自己的故鄉來，回到那幢她出生在那裡的公寓中來，他們全家需要團聚，永不再分離！而曉冬也祇有在父母的身邊，才能醫治好她心靈上的創傷。

但曉冬怎麼樣呢？她的意思恰好相反。她同意父親的「全家應該團聚，永不分離」的原則，但是地點卻應該是香港，而不是上海。她認定現在正是她父母親申請出來的最好時機，而且機不可失，時不再來。是的，目前大陸實行開放政策，但有誰敢肯定說若干年後門又會關閉上，再來一次新的反右運動呢？她用來說服父母的理由還是當年正之用來說服她的那一句，就算其他什麼也沒有，至少能得到自由。而這一條，正是人一生之中最寶貴的。

父母企圖通過信件來說服她，成疊成疊的信稿寄去了香港，他們力求使她明白：中國真是變了，中國不可能重新關閉，只可能愈來愈開放。月是故鄉的圓，飯是故鄉的香，曉冬，你還是回來吧！或者至少，你可以回來看一看，你的思想還停留在七七年的水準上呢，你落後形勢了啊！但曉冬的回答是：不錯，有可能，我已與形勢脫節，但我並不想去深入瞭解、研究它的動向。我只知動人的謊言我聽夠了，就算香港什麼都不是，一個在社會監督下的，即使想要，也不可能說謊話的政府，這一點我還是有信心的。

所謂「知子莫若父，知女莫若母」，收到了她這樣回信的父母親還能有什麼可說呢？他們深知女兒固執的性格。章父對着回信感慨了一句：「這是已被傷透了心的一代啊！」他們沒有別的選擇，只能向女兒屈服。

單程通行證批下來了，正當曉冬興高采烈地在香港的居所為他們佈置寢室，安排接風的時候，在章老先生工作的那家研究所中正召開着依依不捨的送別大會。組織已出面與房管所聯繫，讓他家暫保留下那套位於淮海路上的，多少人垂涎三尺的公寓，甚至工資也由組織代他領取保存，理由是章所長是高級的科技人材，國家寶貴的財富，祖國的大門永遠向他敞開，隨時歡迎他再度回來。在一片「章所長」，「章教授」，「章總」，「章老」，「章前輩」的稱呼聲中，老夫妻倆被人們蜂擁着由研究所的麵包車送回家中，再由家中直送往虹橋國際機場。雖然在那班送客之中不乏有當年「橫眉冷對千夫指」的反右先鋒，或是請「章老」戴高帽，坐噴氣式飛機的造反派戰士，但人的感情是因境遷移的，在這一派感人的氣氛下，有誰還會去記得昔日的仇怨呢？當章老先生在「送客止步」的護照檢台前回首故土和故土的人們時，他的兩眼濕潤了，他感到自己像是在當年被趕去安徽勞改一樣地悲慘。

曉冬的父親就是帶着這樣一種感情踏上香港的土地的。

經歷了多少年漂泊和提心吊膽的歲月後，老人終於能與妻女安定地生活在一起了，而且又是在香港，這個人人都在羨慕的人間天堂裡。哪能有比這更完美了的呢？但他的感受遠不是如此。這裡，決不是他那艘疲憊的人生航船永久落錨的港口。

空閒，對於奔波了一生的他來說，現在反倒成了一件不可忍受的事。白天，女兒的每一分鐘都幾乎是被工作占滿了的，老兩口只能坐在客廳裡望着海對岸的九龍半島發呆。不錯，那派景色是豪華的，但那只是在初一看之下的感覺，所謂「久對無美女」，日子多了，非但趣味枯索，而且還更使人有一種茫然不知所措的感覺。有時候他們也搭着電梯下樓去，乘上大廈的專用小巴，摸去尖沙咀或者中環的海傍。那兒的市政設施一流：噴泉、水池、長椅，綠色的廊蔭，白色的憑欄，情趣盎然的椰子樹、露天的咖啡座和飄着萬國旗的遊艇。但那兒卻絕少有悠閒的踱步和憑欄觀景者。西裝革履的俊男，胭脂口紅的淑女，商人，跑街，小工，在他們的身邊穿梭不斷，每個人的臉上都帶着匆匆的神色。這就是香港，青年奮鬥者們的香港，而他們成了這個世界中的多餘者，這是一種很不好的自我印象，尤其對於上了年紀的人來說。

章老先生也嘗試過在香港找一份職業來做，他覺得自己還沒有老呢。就不論收入有多少，至少，這也是將一天這麼長的無聊時光消耗掉的方式吧。不錯，他擁有美國某所大學的畢業文憑，英語的說、寫、讀都能應付。在中國大陸，在那批共和國成立後培養出來的大學生中間，這確是一條令人刮目相看的資格和罕見的技能。但在這大學生、留學生滿街跑的香港，這又算得上什麼呢？再說，他們都很年輕，都是在這個電腦時代中的，最新教育制度下培養出來的人材，與他手上抓着的那卷四十年前的，已發黃變脆了的大學畢業證書相比，就是不作嘗試，也能想像得出結果會是什麼。儘管如此，他還是作了努力，這是他從一份英文報紙的招聘欄中找出來的一項適合他個人特長的職位，他寫了信去，但沒有回音，他決定再打電話去追問。當他用因為長期不使用而變得生疏，僵硬了的英語將自己的學歷向聽電話的小姐再次作了口頭陳達之後，對方給他的答覆是：「對不起，先生，大陸上的研究所的資歷是不能足數的，再說我們希望請的是四十五歲以下的人材，這一點招聘廣告中已有注明。」

語言上的隔閡，又在生活上給他造成諸多不便。購物、問路、甚至搭車，都常要累得他頸紅脖子粗地比手畫腳一大通，而別人通常是莫名其妙地望着他。那時候的他，哪還是什麼「所長」「權威」的，有誰知道他曾經是什麼嗎？充其量，他也只是一名剛從鄉下上城裡來的老頭兒。

這怎麼不會令他懷念上海呢？在眾人敬重的神態和目光之中生活；上海有誰不知曉他章某人？在工作單位裡，不說他說話「一句頂一萬句」麼，至少也能頂個八句、十句的，而在社會上，就連市級的領導見了他也得給他三分笑面。其實，他也並不是歡喜他們中的每一個人，但在回想之中，他們卻是個個都那麼地親切。再說上海的那套住房，雖與眼下的這層相比，並沒有現代化的設備和豪華的海景，但在上海，它卻是鶴立雞群的一幢。怎麼說呢？人需要的其實也只是一個在比較上的相對高度而已。

日子一天天地過去，離取得回港證的日期愈來愈近了，但章老先生的心情反而一天更比一天地焦慮、煩躁起來，因為單位替他保留的住房和工資也正以那個日期作為最後界線的。他已多次地接獲上海同事們的來信，假如以公的面孔出現，他們唱的仍然是「祖國永遠向您敞開歡迎的大門」之類的調調兒；但假如以私的口吻來說話，幾乎誰都確信：取得香港居留權（有人把這稱為「香港戶口」）是高於一切的目標。這也正是他妻女們的理所當然的想法，但他的心卻在痛苦的矛盾中搖擺不定。要不是因為他那心愛的女兒，他早就將他的老妻說服了，一同投回進那扇「敞開的大門」中去了。四十年以前，當他正徘徊在加利弗尼亞州的海邊時，他不是就這麼樣地下了決心的？那時他雖然是個不名分文的窮學生，但加州大學的碩士文憑已被他拿到了手，他放棄了可能在美國留下來工作的機會，毅然回到了正瀕於內戰邊緣的祖國。但他想不到的是：在過了四十年後的今天，他又坐依在香港中環的海邊，而他面臨的又是同一類困難的抉擇。

主意是一定要拿定一個的，他的決心下在一個星期六的晚上，當一家三口正坐在客廳的沙發上觀看着電視光屏上層出不窮的彩色繽紛的畫面的時候。

那一晚曉冬是不教學生的，即使教，可能也不會有幾個人來上課。因為這一天是香港人的大日子，連尖沙咀和銅鑼灣的行人也減少了幾成，大家都留在家中將眼睛對準着那面電視光屏：香港小姐的總決賽正由電視台實況轉播着。

穿着三點式泳衣的美女們輪流地上場亮相，在幻變的彩燈，不成旋律的現代爵士樂的配備下，選手們作出了各式各樣性感、激欲的動作。大腿、胳膊、屁股，雖然是不可能被觸摸，但也已足令色迷迷的男士們的雙眼就像在大暑天舔上了一口冰淇淋一樣地過癮。

這是香港式的最大眾化的娛樂活動，電視台就是利用這類節目來爭取廣泛的收視率的。少女們需要偶像，男人們望飽眼福，老的為了消遣，幼的則盲目跟隨。於是，各類化妝品的，香煙的，鞋帽衣物的，甚至是廁紙、衛生巾的廣告便抓緊節目的空隙向觀眾們大肆進攻，強迫人們接受他們的宣傳。在香港，這也是最普通的娛樂與商業相結合的方式，但章老先生不能接受，這哪是什麼娛樂？這是腐蝕，是毒害，是對社會的犯罪！他的這種觀點加上那些對這個社會的許許多多不友好的印象在他的心中攪拌着，其後果是有一股強烈的反感從他的心底升起來，直冒向他的腦腔。

在一段節目與另一段的銜接間還有著名歌星的加盟助陣。幾乎只是裹着一層半透明紗縴的女歌星在成班夏威夷土人式打扮的，半赤着上身的男舞蹈演員的陪襯下唱出了一曲又一曲的情歌，抓着無線麥克風的美人一會偎依在這塊古銅色的肌胸上，一會兒又被推進了那彎巧克力色的臂懷間，最後，當歌舞的高峰來臨時，肉帛緊裹的歌女索性被十多個野漢平横地高抬過頭頂，滿場狂奔起來。音樂轟鳴着，女人白裸的四肢在空中踢蕩，活像一頭被送去屠宰場的美麗的母豬。

章老先生的臉色轉成了鐵青色。

歌星表演之後的下一個節目是提答問題。這是一種對於候選者們的即興反應能力以及各種人生觀的檢驗。一位上海籍的名流上台去，擔任司儀，而被他考問的那個選手正巧也是一位從上海出來不幾年的少女。他們說的雖然是廣東話，但這是一類幾乎全部能被章老先生聽懂的廣東話。

配搭着高跟鞋和深開叉旗袍的，曲線玲瓏的美女圍着全場一周亮相後開始姍姍地向司儀靠近過去，她向司儀嫵媚地微笑着，她的雙目在強光燈下閃閃發亮。

「26 號湯美莉小姐，上海籍人，芳齡二十，身高一點六二米，胸圍三十四，愛好網球，游水，旅行和交異性朋友⋯⋯」旁白音敘述着，她站定在穿着黑色燕尾服和打着黑絲領結的司儀邊上。

全場一片寂靜。

「湯小姐，」司儀開始用上海音的粵語問話，「我們都是上海人，這意味着什麼呢？」

「這意味着我們是有緣分的。」姑娘的答覆是在第一時間內產生的，老練而流利。

台下浮現出一片嚶嚶的贊許聲。

司儀把她從頭打量到腳，再從腳打量到頭，然後將目光停留在了她那高開的旗袍衩襠上：雪白的大腿在衩縫間忽隱忽現。「為什麼你的旗袍的衩要開得如此高呢？」

「您不知道嗎？因為旗袍的衩開得越高就愈⋯⋯愈接近真理！」

「好！⋯⋯」司儀不由得脫口而出，台下頓時並發出一陣熱烈的掌聲。

「諸位！諸位！」司儀的一隻手伸出來向着台下揮舞着，台下的氣氛平息下來了，「我今天要向湯小姐提的正式問題是——」

台下又恢復了原先的寂靜。

「假如——」他嬉皮笑臉地望着對方，但姑娘仍保持着那副姿容，她嫵媚地微笑着，兩顆烏眸在射光下閃亮。「你聽清楚了啊，湯小姐？」

「我正洗耳恭聽……」

「假如，突然在這裡只剩下你與我兩個人，而燈光又熄滅了的話，你能猜到我將作出些什麼舉動來嗎？」

「就這麼個問題嗎？」

「是的。」

「你問完了嗎？」

「問完了。」

「為什麼你不能將問題反過來問呢？為什麼你不能問我將會作出些什麼舉動來呢？」

「這……你的意思是……？」

「男人與女人本來就是一個樣的，老將男人看成主動，女人被動的觀點已經是落後於潮流的了。」

現場的觀眾再也按捺不住了，一片喝彩聲從場子的中心爆騰出來，暈目的鐳射燈柱在廣大的場面上橫一條豎一條地晃來晃去，舞台上的兩個人影仍舊站在原地，其實，他們還在說話呢，但誰也聽不清他們在說些什麼，所見的只是她笑彎下了腰去，而他卻站在那裡，搔頭摸耳，他沒有能用問題將對手難倒，這是他用動作和神情在表示：他認輸了，而且是心服口服地認輸了。

突然，「砰」地一聲響，這並不是從電視機的喇叭裡，而是從房間的某個方位上發出來的。曉冬母女倆都轉過頭去，她們見到章福佑已滿面怒容地從沙發上跳彈起來，而他手中握着的那只可口可樂的大口杯已被他碰擲在了沙發前面的茶几上。

「流氓！——」他咬牙切齒地迸出兩個字來，可能他還覺得不解怒，「——加上妓女！」

曉冬平靜地望着她的父親，然後站起身來，默默地將電視機關熄了。她完全理解老父的情緒，在七、八年之前，這也曾經是她自己的。然而對於現在的她來說，這已是習慣成了自然的事。這便是香港社會的好處：你完全可以保留自己的個性和品格，你可以看不慣別人，或者別人也正在看不慣你，每個人都是工作為了吃飯，吃了飯後再去工作，誰都不需要，也沒有那個空閒去干涉別人。

「但是，爸爸，」曉冬用眼睛望着她的父親，「這是香港，而且是一九八三年的香港。」

「我知道，」章老先生的情緒似乎稍微平息了一些，他重新坐下去，「我打算住回上海去。」

「回上海去長住？」

「是的。」

「但我們的回港證馬上就能拿到手了，福佑。」這是他太太的聲音。

「我不想再等了。」他沒有解釋理由，但是在場的三個人心中都明白：上海的那層房子和那個「所長」銜頭保留的最後期限正巧與回港證取得的日期是相同的。

「您別忘了，爸爸，您曾當過右派；像您這種容易對現實產生不滿的性格，生活在香港應該更好一些。」曉冬企圖從另一個方向去提醒他。

「右派？對現實不滿？」章父顯得又激動起來，他的手在空中比畫着，「我章福佑從來就是這麼一個章福佑，我做人的基準線從沒有移動過一分一毫，四十年代我回國去，五十年代熱血沸騰地參加新生活的建設，五七年當右派，七九年又平反，八十年代來香港，如今仍舊要回去！移動着的只是那一條衡量我的標準線！——不，我還是要回去，上海，才是最適合於我居住的地方。」

他真的回去了，距離他取得回港證的日子祇有幾個星期。不過他讓曉冬的母親留了下來陪伴曉冬。他說，他孤單慣了，但他決不願讓自己的愛女再孤單下去。

第二個令她平靜生活的湖面起波瀾的男人是黃金富。

自從曉冬離開他之後，他們還是保持着每個月至少有三、四次互通電話的往來。他倆從沒辦理過任何正式的分居或離婚的法律手續。在黃金富的概念中，她始終是他的妻子，始終會在某一天回到他身邊來的妻子；而在曉冬的心裡，金富是她的朋友，是她的一位一想起他，心中總會多少有那麼一點歉意的朋友，只要永遠不再與他共度那類夫妻的生活就足夠了，她並不在乎名義上的存在。再說，她已傷害了他一次，這一次是迫不得已的，她不願第二次再傷害他。

於是，時間便這麼地過了一年再一年，而他倆關係就存在在這種若有若無，可分可合的狀態中。

有一次黃金富竟然摸上門來了，那是一九八三年的中秋節，曉冬的父親離開香港後沒幾個月。曉冬正在書房裡授課，是章母應的門鐘。當章母見到門口站着的是一個左手提月餅盒，右手拎水果籃的，一套三件頭灰條西裝的矮胖老頭時，她的第一印象是對方找錯門口了。

但那人竟開口叫她了：「媽……媽！」

「你是……？」她驚訝不已，她完全認不出他來了。在上海，他們有過一、二面的接觸，但那時他似乎完全不是這副模樣，雖然長得不怎麼樣，但還不至於那麼老。幾乎全禿光了的頂上飄着幾縷光溜溜的長髮，一股強烈的百利髮乳味兒直沖鼻子。

「我……我是，金……金富啊，您的女……女婿！」

「啊，金富！」她認出他來了，她想伸出手去與他的相握，但她終於沒有那麼做。她明白曉冬與他之間的關係的現狀，而且，那一聲從那幾乎與她成姐弟年齡比例的男人的口中叫出來的「媽……媽！」更令她陷入了極度的狼狽和局促之中。她握着門把手，身體卻朝後退了一步。

「進來，請進來！」然後，她再掉轉頭去，向屋內高叫着：「曉冬！——」

「唉！」書房中傳出來了她女兒的音色柔潤的回答聲，「什麼事啊？」

黃金富已跨進屋裡來了，他的眼珠飛快從天花板到地板那麼繞了一周，房間裡的光線很明亮，四扇寬闊的窗戶面對着他，窗外是茫茫蒼蒼的全海景。

「金富來了。」

「誰？」

「是黃金富先生，他來了。」

書房的門轉開了一條縫，一串鋼琴聲立即從裡面流出來，而曉冬的從那段雪白的玉頸上盤起了高高髮髻的頭也從裡面探了出來，她見到黃金富正傻愣愣地站在房間的中央，沖着她笑。他左右手上的重負仍未肯卸下來，不合比例的矮身材和長手臂使他手中拎着的那只中秋花燈型的水果籃幾乎垂觸到地面上。

「你坐一坐，金富，這是最後一個學生，我一會就出來。」

「不……不忙！不……不忙！」

書房門再度合攏，他在沙發上坐下來，禮品的負荷也終於卸在了沙發前的茶几上。章母端來了茶水，但她隨即找了一個藉口溜進了廚房裡，留黃金富一個人在客廳裡欣賞海景。

他來這裡的目的遠不是欣賞海景，他有重大的消息向曉冬宣佈，而且他相信曉冬回到他身邊來的時機已經趨於成熟，即使不在今日，這一天也不會太遠了。經過深思熟慮後，他決定趁中秋佳節的機會登門造訪，一探虛實。再說丈人、丈母到港已逾年，他當女婿的也極應盡盡晚輩的孝意，於是，那盒月餅和那簍水果便從馬寶道拎來了雲景道。他充滿了「再生新郎」的預感，他甚至還在想像着當曉冬再度披上婚紗時的那副迷倒眾生的姿色。假如經濟條件允許的話，他一定要帶她上芝柏①去攝上一套結婚紀念相——

大概要五、六千元吧？五、六千就五、六千吧，今天的黃金富已不同幾年前的了，他打算多拿些錢出來，彌補上一次他倆草草成婚的遺憾。他相信，這也是構成他們異離的原因之一部分。

書房的門重新打開是在二十分鐘之後的事了，曉冬並沒有望他一眼，她尾隨着那位學生，將她送到大門邊，開了大門和鐵閘把人打發走，再關上了門向沙發那邊走來。她在他的對面位上坐了下來，用眼睛望着他，準備等他先說話。

不知怎麼地，黃金富變得忸怩緊張起來，老半天，才口吃吃地憋出了一句：「曉……曉冬，你……你好……好吧？」

「我很好，你來有事？」

「沒……沒啥，是向爸爸……和……和……媽媽拜節來了。」他偷偷地向茶几上高一幢低一攤的兩件禮物望了一眼。

「謝謝你，你有心。」

「唉……對了，爸爸呢？怎……怎麼不……不見爸爸？」

「他回上海去了。」

①「芝柏」是香港著名的婚照店。

「回上海去……去做生意啊？」

「做生意？不，他住不慣香港，仍舊回上海老家定居。」

「那豈……豈不可惜？不過也……也不打緊，我……我可以常……常探望他，我每個月都要飛……飛去上海，我正與上……上海方面在洽……洽談生意。……」黃金富仰起頭來，他的心中充滿了自豪感，這才是他要開始接觸到的主題呢，他，黃金富也終有了這麼一天，扔掉了打工的討飯缽，就是再矮小，他也算擠進了「老闆」的行列裡。他認為，曉冬會為此感到高興和驚奇的，而他倆婚姻的轉捩點也就從這裡開始了。

曉冬確有點驚奇，她重新將坐在眼前的黃金富打量了一番，她這才注意到了他的裝束上的變化。「你在做生意，你會做嗎？金富，就憑你這個性格……」

「也沒……沒什麼，萬……萬事開頭難，別以為做……做生意很……很神秘，很高……高不可攀，上了手也就沒……沒啥的了，我……我……」

「那你怎麼個做法呢？」

黃金富的眼中放射出興奮的異彩，這正是他向她顯露一手的時候了。「我做的是往……往國內進口電子元件，先以我公……公司的名義和上……上海方面訂……訂立成……成交確認書，然後再由他……他們開L……L……L……C……給我……」他的心中該有多激動啊，以致使他口吃得說不下去，「成交確認書」，

「L/C」，這類本是在香港上流人士中流行的商業術語，現在，竟然從他黃金富的口中說出來，而且正向着他心中的美人兒說出來！不要說他永遠是一個癩蛤蟆的丈夫，他也有一日會變成青蛙王子的！

「我不是問這些，我是問你怎樣與大陸上那些幹部打交道的？我雖不曾去搞過這類事，但也有所聽聞。整天在大陸鑽生意的人絕大多數都是裡面出來的那一批，他們有熟人，有門路，又瞭解內情，而你……」

「不……不……不要緊。我也摸……摸上了關係。做生意當然要應……應酬，上邊那些人喜……喜歡擺酒席，碰……碰杯，喝酒，要投……投其所好！還有進口煙，進……進口酒的，看人行事，重要的人……人物則是送一隻電……電視機；多……多送點外……外匯券給他……他們。至於訂合同，那……那是國……國家的錢，不益張三，也要益李……李四……」

「但金富啊，我要向你提醒的話是：你千萬要小心，不能看了局部忘了全面，看了表層忘了本質。不錯，多數的人都在這麼搞，不這麼搞做不成生意——不需要你向我解釋我也明白。但他們知其然，還知其所以然；他們懂得保護自己，也懂得保護他們那一圈人，他們懂得觀風使舵，避開危險的暗礁。而你呢？你有可能在這短短的一、兩年內，摸清上面的那種通過幾十年時間培養而成的盤根錯節的聯繫和具有絕對的特殊性的對於人際關係和法律概念的理解嗎？」

「這……這……」假如沒有這一、兩年在上海的滾泡的經驗，黃金富對這一番話可能完全聽不懂，但現在，至少他還能覺悟出其中的某些深奧之處。加上他的那種對於曉冬的意見盲目聽從的慣性，他不由覺得全身恐懼地抖索起來。但他力求鎮定下來：在生意上，現在他不是已成了半個專家了嗎？既然是專家，怎麼可以懼怕呢？再說，他也不得不那樣做，這是他唯一的機會。

「辭……辭去太古糖廠那份工的時……時候，我也認真考……考慮過，但工……工字不出頭，大陸現在剛開放，人人都說那是塊處……處女地，這邊的攔塞①到了那頭都當成了寶……寶貝，這可能就……就是我一生中的機……機遇，我不……不想放棄。」

曉冬望着他那鄭重其事的臉，她說不出什麼來。也許，他是對的，假如他遲早希望能讓工字出一出頭的話，除了跑大陸生意，他真是沒有其他選擇。

「再說，這……這為了我，也為……為了你……」

曉冬抬起一隻手來，她阻止他再往下說：「總之，希望你小心從事。」

「我會……會的。」

一段靜默，曉冬的眼光移去了別處，黃金富的頭也低了下去。

等他重新抬起頭來時，他說道：「曉……曉冬，我是來告訴你一件事的：我買了樓……樓啦！」

「那恭喜你啦，在哪裡？」

「南豐新……新村。」

①「攔塞」，廣東話，意為「垃圾」。

又沒有下文，半晌之後，他終於鼓足了勇氣問她：「曉冬，你打算幾……幾……幾時回來啊？我會賺……賺到錢的，我會買太……太古城，曉冬！你相……相信我，我也會有……有錢的，我也會成為一個有出……出息的丈夫！」

「金富，我一早告訴過你，不是因為這些，不是因為錢，金富！你怎麼老不明白呢？這與錢沒關係！」

「那……？」

「我們為什麼不能成為朋友，成為推心置腹的好朋友呢？成為我有困難你能全力相助，相反，你有困難時，我亦都會全力相助的真正朋友？」曉冬的語調溫和了下來。

「朋友……？但……但我們是夫妻啊！……」

「是的，我們曾經是夫妻，而且在名義上，我們現在仍然是。這是已經成為了事實的事實，我無意改變它。只要你願意的話，這種名義上的存在可以一直延伸下去，直到將來，直到我們都老了。」

「什……什麼？」黃金富身不由己地從沙發上站起身來，「這是真……真的？曉冬，這……這是真的？」

「當然是真的。」

「謝謝你！曉……曉冬！謝……謝……謝謝——」他的兩隻手直向曉冬的那雙擱在膝蓋上的白潤的手撲過去，一把抓住了它們，「謝謝，謝……謝！」

曉冬並沒有任何推避的動作，她低下了頭，凝視着那十條背上長着濃黑汗毛的粗短的手指和那圈綠白玉質的，仍舊套在他右手中指上的戒指，一股心酸的感覺朝她的心頭襲上來。

自從那次之後，他倆的關係又恢復到了一個月通幾次電話的正常狀態之中去了。她知道他的生意做得不錯，成功過二、三次為數不菲的交易。他是個絕對忠厚的人，凡是應承過人家的條件，他一定會不折不扣地履行，也許這就是別人貪圖與他往來更勝於其他「港商」的原因之一大部分。

而他呢？他的勁頭從不曾像現在那般地粗壯過。他在心中反復地重彈着那句話：「有希望！我一定有希望——這是曉冬親口說的，是她親口告訴我的！」他在太古糖廠工作了二十年，從來就是手上有做出來，口裡才有吃進去，他很安於命分。但現在不同了，錢對於他來說，意味着的是以前所從沒有體驗過的意義。其實，也算是奇怪，比起多少年前，他從未像現在那麼富裕過，但他卻越來越感到錢的不足夠，他要拼命地去賺，他要抓牢一切機會地去賺錢！

錢可能就是這麼一種玩意兒，愈有的人就愈貪。他開始理解到為什麼香港那些億萬富翁對於錢的欲求會好似太平洋似地無底無際。他每個月去一次上海發展成了每星期都要去，甚至有時候索性在上海的酒店裡住定下來。大陸對他有一種特別的吸引力，這裡是個巨大的金礦，要挖，就要趁現在！上海更使他產生一種特別的感情，不只因為他在那裡認識了曉冬，而且是上海把他塑造成了像現在這麼一個有了一點家底的黃金富，並正幫助他終會在某一日將曉冬重新拉回到他的懷抱中來，他怎麼會不感激上海呢？他怎麼會不愛上海啊！他也曾聽說過很多像他一樣的一無所有的「一人公司」靠着一擔生意的成功賺了幾百萬，乃至上千萬的，難道這不可能是他的將來嗎？這不是神話，這完全是可以實現的，在今日今時的香港，在今日今時的中國大陸！他感到慶倖，他算是生適逢時的，雖然年歲稍大了點，但也算擠進了這個淘金的時代中。他會成功的，他已抓牢了攀向發達的繩索。想想也是的，中國十億人口，地大物博，資豐源足，只要能拔到她的一根汗毛，只要讓十億人口每人都省下幾口飯來，也足以使你們那批「港商」賺到滿盆滿缽，腰粗腿壯的了。那些人是怎麼想的呢？還在香港老牛拖破車地天天地苦幹，他們為什麼就不肯像他一樣地咬咬牙辭掉那份永遠是填不飽，餓不死的差使，一起湧來大陸淘金呢？唉，那批人也真是的！但他也顧不到那麼多了，本來麼，每個時代中發達的人，總是少數，有哪一個找到了發財竅門的人會去到處張揚的呢？他也應該學學這一套。所謂「悶聲大發財」。目前他的任務是鑽進一切可以被鑽進去的牛角尖中去，將可以被賺到的錢從那裡掏出來。倒不是為了他自己，這是為了曉冬，為了他的皇后！以她的氣質、學識和美貌，不要說南豐新村，就是太古城也不夠配稱她。他要讓她住進豪華的公寓中，出入「平治」轎車，披金鑲銀地在這個社會上露面。因為她是誰？她是黃金富太太！這是他的目標，是他願為之傾注一生精力與時間的目標！

對於曉冬，他倒真是一片癡心。在深圳，在廣州，以至在上海，他遇到過不少正處在花一般年歲上的青年女子，有未婚的，也有結了婚之後又離婚的。不能說個個，但她們中大多數都是長得頗為標緻，尤其是那些上海姑娘們，身材修長，秀髮披肩，珠頸玉項，令他回想起與他初見面時的曉冬。她們都一聲「黃老闆」長，一聲「黃老闆」短地與他主動靠攏，就連黃金富這麼一個反應並不敏感的人都能明察到她們的意圖。別的他都可以考慮，可以遷就，即使是做成一樁生意後，國內的經手人士要分他利潤的一半乃至六成七成的，他都會答應。他是很心平的人，假如有十萬賺，他至少也有個三、四萬的進帳啊！唯女人這一條卻萬萬碰不得，他不能一失足成千古恨，一時糊塗而永久地失去了曉冬！

說他不動心是假的，他是個男人，而且是個與太太分居了多年的男人，每當美色當前，怎不會使他心中的那股慾火如同一隻揣在懷中的兔子一樣地亂蹦亂跳呢？再說一到大陸，不論男的、女的、當官的，還是大學教授都將他蜂擁到高位上，奉承之言，獻媚之語不絕於耳，雖然他禿頂、矮胖、口吃，但幾乎見到他的人個個都斷言他俱有的真是一副「大老闆」的相貌；暫不理這番話是真是假，一個在香港被懲壓在社會底層的，對苦幹已是認命了的他來說，這簡直是一個連作夢也想不到的轉變。誰處在他的位置上不會感到飄飄然呢？而就在這個時候，那些刮到了一線風聲說他已與妻子分居了的說媒者們又接踵而至，在他的公文箱中散佈着不下一、二十張撫首弄姿的女人的相片。有的甚至登門自薦。然而，即使在「馬爹利」或「茅台酒」將他灌得醉醺醺的晚上，他都能在這點上保持清醒，曉冬，在他心中太重要了！

他是個粗人，但他卻懂得崇拜，他崇拜曉冬的氣質，崇拜曉冬的才華，甚至連曉冬的那位叫李正之的朋友，他都對他充滿了好感。雖然他倆只見過一面，但他相信他決不會是一個普普通通的人物。他始終對正之懷着一種深深的內疚，他悔恨自己言出傷人，他竟然把一位真誠關心他們一家幸福的朋友當成了曉冬的姦夫！他渴望能有當面向正之解釋的機會，但他又不知道他的住址和電話，因此他只能利用與曉冬通電話的機會要求曉冬轉達他對正之的歉意與問候。但不知為了什麼原因，電話線彼端的曉冬突然啞寂了，他對着話筒「喂，喂，喂，」了好幾次，曉冬的聲音才從聽筒中傳來，「……我也好久沒有與他見面了……就這樣吧，金富，祝你新年發財，事事順利！」她隨即將電話擱斷了，讓黃金富呆呆地握着話筒，傾聽着耳機中傳出來的一片「嗡嗡……」的撥號聲。

那是在一九八五年春節的事。自從那次通電話之後的幾個月間，曉冬一直沒有接到過黃金富的電話。

她曾好多次地致電他家，但每次都是對方的電話鈴一響之後便立即傳來了那段電話錄音帶的自動播放：「我系黃……黃金富，我因公外……外出，如有任何關照，請……請留下貴寶號之大名及電……電話號碼，以便接……接洽。嘀——」「嘀」聲之後便是讓致電者錄下口信的時間。開始一、二次曉冬還向着話筒說上幾句：「我是曉冬，金富，回港之後請即電覆我。」但後來她只是靜靜地聽着錄音帶放完了，就掛上了話筒。到了最後，當她一聽到「我系黃……」時就把話筒按回了機座架上去，她的心情沉甸甸的，充滿了某種預感的陰影。

一九八五年四月一日，星期一的下午，曉冬在書房裡教琴。正是一陣驟雨傾潑下來的時候，窗外一片迷茫，海、山和九龍半島都濛迷在了煙霧之中。客廳中的電話就在這個時候響了起來，曉冬聽見母親的腳步聲向電話機安置的地點走去。

「喂！……喂！……是的，這裡是姓章的，……什麼？上海的長途？……得！得！請接過來好了，我是她的母親，……什麼啊？一定要章曉冬聽電話？……是誰打來的，是章福佑嗎？……不是？那好！那好！請等一等，我去叫她來……對不起，請等一等！……」

沒等到章母來敲門，曉冬已推開了房門，走了出來。她三步並二步地跨到了電話機前，一把搶起了話筒：「喂！喂！我是章曉冬——」

聽筒之中有好幾個聲音在同時說話，有廣東話的，有普通話的，也有上海話。在這眾多的話音中曉冬的耳朵分分明明地檢別出了一句來，那是一位接線生說的上海話：「接上海市公安局，章曉冬來了……」她的心一下子沉了下去。

「喂！喂！……」電話線的那一頭一個遙遠的聲音在慌亂地呼叫着。

「喂！我是章曉冬，你是哪一位啊？」

「我是金……金富，曉冬，我是金富啊！我在……在上海，我被拘……拘留了，我……」一道閃電掠過，聽筒中傳來了「嘰嘰咔咔」的干擾聲，接着，便是一段沉沉的雷聲，曉冬什麼也聽不清楚了。

「喂！喂！金富，你究竟出了什麼事？喂！金富，你現在怎麼樣了？」

當雷聲漸漸地過去時，她又聽到了聽筒中的那個從遠方傳來的聲嘶力竭的叫喊聲：「……我犯……犯了法，公安局拘留了我，現在政……政府寬……寬大處理……曉冬啊，我在香港沒……沒有親人，只……

祇有你一個，你才能救……救得到我！……」話筒中的喊音幾乎演變成了一種哀泣聲。

曉冬握着電話筒的手劇顫着，她的心如刀尖划過般地痛苦：「我怎麼來幫助你呢？金富！你告訴我，我該怎麼來做？」

「要罰……罰款，你聽清楚了嗎？要罰……罰……」

「我聽清楚了，要罰款，要罰多少？」

「二十萬，二……二十萬港幣，你無……無論如何都要替……替我籌集到二……二十萬港幣，曉冬，我求……求求你，讓我先能回……回到香港來，我的存……存摺上還有幾……幾萬元，我再將樓賣……賣……賣了，我會還你的，我……我會的……！」

「你快別這麼說了，金富！我會盡力去做的。」

「十天限期，你聽……聽清楚了嗎？限期是十……十……十天：一、二、三、四、五、六、七……七、八、九、十的十……十天。」

「我知道了，十天限期，金富。」

「否則後果不……不堪設……設想，曉冬，你要幫幫我，你要救……救我，我錯了！我……我……我不該不聽你的話！……」

一種酸辣辣的感覺集中在她的鼻尖上，她感到兩顆滾燙的淚珠從眼眶中溢出來，「啪、啪」地掉在了電話筒的手柄上。連她自己的聲音都變得顫抖起來了：「現在不是說這些話的時候，金富，你讓我早點去着手辦這件事吧！」

「謝謝你，曉冬！謝……謝謝你，我的好……好曉冬！我在這裡等你，你……一定要來的，我現在好……好慘哪！你一定要來啊！再見，再……再見！」

「再見……」

那個遙遠的聲音從聽筒中消失了，留下的又是那類廣東話，普通話和上海話時而交替，時而重疊的長途台之間的呼叫聲。好像生怕那口吃音會再現似的，曉冬仍不肯將話筒擱放回去，直至她聽到了先是一聲上海音國語的問話：「說完了嗎？」然後便是香港電話公司的那位女接線生的斯文而又禮貌的廣東話：「講完了嗎？章小姐？」

「講完了，謝謝……」她這才將電話筒慢慢地放了下去，轉過身來。她的面色蒼白，雙手仍在顫抖，她的眼圈紅潤潤的，淚痕留在她的臉頰上。房內一片寂靜，衹有雨點打擊在窗玻璃上的顆粒聲和時而從天邊傳來的雷的低沉的咆哮。

誰都不向她說一句話——她的母親以及那位從書房中提着琴譜袋走出來，而又在門口立定了的學生。曉冬默默地坐入沙發中，低着頭，半晌才抬起頭來，她的目光遇到了那位望着她的學生。

「章老師，我先走了。」她說。

「好吧！不足的時間下次再補……」

當學生和母親一前一後地朝客廳的大門口走去時，她的眼光轉向了雨花茫茫的窗外。除了她自己的十萬積蓄之外，還差十萬。在借一百元都困難的香港，叫她去哪裡籌集到另外的一半呢？但她知道：她是必須要籌集到的，而且就要在那個限期之內。她下意識地向心的深層搜索過去，難道那兒真有一筆藏着的錢財嗎？她知道不是的，那與錢財無關，那是一處曾令她痛苦欲絕的而如今已結起了疤的情與愛斷裂的傷口。如今為了另一類情，另一類愛，她不得不忍着碎心的痛苦再去將那只傷疤重新扒開。決心已定，她站起身來，回到了電話機旁。她撥了一隻號碼，耐心地辨聽着聽筒內的對方電話鈴聲有節奏的鳴響。有人拎起了話筒，一個清脆俐落的女人聲音從裡面傳了出來：「維也納琴行。」

剛送走了那位學生，和關上了大門的章母，適好在這個時刻轉過身來，她只聽得她的女兒正朝着電話筒中平平靜靜地吐出這麼一句話來：「請問李正之先生在嗎？——」

第十一章

正之的思想混亂透了，而他感情的負荷則已積纍到了忍受的極限，似乎只要再加添上一克的砝碼它就會全線崩潰。父親的那張蠟具化了的面孔在他的眼前不斷地沉沉浮浮，還有那疊浸染着血痰的紗布，那條輸氧管，那截直挺挺的被覆蓋在白床單下的軀體。他當然知道將來會是怎麼樣的，但他本能地力拒絕去相信真會有那麼個將來，這只是他在書上讀到的，在電影中看到的，在故事中聽到的，但他從沒有，也永遠不會有思想準備說是這類事件在某一年某一日的某一刻竟也會是他自己的遭遇！這是他們活生生的，朝夕相處的父親啊，不僅由血肉組成，而更重要的是由感情與思想所組成的父親；是已將人世間的萬態都存入了他的腦庫中去了的父親！難道這一切都會在那麼一刻上突然，全部，永久地從這地球上消失了嗎？無論正之如何思索，他都想不通這條道理。這便是「死亡」的含義：神秘，恐怖而又殘忍！上帝教人類發明了這個辭彙，卻把它的謎底留在了億萬英尺的岩層之下，任憑現代科學的鑽頭在表層中淺挖，歷代哲學家，詩人的無的放矢的深鑽，它卻始終沒將它的真面貌暴露到光天化日下來。但它卻每時每刻在這世間，在我們的身邊發生着：老的被一具具地推進了焚化爐，為了什麼呢？為了讓幼的一個一個地「呱呱」墜地！

這完全不同于父親去了香港，而將他留在了上海那麼簡單。雖然二十多年來見不到面，但父親是真真實實地存在着的，他那筆力蒼勁的寫着「正之吾兒……」的直行家書不是每隔一、兩個星期就會從穿着草綠色制服的郵差的自行車上送到他的手中來嗎？那時的他根本不知道香港是個什麼樣的地方，但不管它是像在人們流傳中所說的俯身就可以拾黃金，夜夜笙歌不絕的天堂也好，還是像在他從中、小學的教科本上讀到的盜賊橫行，窮人掙扎在水深火熱中的地獄也罷，那塊地方總是屬於這地球上的一角，人世間的一方。在六六年的「革命大串聯」中，他想方設法要去的地方不是北京而是廣州，那扇所謂「祖國的南大門」。

他爬上白雲山頂向南眺望，那兒群巒起伏，直連迷茫的天際，據說入夜之後最遙遠的幾座山峰上會是珠燈閃耀，那裡便是香港。望一眼已足夠了，從此之後，那兩座褐色的遠峰和那段「夜來上華燈」的傳說便在他的想像裡編織成了一幅可被依靠的圖畫，一段能被信賴的情節。它們深深地存入了他的年輕的記憶中。每當念及父親，他就能明明白白地見到他在那片由山、海，原和燈光所構成的世界上活動的幅幅場面——就像真的一樣！他一點都不覺得這是他虛構出來的——就這樣，這類想像陪伴了他十多年，直到他抵達了香港，看清了香港的廬山真面目為止。

但現在又是怎麼樣呢？現在完全不是這麼回事。一旦父親死了——但「死」字就如一枚帶電的針尖猛地紮在了他的中樞神經上，他的心驟然地收縮起來，他不能再用這個字，他甚至不能再想到這個字，他將它改成了「去」字——一旦父親去了，他們將永遠找不到他的蹤跡，難道再會有「正之吾兒……」的家書在某一天送遞到他的手上來嗎？難道再有一扇「南大門」讓他去眺望一下另一個世界的峰巒嗎？沒有了！他們將永遠地失去了他，世界上將永遠地消失了他！——他這麼一具不屈的形象，這麼一胸沉默的思情，這麼一個叫「李聖清」的名字！就如一柱煙霧升高，升高再升高，然後是擴散，擴散，再擴散，仍是碧海藍天，陽光耀眼，煙蹤卻不知去向，正之抓到的是一種可怕的，病態的，茫茫不知所措感。

正之寧願被奚落，被不留情面地挖苦，諷刺和被那雙在呈現着藍色的鏡片後的眼睛絲毫不漏地監視，他甚至寧願退回到上海去，而讓父親留在香港與他骨肉分離地生活下去，他的要求太起碼了：他只要知道他的父親仍在這只地球的某一處活着，但那是一樣不可能的事啊！

最痛苦的事莫過於正之的思想總會習慣地滑入那麼一種狀態中去，他會將自己倒置到父親的地位上來思索眼前的一切，他力求去體會父親的心情。他明白，不到那一刻，父親的思路永遠是清醒着的，即使到了那一刻，當他的靈魂正悠蕩蕩地飄離他的軀殼的時候，他也未必不是清醒着的！正之感到的是一種毛骨悚然的恐怖，一種不可言達的虛空，人啊人，這便是人！一生的搏鬥，一世的親情，只是做完了一場光明的夢啊！

儘管正之的思路一會兒駕着想像力的翅膀飛進太空，一會兒又套上究根問底的鑽頭深入地心，但他必須，也只能使自己回到現實中來。他的現實是：信用證，提單，貨櫃和琴行。他的現實是幾十個因為他有飯吃，他們才有飯吃，他有屋住，他們才有屋住的人和家庭。他的兩重性格的另一面開始發言，他迫令自己安靜下來，忘掉那一切的一切。於是他便不斷地用他騙父親的話來騙自己：父親的身體總有一日會好起來的，他不是說睡多一會就覺得好過些了嗎？其實他的病也沒有什麼了不起，只能算是比傷風咳嗽更嚴重一點，更可怕一些罷了，他會死？笑話！他哪會那樣？他會好起來的，他一定會的！於是他說服了自己，他感到自己銳銳利利的心就像注射了一針嗎啡一樣地麻木了，他覺得舒服一些。

但就在這個時候，一隻電話，一隻她打來的電話，一隻他不知道應該是感到幸福還是感到痛苦的人打來的電話把他又推入了另一場感情的風暴中。他在風眼中暈陀陀地旋轉着，他根本都記不清他是怎樣跟隨着抱着天眉的樂美通過那條安靜、清潔的頭等病區的長廊，踏上電梯，走上平台，然後再從養和醫院的大門中走出來的。他只記得當他們截停一輛的士，彎腰拱入車廂時，他將熟睡着的女兒從樂美的手中接抱過來，他迫切需要抱她，因為他迫切需要依賴。小女兒涎着口水的小嘴靠在他的肩頭，他嗅到的是一種從小孩口中呼出來的強烈的乳香。的士向前方飛快地奔馳着，道路兩旁的燈柱「唰唰」地向後退去。路的一旁是天主教墓場，站立在墓碑上的帶翅膀的白雲石小天使在墓地幽黃的燈光中欲飛而止，正之想到的是：死者們睡得有多安詳啊！在路的另一邊是跑馬地，成片成片的保養修剪得很好的草坪在高壓水銀燈的強光下展示着綠油油的生機，正之的感覺是：草兒長得有多無慮啊！

坐在他身邊的樂美將一隻手悄悄地探過來，撫摸着他的手背：「正之，想開一點……」

「唔……」他胡亂地回應着，他的面孔轉了過去，但他並沒有膽量去望樂美的眼睛，他凝視着的只是那張睡伏在他肩上的白嫩中透出粉紅的小臉。然後他的面孔又轉了回來，透過司機座位前的擋風玻璃，他見到紅、黃、綠的交通燈和各形各色的霓虹燈向他們狂奔過來，再向後奔去。

他的心中只充滿了一個人，她便是曉冬。

雖然在夢中可能是常常見到，但在白天的現實中，自從那年的耶誕節之後，他再也沒有見到過她。

樂美到港兩年了。那一天的傍晚，懷有八、九個月身孕的樂美挽着正之的胳膊在那被最後一抹夕暉染成了金紅色的雲景道上作完了一次散步後，便順路到一家超級市場中去選購一些日常食物和嬰兒用品。雲景道上沒有商鋪，這是唯一的一家超級市場，附近所有大廈的居民幾乎都來這裡購物。

正之從停車處抽了一部購物用的手推車出來，便仍由樂美挽着手臂沿着兩旁猶若高山峭壁般地堆砌着紅紅綠綠購物品的貨架窄弄間向下緩緩走去。

「我真很緊張，正之。」樂美抬起了她的那雙柔波漾漾的大眼睛望着她丈夫的長長鬢腳彎向臉頰中去的側面。

「怎麼？」他用眼睛俯視着她。

「……你說呢？正之，究竟他會是女的呢，還是男的？」

「不都一樣嗎？」

「是啊，想來也沒有什麼兩樣……男孩也好，男孩可以像你，聰明又有氣質。但不知怎麼地，可能這是上海人的習慣，我總覺得更喜歡女孩，女孩漂亮，女孩可以打扮，女孩更親熱，女孩更細膩，女孩有一百種好處，我也說不上來。」

正之默默地轉過頭向前望去，在他內心深處，他也是一樣地更喜歡女孩。

他們的推車在乳製品的冷凍櫃邊上停住了，正之往車內扔了幾排「益力多」和半打「生力啤」，接着便在其他類的罐匣中找尋起來。樂美則脫離了他的臂膀，向對面的貨架慢慢地走去，那裡擺着各種初生嬰兒用品，有尺碼小得像是給玩具人穿的小短褲、小背心、小圍涎；有設計精美，造形可愛的高高矮矮的美國「莊生」嬰兒護理系列品；也有色澤鮮豔搶眼的嬰兒玩具，手鐲，搖鼓和可以裝卸的嬰兒車。那兒沒有顧客，衹有一個年輕的女人正朝着架上的商品張望，她的高盤起的髮髻和露出了一截玉頸的背影對着正之和正向她走過去的樂美。

正之的視線回到了他自己感興趣的貨架上，當他的手正握着一罐「子母即溶奶粉」端詳時，他聽見背後突然傳來了驚喜的呼喚聲。

「曉冬──」

「……你是？你是樂美啊！樂美！──」

正之猛地掉轉過頭去，他見到的是兩位摯友緊緊地擁抱在一起的情景。曉冬伏在樂美的肩頭上的臉正好對着正之，而且她也已認出了是他。正之驚愕不已地望着那張既熟悉又陌生的臉，他只覺得在它周圍的一切都模糊了，都消失了，全世界只留了這麼一塊面孔！他身不由己地向她倆走去，在她們身邊站定了下來，他呆呆地望着她們的臂膀慢慢地鬆弛開來，但四隻白淨淨的手仍緊緊地握作一團，她們互相凝視着對方的臉。正之看看樂美，又瞧瞧曉冬，他不知道該說話好呢，還是不說；假如他真要說話的話，他又該向誰說，他又該說些什麼呢？

「幾個月了？」曉冬的目光落在了樂美高高隆起的腹部上。

樂美「嘻嘻」地笑着，「你看呢？」

「我看？我哪能看得出來！」

「九個月了，醫生說預產期就在下星期六。」

「噢……」

「哎，曉冬，你的情形怎麼啦？你有孩……孩……」樂美驀地意識到了某種不恰當，話鋒在原處繞了幾個彎之後，毅然地轉了一個角度，「金富呢？金富他好嗎？」

曉冬一點也不回避，她大大方方地望着樂美，「我們分居了。」

「是的，是的，我聽正之說過……但現在你仍是獨居嗎？」樂美的眼睛朝嬰兒貨品架望了一眼，又轉回臉來望着她。

曉冬這才顯出了一些局促不安的表情來，「我一向就喜歡那些啤啤的用品，你看，那些小褲腿，小毛衫的有多得意，多好玩哪！」

「這倒是的……對了，你還有一些琴譜在我這裡，這是伯母在我離滬前交給我的，我一直也沒有替你送去，我想……」

「我父母親都已申請出來了……」

「是嗎？」

「……他們將我過去用的琴譜都帶了出來，而留在你那裡的幾本我也早已在香港買到了，所以……」

「但我也一定要替你送來的，書是你的啊！」

「那也好，你就把它們塞進我家的信箱中，或交給大廈的管理員，正之知道我的地址。……我得先走了，約了學生來上課，時間快到了。」她重新拾起了樂美的手：「保重！」人已向着超級市場的門口走去。

正之向前趕了一、兩步，「曉冬……」他的聲音很低。

曾有一個微微的停頓動作在她的腿部產生過。

「你的電話……」

「沒變。」她連頭也沒有回一回。

「我寫字間的電話是六九九一一〇，每天上午我都在……」

曉冬已走出了好幾步遠，正之並不知道她是否聽清了，她絕無一個回顧地向前走去，正之呆呆地望着她逆光的背影在充沛着夕陽金暉的大門口消失。他感到一隻手悄悄地滑入了他的臂彎中，他猛地回轉過頭去：這是樂美。

樂美用一種柔和的眼光望着他，她應該已看清了一切，她應該也聽到了一切，但現在她的一隻手中正舉着一片鑲着花邊的小圍涎，黃叢叢地就像小鴨的絨毛，可愛極了。

「買一條給我們的孩子，好嗎？」她說。

幾個月過去了，沒有電話來，半年過去了，依然沒有。

又過了半年，天眉已快一歲了。那天的上午，在正之絕沒有想到她會打來電話的時候，她的電話來了。

…………

「樂美是順產吧？」她問。

「很順利，是一個小肥妹，生出來就有八磅多重。四肢像蓮藕似地一段段，得意極了！」

「是女孩？那好哇，我最喜歡女孩了！」

「我也是。」

「樂美呢？」

「她也一樣，她說這可能是現代上海人的習俗，家家都特別寵愛女孩子。」

「都說像我，但我看不出來。」

「這是的……她像誰，樂美呢，還是你？」

「……不知道方便不？我想……想……」電話筒中的她聲音停了一停，「我想看看她，這是我今天打電話來的原因，我老念着她，我想看看她。」

「方便方便，當然方便啦！你到我家來，……不要，讓我抱她來你家……也不太妥當，……我說還是讓我抱她出來在外邊等你。」

「在哪裡？」

一個思想突然像閃電一般地划過了正之的腦中：「新都城門口。」

「幾時？」正之能聽得出來，她對着話筒說出來的聲音有些顫抖。

「明天黃昏五點半。」

「好。……她叫什麼名字？」

「天眉。天空的天，眉毛的眉。」

「噢，天眉……」在她掛斷話筒前，正之聽到的是她的喃喃的自語聲。

黃昏，對於正之來說，是一個意味特別的時刻。黃昏的情調與光線常會令他詩情泵湧；而黃昏也同樣給了曉冬發揮與強化她的那首《〈北風吹〉狂想曲》的靈感。更重要的是，黃昏這個時刻能導引他通往很多夢幻一般回憶：在曉冬家中度過的那個他身為上海居民的最後的黃昏，跨過羅湖橋他也在黃昏；那個在雲景道的一套住宅裡的一間房間中，差不多使他窒息的黃昏，那是一九七八年的平安夜；就是在一年之前最後一次見到曉冬面的時候，同樣也在黃昏，他怔怔地望着她的身影在被夕陽鍍染的超級市場的門口消失。

現在又是黃昏，他抱着他小小的女兒站在新都城百貨公司的門口。正值下班的時候，馬路上的車流，英皇道上的人潮在他的面前湧動，大大小小的商鋪以及擴音着它們招來顧客的叫喚的各類各色的招牌：橫的，豎的，吊的，掛的，正處在一日之中的生意的巔峰期上。正之仰起着頭，讓目光在這片人與車的海面上掃過來、又掃過去，他希望能發現到他的目標。而小天眉卻用兩條藕段似的臂膀緊摟着父親的頸脖，她還是生平第一次沉浮在這一片花花綠綠的世界中，她用一對好奇，興奮而又帶着一點恐懼的眼睛觀察着周圍的一切。

「正之。」正之立刻將目光收回來，曉冬已從他目光的探照燈所遺漏的一個縫隙中擠到了他的面前。

「曉冬！……」他抓到的是一個心臟怦然撞擊在胸壁上的感覺。

「你來很久了嗎？」

「不！不！也不能算很久……」不知怎麼地，他覺得神經緊張：他，一個男人，抱着一個一歲大的穿着內衣褲的、又在外面裹上了一條薄絨巾的嬰兒在這個眾目睽睽的場合約等，相見一個並不是自己太太的女人；而這個女人又是如此地突出：修長，性感，她的衣着與神態更令她通身輻射着一類使人可望不可及的高貴的氣息。正之注意到幾乎所有從他倆身邊流過的男人，甚至有些女性，都會向她投來幾瞥好奇、渴望而又有些兒酸意的目光。而當他們將她自頭到腳觀察完了之後，通常也會向正之望一眼的，這是當然的，凡對她感興趣的人都想知道能與她在一塊的男人會是什麼樣兒。

正之將女兒的臉轉過來，讓她面對着曉冬——用注意力集中到小孩的身上是將自己的情緒穩定下來的最好方法，「叫阿——姨！」

小天眉卻對着曉冬打量了很久，終於仍沒有開口，她不知道眼前的這位「阿姨」與這一大片花花綠綠的人群內的任何一個有什麼兩樣。

「我們換一個地方吧，」曉冬建議。

「好，我也這樣想。……餐廳，好嗎？」

「不要了，你應該回去吃晚飯，我也是。」

「那……？」

「就沿着炮台山道走上去，在天后廟道轉彎口上有一方小公園。」

正之記起來了，那是市政局在山壁蓄水庫上蓋規劃出來的一個憩息場地：幾把長椅，一片草地，幾面都可以望到海，環境十分好。「好的，那裡很好。」他這樣答道。

當他們抵達那裡時，夕陽已全部沉落到了海平線的下面去，小公園裡不見半個人影。他們選了一條朝海的長椅坐下，面對着一片紅暈仍不肯消去的西天。

兩個人的注意力都不約而同地集中在了天眉的身上。曉冬伸展出她的雙臂來，正之伸展出了他的，於是，小天眉便經過這條由手臂接成的橋樑，從正之的懷裡被抱去了曉冬的懷中。

曉冬將她的面孔舉離開自己幾英尺之遠，她端詳着她，她想：她果真是像正之啊！

小天眉也望着曉冬，她困惑着，她想：這人並不是媽媽啊！

曉冬將她抱近過來，她用她潤滑的面頰去貼在天眉的幼嫩的臉蛋上，慢慢地搓移着；然後她再用她的那一對並不是因為搽口紅而鮮紅欲滴的嘴唇去對準了天眉的那兩瓣細薄薄的，她把她的嘴唇按了上去，並慢慢地閉上了眼睛，她正貪婪地吮吸着那股從天眉嘴鼻間呼出來的醉人的乳香。

在一旁的正之望着這一幕幕情景中的每一個細節，雖然他像是被釘死在原位上那般地絲毫沒有動彈過，但他的那顆心卻在他的胸腔中激烈地跳動：在他到達這麼一個時刻之前的一生中，他都分別體會過在這兩片面頰上滑動的觸覺，他更知道那兩片嘴唇間流出來的氣息是怎麼樣的；但現在，當它們正互相緊緊地貼合在一起時，他卻只能有作為一個旁觀者的資格，他不明白自己是應該感到喜呢，還是悲？

忽然天眉「啊！」地一聲哭了出來，她的臉蛋強行地扭轉過來，朝着她的父親：「媽咪，媽咪啊！——」她的兩條小小的臂膀向着正之坐着的地方拼命地伸過來，她那小小的鼻泡，眼瞼和眉毛都因為充血而漲得通紅通紅。她「啊！啊！」地哭喊着，露出了幾粒玉米狀的白色乳牙，成串傷心的淚珠從她的面頰上掛下來。

「別哭、天眉、乖！別哭！你看阿姨有多喜歡你，有多鐘意你，你看……你哭什麼呢？天眉，這是你的阿姨麼，天眉，乖，別哭！……」

「不，正之，你不要叫她不哭，」曉冬將抱着天眉的手臂伸過來，正之從她的手上將天眉接了過去。天眉一個下撲式的動作就伏在了父親的肩上，而她的哭聲也立即停住了。正之感到的是她那痙攣性的抽泣。

「哪有孩子不認母親的？正之，她會哭的，她要哭的，因為……因為……」正之的頭低了下來，「因為樂美才是她的母親。」

他沒有勇氣抬起頭來望她，雖然他知道她正望着他。一種內疚在他的心中迅速地膨脹成為一類犯罪感。靜默，沒有人再發一句聲，語言的通道遇到了絕路的峭壁。深秋的晚風從海的那邊吹過來，在黃綠相雜的草坪上掀起一片漣漪，幾片枯葉被吹到兩人坐的長椅上瑟瑟地打着轉。

「曉冬，」正之咬着牙抬起頭來，去迎戰那劍與火一樣逼人的眼神，他決心要將他挖心一樣疼痛的話傾倒出來：「你必須要找一個合適於你的人，你聽我說，曉冬，你必須！你美麗，你聰明，你有出眾的才華，你是使得，也是值得，任何男人為你迷倒的女人，曉冬！而在這廣闊無垠的世間又有多少好的男人，他們中的任何一個都會強過於我！這是真的，曉冬，你聽我說，他們會有更多的責任感，他們會更像一個男子漢，他們都會比我更愛你，他們……」

「正之，你在說什麼啊？你！」她用她的那對寸土不讓，無可置疑的眼睛去凝視着他的那一雙決心已開始在其中瓦解了的，「你難道不知道嗎？你偷走了我的心，我不可能再長出第二顆來——你難道不知道嗎？」

他再次地垂下頭：是的，他應該是知道的，而且應該知道得很清楚，但他為什麼會在說那一段話的時候，讓自己完全進入到另一個角色中去了呢？

「我要走了，正之。我見到了天眉，她很可愛，像你，正之，她真像你吶！」正之沒有抬起頭來，但他知道她已從長椅上站起身來了。這是那截呢質裙邊下的，黑皮高跟鞋上的，赤裸在晚風中的小腿告訴他的：一團由於腿的下垂用力動作所引起的，線條柔順的肌肉塊在這迷人的一截上隆了出來，使它變得更加性感。一刻之間，正之的思路曾飛回到了遠遠的過去，他只知道那是一個平安夜的黃昏，但它不敢在那兒徘徊，又立即飛了回來。

他抱着天眉也慢慢地站起來，女兒已停止了抽泣，正專心一意地玩弄着父親衣領。曉冬的頭靠過來，她在那段蓮藕般的手臂上「嘖」地印上了一個吻，「我走了。」她又說了一遍。

「曉冬，」正之的一隻手伸進了自己的西裝內口袋中，從裡面抽出來的還是那一本《萌芽的種子》，「給你，」他說。

「不，我不會要的，原因我已在幾年前的那個黃昏向你說明白。」她毅然地轉過身去，她準備就這麼地走了。

「曉冬！」正之的喝叫聲在她走出了幾步遠的背後傳來，她掉回過頭來。「難道我會不愛它？難道我會不珍重它？就把它當作是我們倆愛情的結晶吧！曉冬！它是屬於我的，但它更應當屬於你，曉冬！」

曉冬的表情明顯地軟化了下來，最後幾乎變成了一種癡呆狀，她真沒有想到正之會這麼想，會這麼說。她彷佛像一個夢遊者般地向前走過來，從正之手中接過了那本詩集。她翻開了第一頁，那兒端端正正地鑲着一幅她自己的相片。相片上的她祗有十七、八歲，鵝蛋臉，短髮，穿着一套當時最時髦的釘着「八一」鈕扣的女式軍便服，那是在一九六七年拍的，就在那一年，她認識了正之和樂美。

她合上了詩集，抬起頭來望着正之。她默默地點點頭像是向着正之，也像是向着她自己，兩顆淚珠掛下來，掉在了深秋季節的草坪上。「我走了，」她第三次說出了這句話。

這次她真的走了，當她在天后廟道上的背影愈走愈遠時，留給正之的只是又一次有關黃昏和她的記憶。他們決不會約定再見面的時間——以前已經是這樣了，更何況是現在？但當這兩顆可憐的心兒在太空中愈飛離愈遠時，他們都在向自己問着同樣的痛苦的問題：假如度日似度年的話，那還要經過多少個光年，它們才又能在這片茫茫無際的宇宙間偶遇呢？

這個機會就在正之沒有想到，曉冬也同樣沒有想到的一刻上來到了。

的士在東區走廊的海面架空段上飛奔，將寬闊、筆直的路面像一匹展向天海之邊緣的捲料由窄變寬地拉近來，再「唰唰唰」地從車輪底下滑過。從車頭拱型玻璃罩中向外望的感覺是：大自然很偉大，但人類建設的斧工更偉大！

唯此刻的正之遠沒有心情來體會所有這些，當道路繞過了北角區的建築群而遠遠地望見了矗立在海傍的，萬家燈火燦燦的太古城時，正之的頭便向他的太太轉了過去：「我要先去公司看看。」

「現在去？六點多了，怕是職員們都已經下班了。」

「沒關係，我忘了一點事沒做，你們先回去吃飯，我隨即趕到。」

「那好吧……」

「唔該①，司機，請在太古城區內繞個圈，有人落車，然後再上雲景道。」

「好喇！」司機頭也不回地答應着。的士避開了幾個岔道口，一陣風也似地駛進了藍白路標指示着的通往太古城的選車道中。

車在通往一座平台花園的石級梯前停下。正之從車內鑽了出來，然後再彎着腰向着幽黑黑的車廂內喊了聲「一會見」，就將車門「嘭！」地一聲推關上了。尾燈熄了，轉彎的黃燈一眨一眨地，車又重新發動了。正之站在路邊，直望到車在拐彎角上消失才轉過身去，他三步合為二步地沿着梯級直奔上平台。

琴行裡燈光輝煌：日光燈，定點燈和招牌燈透過巨型的落地玻璃櫥窗照射在平台花園中的婆娑搖曳的樹枝上，勾劃出了幻變不定的葉影。正之推門進去，愛麗絲正在收拾桌面上的文件準備離開，她的手提包擱在一邊。琴房裡仍有琴聲傳出來，幾位在晚間有學生的教師仍在授課。

「李先生？……」愛麗絲抬起眼來望到了他，她有點意外，現在不應該是她的老闆回公司來的時候。

「公司有事嗎？」他徑直向自己的那扇私人辦公室的門口走去，其實他並不太打緊要知道公司在整個下午業務活動的情形。

①「唔該」，廣東土話，「對不起」的意思。

「有一打以上的電話找過你，」她拉開抽屜取出一張紙來，「滙豐財務的李先生，回電號碼八八四九五五；恒生太古分行的朱先生，他說明天來拜訪你……利達船務的關經紀……，還有交通銀行押匯部的那位先生，對了也姓李，他說我們有兩份單據到期，這兩天中你無論如何也要找個時間過去簽字……」

正之已將辦公室的門推了開來，他回過頭去，望着他的秘書，「行了，把電話記錄紙給我，明天我會處理的，已經超時了，你回去吧，明天見！」

「明天見……」她將手袋挎到了肩膀上的背影忽然遲疑了一下，然後轉過頭來：「李先生，有一個女人打電話來找你，她的電話我沒有記進那份單裡，因為……因為我沒有問她的電話號碼是什麼。她說，她是你的朋友，姓章——」

正之的那個關門動作突然僵固住了，他掉轉頭來看着愛麗絲，「她……她說了些什麼？」

「她沒說什麼，她只要知道你當時在哪裡？我將醫院的電話給了她，我想這樣做或者會比較合適……你與她通到話了嗎，李先生？」

「噢……噢……還沒有，她是什麼樣兒的？我是說……說她的聲音是什麼樣的？」他當然知道她是誰，但他卻不肯就那麼輕易放棄一個機會。他想有人能與他多一點談談有關她的事，他想知道任何第三者對她的印象會有多深刻，哪怕只是與她通過了一次電話的人。

「聲音很成熟，音色很美，像是具有歌唱家的天賦。」

正之滿意而又感激地點點頭：「是嗎？那……那她又是怎麼來稱呼我的呢？」

「她就稱你李先生唄！……對了，好像她也有一回叫你作正之的。」

正之裝作仰起頸脖來思索着，然後再將頭由慢到快地點動起來：「噢，對了！對了！我記起她是誰了……我記起了！……謝謝你，愛麗絲！沒事了，你趕快回家去吧！再見。」

「再見。」

但當正之剛把辦公室的門關上時，他突然想起了些什麼，慌忙地將門重新推開：「喂！愛麗絲！喂！……」他的高叫聲忽然剎住了車，他歉意地笑了笑，原來愛麗絲仍站在他的辦公室門口並沒有立即離去。她面部的那份穩穩靜靜的表情告訴正之，她似乎已預計到了她的老闆又會推開門來向她重新吩咐些什麼似的。

「有事嗎，李先生？」

「告訴今晚上看店鋪的同事，有任何找我的電話都不要接進來，說是工作時間已過，有事明天再辦。」

「是，……」但她仍未立即離開，望着他。

「嗯……」他搓摸着下巴，想了想，「這回真的沒事了……我還有些重要事情需要安靜地處理一下，對不起，愛麗絲，今天耽擱你遲了。」

「噢，沒有關係，那我走了，添日①見。」

他回進辦公室中，拉上了厚厚的窗簾。他沒有打開辦公室中的任何一件照明用具，讓自己處在沉沉的黑暗中，他希望思想或者可以更集中些。他將自己身體的全部重量都沉浸到了那張黑皮大班轉椅之中，他的頭顱仰擱在椅背上，向着白茫茫的天花板長長地吁出一口氣來：「她打電話來找我，一定是有事的——但是什麼事呢？」

白象牙色的電話機在幽暗中放射着微光，他的眼睛向它凝視着，手慢慢地伸過去，拎起了話筒。他的右手指塞進了撥號孔中，一個、二個、三個、四個、五個、六個地撥出了那只神聖的號碼——七一一八一八。

「喂？」不正是她的聲音嗎？不正是那個具有歌唱家天賦的，豐美而有磁性的聲音嗎？

「曉冬嗎？我是正之啊！」

「正之哪！你現在在哪兒？」

「我回到公司來了，我……我這兒只是一個人。」正之自己也不能向自己解釋：為什麼他會加多出後面那一句話來。

但，似乎，她的思路並不是按照着他所提供的某種暗示所發展下去的，「你父親怎麼啦？」

① 添日，廣東話，「明日」的意思。

「病得很重，他……」

「我本應該去醫院看望他老人家，但是……」

「你不用客氣了，再說他也根本沒有接待任何客人的精力——你打電話找我有事嗎？曉冬？」

「是的，有事，我……我……我也不知道該如何開口才好。」

一秒鐘之內，正之的大腦中奔騰過了成條長江水的思想，他興奮，他擔憂，他迫望能知曉原因，而他又害怕再聽下去；他懷疑自己可能又是在夢中，但同時他又在祈求道：但願這次不會再是醒來一場空的夢境了。

雖然電話筒傳真不了他的表情，但電話線對方的不合常情的沉默已立即使曉冬領悟到了她剛才說的那句話的誤導性可能會有多大。

「不，正之，沒什麼，我只是要與你商量點事。」

「但曉冬，你聽我說，你有什麼事對我不能講的呢？」

「是的，我也是這樣想。這件事除了你，我無人可求。我想問你借十萬元。」

「借十萬元？」縱然正之想到過一千種可能，他也不會想到是這一條，「你遇到麻煩了嗎，曉冬？」

「不是我，是金富。」

「他？他怎麼啦？」

「唉！說來是一長段故事。他總夢想發達，於是就辭了職去鑽大陸生意。他哪是那種質料的人呢？但也偏要學了皮包公司那一套吹嘘，送禮，塞錢，通關係什麼的手段。他說不靠這一套在大陸行不通，結果呢，結果給公安局拘留了，今天下午從上海打來長途說要二十萬元保釋金，而我一下子又拿不出這麼多錢來……」

「原來是這樣……」

「你有困難嗎？」

「困難？沒有！沒有！」

「你是否需要與樂美商量一下呢？」

這正是他的困難所在。樂美，一個溫存，容忍的妻子，他的決心是：永不能在這類問題上令她再有絲毫懷疑和被傷害感了；而曉冬呢？她雖是個堅強的女性，但她所失去的和正在忍受的要比樂美強大得多。如果在這三者間，一定需要他選擇損害一個人的話，正之選的只會是他自己。但偏偏地，這次又可能是一次會令到樂美和曉冬不得不面面相峙的事件。

十萬元，雖然對於正之來說，並不能算是一筆太大的數目，但在香港的價值概念中，它意味着多重的分量，對於商場上折騰了這麼幾年的正之是能最精確地在第一時刻上掂估出來的。要他拿出來去幫助一個人，而那人又是黃金富，是曉冬分居了的丈夫；但這又為什麼會使他感到不很自在呢？他解答不出來。這些都是在零點幾秒的時間間隙內通過他思路系統的問答，它們在他心中產生的總的效應是一種屬於酸性的感覺。就像要樂美去面對曉冬一樣，這十萬元也同樣要使他自己去面對「黃金富」，那個他願它永遠地埋在了記憶泥土深層的名字。

「正之，你有什麼不方便嗎？」曉冬從電話筒中傳來的聲音再次提醒他，現在在迫切等待他答覆的不是別人，而是曉冬，那個雖然他不能用整個身體，但他卻願用整顆心去愛的人！除了那一條界線他絕不能跨過以外，他還有什麼拒絕她第二種要求的理由呢？

「方便的，曉冬，什麼時候要？我替你送來。」

「六號之前，期限很緊迫，金富在那裡等我的錢，每一分鐘對他來說都是在刀山上過的，正之。」

「是的，我理解。」

「來之前給我一隻電話，你要多保重，再見。」

「我會的，再見。」

擱下了話筒的正之將那座充當記事簿的台曆拖近過來，他用兩條手指慢吞吞地將曆頁夾住，一張張地翻過去，他借助着從趟門縫中漏進來的幾縷日光燈的光線在室內淺色牆壁上的幽暗反射辨認着頁首上印着的日期。他的手在六號那一頁上停住了，他取來一支筆，在它的空白部分上胡亂而又潦草地寫着：將十萬元送往……

楊重友造訪正之的琴行，那是在兩天後下午的事了。

正之正呆呆地坐在大班椅中，整個上午，除了在幾份秘書交給他的文件與支票上不假思索地簽了幾個字以外，時間差不多都是這樣呆坐過去的。成疊的、堆在桌面上的文件他都沒有心思審閱，連作詩的冥想對他也失去了吸引力。他的情緒從沒有像現在這般低落過，而他那從來就是充實，豐滿的思想體系現在彷佛只剩下了一座中空的架構。他只覺得自己眼睜睜地望着世界的一分一秒在他眼前流過，他卻無能為力，也無從為力！人生是一個謎，這是上帝的安排，因此就必須讓它保持着神秘的形狀，謎底是不容被偷窺的。現在的正之就像一個曾驀地掀開過謎底而又立即將它合攏上的犯罪者一樣，整個人都被一種持續的驚慌感和病態的空虛感所攫取了。他反復地向自己寬釋說：不！不！我並不知道人生到底是怎麼一回事！人麼，個個不都一樣？吃飯，娛樂，勞作，睡眠，有什麼值得大驚小怪的？至於人活夠了要死，這也是天經地義的規律，否則世界上不都塞滿了人了？就像樹與草，到了秋天要枯黃，到了冬天要凋零一樣。雖然「人非草木」，但從某種意義上來說，人與草木也是等同的……正之很明白自己的處境，他必須要將自己從由父親的生命現狀所引起的失落和絕望中自拔出來，否則他將可能面臨全面精神崩潰的後果。沒人幫得了他，他必須自我辯解，自我安慰；他必須讓自己精神健全地去面對他的現實，他的現實是一天也少不了他去操心的家庭和公司。

這便是他呆坐在大班椅中的原因，他需要付出巨大的代價來克服這種精神壓抑症。

有時候，他的眼神也會定點在那座台曆上，他知道在今日之後的某一頁上記錄着一件很重要的應辦事件。他隱隱約約地意識到那是一件與曉冬，樂美和他自己都有密切關係的事，但他有意讓它滯留在「隱隱約約」的狀態中，他不敢讓自己的思想再去涉及到其中的任何一點細節，他只打算到時遵照理智的指示，像個機器似地按下應該按下的鍵鈕，這鍵按鈕是：將錢在約定的時候送去給曉冬，曉冬應該去搭救黃金富，而他應該幫助曉冬，至於他將如何向樂美和他自己交代，那屬後話。

假如他不想毀了自己的話，他必須不能再在自己情緒的重擔上添多一克的負荷了。

電話機發出了「吱、吱」的呼喚聲，他見到那盞內路線的紅燈在閃眨，他拎起話筒：「喂——」

「李先生，有一位姓楊的先生來了，他想見你。」

「哪間公司的？」

正之聽見愛麗絲的嘴巴偏離了電話筒的問話聲：「沒請教楊先生是邊一間寶號的——？」

雖然他不是對着話筒說的，但正之已能清晰地辨別出了楊重友的那款粗宏的音調在琴行的大堂中回蕩：

「我是你們老闆的朋友，我是美、英、法、日、意駐港——」

「喂，愛麗絲，喂！——」

「怎麼，李先生？」

「請他進來，他是我的好朋友，請他進來！」正之對他的歡迎之情確是由衷而發的。他來的正是時候：一位同鄉，一位有趣味的朋友，正之渴望能將自己的全部思想都沉浸到與他的傾談之中去，他需要擺脫，他需要轉移。他需要忘卻。

沒等正之開門，他已拖開了趟門，將一張笑嘻嘻的面孔探了進來：「哪能啊，大老闆？老朋友也勿認得啦？」

「快別這樣講，老楊！假如曉得是儂啊，我哪能敢勿是一早就開定大門迎接呢？」正之半開玩笑，半找落階地說道，他一步跨上去，握住了已走入門來的楊重友的手。「快請坐，我倒茶給你。」

當正之正準備將老楊身背後的門推關上時，他卻伸出了一隻手來擋住了對方，「別急，別急，老兄！——你不見後面還有客人嗎？」

正之第一個反應是那一定是楊太太。「噢，對不起！對不起！失禮……」他重新將門拉開，但他見到卻是一位西服領帶的男人，他的手中提着的正是那天老楊提的傾角式的「大使」牌。正之這才注意到今天老楊是空着兩手的。

「讓我來介紹，呲位是琴行老闆，而呲位先生也姓楊——咳，對了，你們見過面啊！」

「是嗎？……」正之有點驚訝地凝視着那人的臉：真有點面熟呢，對方的那只不拎公文箱的手伸了出來，正之的手握上去——對了！他記起來了！那一手掌凍冰冰的冷汗瞬刻間給予了正之追憶的靈感，「是楊侄子！喔，對不起！我還沒有請教過閣下的大名。」

「楊茂林——茂盛的茂，森林的林。」他的叔叔代他作回答。

「請坐！快請坐！」這是正之的那片烏雲沉沉的雨季情緒中的一段罕見的陽光露面的間隙，在他眼前飛快地掠過的是那幅景象：兩杜靠在碼頭欄杆邊上，腳旁停放着行李箱的揮手的人影愈退愈遠了，他在船尾上隔着箭開浪花的水面向他們呼叫，而夜色正幽涼。「真想不到今天又能再見到你們！」正之激動地說。

「我也是……」不善於說話的楊侄子發言時，漲紅了臉，他比八年前胖了，西服的質地雖及不上他叔叔的，但也算挺刮，而那只全黑型的公文箱，更使他增威不少。

「他現在是我們公司的投資部經理，負責上海，江浙兩省以及整個華東地區的投資工作。」

「全靠董事長的提拔。」

「噢，那好，那好……」即使正之無話可說，他也得應付上一兩句。「怎麼不與嫂夫人一同來呢？」

「誰？誰的阿嫂？」

「我是說你太太，你太太好嗎？」

正之想轉個話題。

「噢，講伊啊，伊要在屋裡向……也就是公司裡接聽電話，她哪走得開？伊是負責對外關係的，伊個能力很強，伊是女強……」

「是的，儂告訴過我。」

話至此地，各人都已就位，正之再次按下了內線電話鈕：「麻煩你，愛麗絲，請人倒三杯茶來。」

不一會，三杯紅棕色的茶水便在三個人的前面靜靜地冒騰着熱氣。他們是隔着「L」型的寫字台面而坐的，正之仍執位於那張大班椅中，而楊家叔侄坐在他的對面，各占一席客位。暫時，誰都不想說一句話，各人的臉上浮着一種感慨的笑意，三對眼睛交流而視：八年了，說長，就好像是隔了幾世的人生，說短，就恍如在昨夜一樣啊！

「好吧，阿拉可以言歸正傳了。」楊重友首先打破沉默。

「『言歸正傳』？那什麼才算是我們之間的『正傳』呢？」正之保持着笑眯眯的情態，他想：這一定又是老楊屬於「龍體欠佳」那一類不當的用詞無疑的了。

「生意，當然生意啦！在香港，除了生意之外，還有什麼能列入『正傳』的——嗯？」他向正之扮出了一個理所當然，不屑一論的神態，「我這次來，就是專程來與你談生意的。」

「與我？談生意？……」正之實在有點感到驚奇了。

楊重友的頭轉了過去，他向着坐在他身旁的楊侄子望了一眼，然後再向那方擱在他侄子大腿上的「大使」牌努了努嘴：「嗯——！」

「是！是！」楊茂林立即會意，他低下頭去，撥弄着數字鎖碼。只聽得「啪！啪！」兩響，文件箱的蓋板彈豎了起來，楊侄子的面孔遮蔽在蓋板後面，他在整理着些什麼。不一會兒，他的一隻手便從豎立着的蓋板後伸出來，把一厚疊散裝和夾裝的文件遞到了桌面上來。首先跳入正之眼簾的是寫着美、英、法、日、意投資集團與中華人民共和國××省××專區關於合資建造××賓館的意向書，還有幾頁蓋着紅色的，中間帶有一隻五角星的橡皮印章的公函和介紹信之類的文件也飄散在邊上。正之的吃驚程度加劇了。

董事長隨手將那疊意向書取了過來，在正之坐的桌面前輕敲了兩下：「這是正式的官方文件，是經有關部門研究審查，核准的。」現在，他儼然似一位中共中央駐港的全權代表，「總投資額港幣一億，折合美金壹仟貳佰捌拾貳萬……這是我打算與你洽談的第一筆生意。……」

正之吃驚到簡直想跳起來用手掌去測一測對方的額頭，看看他是否真是像上海人所說的那樣：因為發高燒正說胡話呢。「喂，喂，老楊！你到底是講笑呢，還是認真嘎？……」

「講笑？白紙、黑字、紅圖章的文件還有啥個講笑的？」

「……成億這麼一筆錢，假使我拿得出來，我今天也不坐在這兒了，所以你如果真是要談生意的話，我看你也是找錯地方了，再說……」

「噢，儂是講這一億塊洋錢啊？——」他抬起眼睛來細細地打量着正之的表情，他臉上的那種屬於官方腔的神情漸漸地消退去，代之而起的是一種神秘而又知己的笑容。突然，他響亮地一拍大手掌，「吔一條，你老兄就替我心定好啦！——」

正之嚇了一大跳，老楊今天真有什麼不妥嗎？他飛快地向楊侄子丟去了一瞥，但他正一本正經地望着他的叔叔兼董事長，毫無異覺之色。

「儂是咖許多年沒有回過大陸，又一直在做香港和外國人的生意。呶！看了阿拉老朋友個面上，我隨便哪能也要教識儂老兄幾招：哋個叫做『拋鋃頭』，懂哦？上海人講個『拋鋃頭』？在大陸做生意，鋃頭拋得愈大愈好！大陸哋班阿叔就是吃噱頭，而上海人擺噱頭又是世界路啷一隻鼎！——我哪能勿曉得啊？我也是生活在香港的，而且吃過咖許多苦頭，難道我勿曉得銅鈿的價值是哪能個嗎？——但呢班阿叔，儂勿要看伊拉工資衹有幾十塊，口氣倒勿小，反正是國家個銅鈿，開口閉口都是幾百、幾千萬，我楊老大就來伊個幾億！金鐘罩『咔嚓！』反罩過去，叫伊拉看見我恭恭敬敬，一帖藥！個能樣子麼才有戲台可以搭，才有市面可以做啦！哋就是做大陸生意的竅門之一，嘿！嘿！嘿！……」

「不過，」正之半信半疑地說，「儂硬碰硬是同伊拉簽了合同的啊！」

「哈！哈！……所以說你老兄夠幼稚可笑啦！洋交道打習慣了，就忘了本啦？儂也是大陸出來的麼！美國麵包吃多了的時候，回頭去啃幾口延安的窩窩頭也倒別饒風味——真叫做價錢便宜，肉頭卻厚實啊！」

「老楊，請你別這樣說了，我哪是……」

「咳——」他伸出一隻手來擱在桌子的中間，「算了！算了！就別提這些了……剛剛講到啥地方了？噢，對了！儂是講哋份合同，是哦？你要看清爽，哋份勿是合同，而是意向書，勿要講是意向書，就是正式合同，我訂了勿履行伊又拿我哪能？——羅湖橋這頭一跑，伊到啥地方來尋？嘿！所以講啦，香港嘅這份護照值銅鈿，就值銅鈿嘞此地！……不過閒話講過來，這份意向書，我倒是打算履行個，這也是為啥道理我要來找儂嘅原因。」

「老楊，這是毫無可能的，這麼多錢，不要說我，就是……」

「勿要急！勿要急！老兄，請儂先不要急麼——」他將那只已縮了回去的手重新伸了出來，幾乎擋到了正之的口邊上，「儂估我當儂是包玉剛咩，我曉得嘎，就真是拿得出一億洋錢個朋友，還勿肯將全副身價都押注到大陸上去啊！對哦？我講得對哦？所謂到大陸投資言者，是拋磚引玉，丟小小誘餌過去，釣到大魚出來！這條是我，還是阿拉——假使阿拉能合作的話——的辦事原則。……造一家酒店麼，吸！替伊拉進口個二、三十輛二手翻新車去——上邊的人最喜歡小車子啦，能益公又能濟私——餘下來就是冷氣機，裝修材料，潔具之類的。你是曉得咖，此類裝修材料的價格在香港有從十元到一萬元的差距，拿來應付一下對方。頂便宜個是台灣貨，對啦，全部用台灣貨！就像是一隻洞洞眼，先用蠟光紙糊一糊再講。但報價卻要照最高的報，伊拉懂點啥！蹲嘞裡向朝外頭看，花花綠綠嘎，啥麼事都是好的！再加上，儂勿要忘記，還有我吔張嘴巴了？死個還能講得伊活過來！……個能樣子一來咩，儂講，儂自己講啦，一百萬元不就成了一千萬甚至一億了嗎？……吸，吔個又是做大陸生意嘅竅門之二！」他比舞着的兩隻手臂這才平息下來，交叉着地擱在桌面上，他的兩隻發光的眼睛骨碌碌地瞧着正之，他想，這下子你還不給我說動了心？

正之想的卻完全是另一回事，他覺得既反感，又擔憂。作為朋友他應該提醒楊重友這種經商方式的後果；但更重要的是他首先要使自己能儘快地擺脫掉這份所謂「合資建賓館」意向書的糾纏——這決不是他李正之所可能涉足的生意。

「不要說一百萬，就是十萬，二十萬，我也不是一時之間就能很方便地調度出來的，你應該知道，做生意的人錢都是在周轉之中的，再說……」

「啊唷！啊唷！儂哋個人啊，儂……！」他突然止住了口，舉起手掌來，自己揮斷了自己的話頭，「好了，好了，儂老兄先講下去哦，我聽儂講完了再講。」

「……再說，所謂一分價錢一分貨，你別指望那種誇大幾十倍乃至上百倍地報價的做法，可以行得通。台灣劣質貨用不到一、二年就會露餡，到時那不是人家投訴的問題，而是要被告上法庭的……」

「告？告我？！」他用一隻食指指着自己的鼻尖，似乎這是一句天大的笑話。「儂啊，真是花崗石腦袋，死不肯轉彎個啦！一、兩年？用得着一、兩年麼？丟進去幾十萬，我一早就可以利用這塊『投資』的招牌，撈回伊幾百萬來了！再說，就是過了一、兩年後，露餡也讓伊去露，到時再想辦法填補，通通關係，發掉些香煙，請掉個幾桌酒，還怕沒有人出來為我講話？人是活的麼，辦法是人想出來的！」

「不管你怎麼說，重友，一下子要拿這些錢出來，就我的條件來說，暫時還不太可能……」

「錢的問題可以商量，或者儂可以先拿個三、五十萬出來，其餘的我再找合夥人。但我要告訴儂的是：

這種機會不會持續太久了，儂勿聽見上頭近來一直在叫『外匯短缺』嗎？勿講是個個人，至少是絕大部分人都像是阿拉咯個樣子進去騙錢，儂懂哦：騙錢！伊拉哪能可能勿會『外匯短缺』呢？拆穿西洋鏡來講，中國這塊大肥肉啥人進去勿是為了撈一票？但嘴巴上每人都在叫『愛國』，儂講啦，香港有幾個是真『愛國』的？而日本人，美國人更勿會愛儂中國啦！吡個叫做是『打了紅旗反紅旗』——講到底，還是共產黨教會阿拉咯。」他停了下來，咽下一口唾沫，「儂估我上一次回上海見到啥人啦，嗯？——」

「不知道。」

「那位陸小姐！……儂勿記得了？就是我以前的房東啦——那個姓陸的老女人……」

「噢，是她啊！她現在怎麼啦？」正之心裡一動，他想，這裡可能是他能將他們間的對話朝着一個他所希望的方向拉過去的岔道口。

「伊現在哪能？伊麼還不是那副鬼模樣！我之所以要提起伊，這是因為我想要讓儂曉得：就像伊個能一個連霞飛路一早已經改名成了淮海路也不曉得的四十年代的老舞女竟能竄到大陸去做『電子設備進口生意』呢，儂講，還有啥人去勿得？所以講啊，發財要趁早，機會正一天短似一天！」

儘管正之的打岔，他倆的談話還是在繞了一個微小的彎圈後重新納入了楊重友預先設計好的軌道中去。

「唉，對了，老楊，我想向你打聽一個叫黃金富的人，他也是從香港回上海去做生意的，你們認識他嗎？」正之急中生智地搬出了這麼一個一箭三雕的人物來：首先他想借黃金富事件來向老楊提示某些值得思索的經驗；其二，他希望能借此題目無論如何將他們間的談話偏差出一個小小的角度去；再說，他也確有意思向老楊打聽一些有關黃金富的情況，假如他真是認識他的話。

「黃金富？黃……？黃是黃金的黃，金是黃金的金，富是窮富的富……對哦？」老楊的那對追思的眼神呆呆地望着正之，他的手指卻在台面上下意識地寫着「黃金富」三個字的筆劃。「名字倒怪熟的……好像是……」他的目光從正之的面上慢慢地移動過去，再移動過去，最後定點在了坐在他身邊的楊侄子的臉上：「嗯？——」

「是不是有一次我們在張經理家遇見過的那位……吸，有一年中秋節咧，他提着大包小包地去孝敬張大人……禿頂，講起話來『唉、唉、唉』地老『唉』不出一個名堂來的呢……」

「勿錯！勿錯！」楊重友一拍大腿，「就是那個禿頂，那個傻佬！……咦，不是聽說那人出了事的？」

正之點點頭，「被公安局拘留了，如果你們認識他的話，我想打聽一下，不知他到底犯什麼法？」

「要說他犯法啊，可以說他犯一百條法。你是知道的喇，大陸上的帽子店的帽子都是現貨，一百頂帽子喏①一百種頭型，如果都給這位禿頂佬戴上去啊，可以說是『罪該萬死』喇！我一早就知道伊會有今朝。做勿來大陸生意麼，就省省啦，留在香港打份安分工，吃碗苦飯！非要鑽到大陸來七拱八拱，學人家的樣：送禮，通路，拉關係，伊算老幾？阿拉吔批人接受了共產黨幾十年教育，尤其是文革那十年，造反派，工宣隊、軍管會，啥個事體沒有領教過；跳樑的，撈稻草的，面首三千的慈禧，『喳——』的小李子，有啊裡一種人沒有見過？老實講啊，就是低能兒也被培養成高材生了——伊懂只屁？！伊拿大陸當作了印尼，菲律賓，或是從前的香港，台灣了，大明大方地賄賂——想找死咩！鈔票啥人勿歡喜？就是要做，還是要——」他的手往寫字台桌肚下一塞，「台底交易麼，所謂『你知，我知，天知，地知』才行，像伊哋副樣子，大刀闊斧地亂來，勿出事體才有老爺！上海人有一句名言：甯替老嚗②拎包，不與洋盤③軋道，就是這個意思……不過，閒話講轉來，伊還是算做了件好事的，救了一大批人啦！」

「救了一大批人？此話怎說？」

「沒有像伊這麼些人做典型給抓一抓，上邊那些部門怎麼交得了差？所謂反貪反賂，總有點成績搞出來才對麼！假使沒有他來擋一擋駕，七搞八搞地，有朝一日可能會捅到我與茂林的頭上也說不定。從這點意義上來說，阿拉還得謝謝哋位傻佬呢，嘿！嘿！嘿！……哎，對了，儂哪能會認得伊個呢？」

「他……他是我一位朋友的先生。」

「不是講他已離了婚的？」楊侄子按捺不住地插話上來，「但他總歡喜把他以前那個老婆的照片周圍派發給人看，我也見到過一眼，好靚，又好性感！——想不到這麼個靚女竟會讓那秃老頭娶了去……」說話者的臉上出現一種恍然的神情，「李先生，你就是他那位太太的朋友？她真像照片上那麼漂亮嗎？」

①「啱」，廣東話，「適合」的意思。② 老嚗，即老練的人。③ 洋盤，即傻瓜。

「唔……是……是的。不過，他們不是離婚，只是分居罷了。」或者他可以免了這一句話，或者他可以改說另一句，也或者除了這一句之外，他可能找到更適合的轉題目標，他要讓對方明白「離婚」與「分居」間的差別的用意究竟何在，正之連自己也說不上來。

「朋友？什麼樣性質的朋友啊？——」本已開始感到心臟在控制不住地跳蕩起來的正之在楊重友笑眯眯的，芒刺一般目光的照射下不得不垂下頭去，他感到熱烘烘的血液湧向他的脖頸和面頰。「想勿到儂也是一顆風流種呢！——所以講啦，人不可貌相……」

「不！重友，不！……」正之迅速抬起頭來，他該如何來解釋呢？沒有人可以被他責怪，是他將自己引入到這條死胡同中來的。

「哎！——哎！——」楊重友舉起一隻手掌來擋住他，「閣下的私情，本人不感興趣，我要講個，還是那四個字：言歸正傳，談——生——意！」

與剛才那段對話來作比較，談生意，現在反而成了正之願作的選擇。「……那你說，總共需要多少投資呢？……」他根本都不知道說這句話的意義何在，因為他現在不可能，將來也永不可能去沾手這麼一樁所謂「生意」，他辨別的原則只是：怎麼樣的一句話會是最適合老楊目前的心態的。

「個能麼，才是一副談生意的樣子啦！生意人，不談生意做啥？」老楊的臉上露出了滿意的笑容，「吸！我老早已經擬定了一份計畫書啦，儂可以拿去過目一番。」他從眾多的文件中抽出了一張打字紙來交到了正之的手中。

正之將自己的整個面孔都躲在了這頁紙的後面，紙上密密麻麻地填滿了數位以及「冷氣機」「汽車」「裝修材料」之類的項目。但他什麼也看不清，他只感到紅暈正從他的臉上漸漸地退潮下去，心跳的次數也開始正常化起來。

「有啥意見儘管提出來，總投資額三十萬美金，報進去就當一千萬，儂看，有多少倍啊？——三三得九，三、三得九，足足有三十幾倍！……儂看到了哦，對比表就寫在邊上，汽車和裝修材料翻個倍數最大，因為這些麼事最無從查考，……而且，我也與阿叔們談妥了，投資的條件是要批准阿拉替大陸進口不少於五百萬美金的電器用品。此地塊麼，根據百分之三十的毛利率計算，也已經有一百五十萬的進帳——耳光兩面敲下來，還不怕賺到儂睏夢頭裡都笑醒？問題是要阿拉先墊個十萬、八萬出去作誘餌，就是釣魚麼，也要先落一截蚯蚓下水啦！……」

他停下口來，他已說得不少，現在應該是讓正之開口的時候了：因為，錢最終還是要姓李的拿出來。

正之的臉仍然隱藏在計畫書的後面，他佯裝在讀上面的資料。他該說些什麼呢？回避不會是個辦法了，他必須，他也有此義務從正面來面對着這個題目。

「……銅鈿，儂是肯定有嘅，老兄不必哭窮！但當然囉，假使儂勿肯三十萬全部拿出來的話麼，我也可以再去找其他朋友來合夥。但照我講啊，肥水不流他人田，肥肉不益他人口，這擠賺錢生意最好是由阿拉兩人瓜分了，儂出銅鈿，我出力……」

「重友，」正之毅然地掀開了那頁「遮羞紙」，讓自己的眼睛去直視着坐在他對面的楊重友的。紅暈早已褪盡，這是一面絕對認真、嚴肅的臉，「請將這作為一個真誠關心你的朋友給你提出的忠告吧，如果你願意相信的話。生意的最終目的雖然都是為了賺錢，而且能賺得愈多愈好，但這並不等於說做生意就可以不擇手段：全世界一切正規生意所遵循的方式幾乎都是一致的，那就是根據你的投資額，管理，策劃水準，以及此項投資對於社會，人群所帶來的益處而獲得你的利潤率。反之，生意就不可能成功。就算你今天成功了，明天還得失敗；就算你在大陸賺到了，回到香港來還會輸掉——這也就是為什麼我會提出黃金富這個實例來的原因。其次來說——請你能諒解我用這種方式觀察和論述問題，因為我覺得對於你，我應該講出我心裡想講的話——我們都是中國人，不論大陸誰是當政者，我們都應該為這個國家和人民着想。你我都知道：中國的外匯是怎麼來的，就靠那些『一粒米七擔水』的農副產品，靠那些一針一線繡出來，一刀一刻雕出來的工藝品去換來的。多少人的血汗，才能彙集成一貨櫃的出口物品？而幾輛『豐田』轎車——幾輛在日本靠着自動流水線每十秒鐘就能生產出來的『豐田』轎車——就將它們全部地換了過去！在現代這個文明的世紀中，這是何等不平等的事啊！但站在日本人的立場上來說，他們認為這是理所當然的，因為他們擁有先進的科技，擁有做生意的技巧，他們拒絕去思考中國人的勞動價值。但你我都是中國人，我們是中國人，而且都曾是在那塊土地上參加過『修地球』運動的中國人，難道我們不能理解幾十萬美金在中國廣大的勞動大眾中意味着什麼嗎？重友，你聽我說，你聽我這麼一個願講真心話的老朋友說，即使你做成了，即使你真能按照你的計畫，從大陸賺到了那十萬美金，你也會心有不安，你的良心終會在若干年後向你提出抗議！重友，你想一想我的話，你……」

「好了！好了！好了！」楊重友的大手掌「啪！」地落在寫字台面上，「大道理少談，耶穌少講！①——儂估我在大陸生活了幾十年、大報告聽得還嫌少？退一萬步來講，即使我聽從了儂的話，勿做了，那我倒要請問儂：我不搶有什麼用？別人在搶；我不騙有什麼用？別人都在騙！騙與搶多不了，也少不了我一個人！就算儂李正之的口才能說服得了我一個人，儂能說服得了遍佈于全香港的千千萬萬間皮包公司嗎？就算儂說服得了他們全部，儂又能不能說服得了日本人，美國人和歐洲人？講良心？講中國人嘅良心？儂勿要忘記，此地塊是香港，是現實得鮮血淋漓的香港！難道我楊老大在胸前掛一塊牌子到處唱：『我是楊重友，我沒有銅鈿，但我有一顆良心，有一顆中國人的良心』？告訴儂哦！香港的銀行樣樣抵押品都接受，就是不接受良心！」

「或者你是說得對的，重友，但是……」

①廣東人說「講耶穌」是指長篇而煩人的說教。

「勿要但是勿但是嘅，儂先聽我講完——」楊重友的眉心緊鎖，他的頸拼命地側向一邊去，一隻手掌伸出來推擋到了正之的面門前，似乎他連聽正之說多一個字的忍耐力都沒有了。「儂以為我真願意出了飛機票上去整天與那些張經理，李局長地糾纏不息嗎？老實講啊，我還勿曉得有多少討厭見到哋批人啦：以前只曉得整人，現在整人不興了，回過頭來爭權搶利又是伊拉！難道我勿想在香港過點安逸日腳？假使啊，假使共產黨早讓我出來三十年，我或者一早也已從牛津、劍橋、哈佛大學學成回來，我也可以滿口英文地在太古或怡和的總行中擔任個『某某經理』之類的職務；我也可以朝九晚五，領帶皮包，禮拜天開架車出去，帶着老婆、子女去淺水灣或新界的某間鄉村俱樂部中享受一個陽光的休息日——我又何必放着洋福不享，要回大陸去捱那份土罪？告訴儂哦！個種日腳永遠不會是阿拉再能過得到個啦，我被耽誤了人生中最寶貴的三十年，我向耽誤我的人索回幾十萬的賠償都不算合理——我也有我自己的人生理論，不管儂講對勿對，不管其他人講對勿對，我總歸認為是對的！」

楊重友一口氣地說到這裡，停了下來，他大口大口地呼吐着，雖然正之看不到，也感覺不到，但他能想像得出此刻的楊重友的心臟的跳動頻率有多快。

「……儂勿要認為我做事體勿憑良心，我有我自己良心的標準……呶，多勿講，少勿講，就講一樁事體；有多少我接待過的大陸阿叔中曾有私底下向我提出要去夜總會白相白相女人嘅？有種人講得還要漂亮啦，這叫『體驗生活』，儂勿要看伊拉中山裝筆挺，伊拉還是人咩，好容易爭到一次來香港的機會，啥人勿想來嘗嘗紅眉毛綠眼睛的香港女人的滋味之後再回去呢？老實講，个種事體到了其他皮包公司嘅手裡，真是求之不得啦！一隊阿叔，今晚一個，明夜一個地拖出去，快活過的人大家可以心照不宣麼，反正一旦被隔離起來審查也不怕，彼此勿曉得他人的一筆帳，永遠也不會拆穿，除非儂自己講出來。而對於那個香港人來說，伊拉才是最大的得益者！伊曉得每一個，伊甚至可以請人用紅外線拍下每個人的照片，手腕都被伊『咔咔』地捏牢，還怕儂下趟勿簽約給伊？怕儂下趟還敢同伊作梗？——儂講啦，這算不算一本萬利的生意？我勿是勿懂其中嘅竅檻，但儂勿要看我楊老大，像這種傷陰節嘅事是殺了我的頭也勿會去碰嘅！我家那位女強人——就是我的老婆——伊更是講：『害人一家的事做了之後，到頭來還是會害了儂自家！』儂講啦，難道阿拉勿講良心？難道阿拉勿講原則？……看儂像個書生又勿像個書生，像個老實人又勿像個老實人，像個傻瓜又勿像個傻瓜地，呶，阿弟！不是看了阿拉吔份交情面啷，像個嚥種警句式嘅生活竅門我是勿會隨便教被儂的，儂總歸要記得：看勿起中國人嘅，不是外國人，而是中國人自家！香港如此，台灣如此，大陸更是如此！從前是這樣，現在是這樣，在可以被預見的將來，仍然還會是一個樣！——我勿必要講假話，我勿必要繞了圈子來講話，又勿是在六、七十年代的大陸，心裡明明恨煞伊，嘴裡卻要叫『萬壽無疆！』『永遠健康！』此地塊是香港，是想到啥就可以講啥嘅香港！——儂看勿見嗎？跑進海關、機場、酒店、高鼻頭藍眼睛嘅外國人幾時勿高阿拉一等？接下來是那些拿外國護照的，身為中國人卻說不來中國話的華人，最後才輪到阿拉吔批三等外民。不過，勿管哪能講，比起大陸上那群『勤勞勇敢的中國人』來，阿拉還是高出半隻頭個，哪怕在香港拾垃圾，一腳踏過羅湖橋，還勿一樣成了『歸國華僑』？一樣接受所有的人投來的恭敬，羨慕的目光？這一點上，老實講，還要謝謝人家外國人，香港被當作半個外國，於是阿拉便順理推章地成了半個外國人！但九七快要來到了，這種特權就像燒近根部的蠟燭，正一年更比一年地短下去，要嘞這只船擱淺之前踏上另一艘大船，這才是阿拉吔批人嘅目標！到辰光手持美國的、加拿大的，或者澳洲的護照回來，才能一樣地神氣，皮鞋『咯咯咯』，頭頸昂得高高地，啥人敢來碰儂一碰？麻煩只是麻煩在美國人會勿會輕易讓儂過去，儂又勿是伊拉培養出來的假洋鬼子，連麵包，白脫還是到了香港才學會吃個，但勿要緊，有一樣麼事是全世界通行嘅，吔個就是錢，就是花花綠綠嘅鈔票！有嘞吔樣麼事，就是土佬還可以做皇帝，白癡人家也一樣抬捧儂！所以講啦，銅鈿有多少重要？要我愛國？要我講良心？個嚒啥人來愛我？啥人來同我講良心？啥人來給我銅鈿啊？這是現實，不需要避而不見！吔個世界啊，張開眼睛到處是搶錢逐利的人，真正講是不稀罕外頭吔個五光十色嘅世界，而願意將整顆心魂都傾潑在中國那片黃土滾滾的苦難大地上的人，即使真有，又能有幾個個？至少我是從來沒有看到過！要我帶頭來愛國？要我帶頭來講良心？讓人家都開始愛國之時我再開始來愛，還勿會遲——！」

楊重友瀑布一般的傾吐驀地結固在那最後一個感嘆號上，他呼嚕嚕地喘着氣，火眼金睛地盯望着正之的面孔，似乎他的全部精神功力都在於要從正之的心底擠榨出一個「對！」字來。但正之回望着他的表情是絕對的曠漠的，他還能說些什麼呢？在被這麼一大篇言辭沖淋後而變得通身濕漉透頂的他，還能說些什麼呢？

「吸，閒話麼我也已經算講盡了，口水也不必要再浪費；儂到底對這單生意感不感興趣？儂到底打不打算投資？」

「不打算。」從正之毫無表情色彩的嘴唇中吐出了這三個毫無表情色彩的字音來。

「不打算？投資一部分的打算都沒有？」

「是的，沒有。」

「是我的話講錯了嗎？」

「不是。」

「那儂認為我的話講得還是有道理啦？」

「更不是。」

「那……那儂是啥意思？」

正之只是看着對方，他不作任何回答。啥意思？——啥意思，連正之自己也說不清。

「噢，我——懂——了……！」楊重友高大的身影沿着桌邊慢慢地站直起來，而字音就像一粒一粒從牙縫裡迸出來的火星沫子，「儂是看不起阿拉，儂以為儂自己了不起！阿拉吔種人高攀儂勿上，對哦？」

正之仰頭望着他的那一張正俯視他的臉，他在想：楊重友說得對嗎？或者對，或者不對，總之，他什麼也不想解釋。

「勿要從門縫裡看人，把人看扁了！我講給儂聽，阿弟，我有辦法從馬寶道搬去南豐新村，從南豐新村搬來太古城，我就沒有辦法再從太古城搬往半山區，搬往淺水灣？今朝出了個包玉剛，儂就擔保講明朝勿會冒出個楊重友？」

會的，也許真是會的。正之在心裡說着，但此話就是無法上升到他的舌尖上去，無法形成一句有聲的語言。他所能做到的，還只是眼巴巴地望着對方。

「……儂要曉得，富人勿是生出來就是富人嘅，窮人也勿會講是一輩子窮下去！當富人的財產在一天天地瘦下去之時，窮人中一部分人的腰腿就正在一日一日的粗壯起來，儂要研究一下吔種理論，儂要學會怎麼樣在一位朋友發達之前就牢牢地結交上他。」

正之感到自己要說的話太多了，或者就是因為這個原因，它們都互相抵消，平衡成了一種無聲的蘊藏，埋在了他的心中。楊重友已經向辦公室的門口走去，並拉開了趟門，在他身後跟隨着「寧替老噓拎包」的楊茂林。

「重友……」正之終於叫出了聲音，老楊的頭猛地轉了過來，瞬刻之間，他的眼中曾有幾道希望之光透放出來。「儂……儂……儂走啦？」

「哼！」老楊氣呼呼地掉轉頭去，「走、走、走，勿走做啥？難道還要留在這裡向儂磨嘴唇皮子，等吃晚飯不成?!」他從門口走了出去，接下來的便是楊侄子。但他卻斜橫着身子向正之坐的方向靠近過來，正之站起了身。

「對不起，李先生，我叔叔的脾氣差，請你多包涵！……唉，我倒想問一問你的那位朋友，就是黃金富那個分居了的太太咧，你幾時去探望她？如果方便的話，我想……我想與你同去拜訪。」

「茂林！」琴行裡的大堂裡傳來了楊重友咆哮般的吼叫聲，「還不快走?!」

「噢，這就來！……」他向正之扮出了一個混合着甜、酸、苦、辣各種佐料味的笑容，並慌忙地張開他的那掌汗膩膩的手在正之搭放在台角邊的手背上用力地按了一按，就算是握手告別了。「我們再——」他用右手的拇指和小指在耳朵與嘴角間跨出一段距離來，正之明白這是「通電話」的手語。

正之看着楊家叔侄推開琴行的彈簧玻璃門走出去，門便被猛烈地反甩了回來。門一連好幾次地在平衡位置上的大幅度擺蕩使得正埋頭於工作的愛麗絲都驚奇地抬起頭來。她習慣地朝着她的正站在辦公間門口邊上的老闆的臉色觀望了一下，這是一張完全漠然的面孔，在上面，她找不到任何可供暗示的表情。於是，她便又重新低下頭去，裝作根本沒有注意到有這麼一回事似地繼續她那在打字機上的滴滴答答的作業。

正之的整個身體又埋進了那張黑色，高背的大班椅中，辦公室的窗簾被他拉上了。在這間小小的辦公室裡，幾盞強光燈向牆壁照射着，淺棕色的牆紙漫反射着一種柔和的光線。正之用身體將大班椅輕輕地扭轉出了一個小小的角度來，以使他的兩眼能望到牆上那幾幅鑲在金屬框中的抽象線條畫。他的一隻手不斷地搓摸着下巴，此刻他的心中充塞着的是一種什麼樣的情緒呢？悲哀？感慨？惋惜？後悔？或者也不外乎這些吧？所有這些感情混合在一起，使他獲得的是一種無所適從的盲目感和懸空感。

但這種感覺續持得並不長，很快地，一團只是暫時地隱藏在他的心中的某個角落裡的陰雲又重新蔓延開來，填補了他的整個空虛的心腔。這都是有關那截遮蓋在白床單下的身軀的，而在那團陰雲中間偶爾又會爆發出幾條閃電的筋脈來，這是他向自己反復的提醒：四月六號，最遲不能超過四月六號，他需要去兌現一項他已付出了的，很重要的諾言。

整個四月五號的白天都是下着雨的，而到了深夜，雨勢則更大，更急了。香港在這個季節中很少會有雷電，唯這一夜不同，電光可怖的利爪不斷地將天邊烏壓壓的雲層撕開來，然後再將雷聲的巨大石輪向着這個人的世界轟隆隆地推滾下來。

午夜，已近兩點了，但躺在床上的正之仍張眼於黑暗中，睡眠的感覺離他很遠，很遠。窗簾是拉上的，透過那幃沒有裝遮光簾的簾布，藏在後面的那幾扇雨花茫茫的窗玻璃的青白色反光朦朧可辨。睡房裡靜極了，在雷聲與雷聲的間隙中，正之能依稀地辨聽到在離他的窗台十多層樓以下的雲景道上晚歸的私家車或是夜行的的士衝破雨簾前進的呼嘯聲和它們飛轉的車胎摩擦在雨滑路面上的「嗞嗞」聲。

樂美躺在他的邊上，她背對着他地側身而睡，一動也不動。緊靠着樂美的是一張與他倆雙人床相脫離的，可移動的小床，這是小天眉的睡床。雖然，他並不知道樂美是否也睡着了，但他可以肯定他們的小女兒正處在甜睡的狀態中，因為他最熟悉她那婉婉動人的輕輕鼾音了。有時，當他深更半夜回來，見到熟睡中的女兒時，他都會忍不住地俯下身去，在她小小的，猶如玉雕般的唇鼻之間呼吸幾分鐘那股透人心肺的奶香。

但現在，他絲毫沒有這種慾望，他的思想在激烈地辯論着，這種激辯的後果令他渾身灼熱出汗，尖銳的刺癢感覺在身體的各個部位上閃爍不定。

「你要告訴他一切，即使他無法回答你，甚至他連睜開眼來看一看你的可能也沒有，但他能聽，他想聽。他就在渴望聽到你的那一篇徹底的表白！正之，你這自私的正之，你明白嗎？這或許就是他堅持住這段痛苦的生命的目的！他不是曾說過要談一談有關你與他之間的事嗎？——他是說過的，你不要回避這個問題；讓他能坦然滿足地離去，這是你的職責，正之！……現在已經是你最後的機會了，吊住他生命的那最後幾股麻絲正在崩斷！……」

「不！不！不！這是騙人，他不會這麼離開我們的，他不會，他決不會！——因為他知道我們不會讓他走，而他也捨不下我們。他會康復的，就像他曾經經過無數疾病的考驗，他不也活到了今天？他又會變成一個健康，清瘦，富蘊着思想的父親，坐在客廳的那張單人的紅木沙發上望着我們的！到了那時，我豈不是有了充足的時間向他剖析全部，向他表白一切？我可以保證，我可以發誓：我不會再回避他了，無論我對那對銳利的目光有幾多顧慮，幾重畏懼……」

「但，問題是，他還能有那麼一天嗎？……」

現個擔任反駁角色的思想啞寂了，一個深深的冷顫從正之的心窩中升上來，在瞬刻之間平息下了一切灼熱、冒汗、刺癢的感覺。他擺在被窩中的手開始向上游過來，它伸進了他自己躺着的那只枕芯下面。他的手觸摸到了一本硬綳綳的書冊，雖然不能在眼前，但在他的思想中，他仔仔細細地端詳着它：這是一本蓋合着兩片黑色硬塑面的，曾經是一裝幀得十分精緻的日記本，封面上凹形燙金的贈送與被贈送者的姓名經過了日久撫摸之後已只留下了幾道彎彎曲曲的黑本色的壕溝。正之當然知道這本日記本的主人是誰，他曾無數次地注意到過它被從父親西服的內插袋中掏出來，閱讀了些什麼，記錄下了些什麼，然後再塞回去的動作。他也明白這冊疊壓滿了剪貼物的日記本對於父親生命的價值。今晚，他就是從醫院中那只白色的枕頭下面取到了它，而在枕頭上面，沉甸甸地壓着的，是他父親的那顆昏迷不醒的頭顱。

他用思想的手指打開了這本日記冊，並一頁一頁地翻閱過去，直到了它的最後一頁上才停下來。他分分明明地見到那篇《人生》的組詩，被剪貼在那一頁上。除了一個用紅筆標寫着日期之外，日記頁的空白部分上還留有一行小字，這是後加上去的，筆劃已撇捺得歪歪咧咧，幾乎合不成一個字體了。但他不難認出來，這就是他父親的手跡：馬路、弄堂、鐵門、小花園、扶梯、房間……正之，請代我問候它們！

突然，他的兩臂和背脊像是被擰緊了發條，而又在一刻之間鬆開了制動扣的機械，在床墊上一撐、一挺，便直坐了起來。這是一個他的大腦在絲毫不徵詢他理智意見的前提下向肌肉直接發出的命令，待到動作已經產生了，他都不知道自己做了什麼。

樂美在第一時間上翻轉過身來，她根本沒有睡着，她清醒的程度就與正之的一樣，而她保持着不動睡姿的原因也與正之的無異：為了怕影響對方的睡眠。

「正之，怎麼啦？……」

她仰視着，他俯視着，四隻睜得彪圓的眼睛在黑暗中閃亮。而閃電過後的雷聲正在天邊轟鳴着。

「不，不行了！這是最後的機會！……」他上文不搭下文地回答着，他的呼吸很急促。

「什麼不行了？你是指……指……指爸爸嗎？」

「爸爸他不行了！這是真的，美，這是降落在我們頭頂上的現實！就像閃電之後，雷一定要打下來一樣！爸爸他不行了！他……！」

語言突然在正之的嘴唇上死寂了，並不是因為雷聲或者閃電，他們聽到的只是一陣含含糊糊的電話鈴聲從房門外大客廳遠端的電話台上傳來。

「好像是我們家的電話……」樂美說道。

正之一言不發地，「嗖！」地一聲從被窩中竄出身來，踩下地去。他穿着一身單質的睡衣，光着兩隻腳丫奔過去，開了房門，再跌跌衝衝地奔過客廳向電話機座的方向跑去。一條電光正在這個時刻上划過天幕，而當他一把抓起話筒時，正是隆隆的雷聲向地面滾壓下來的時候。他把聽筒拼命地壓貼在耳朵上，但他什麼也聽不清，他知道的是向着耳機說話的那一端瘋狂地喊叫着：「喂！喂！喂！喂喂！……」

等到雷聲漸漸地沉息下去時，他才辨出了電話線那一頭的說話人的聲音，這是秀姑，她正在抽泣！斷斷續續的字從她哽咽着的喉嚨口中擠出來：「……少爺，老爺，他……他……」

「他怎麼啦？他怎麼啦？」

「他……他……」

正之「砰」地一聲摔下電話筒，他不願，也不用再聽下去了。他向大門口跑去，一溜煙地脫滑下了防盜鏈來。

「正之，你去哪裡？」披着衣服的樂美從房內奔出來。

「去醫院！」

「不行，外面太冷，……」

但正之已拉開了大門，當他一腳踩上了外走廊中冰冷的磨石水泥地上時，他才發現原來自己是赤着腳的，他回轉頭去，樂美已奔到了他的面前，她把她手中提着的一雙軟皮拖鞋扔在了他的面前。「我去替你拿衣服來，穿上了再走。」

「不！不行了！這是最後的機會……」他重複着那句話，頭也不回向電梯門的方向跑去。

「那你等一等我，我去抱天眉……」

但他並沒有等她。他觸亮了電梯鈕，深夜的空電梯迅速地升到了他的面前，裂開門來。他一步竄入梯箱中，不顧一切地按下了底層的指示鈕，電梯隨即閉上了門，下沉而去。

一連串拖着皮鞋的跑步聲在空蕩蕩的大堂中共鳴起了一種「嗡嗡」的回聲，睡眼惺忪的護衛員慌忙從警衛小間裡奔出來，他見到的是穿着一身條子睡衣的正之正向他跑過來，他驚異極了，「李先生，這麼晚了……」

正之連朝他看一眼的動作也沒有，他從那人的邊上擦過，向着大廈的大門口奔去。他在大門的外露門廊間刹住了腳步，在他幾英尺的前面，便已是瓢潑大雨所組成的茫茫的雨簾了。他用一隻手掌圈成了傳聲筒套在口邊，他的另一條手臂高高地揮動起來：「TAXI! TAXI!（的士！的士！）」

在雲景道上的雨霧中穿梭着的車輛中有一輛開始向他這邊駛過來，這是一輛車頂上亮着一盞耀眼白燈的計程車。它的強光的車頭燈穿透過雨簾向着他這邊射過來，把那一方像一塊孤島似地突出在暴雨中的門廊刷成了一片雪亮，小島上站着一個穿着睡衣褲的揮手者。

汽車在門廊邊「吱」地一聲刹住，雨水濺潑上來，濕透了他的褲腿和拖鞋，但他絲毫沒有寒冷感。後座的門自動地打開了，他鑽了進去；但就在這時候，大廈的大廳中傳來了樂美的叫喊聲：「等一等，正之！等一等！……」車門便開放在暴雨中等待着，直到抱着天眉的樂美也鑽進了車廂中之後才閉上。

睡眼朦朧的小天眉，好奇地看着周圍的一切：「媽咪，去邊度啊？……媽咪——我冷……」樂美並沒有回答，她只是用羊毛毯將女兒裹得更緊一些，然後再把她的頭在自己的胸脯上貼得更牢一點。

的士司機也沒有立即發動汽車，他驚奇地回轉頭來望着這一家三口：一個穿着睡衣的男人，一個蓬頭散髮的女人外加一個很明顯地是從睡夢中被撥醒過來的小孩。「請問，先生，要去邊度？」

「啊？——」正之這才如夢初醒，「去醫院！快，去養和醫院！快！快！快！愈快愈好！！！」他向司機發狂似地吼叫起來。

第十二章

怎樣下的士，怎樣上電梯，又怎樣通過那段鋪着白色地台磚的潔靜的頭等房區的走廊，似乎連一絲一毫也沒有能在正之的記憶中留下痕跡，他的下一個記憶鏡頭便已經是那三個二六二號的銅質數字在白漆底的房門上一閃過，而他的整個人已「轟」地一聲破門而入了。

病床的側邊和後面站着四、五個人，所有的人都猛地掉轉頭來望着一個穿着睡衣的他。但他，除了有一襲模模糊糊的好像見到他那位矮矮胖胖的母親正由一個護士扶着，在掩面痛哭的印象之外，什麼也看不清。他全部的目力與精神都集中在了那張床上：他已見不到父親了，一條白色屍單已將他從頭到腳地遮蓋了起來，白被單的中央畫着一交叉，似乎是用血作染料印出來的鮮紅、鮮紅的「十」字！

他呆住了，怎麼來形容他當時的感覺呢？其實他是消失了一切感覺的，他感到失去了生命的不僅是他的父親，而且還有他自己！

靜默，絕對的靜默！他的那對恐怖、絕望的眼睛從血紅的十字上慢慢地抬起來去把那些站在床邊的人們的面孔一張、一張地審視過去。大家驚異而緊張地回視着他，連他母親的哭聲也收息住了，沒有人敢發出一絲聲音來。不敢出聲的還有現刻正站在他身背後，門框間的樂美以及她懷中抱着的小天眉。

突然，一聲撕心裂肺的「爸爸！」配合着正之手、腿、軀體的動作，騰地驚天而起，他作出的是一個就從原立地向着床的方位撲出去的動作。床坐立在離他幾丈之後的遠處，他的整條軀體以及兩隻向前伸出的手臂都面朝下地撲倒在了地上，但幾乎連零點一秒的停頓也沒有，他已手腳並用地向前爬去，直到他拉到了床沿，撐起身來，一把掀開白色的床單。

「爸爸，爸爸啊！——」他猛烈地搖晃着父親的臂膀，「我來遲了，但我是正之，我就是正之！爸爸，您聽見了嗎？您不要睡了，您要醒一醒！您看一看誰來了？是我，是您的兒子，是您的正之啊！——」他停止了呼喚，他涕淚滿面地抬起一雙目光緊緊地盯實在父親的臉上：他不相信生命的跡象真會從此在這上面消失，他無論如何也要在那裡捉摸到某種表情的變化來。

這是一張死灰色的臉，但它卻一樣地顯示出了死者生前的嚴峻、沉着、固不可搖的性格。兩隻眼瞼自自然然地合閉着，兩條象徵着威嚴和決斷的龍鬚紋一直從那對大鼻泡的邊緣延伸到他下顎的盡處。輸氧管已經拔去，在那片白紗塊的墊疊處仍有深紅色的血跡絲絲滴滴地滲出來。

但就像木刻或是石鑄的一樣，枕芯中的面孔沒有一絲一毫的反應。

「爸爸！爸爸！」他開始更劇烈地搖晃起父親的臂膀來，他怎麼會就此死了心呢？「您醒一醒，您快醒一醒！我知道您不會走遠的，我知道！您就在這間房內，爸爸！您不會捨得離去的，您決不會的！」正之的動作激狂到幾乎要將死者的頭顱從枕頭中推逐出去一樣，「爸爸，您醒醒，您醒醒，您一定要回答我啊！」

突然，喊叫聲被一刀切斷了，正之感到有一隻手輕輕地搭在了他的臂上，他飛快地轉過頭去，並一把抓住了這只手——那是屬於一位穿白大褂醫生的。

「李先生，老伯已經過世，這是真的，」他扭開了立在床頭邊的心電圖儀器，機器「嘀、嘀、嘀」地叫着，湖綠色的顯示幕上出現了一條沒有波動的水平線條，「他的心臟已停止跳動，我們都很難過，但所謂『人死不能複生』，你要冷靜點，李先生，你要冷靜點。」

正之向光屏凝視了幾秒鐘，然後再將那對重如鉛塊一樣的目光提起來去閱讀那些此刻正寫在醫生面孔上的表情。他的神情漠然得近乎於癡呆，但他望着醫生的時候，就好像一位法官盯視着一個企圖狡辯的殺人犯一樣地殘酷無情。

白大褂不由向後倒退了兩步，他的兩眼仍望着正用目光逼視過來的正之，但他的一隻手卻伸出來，在儀器的鍵盤上慌慌張張地摸索着，他終於按到了一隻鍵鈕，湖綠的光屏在一閃之中收捲去了它所有的圖像。

「不可能，絕不可能！」正之的歇斯底里的狂呼聲再起，「他絕不可能聽不見我說話的聲音，他正聽着我的——爸爸，是嗎？您正聽着我，您要我說下去，您盼望我說下去，爸爸，對嗎？我說得對嗎？您要告訴我的話，我已經全部理解，而您迫切希望知道的是我會告訴您些什麼？我要告訴您的是：我愛詩，我也愛您——我愛詩愛得有多深，我愛您就有多深！我什麼也不想向您隱瞞了，這是我心中的秘密！其他我什麼都不要，也都不稀罕，但我會一生寫詩，因為我要一生紀念着您！而且，我會成功的，爸爸，我一定會成功的！這也正像您遲早終於會明白了我從來就是那麼地愛着您是一樣的！爸爸，您聽見我說話了嗎？您……！」

穿白袍的醫生皺起了眉頭，他退後身去拐到了李老太太的邊上：「對唔住，老太太，請恕我問得冒昧，令郎的神經，」他用自己的食指對着自己的太陽穴，然後旋轉了一圈，「是否有……有問題？」

李母並沒有回答他，她的驚奇並不十分亞于醫生的。即使她對正之起端的一切行為都能有多少理解的話，至少正之說的那最後一段言辭也將她投入了五裡雲霧之中；就算她不相信正之真會因父親的去世而突然神經錯亂，至少她也焦慮地肯定：這一事件對於正之的精神打擊可能是太大了。

她匆匆地向跪在地上的正之的背影跑過去，她的後面追隨着拖着花白長辮的秀姑。

動作終於回到了像被釘子釘實在門檻上的樂美的兩腿上，她也向着同一個方向跑去。她的兩臂緊緊地摟抱着小天眉，小天眉的眼神是迷惑而恐懼的，不僅是因為她的爺爺，更因為是她的父親。

「正之，不要這樣，你已成了全家的主心骨，你要冷靜些，你一定要……」

「少爺，你要想得開一點，自己的身子更要……」

正之回過頭來，他的那兩窪佈滿紅絲的淚眼遇到的正好是樂美那一對充滿了柔愛與焦慮的。她抱着開始在向他哭囔着「爹哋！爹哋！」的女兒蹲下身來：「正之，我理解你此刻的心情，我也明白你說這些話的用意，你是應該當着爸爸的面將你心中的積言傾倒出來的。但你千萬不宜太激動，你要儘量把自己控制得理智些，因為爸爸他已經……已經……」

「不！」正之的一隻挺得像刀刃一般堅硬的掌片在空中斬釘截鐵地划下去，仿佛是為了切斷一切說是爸爸已經永遠離開了他們的無恥謊言，「他沒有！他就在這兒，」他仰起頭向着天花板與屋角，「他就在那兒，他俯視着我們！」他又持平了面孔，用手指着四圍的牆壁，「他在那兒，他看着我們！」最後，他手指的方向落在了床上，床上的那顆毫無動靜的頭顱上，「他就在那兒，他就在那兒聽着我說的一切，我知道的，他沒有走，他……！」

就當一切人，包括那位穿白長褂醫生的精神，也不得不被正之的那一番手舞足蹈的演辭所牢牢地吸引在了那張死灰色的臉上時，李老先生那一雙自自然然合蓋着的眼瞼突然猛地抽搐了幾下！這決不是正之的幻覺，因為在他的背後，在幾秒鐘驚愕的寂靜之後，他感到幾乎所有的人都朝着床上的那具軀體撲了過來。

「聖清！……」

「老爺！……」

「爸爸！……」

「爺爺！……」

一件白大褂急急慌慌地飄了上來，他的第一件事就是打開了那台「滴、滴、滴」，但光屏上出現的仍然是一條沒有波形的直線。

「快，拿靜脈針筒和呼吸輔助器來！快！……」他向護士吩咐着，並將聽症器塞進了耳孔裡。

就當他準備大幅度地掀開紅十字的白屍罩時，正之用一隻手擋住了他的動作，他接過白罩布的布端，重新輕輕地將他父親的面孔蓋上了。

「不要再打擾他，讓他睡，讓他休息吧！」他呢喃地說着，像是向醫生，也像是朝着他自己，「他辛勞了一生，他警惕了一世，他夠疲勞了，讓他平平靜靜地離去吧，他需要去到一個不再有煩惱的地方去醫治好他的創傷，恢復他的原始。」正之轉過臉來從正面望着醫生，「我不懂醫學理論，但我瞭解我的父親，而且我也深深地相信，有時候儀器並不能測驗出精神的能量來。」

醫生呆呆地回望着正之，他不由自主地把聽診器從耳孔中拔了出來，擱回頸脖子上，他的兩條臂慢慢地垂了下去：這個人，這個站在他面前，穿着一套條子睡衣的人的神經到底有無問題？——他診斷不出來。

四月七日，時間已經臨近傍晚。在這一個陰沉沉的雨天，夜幕降落得特別早。

正之的一家，那個永遠地喪失了一位成員的悲傷的一家，正從香港殯儀館的大門中走出來。正之單獨地走在前面，跟在他後面的是攙着小天眉的樂美和扶着仍在抹淚的李老太太的秀姑。這是下班的時分，但街道上並不擁擠，交通燈從紅到黃再到綠地變幻着，忍耐在停車白線後的車輛「嗖嗖」地竄出來；體態笨重的雙層大巴士，已經亮起了燈，而把整個車廂照得通明的叮叮噹噹的有軌電車，前額上亮着一盞或者不亮着一盞燈牌的計程車，它們載送的似乎都是些歡歡樂樂的人們，是的，香港還處在復活節的假期之中呢。但對於悲慘的正之來說，他的那個閉眼就會見到，睜眼就會想起的親人的生命正是在這個被稱為「復活」的時期中被奪去了的！

正之在街口上收住了腳步，他仰起頭向着烏雲滿布的天空望去，晚風吹過來，飄揚起了他胸前吊着的一塊黑布條。他仇恨每一個從他身邊經過的，嘻嘻哈哈，高談闊論的人，他真很想去親近那片陰慘慘的天空，他覺得衹有它最能理解他。

他家的其他人都已橫過了馬路，表示行人通過的綠燈正一眨一眨地，但正之仍站在路口向天空張望。樂美將女兒交給秀姑，向着正之回跑過來：「快，正之！要換紅燈了，過馬路要精神集中，否則危險！」

「唔？——噢……」

正之被樂美拉着，跑着，度過了馬路，踏上了對岸的人行道。「你說，美，爸爸他現在到底在哪裡啊？」

「他一定是在一個很和平安寧的地方，那兒沒有這些車輛的噪音，那兒的人們也不再需要窮凶極惡地去搶，因為金錢在那兒已失去了萬能的作用。爸爸也一定在惦念着我們，就如我們正惦念着他一樣。分離肯定是痛苦的，但如要他堅持着活下去，則更殘酷。可能就是為了我們，為了能讓我們多一天好一天地存有一襲希望的幻影，他才背負着這麼一副受折磨的枷鎖爬行了這些個時日。當他離開我們時，痛苦便立即轉嫁到了我們的身上，但我們都願意承受，我們承受得值得，不是嗎？正之？因為我們承受了，他才能解脫。」

正之感激而又驚奇地望着他的妻子，她瞭解正之是那麼地深刻：她不僅知道這些正是在正之心中盤旋着的話，而且她更明白這是正之期望借別人的嘴說出來安慰他自己的話。

「說下去，美，再說下去！你愛說什麼，便說什麼，我想聽，我只是想聽。」

「……我一直在思索着爸爸的那幾下不可思議的眼皮抽搐動作，你知道嗎，正之？這是爸爸留在這人世間的最後的生命反應，而這又是全部為了你的。正如你說的那樣，不管是多麼地遙遠，多麼地微弱，他確實能聽到你向他喊叫的一切。他的已經飄離了軀殼的靈魂，渴求着能再回去，能再向你作出某種形式的表示。這是一段極之艱難的歷程，但他一定要成功，因為他明白你對他的愛，而更重要的是他要你明白他也一樣地愛着你的啊！……」

「樂美！」正之大聲地呼喊着他妻子的名字，樂美側過頭來，望着他，「別說了，夠了，別再說了，美！」雖然是在人過車往的鬧街上，但正之決不能顧及到這些，他見不到任何其他，在他的面前站着的衹有一個肩上方圍着一圈光暈的他的守護女神！他撲伏到她的肩上，憋塞在心中的淚水終於奪眶而出了。

正之的腦殼中空空地，心腔中也是空空地，他渾渾鈍鈍地走着，隨着家裡人的方向和腳步站住、等待、過馬路，然後鑽進了的士。的士圓滑地拐進了一座熟悉的圍牆中，一塊抹得金光閃閃的銅牌在他眼前一晃便過去了，他依稀地記起三個筆力蒼勁的草楷「豐景台」，應該就是在這面銅牌上用黑色的油墨酸蝕出來的。的士門打開了，大家都從車內鑽出來，他也鑽了出來，他仰脖望去，一幢巍峨的巧克力色的大廈高聳入雲層，這是哪裡？

他們步入了一間用雲石鋪砌出來的大堂之中時，一位着制服的護衛員迎上來：「李老太太，李先生，李太太……你們回來啦？……李老先生真是一位好人，願他安息，願他……」秀姑取出一張紅底的紙片塞在他的手中。「謝謝！謝謝！……」他向後退去。他們轉了一個彎，乘上了電梯，他們踏上了十樓的層面上，再通過走廊，終於立定在了一扇柚木的雕花大門之前，一排黃銅質的英文字母展現在他們面前『LEES RESIDENCE, PLEASE RING THE DOOR—BELL，這兒又是哪裡？

一切都是原樣，但爸爸卻不在了！正之的心臟感到一種粉碎性的痛楚，他將前額伏在了冰冷的大門上。

整個晚上，正之都一個人呆坐在客廳的紅木沙發上，他似乎是定了點的眼神透過落地的大鋁門，一眨不眨地向着海對岸的尖沙咀方向凝望，那裡，即使是時已近午夜，仍然是一樣地珠光輝煌。但是，在正之的瞳仁中聚像的並不是鋁門、露台、尖沙咀和燈光，而是僵直地躺在停屍台上的父親。一幅中橫繡着古體「壽」字的大紅綢布覆蓋着那已縮成一小截的軀體，親友們圍着那一拱封閉的鋁質玻璃罩走過，而他和他的披白掛麻的一家站在一側，低着頭抽泣着，抹着淚。銀色與金色紙質元寶，中間印着沙黃或是朱紅圖案的陰府通用錢幣、香、燭台、碗、碟、黑飄帶、白掛帳，大大小小的黃白花圈、繁繁複複的各類祭品，尤其是那條觸目驚心的「魂歸天國」的橫幅，反復重疊地在正之眼前出現、旋轉，而他耳中幻聽到的始終是那一片和尚與尼姑們的冗長單調，莫名其妙的唱詞，時高時低，時揚時抑；活着的人們的哭喊聲則一會浮起了，一會又被淹沒……。所有這些都構成了一種強烈的氣氛，肆無忌憚地折磨着正之的那顆脆弱敏感和已經夠悲哀了的心靈，他感到自己簡直成了一部上發條的機器，扮演着一個已經不再有一點兒李正之靈魂的李正之的生活角色。他的小女兒向他跑來，他將她抱起來，她的小手冷冰冰的，蘋果似的臉轉成了白色：「爹哋，我好驚，我好怕！我哋早點返屋企吧，爹哋，呢度系邊度地方啊？（這裡是什麼地方？）點麼解爺爺佢瞓系呢度嘅？（為什麼爺爺他會睡在這裡的呢？）」「呢度系殯儀館，爺爺佢……佢死着了。」「殯儀館？殯儀館系麼也地方？爺爺佢返唔到屋企了嗎？……」作為父親的正之回答不出來，難道他去向一個祇有三歲的孩子解釋說殯儀館是一個站口，一個生與死的列車在那裡交接的站口？

當正之從夢一樣的沉湎中醒過來的時候，他發現樂美正站在他的身邊，客廳內一片漆黑。

「天眉已經睡着了，媽媽她們也都去睡了，……你是不是還想多坐一會呢，正之？我可以在這兒陪你。」她在他坐的單人沙發的紅木扶手柄上坐下來。他的挨靠上去的頭正依在她柔軟、溫暖的胸前，她的臉蛋低埋下來，讓那片光滑白潤的面頰緊緊地貼在他的烏黑的發頂上。

誰也沒有說話，在很長的時間之內，不論是有生命的人還是無生命的傢俱都靜止在一片絕了聲的黑暗中。正之開始懷疑：他所處在的仍是那個他生活了三十多年，熟悉了，又再熟悉的世界嗎？

他仰起頭來望樂美，沒錯，樂美在那兒，她的一對明亮的大眼睛在幽暗中回望着他，帶着一種時刻準備回答他提出的一切問題的警戒。

「美，你——你能不能告訴我，」正之用一種乾燥得幾乎在放出靜電的聲音打破了由他自己所創造和保持的幾小時的沉默，「為什麼我的心常常要被痛苦折磨？別人都說羨慕我，說我什麼都順境，家庭、事業、地位、住的、穿的、用的，有哪一樣不值得滿足？但我對這些都沒有感覺，我偏是生在福中不知福！難道我真是傻瓜？一件事，一件很普通的事，一件即使不普通，但也是每個人在一生中都不會不遇到的事，一件當別人遇上了都能理智地應付，循規蹈矩地去辦理的事，為什麼對於我就會變成了不可克服的特殊？變成了具有不尋常的衝擊性？難道我的神經真有問題？別人喜愛的我厭惡，別人追求的我背棄，別人看得慣的我瞧不順眼，別人覺得是古怪的卻偏偏又是我的生存原則和目標，美，你說，我是不是真有點不正常？有時候，我也意識到這一點，但我控制不住，我像被一種神秘的磁場吸着走，被一類魔術的力量推着行，在我的心靈深處，我非但否認不了這是一種異常，而且還秘密地珍視它！因為它使我的生命充實而又有被活的價值。在給我注入痛苦的同時，它也使我享受到一種非常奇妙的情緒，使我的心會變得酥軟軟地，失去了所有的抵抗力，我不知道該如何來稱呼它，不過……」

「我知道它的名字，這叫：愛。你很正常，你也可以說是不正常，這完全決定於是哪一類人用着哪一類度量工具來評價你。痛苦，比他人忍受更多的痛苦並不奇怪，你不是寫過嗎：這世界上的痛苦就是因為這世界上存在着的愛？愛就是一切痛苦的根源。我很瞭解你，正之，至少我自己覺是這樣的。易愛，這是你與生俱來的本性，你無法改變它，你不能改變它，你也不應該去改變它，因為它正是你創作的溫床。」

樂美平靜地說着每一句話，每一句話中的每一個字，而正之感激地品味她所說的每一句話，每一句話之中的每一個字：人，是太需要瞭解和被瞭解了！兩對眼睛在黑暗中緊緊地互相凝視，它們同時在釋放又在吸收。樂美在想：從他倆初戀的昨天到壯年的今天再到老年的明天，這永遠是他們心靈交流的最佳途徑。而正之在想：愛，是的，愛啊！除了它，還能有什麼呢？對故鄉，對童年，對樂美，對天眉，對父親，還有……

就在一剎那的閃電中，同時被照成一片雪亮的是她的形態，她的表情，她的音調和那一個致命的日期：四月六號！

正之猛地從沙發上彈站起身，他一把抓牢樂美的手腕，沒有了這一個依託，他覺得自己會從萬丈的深淵中跌下去：「樂美，糟了，我……我……唉！——」他該如何來與她說呢？

「不會糟的，正之，就像什麼都可能來，什麼也終將會過去。爸爸他……」

「不是因為爸爸，不是的！……是……是為了另外一個人和另一件事。」

「誰？」

「曉冬……」他的話說到了這個邊緣上，但停住了。

一片寂靜。樂美用眼睛望着正之，雖然在黑暗中，但正之辨別得出，她的目光是中性的，她在等待着下文。

「……那天在醫院裡，是她打來的電話，……我應該告訴你的，但……但……我也不知道該如何來解釋。」

「不需要解釋，我懂。」

「不，你或許想不到：她要向我，不，是向我們，借十萬塊錢。」

「有什麼特別的原因沒有？」從她的語調中並感受不出有明顯的驚奇，她只想知道原因，如此而已。

「是因為黃金富，他去大陸做生意，可能是觸犯了那裡的法律而被抓了起來，曉冬要在香港為他籌集保釋金。」

「那？……不，還是你先說完吧。」

「……就是時限很緊迫，我要在四月六號，就是昨天之前送到。我已答應了曉冬，但在那一切都是天昏地暗的昨天，我還能記得些什麼呢？這件事，我應該與你商量一下，但我不想使你會……會……不想讓你有……有……」

樂美將她的手腕從正之的手中抽出來，她一言不發地朝電話擺幾的方向走去。

「樂美……你……？」

但她已到了電話機的邊上，並伸出手來按下了客廳中的那盞巨大的水晶吊燈的開關。突然開放的光明，使正之眼前包括樂美在內的一切都沉浸在了一片暈目的光海中，他似乎看到樂美轉過臉來朝着他，但他看不清她的在強光照射下的面龐。

「這是萬分火急的事，我們極應該替別人設身處地想一想。我理解曉冬的心情，第一，因為我們都是女人；第二，因為我們都是在那個時代中，在那塊土地上，受那種教育，被那樣地薰陶出來的女人；第三，因為我們又曾是兩個最能互相推心置腹的女人，我還有什麼理由不能瞭解她的？我也瞭解你，正之，應該說我更瞭解你。在友誼的關係上，我們三個人曾是等距離的；但到現在，一個家庭，一個天眉，一個共有的事業目標，一條同行的生活道路使我倆變成了不可能再被分割的一個人。我最大的願望就是：你也能像我瞭解你一樣地瞭解我，正之。」

正之只知道讓自己的眼睛朝前望着，但什麼內容也不能在他的腦幕上聚焦成像。在他的面前只是一片光海，光海中浮動着一個島嶼，這只島嶼的名稱叫做：安全。

當正之的瞳仁已完全適應了客廳中的光線的時候，他見到樂美正處在將那柄話筒貼着耳朵，頭微微地斜着的姿勢上，她正等待着電話線那一端有人提起聽筒來的信號。

「喂！……喂！……是香港電話七一八一一八嗎？我找章曉冬……不在！……那您是章伯母嗎？……您好，伯母！您好！您聽不出我的聲音了嗎？我是樂美啊！……對，對，……這麼晚打擾您睡覺，真不好意思！……是的，……是找她啊，……她去了上海？什麼時候走的？……我們就是為了這件事啊……是這樣的，正之的父親就是在四月六號的凌晨過世了，全家都痛心非常！而正之他……是的，是的，謝謝您，伯母！謝謝您！雖然他老人家病來已久，但他的離開對於我們來說永遠是突然，而且是不可能忍受的，而正之與他父親間的感情更不同於一般，所以……對了，對了，今晚才猛然記起這件事，我們會送錢去上海的，曉冬是住在家的嗎？……不，不，這件事很要緊，拖延不得，反正我們會安排的……沒什麼，沒什麼，您放心好了，伯母……是的，是的，待事畢之後，我與正之會來看望您的……是啊，眨眨眼就過了這麼多年，那時我們都是小孩……就這樣了，再見，伯母，您多保重……再見！」

樂美擱下話筒，她轉過身來，在一個廣大的客廳中衹有正之一個人，他仍站在那張沙發的邊上怔怔地望着樂美。

「回去一次吧，正之，再忙也狠狠心回去一次！因為在目前，這會更適合你：回去看看上海，看看我們出生和長大的故鄉，並可以在那裡與……與她見面……」

正之張開了兩條手臂，她緩緩地走過來，用一種節奏很慢的動作投靠進了他的懷抱中。他的手臂在她的背部合攏起來，他摟着她，很緊，很緊，而且愈來愈緊。他的嘴唇吻在她的前額上，眼睛上，再移到眼窪間，沿着那條滾下來的路線吻去了兩行正淌下的、略帶有鹹味的熱淚，——他能說些什麼呢？動作便是他給予她的回答。

「我們還是早點睡吧，明天將公司裡的事交代、安排一下，假如買到飛機票的話，最好後天就動身，事不宜遲……」

「唔……」

她挽着他的手臂向睡房走去。

「等等，樂美，等等！」他並沒有解說原因地向書房跑去。他很快便又從那裡出來，他的手中捧着幾本書冊，一厚疊方格詩稿和一本贈送者和被贈送者姓名的、燙金粉已經褪盡了的、硬塑面的黑色日記本。他跑到了陳列在客廳擺設櫃中央的父親的遺像前，他將香爐移去，而把這一疊書稿整整齊齊地砌立在父親的面前。

他退後了幾步，然後「撲通」一聲地雙膝跪地，他的頭垂了下去：「爸爸，我……我……我……」他再也說不下去了，眼淚像斷了線的珍珠，「嗒嗒嗒」地滴在了深棕色的柚木拼花地板上。

在上海，××區。

該區的區公安局坐落在一條幽靜的橫馬路上，從那裡經過十來分鐘的、在高大的法國梧桐樹枝相叉着樹枝之下的步行便能到達黃浦江，這條與上海的歷史、政經、風情與民生緊緊聯繫着的河流的堤岸邊上。公安局佔有着一片廣闊的地皮和幾幢紅磚、拱門、露台的老式法國洋房。至於這是哪一個吸血的買辦、官僚、或反動資本家在逃離大陸前留下的產業和那些建築究竟在哪個年份就分配給了現有的那家機構的，這在時經了三、四十年後的新一代上海人的印象中已成了一段無法，也無此必要去考證的歷史了。

時代在變化中，但公安局的模樣始終還是那一副：白漆的、可以被從兩邊推開去的大門；一掛白底黑仿宋體字的表示它身分的招牌；以及一盞只要是在夜晚、不論颳風、下雨、落雪永恆地亮着暗紅色燈光的門廊燈。不同的人經過它的門前會有不同的感受：有人是懷着一種古怪的感激心情的，那是幾經曲折，終於從那扇門口中取到了一份綠色通行證的人；也有人對它懷着深深恐懼的，那是些曾嘗試過「無產階級專政」鐵拳滋味者。

雖然在中國大陸日趨開放的今時今日，那種不合形勢的說法正在逐漸被有關「法治」的口號所替代，但不管怎麼來說，黃金富仍可被列入那後一種人中去。這是生在、長在那塊很少生活交際顧忌的，賺錢就是賺錢，窮也得須認命的香港的他來說，連做夢也不會做得到的事，正如幾年前的他不可能想到他黃金富也竟然會有買得起「南豐新村」，繼而向「太古城」進軍的那一日一樣。

但現在一切都破滅了，不要說南豐新村，太古城，即使爪哇道上的那間斗室，甚至是露宿在香港天橋底下的黑衣乞丐對於他來說都是遠不可及的幸福者，因為他們至少比他多了一樣最寶貴的東西，那便是自由。

他第一次銘心刻骨地懂得了：原來最可怕的並不是窮。

幾個星期來，他一直蜷縮在那一間囚室的那一個角落裡，與他分享着這間囚室居住權的還有另外十多個人。這間囚室位於那一片公安局領地上的幾幢紅磚老洋房中的某一幢的二樓，經過改裝後的這類結構堅實的建築是最合適用來作為看守所的了——「上海市第×看守所」，便是它的全名。

囚室的地上擱鋪着厚而粗的木板條，這可能就所謂是「蹲板房」的含義了，牆壁全用石灰水粉刷成了慘白色，一圈用大紅色油漆漆成的「靜」字端端正正在牆的中央，下面是一條又一條的用黑字刷上去的《監房守則》。所有的窗框都被磚頭砌沒了，只留下一小方比火車站售票洞大一點的窗孔，而且還是被粗而密的鏽柵條封去了差不多三分之一的光亮。從那個窗洞中望出去能看到一角藍天，一瞥上海典型的舊式里弄房子的褐色磚牆，以及幾枝法國梧桐的細條橫划過天空。

雖然《守則》上寫得明明白白：不准互相交流案情，若有違反，輕者處罰，重者加刑。但幾乎所有的人都知道他人的案情。關押在這間牢室裡的都是些慣竊犯、打劫犯、強姦犯及毆鬥傷人者，唯獨他不是。

他是個香港人（剛入獄的時候，他還是穿着全套西裝的，不過領帶是被剝去了，因為據說這是尋短見的道具。），而且還是個老闆！（消息怎麼會不脛自走？——他也不知道）自然地，他立即成了大家興趣的中心。這些個在獄外可能都是紅眉毛綠眼睛的可怕者，一旦成了鐵籠中之鳥雀時，同病相憐的感情會令他們對其他人關心起來。所謂「江山易改，本性難移」，但有時候，在特定的環境與條件下，人的本性的改變能在一夜之間發生，而監獄就是這麼一個場所。

「喂，阿叔！」一位被剃光了頭的二十來歲的青年靠過身來，「你是犯了什麼罪啊？」

「我……我……我也不知道……。唉，細……細佬，不，阿……阿弟……你知不知道：假如犯……犯了賄……賄賂罪，這裡最……最高的處……處罰是什麼？」

「賄賂罪？那要看你賄賂了些什麼人和賄賂了點什麼。」

「比……比方說是……一盒月餅，一簍水……水果之類？」

「這算什麼賄賂！就憑這些他們哪會抓你進來呢？」

「是，是，那比……比如說是送過一隻……電視機，一隻四……四喇叭錄……答錄機的呢？」

「就這些？不過假使沒有涉及到現金交易的話，也不至於……」

「不！不！……又比如送過……送過一……一千塊現……現金的話……？」

「一千塊麼……」

「那……那……假使是……一萬呢？或者十……十萬，一百……萬呢？」

「喂！你不要老比如、比如、又比如，假使、假使、再假使地，我又不是提審員，你這麼緊張幹嘛？！照你這個樣，一到上場豈不亂講，亂咬？而如果給人拍拍桌子嚇一嚇的話啊，更是會把沒有做的也攬到自己身上來？你這樣來法，很危險哪！非但害朋友，最終害的是你自己！到時候，頭是怎麼搬的家，你還不知道呢！」

「頭搬……搬家？這是什……什麼意思？」

那人用四條手指圍出一個圈狀，在自己的頭頸上一圍然後再朝前比畫出一個移位的動作來，「頭搬家是什麼意思？頭搬了家你還活得了嗎？」

「啊！……」已不是口吃的問題了，驚懼到面如土色的黃金富的麻煩是：他的舌頭像是結住了，再也吐不出一個字音來。

光頭小子沒有說錯，思想在突然之間被推入了極度混亂之中的黃金富，雖然也有希望隱瞞一些，減輕一些的正常心理，但他的更強烈的幻覺是：他犯了很多很多的罪狀，他下意識地將這麼多年來他在大陸經商時所聽聞到的傳說都搬加到自己的頭上來。他總這麼想：萬一怎麼、怎麼，萬一怎麼、怎麼，萬一別人那樣地誣告他，萬一審查的人張冠李戴，萬一他們硬要那樣地說他，而他又跳在黃河裡也洗不清時，萬一……？那什麼應該是他最壞的打算呢？

也有幾個對這麼一個飛來中國牢房中落腳的「金鳳凰」感興趣的難友們向他倆圍攏過來。大家都盤腿坐在厚木板上。

「唉！你在香港是幹啥的？做生意？當老闆？——聽說在香港當老闆最吃香，就像這裡當官的。」說話者的年齡也不會超過二十五，雖沒有被剃光頭，但從左鼻泡經嘴唇到下巴有一條長長的刀疤劈過，鮮嫩嫩的百足痕在刀疤上爬縫過，很可怕，尤其是當那張面孔在微帶笑容的時候。

「……」黃金富說不出話來，他眼一眨不眨地凝視着那溝刀疤。

「我有一個堂房叔叔，幾年前也去了香港，剛去時寫回來的信總是呼天號地，像是一天也待不下去，立即要回來似的。但後來不同了，改行做大陸生意——一年至少有十個月的時間是在國內跑的……」

「那他有……有沒有送……送禮，送……送錢什麼的，這裡叫燒……燒香，通路……」

「噢，那是當然的啦，不靠這一套怎麼行？」

「哪，他有……有沒有被公……公安局，抓……抓……」

「抓他？嘿！他是個『老屁眼』……」

「什麼？老……老……」

「上海人講的『老屁眼』就是指老奸巨滑的人，做事不露痕跡，沒有辮子給人家抓，也不會有尾巴露出來。他是個老上海，上上下下關係多，人頭熟。大陸出去後又回來跑生意的人的規律一般是這樣的：

上海人鑽上海，北京人鑽北京，廣東、福建人則成天泡在廣州、深圳、廈門那一隻角裡，這才能發揮個人的優勢啦！看你個樣像是香港人——我的意思指你是個香港土生土長的人吧？」

「是……」

「怪不得啦！……」刀疤扮出一副不屑再作討論，理屬百分之百當然的神情，百足痕在一股笑容中聚攏起來，黃金富只覺得可怕，如果他讀過這類小說的話，他或者馬上會聯想到斯蒂文森筆下的，海盜船上老大的形象。

「不是我說啊，」一位年約五十來歲，面色薑黃、瘦癟的半老頭插嘴上來，「就算你是個老闆，也不會大，是吧？」

「是……是啊！我沒……沒有做成過什麼大……大生意，而……而且，在香港，我也只是……一個人，又當老……老闆，又當夥……夥計……」黃金富還想為自己辯解些什麼，他的眼中流露出來一絲希望的光彩來。

「老闆怕就怕——小！」那人伸出一條食指來，跟隨着他的頭顱晃轉了一圈，當它們停下站來時，食指尖正好對着黃金富的鼻尖。「在裡頭，當官要當大的，在外邊，生意也要做大的，這是同一個道理。否則啊，哼！到有風吹草動之時，拿來開刀的就是——你們！」他癟緊着嘴，用一片手掌在厚木板上狠狠地划過，作出了一個刀切牛排的動作。

黃金富眼中的希望消滅下去了。

「現在也不僅是這樣吧，」光頭小子提出異議，「前兩天你沒有聽有線廣播嗎？公判槍斃的那幾個不都是市委書記和市長的兒子？」

「你又知道他們真犯了些什麼嗎？」半老頭斜側着頭，眯起了眼反問那顆光頭。

「不是說他們強姦了幾十個女人的……」

「強姦，嘿！嘿！」瘦老頭冷笑了兩聲，就環抱住了雙膝蓋，不再作聲了。

「講開又要講，這裡白吃白住，沒有自由倒不要說，就是少了女人哋一樣麼事！」這次用上海方言發言的是一個屠夫型的，高大的胖子，滿臉滿腮的鬚根幾乎與留垂下來的長髮連在一塊了。他是一位坐在第二排上的聽眾。

「儂哋個赤佬！外頭白相女人還不夠啊？到了裡向來還想過癮？」

「那大家曉得哦？美國嘅牢監都有一間叫『造愛房』，凡是犯人，要想過癮個都可以去登記。到辰光，男人從哋只門口，女人從伊只門口，脫光衣裳走進去，裡頭一片漆黑，伸手勿見五隻手節頭，儂要哪能白相就哪能白相，又喊又叫都勿要緊，就是勿讓儂看清爽對方嘅面孔，還勿准通報姓名。今朝是哋個，下次可能換了另一個，總之做完事情就出來，跑到外頭來着褲子。其實，人有三急，哋樁事體並不比拉屎拉尿差多少……。人家美國呶就是先進，就是講人權，就是現代化！中國一直在叫搞現代化啦，現代化啦，為啥道理哋個方面就不向美國看齊？……」

「哋個倒是新鮮事體啊……」

「唉，儂是從哪裡曉得嘎？——」

光頭與長疤都興趣勃然地轉過身去，牢房裡的注意力中心立即從黃金富轉到了那人的身上，唯有那截瘦老頭不同，他仍堅持着抱膝而坐的姿勢，只是不斷地用眼角向那群人投去冷冷的瞥視，而一絲不以為然的，帶有蔑視性的笑意在其嘴角上褶皺出來。

那匹滿面黑髮須的高頭大馬都不理會別人的問題與表情，他用手居高臨下地指着黃金富的禿頂，他的語言轉成了國語：「喂！香港先生，你們香港的監牢是不是也那樣？」

「我不……不知道。」他怎麼會知道呢？如果留在香港，最壞麼也是窮，坐牢總不至於會輪到他黃金富吧？這類事情對於現一刻的他來說是毫無趣味可言的，他的心中除了痛苦之外，留下來的祇有焦慮和後悔。

他從人圈中脫身出來，靠回屬於他自己的那一席鋪位上去，但他仍聽見他的室友們用上海話在對白着。

「……至少麼，一個禮拜，也要有一次。」

「照我講，要看年齡，年輕個勿應該超過三天……」

「假使呶，假使每天都讓我有一趟機會的話，我寧願在此地塊坐上十年牢監！……」

「哈哈哈……」

「儂吡個赤佬！……」

「……」

黃金富不理解為什麼他們竟然還能笑得出來？他把自己的頭與臉靠埋在那疊充滿着霉濕和各種不知姓名的人體上發出來的氣味的，硬繃繃的棉毯上，他多麼希望這是個猛地醒來發現原來是一場惡夢的夢啊！他拼命地睜大自己的眼睛——但，這不是。

黃金富在大陸牢獄中的第一個白天就是這麼度過的。

他還應該謝謝那位光頭小子的提醒，因為至少在三天後，當他終於被帶去那間審訊室提審的時候，他還不至於將別人的所犯的罪狀也幻覺成了他自己的。這是他的第一次，也可能是最後一次提審，假如他能滿足到對方提出的條件的話。看來他的案情並不複雜，而他所說的與對方掌握的材料也相差無幾，雖然間中也曾有過「老實點！」「坦白從寬，抗拒從嚴！」的例行公事式的吼叫，但每每在那位禿頂犯人的魂不附體的苦哀聲中：「在……在下說……說的全……全是實話……，全……全是實……實話！請警……警察老……老爺……開……開……開恩！」對方也往往不再堅持，而將審訊向着下一個層次推進下去。反而在一點黃金富想不到的細節上出現過某種程度的波折。

「叫什麼名字啊？——」一胖一瘦的兩位審訊員中的有一位用一種拖長了的官腔邊查閱宗卷邊懶洋洋地問。

「在下黃……黃金富……」他的臉上堆滿了肌肉僵化的，討好式的笑容。

「什麼『黃』？——是三劃『王』嗎？」

「不……不……不，是草……草頭黃，金……金色的金……」

那人一舉手：「不要說下去了！——香港來的嗎？」

「是……是……」

「什麼公司的？」

「大……大興貿易公司……」

「年齡？」

「五……五十二。」

「性別？」

「在下是……男……男人……」

「婚姻狀況？」

不知道黃金富當時想的是什麼，或者這算是一個頗不易簡單作答的問題，反正從他那兩片厚嘴唇中口吃吃地說出來的那兩個字是：「獨……獨居……居……」

「胡說！」瘦審訊員拍案而起，「八年前你從上海娶了個老婆去香港，她的名字叫章曉冬——你認識章曉冬嗎？」

「敝……敝人認……認識……」

「她是你老婆嗎？」

「是……是……」

「那你為什麼不說？」

「我……我……我……」

「我、我、我、我點什麼東西啊？她到底有沒有協助你幹過什麼壞事——快說！」

「不！……不……不……不！差……差……差大人！……我不是不……不……不說，我是說獨……獨居，因為，我……我……她……她已與我分……分居了……」

「我是問你，她有沒有協助你幹過壞事？」

「沒……沒有！沒有！她從……從沒回……回過上海；而且……而且她是個好……好人，世……世界上最……最好的女人……，我後……後悔沒聽她……她的話……」

「後悔沒聽她的話？她說過些什麼啦？」

「她說過些，她說……說些……」黃金富意識到按着這條線路被追問下去似乎有些不大對頭，他猶豫住了。

「她說了些什麼，快說啊！」

「嗯……嗯……」仍然在吞吐。

「看來你是不願講啦？」

「不！不！講……講……講。她……她叫我不……不要這樣搞，遲……遲早要出事……事情……」

「遲早要出事情？那就是說，她對你的情況瞭解得一清二楚囉？」

「我……我……她……她……，你……你們，你們……」黃金富只能垂下頭去，他連對視着審訊人員眼睛的勇氣也沒有了。他覺得不僅是兩腿像是被抽去了筋絡般地酥軟，而且連那根脊樑骨也在漸漸地支持不住他那現在還能勉強地坐直在椅子上的身軀了。

但不知因為什麼緣故，對方的追兵也只是在這條界線上勒馬不前了，他辨聽到的只是「沙沙沙」的翻宗卷之聲。

「你與上海市外貿進出口公司的哪些人有過接觸？在什麼時候？什麼地點？曾說過，做過些什麼？」黃金富抬起頭來，他發現追兵已不知在什麼時候退去，「不需要急，逐條逐條地講——最重要的是要交代清楚。」

「是……是！是！是！」充滿了感激之情的黃金富差一點縱身跪到他倆的面前去說：「謝謝！警官大人，謝……謝！」但他還是把自己克制住了。

沒有太多的進逼和嚇唬，審訊算是進行得很順利，至少在與這類機關中所進行的其他這類工作程式相比較而言。反正，在黃金富的那一頭，他是絕不會、也不敢作出絲毫隱瞞的，問題在於對方，只要他們大體上肯信他所說的話，而在這一點上，黃金富的運氣總算比其他人好得多。

一個多小時後，審訊已接近尾聲了。一份他的口供紙遞過來，要他過目，然後簽字。當那份簽過了字的材料被夾進宗卷中去之後，宗卷終於「啪！」地合上了。

「對你的問題的處理意見我們現在就可以告訴你：罰錢。」

「罰……罰……」

「是的，罰錢，共計二十萬元港幣。」

「二……二十萬元？……差……差官大人，我實在……在拿不出這麼多錢，我……」

「拿不出這麼多錢？這在現在講還有什麼用？你應該在沒有犯法前就想到這一層。拿不出這麼些錢也沒關係，想個其他辦法來解決吧。」

「其……其他辦法？謝……謝您，請指……指示……」

「判刑啦！一萬元一年，二十萬二十年，就算打個折扣吧——你們香港做生意不是很興打折扣的？——對折的話麼，也要十年。」

「啊？！……」

但那兩人已一先一後地站了起來並將宗卷夾進了膀腋底下去。「我看你還是交錢的為妙，黃先生，勞改隊的日子不好過的啊。你雖然不是那麼地細皮嫩肉的麼，幾十年在香港也是吃慣，用慣，看慣的人啦——嗯，怎麼樣？」

「這……這……我……」

「我們可以暫時不出起訴書，不過……」說話的那個瘦警察向掛在牆上的日曆望了一眼。

「謝……謝謝你們開……開恩！」

「……今天是三月三十一號，最遲等你一個禮拜，到四月六號。假如你要與你的老婆聯繫的話，她叫……叫……叫，」

「章曉冬。」一向很少開口的胖警察提醒了他同僚一句。

「對了章曉冬。假如你要與章曉冬取得聯繫的話，我們隨時可以安排打去香港的長途電話……現在你可以走了。」

「走？……」

「不走，坐在這兒幹嗎？」

黃金富像一個機械人一般地從椅子上站起來，「讓……讓我回香……香港去？」

「回香港去？哼！你這個人想得倒美，不交錢就想回香港去？——回監房去！」

黃金富腿一軟，膝一屈，又整個人地沉淪進了審訊椅中。

已經是四月八號的傍晚了，黃金富將頭擱在那疊硬綳綳的棉毯上，兩隻手又壓在頸脖下間的空隙中。他正呆呆地望着鐵柵窗外的那小角仍放射着微光的天空出神，還未爆芽的法國梧桐的細枝在晚空中搖曳着，幾隻麻雀「啾啾」地叫着從舊式平房的灰褐的瓦頂上飛起，又落下。

他不知道現在是什麼時候了——牢房裡沒有鐘。但他大概能估出來，因為晚飯已經吃過，而那只吊在監房的足足有十五英尺之高的天花板上的，套在鐵絲網罩中的燈泡已經亮了。在這個季節中，它通常是從傍晚五時半直到第二天黎明的七點，徹夜被點亮着的。這盞燈的功率不會超過十五瓦，從地面仰望上去，恰似一個已經盲了一隻眼的獨眼龍的另一隻也即將要消失目力的眼睛。在這近三百英尺的面積上，它所能提供的亮度絕不夠寫讀之用，就連彼此間認清對方的面部表情也得費神定視一番。但它卻能使那只每隔半小時或者二十分鐘就在牢房鐵門的窺視孔中出現的獄警的眼睛清楚地辨認出攤開在這片面積上的十多個囚犯的形態和姿勢。通宵點燈似乎有些奢侈，但哪怕電力供應再緊張，看來這盞燈還是節省不了的。

這盞燈在還未適應監房生活的新來者的精神上產生的效應有兩種：一是催眠，二是不斷地驚醒，使一個人的感覺永遠停留在半醒半睡的狀態中，而現一刻的黃金富正在滑入到這種狀態中去。他眼神朦朧地望着那一塊正在漸漸暗黑下去的天空，他覺得自己的希望也就像這片天空一樣。曉冬不會來了——她不會來了！不是她不肯，而是她實在無能為力來救他，這是他在電話中向曉冬苦苦哀求，而曉冬也不斷地重複着「一定會盡力設法」的時候，他就知道會有的結局。二十萬，二十萬港幣！除非是跑來國內為了某種目的胡亂吹噓的人，在香港靠打工生存的，有幾個能立即拿得出來的？他也曾想到過曉冬會求援于她的朋友，比如說她的那位住在雲景道上的叫李正之的朋友，他可能拿得出來，但曉冬會為了他而向姓李的開口嗎？再說，即使開了口，姓李的會不會願意拿出來呢？況且，況且有那麼一次，他還曾無中生有地辱罵過他？

算了，沒有希望了！雖然到現在還沒有來，但自從四月六號之後，他便一直想像着總有一日看守員會打開鐵門，走到他面前：「黃金富，你的起訴書！」「黃金富，你的判決書！」他將被送往哪裡去呢？西北，東北？新疆，黑龍江？燒磚窯，下礦井？這都是他從那批囚犯的朋友那裡聽來的，據說是礦井最危險——因為最危險的地方當然都由他們勞改犯打頭陣的啦——人說「四塊礦磚夾一塊人肉」不知是真是假？也不知他是否還會有這條命再回到香港去？即使有，十年之後他會成了什麼樣了呢？背曲腰彎，僅有的幾根頭髮也都會全白了。他回香港去，樓早被銀行收回去了，他在香港本來就沒有至親，除了曉冬，而十年之後，他再到哪裡去找曉冬啊？——他慘極了，他真悲慘極了！

他的東探西撞的思路不知怎麼地轉到了他那些個昔日的工友們的身上：柳叔，根叔，阿立，發仔。好端端地，他為什麼要離開他們去做什麼大陸生意呢？天黑下來了，現在正是他們成班人打打罵罵，說說笑笑地在工廠大廈的巨型梯箱中下樓來的時候。一天的苦幹結束了，他仿佛見到在北角道大排文件間的油膩膩的桌面上，明亮的打汽燈正放射出閃眼的光輝。露天的廚房中「嚓——」的油鍋在熊熊的火苗上正將誘人的香味布送到空中去。那張在熱氣騰騰的火鍋邊上的，正在露牙側頭地撕開一隻雞腿的面孔是屬於發仔的，他一仰首把一大杯冒着白泡沫的「生力」啤酒「咕咚咕咚」地飲盡了，然後轉過臉來。他用一對醉醺醺的眼睛望着黃金富，他的一隻手掌蓋在那只已喝空了酒的大口啤酒杯的杯口上。

「我講啊，阿富，我哋一齊去玩嚇啦！保證你一流享受！……就在英皇大廈二樓，那塊黃招牌啦，你見到過沒有？新到的泰國妹，八十蚊給你放一炮，唔算得貴啊！而且波①大，屁股也夠滑淨……跟我一齊去吧，假如你唔啥得花錢嘅，促次算我請你了！……」

「不！……不！不！」雖然在好多好多年之前，這也曾是他每隔幾晚就要去娛樂一下的節目，但現在……現在他不是已娶了曉冬了嗎？他不能再幹這類事了，這不是用不用錢的問題，這是人格問題，是對曉冬忠誠與不忠誠的問題，「不！不！……不，不，不！」他堅持着。

他見到一個人影在他面前蹣跚地走過，這是一位上了點年歲的婦人，矮矮胖胖地，亂蓬蓬的頭髮已經花白，這不是陳嬸嗎？——他以前租的那間單室的包租婆。「陳……陳嬸！」他叫喚着她，她回過頭來——不錯，正是她。

①「波」，香港土語，指乳房。

「噢，系金富啊？這麼多年唔見，你去着邊度啊？……聽講你發了達，做到生意又買了樓……」

「陳……陳嬸，你……你快冇個麼講啦！我差點兒見……見唔到你，我……我自己都唔知重會有返來香港嘅一……一天。」

「點麼解啊？」

「我……我被大陸的公安局拘……拘留了，我……」

忽然，他聽得有人在叫他的名字：「黃金富！黃金富！」

他轉過頭去，發仔那對醉意濃濃的眼睛還在望着他，他想與他一齊去找泰國妹。「不！不！……不，我唔去！」

「黃金富！黃金富！——」

喊聲更響更近了，他睜開眼來：不見了發仔、陳嬸如熱氣蒸騰的打邊爐。在他眼前浮現出來是正朝他望着的光頭、長疤、瘦老頭和那只禁閉在鐵絲網中的打瞌睡的燈泡。一個穿着警察制服的高大人影就站在他的地鋪邊上。

「你是黃金富嗎？」

黃金富邊揉眼睛邊撐起來，他的頭慌慌張張地點動着。

「快收拾東西，你可以走了。」

但黃金富並沒有立即起身，他向着那一樁黑乎乎的人影伸出手來。

「幹什麼，你想幹什麼？」

「是……是不是有判……判決書給……給我？……」

「什麼判決書不判決書的，你老婆來接你，你可以回香港去了！」

正之和樂美搭乘的班機在上海機場降落的時間是四月八號的下午二時許。

在單衫外加套了毛衣，西裝和太空褸的臃臃腫腫的正之首當其衝地站在了機艙的門口邊上。他是在當擴音器中還在播送着「飛機還未停穩之前，務請各位旅客留坐在原位上」時就提着他唯一的那件隨身行李——一個裝有十萬元現款和旅行證件的公事箱——側着身子從兩排座位間和幾百對不滿地注視着這位不懂守則的旅客的目光之中通過，而站到艙門口去的。他全顧不到這些了，機艙裡載着的還是那股二十多度氣溫的，從香港帶來的熱烘烘的空氣，他一心一意渴望着能早點呼吸到那機艙門被打開的一刹那，那股直沖入艙內來的，屬於家鄉的寒冷，清醒的氣流！整個旅程中他都在心底裡盤算着，估量着，回憶着四月初的上海的氣息究竟會是怎麼樣的呢？在謎底即將被揭開的前夕，他的心一分鐘比一分鐘跳蕩得更厲害。

樂美也只得從他後面追隨了上來，雖然她尷尬於眾人睽睽的目光和那種對於明顯地不守規則行為的自我覺悟，但她更瞭解正之，她感到自己應該永遠在他的邊上。

一位美麗的空中小姐走上來：「對不起，先生，是不是請你們能坐回原位上去？」她說的國語很標準，但正之不難辨別得出其中包含着的一絲滬式的腔調。

「我是上海人，就像你一樣。我離開上海整整八年，這是第一次回家來。我的心情不知你是否能體會？我只想在機門被打開的第一刻，上海就毫無遮擋地展現在我眼前！」

她笑了，笑得很溫柔，溫柔中帶着一種同情和理解，於是正之也笑了，樂美也笑了。

機艙門打開了，從正面對着正之的就是矗立在空中指揮塔頂部的「上海」兩個行楷的大字——到家了！不是作夢，這是真的，他到家了；不是駕淩雲頭，而是腳踏實地，他站在上海的土地上，他到家了！他終於到家了，在這一刻之間，他似乎覺得這八年是真空的，他怎麼會是曾經在香港生活了八年的呢？而且這是飛蹄捲起滾滾塵土的八年，是色彩與噪音填滿了每一秒空隙的八年，但現在的他竟絲毫不能理解這八個年頭真的在他的一生之中出現過？

他步出機艙，踏上了鋁質的落機梯，他感到自己在向「上海」那兩個大字逼近過去，他想向它們伸出手去，因為在他的意識中，這便是家鄉向他伸出的第一雙迎接的大手。

不錯的，這便是上海的空氣，上海的風，寒冷卻深刻。正之舉目環視四周。遠處，在一大片硬冷的水門汀停機坪的盡頭是一排鐵絲網，外端是還不曾開始發綠的農田；近處，幾個翻起棕毛大衣領的邊防軍瑟縮在凜冽的寒風中，他們正抬頭望着從鋁梯上走下來的入境者。

他記起了魯迅在船漸近故鄉時，對於感受的描寫：在他的想像之中故鄉要比這美麗多了，但真要他說出故鄉的好處的話，他也數不上來——也許故鄉從來就是如此吧？

氣氛多少有點嚴肅的護照檢查台被正之和樂美順順利利地通過了。十萬元的現款引來的只是那位筆挺制服的關員的幾下觀察性的眼色，並沒有查問，他一揮手，正之便「謝謝！謝謝！」地過去了。

他們站到了大廳裡。現在已不是在報上，書冊上，而是在現實之中，上海的變化真是這樣地大啊，正之驚訝了。

「我先去打電話，看看曉冬是否在家——正之？正之，你說好嗎？」

「啊，——噢！……」正之轉過臉，他見到樂美正在朝着自己說話，他將她的話題由最後一個字向上追溯回去，「好的，好的，應該先與她通電話，此事刻不容緩，我就在這裡等你。」

他向着鄰近的一組人造皮質的沙發位上坐下去，但他的眼睛仍在向四周貪婪地張望着這座雖然不能算太豪華，但也能趕上國際機場設計標準的候機大廳。中央空調式的暖氣，隔音天花板，飛機時刻跳字板，連煙頭與果皮箱都配備了最新式的黑色焗漆型的。滿目來往的人們中，裁剪與世界潮流仍有脫節的西裝，「西湖」牌領帶，「大地」牌雨衣式的外褸代替了不是黑、就是灰，不是灰、就是土黃的中山裝和軍裝。巨型的落地自動門外一輛接一輛，前額頂着一盞出租燈的日產的士，圓滑地駛到門口邊上停下，讓搭機者下完了再重新接載起抵埠者與他們的行李，尾燈一閃閃地離去。正之模糊地捕捉到了一層稀薄的「桃園」和「新加坡國際機場」的影子。

一切的細節都使正之銳利地省悟到這個事實：這是一九八五年的上海，而不是一九七七年的，更不是一九六六年。

在他耳邊此起彼伏的，乾脆，俐落，像吃爆豆粒般的滬語令他感到親切，激動和強烈地有一種奇特的慾望：他覺得所有說上海話的人都是他的親人，他願意向他們中的任何人都去扮一份笑臉出來。他則想與一切操滬語者攀談，他也要顯露一下自己能說一口標準的滬語的身手！他要盡可能地使更多的人知道，他從來就是上海人，從前是，現在仍是，將來也還會是——這與他在香港生活了整整八年，這與他到過幾乎整個東南亞地區和踏足過美國的很多大城市沒有絲毫的關係！他賭氣地要將所有這些經歷的記憶從腦庫中清除出去，因為他覺得這似乎會有損于他作為一個純種的上海人的格調。他就怕人家說他是變種——他把這當成是一種恥辱。

雖然他裝作滿不在乎，但他的耳朵卻在不可控制地搜索着每一篇在他聽覺範圍內發生的，與他毫不相干的用滬語的對話。

「勿要皮，勿要皮——回來！」一位與正之年齡相仿的男人向着他的約八、九歲大的兒子叫喚着，那孩子正把候機廳光滑的塑膠地板當作了溜冰場，「噠噠噠」地急奔上一程，然後「喇！——」地一聲，讓身體自由地滑上一段。「儂回來哦？小赤佬！儂叫此地塊嘅叔叔看到，拉儂進去，關起來！」

「喇！——」父親的話對兒子絲毫不見作用。

「儂只當唔家事，是哦 ？看我來教訓儂！」男人「忽」地一下從座椅上站起來，眼珠瞪得像銅鈴，兩手攥起了拳頭。

小傢伙兩隻腳一前一後刹住了車，遠遠地望着他的父親。

「算了，算了，根富，」一個有着典型的上海女人修長身材與嫵媚感的少婦站立起身來，她拉住了被她稱為「根富」的男人的手臂，而那根富仍然是帶着一面孔老子訓斥兒子的怒容，用眼睛瞄準着那咕嚕嚕隨時準備滾動的豆莢，「小囡麼，總歸要皮嘅，勿皮就勿叫小囡啦！」

「儂勿是勿曉得嘎，」根富轉過頭來向着少婦，「上個禮拜替伊買了一條新褲子，念伍塊洋鈿嘞，還是在華亭路買嘅香港原裝貨，結果一日天就穿了一隻大洞！絨線衫還是个能樣，不是鉤線就划破——」他又將臉對向那個正觀風向，隨時準備使舵的頑皮兒子，「儂曉得哦 ？爺老頭子像儂个能大的辰光，勿要講是念伍塊嘅褲子，就是二塊五角一條新褲子還從來沒有穿過！永遠是老大穿下來傳老二，老二穿勿落給老三，輪到我老六啊，一條褲子已經是補釘上疊補釘了，儂曉得哦 ？」勿要咯能勿愛惜麼事！我和儂嘅娘在鄉下插隊嘅辰光，一年嘅工分還勿夠念伍塊！——儂哋個小赤佬！」

「好了，好了，勿要去與小囡講咯些事體了，」正之這才注意到原來他們是成班人一同來的，根富的邊上又有一位男人立起身來，拖着根富的臂膀將他按回到原位上去，「現在家家人家都生一個小囡，哪能不會寵着點呢？儂勿要罵小富啦，像伊個種皮法——『毛毛雨』啦！儂沒有看見我屋裡哋個小老爺啦，真可以拆光樓板，我嘅老婆還不捨得高聲罵伊一句呢！」

「所以講啦，哋批小赤佬！——」根富的怒氣似乎還未消盡，「生在福中不知福，阿拉小個辰光啊，呔鼻涕、開襠褲、手啷腳啷生滿凍瘡，啥人來管儂？大人自己還沒啥銅鈿，難得有一分洋鈿恩賜被儂，弄堂口買一小包鹹蘿蔔乾呧上一天，已屬歡天喜地的大事了！而伊拉哋一代討債鬼，吃好、着好，還要爺娘為伊拉個前途動盡腦筋，送出國去讀書、生根——嘿，煩煞人！」

「來，小富，聽姆媽閒話啦，」嫵媚的少婦向「小討債鬼」走過去，「回來乖乖叫坐嘞此地塊，否則阿爸發火，吃起生活來，我也救不了儂個啊！」她已拖住了小富的一隻手，並將他帶回來座位這一邊。小富「嗚嗚」地哭着，用另一隻手抹着眼睛。

「要白相麼，回屋裡去白相，屋裡白相得還不夠啊？到了外頭還瘋個沒完。」

「屋裡有啥好白相個？……嗚嗚！……嘎小個地方，腳還沒有滑嘞，鼻頭已經撞嘞牆壁上了，……嗚嗚！……儂自己也講過啦，蹲下來拾一樣麼事，阿爸個屁股都要頂牢儂個屁股……嗚嗚！……嗚！」

「哈！——」周圍的人齊聲大笑了起來。

「勿是哋能講法個，」美麗的母親邊笑邊向他開導，「儂在此地塊接儂大伯父個飛機，等一息，伊從閘口裡出來，看到儂邋邋遢遢像一個小癟三，伊還會要帶儂到香港，到美國去？儂懂勿懂啊？儂衹有到香港、美國去讀了書，再出來做事體，才能賺到銅鈿，才會發達，才勿會再住屁股頂牢屁股嘅房子。到辰光，爺娘還能夠靠儂牌頭享幾年福，儂懂勿懂啊？——」

「噢，根富？」坐在根富身邊的那個正之還不知姓名的男人向着他朋友問，「儂嘅大阿哥要帶小富到香港去？」

「想是哋能想，成功不成功還是個未知數。」

「是啊，人總歸是出去的好！……講來也奇怪，哪能出去的人好像個個都發了財回來個？」

「外國就是好嗎——哋個還用問？人家拔一根毛，此地塊已經當作是一大捆。就連小東洋啊，也已經拿中國甩出去了一兩個世紀了，就勿講歐美了！沒有外國人來設計，承包，就連儂現在坐嘞嗨哋只候機廳還勿會有！別人勿談，就講阿拉個大阿哥：六兄弟裡伊頂笨，做個社會青年整天蕩嘞弄堂裡，打打康樂球，鬥鬥蟋蟀，嗨！勿曉得哪能個，給伊一鑽鑽到了香港去，居然還做起生意來，現在啥人勿當伊財神一樣個捧了嗨？就連我阿嫂屋裡邊也沾光——儂講啦，天底下個事就是哋能樣子，有啥閒話講？有啥閒話好講？！——」

「……」

「是啊，是啊，」那個男人無限感慨地搖動着腦袋，「真沒有閒話講，沒有閒話好講噢！……」

「正之，正之，」聽得入了神的正之回過頭來，樂美已不知在何時坐在他的邊上了，「曉冬家沒人聽電話，估計她出去辦事了，不到晚上恐怕很難回家。」

「那……怎麼辦呢？」

「依我說，我們不如喚一輛的士搭到瑞金二路，延安西路那一帶下車，再一路步行過去。我們在上海耽擱的時間不可能長，這樣不是可以先抓緊時間去你上海的老家看一看，而當我們到達曉冬那裡時，她也可能正好……」

「好主意！樂美，好主意！」正之的眼中放射出異彩，在他心中，十萬元和黃金富立即淡漠下去。一切消失了，唯獨那幢坐落在一條長弄堂盡頭的「新式里弄房子」在他的眼前有如一座神殿一樣地放射出暈目的光輝。花園，鐵門，扶梯，房門……他恨不得一把將它們都拖到自己的眼跟前來，細細地數看。他拉住樂美的手站起身來，「我們這就走！」

當他們向着候機廳的玻璃大門走出了好多步遠之後，正之還記得回頭向着根富那一堆人投上告別的一瞥——儘管別人並不認識他，也不知道他曾細細地偷聽過他們間的對話。他已聽不到他們還在說些什麼了，但他能見到他們還正在說些什麼。母親俯低着頭，她要使自己的嘴巴儘量地接近兒子的耳朵，她比畫着，而兒子已停止了抹淚的動作，他正傻呆呆地望着苦口婆心的媽媽；兩個男人則又是搖頭，又是攤手，看來他們還一樣在感慨着。

正之告訴自己說：這是一九八五年的上海人，不是一九七七年的，更不是一九六六年的。

純種的上海人在渴望變種，純種的北京人，廣州人也是一樣嗎？——正之不知道。他還能清楚地背誦出自己寫的一首詩中的某一節：

崇洋？

做個中國人不更好嗎？

我們是洋人眼中的

洋人。

或者，崇洋也不能算是一件壞事，凡事都是先有了崇拜才會有模仿，有了模仿才能趕上和超越。問題是在於歷史幾時才能見到「崇華」的思潮也終於會有在全世界風靡的一日？

正之掉轉頭來向出口處踏出去，他的心中浮動着一絲悲涼：他深深地愛着一個人，而他卻不得不聽她在傾訴着，她是如何如何地愛着另外一個人。

正之的故居之行的印象是：景物依舊，人情變。前半截與他從機場獲得的相異，後半段卻一致。看來機場只是一個例外，不論是他從的士的窗中見到的，還是他與樂美在步行中所細細品味到的，上海還是八年前他所認識的上海，那一套屬於三、四十年代款式的灰褐的行頭從上身披到下段，似乎連洗也沒有洗過一次，更不用說換。所不同的是：一些引人注目的發飾、胸針、耳環、戒圈、手鐲之類的開始在它那片渾沉沉的底色上點綴出來：那是一些鑲着霓虹彩管的介紹商品的廣告，一些據說是屬於私人商戶的招牌，店櫥中商品陳列佈置的格調顯得更洋氣和更少拘謹，幾家在全世界各大城市都能見到的日本、瑞士產品的推銷與服務中心用接近於國際裝飾標準的水準在南京路或淮海路上佔用了一、兩個號碼的門面，一幢或者幾幢色澤鮮明的新型建築在舊樓叢中驕傲地站住了腳，偶然會見到一座高層建築正在密密的手腳架的子宮中慢慢地發育，成型，它們已經成了全市居民談論的中心——即使在還沒有見到它們能真正地居高臨下地俯瞰全市的一日。（不僅是正之親眼見到，而且還據説是，幾乎在每一天的每一刻都會有感興趣的途人在工地的擋板牆外指指點點，傳説着它完工的日期，外國投資者的身價，以及建成後它將會提供多少現代設施等等之類。）

上海絕無大變，這對於闊別了它八年，而回來的主要目的就是為了尋舊夢的正之的感情來説是合拍的，是體貼的，但正之的習慣是歡喜將思路從另一個方向上推進一番。

八年來，除了偶然有一、兩個星期去外國公幹外，他幾乎天天留在香港。但就這麼一個天天都面對着的城市，正之非但能感覺得到她一日不同一日的成長，而且還不斷地驚異着這種成長的速度。五、六十年代建立起來的幾十層高的大廈重新被夷平，代之而起的是更新，更高，更現代化的建築。（有時，浪費的目的是為更大的創造。）只要幾個月不去東尖沙咀的填海區，你就可能連路也找不到，更不用説是星羅棋佈在新界區的新市鎮了。正之反復嚼味着在機場聽到的那番對話，他反問自己：假如你也在上海留到今天，你的思想又會與那些人的相差多遠呢？

正之和樂美走入了那條他倆曾無數次地肩並着肩、推着自行車在昏黃的路燈下走過、讓身影拉長了又縮短，縮短了再拉長的悠長悠長的弄堂。沒變，什麼也沒有變，連弄堂水泥地碎裂開的地方和在裂紋中存留的着的泥土的顏色，都還是一樣！下午的弄堂很安靜，偶爾有一兩個衣着趨時的青年人將單車從後門倒退出來，嘴裡哼着鄧麗君的小調。正之用眼睛仔細地盯住他們，他覺得他能在他們的臉上捕捉到以前在這條弄堂裡生活的某位少年的特徵，但他不能肯定，他不認識他們。他們也回望着他，好奇地，迷濛地，他們也不認識他。

他與樂美向前走着，他有他的目標，他有想去找的人：這個人不是別人，正是嚴家姆媽。

他見到小鐵門了，沒變——除了塗上了一層烏黑黑的水柏油以外。

推開小鐵門，他見到小花園了，仍然是這兩個字：沒變。一小片被踏得結結實實的黃泥土上立着幾捆竹紮的曬衣架，幾片內衣褲和尿布在上面飄揚。那棵老樹還站在它的原位上，無聲無息的，光禿的枝椏上還見不到季綠的跡象。十多隻麻雀在鐵門被推開的「嘰咔」聲中從泥地上騰飛起來，散佈到樹枝和曬衣竿上，嘰嘰喳喳地傳言着它們的警戒。

正之和樂美從花園的泥地上走過，踏上了磨石水泥的台階：沒變。

他推開了屋子虛掩着的大門，屋內黑乎乎的。他在門口站了有幾秒鐘，等瞳仁適應了屋內的光線：沒變。四五輛自行車已經將小小的門廊走道排塞得讓人只能有側身通過的餘地，正之想像不出遲到的車輛今晚再將如何擠入這片行列之中？自行車的上方是從天花板上吊掛下來的鹹雞，板鴨，臘肉以及其他醃製品，一隻燈座垂頭喪氣地蕩在半空，燈座上沒有燈泡。

正之跨過門檻，踩到了屋內的地板上，接下來的是樂美。更殘舊的地板條在他倆的腳下「咯咯」地響得更歡了。正之在原位上固定了一刻，他終於認清了幾扇房門的位置，他向其中的一扇走去，開始叩門。變，也就在這個時刻上發生了。

來應門的是一個十七、八歲的，穿着一套褪色藍的牛仔布上裝的少年。他向站在門口的那二樁黑黝黝人影凝視了好一會。

「尋啥人啊？」

「請問，嚴家姆媽嘞屋裡哦？」正之用絕對純粹的滬語向少年發問。

「伊上班還沒有回來。」

「上班？——伊勿是一早退休了？」

「退休報告已經打了，批下來還勿曉得是啥辰光。儂尋伊有事體哦？要勿要到屋裡來坐一息？」少年將擋在門前的身體橫過一些，讓出一條進路來。

「唔……」正之莫名其妙地應答着，但在他的腿向着房內跨入去之前，他的眼睛朝着房內打量起來。一些屬於大陸上五、六十年代生產的粗糙的舊傢俱：床，五斗櫃，大櫥，還有幾件更老的，它們的出生的年份絕不會在共和國誕生之後。但也有嶄新的一座單門的日立牌電冰箱，一架光屏尺寸不會大於十八英寸的「樂聲」牌電視機和一隻雙喇叭的，也應該是日本產的收錄機，它們被白網紗小心翼翼地護蓋着——看得出來，它們是得到屋主人的特殊照應的。所有這些東西都堆砌在這方不滿十五平方米的屋裡，沒有，也不會有任何佈置的品味可言。

正之的目光飛快地周轉了一圈，它們落在了一幅擱在五斗櫃台面上的鑲着黑色邊框的相片上，一朵已嵌滿了灰塵的白紙花停泊在相架的上端。相架中向正之凝望着的正是他想要來找的人：穿着臃臃腫腫對襟棉襖，頭髮花白，總帶有些蓬亂感的嚴家姆媽。她就像正之記憶中一樣微微地，慈愛地笑着，但正之不得不敏感到：這種笑容中仍然包含着某種偵探式的味道。

正之驚呆住了，他用手指着那幅像片：「她……她……？」

「嗯？」少年向着房內轉過頭去，他明白了正之指的是誰。「噢，儂講個是吔個『嚴家姆媽』啊？我還以為儂尋我姆媽呢！伊是我嘅祖母，死脫了——老早死脫了！」

「是嗎？……真想勿到……這個到底啥辰光事啊？」

「讓我算一算看……嗯……嗯……七九年哦，對了，是七九年個冬天——咯辰光我小學還沒有畢業。」

「唉！——」正之歎出一口氣來，「我是專程看她來個，真沒有想到竟然再也見不到她了——她是怎麼會死的啊？」

「哪能會死？老了囉，——老了咩，死了囉！」

「噢，對勿起，我的意思是講，伊是生啥個病？」

「啥個病？是高血壓吧？對了，對了，是高血壓。」少年用一隻手指着自己的腦殼，「是腦……腦沖血，血沖進腦子裡，血管一爆，就——死脫了！」嚴家孫子兩掌一攤，作出一個無可奈何的動作。

「是這樣……」正之還有什麼要問的呢？現在應該是他離開的時候了。「那……」正之沉吟着，他正考慮要不要向對方打聽另外一個人，「不知道丁同志他還在不在這裡……」

「丁同志？」少年將眼黑向上斜翻進了眼白裡，他思索了一番，「吡幢房子裡住的好像沒有哪一家有姓丁個……」

「我是講派出所嘅丁同志，他以前是這裡的戶籍警。」

「戶籍警？……戶籍警？……噢！儂講個是『禿子老丁』啊！」

「哎，對了，對了！就是他，就是『禿子老丁』！」正之的眼中立即爆發出一線興奮的光彩來，一個名詞，一個屬於一九七七年的，但對於正之似乎是相隔了整世人生的名詞所鈎勾出來的是一連串甜、酸、苦、辣的記憶，但它們對於這一刻的正之來說，除了親切祇有珍貴。

「伊調職了，——也可能已經回山東老家去了，啥人曉得？總之，吡批老人馬今朝勿走，明朝也要走，哎，沒啥用個了！老腦筋，跟勿上新形勢……現在此地嘅戶籍警姓張，大家叫伊小張小張嘅，公安院校剛畢業，大不了我幾歲，——嘩，伊紮勁囉！香港曲，台灣歌，的士高，樣樣精通，軋了個女朋友又漂亮，上海灘唧警察當中，伊可以算得上一隻鼎！咯個『禿子老丁』麼，真是要叫伊『幫幫忙』，走開點了，哪能來同小張比？——哎，儂是勿是想要找戶籍警？我可以陪儂去啊，伊同我老交的啦——」

「不，不，我不要。」

沒有過的——除非是講假話，從正之懂事直到他一腳踏出大陸，他從沒聽說過或者能想像到，有一位戶籍警會被人如此地評論過。這是好事嗎？應該是，當然是！——對於在國內，以及生活在中國邊境之外而卻對這塊土地永遠冀存着不滅希望的所有的人們。但不知怎麼地，正之現在感到的只是惆悵，無限地惆悵，他意識到他不可能再在這裡找到任何他想要找的東西了，這是因為時間的長河已經將那個時代永遠地帶走了。應該說，正之也在祈求着它不要再有流回來的一天，但他卻懷念它，因為他懷念自己的童年與青春。

「我走了，謝謝你，小嚴。」正之向少年伸出來一隻準備與對方握別的手，「我姓李，在我沒有離開上海以前，我就住在你們的樓上。」

「我一早就猜到儂是啥人了，」少年自信地笑道，他並沒有去握正之的手。

「是嗎？」

「當然啦，儂叫李正之，住了二樓嘅，老裡八早以前，儂是此地塊嘅房東，一家人家就住一大幢樓，對哦？」他笑嘻嘻地望着正之的盛滿了驚異表情的面孔繼續地說下去，「阿爸，姆媽一直講起儂，講儂屋裡有銅鈿，香港當老闆嘅，講儂是個好人，就是……就是身體勿太……」

正之低下頭去，他從挎在樂美肩上的手提袋中抽出了一盒「瑞士糖」來：「這本來是打算送給你祖母的，現在送給你了，做一個紀念吧。」

「謝謝！謝謝！」少年歡喜地接過糖盒去，醉心地欣賞着白鐵皮罐上的，色澤鮮明的圖案設計，「去屋裡向坐一息麼，」他抬頭起來，「阿爸馬上就可以回來了——伊嘅工作單位近，不要軋公共汽車——上海公共汽車嘅軋頭勢啊，嗨，真嚇煞儂人！」

「不了，下次有機會。」

「咯囇，儂旅館是住了嘞……？」少年忽然變得吞吐起來。

「有事嗎？」

「事體也勿算有啥事體，不過據我所知，阿爸姆媽可能會想找儂幫點忙個，假使伊拉曉得儂回來的話……」

「幫點忙？……」

「……是吔能嘅，我有一個阿姐，今年念三歲，阿爸一直想托人替伊在香港找個戶頭嫁過去，而伊自己也願意……」

正之已經清楚地知道了這是怎麼一回事，這是一個他不可能幫得了的忙。

「我們的酒店還沒有找定，等定了住址，我再會來的，再見。」他拉住樂美轉身離去，他希望能早點脫身。他聽得嚴家姆媽的孫子在他身後邊說着：「那儂一定來啊，阿拉等儂，大家見見面。」

「好，好，」但正之知道，自己在說謊，對於一個千方百計要嫁往香港去的女孩，正之懷着的是一種複雜得一言難以說清的感覺，但無論如何，與他們會面決不是他的興趣。

當他們從小花園中走出來時，一直不曾開口的樂美問他了：「要不要去樓上看看你自己的房間？」

「不，不用了。」不知怎麼地，他改變了初衷，而且很堅決。

「那……？」

「去曉冬家——直接去曉冬家。」

此一刻的曉冬正坐在她的那位七十多歲的新娘的面前，輕輕地揭開她的面紗。一大套的公寓中只剩下她一個人，她的父親不在家。

人大代表、市政協委員和僑聯副主席的父親很忙，他幾乎每餐都要應酬，每晚都有社交活動。一生中，他從不曾像現在這般充實，豐滿過。即使他，也不得不承認：當年貿然自美返國或者是被某些不智的衝動因素所支配着了的，但至少來說，選擇不在香港留居是絕對明智的決定。人老了，適應力愈來愈弱，這倒在其次，更重要的是，當人日漸步向老邁的時候，他所最需要保持的是一副「德高望重」的形象，尤其是對於青年時也曾是一位滿懷雄心的知識份子來說。而且，老年人最懼恐被社會忽視，怕寂寞，怕想到「不覺老之將至」這句話來；他們寧可讓生活充滿着連喘口氣的工夫都沒有的忙碌，而不願讓自己坐在椅子裡或者躺在床上去等，等，等什麼呢？——這會導致思想去點到那個可怕的字上去。

這便是章福佑感到滿足的原因，他用放棄了香港居住權這一條而換回了作為一個老年知識份子所可能期求的一切來。他整日、整月、整年地奔波，一席宴會接一席宴會，一局會議連一局會議，一個報告跟一個報告。一輛新進口的帶冷氣的「豐田」轎車接載着他，在上海乃至全國的各種顯赫的場合中露面。每晚不到十二點他無法熄燈上床，而每早一過九點他床頭邊的電話就會響起來：「章老，打擾您睡覺了，但這次學術討論會無論如何要請您老出席說幾句……」；「章老，今晚宴請的是美國一所名牌大學的教授代表團，沒有您老出場，恐怕沒人能穩得住這個局面，所以希望您老一定……」；「章老，盼您怎麼樣都要抽空……」；「章老，您說什麼都要光臨……」；「章老……」

章老恨不得能將身體一分四塊來應付來自於四面八方的邀請。也有高層的領導人關懷他：「別讓章老這樣地忙了麼，年紀大了，累壞了身體可不好辦哪！要知道章老是國家屈指可數的人材！……」但每逢這類話掉進了章老的耳朵中時，他便會立即全力地加以否認：「不，不，我很好！個人事小，國家的四化才重要。」這倒是他的真心話，至少，他不希望在他老到了完全幹不動之前改變這種生活和工作的方式。他並不像社會上的有些人那樣，將錢看得很重要，他一生也沒有太注意過錢，現在也一樣。況且，除了國家給他的那一份教授級的工資之外，這類在中國境內的第一流的交際享受從來都是免費的，他要那麼多錢幹嘛呢？他愈幹愈來勁，他愈忙愈歡樂。他的旺盛的精神狀態使他看上去比以前更年輕了，他大有要將虛擲的三十年光陰拖補回來的雄心。

這也正是曉冬所最感安慰的情景，要不是黃金富事件的影響，她真可能從她父親的精神反光鏡中改變從前對於上海的灰暗的印象。

「曉冬，恐怕我今晚還得出去，」下午剛從應酬場合回家來，洗完了一個熱水澡，從浴室中紅光滿面出來的父親向她說，「『海外聯誼會』的會員今晚聚餐——你知道『海外聯誼會』嗎？外邊來的人不算，凡是國內的會員都是上海社會上的知名人士。就在新華電影院的隔壁，以前上海市市政協的舊址哪！——」

曉冬搖搖頭，她記不起這個地方來，再說，現在她也沒有心思來回憶這個地方。

「其實，我應該在家陪陪你的，但今晚上的聚會……」

「你只管放心去好了，爸爸，我歡喜一個人待在家裡。」

「或者這樣吧，我帶你一塊兒去，在那裡，你不僅可以認識到很多國內的名作家，名演員，而且還可以結交不少香港商界上頗有名聲的人物——對了，我看你還是同我一塊去。」

「不要了，爸爸，不要了。你想，這些人對我有什麼用處呢？回到香港，我一樣教我的琴，他們一樣做他們的生意，就算我有這份心思，我也不會有那點空去與他們繼續往來；再說金富的事沒有解決，我也沒有心情出去……」

「哎，對了，我差點忘了問你，今天公安局那一頭的事進行得怎麼樣了？」

「他們還是不肯放人，非堅持二十萬這個數目不可。」

「那，……還有一個十萬塊又怎麼去設法解決呢？」

「就是講啦……」

「本來我倒可以出面向市里講幾句好話的，但一則，這類事情說出來不好聽；二則，這又是涉及到公安局的事，你是知道的，與這個部門的交道不好打啊，搞不好，反而弄巧成拙……」

「我明白，我明白。而且我也主張正面接觸，托人托路的，就是解決了，今後也可能會有後遺症。」

「話是沒錯，但你單槍匹馬地究竟從何入手呢？」

曉冬呆呆地望着父親向她徵詢的眼睛和兩手一攤的動作：是啊，她究竟該從何入手呢？單槍匹馬？她曾期待過有一匹馬會趕上來與她並肩作戰的，但那匹馬，以及騎在那匹馬上的人呢？沒有！她發現，在戰場上東奔西突的只是她一個人！她望着父親的眼睛慢慢地低垂了下去，她的心中充滿了思索。

父親的詢問的目光也只得收縮回去，萎垂地向下了，在他心中的只是一種無能為力的同情感，憐惜感，他知他女兒不可能成功，其結果一定是懊喪而又失望地回香港去……

「嘟嘟！嘟！嘟！嘟！」一陣汽車喇叭聲從後弄堂大樓群環抱式的傳聲筒中升上來，顯得特別宏響，父女倆幾乎同時抬起頭來。

「車來了！——接我的車來了！」章老先生跳起身來，三步並作兩步地奔到後窗戶的邊上，推開窗子，他能見到那輛「豐田」房車的那片豪華地倒映出大樓與天空的烏黑明亮的頂蓋，一個人影正推開駕駛室的邊門跨出腿來。

「老謝！老謝！——」章老先生將上半身從窗口中俯傾出去，他的喊聲並不比汽車喇叭聲輕，「就來了——我這就來了！」

章老先生轉過身來，他見到女兒正望着他：「那……？」

「你去麼，爸爸！我又不是小孩，這座屋子裡我生活過將近卅年，您還需為我掛心？」

「我是怕你寂寞，難得回家一次……」

「怎麼會呢？以前您在安徽，後來我又去了香港，我不是常一個人？再說，我也極想彈琴。」她的手往鋼琴站立着的方位點了點，那位始終靜止在嫁出與未嫁出這一條界線上的新娘還是八年前的模樣：無聲地佇立在白色網眼的婚紗之中；一座沉思着的蕭邦的半身石膏像站立在它的琴蓋上，「夜裡作夢老見到它，現在回來了，它就在我前面了，而我卻連琴蓋還沒有打開過一次呢！」

老父親望望鋼琴，又望望女兒：「那好吧！」他退到大門邊上，從衣帽架上取下了一件「軋別丁」的呢質長大衣來挽在肘彎中。「那晚飯呢？——晚飯你去哪裡吃？」

「我會下樓去弄堂口那家私人開的飯鋪裡吃一碗『爛糊肉絲麵』之類的，我最愛吃這種面了，香港嘗不到這般純正的上海風味……您倒要早點回來，爸爸，這裡晚上黑沉沉的，外邊天又凍——哎，對了，您回來前要不要先打一隻電話給我，我可以去弄堂口接您？」

「不用！不用！他們會用車把我直送到門口的，到時我會叫老謝按幾下喇叭——就像剛才那樣，你只要一聽見汽車喇叭聲響，我便到家了。」

「那好，我在家彈琴等您。」

「再見，」他拉開門來，但仍回過頭來望着女兒。這種表情與其說是「依依不捨」，更不如說是有一絲輕度的內疚。

「再見，」曉冬微笑着向他揮了揮手，並看着他在外面將門「咔嗒」一響地拉上了鎖簧，才回轉頭來。

又是一個夕陽西下，天邊沉澱出了一層白、青、紅色相間的黃昏。上海的黃昏是憂鬱的，而黃昏時分的憂鬱正是上海的特色，是每一個離開了上海的上海人心中的最親切的記憶。曉冬的目光透過落地鋼窗的玻璃望去，在婦女用品商店樓頂上剛剛開始發光了的「蝴蝶牌縫紉機」和某種香肥皂廣告互相交替輝映的霓虹燈光圈代替了昔日「粉碎……」一類的標語牌。蜘蛛網式的高架電線層依舊如此，二十六路無軌電車還是一樣地從斜對面的橫馬路上駛出來，售票員用手掌拍打着車身側面的鐵皮殼，他的喊聲隔着關閉的窗戶還能依稀聽到。

曉冬產生預感的靈性又復活了。太像了！一樣的黃昏，一樣的地點，甚至是一樣的空氣濕度和溫度！曉冬的眼光環繞着房間周轉了一圈：鋼琴、落地窗、帶着乳白罩的棚頂燈，被抹得不沾一塵的柚木長條地板從光線幽暗處的房門口流過來，再向光線明亮的窗頁立地處流過去。他會來，一切都靜止在原地等待，莫非因為他會來？他會來，仿佛時光倒流了，一切都追歸回原始，難道因為他會來？——但，他真會來嗎？連曉冬自己都不敢相信自己的預感，她已回到了上海，他卻仍留在香港，並不是她在雲景道的家中等，而他正從尖沙咀的輪渡口搭船過來啊，一千多英里的山、海、原、城市、鄉鎮阻隔在他倆的中間！——這不就是現實嗎？在他們之間，存在着的正是一段永遠無法跨越的距離，他永不會是她的；而她，也永不可能成為他的！一股剜心的劇痛感將曉冬從座位上逐彈起身來，她那惶恐的，不知所措的眼睛尋找着，渴求着，有若一片在浪尖上傾顛的小舟，它需要落錨，它需要風平，它需要浪靜。她的目光停泊在了那架披白紗的鋼琴上，她知道，在這間房子裡，那是唯一可以寄身的港灣。

她向鋼琴走過去，她從琴肚中把琴凳拖出來，坐了上去。而正在她輕輕地掀開白紗之時；正在她於心中徹底地否定了「他會來！」這個瘋狂的思想之時，正之正拉着樂美的手推開鐵門，從小花園中跨出來：「去曉冬家——直接去曉冬家。」他正這樣告訴樂美。

她打開了琴蓋，烏亮閃光的眸子凝視着那一長條鍵盤：現在她才知道，原來它們是如此地殘舊，殘舊得可憐！幾乎已完全呈現出黃色，有些地方已殘缺了的鍵皮面令人聯想到一個老婦的張口露齒，求水喝的姿態。但她覺得自己是如此地愛她，惜她，思念她！她甚至不想彈琴，她只想橫張開兩臂猛地撲倒在鍵盤上，就像一頭栽進了久別的老母親懷中一樣，痛痛快快地大哭一場！

但她沒有讓自己這樣做，她是這種性格的人：哪怕在沒一個人見到的場合下，她都不習慣作出某些失控的行為來。她仍保持着凝視的姿態，眼淚？是的，有眼淚。但她不去抹也不去止，她只讓它們從眨也不眨的眶窪中自自然然地溢出來，流經面頰，再自下巴的邊緣上掛下去，滴在了黃白色的琴鍵上。她在思考，她應該彈些什麼，在現在這個環境中，在現在這種光線下，在現在這片氣氛裡？

由一條久經訓練的右手食指，柔中帶剛，剛中有柔地點下去，再回報以一縷嫋嫋上升的 G 音的記憶在她的腦際間盤旋着，盤旋着，她伸出臂來——但她知道，她準備彈奏的並不是《白毛女》中的《北風吹》。這是德拉德《紀念曲》的鋼琴伴奏部。不成旋律和僅屬於烘托氣氛型的和聲群時停時現。對於旁聽者，這只能是一席不知所云的音樂語言，但曉冬卻彈得十分投入，因為她能逼真地幻聽到一溪小提琴娓娓的動訴就在她的身邊發出。有時，提琴依靠着鋼琴，有時鋼琴擁抱着提琴——它們正活繞死纏在一起啊！他倆在一起，他倆永不能分割地在一起！

曉冬一遍又一遍地彈奏着，但不知怎麼地，她的預感愈變愈強烈，漸漸地，幻聽到的提琴聲，現實中的鋼琴聲都在她的耳中輕淡下去了，她的手指不假思索地在鍵盤上飄動着，但她那敏銳的第六感覺卻使得她屏神懲氣地留意着，現在仍是平靜無息的公寓大門，或者正安安穩穩地躺在電話架上的聽筒會在某一刻突然發出了異樣的反應。

她的第六感覺沒有欺騙她。當那含含糊糊的電話鈴響起的第一時刻上，她張開着的淨白、纖細的十指便立即在鋼琴鍵盤的上方凝固住了。她跳起來，轉過身，向着父親睡的那間房間沖過去。

她推開房門，她火一般的目光射向那方古老款式的柚木床頭櫃上的那架黑膠木的電話機——不錯，鈴聲真是從那兒發出來的！她奔過去，一把抓起了聽筒。

「喂！喂喂！——」

「是曉冬嗎？」聽筒中傳來了一個男性的聲音。

「我是曉冬，正之！我是曉冬，正之！你……」

突然，她面部的表情僵化住了，在「你」字之後的所有語言全在她顫抖的嘴唇上沉寂下去。因為她已辨清了話筒中的聲音在說些什麼了。「……你在說誰啊，曉冬？我是爸爸啊！……喂！曉冬，喂！喂喂！……這裡是不是二七四三七四，這裡是姓章的嗎？喂！喂……」

曉冬喪失了一切元氣的聲音不得不再度升起：「是的，這裡是姓章的，我是曉冬，爸爸。」

「曉冬，你怎麼啦？你在幹些什麼——你好嗎？」

「沒什麼，爸爸，我很好，我……我只是在彈琴。」

「噢！……你還是來這裡同大家一塊吃飯吧，一個人關在家裡胡思亂想地，反而不好……」

「不，爸爸，不！……」

「你聽我說啊，曉冬，大家知道你從香港回來了，都很想見見你；這是大家關心你的一番心意，你不來不好啊，曉冬！再說來了之後，你會認識好多人，可能有意想不到的收穫也說不定……」

「爸爸，我已向你解說過不願去的原因啦，我……」

「我知道，我知道，但今晚上你還是要來，因為我已代你應諾了大家，而且，我也已讓老謝出車接你來了。」

「那……？」

「別『那那』，『這這』的了，我們在這裡等你吃飯，你趕快準備一下，老謝的車一會兒便到。」

「那好吧。」曉冬歎了口氣，她甚至不想再聽父親會說些什麼地掛斷了電話。

她回到客廳裡，客廳裡的琴凳上（除了那裡，什麼地方也不會適合她坐）。天際邊的色彩早已褪去，落地鋼窗外的夜色已經深濃，豎立在對面大廈頂部的霓虹管廣告顯得更加耀眼了，幾棵擺在小小陽台上的傲冬的盆景一會兒被染成了紅色，一會兒又成了青色。曉冬轉過身來，她望着那一排在還未着燈的客廳裡閃爍着微光的黃白色琴鍵，她想要彈琴了。——她不但想要彈琴，她更想要發洩！

那股嫋嫋上升的G音，那一串具有神奇效果的音符所組成的即興式的主題，都在同一時刻湧入她的腦中來，但這一次她想要彈奏的，既不是《北風吹》也不是「SOUVENIR（紀念曲）」。她抬起雙肩，再落下去——一聲有若地震般的共鳴轟然而起，剎那間充滿了整個客廳的空間。緊接着，在漸漸沉入下去的回聲中，一連串清脆碧透音階式的行進，像一列刺破障霧而出的馬隊的擊碲，從無限的遠方急奔而至！——這是李斯特一首著名狂想曲之中的一段。

而大門上「篤篤篤」的敲叩聲也就在這時候傳來。不是曉冬沒有聽到，她是不願去理會任何其他事情了。她憎恨，她憎恨自己曾被欺騙了！她知道那一定是誰，但她甚至連停下琴聲來向着大門那邊喊一句：「等一等，老謝，我就來」的興趣也沒有。

她裝作沒有聽見地埋頭在奏琴中，讓樂篇一個狂潮接一個狂潮地掀起，讓感情一層更深一層地剝露，等她終於手停曲終時，她已變得氣喘吁吁地，細小的汗珠正從她的玉雕似的鼻尖上滲出來。她離開琴凳向大門走去，她像一個歷經了一場惡鬥之後從沙場上退下來的精疲力盡者。

她拉開大門，但在她慢慢地抬起的眼簾前站着並不是老謝，而是正之和樂美。一切就同八年前演出的那一幕完全一樣：他倆興奮而神秘地笑着，他們預料她不會想得到。

她真沒有想到過嗎？她不知道，她只知道立在原地毫無動作和表情地望着他倆，已經跌到了冰點的希望的預熱是需要時間的。

「曉冬，我們是下午到的飛機，我們把錢帶來了……」

「曉冬，我們不預先通知你，為的是讓你能有一個意外的驚喜……」

她醒過來了，她又使自己確信了：從來也沒有欺騙過她的預感這一次也一樣。她撲過去，並不是朝着樂美，而是直接投向正之的肩頭。她不需要，也做不到再繼續地欺騙誰了：正之，樂美或者是她自己。從前的路是怎麼走過來的，在他們三個人中間已沒有了什麼秘密可言，所神秘的是，往後的路該怎麼走下去？這，除了命運本身，沒有人會知道。

「正之，告訴我，我是作夢嗎？我……？」

「這是真的，曉冬，你沒有作夢。」

曉冬的伏在正之肩頭的臉對準着站在正之身後一步之遙的樂美的臉。這是一張沒有妒嫉，沒有憤怒，甚至也沒有一點不自然表情的臉。如果一定要在這張面孔上找到些什麼的話，那衹有感慨這兩個字。

在這十幾秒的短兵相接中，曉冬沒有退卻，她不願再退卻了，她不願再次成為失敗者。——以前的不講，今後也不談，至少在這一次，她伏在正之的肩頭，她的目光直視着樂美，決不回避。終於，樂美的眼皮慢慢地垂下去了，她明白曉冬目光中包含的意思，她覺得她應該滿足對方這一次。

當老謝氣喘吁吁地，三步兩跨地從寬闊的磨石水泥的四樓轉彎口奔上來時，他不勝驚奇地見到曉冬正從一個男人的肩膀上抬起臉來。他噔噔噔的腳步驀地收斂住了。

「章小姐，我……」

「今晚我不去了，老謝。」曉冬平靜卻很堅決地說。

正之和樂美也都掉轉頭去看着來人，老謝看看這個，望望那個，他不知道他們之間到底是什麼關係——他永遠也不會知道的。「那章老他……？」

「我會向我爸爸解釋的，對不起啊，老謝，令你白跑一趟。」

「那倒沒關係……」他遲遲疑疑地轉過身去，向着扶梯轉彎口慢吞吞地走下去。

「今晚你有事嗎，曉冬？不要因為我們而……」

「怎麼會呢，樂美。其實，你倆是救了我，你們使我避開了一個我不想在場的場合。」這是她的回答。

一架半新舊的波音707停在虹橋國際機場的跑道上，機門已經關閉上，一輛塗着中國民航紅、白、藍飛翼標誌的架梯車正在地勤人員的指揮下與機身脫離開來。

這是二日後的上午九時。上海的頭頂上是一片晴朗得透藍的天空，還不太能產生暖感的太陽明晃晃地照耀着，冬末春初的上海躺在它的愛撫中，似乎對前途充滿了朦朧的幻想：霧還未全褪清，從機坪，田壟直到遠遠市區的依稀輪廓，這是一横軸由清晰到模糊的展示圖。

正之就坐在這架飛機的非吸煙區中的一個靠窗邊的座位上。這是一排三位式的機座，樂美占有的是那只靠走道邊的位子，在他倆的中間坐着曉冬。横牌上的「請勿吸煙」及「系好安全帶」的指示燈已經發亮，空調嘴工作着，「突突」地將含有合適溫度的氣流噴進機艙中。穿着寶藍色制服的，修長、美麗的空中小姐在兩排艙位中左顧顧，右瞧瞧地走過，檢查着起飛前的安全準備是否已經全部按照要求完成了。機艙中的氣氛是安謐的，但在這安謐的基調上仍有營營的窸窣之聲浮動着：有人在細聲地交談，也有人在粗聲地呼吸；有翻報頁，雜誌的「嘶嘶」聲，也有旅客的外套在尼龍質的機座上扭轉時產生的摩擦聲。

正之俯低下頸脖去，透過機身上橢圓型的窗口，他想向上海多望一眼。這是一幅逆光的畫面：立在指揮塔頂上的「上海」兩個黑影大字仍從正面對着他，金屬字體的邊緣在陽光中反射出刺眼的光輝；幾個半身暴露在陽光裡，半身隱藏在陰影中的，頭戴大蓋帽，身裹草綠色軍大衣的人影站在巨大的機翼下，他們中的一個人揮動出劇烈的手勢，窗外邊的景物向後退去，正之知道機身移動了。

他靠回座位上來，並讓眼睛輕輕地閉上。他仔細感覺着機肚下的滑行輪怎樣開始把從上海的土地上滚過時的震動傳遞上來。這種震波變得愈來愈強烈，強烈、更強烈，正之覺得自己的身體被緊緊地推貼在了椅背上。最後，在一聲「嚯！」的呼嘯聲中，震波突然間消失了，而正之整個人也處在了一種輕盈盈的飄然狀態之中了。

他又重新張開眼來，在他腳下展開的是上海市的近郊，一塊嫩綠相間着一塊土黃的大地，一簇簇在「經改」政策後才建蓋起來的新瓦房，幾個在田地中幹活的農夫停止了勞作，他們正抬臉遮眼地向着這架正從他們頭頂上呼嘯而過的，美國製造的龐然大物瞭望；公路上有幾輛卡車和幾部綁紮滿了貨品的手扶拖拉機爬過，正之知道這條公路的去向：它是通往市區的。而市區，那片一過了西郊公園（如今已改名為「上海動物園」——這是正之此次回家才知道的事！）正之幾乎連每一條橫街短巷都能背得出名字來的市區，現正在正之的大腦色版上究竟還有多少成的鮮明度呢？南京路、淮海路、靜安寺、外白渡橋；但正之同樣不可能剔除出記憶的也有：中環、北角、雲景道和閃耀着繁華的太古城中心商場，這些影像在正之的腦版上重疊着、混合着、剪輯着，它們形成了一類古怪、奇特，但卻有着完全獨立個性的存在——這是除了正之這一代中的這一批人，不會再有誰能體會得出它的存在的存在。

座位上方的小型擴音器中傳來了機組播音員柔和的聲音：「女士們，先生們，這是從上海飛往香港去的××號班機，從上海到香港的空中飛行距離是一千三百五十公里，飛行高度一萬米，預計飛行時間一小時五十分鐘。」接下是英語：「LADIES AND GENTLEMEN……」

對於現在的正之，他根本就分辨不出他是更愛上海呢，還是香港？他懂了，他深刻地懂了：為什麼世界上會有「第二故鄉」這個詞彙。

愛，產生容易，抹去難哪！愛故鄉是這樣，愛人又何嘗不是一樣？……

突然，正之感到自己平躺在膝蓋的手背上悄悄地爬上來了另一隻柔軟，冰冷的手。他的心「咚咚」地狂跳起來，因為，他知道這只手是屬於誰的。他連回頭看一眼的勇氣也沒有，他保持着向窗外凝望的姿態，直到他的耳畔邊低低地，但卻是清晰地響起了一聲「正之！」的喚叫。

他回過頭去，他見到了曉冬那一對滿蓄着淚水的眼睛，她的一隻手蓋在正之的手背上，另一隻卻緊緊地握住了坐在她另一邊的樂美的手。

「你們對我這樣好，我該怎麼來報答呢？……」她說，「我……我，分不清楚我到底是更愛你們兩個中的哪一個。」

正之和樂美誰也沒有說話，但他倆卻不約而同地都將另一手伸過來，緊緊地疊蓋在了曉冬的手背上。生活的攝影機就在這一刻上停下了，於是，這三個人，這六隻手，連同那一棱機頭向上的波音707以及一片瓦藍瓦藍的天空和黃綠相間的大地的背景都凝固在了一張無言的，或者說是千言萬語也講不清的相片上。

它願它成為一個沒有上文，也不續下篇的永恆。

上海人後說

——那都是些發生在三十三年後的事了

道可道，非常道；名可名，非常名。

——老子

法可法，非常法；相可相，非常相。

——作者

第一章

這都是些發生在三十三年後的事了……

我的名字叫吳正。我不是李正之，但我是《上海人》這本書的真正作者。如今，我已年過古稀，回首《上海人》創作時期的自己，精力蓬勃，躍躍欲試。十個月的日日夜夜就在我埋頭於上千頁稿件的書寫之中悄無聲息地流淌了過去。我用汗水和淚水，激情以及懷念灌溉着這片方格的田畦。圈上最後一個句話了，我茫然地抬起了頭來，全然不知自己都曾寫了些什麼？那年我三十七歲，正齡處精壯。

這種生命的回眸給我帶來的感受是奇異得帶點兒驚悚感的。恰似站在人生此端之你，望着彼端之你如何行為、動作、言談、與生活周旋。他們是兩個不同的你——感性如是說；但他們又是同一個你——理性又那樣告訴你。是的，這就是所謂「夢幻泡影」意趣之所在了。但，又有誰不會在夢中真切而又投入地去扮演他（或她）的那個生命角色的呢？沒人能做到。

有一首詩是這樣說的：我站在世界的盡頭／遙望一片紫色的花海／你的音聲／像落蝶般飄零／撞碎在胸前／化作了今生的遺憾……這是《上海人》女主角章曉冬，在她生命最後的日子裡，反復而又反復聆聽英國女大提琴家 Jacqueline 的那首叫「Sentimental」樂曲時，所寫下的一首詩中的某兩行。她不是個詩人，也從未涉足過寫詩這門行當，但她卻寫下了有如此感染力的文字。當悲情之極的大提琴旋律在她的耳畔流動而過時，在她眼前呈現出來的，總是青年李正之贈送給她的那冊叫作《萌芽的種子》的詩集，詩集中的那些句行。

開始垂垂老去的我的生活是漂泊的，但也自有其規律。漂泊是指我每年都須在滬港兩地間往返，小住和生活。規律是指兩地居住的時間之長短基本都是固化了的：香港住三個月後回上海來，在上海住滿了三個月之後又回香港去。如此周而復始。

在香港，我住在北港島的小半山上，一個叫作 Tanner Hill 的高尚住宅社區裡——與《上海人》中李正之的生活背景也不無類似。在上海，我的居所則位於市中心的靜安區，靜安區的一條叫「南西別墅」的弄堂裡。「南西別墅」如今已被市政府標上了「市級文物保護建築」的銅牌，故其遭遷拆之命運的可能性已被完全排除。而這，與李正之獲准赴港前上海的居所背景也大同小異。

有規律的另一特點是：無論是在香港還是上海，我過的都是一種十分自我，自我得來有點兒單調和孤僻的生活。我與我的同齡人群的生活形態都不一樣：我不打麻將，不唱卡拉 OK，不上「老年大學」，不聚餐，不去「農家樂」一日遊。我更不會男男女女混在一塊，都一大把年齡了，還堅持說要享受一回「黃昏戀」的激情與高潮，諸如此類。老同學們的聚會我倒也時有參與，唯甚少發言；聊天群也加入，但從不「冒泡」。我就每日每天過着我自己的日子：時光流淌而過，平穩平靜的像一條從不起波瀾的河流。看書、誦經、聽音樂，偶爾也動動筆，寫些小文章。中午熬點粥，隨便對付一下。小寐片刻之後，下午五時許，我便出門去，上街溜達。天氣乍暖乍寒，我戴一頂絨線帽，披一襲風褸，着一對舒適的休閒鞋；我夾雜在芸芸人流中，步履穩沉，節奏緩慢地走上了南京西路。

這是一片我自幼便生活慣了的土地——儘管六十年前的它的地貌與今時今日的已完全改觀。但路名還是那幾個，街道的佈局也基本上沒太大變動。僅此一點，就已足夠。這讓七十歲的我在這一帶躑躅時，心中充滿了一種安全感。

我溜達的範圍一般都局限於巴掌那麼大塊地域：以南京西路和愚園路為骨幹，東不越成都路高架，西不過中山公園；南以延安路為界，而北，不渡昌平路。夜幕降臨，南京西路（七十年前，這條馬路的路名叫「靜安寺路」）上古典風格的路燈，一盞盞的全都放亮了，它們耀眼的光流將馬路兩旁，一年四季都熱鬧着繁花綠藤的花壇照耀成了一坨坨夢幻式的斑斕，婉若白晝。如今的南京西路上，玻璃幕牆的巨廈，五星級的商場和酒店，服務式公寓，彼此都用封閉式的通道或行人天橋連成了一體。而明晃晃的櫥窗裡，世界各國的頂級名牌貨品佈局得錯落有致，瑰麗而奢華。如此景觀，與世界頂尖大都會紐約、倫敦、巴黎、東京和香港相比，也不遑多讓——事實上，今日的上海早已躋身於全球名都之列了。

我便是在這樣的一條南京西路上走過，任憑色彩時髦的青年男女們嘻嘻哈哈、說說笑笑地從我身邊流過。感覺自己正置身在巴黎的香榭裡舍大街上。我的方向是靜安古廟旁的一條短短的步行街。在步行街的盡頭，有一家叫作「人道素食」的飯館。我每天照例都會在那裡用一頓晚餐，然後走出店來，沿着梧桐樹高大、街燈淡暈，行人稀少的北京西路，踱步回到自己的住所去。

老實說，更令我懷念的還是六十年前的上海，上海的這一帶。傍晚時分，路燈暈黃，有軌電車當當地駛過。街道兩旁的弄堂裡，家家戶戶的電燈泡全開亮了。而廚房裡更是熱火朝天。不消一會兒，上海家常菜肴誘人的香氣，便瀰漫在了弄堂的每一條狹窄的甬道裡。如此場景保存在我童年和少年的記憶裡，猶若懷舊感的黑白影片，偶露真容。

到家了。我推開小花園的鐵門走進屋裡去。偌大的一幢三層樓房，就住我一個人。顯得空寂而冷清。我穿過一樓的客飯廳，徑直往二樓的書房去。我在書桌前坐下來，打開了台燈。書桌正面對着陽台，陽台欄杆的水泥條上擺放着一盤盤盆景。透過松針葉和月季花枝，我能望見對面人家「亭子間」着燈的窗口。有時窗簾已經拉上，有時還沒有。有人影在房中晃動。這是一條貫通南京西路和威海路的「新裡」結構的排屋，離囂騰與繁華也就咫尺之遙，但上世紀五六十年代的安逸的生活方式仍在這裡得以保存。老鄰居還是那幾張熟面孔，雖都已衰老。大家進進出出，見了面互相點頭示意，或微笑致候。這些日常生活的細節讓我着迷，這也就是為什麼香港 Tanner Hill 的居住條件再優佳，公寓的配套設施和服務專案之提供再現代化，對我也會失去吸引力的原因。我仍執意一年之中要有半年時間住在上海，上海的這座老屋裡，我體念着它的風韻，我要在這裡重經生命的流程，反思它的意義和本質。

今天——也就是我寫下這些文字的這一天——我是徑直自「人道素菜館」回「南西別墅」的家中來了。

並沒像有時，有時我會順道去找下李正之，也就是那位我在三十三年前所寫的長篇小說《上海人》中，半真實半虛構型的男主角。與他聊個天，敘個閑什麼的。他住得離我家很近：就在北京西路西康路上的那幢叫作「西康公寓」的樓裡。而且，他也是一個人住，一套三房二廳，百十來平方米的公寓，叫他佈置的優雅趣致，極富書卷氣。他也是香港上海兩頭住。在香港，他仍住在北半山雲景道上的那幢叫作「豐景」的大廈裡，二千二百呎的豪宅，客廳巨大，露台寬敞，俯瞰整片維多利亞海港的迷人景色。

他與我同齡，今年也剛邁過了古稀的門檻。家庭與生活的硬件，與我三十三年前，在《上海人》之中所描述的，也沒多大的改變。至於軟件方面，除了體能與外貌日顯衰老外，人事滄桑，心緒感悟，自然也是會有不少的。只是時空的驟然切換，或者會讓我的讀者們感覺突兀。好在時空的推進原是個逐年纍月的演變過程：人生在這一步上的站定，源自於他上一步的準備與終於邁出；與此同時，也為其下一步的必然到來作好了鋪墊。而這，正是我的這篇「後說」所要敘述的內容，在此暫先打住。

及此，我想我應該，其實我也必須，向我的讀者們作出某種交待，以釋其惑。你說，你叫吳正，是《上海人》那本書的作者；又說書中的男主角李正之是個「虛構型人物」，你與他，他與你，究竟屬何種關係？你說，你住在「南西別墅」，而他，住在「西康公寓」，彼此又是毗鄰而居；甚至，你還可以常常找他去聊天。他，究竟有他那麼個人嗎？而你，又有你這個人嗎？你這麼說來說去的，不把聽你講故事的人都給搞迷糊了？

關於這一點，我所能作出的解釋也只能是採取一種另闢蹊徑的方式了：我們這個塵世——包括南京西路上的五欲六塵以及在這條馬路上行走着的你你我我他她——其實也都是上帝他老人家「虛構」出來的，誠如佛陀所言，「一切法由心想生」，幻化而生。而小說《上海人》中，那些曾讓我給繪聲繪色的人物以及場景，正之、曉冬、樂美、李聖清、黃金富，其實也一樣。差別只在於：它們都是我，這位上帝塵造物的二度創作罷了。我們大家都有做夢的經驗，所謂「夢中夢」，我們從一個夢中醒來，以為自己已經覺醒時，其實仍處於另一場更大的夢幻裡。而當我們翻了個身，又昏昏睡去，難道就沒有那種將舊夢再重新續上之事嗎？於是，便夠了。我便有了充分的理由和籍口去找李正之聊上話了。

再換一個角度：當李正之這個小說人物，一旦被塑造，又成功「脫胎」後，他便具有了另類生命，這已由不得作者你了。他已成為了一位文學法人。他與我，這麼一位塵世法人的地位也別無二致。就這層意義而言，他是我，他也不是我；我是他，我也不是他。我可以在任何時間找他去閒聊，他也一樣可以在任何時間找上門來，與我攀談，只要我倆都有這份興致和意願。當然，這也要在人生劇本中，有此劇情的安排才行。咋一聽，似乎有點玄，其實不然。這原是小說創作的某條隱形了的原理和原則，任何一位小說家，當他坐下開始冥思，然後落筆，然後投入，他（或她）其實都在有意無意地實踐着這種理論。

再回到那個晚上來，那個我從素菜館回到「南西別墅」家中，然後穿過客飯廳，上到了二樓書房，在書桌前坐下，扭亮了台燈的晚上。

我的一般生活規律都是會在那個時段打開電腦，搜索到淨空法師的網站，然後聽他講解兩個小時的《無量壽經》。但在今晚上，電腦剛被打開，還沒來得及預熱呢，電話鈴就響了。我撇下電腦，跑去接電話。

打電話來的是李俊女士，她是杭州一家叫「歡愉文化」創意公司的 CEO。李女士是位 80 後，漂亮、務實、能幹。學歷與資歷均堪稱一流。年前，我與「歡愉文化」簽署了我所有小說的代理合同，由該公司全權操作這些作品的後續孵化與推廣事宜。

這回，她在電話中興奮地告訴我說，我的那本於三十三年前完成的《上海人》的影視劇製作很快便有望能立項啦！我說，這書不在 20 多年前也由上海電視台拍攝過一部八集的電視連續劇的嗎？但她說，這回可不同那回。那一次……嘿嘿。她在話筒中笑了兩聲，便沒了下文。我知道她的性格，她是一個不願對他人他事作出褒貶之人。其實也不需她說，我自己的感受也不無類似處。那是一次失敗的嘗試，毀了他們的影視劇不說，也毀了我那部小說的原始風貌。更甚者，還毀了我的自信：在我所有的小說中，連《上海人》這部寫實主義元素最為稱強的作品，尚且遭遇如此結局，哪就更妄談其他的了。祇有作者，才是個最瞭解他自己作品孩子的母親，對於我小說作品的影視化轉型，任何草台班子式的省燈節油的方針必不可行。但在當下中國，這個急功近利的社會大環境中，如此思路已成通病。就當我對此遠景再無憧憬可言時，李總的電話來了。

她在電話的那頭告訴我說，這次的那家影視公司態度是很認真的，標靶也十分清晰。一旦投入，志在必得。他們規劃的投入額度介乎於 1.5 億到兩個億之間……是嗎？我一聽，當然就來了精神。我這個當母親的，自己可以分毫不受，只要看到自己的孩子哪天有了真正的影視前程，也就心滿意足了。

但隨後，李總對我的要求也接踵而至。她希望我能為《上海人》再寫多一篇「番外」。「番外」是網路用語，意為故事之續敘，補敘或後敘。李總的解釋是這樣的：他們的文化公司有意借電視劇播出（假如真有那麼一天的話）的東風，再將《上海人》重版一回。但《上海人》畢竟是我在三十多年前寫成的一部小說，其間，社會的價值觀體系已發生了深刻的變遷。當新一代的正之，樂美和曉冬成長成熟時，老一代的他們今又安在？故而，在在處處，小說都有架起一座時空橋樑來將之銜接的必要性。唯其如此，舊作的懷舊感與新篇的時代感才能互相借鏡，相得益彰；以虛襯實，融為一體。她像一位經驗豐富的老中醫，把脈之餘，便隨手為計畫之可行性，開出了一帖藥方來。

她之所言都沒錯。唯於我，這卻是件相當有點難度的活兒。讓一個七十歲的我再度潛回三十七歲去，撿拾一籮筐遺落在了那個時代的生活與情感的碎片，完了，再潛回今日裡來，重新「修身齊家治國平天下」？我是怕我自己能力的杠杆，未必能撬起這麼一坨重物來。在電話裡，沉哦片刻，但我還是承諾了下來。還是那句我已有好多次向李總強調過的話：任何作家，都以他的文字的存在而存在。再讓七十歲的我懷多次孕，生多個孩子？好吧，且讓我試它一試。說罷，我笑了，她，也笑了。

這，便是我這篇《上海人》後說之緣起。

第二章

我當機立斷，撂下了每晚必聽的《無量壽經》，端正了一下自己的衣衫，重新下樓去。我再一次穿過了客飯廳小花園，鐵門以及「南西別墅」的弄堂甬道，回到了南京西路上。我渡過車來車往的斑馬線抵達了街的對岸，然後便是燈火輝煌，瀰漫着淡淡化妝品香味的「梅龍鎮」廣場大廳。我拐上了幽靜的北京西路，我的目的地是李正之的那幢位於西康路上的住所。

應鐘前來開門的正之見到門口站着的是我時，他便顯出了一絲訝異的神情來：一般來說，我在造訪前，必都會先給他去個電話的。但這一次，沒有。

站在我的立場上，此回我觀察正之的目光，突然就產生了一種逆轉。不因為什麼，只因為在我已暗暗下定了那個要同他一道，歷經時光隧道，再潛回四十年前去的念頭。我讓自己又回到了《上海人》中，第一次安排正之在讀者前露面的那一幕的情景之中去了，「……明亮的（從店堂裡射出來）的光線照出了那位推自行車男子的側面：一條令人印象深刻的鬢腳，深濃而粗黑，直連到了他的下鰐處，這很會令人聯想到某類歐羅巴人種和那裡的藝術家……」那是1977年的正之，他三十歲。

我跨進了正之家的門廊，正之俯下身去，在鞋櫃裡找一雙合適的拖鞋來給我換上。頃刻間，我又切換成了一付2018年的目光來打量他了。這是個下意識的心理行為，為我的讀者，也為我將要去完成的那篇「番外」。

別說那兩條粗黑的鬢腳不見了，就連他的那頭從來就很濃密的烏髮也都一樣消失。他刨了個大光頭，剛有點兒冒出芽尖來的花白的發根，稀稀拉拉地生長在他的那片肉色的頭皮上，在廊頂燈的照耀下，反射着一種明晃晃的光芒來。

他從鞋櫃找出了雙滕底膠質面的拖鞋來，丟在了我的腳跟前，遂抬起了臉來。「就這雙，行不？」

我本想說的那句話是：隨便。穿那一雙不都一樣？但舌頭就硬是打了個轉，把那句話換成了另一句：

「剃這麼顆光頭，再差六個香孔，不都快成個出家人了？」

正之聞語，便站起身來，笑了。他說：

「你又不是第一次見到我這副模樣？都這麼些年了……但你倒真還別說，香不香孔，出不出家，都在其次。自從剃了這麼個光頭之後，真還沾了些六根清淨的仙氣呢。」

其實，說起正之學佛，始作俑者還是我。

李正之是個篤信了四十年上帝的基督徒。最直接的原因是：他的母親就是位老基督徒。其實就在那幕丁同志前往他家，通知他去派出所領取那份「來往港澳通行證」的場景中，慌亂的李正之除了要匿藏起他的那些詩稿外，還有就是那本《聖經》和那冊《讚美詩》。這些書，都是正之的母親在赴港前夕，留在了上海家中的。他視其為珍寶。在文革那些充滿了動盪和驚怖的歲月中，他每天都會背誦一節保羅的「我們在天的父」的經文，而他，就是籍憑着這種神力的加持而渡過了那一場場災禍和迫害之險境的。後來，他更收穫了樂美的愛情和曉冬的友誼，他認定這些都來自於神的恩典。再後來，神又成全了他赴港與父母團聚的夢想，他順利地接手了父親的生意，父親去世後，他甚至將父親留下的那份家業還翻多了一番：1997年，亞洲金融風暴爆發前夕，正之的身價已過億——所有這些，他毫無疑問地都將之歸於神的恩賜。

在正之住的「豐景台」的對街，有一座叫作「浸信會」的小教堂。教堂坐落在環境幽靜的雲景道上，去到教堂作禮拜的教友，也都是住在附近大廈裡的鄰居們。那些年，每個星期天的上午，正之和樂美，都會領着他們的那個當年還衹有六、七歲大的女兒天眉一起，去到教堂的宣道廳中去聆聽牧師的佈道。見到那些熟人，大家互相微笑着問個候，然後便在大堂的長條板椅上坐了下來。教堂高聳的七彩窗璃將耀眼的亞熱帶的陽光反射進室內來；窗外，雲景道上茂盛的紫荊樹的枝葉花影鋪灑在長椅上和聽經人的臉上，氣氛一派祥和、神聖。

牧師布完道後，便開始選讀《聖經》中某些段落。正之據示翻開了經書，他先在胸前虔誠地劃了個十字後，便追隨牧師，逐字逐句地開始朗讀那些經句，他的心中充滿了感恩和讚美。念到末了，在一句「奉基督耶穌之名，阿門！」的結束語或「哈利路亞！」的讚美辭後，正之便輕輕地合上了經書。那時期的正之，是個幸福的中年男人。有了神佑，正之毫無疑問的堅信，他將永遠如此這般地，順風順水地生活和工作下去，賺更多的錢，打造更強大的事業根基。家庭美滿，孩子懂事、聽話，學業有成，前程遠大。這樣的日子正之過了差不多有十五六個年頭。但到了天眉中學會考的那一年，挫折說來到就來到了。

學佛後的正之明白了，那叫「業障現前」。

倒不是說，在這一世的為人期，正之有造過什麼太大的「業」——從我《上海人》小說的前敘文中，讀者不難感受到正之這個人秉性的純正及其心底的那種與生俱來的良善。即使他生活在香港，這麼個慾望之都。所有這些，當然首先得益於他的基督教信仰和戒律，其實，就在我接觸到他，這麼個我之筆端人物的第一刻起，我就悟及到了這一點：他理當是個佛緣深厚之人。問題在於，我應何時何地在何種適當的場合下讓他重新接上那份佛緣？在前敘的三十三萬字的長篇中，此緣似乎始終未有真正到來，於是也就順其自然了。倒是來到了這篇「番外」裡，他的根性熟了。故而，所謂「業障」現前之一說，其實只能說是一種機緣：境緣無好壞，善惡由心造。根據佛學理論，人從宿世帶來的除了福報外，更多的是業障。所謂「人生酬業」，人若無業障，業力，又何會得此報身，來到這片娑婆世間的呢？福業交替，榮衰轉換乃是人生規律，也是「命運」兩字的真實涵意之所在：命是個定數，運則恆在波動起伏中。故，人都不應在其福報當前時，迷惑顛倒。保持頭腦冷靜，心底清淨：惜福、培福、增福、捨福。人才可以在運勢陷入谷底時，擁有了抵抗命運打擊的耐力和能量。當然，這些理論都是正之在學了佛之後的體悟語，它們只是借我的筆，在此道出罷了。

正之的業障真正顯現前在 1997 年 7 月 1 號，香港的回歸日。情形恰似他對上一次業障期的終結是在 20 年前，1977 年 4 月 30 號，「禿子老丁」通知他去派出所取回那份淺綠色的「來往港澳通行證」時。

我說正之的倒運期開端在 1997 年 7 月 1 日，請大家千萬別誤會：這與香港回歸祖國，這件普天同慶的喜事並無任何牽扯。這只是個時間上的巧合罷了。香港回歸的次日，即 1997 年七月二號淩晨，香港的天色還沒完全放亮呢，與香港存有若干小時時差的泰國金融市場就遭受到了第一波來自于大洋彼岸金融大鱷們的狙擊，狙擊者以雷霆萬鈞之力，群鷹撲兔之勢，對其目標物實施了精准，冷酷的打擊。泰國的股匯市剎時間崩塌——這便是近代史上著名的亞洲金融風暴的爆發。風暴迅速蔓延，韓國、台灣、新加坡、馬來西亞、印尼和菲律賓，一個個國家和地區紛紛敗下陣來，財富就像是變魔術般的急速蒸發，近萬億美元的財富被泵入了華爾街的水池中去。

最後才輪到香港。而那，已是在半年後的事了。道理很簡單：大鱷們都知道香港的經濟實力——英國殖民者在撤退前給了這個城市留下了豐厚的家底。不易對付與誘惑力巨大並存。最硬的骨頭往往都是會放到了最後來啃的哪一塊。而偏偏，剛成立的特區政府又接獲了新宗主國的指令：不惜一切代價守住 7.8 比 1 的港美兌率，決不能有半點閃失！裡子再破爛，那只是肌膚才能感受的事；面子才是最重要的，這是一個民族之所以能立足于世界之林的根本！話或者沒說錯，但要達至此一目標的唯一對策便是急抽銀根。於是乎，香港的銀行拆息於一夜之間暴漲至三百厘！換而言之：假如你問銀行借了有一百萬的話，每年的利息就要付三百萬！從 1997 年到 2003 年，五年之中，香港以犧牲了整整一代中產階級的利益為代價，才換回了今日的仍然還是一個光鮮繁華的香港。

正之的公司也在此一役中，遭受大劫難了。迅速退潮的海水，讓猝不及防的千百家中小型公司的航船都擱淺在了沙灘上，動彈不得。其中就包括了正之父親留下來，然後讓正之接手的那攤子家業。所謂「一雞死一雞啼」，正之的家庭、公司以及他自己，差點就成了那批「死雞」中的一隻，但幸好，不是。

這是正之一生中，除了文革那些歲月外，最艱難期了。前者是政治上的驚恐，後者是經濟上的絕境。人一旦遇上後才會明白：對於生命的衝擊力而言，這兩樁事原是同樣可怕，同樣無法承受！眼看破產在即了，正之那顆被煎熬着的靈魂，祇有當跪在十字架前時，才能得到片刻寧靜。現在已不是在禮拜天了，正之幾乎是天天都要到對街的「浸信會」去好幾回。在空蕩蕩的大廳裡，僅他一人。一排排的長條椅無言地望着他跪在主耶穌面前，劃着十字，喃喃自語。他請求主的寬恕，請求主的加持，請求主能伸出它悲憫的大手來搭救他那可憐的孩子一把……。終於，奇跡發生了：在絕無交易的香港豪宅市場上，偏偏就有了正之家的那一宗買賣！他將他父親留下的那個單元給賣了——他家後來住的那層樓，是在風暴過後，公司元氣得以恢復了，正之再重新斥資購入的。還是在原地頭的原大廈中：他不願意離開他父親曾經生活過的地方，再說了，那裡還是他丟失了一地記憶處——他因此獲得了一千萬元的現金，還清了銀行所有借貸後，還剩下有好幾佰萬元的流動現金。他的那艘船底下終於有水流了過來，它開始朝外海飄去。當它重新在水面上揚帆鳴笛起航時，正之站在甲板上，望着那些正漸漸遠他而去的，仍擱淺在了沙灘之上，坐以待斃的絕望者們，他淌下了淚珠來。他明白他們此刻的心情。因為，他曾經也是他們中的一員啊！而與此同時，他也為自己的最終能得以擺脫感到慶倖，這種慶倖與他在20年前從老丁手中接過那份「通行證」時的心情，完全一個樣。這事發生在1999年的秋季。當香港還有長長的四年寒冬長夜要熬過時，屬於正之家的春天其實已經提早降臨了——感謝主！

事情就是這樣解決的。但正之的生命低潮期卻遠未從此便過去。如何說？他因此事件而罹患了嚴重的憂鬱症，一個巨大的白日魔影時時刻刻將他籠罩於其中，他無法擺脫它對他的控制。他去看了精神科醫生，換回的是一大把一大把五顏六色的藥丸。吃了，讓人整天都處於一種昏昏沉沉，渾渾陀陀的迷糊狀態裡。對這世間的一切——家庭、公司、事業、生意——從前只要一談起，都會令他情緒昂然，滔滔不絕事，如今都黯然失色，變得趣味索然，灰暗呆板得可有可無了。他每天拖着鉛重的腳步，機械地上班下班，過一天算一天。茫茫的一大片原野，不知何處才是盡頭。而我，就是在那個關鍵時刻找到正之的。同時為他送去的，除了佛學，還有那冊日後被他稱作為奇書的《金剛經》，他的那個光頭，那片好氣色，那顆隨緣的心。後來，當正之在描述這整件事的原委時，他形容道，我當時就像是個「幽靈」般地，突然就顯現在他的面前，讓他猶若從一場噩夢裡，突然就驚醒了過來。我聽他這麼一說，便笑了。說「幽靈」兩字只說對了一半，我之於「幽靈」，神似而質異。我告白正之曰：其實，我是他之性，而他，是我之相，性相不二。這條原理，想來正之在學了這麼些年佛法後的今時今日，是不會聽不明白的。但我又說了，我是上帝這個虛擬塵世中的被造物；而他，則是我小說世界中的另一類文學創造物，我倆的法相屬性並無二至。唯在聽了我的這些話時，他卻望着我，感覺有些困惑了。但我說，你聽太不懂，這不礙事，只要在讀我的這些文字時的讀者們心中有數，就行了。

再說回那個我從「南西別墅」去到「西康公寓」的晚上。

我與正之兩個面對面的站在了他家的鞋櫃前。他笑嘻嘻地問我道：

「是什麼風，今天又把你給吹來啦？」

我於是把杭州「歡愉文化」李總給我打電話事向他複述了一遍。我說，我本想坐下來聽淨空法師講經的。但最終還是決定切換一個頻道，上你家來了。我想與你一道，從時空隧道中潛回三十三年前的某一處去，我問他：

「你，也想嗎？」

第三章

一旦正之點頭說他也想時，時空舞台上的佈景便立即轉換了模樣。

那時正之的父親李聖清老先生還在世。就是李老先生去信上海，讓樂美提早申請來香港與正之團聚的。從此，便徹底阻斷了正之有可能去與一個叫章曉冬的女人發展某段有敗於他家門風的男女事。李老先生如願以償了。正之和樂美建立起了一個幸福的小家庭，他倆還給老先生添了個可愛的小孫女。與此同時，正之接手李聖清的生意事也進行得有條不紊。更甚者，正之還以此為基礎，衍生出了一盤屬於他和樂美自己的事業來。他們在當時還簇新簇新的太古城住宅區開設了家琴行兼教學生。這盤生意不但合乎正之和樂美的興趣，而且在地點和時間的選擇上也恰到好處。故，生意紅火前程似錦，也就順理推章了。其實，說是琴行生意的本身賺多少錢，這並不太重要，能做旺人氣，已屬不易。再說，正之後來決定將「懋林行」中環的辦公室撤銷了，把李老先生從前的那攤子進出口生意也都合併來了店裡一起做。這既節省了開支，又減縮了人手，讓那家老公司煥發出了新生命。所有這些，李老先生都看在了眼裡。他口裡不說，心中對他那個兒子還是相當贊許的。

李老先生是在正之來港與他團聚七年後，離開這個世界的，見證了之後發生的那一切。應該說，老先生走得還是頗為放心和滿意的。但，他終還是留下了些許遺憾，儘管他本人並不以為然。

那是關於正之的另一項愛好：寫詩。他知道自己的兒子在這方面有些天賦，但他還是堅決反對他去耗費那些無謂的精力和時間。他的頭等大事應該是要把生意做好，讓自己能在社會上體面而又受人尊重地站穩腳跟，而後，再謀求進一步的發展空間。他絕不相信，這一類精神消遣事能讓正之有所作為。但李老先生偏偏就是在這一點上看走了眼：當我在三十三年後的那個晚上造訪「西康公寓」時，正之事實上已成就為了一位相當出色的作家了。他已出版了六、七部詩集不說，還寫有好幾部中長篇小說。其中一部叫「長夜半生」的，正之以他一個詩人對於語言和意象特有的敏感和把控能力，捕捉到了一種奇異、美妙、飄忽而又有獨特的敘事韻律，居然把一部洋洋灑灑二十多萬字數的長篇小說寫成了一個介乎於詩、小說和散文間的跨文體作品。對其藝術含金量的評估和肯定，經積年纍月的沉澱後，如今在華語文學的評論圈中已初步達至了某類共識：大小深淺、姑且不論；說是一次在小說文體、文風與文格上的成功探索，大約已無太大異議了。

如今正之老了，他已完全退出了商業圈。什麼地產、股票、琴行、進出口生意，對他已漸漸地蛻變成了一塊塊遙遠的夢境之斑。他一個人搬回了上海來住，住進了他在上世紀八十年代末購置的那幢「僑匯房」，西康公寓裡。他感覺，祇有在上海這塊土地上，才有着他永遠發掘不完的創作素材，這都是些他青春年代的記憶，但這些記憶叫他着迷。讓他一旦陷入其中，便流連忘返。

當然，他也常回去香港豐景台的家中住，但無論是在上海還是香港，他都是孤雁單飛，特立獨行。他的性情愈趨孤獨，心若止水。他很少參與社會活動，也不與他人交際往來。甚至與家人——他的那位青梅竹馬的妻子樂美——他也說話甚少。他與樂美後來又有了第二胎，也是個女兒。女兒出生在美國，也是在美國接受的教育。再後來，女兒結了婚，與她的洋丈夫一起定居在了美國維珍尼亞州的一個叫 Virginia Beach 的小鎮上。

女兒和女婿都很有意思要將正之和樂美老兩口接去美國住。但，希望管希望，他們卻絕不會去向其老父開這一口的。因為他們知道，正之此生只對兩塊地方有生活的興趣，那便是上海和香港。但樂美，經考慮，還是同意去了。她在完成了賢妻的職責後，又主動去擔當起了一位「良母」，甚至還是一位「良外祖母」的重擔。她在那座美國小鎮上，為小女兒一家操持家務，帶她的那個寶貝小外孫。還有，樂美能煮一手正宗美味的上海小菜，這讓洋女婿的同事和朋友們都吃喝得酣暢淋漓，讚不絕口。

就這樣，正之是香港上海——上海住多，香港住少；而樂美是美國香港——美國住多，香港住少，兩頭走，兩頭住，各過各的日子。兩個曾經是如此深愛着對方的生活伴侶如今是聚少離多。每年在豐景台家中見到面也就是那麼幾個星期的時間。沒住上幾天，不是正之說他想念上海，又蠢蠢欲動想要回去了；就是樂美放心不下美國家中的小孫子，說，女兒的家中還不知會咋樣了呢？老讓她掛着心，她說，那還不如早些回去的好。於是，再堅持不了幾天，不是正之撇下了她，就是她撇下了正之，又分別訂好機票，各走各的人生路了。

究竟是在哪個生命的岔道口上，正之和樂美開始了這種精神和生活上的分道揚鑣了的？個中原因真還有點兒說不清道不明。反正水流到了，渠也就這麼形成了。照理說，一年見不了幾回面，互相遇着了，應該感覺特別親昵，有說不盡的話題才對。但不，情形剛好相反。兩人間反倒是滋生出了一種疏離感來。這種疏離感最直接的體現就是在幹那件事上。就是那件以前他倆常幹的，床笫間的親熱事。在二十一世紀伊始的頭一二十個年頭間，這事的發生頻率已開始變得愈來愈少，乃至於最後完全消失。期間，樂美倒是有好幾回採取過主動的，但她發現，正之似乎不想。於是，她便也放棄了那個念頭——她從來就是個很有容忍力的女人。她已習慣了將正之的喜惡當作為了她自己的。

這事的發生，有兩件理由還是能攤得上台面來的：一是年齡關係，都六七十歲的老人了，對這事興趣減低是件自然事——連書上，不也這麼說嗎？但在他倆之間，這種隔閡的產生是在十多年前已經有了，那時他們才五十歲上下。這，似乎就有點不太合情理了。當然，還有一點——至少樂美是如此來作自我告慰的——如今正之學佛了，他成了個佛弟子。他整天又誦經又持咒的，她聽人說，學佛之人在經歷一段時期的修行後，在這方面的慾望會愈趨淡薄。是這個原因嗎？她沒學佛，她還是個基督徒，不在那個境界裡，她無法真正明瞭。

然而，此事之於正之，除了上述那兩個因素（你別說：這兩樣原因都還真有）外，還多了另一個。唯他一直把它深藏在心中，秘而不宣罷了。那是關乎於一個人的，那個人就是曉冬，章曉冬。

其實，章曉冬這個名字的本身，就是個情感與生理的黑洞，存在於遙遠宇宙的星際中。但它真真實實的存在在那裡，一刻也未曾缺席過。它每時每刻都在向外釋放出一種巨大的引力，它將一切經過它身旁的光陰與慾望的流隕都吞噬了進去，且再也不會回吐出來。

四十年前，正之的父親，李老先生的判斷或者也有它合理的面——他把曉冬稱作為「那個在夜總會彈鋼琴的女人」。儘管他對曉冬、正之與樂美間的那種真實關係一無所知，直到他去世。這是個隱藏得很深很深的情結，從宿世一直帶到了今生。每當正之憶及那些發生在過去三十三年間他，樂美與曉冬間的那種種往事時，他都會忍不住地渾身上下起了個冷顫。

此時的他便會慣性地走到他的那張花梨木的書桌前。他拉開了書桌最下層的那只抽屜。抽屜裡放着一封寬大的牛皮紙文件袋。他將它取出來，再一圈圈地把文件袋上的紮線繞了開來。文件袋中存放有兩樣物品：一張唱碟以及一本詩集。那本詩集就是「萌芽的種子」。這是本方格稿的手抄本，是正之自己的作品，寫成於上世紀 70 至 73 年間的上海。

他翻開了詩集。詩集的第一頁上就端端正正地鑲着曉冬攝于十八歲時一幅相片，相片中的她向着他微笑：清麗脫俗如女神。是的，就是这同一本集子。其實，正之對整件事的記憶細節已有些模糊不清了。但，他卻對 70 歲的自己交代了如下一個故事框架：30 多年前，當正之與曉冬不知相約在哪裡見面時，她還給他的那本；後來，當正之、樂美和她又恢復了從前的那種友誼關係時，正之瞅準了個機會，又把詩集退還給了她。正之說：「曉冬，這是你的財產。還是由你自己拿着吧，別老讓我來代你保管，好嘛？」他說着，就笑了。而她，也笑了，說一聲：「好吧，那就還給我吧。」她接過詩集，隨手打開了它，她凝視着那張鑲在了扉頁上的相片中的自己，便有了些驚訝和困惑，她反問正之道：「這，真是我嗎？」問話時的她三十多歲，而相片中的她祇有十八歲。

這冊詩集再次回到正之手中，又是在另一個十多年後的事了。

那是個冷雨紛紛的深秋的傍晚。在正之豐景台的家中，大露台外的光線正一寸寸地昏暗下去。稠密的雨絲將對岸的山嵐都遮隱了，留下那一大片港九海港間星星點點的燈光，閃爍不定，像是一朵朵漂浮在了虛空中的蓮花燈。

樂美今天都去了哪裡呢？怎麼一個下午都沒見着她？公司裡不見她的蹤影，現在，正之回到家裡了，但她也不在家。就當正之在這麼想時，大門處傳來了動靜。有人從門外用鑰匙開鎖。大門打開了，樂美揮灑着雨傘上的水珠，將傘柄插入門口邊上放着的那只瓷缸裡去。

樂美走進屋裡來，隨手帶上了大門。她望着正之，臉色蒼白得可怕。而她的面頰上還留有明顯的淚痕。她的手中拎着一隻寬大的牛皮紙文件袋。

正之望見她時，心臟就「怦！」地一聲顫慄了起來，顫慄過後，便掉了下去——掉進了一個無底的深淵裡去。他知道必有事發生了，而且還是件大事。因為樂美的這種臉部表情，自從正之相識她之後，還從未見到過。

正之問她說：「一個下午你都去哪兒了？怎麼也不關照別人一聲……。」

樂美沒有直接回答正之的提問，她只是輕聲地說了一句：「曉冬，她走了——永久地走了！」

一陣錯愕的靜默。突然：「什麼？——你說什麼？！」正之望着樂美就咆哮了起來，仿佛樂美就是這端橫禍的肇事者。「你，你再替我說一遍——！」

但樂美沒有再說多一遍。她望着正之的眼神已告訴了他：這一切都是真的。她要說的也就是剛才她已經說過了的。

正之像一尊泥塑木雕像那般的站在了原地，一動也不動。他感覺兩種生命最重要的跡象似乎與他的肉體剝離了：呼吸以及思想。

但正之終於還是清醒了過來：這正是他要面對的現實啊！他慌亂而又急切的眼神四下裡張望、環視。他要尋找什麼，尋找誰。但他什麼也尋不見，在他的眼前就站着一個人，這個人就是樂美。

他向樂美猛撲了過去，緊緊地抱住了她。就像一個溺水者在河面上抓住了一根漂浮而過的木樁那般。正之的身體猛烈地抽搐着，半晌，他伏在樂美衣領間的嘴唇才含含糊糊地發出了那句聲音來：「我……不、不，是我們，從此就永久失去她了，失去曉冬了啊！——」

他感到有一雙溫暖的手掌，正輕輕又而輕輕安撫着他劇烈起伏的肩胛骨和後背。有幾滴冰凉掉在了他的頸脖上，然後順着衣領，流到了他的脊椎處，他知道，樂美與他一樣，正在哭泣。

第四章

曉冬病倒，那是在二年之前的事。

上世紀九十年代中期，曉冬四十五歲。那個年歲上的曉冬依舊亮麗性感。要說與青年時代的她有什麼改變，只是稍稍有些發胖，但也因而更增添了一種女性的成熟和嫵媚感。走在大街上，她白皙嫩澤的頸脖、兩肩和雙腿都裸露在香港濕熱的空氣中。豐滿的身段，婀娜多姿、看上去就像是只盛托在精緻瓷盤中的，被削去了一半皮而露出了雪白果肉來的澳洲啤梨，讓人對它可能蘊含的液汁之甘甜與豐富，情不自禁產生出一種遐想來。

但曉冬仍是單身。她還是一個人住在了雲景道那幢大廈的那個面海的單元裡。如今，她的私人學生，經人介紹人，已變得愈來愈多了，多到她後來只能婉言拒收——儘管她每小時 200 元的收費標準，在當年的香港，已屬相當昂貴。她之所以拒收學生另有原因。一是她需要勻出時間來去參加一些公眾的演奏會，去為那些來港作個演的海外音樂家們當個伴奏什麼的，她更喜愛幹這一類差使，這會令她沐浴在音樂的藝海裡，盡情享受一番。

還有個原因。曉冬仍保留着她的那個，在她少女時代就已經養成了的孤獨生活的習性。從前在上海淮海路的家中，母親上班了，父親被發配去了安徽農場，她老是一個人呆在了空蕩蕩的公寓裡，與她的那架老式的 Strauss 壁琴為伴。現在時空都變換了，面對窗外的那一派蒼蒼茫茫的維多利亞海港景，老式的 Strauss 也換成了烏黑鋥亮的 Yamaha u-2 型立背琴，但她還老喜歡一個人自己與自己獨處。在不練琴的時候，她會取出若干名家和名樂隊演奏的碟片來播放。當音樂響起時，她會走到書架前去取些書籍來邊聽邊閱讀。

這些書冊中有小說、有散文、也有詩集。而詩集之中，那本薄薄的「萌芽的種子」的手抄本，以及後來正之贈予她的若干冊在國內和台灣出版社出版的詩集，自然也都成了她的不二之選。正之的詩行中瀰漫着一種強烈的上海情結和深濃的時代氣氛，而這些，最是令她着迷——更何況還置身於那麼一派音樂浪潮的此起彼伏中呢？她感覺到了一種難以言達的舒坦，一種讓自己乾枯的心靈正在被一絲絲的養分得以滋潤時的那種受用感。

時間就這麼靜靜地流逝而過，曉冬只是渾然不覺，無常之蛇正悄然無聲地向她遊近過來。

那一年的夏秋之交，是香港的流感季。曉冬也被傳染到了。開始，她也不太把它當回事：不就是流感嚒，這類小恙，在人一生之中，還不知會遇上多少回呢。但電視新聞警告市民說，此次的流感原是一種變異了病毒，叫 H5N1，症狀相對嚴重，持續期也更長：大約需時三至四星期，待人體機制找到了有效的抗體後，感冒才可能痊癒，云云。

只是曉冬的情況似乎比一般人的更嚴重。並不止打噴嚏、喉嚨疼、發低燒和肌肉酸痛，那些常見的症狀那麼簡單。曉冬高燒不退，體溫一般都保持在 38-39 攝氏度。咳嗽也特別猛烈，咳出來的痰液中有時還帶了點血絲。她去到了山下英皇道上的那家私人診所看過好幾回病。那位女醫生與她稔熟，她喚她作「靚女」。但醫生仍說她是流感，配了藥，拿回家來吃了，也不見有什麼好轉。於是，再去看，再配藥，藥還是那些，只是加多了幾種，複不見有療效。三四個星期過去了，五六個星期也都過去了，曉冬的病情非但沒有得到改善和控制，反而更嚴重了——至少她的自我感覺是如此。

不退的高燒搞得她徹夜難熬：一時渾身滾燙，一時又冷顫不已。但即是是這樣，她還得每天硬撐着起床來，去廚房燒點開水，熬一小鍋白粥。除了服藥外，她還得應付一下自己腸胃的需求。

偌大的一套公寓，就她一個人。從來堅強冷靜的她，此刻真還感受到了有一絲隱隱的悲哀向她襲來。除了悲哀，竟然還有一種莫名的無助感和不確定感：她不知道在命運的前方等待着她的到底是什麼——希望，失望，甚至還可能是絕望？她奇怪，自己怎麼會有了這種預感的呢？在她有記憶的生命中，這還是第一回，但，這是事實。

有時，在夜深人靜時，被病苦折磨得睡不着的她，會望着灰白色的天花板發呆，腦海中濾過了一件件的往事。突然，有一件事闖進了她的記憶中來。這事，發生在二年前，那一回她洗澡，在渾身上下塗抹沐浴露時，她的手指無意間觸到了自己右乳房的下方有個硬塊。這是什麼呢？她用拇指和食指輕輕地捏了捏，不癢不痛不酸不麻，但硬塊還是硬塊。她匆匆地用蓮蓬灑頭把身體給沖洗乾淨了，站到了浴室的鏡子跟前來。她望着鏡面中的自己，感覺有些陌生。這樣一具美麗的女性胴體，與她去歐洲旅行時，在羅浮宮裡，見到的米開朗基羅和拉斐爾油畫筆下的形象也並無太大差別呢。唯她的思想在這個層面僅僅停留了一瞬間，便馬上收斂起了自己注意力。她複將它們固定在了自己的乳房上。這是兩坨美麗而又精緻的丘坡，在浴室明亮燈光的照耀下，雪白得都有些耀眼了。她已四十多了，但它們仍是那樣的豐滿而挺拔，毫無下垂的跡象。呈朱砂色的乳頭，像兩顆半熟的櫻桃，分鑲在了各一邊。一切都很正常啊，但她用手指再按多一次，沒錯，真是有一硬塊在。

她也是去了英皇道上的那家診所，見了那位女醫生。女醫生替她做了檢查，臉色有些凝重。她問了她的婚史和生育史，她都如實告知。女醫生說，這類情形一般有兩種可能：一種是「小葉增生」，在曉冬這個年齡段的婦女群中，發病幾率是很高的，唯所礙不大。動個微創手術除了自然最好，但如不願大動干戈也無妨——只依個人的選擇而定。第二種情形就是病變，那就比較麻煩了，非動手術摘除了不可。她建議她去找一位專科醫生做個穿刺活檢，先確定了性質之後再說。

「要切去一個乳房？」曉冬聞言，大為驚詫。

「怎麼，不捨得啊，靚女？這麼漂亮的一對乳房！」

女醫生笑了。繼而打趣道：「早就應該去找個好男人把自己給嫁了啊，靚女，否則豈不哂（浪費）了你這張臉蛋和這付身材啦？要知道，一個長期沒有性生活，沒有生育史的婦女患病的風險會增大的：此乃荷爾蒙失衡故……」唯當醫生說到那後半截話之時，她笑嘻嘻的神情消失了，臉色複轉為了凝重。

從醫務所走出街來的曉冬，情緒有些恍惚。一是對那種萬一要在她的乳房上動刀動槍治療方案的強烈抵觸情緒；二是她的日常作息表一般都是早已經安排停當了的，她不想去打亂它。三是一種僥倖心理：怎麼有可能是病變呢？最多也就是醫生所說的「小葉增生」罷了——她不也說了，這是像曉冬這個年齡段女性的常見病嗎？那一天，在英皇道上白灼灼的陽光底下走過時，曉冬就是這麼想的。也是自己對自己這麼說的。她很快就把這件事丟到了腦後去，照過她的正常日子。直到那個深深的夜間，正發着燒的她，眼望着幽暗的天花板，此事不知又從哪個記憶的角落裡露面了，它向她扮出了個猙獰的笑容來。

她聽見自己的心臟在「怦怦」地跳動。在漆黑的被窩裡，她的右手滑進了自己的睡衣裡去。她的手指沿着自己光滑的胸壁慢慢地往上爬升，摸到了那只乳房。但她不敢直接去觸摸那一處，而是故意先避開了，繞過了，迂回到了乳房的頂部去。然後再乳頭乳丘乳溝的一路慢慢往下探去。她在感覺她自己的身體，軟軟的、暖暖的、毫無一絲一斑瑕疵的。就在此一刻，她有了一種奇異的感覺：她分裂成了兩個人，那手指屬於一個人，而那乳房屬於另一個。一個人在想：這麼美好的一件上蒼的賜於物，它應該是為這個世界上的誰而準備着的。但另一個在想：既然你沒有緣份去要了它，我，也只能將它占為己有了。

這種異想天開的，既屬於靈學，也屬於哲學，更屬於藝術的念頭，只是在曉冬的腦海中一閃而過，恰似漆黑的海面上。突然划過了的一道刺眼的閃電。下一刻，一切又都重新歸於寂靜和黑暗。而曉冬發現，她的手指已經停留在了那個部位上。她按了下去，那硬塊還在，沒長大，沒縮小，也沒有移位。它固執地佔據着那個地盤，仿佛欲向任何膽敢前來觸碰它的手指都說個「NO！」字。但曉冬已作出決定了：她決心明天一早就去養和醫院作一次徹查，儘管此刻她根本無法搞清，這硬塊，即時真有什麼異常，又與她患流感有什麼關聯？

第二天上午，她便去了養和醫院，是一位架着付細邊鏡框的中年男醫生接待的她。他態度和藹，語音輕柔。臉上始終保持着一種讓病人望以得慰的笑容。

醫生先錄下了她的口述病史，之後便過了一遍常規的體檢程式：體溫、血壓、心臟、呼吸以及胸前和胸後聽診器的移動。其間，他將她的痰液樣本也送去了化驗室，醫生對她說，這是個 Emergency Case，故半小時之後便會有報告出來了，他讓她放鬆，別太緊張。當然，醫生對她的乳房硬塊也進行了指檢。他查得很仔細，圍繞着硬塊來來回回地按觸了好多遍後，才罷手。

報告送來了，醫生翻閱了一遍，並沒說什麼。他只是讓曉冬去到更衣室，用醫院提供的衣服帽子和拖鞋替換下了她自己穿來的。後來，她被吩咐平躺在一張鋪着軟墊的小床板上。在小床板被推入一架張着一隻黑洞洞的大口的巨型機器前，醫生俯首在她的耳邊輕輕說了個英文單詞，隨即他便將它轉成了中文，說，先給你做個核磁共振，之後才能確定病因。

二十分鐘後，曉冬被機器從它的大口中又吐了出來，讓她回到了這個光明的世間來。她仰面躺在那裡，醫院天花板上那一排明亮的弧光燈將她的雙眼耀得都有些眩暈了。她翻身走下床來，去到更衣室把自己的衣衫又重新換上。架細鏡框的醫生告訴她去到幾號診療室裡等他，而他則要先去去 CT 室，拿一份初步的檢測結果單來——詳細的報告通常要在三天之後才會寫好，他如是說。

「不會讓您等太久的，小姐。約莫二十分鐘左右吧。」他向她禮貌地笑了笑，「您如口渴，要喝開水、咖啡、茶或果汁什麼的，診療室牆角的那台機器都能提供，您請自便。」

二十分鐘過去了，中年醫生手拿着一疊報告和病歷卡走進了房裡來。他望了一眼正坐在沙發上等待着他的曉冬，點點頭，示意讓她坐到察診台的邊上來。曉冬照他的意思做了，她坐在椅子上望着醫生，等待着他的進一步說明或指示。

醫生也回望着她，但他那鏡片後的眼神似乎有些遊移和渙散。他向曉冬說的第一句話並不是有關她病情的，而是：「您有親人在香港嗎？我想先同他們談一談。」

應該說，在曉冬聽到這一句話時，她已經明白到什麼是什麼了。但曉冬從來就是個鎮定、冷靜而又獨立的女性。她感覺自己晃了晃神，馬上又緩了過來。她告訴醫生說，她是獨身，她在香港沒有任何至親。父母老了，他們現在都生活在千里路外的上海。她讓醫生把要告訴她親人的話直接告訴她聽，不管是什麼，她覺得自己都有承受的勇氣。

「而且，」她直面望着醫生的眼睛說道，「知道病情，也是一個病人應有的權利——不是嗎？」

醫生點點頭，但他的眼神望向了別處，儘管他的口中在說着如下的一段話：「CT片顯示出您的肺部有大片陰影，所處的位置也不太好。如判斷不出意外的話，應該是腫瘤。要馬上動手術。至於您乳房下的那個硬塊，是乳腺癌，而您肺部的問題很有可能就是該病灶的轉移……」

一切都已經十分清楚了。當曉冬從養和醫院的大門口走出來，沿着跑馬地清淨的街道向銅鑼灣方向一路走去時，她在想的不是三天後再來看確定的結論，而是接下去，她該如何做？她邊走，邊隔着鐵絲網粗大的洞孔，望着馬場上的那一大片綠茵茵的草地。她想，那些草兒們，它們的生機是多麼地蓬勃哪，我真羨慕它們！

她沒叫的士，也沒乘地鐵，而是選擇了最緩慢的交通工具：有軌電車。一路叮叮噹噹地向北角方向悠然駛去。她坐在了上排臨窗的座位上，讓迎面吹來的風，掠起她那一頭光澤的秀髮。此刻的她需要冷靜和理智地把事情從頭至尾再想多一遍，想它個透。

她是在天后站下的車，比應到之地提前了兩個站頭。然後再沿着英皇道一路往東，朝糖水道的方向行去。在那裡，她可以搭乘到他們大廈的專用穿梭小巴，回家。一切都沒有改變，還是這同一條陽光白灼灼，行人如鯽的英皇道。兩年前，當她從那位女醫生的醫務所裡出來，她也是這樣從它之上一路走過的。不同的只是方向改變了。那回，她是從對面那個方向朝糖水道走來，而這回，是從這邊過去。上回，她想的是一種念頭，打的是一個主意；而這回，又是另一種，另一個。

要找個至親者？是的，這是她此時必須要做的一件事。既然事情已經發生——而且還是樁大事，單憑她一個人的力量，是不可能自始堅持到終的。於是，在她的腦海間便閃過了兩個人的影子來，一個是她的住在上海的母親，而另一個則是生活在香港的樂美。因為想到了樂美的緣故，另一個人的身影也不由分說地擠了進來：那是位男性。儘管時光已流逝過去有二十多年了，情形必已不再會是那樣，但記憶仍固執地停留在了他二十幾歲的模樣上：兩條粗黑的鬢腳，一副「秀郎架」的眼鏡。一張並不太英俊的臉上豐富着靈動的表情。但她告訴自己說，不，決不能是他！自始至終，我都不能讓他得知半點實情！

當她在糖水道英皇道口，登上他們大廈的那輛專用小巴時，她這麼想。而她的決定也在此時作出了：打電話給她的母親，讓她馬上回香港來。

第五章

其實，章母本來就一直是與曉冬同住在香港的。後來——那應該是在七八年前的事了吧——女兒提出讓母親回上海去照顧父親。當時，非但章母聽了不願意，就連章父知道了也反對。但她堅持，她說，她年輕，一個人生活，自己能照顧好自己。反而父親一年年地老去，以前在安徽勞改農場吃了這麼許多年的苦，也都是他一個人挺了過來。如今，雖然一切都已徹底改變，但他又要每天忙於應酬，全國各地，這裡那裡的請他去演講作報告，沒個人在身邊長年照看着他，做女兒的她的心中感覺不踏實。她笑着對母親說，您如果想念女兒了，就來香港住上幾個星期。最好，還能帶上父親一同來——自然，也要他願意。就向那些無聊的官員們請個假嚒，說去看望女兒，再正當不過的理由啦。再說了，每餐都大吃大喝的，對爸的健康也不利，正好抽個空隙，清理下自己的腸胃……媽，就照這麼辦了。再說，你倆都擁有香港的永久居民證，來去也都很方便。

（關於章父後來取得香港身份的事，還得作多幾句交待：當年的章父只是一時衝動，沒拿身份就回上海去了。但，隨着國家政策的日趨開放，章父再度以單行證的方式回過來香港一次，又住多了幾個星期。並以與女兒團聚為由，從當年的港英政府移民局那裡取得了香港身份）。

還是像以往許多次一樣，兩老仍拗不過他們的那個寶貝女兒，他們順從了她的意思。

但這一次不同了。是女兒自己打電話回去上海，要母親到香港來照顧她的。她又該如何說，才不至於讓兩老慌了神呢？當電話撥通了之後，她手握着話柄，心中還在犯愁。是父親來接聽的電話，她以儘量輕鬆的口吻問父親說，您倆最近都還好嗎？爸，您還是每天都要外出應酬啊？要注意多喝水，保持充分的睡眠，經常運動，少飲酒——最好別飲酒……這些都是曉冬平日裡打電話回家時，常說的幾句話，沒什麼特別。章父聽罷，便一一說是，樣樣稱安。但女兒的話鋒稍稍作了個切換，問：媽在家嗎？我想與她說兩句。但章父說，你媽去了菜場，一會兒待她回來，我讓她給你打電話回去，行不？曉冬說，行。

隔了半句鐘，章母的回電來了。曉冬先在電話裡給母親打了枝預防針，說讓她講話時，音量儘量放低點，不要給父親聽到了。母親問：什麼事啊，如此緊張？她說，她得了一種「婦女病」，要動個手術，她讓母親這就到香港來，照顧她幾個月。

章母一聽，自然便火急火燎馬上趕了過來。而「婦女病」這三個字，便也一直成為了曉冬向外訴說她病情的代用詞和搪塞語——包括了向樂美，正之以及她自己的老父。

樂美和正之得知曉冬患病，那又是在過去二個月後的事了。是章母打來的電話。他倆聞訊，便立馬趕去看望了她。那時的曉冬已經動了乳房的手術。肺部的病情雖已出現了端倪，但還屬可控範圍。醫院採用了手術之外的另一種保守療法。因為，同時動兩個大手術，於病人，也是件難以承受事。

正之和樂美見到曉冬了，她正在家中休養。正之望着她憔悴、蒼白、且已明顯削瘦了一圈的臉龐，心中感覺一陣痛楚。曉冬瞅了正之一眼，但她的眼神很快便移開了去。她招招手，讓樂美坐到她的床沿邊上來。她向樂美輕聲嘀咕了幾句，正之只見樂美沖着曉冬點了點頭，就這些了。

回到豐景台的家中後，樂美才告知正之說，曉冬患的是乳腺癌，已動了摘除手術，一切都很順利，叫他別擔心。正之聞言，就感覺心臟的部位很不好受，仿佛有幾秒鐘驟然停止了跳動似的。他覺得眼前漆黑一片。有一團不祥的濃霧把他給籠罩了進去，他不知道在這團濃霧的深處藏着了些什麼？但他並沒把他的那種感覺告訴給樂美聽。他只是自言自語道，唉，這種事怎麼就攤上曉冬了呢？但樂美說，這類病是她們這個年齡段婦女的常見病。不就摘了個乳房嗎？療養一段時間，一切都會好起來的。正之不知所謂地點了點頭——他也只能作此表態了。

但後來，事情就起了變化。

一個月後的某一天，當正之打電話去曉冬家，想問問她最近恢復得怎樣了時，電話線彼端傳來的竟然是「嘟——」的長音聲。正之急忙打去電話公司詢問，答覆是：該電話號碼已經註銷！正之和樂美於是便再一次急急忙忙趕去了章家。但，曉冬家已人去樓空。那房東說，章小姐是在隔日前通知她要退租的。當房東第二天前往時，發現傢俱早已清撤一空。也不見章小姐的影子，祇有章母一個人呆在空屋裡，等待着把那串鑰匙交還給房東——連兩個月的租樓押金，她們也都放棄了。章小姐出什麼事了嗎？房東一臉狐疑，望着正之。正之站在空蕩蕩的屋子裡，望着玻璃長窗外的那派茫茫海景，失神地搖了搖頭。表示：他也說不上。或者說，他也不知道該如何來答覆眼前的這位詢問者。

但樂美似乎並不顯得像正之那般驚訝，她拉了拉正之的袖口，道，我們走吧。曉冬就是這麼樣個性的一個人，她不想讓人知道的事，她是決不會露出半點蛛絲馬跡來的。正之望望樂美，是啊，除了離去，他還能做什麼呢？

再後來，便接上那個雨色茫茫的陰鬱黃昏天了，樂美從冷雨之中回到了家中來，告知了正之那個碎心的噩耗。正之這才猛然記起了什麼來。他問樂美道：

「你是一早就知道曉冬搬了家和搬去了何處的？你一直在與她保持着聯繫——你說，你是這樣嗎？」

樂美點了頭，答：「是。」

「哪你怎麼可以……？」正之感到有一股怒氣直沖腦門。他一輩子都沒沖樂美發過一次火，除了這一回。

但樂美輕輕地摟住了正之，她在他的耳邊細聲柔語道：「不讓你知道她所發生的一切，這是曉冬的決定。她已病成那樣了，我還有什麼理由不尊重她的意思？……」

正之一把將樂美推開了去，他大聲地吼叫着：「曉冬現在在哪裡？我要見她最後一面！」

但樂美告訴他說，你已見不到她了。今天下午我去參加的就是她的追悼會。我是在追悼會完了之後才回的家。樂美將她手中的那封牛皮袋遞給了正之，說，這是章母讓我交給你的曉冬的遺物。

正之頹然地坐進了沙發中去。他知道，這一切原都是曉冬事先縝密按排好了的。現在再想什麼，再做什麼都已經晚了！他將牛皮紙封袋外的紮線一圈圈地放開來——就如往後多少年中，他無數次做過的那般——把袋內的存放物取了出來。這是一盒碟片和那本《萌芽的種子》的手抄本。

他將詩集打開。第一頁上端端正正鑲着的就是曉冬的那幅攝于二十歲時的相片。剎那間，正之便明白了曉冬的全部用意：她是要那個時代，在那個年歲上的她的形象留存在正之的記憶裡，永恆不變！

正之的淚水像斷了線的珠子，「嗒嗒嗒」地滴在了那幅相片上。

第六章

那盤 CD 盒中裝有的是一正一反兩張碟片：第一片是曉冬自己彈奏的《北風吹》變奏曲。這是有一回，她作為一位從國外來的提琴家的鋼琴伴奏，去錄音棚錄製節目時，私底下請唱片公司的老闆為她開的「小灶」。老闆欣然同意，且分文不收。事畢後，她曾眉飛色舞地將此事告知過正之。後來，她又自己複刻了十來盤，留作紀念。此刻，她只是將其中的一張附在了牛皮封袋裡，贈送給了正之。

她愛彈奏這首她的自創曲——這與正之愛他的那冊手抄本的《萌芽的種子》的情結是一樣的——不錯，它與那些災難連綿的年代聯繫在了一起，但它同樣也與她自己的青春記憶和記憶中的某段秘不可宣的感情溶化成了為了一體。連她自己都無法說清究竟什麼才是什麼。反正她懷念那無數個已逝去了的日日夜夜，她將她難以言達的愛都填充進了這首樂曲中去。它變成了她心靈的音符化身。

另一盤是英國大提琴家 Jacqueline 演奏的一首叫「Sentimental（殤）」的樂曲。關於這位天才演奏家悲劇的人生故事，好萊塢曾拍過一部電影，正之也有看過，而且印象深刻。唯這首小曲是否也在影片之中出現過？正之就沒有什麼記憶了。這次見到這張碟片，他便立即將它放來聽了聽。誰知這一聽之下，那種震攝心魄的音樂效果，讓正之整個人都陷進了一隻情感的漩渦之中無法自拔了。是因為它是曉冬留給他的遺物，故令其帶上了一種特殊的能量？正之說不清。但有一點是確定的，他讀到了碟片背後附着的那首短詩：

如果我死去／你會不會思念我？／不會，因為我會陪你一起死。／我站在世界的盡頭／遙望這一片紫色的花海／海風靜靜地呼嘯而過／在我身畔你正／輕吟淺唱／你的音聲像落蝶一般寂寞／樹蔭下星光點點／映在胸前／化作了今生的遺憾／貝殼裡傳來海的哭泣／是誰，守望着誰？／失去了那麼久，才明白／原來從來未曾擁有。／那麼，任落葉淌光飄散／溢出這片心海／無聲地細訴／你我寫不出的結局……

是曉冬的手跡！這，他能辨認出來。至於說，這詩是不是曉冬所寫，還是別人的作品，她抄錄在了後面，正之就無法知曉了。反正當正之一面聽那音樂，一面又在讀這些詩句時，他感覺自己的神識離體了，他確信他已觸摸到了曉冬的漂浮在空中的靈魂。他見到她了，她就站在那裡，目光柔和地望着他：千言萬語都死寂在了她那兩片欲張未張的嘴唇上。

……我站在世界的盡頭，遙望這片紫色的花海……

多美、多感人的情景哪！正之反復地吟誦着這兩行詩句，淚流滿面。

這首詩和這首曲，記得在本篇的開端，我曾有提及過。作為當年《上海人》的作者，我是能夠「見到」，並也「有權」道出曉冬的之前或之後種種的。只是其中的有些，假如能找到合適的敘述切入點的話，我願意，也可以說給正之聽；而有的，則永遠也不可能。

比如說，這首 Sentimental 的曲子和那首詩。後來，它們幾乎都成為了陪伴曉冬渡過她的那些人生最後日子的精神依託。她將她虛弱不堪了的肉體和靈魂的軟體都寄居在了這枚硬殼裡：這裡才是保護它們不受傷害的安全港灣。

搬離雲景道的住所後，曉冬與她的母親一道，搬去了一個叫「馬鞍山」的政府新規劃區居住。曉冬，這麼一位鋼琴女神，就如此這般地自人間蒸發了。誰也不知道她去了哪兒？——娛樂公司的經紀人，唱片錄製棚的老闆，那些來港作個演的音樂家們，還有，就是她的那幾十個學生。能去她馬鞍山家中探訪的人衹有一個，那就是樂美。而留在家中照顧她的人，也只剩下了一個，那便是她的母親。

樂美每星期都會去探訪曉冬一次：她與她面對面地坐着，眼神望着眼神。她要求樂美別談她的病，而是談那些他們三個人，正之、樂美和她，三十年前在上海淮海路家中的舊事，每一個細節，她都感興趣，她都願意再聽多一遍。

樂美發現，每回她去曉冬家時，總見到曉冬戴着一對耳塞在聽什麼。樂美感覺好奇，有一回，她要求曉冬也分一隻耳塞給她，隔着連線，她聽到的是一首淒美而又低沉的大提琴曲。樂曲不長，從頭到尾聽完，也不過五六分鐘而已。但曲調中蘊含的那種哀怨惆悵的情感衝激力度，卻足以將聽者之心都給揉碎了去。樂美問了曉冬該曲的曲名和演奏者名字，曉冬都一一說了。回家後，樂美在電腦上查了查這首曲子及其演奏家的有關資料。其中有一條，頗令樂美感覺震驚。那是說有一回，一位匈牙利籍的大提琴家在搭乘火車時，車廂的播音器裡恰好也在播放那首曲。他聽了會兒，就向邊上人打聽那位演奏家是誰？旁人告訴說，她是英國的大提琴家 Jacqueline。他歎了口氣道，可惜哪，這樣來演奏作品的演奏家是活不長久的。旁人聞言不解，遂問，這又是為什麼？他說，因為她是在用她的生命來演繹作品的，她的每一句拉奏，都是對她生命能量的一次消耗……果然，這位天才的音樂家只活了 42 歲。她匆匆辭別了這個世界和人間，卻留下一曲曲顯化成了旋律的靈魂語。

當樂美再次見到曉冬時，她告訴了曉冬這只故事。她勸曉冬別聽得太投入了，這對她的健康不利。但曉冬搖搖頭，說，已經都這樣了，還說什麼有不有利健康的事呢？我只是一聽到它，就感覺那旋律恰如其分地貼切着我心波曲線的起伏而起伏；唯有它，才能準確代言出了我的心情來。這讓我感覺釋然，感覺舒暢。僅此一點，不就已是足夠了嗎？——現在的我，還能求什麼？聽曉冬這麼說，樂美也就不再作聲了。在他們三個人的關係中，這幾乎已形成了一種定式：無論是正之還是樂美，他倆都已習慣將曉冬的決定作為最終的決定。

還有一項規矩，也是曉冬為樂美定下的：每次她來章家，不消兩句鐘，曉冬便會催促樂美趕快回去。曉冬說，你再不回去，正之就要起疑了。

「快，你還是快走吧，你走了，我才感覺安心。」她如是說。

唯以樂美自己的願望而言，她是很想能在曉冬家裡呆多會兒時間的。她眼看着曉冬的病情一日日加重，她知道她與她相處的日子不會太多了。這樣的一位閨蜜，幾十年了，她感覺曉冬似乎就是她自身的一個部分。她不知道自己的這種感覺究竟從何而來？她當然不會明白這原是我這位小說故事的「造物主」，一早就已替她倆排序好了的基因密碼。

還有一點：那便是關於曉冬與正之間的那層從未被任何一方捅破的關係。其實，樂美的心中都很清楚。但她不怪他，也不怪她。她甚至覺得：他倆的關係必定會演變成為那樣的。因為，衹有那樣了，他才是正之，她也才是曉冬，而她，才是樂美自己。

每次，樂美都是按照曉冬的吩咐去做。果然，每次都未被正之察覺到。正之平日裡忙於業務上的事，事畢了，還要寫他的詩和小說。對於樂美每星期都會自他的視野之中消失的那兩個鐘點，他不會留意到，這是件很正常的事。

再後來，曉冬的病情變得愈來愈嚴重了。在她去世前的兩個星期，她讓她母親把她送去了養和醫院。而我，也是在養和醫院的病房裡見了我小說中這位女主角，章曉冬最後一面的。

那天晌午時分，養和醫院三等房區裡靜悄悄的，走廊裡不見一個人影。剛用消毒水拖完後的膠地板映射出一種隱隱晦晦的反光來。護士們查完房，作好記錄，都回辦公室裡去了。而章母也剛離開，她是上街去買一瓶牛奶，準備回來後在微波爐裡熱一熱，給女兒喝。就趁着那段空隙，我躡手躡足地推開了曉冬病房的房門，走了進去。

房內共有三張床，曉冬睡第一張。我輕輕地撩起了她睡床的床簾，望着曉冬的那張埋在了兩隻大枕頭中的臉。她的雙耳戴着一副耳塞，她還在聽那樂曲。她的臉色蒼白，但仍很美，很優雅。也正因為這種病態的白，讓她更似一位冰美人了。我順手從她的床底下拖出了一把椅子來，與她面對面地坐了下來。

曉冬望見我，顯得十分驚訝。她掙扎着地，從被窩被撐起身來。她拔出耳塞，用十分虛弱的聲音向我發問：

「你是誰？你怎麼……怎麼，這麼像……像……像……」

我笑眯眯地代她說出了她心裡想說的那句話：「像李正之，是麼？」

她點了點頭。

但我說：「你再看真一點，我到底是不是他啊？」

她再次端詳了我一番，搖了搖頭。她說：「不，你不是他。」然後，整個人就像散了架似地，她又重新躺回了自己的被窩裡去：「但你神似他。」她輕聲地加多了一句。

我說：「我是他，但我也不是他。我的真名叫吳正，我是《上海人》這部小說的作者，而你，則是我書中的一個人物，一個生命的扮演角色。」

曉冬凝視着我，她不知道我在說些什麼。但我還是順着我自己的思路往下說去。我說：

「我今天之所以執意要前來看望你多一回，這是因為我也愛你，愛你這麼一個由我自己創作出來的，虛擬的小說人物。恰如同樣是小說人物的李正之愛小說之中的你那般！唯按照劇本的編排，曉冬，你將以你生命的終結來成全我小說的全篇佈局。你將從我小說創造出來的那個虛擬世界中永久消失，你將永遠地離開那些深愛着你，你也深愛着他們的人：正之，樂美，還有你的父母親。我捨不得你離去啊，曉冬，故我決心衝破時空維度的藩籬，讓自己出現在了你的病房中！」

她似乎聽懂了些什麼，她凝神屏氣地望着我，雙眼眨也不眨一眨。終於，兩顆晶瑩的淚珠，從她那對一樣是美麗而又動人的眼眶中溢出，滾了下來。而坐在她對面椅子中的我，此刻也忍不住落淚了。我望着她的那張蒼白的臉落淚——沒有什麼不可思議的，因為走筆至此，我也完全走進了我自己創造出來的那個場景之中去了：我正面對着存在于另一度時空中的曉冬，但我的手卻在抖抖顫顫地寫着這度時空中的文字。我的熱淚已奪眶而出，它們掉在了稿箋上，它們也同時掉在了曉冬的那只裸露在了床單外的手背上。

然而，我很快便收斂起了自己的情緒——我還得繼續我的小說創作呢。我抹去淚水，開始用一種很沉穩、很平靜、很中性，也很宗教化了的音調對曉冬說話。我說：

「我要告訴你的事實真相是：一個在這部小說中消失了的人物又會在另一部小說中出現。在這片虛擬世界中死亡了的，又將前往彼方世界重生。所有的小說人物——無論他們穿戴的是十八世紀的服式還是當代的時尚——都是在如此迴旋，周而復始的。就這層意義而言，你永遠不會死去。死亡，因而也不會再是件痛苦的事。當你改換了另一個名字，在我的，或其他作家的另一個小說舞台上再現時，你又會有了你的新的執着和堅守，有了你新的情愛恩仇，歡樂哀怨。你明白我在說些什麼嗎？」

她點點頭，這回，以她望着我的眼神來判斷，她應該是聽明瞭好幾成我話中之蘊意了。

「好了，」我說，「我現在必須要走了。因為再過多會兒，你的外出買牛奶的母親就要回來了。我不能讓她見到我，因為在我作品的劇情安排中，並沒有那一幕情景的存在。」

我邊說邊站起了身來。我將椅子重新塞回她的床架下去，然後再把床簾給拉上了。我讓曉冬的那張蒼白美麗的臉龐在布簾的一拉一扯間，倏然消失。

這，便是我，這位《上海人》的作者與她，小說人物章曉冬見面，且還對上了話的那一幕場景，真實而又虛擬。唯我是決意不會將此經過在遇見李正之時，告訴他聽的——我真還怕他受不住。但我卻可以寫出來，讓我的讀者們與我分享。至於說曉冬會不會在她母親買牛奶回來時告訴她些什麼？我就無法知曉了。或者，曉冬會感覺自己剛才只是在恍恍惚惚間做了場夢。在夢境中，出現了我這麼個人，以及我們間的那段對話。她一定會覺得那些都是些虛幻的，不真實的，「忘了也罷」的事。

其實，這麼想，對於一位將不久於世，可憐的她來說，也不見得是件壞事。所謂「真實」，其定義從來就無正負之說，有的只是它們絕對值的大小。包括了「世界的盡頭」以及「那片紫色的花海」。我們都是博地凡夫，我們，因而誰都會着相，而一旦着了相，再虛幻者也都變為了最真實的。

「凡所有相，皆是虛妄」，如此實語，如語，非誑語，又有幾個人在還沒契入其境界前，能夠參破得破呢？沒人能，也沒可能有人能。

第七章

說了一通玄幻語，還是再回到我們故事的主線上來。

一個天剛矇矇發亮的淩晨，正之和樂美竟然在同一時間做了同樣的一個夢：一個怪異的夢，一個驚悚的夢，一個意味深長的夢。

而曉冬，也就是在那個淩晨，離開了人世。

在夢境中，正之感覺自己是完全清醒着的。這裡就是他豐景台的家，家中的那間主臥室。不是嗎？梳粧台，吊燈，還有那張他與樂美睡的六尺大床。而橢圓形的梳妝鏡是打斜橫裡對着大床的。沿着梳粧台靠放的牆壁一路延伸過去，右邊，是那扇通往客廳去的房門；左邊，也有扇門，那是進入臥室內套盥洗間的。他已在這裡住了有二十多個年頭了，對這一切佈局，即使在黑暗的想像中，他也能瞭若指掌。

正之不知道為什麼今晨他會醒得這麼早？隔着沒拉上遮光層的窗簾，他能望見微微發白的天空光，估計也就是清晨五六點鐘的光景。這個在平時，他睡得最香的時段，怎麼就醒來了呢？而且還醒得如此徹底，竟然連一點兒睡意都沒了。他想打開床頭櫃上的那盞台燈，讀幾頁《聖經》或詩歌小說什麼的，來打發時間。但他側頭望了望睡在他邊上的樂美，在幽暗的光線中，他看不太清妻子的五官和臉部表情，但他估計樂美睡得正酣。他不想打擾她，故也放棄了開燈的念頭。

就在這時，通往客廳的房門無聲地打開了，曉冬走了進來。曉冬穿的是一套粉紅色的睡衣。她步履輕盈地朝床的這邊走過來。在這什麼都顯得很晦色的室內，唯曉冬的那張臉和她着睡衣的身體是清晰的、明朗的——仿佛還有一圈隱隱的光芒，從她的身上向四周圍輻射開來。那光芒並不強烈，更沒一丁點兒刺眼，它們柔和得很。此刻的曉冬變得美極了，她已不再像四十幾歲的她，她又變回了那本《萌芽的種子》詩集相片上的她了。

正之望見她時的第一個動作，就是想從被窩裡抽身而起。但他發現自己動彈不得。他想叫喊出來的那句話是：「曉冬，你怎麼來了呀？」但他也喊不出聲來。她看見曉冬的眼睛正望着他，她的目光溫柔，表情中性——沒有情愛，也沒有哀怨。她仿佛明白正之想幹什麼，想說什麼。但她用目光制止了他，她叫他先別張聲。

就這樣，正之望着曉冬一步步地朝着他們——他和樂美——躺着的那張大床走近過來。

到床邊上了。曉冬爬上床來了。正之只是不明白，曉冬究竟想幹什麼？

她沒幹什麼，她只是將自己的身體跨越過了樂美的，然後便擠在了正之和樂美中間，躺平了下來。此一刻的曉冬已與正之頭並排着頭，躺在了同一張床上了。但正之的身子卻下意識地，盡量向床的邊緣位移動過去：他只是怕一不小心接觸到了曉冬的身體。驀然闖進了正之腦海的，是二十多年前的那段早已被塵封了的往事。一切細節，就像是影片中的一幕場景，一覽無遺地放映在了正之的眼前：那個聖誕前夜，在那間位於雲景道上的面海的房間中，房中的那張床，床上的那具玲瓏凹凸的，在劇烈呼吸中震顫着的女性的雪軀……那時正之的父親還在世，樂美也還未從上海申請出來，一切本都可以水到渠成了，但就在那千鈞一髮的當口，不知怎麼的，正之卻毅然決定關閉了強大到幾乎是不可能被關閉的，慾望的制動閥。那時代的正之還是個基督徒，基督教在方面的戒律雖也有，但遠沒像佛教那般嚴格。就生命的本質而言，可見正之的心智從來就是紮根在了佛教戒律土壤中的。而這事，在另一個二十年之後，居然真還得到了證實。

望着曉冬的那對近在咫尺的眼睛，正之本能地佝捲起身體，朝床邊畏縮過去，再畏縮過去。他覺得自己像只刺蝟，都快要縮成一團了。這時，她開始對他說話了，但不是用聲音而是用眼神。她說，正之，你不必擔心，我不是這個意思。（什麼意思？正之在心中自己問自己，但他得不出結論來。）我這次來，只是來向你道別的。她示意讓正之睡過來些。而她自己則側身爬到了樂美的身上去。在正之的潛意識裡，曉冬只是想翻過身，睡到樂美的那一邊去，為了挪移點空間出來，好讓正之睡得更舒坦、更寬暢些。

但不是的。

曉冬趴在了樂美的身上不動了。她俯下臉去，用她的那張臉企圖去貼近樂美的那張。那情形，那光景，恍若正之和樂美在幹那事時一般！正之大惑不解，他正想問她：「曉冬，你這是幹嘛呀？」時，他見到她倆的嘴唇與面頰都接觸到了一起。剎那間，曉冬消失了！她和樂美融合成為了一個人，一個在形體上只是樂美的人，而她，正睡在他的側邊！

正之驚訝萬分地目睹了這一切的發生——而且就活生生的發生在了他的眼前！他猛力地踢開被子，他要狂呼，他覺得他決不能從今往後就失去曉冬了啊！就剩下了樂美一個人，他又將何以處？何以辦？何以念？何以將那些剩餘下的日子再過下去啊！他：「曉——冬——！」終於呼喊出聲來了。一個驚跳起來的動作，正之醒了。這回，他真醒了。

他環望了一下四周，一切如常：大床、梳粧台、橢圓形的梳妝鏡和吊燈。仍是在淩晨時分，從窗簾間透入來的天空光告訴他：時間約莫在清晨五六點光景。

正之坐起身來，冷汗淋漓。他用睡衣的袖口擦着滿頭滿頸的汗珠。他的心「砰砰」亂跳，不知是害怕、後悔還是心有不甘。他不能再在這幽暗的光線之中呆下去了，他已顧不上打不打攪樂美了，他決定打開床邊的台燈來。

當燈光亮起時，正之側過臉，望了一眼睡在了一邊的樂美。出乎他意料之外的是：樂美其實也已經醒了。此刻的她正把雙手插在了腦勺後面，兩眼睜得老大，它們眨也不眨地仰望着天花板。正之問她說：

「你也醒了？」

她說：「嗯。」

「沒睡好嗎？」

她又說：「嗯。」

「怪了，怎麼今晨我倆都會醒得如此早的呢？」

她再說了聲：「嗯」。但她雙眼睜得老大，繼續着那個眨也不眨望着天花板的動作。

正之用牙齒使勁地咬了咬自己的下唇：他要確信自己是真醒了，肯定不會還是留在了夢中。而且，他還得讓自己去下定某個決心。他說：

「我夢見曉冬了。」

她說：「我也夢見她了。」但還是那個姿勢：呆望着天花板，一動也不動，一眨也不眨。

「什麼？你也夢見她了？」正之一咕碌讓自己坐直了身來，他把被子毯子和枕巾什麼的都一古腦兒地往腳後跟方向推過去。然後，雙腿盤起，坐在了樂美的邊上。他望着她，望着仍保持着這同一睡姿的妻子。

「夢見她什麼了？」

「夢見她進入到我們的房中來了。」

「然後呢？」

「然後她爬到我們的床上來了。」

「然後呢？」

「然後她睡到我倆的中間去了。」

「然後呢？」

「然後，然後她趴到了我的身上來。」

「再然後呢？」

「再然後？再然後她便不見了，她消失啦！我感覺她進入到我的身體裡邊去了。於是，我便醒了。」

正之聽罷愕住——徹底地愕住！他想說：「樂美，怎麼我與你做的會是同一個夢呢？」但他發現自己說出來的話並不是這一句，而是：「曉冬她……她怎麼啦？都快兩年了，音信全無。她會不會……會不會……？」他說話的音調開始發抖。

在床頭燈的光流裡，正之見到有兩顆晶瑩剔透的淚珠從樂美的那雙美麗的大眼睛中溢出，然後滾下臉頰來——恰如那天我在曉冬的病房裡見到曉冬的那般。

至此一刻，樂美的體姿仍沒有絲毫改變。但突然，就變了。她猛然坐了起來，她迅速地翻身下床去。她的臉色蒼白，她用一隻手捂住了自己的口，斷續而又含糊地發出一種聲音來。她說：

「正之，我感覺很不舒服。我……我想要嘔吐……」

她連拖鞋也來不及穿，就赤着腳，向那扇門跑去——不是那扇通往客廳，而是進入盥洗間的門。她推門進入，然後「咔嗒」一聲，正之聽到樂美從室內把門反鎖上了。只留下正之一個人，在那間只亮着一盞台燈的空蕩蕩的臥室裡，盤着雙腿，呆坐在床上。

其實，那回樂美翻身跑入盥洗間並不是去嘔吐。她只是想哭，放縱地大哭一場。因為她已經明白發生了什麼。但她卻不能當作正之的面那樣做。即使後來，當她一個人留在盥洗間裡時，她也只能無聲的嚎啕。

不知怎麼的，她突然就有了一種預感。預感是如此地強烈、強烈到無法能讓你躲避得過去。那預感告訴她：她自己的一半已回到了她的體內靈裡。但她也將因而失去另一半，而且是更珍貴的另一半。她的預感後來得到了某種程度的證實。就從那次之後，她與正之間的，那種曾經是火熱的情愛生活便漸告冷卻了下來。正之的解釋是：在幹那事時，不知何故，他老會分心。至於說分什麼心，是誰讓他分的心，正之沒說，她也沒問。那時，他倆還衹有四十多；五十歲過後，這方面的熱情與興趣更是年漸一年地消失得無影無蹤了。這事的發生，當然是無法用世間法的邏輯推理來進行詮釋的。其實，小說中的很多事都是這樣，因為，這塵世間發生的很多事也一樣。

在樂美把自己一人關在浴室中時，正之也有好幾回前來輕輕敲過門。他邊敲邊問道：「樂美，樂美，你，沒事吧？」她急忙穩了穩神，答曰，沒事，沒事。過會兒，我就會好的。

後來，樂美眼泡紅腫的從浴室中走出來，正之見了，知道她一定是哭了——或者也嘔吐了。但這些也很正常：夢見曉冬，無論是他，還是樂美，誰還能沒有些感傷情緒的爆發呢？當時的正之是不會知曉個中原來還另有番乾坤，直到一個星期後的那個冷雨霏霏的傍晚，樂美一把雨傘一身水珠的從外面回來，他才知道了故事的原委。

再後來，便到了三十三年後的那個晚上了。我橫過華燈璀璨的南京西路去到西康公寓看望他。他不無埋怨地質問了我，說我這個當作者的，如何可以這般殘忍，把曉冬從他，還有從樂美的身邊給奪走的呢？

你知不知道，這會令我倆承受多大的心理折磨嗎？我笑而不答。這事，我真也答不上來。但想了想，我終於還是給出了如下意思的答覆。我說，

這與造物主差遣我們來到這塵世間走一遭的原理是一致的。它讓我們經受了這之後，又去經受那。難道我們也都去責怪造物主殘忍不成？這不是誰的按排，這是我們自個兒的業力所致。同理，在小說的世界裡，每個人物之所以有其不同的命運軌跡，因為，他們也都各有業因。在作者靈感一閃的那束光亮裡，他所見到的一切情景，其實也都是你們各自的業力所變現出來的啊。

我的話，正之聽懂聽不懂，或聽懂了多少都無謂，反正，我都與他說了——其實，我是自己同我自己說的。

第八章

故事講到這個份上，還能剩下的篇幅已經不多。但我想，我還得留些筆墨給一個人，那人就是黃金富。

黃金富自那次被放監返港後，便徹底變了個人。他再也不去做什麼大陸生意，夢想發達和發財了。他忘不了在上海黑牢裡渡過的那十幾個絕望的日日夜夜。更有那場似幻似真的夢：柳叔、根叔、阿立、發仔；還有那位頭髮花白，駝了背的包租婆陳嬸，打他面前蹣跚走過。工友們聚在一起吃夜宵，在街邊明晃晃打氣燈的光亮裡；他們邊喝啤酒邊聊天說笑。他在夢中曾是那麼地後悔不迭啊，黃金富哪黃金富，你這是幹

啥呀？！放着這好好的香港生活不過，苦就苦一點，但總還不至於淪落到這麼個蹲大牢的田地吧？他在夢中下決心說，假如在哪一天，真還能讓他回香港去的話，他再也不會離開那塊土地了。他寧願把這種貧賤但自由的日子永遠過下去，圖個心安理得就已足夠。他忘不了他的那個夢中誓言。如今，他真的自由了，他又回到香港來了，他決定實踐他在夢中自己對自己許下的諾言。

回港後的黃金富又在太古糖廠幹了兩年活。他節衣縮食，積攢了些錢。再加上後來曉冬又援助他的幾萬塊港元，靠着這點兒微薄的本錢，他在北角馬寶道上開了爿半間門面的小雜貨鋪。

雜貨鋪什麼都賣，從缸盆瓦罐、鋁鐵工具，掃把拖畚提桶，一直到床上用品：被單、枕套、床罩，塑膠掛簾，纖維屏風，應有盡有。黃金富不請幫手，什麼都自己幹。

別人家的店一天開八小時，他開十二小時。別家店裡冷氣開放，他就七八根100瓦的日光燈管，和幾把大功率的搖頭扇搞掂。顧客去他店裡買東西，悶熱是悶熱了點，但好處是他店裡貨品的價格都要比他家的便宜。而且，萬一趕上夜深了，或大清早，非要買樣家用必需品來應應急不可時，別家店早已黑燈黑火了，唯他的店裡還亮着燈光做生意。黃金富沒什麼特殊的優長，更無發財秘訣可言，勝在他能吃別人吃不了的苦。

如此這般，不到兩年下來，「金富雜貨行」的生意便紅火了起來。顧客盈門，貨如輪轉，倒真有了點既「金」又「富」的意思了。黃金富在香港本土本地的第一桶金就這樣，算是讓他給掘到了。

在他賺到了第一個十萬時，他就去了曉冬雲景道的家中一次。他見到了曉冬，當時她正在教琴。黃金富拿出了錢來，他讓她轉交給她的那位「住在了雲景道豪宅裡」的朋友。他說，他很感激他當時能慷慨解囊，救了他的性命。現在他賺到錢了，理當把錢給還了。但曉冬拒絕了他。她讓他別再把此事放在心上了，她說她會代他把事情處理妥當的。但，黃金富說，他也應當把錢還給她呀。當年她不僅救難他于黑獄中，後來還拿出錢來，資助他開了這家雜貨鋪。聽到他這麼說，曉冬望着金富的那張憨厚的臉，笑了。她說：

「在名義上，我們不還是夫妻嗎？就沖着這一層，我也應該幫助你啊——還講什麼還不還錢的？你能做好生意，賺到錢，就是我最希望最高興能見到的一件事了！金富哪，其實，你已經回報我了啊。」

一句話，把黃金富心裡說得暖乎乎的。這種溫暖感後來還持續了好多天。他急忙把送錢的手縮了回來。說：「是的，是的。曉冬，你……你說的全是。」

那天，黃金富在曉冬家沒坐多久便離開了。他是怕影響了她教學生。因為他知道，曉冬在工作上從來就很認真，一絲不苟。其實不僅是那一回，平時黃金富去曉冬家，或打電話給她的次數也相當有限。每隔數月去一次電話，每年上她家也就一兩回。不是在中秋節，就是趕在過農曆新年前夕。黃金富是個粗人，但他明白那一點：順從曉冬的意願，才是對她的最愛。他當然仍在暗暗期盼着，哪一天曉冬還會回到他的身邊來。但在深一層的意識裡，他更是敬重她，讚美她的人格與品質。時間在一日日，一年年的流去，於不知不覺中，黃金富的第一種奢望已漸漸變淡變淺，乃至變得可有可無，近乎於熄滅了。反而是第二種感情悄悄兒地佔據了上風。

那一年，他日以繼夜地忙足了三百六十五天。到年尾了，他才抽出了個時間，買了好幾樣禮物，前去探望曉冬。在他的想像中，曉冬還應該像是以前他見到她的那個模樣：盤起了一頭烏髮，露出了半截雪白的頸脖，在鋼琴的擱譜架上，用一枝鉛筆輕輕地敲着節奏，教學生。但這回不是了。他按了門鐘，前來應鐘的換了張陌生的面孔。陌生面孔隔着鐵閘，問黃金富道：「你找誰啊？」

金富說：「我……我……我找章曉冬女士。她……她不是住在這……這裡的嗎？」

其實，自從黃金富開始了他的生意生涯，且還變得愈來愈順風順水後，他的口吃毛病也減輕了許多。平時與人說個事談個話什麼的，基本都能保持語速流暢。但這會兒，一見這陣勢，他的口吃病又犯了。唯鐵閘後的那位女士倒是挺友好的。她說她不認得那個叫章曉冬的人，她只是個搬來這裡不久的新住客。但她卻可以給他房東的電話。她提議說：「你可以直接打電話去搵一搵業主嚟，問下佢可唔可以提供些你想找的那位女士的情況——你話，個麼做好唔好啊？」

金富說：「好……好，多謝您啊，太太。真系多……多謝您了！」

黃金富於是便有了房東的電話號碼。他立馬就打了過去問。但他從房東處得到的回覆，與那天正之和樂美去曉冬家，見到人去樓空時，從房東那裡得到的訊息也差無新意。

金富沮喪極了。他想，曉冬是不想再與他保持來往了。因此搬了家，連個新位址也不告訴他一聲。但還是那句話：他必須尊重曉冬的意願。

那時節，黃金富的經濟條件其實已大有了改善。「南豐新邨」的樓已提前還了貸。此刻，他正打算賣了「南豐」，搬去太古城住呢。他這麼做其實也是藏了份暗暗期盼的：他估揣着，太古城面海的單元也不會比雲景道的差到那裡去。將來，他和曉冬兩個人都老了，曉冬搬回來與他同住的可能性也不能說完全不存在——曉冬不自己也都說了「我倆總還是夫妻一場」嗎？他期盼着那一天的到來。他期盼有一天，曉冬會主動給他來電話，問：「金富，這麼許久不見了，你一切都還好嗎？」於是，他與她便又恢復了聯繫，重新有了往來。

但那一天始終沒來。他等來的是一個絕對不可能想像到的結果。

那是個冷雨淅瀝天，離開那天他去雲景道找曉冬，時間又過去了兩年餘。近黃昏時分，光線正一寸寸地開始昏暗下來。黃金富正在店裡忙乎，一撥撥一茬茬的顧客，來了又去，去了又來。買燈泡和插座的，買浴布和掛巾的，還有買鍋瓢碗碟什麼的，盡是些微不足道的小生意。但黃老闆來者不拒，毫無分別心的一律笑臉相迎，悅色相送。就在此時，他見到店門口走進來一位模樣很特別的顧客。這是位中年女性，膚質白皙，長得相當秀美。她舉止優雅，神情富泰。儘管黃老闆在裡裡外外，忙進忙出地幹活，但他目光的餘神還是留意到了她。她先是在店門口站定，收了傘，再朝門外揮去了些水珠，隨後便走進了店裡來。她看見黃金富正忙，便斯文地站在了一旁，等待。她的手中拿着兩隻牛皮封的公文袋。

黃金富的心中頓時便起了一絲納悶：這女人是誰呢？她是來買東西的，還是……？但有一點可以肯定：

她決不是居住在附近的街坊。因為他在此地頭做了這麼些年的生意，還從未見到過她這麼個人。還有另一層意思——其實他也說不太清楚。但他有種朦朧的印象拼湊：這女人不像是香港本地人，她應該是個上海人。畢竟，他與曉冬生活過這麼些年，他瞭解上海人，尤其是上海女人，大概都會是一種啥模樣啥氣質。而且，這女人還有點像曉冬——你還真別說，就是有點兒像吶！至於說像在哪兒？他也就說不上了。其實，黃金富心中要想用來形容的那兩個字是：神似，唯此詞語之於他，似乎奥義了些，他是不太可能在他的辭彙庫裡尋找得到的。

然而，生意的忙碌還在照常進行。「黃老闆，給我拿兩枝48吋的光管——」「黃老闆，買一幅雙人被套，外加一把雞毛掃，一共多少錢哪？」「黃老闆，麻煩給我挑一隻電飯煲，要找那種價廉物美的……」「黃老闆……」黃老闆都一一「哎！」與「唷！」地四周圍地回應着，手不停口也不停。到了生意的火熱勁稍微平息了一些之後，他才向那位站在了一旁的女士走了過去，問：

「您要買什麼，太太？」

太太並不是來買什麼的。她就是來找他的。她問「你就是黃金富先生吧？」

金富答曰：「在下正是。您……您有什麼事嗎？」不知怎的，他又開始有些結巴了。

女士告訴他說，她叫吳樂美，是章曉冬的好友。「曉冬，她……她走了。她是在一個星期前去世的。」

說話之間，女士抬起眼來，目光迅速地在黃金富的臉上掃了個來回，隨即便將視線移開了去。她見到的是一張表情於剎那間全都凝固了那裡的面孔。

但樂美想的，只是能儘快把曉冬臨終前託付她辦的事給辦了，辦了她便可以脫身了，她不想在此地多留一刻。事實上，她自己的心情也糟透了，她只想早點趕回雲景道的家中去。

樂美將兩隻公文袋中的其中一隻抽了出來，遞過去。公文袋褐黃色的封皮上寫着「呈送黃金富先生」七個字，這是章母的筆跡。樂美說：

「這是曉冬在臨終前，讓我轉交給你的東西。」

她邊說邊將公文袋交在了呆若木雞的黃金富的手中。然後便向鋪子的大門口走去。她向着門外綿綿密密的雨絲，撐開了傘來。

黃金富這才突然醒了過來，他趕忙向她追了過去，口中直喊道：「太……太太！您……您先別走哇……曉……曉冬她……她到底怎……怎……怎……？」

樂美回轉了臉來，神色堅定。她向他說道：

「袋裡裝的是些什麼，我也不知道。你可以自己打開來看。需要告訴你的事，我相信曉冬一定會在裡邊全都交代清楚了的。」

說完，便調轉頭，躲進了傘蓋底下，一步跨上了雨中的馬寶道。

黃金富雙手顫抖着，將公文袋的封線一圈圈地繞開來，取出了其中的物件：一份他倆的結婚證書；一幅曉冬剛來香港時，黃金富領她去到北角的一家照相館拍的結婚相；還有那些叮叮噹噹的金飾品：戒指、耳環、胸針和項鍊之類，都是當年金富送給曉冬的訂婚和結婚聘禮。其中有一隻白金的指戒，鑲有零點幾克拉鑽石的，黃金富最引以為傲。如今，這些二十多年前的舊物都攤在了他的眼前，他心如刀絞，又恍若在夢中。一滴晶亮晶亮的淚珠從他這個大男人的眼中掉出來，掉在了櫃面上。在慘白的日光燈的照耀下，閃爍一如那顆鑲在了指戒中的鑽石。

什麼都掏完了，最後掉出來的是一張紙片。紙片上的字跡是曉冬寫的，這個，黃金富認得。紙條是這麼說的：

「金富，我已病得很重，可能將不久於世了。將這些舊物都歸其原主，我走後，希望你能找到一位賢淑的妻子，照顧你，陪伴你過完一生。祝你幸福。曉冬匆字。」末後所注的那個日期是在黃金富讀到它的二個月前。

黃金富拿着紙片，惘然地四周環視，他不知道他該做什麼？該找誰？突然，他手握紙片，隻身沖入了門外的雨絲中去。他看見剛才來他店裡的那位太太的背影了，她正撐着一把小花點的雨傘，走在了馬寶道的遠端，她正準備拐到琴行街上去。黃金富抹了一把滿臉往下淌的雨水，追趕了上去。他邊跑邊大聲地喊叫着：

「那……那位太……太！太……太！您請等……等一等，您等……等等我……！」

他一直追到了琴行街的拐角處。一個轉彎，英皇道上來來往往的車輛，熙熙攘攘的路人和層層疊疊雨傘，哪裡還有那頂花點傘和那位太太的蹤影？他不得不止住了蹦跑的腳步。他在雨中呆立了一會兒，開始喪魂落魄地往回走。當回到店裡時，黃金富已被淋成一隻可憐的落湯雞，那個近晚時分，「金富雜貨行」提早打烊，拉下了鐵閘。在白鐵皮的捲簾門上貼有一張告示，之上，一行歪歪扭扭的字跡寫着：東主家有事，店鋪歇業三天。請各位街坊見諒！

這種事，自從黃金富開店以來，還是第一回發生。

黃金富再度見到樂美，那是在又一個十年後的事了。

那時的樂美和正之都已分別過上了美港和滬港間來回生活的日子。而正之早已皈依了佛門，吃起了全素。那一次，正之和樂美又在香港的家中小聚，近晚時分兩人外出，到銅鑼灣一帶溜了個彎。之後，便思忖着去找家素食館晚餐。他倆來到了銅鑼灣的一條叫作「白沙道」的後街上。那是條短街，在道路兩旁泊滿了私家車和綠色小巴的間隙中開了不少家門面不大，但還算是清靜的食肆。突然，有一塊燈光招牌映入了正之的眼簾：曉冬素齋館。燈光是素靜的柔黃色，在隸書的刻字後還盛放着一朵金紅色的蓮花。正之感到驚訝。當他轉頭去望樂美時，他發現樂美也正望着他——事實上，她也見到那塊招牌了。

他倆推門走了進去。這是一家不大的館子，幾十張粗木的長方小桌排列得緊湊而有序。店裡生意興隆，每張桌子基本上都已被齋客們占滿了。見到又有人推門進來，waiter（服務生）便大聲地叫喚道：

「兩位——個邊請！」

正之他們被引領到一張靠壁而放的三人位的餐桌前——兩人面對面，還留下一張空座是面對着牆壁的。「呢度只卡位啱曬你哋兩位啦，又安靜又闊落——呵呵呵！」服務生笑着說道。他伸出一隻手來，作出了個請他倆入座的動作。隨後又送上了兩杯青麥汁的熱茶和一份菜單來，說是定下了菜式，即可招呼他過來點單。

但就在這時，樂美見到了一個有點眼熟的身影，正急急地，從窄枱與窄枱的縫隙間擠過，向他們這邊走來。這是一位與她和正之年齡相仿佛的准老者：貼在他那光禿禿腦門上的幾絲髮縷已都花白。他穿着樸素，一件T恤衫，一條粗蘭布的牛仔褲。是的，他就是這家店的老闆：黃金富。但他看上去絲毫沒有老闆的架勢，倒仍保留有幾分幹慣了粗活重活的工友模樣。

黃金富來到了他倆的桌前。他不請自主地在那張面壁的空座位上坐了下來，他面朝着正之說道：「先生想來應……應該就……就是曉冬的那……那位住在雲景道的朋……朋友了——是……是吧？」已經不怎麼結巴了許多年的他，不知咋地，當見到了正之時，又忍不住，結巴了起來。

正之訝異萬分望着眼前的這位陌生的同代人，疑疑惑惑地說：「請問閣下是……？」

「在下黃……黃金富。」

「噢。」正之長長地吁出了一口氣來。在經歷了幾十年的起起伏伏後，他終於在一個意想不到的時間和地點見識了黃金富的「廬山真貌」。

正之轉過臉去，望瞭望樂美。他想向黃金富介紹自己的妻子。但黃金富說：「我……我們已經認……認識了。」

正之當然會有點感到驚訝和困惑的。但他並無興趣去問清他倆究竟是在何時何地見了面的，此時，只見黃老闆向一位領班高高地舉起了一隻手來。他的手臂在空中使勁地向對方揮動着，高聲說道：

「強仔，你今晚代我睇一睇堂口。我呢度來着兩位老友記，我要陪佢哋傾下偈。呢餐飯都入我數：把我哋店裡最好的餸都端上來！讓他倆品嘗品嘗。強仔，辛苦你啦——唔該晒！」

正之只是不明白，怎麼轉眼之間，黃金富說起話來變得如此流利，他的那種口吃的說話習慣一下子就消失得無影無蹤了呢？

第九章

說起金富這家素食館，其實我，以一個作者的身份也曾到那裡去用過好幾次餐。我混在眾多的顧客中，點了一道「南乳粗菜煲」，一碗絲苗白米飯和一份例湯，便悠悠然地吃了起來。我邊吃邊觀察着周圍的情景。這回，黃老闆雇有十來個員工了；除了那批廚房團隊外，堂口也有了三四位跑堂的。但黃老闆還是他們中間最忙碌最勤快的一個。他四周圍陪着笑臉，迎進一位剛坐下後，又立馬趕去門口，躬身拉門，送走另一位。而「多謝」之聲更是不絕於耳。我見他店裡生意興隆，真替他打心眼裡高興出來。

我當然是不會上前去與他打招呼，亮明身份，說明來意的——這個特定角色的扮演僅限於我與正之和曉冬間。要問我理兒？還是那同一個：此情此景並不包含在我虛擬小說世界的劇本構思中。但也無妨，無妨我仍可以用作者的口吻來向我的讀者們交待一下黃金富先生這十年來的生活和工作經歷。因為，假如不由我出面來說清點什麼的話，以李正之的個性而言，他是絕不可能去向人打聽這打聽那的。於是乎，那爿「金富雜貨行」後來又是如何變身成了現在的這家「曉冬素齋館」的故事，也將永遠變為了讀者們心中的一截理解空白了。

自從那回樂美在雨中給他送來了那封牛皮紙的文件袋後，黃金富遂日漸變得沉默寡言，性情孤僻了起來。白日裡，他當然還是笑臉迎客，做他的生意。但他甚少娛樂，一俟收工，便直接回家去。夜深人靜時，他常會取出他與曉冬的那幅結婚相來，凝視久久，喃喃自語。他感覺到了生命的無常：曉冬，這麼一位善良之人，怎麼就會遭受這種命運結局的呢？再也不會有曉冬回到他身邊來，與他共同生活的那一天了！這種絕望感就如一塊石子被扔進了一片深不見底的大海中去，從此它再不可能隨着浪花翻騰上來，讓他見到了。一想到這一層，他心中便感覺空洞洞的，生活和生命都沒了奔頭，而精神似乎也都像是只斷了線的風箏，飄蕩在空中，不知道何時將會滑向何處？

但他還是找到了某種精神寄託。

每個月的月尾，他都會去到銅鑼灣的那幾家批發商的辦公室裡落單進貨。而每次，他都不會忘記繞道去到那間位於天后廟道口的「觀音古廟」裡去燒一大把香燭和紙錢給曉冬。然後在菩薩面前長跪不起，他祈求大慈大悲觀世音菩薩能保佑曉冬的在天之靈生活得安寧無憂。他幾年如一日的誠敬真還有了感應。那一回，當跪拜後的他抬起頭來向觀音像望去時，他突然感覺觀音像旁的那兩條對聯變得金光閃閃了起來。上聯寫道：世事多變隨緣去；下聯則是：人生短促念佛勤。這是兩條他已見過，也讀過了不知有多少遍了的條幅，但卻從未像那回那樣擊中了他的心坎。他覺得這是曉冬的靈魂在向他昭示些什麼。他當即就下了兩個決心：一是吃常素，二是以曉冬的名字開一家素齋館。

說幹就幹。他盤出了他的那間位於馬寶道上的，生意紅火的雜貨鋪，回收了些銀兩。然後便開始尋覓開齋館的地點。後來，當然便有了那家開在了白沙道上的「曉冬素食館」了。說來也怪，那店自從開張的第一天起，就生意濤濤，而且還愈做愈興旺了起來。有如此生意額的一家開在銅鑼灣地段的食肆，其賺錢能力自然要比開在馬寶道上的雜貨鋪強多了。這令黃金富銀行存款的結餘額月勝一月，年更一年的加添上了好多個零的位數。惟在黃金富的心中，他將這一切成功都歸於他用了「曉冬」這兩個字作為了飯店招牌的緣故。是耶？非耶？是不會有人能說清楚的，姑且當真了吧。

在飯館開張後的第七個年頭，黃金富迎來了兩位稀客的造訪，他們便是正之和樂美。

其實，在這七年中，黃金富的宅子也挪了地。他從「南豐新邨」搬來了太古城，太古城的「雅蓮閣」（Lotus Mansion），「雅蓮閣」高層的一個面海的大單元裡住。那晚，正之和樂美在結束了白沙道的晚餐後，還接受了黃金富的邀請，去他家小坐了一個來鐘。

是金富親自駕車載他倆去的。黃老闆的車就泊在了白沙道旁的某格白方框裡，這是一輛 BMW，520 型的房車。黃老闆從店裡供奉着西方三聖的香台上取了把車匙來，便與正之夫婦兩個一同走出店來，來到了房車的跟前。他開啟後車門，讓正之和樂美先上車，自己則回去了司機位上。他擰匙、點火，發動。體態略顯龐大 BMW 房車從狹窄的白沙道上緩緩倒退、駛出，駛上了軒尼詩道。左拐直行是維園道，接上東區走廊了，一盞紅燈過後，黃老闆一踩油門，車便飛也似地馳上了高架，直奔太古城而去。

此刻的正之和樂美已置身在了黃金富的新居裡。這是一套三房二廳二衛外加一方寬敞露台的單元，一千來呎。站在露台上能環視到整片北角區的港灣景致，以及對岸九龍半島上從尖東區一直到鯉魚門的全部海面。近景則是鰂魚涌郊外公園，樹影婆娑路燈閃爍間，隱隱卓卓地流動着散步的人群。正之手握露台的把手向外眺望，第一個進入他腦海的念頭，與黃金富經常掛在嘴邊的那說法，也相去不遠：此景此色與雲景道上任何一幢大廈的任何一隻窗洞中往下俯瞰時，真也差不了幾多。

唯黃宅室內的擺設和裝修就很有些土俗之氣了。黃老闆的偏好還是那些笨重而又大件的紅木傢俱。他的廳房都是用這類傢俱佈置出來的，再加上了那些他捨不得扔掉，於是便與主人一起，從「南豐新邨」搬來了此居的舊傢俱們，混雜在一起，顯得頗有些不倫不類，失了章法。當然，所有這些，並無損於他那幢住宅本身具有的地段和景觀價值。

他請正之和樂美在他家那鑽石型的客廳裡就座，自己則跑去廚房裡，替他倆泡出了兩杯台灣的「凍頂烏龍」茶來。正之夫婦在那張硬邦邦、冷冰冰的紅木長沙發上坐下，正面對着放電視機的矮櫃。矮櫃的上方橫掛着一長條碩大的紅木鏡框。鏡框倒是相當有點兒氣派的，唯框內所鑲物，既非名家的書法作品，也非某中央要員「不忘初心」的題字，而是兩份小尺寸的，類似於文件、相片或證書類的東西，它們是靠了四周大面積的織錦襯底才勉強填滿了整個鏡框的。相隔了太遠的距離，正之真還看不太清楚。他於是便從沙發上站起身來，趨前去一探究竟。此時，他看清楚這是些什麼了。那是金富和曉冬的結婚證書，而那幅相片則是他與曉冬的結婚照——不錯，就是在那個冷雨的黃昏，樂美為他送來的那兩樣物件。只是在當下，正之並不知曉故事的原委。其實，樂美也一樣。正如她那回告訴黃金富的，她並不知曉牛皮紙袋中究竟裝着了些什麼。然而，這硬是把正之和樂美都深深給打動了：這，不正是他黃金富「不忘初心」的另類表述嗎？

後來，正之又坐回到了那張紅木沙發的座位上去了。但「凍頂烏龍」茶還沒喝上兩口呢，金富就說要帶他倆去「看看他的臥房」。於是，他們又跟隨他去了。

這是一間照香港的住房標準而言，已算是十分寬敞的臥室了。透過低矮的窗台望出去，是一大片壯麗的海景。但臥房卻被一隻巨型的紅木大床和另一隻半人高的紅木五斗櫃佔據去了大部分的面積——甚至還擋住了點窗外的海景。大床上堆滿了淩亂不堪的被子、毛毯、枕頭和浴巾之類。更有替換下來的牛仔褲、T恤和襪子，也丟滿了一床。看來，黃金富的身上還殘留着他在陳嬸家寄居時的一切生活習性。

金富見正之他們走進房間時，目光有些發怔，便起了些不好意思的表情。他解釋說，他是每天都要趕着去上班，所以家中亂了些，請他倆多多包涵，云云。但他倆都表示說，沒事，沒事，這不挺好？

是「沒事」嗎？事實上，真還「有事」。

事關他的臥房裡到處都擺滿了曉冬的相片：彩色的，黑白的、原樣的，經翻拍後放大了的。窗台上，五斗櫃上、床頭邊，各種尺寸的相片，不下一二十張。他只是生活在了他自己為自己營造出來的，一個沒有曉冬但仍有曉冬存在的世界中。

有一張曉冬的正面相，應該是曉冬剛來港不幾天後拍攝的。被黃金富放大成了二十英吋，掛在了牆的中央，正面對着大床。他最偏愛這幅相。在他的記憶裡，他始終保留着有關此相片的一段對話細節。那時的他倆還住在渣哇道上的一幢舊樓的一個低層的單元裡。那只八十五鍵的「幸福」牌矮身鋼琴已經買了回來。那次，曉冬正取出琴譜來，準備擺上譜架去練會兒琴。但黃金富卻把那幅相片拿到了曉冬的跟前來，晃了晃，說：「你……你看……，這像……像不像利……利智啊？又……又像張……張曼玉，像……像鐘……鐘楚紅……」但曉冬抬起頭來，望了他一眼，道：「我為什麼都要像她們呢？」金富聞言，怔了怔，急忙改口說：「是……是……是，你……你比她……她們更漂亮……更……更漂亮……漂亮……」。但曉冬不再說什麼了，她架起了譜子來，開始練琴。就這麼截掐去了頭尾的記憶，留在了他記憶的相冊裡，老不肯褪色去。他於是便把那相片放得很大，掛到了牆上去。好讓他每天晚上在入睡前，都望上它幾眼，之後再熄燈，入眠。

站在了這麼間充滿了一種濃濃氛圍的房中，你說，你能讓正之說些什麼呢？他在想，曉冬是不會像「聊齋」的畫中人那般，在黃金富離家上班後，從牆上下來，替他打理和整潔房間的——很難說，黃金富或真有此心思也未可知。

也不知道是從哪裡來的什麼衝動，正之冷不丁就蹦出了一句話來。他說：「金富哪，其實你也應該再找多一位伴侶來照料你的生活了。曉冬她，畢竟已離世這麼些年了！」

正之的話沒說錯，以今日黃金富的身價，他可以輕而易舉地做到這一點。但黃金富聞言便漲紅了臉，他很可能在想：為什麼正之之所言與當年曉冬留給他的遺語是同一句話呢？

他的口吃變得更嚴重了，他開始用手勢——事實上，他也不得不靠手勢的輔助，來增強他的語言表達能力。他說：

「這……這世上……再……再沒……沒有曉……曉……曉冬，那種……女……女……女人了。曉……曉……曉冬，她……這方面，她那……那方面……」

他有點不知所云。他的手一會按向左邊，一會兒又按向了右邊。正之見他那付說話的模樣，也替他着急了起來。他只能用不停地點頭來表示附和，表示認同、表示理解。再後來，正之索性就擺了擺手，讓他別再往下說了，他說他已明白他表述的意思了。他是想說，這世上再找不到像曉冬這樣的女人了，從精神到肉體，從外貌到內心。但正之又如何啟口來代他說出這些話來呢？他當然是不會說的。

還有一句話，黃金富或者還沒來得及說出口。但，正之可以代他聯想出來：曉冬讓他發了財，讓他有了今天的生活條件和社會地位——他認定這一切都是曉冬於暗中帶給他的無疑——顯然他是決不能做出任何對不起曉冬的事來的。而他所謂的「對不起之事」中，也包括了找個老伴這一項。

後來，正之和樂美退出臥房來，他們又回到了廳堂中的那張硬邦邦的紅木沙發上來。坐多了一會兒，又喝多了幾口「凍頂烏龍」。然後正之便說時間已不早，他們也該走了。黃金富表示，仍由他駕車來送他們。正之說：「那就謝謝你囉。」

當寶馬車由百福道架空路一直馳抵雲景道上時，正之感覺車速突然就放緩了下來。緩慢得就像是個行人在沿街邊散步那般。黃金富將車停在了一幢大廈的跟前。這大廈曾經就是曉冬住過的那一幢，坐在車後座位上的正之和樂美心中都明白，他們只是一言不發地望着黃金富。他們不知道黃金富想做什麼？

黃金富沒做太多的什麼，他只是用電動按鈕將窗玻璃放了下來，然後探出頭去。夜色已深，夜霧也已很濃了。他抬頭仰頸，沿着大廈的外牆一直向上望去。大廈高高低低的窗洞中閃爍着無數盞燈花，在這霧汽的夜間，看上去像一隻只睡意迷茫的眼睛。但黃金富的心中肯定是知道，哪一朵燈花才是他要找的。儘管曉冬已不在那兒了，但大廈還是那大廈，窗洞還是那窗洞，燈花，自然便有其涵意了。他仰望了一會兒，又重新把頭退回了車廂裡來。按上車璃，一踩油門，車再次往前行去。

在「豐景台」的大門口，車停住了。他讓正之他們下車來。然後，一對夫婦站立在了道旁，另一位司機則隔着已搖上了的車窗玻璃，互相揮手道了別。正之和樂美一直站在那裡，望着寶馬車一閃一閃的紅尾燈從雲景道和怡景道的轉彎口上消失，才回到了大廈的家中去，其間，他倆誰也沒對誰說過一句話。

那個深夜，已經很晚很晚了，正之望着灰白的天花板，無法入眠。他想起了也是在這同一間睡房中，十年前的那個天剛矇矇發亮的清晨，他與樂美做的那同一個靈異的夢。夢中的場景，夢中的人物，夢中的氛圍，夢中的細節，正之都歷歷在目，縷縷入心。正之呆望了一會兒，剛打算輕輕側過身去睡，就聽得他的身旁也傳來了「窸窣」之聲。他問樂美道：

「你也沒睡着嗎？」

樂美答：「沒睡着。」

正之說：「我打算着趕明兒去買張機票，我想早點回上海去。」

樂美輕輕地歎出了一口氣來，道：「你還是忘不了那塊地方啊。你早點回去吧——我理解你的心情，正之。」頓一頓，樂美又加了一句：「反正再過多兩天，我也打算回美國去了。女兒家少了我，那小倆口子還不止會手忙腳亂成啥模樣了呢。但明天的事，明天再說吧。時間真已很晚了啊，早點睡吧，別再東想西想了——噢，正之？」

正之說：「噢。」

第十章

就這麼的香港—上海、上海—香港，又來來回回了許多個年頭。於是，便來到了我橫越過南京西路，前往「西康公寓」去找正之的那個晚上了。

2018年。晚春。夜，正朝它很深很深的深處走去⋯⋯

我與正之兩個面對面地坐在他家的那間佈置得十分典雅的小客廳裡。我們間的對話也已進行了有好幾個小時了。客廳的窗戶打開着，窗台和露台上，各種栽培植物和花草們的幽香，隨着晚風一陣陣地吹入室內來，讓我倆都沉浸在一種花香與記憶的雙重薰陶裡。兩個七十歲的老人，攜手並肩，一同穿越過時空隧道：鐵一般的崢嶸歲月，蜜也似的愛情時光，我們也都曾年輕過，中年過，唯此刻，我們又回到了年老的當下。回到了西康公寓的這間客廳中來了。

我站起了身來，向正之說道，晚了，我也該回去了。他說，那好吧，我送送你。於是，我倆便一同走出街來，沿着灑滿了橙色路燈燈光的北京西路，一路往東行。

我倆是在北京西路南潯路口上分的手。我的路徑是拐入南潯路，然後再越過南京西路，回自家的屋裡去。但正之還打算着要繼續往東走。這麼晚了，他還要去哪裡？去哪裡尋找些什麼呢？這些，其實我心中都是很明白的——我又怎可能不明白呢？我並未立即拐入橫街中去，而是站定在了路口。我望着正之，望着另一個分身了的自己的背影漸漸隱沒在了夜的幽暗裡，直到它完全消失。

正之前往的第一個目的地是北京西路老成都路口。如今的那裡，早已建成了成都路高架，巨型的鋼筋石塊結構起了一條水泥的巨龍，貫通申城南北。半個世紀前，這裡是一片二、三層石庫門弄堂和「新裡」住宅群的混合地塊，鱗次櫛比，夾雜起伏。在正之的記憶深處，仍珍藏着那一帶早已發黃了的場景碎片。他努力將這些碎片都串連起來，它們串成了一條長巷。在長巷的盡頭站立着一幢「新裡」住宅。住宅有一扇鑄鐵門，推開鑄鐵門，是一片荒蕪了的小花園。

那裡是熱戀中的正之和樂美每晚依依不捨的分手處。而那裡也是每隔不了幾天，他倆都會背着一架小提琴，推着一輛自行車，出發去到幾條街外的淮海中路上的一幢公寓的一個單元裡去合鋼琴伴奏的地方。是的，那位伴奏鋼琴的少女正是正之和樂美的共同好友：曉冬。

此時此刻，在一派已變得面目全非了的桑田中，正之還在竭力找尋着它們昔日滄海的影子。他憑藉着印象，找到了那條長巷和那幢「新裡」屋可能所在的方位。那是個街中心的位置，但他在那裡驀然站停，不動了。像是在憑弔什麼，憑弔誰。從新閘路和北京路上馳過來的車輛，貼近他的身旁，「嗖嗖」地疾馳而過，再由分流的斜坡馳上高速公路的主幹道上去。但他全然不顧這一切，他佇立在那兒，就像是擺放在了街中心的一尊雕像，不依不饒，不退也不讓。

其實，在半個小時前，就當正之一個人行走在北京西路上時，他便已對他自己的思想和行為模式作出了某種細微的調整——也不知為何，在一旦擺脫了我與他同在的那種牽制狀態後，他便立即抓到了一種放肆的自在。他將兩隻白色的耳塞從襯衣的前胸袋中取出來，塞進了自己的耳孔中。然後，再在褲袋裡掏出他的那只「蘋果」手機。他在手機的「我的最愛」裡找到了那首 Jacqueline 演奏的「Sentimental」。點開，耳塞中便立即傳來了大提琴低沉渾厚，憂傷極了的旋律。

剎那間，他感到自己的喉頭一陣發熱，熱氣向上湧去，湧向腦門，湧向眼眶。十八歲的曉冬的形象又忽隱忽現在了北京西路那些高大梧桐樹的黑影幢幢的枝葉間了。他感覺自己的眼眶潮濕了，它們已噙滿了淚水。

「我站在世界的盡頭/遙望那片紫色的花海」。曉冬啊，這是你在同我說話嗎？可你現在又在哪裡呢？你就藏身在這些葉叢之中窺視着我嚒？但不，她不在這裡，她在那裡——大提琴的旋律繼續在往下訴說。在正之眼前浮現出來的是一片無邊無垠的薰衣草的海面，如煙如雲，細浪翻捲。在海之彼岸，有一個小若針尖般的人影站在了那裡，她正向着正之站立的對岸遙望。她，才是曉冬啊！她正隔着紫花搖曳的海面望着正之呢——這是音樂描繪出來的一幅畫面，正之的心碎了，碎成了一地！

正之繼續朝前走去，但不是沿北京西路，而是沿老成都路。四十多年前的這裡，每根水泥柱高高的上方都亮着一盞睡意朦朧的路燈。路燈之上，是一大片墨藍墨藍的上海的夜空，有明亮的星斗在那裡向你眨眼。夜已很深了的時候，街上的行人已變得十分稀少。那些日子裡，就在這些水泥燈柱的邊上，正之和樂美來來去去，不知走過了多少遍的往返。這種被上海人戲稱作「數電線木杆」的，熱戀男女青年們蕩馬路的遊戲，正之和樂美是玩了一遍又一遍，永不會有疲倦時。有時，他們並也沒在小鐵門前分手，這是因為他捨不得離開她；而她，也捨不得讓他離開她。他於是一直會送樂美去到 21 路電車站的站頭上，望着那最後一班車空空蕩蕩地駛進站來，再空空蕩蕩地載着樂美而去。

正之仍戴着耳塞，耳塞中還在一遍又一遍地播放着 Jacqueline 拉奏的那首旋律。唯正之腦螢幕上的影像出現了重疊：曉冬的形象在悄悄隱去，而樂美的，開始變得清晰起來；紫色的花海也在褪色，老成都路上的燈柱與電盞走進了畫面裡來。還有那首詩，那首感動正之曾無數次掉過淚的詩，也被他自己寫於 1973 年那首叫作「深夜，我倆在路邊分手」的詩所替代了：深夜，我倆在路邊分手／月亮窺探着／從虛掩的雲後／街道沉睡了／留下一張張灰暗的窗口／深夜，我倆在路邊分手／曠漠晚風過／惺忪街燈守／暖唇細語碎／幽暗裡，情絲還連着斷藕／深夜，我倆在路邊分手／驀然欲言夠／回首，聲謦猶存／夜霧愈濃厚／汝之倩影已被晚風擄走……

那個時代的上海在正之的這首詩中得以復活，復活的還有一位紮着馬尾散辮的，水汪汪眼眸的姑娘。他與她，在這片四十五年前上海的街巷版圖上，剪影一般，突然就生動活躍了起來。正之感覺自己原來是那麼地掛念着樂美，掛念着遠在萬里路外美國生活的樂美哪！他覺得自己歉疚於她，他覺得他需要她，他真還少不了她！他一定要在哪一天帶她一同回來上海，回來這條老成都路，他要與她一起，重新數多一回電線杆。

樂曲仍在正之的耳畔流動，但它訴說的卻已是另外一隻故事了……

而此一刻的我，早已回到了自己「南西別墅」的家中。我洗罷漱畢，又重新回到那張書桌前。我扭亮台燈，還沏了一壺李總剛送來的龍井新茶。在台燈明亮的光流裡，我坐定，咂一口清香沁肺茶。我攤開稿箋，旋開筆筒，寫下一行字來：那都是些發生在三十三年之後的事了。

2018年11月30日
定稿於上海寓所

滬港春秋

作　者　吳正

策　劃　拇指工作室
編　輯　Michelle Lee
設　計　Arthur Denniz
排　版　吳江濤
出　版　人文出版社（香港）公司
地　址　香港新界白石角香港科學園西區 19W 大廈 981 室
網　址　http://www.hphp.hk
電　郵　info@hphp.hk
印　刷　中華商務聯合印刷（廣東）有限公司
版　次　2022 年 1 月初版
分　類　文學小說
ISBN　978-988-74702-8-1
定　價　HK$178 RMB¥148 NTD$638

發　行　香港聯合書刊物流有限公司
台灣貿騰發賣股份有限公司

Facebook

Wechat